Sabrina Capitani

Das Buch der Gifte

SERIE PIPER

Zu diesem Buch

Nach dem Tod ihres geliebten Mannes muss die Schriftstellerin Christine de Pizan ihre Familie selbst versorgen – als Schreiberin auf den Märkten des mittelalterlichen Paris und als Kopistin im Auftrag der königlichen Bibliothek. Ihre Mutter bedrängt sie, doch wieder zu heiraten, aber Christine hat ihrem Ehemann Treue geschworen, über den Tod hinaus. Als sie von einem erzürnten abgewiesenen Verehrer entführt wird, kann sie nur mit Hilfe eines jungen Mönchs entkommen. Bruder Thomas entpuppt sich als Buchmaler und ist bereit, fortan gegen Kost und Logis für Christine tätig zu sein. Bei ihrer gemeinsamen Arbeit kommen sie sich nicht nur immer näher, gemeinsam können sie auch einen seltsamen Todesfall in der Nachbarschaft klären, der schließlich die wahre Vergangenheit des Mönchs offenbart: Eine wichtige Rolle spielt dabei ein kostbares Buch, das er vernichtet wissen will. Christine lässt es heimlich suchen und bringt sich damit in höchste Gefahr … Atmosphärisch dicht erzählt Sabrina Capitani aus dem facettenreichen Leben einer klugen und durchsetzungsfähigen Frau im Paris des ausgehenden 14. Jahrhunderts.

Sabrina Capitani, geboren 1953, studierte Germanistik, Publizistik und Kunst in Berlin und arbeitet seit zwanzig Jahren als Autorin für Hörfunk und Fernsehen. Sie schrieb Drehbücher für deutsche Kinderserien, Hörspiele für den SFB, für Radio Bremen und RAI und ist außerdem als freie Malerin tätig. Zuletzt erschienen unter ihrem Namen Sabine Korsukéwitz die historischen Romane »Das Lied der Zikaden«, »Der Zauber des Windes« und »Königin Giovanna«. Weiteres zur Autorin: http://sabine.korsukewitz.googlepages.com/home

Sabrina Capitani

Das Buch der Gifte

Historischer Roman

Piper München Zürich

Anmerkung
Die mit einem Sternchen * versehenen Übersetzungen von Gedichten Christine de Pizans wurden nach folgender Ausgabe zitiert: Régine Pernoud, Christine de Pizan. Aus dem Französischen von Sybille A. Rott-Illfeld. Deutscher Taschenbuch Verlag, München 1990. Nur das Zitat auf Seite 400 stammt aus: Christine de Pizan, Das Buch von der Stadt der Frauen. Aus dem Mittelfranzösischen von Margarete Zimmermann. Deutscher Taschenbuch Verlag, München 1990.

FSC

Dieses Taschenbuch wurde auf FSC-zertifiziertem Papier gedruckt. FSC (Forest Stewardship Council) ist eine nichtstaatliche, gemeinnützige Organisation, die sich für eine ökologische und sozialverantwortliche Nutzung der Wälder unserer Erde einsetzt (vgl. Logo auf der Umschlagrückseite).

Originalausgabe
Oktober 2006

Umschlag/Bildredaktion: Büro Hamburg
Heike Dehning, Charlotte Wippermann,
Alke Bücking, Daniel Barthmann
Umschlagabbildung: Rogier van der Wyden (»Porträt einer Dame«; National Gallery, London/Bridgeman Art Library – oben) und William Morris (akg-images/Foto: Erich Lessing – unten)
Satz: EDV Fotosatz Huber/Verlagsservice R. Pfeifer, Germering
Papier: Munken Print von Arctic Paper Munkedals AB, Schweden
Druck und Bindung: Clausen & Bosse, Leck
Printed in Germany
ISBN-13: 978-3-492-24781-8
ISBN-10: 3-492-24781-4

www.piper.de

Paris 1393

I

Plötzlich war der Sommer da, und wie so oft war er vor dem Frühling gekommen. Wie eine Katze, die sich auf eine ahnungslose Maus stürzt, hatte uns die neue Wärme angesprungen, war unversehens auf uns herabgefallen aus einem eben noch eisigen Winterhimmel.

Man hätte auf die Warnung der Vögel hören können, die in der Dämmerung vor dem Morgen ein betriebsames Gelärm aufgenommen hatten. Irgendwann in einer der vergangenen Nächte hatten sie sich vor meinem Fenster verabredet, tiriliert und gepfiffen, dass kein Christenmensch in Ruhe schlafen konnte. Dann aber, wenn man aufzustehen hatte, widerwillig in die schlechte Welt hinaus musste, dann waren die Störenfriede still. Ich war wohl zu sehr in meine eigenen Sorgen vergraben, um die Zeichen zu erkennen.

Die Seine, die doch gestern noch aus geschmolzenem Blei gewesen war, sprühte weiße Funken. Und da, im Gras, leuchteten Hunderte gelb gezahnter Kleckse. Wo waren die nur hergekommen?

Büsche und Bäume wenigstens wussten, was sich gehört, und zeigten sich unbelaubt. Die Gemüsebeete in den Gärten waren kahl. Erwartungsvolle Furchen wiesen zum Fluss. An den knorrigen, silbergrauen Fingerspitzen unserer Feigenbäume saßen winzige grüne Nägel. Auch den Feigen war nicht genug Zeit geblieben, sich angemessen zu kleiden.

Das abgeschabte Mäntelchen mit dem Besatz aus Eichhörnchenfell, das ich für den Gang zum Notar angezogen hatte, war viel zu warm. Doch ich wagte nicht, es auszuziehen, weil das Kleid darunter in einem noch erbärmlicheren Zustand war: so durchgewetzt, dass hinterwärts und an den Ellenbogen das Unterkleid durchschien.

Kam der Sommer immer so plötzlich? Ich hatte schon lange dem Wechsel der Jahreszeiten keine Beachtung mehr geschenkt. Vor ein paar Tagen noch war der Boden gefroren gewesen, der einzige Segen, den meiner Ansicht nach der Winter bringt. Das plötzliche Tauwetter hatte die Nebenstraßen in Morast verwandelt und unvermisste Gerüche geweckt. Nun stanken alle Ingredienzen der Gosse um die Wette, Kot und Urin, verschimmelte Nahrungsreste, sauer, faulig, bitter, ekligsüß. Ich drückte im Laufen ein Lavendelbeutelchen an meine Nase. Im Verlauf des Frühjahrs gewöhnt man sich an den Gestank.

Wie unterscheidet sich der Müll in Paris von dem in anderen Städten? Wir fabrizieren weniger davon? Falsch. Wir fabrizieren mehr davon? Auch falsch. Ich will es euch sagen: In anderen Städten, namentlich im Süden, sammeln die Leute den Abfall neben ihren Häusern, an den Hausmauern, und ziehen Zwiebeln darauf. Hier wirft man alles in hohem Bogen auf die Mitte der Straße. Eine elegante Lösung für das Problem. Arme Fußgänger wie ich können auf diese Weise auf den leicht angehobenen Seiten der Straße gehen. Außerdem treten die Pferde und fahren die Fuhrwerke den Unrat breit; hinterher kann niemand mehr sagen, von wem was stammt. Es gibt nämlich eine königliche Verordnung, nach der jedermann verpflichtet ist, seinen Müll in angemessenen Abständen vor die Tore zu bringen.

Natürlich richtet sich kaum jemand danach. Manchmal wird es so schlimm, dass der gnädige König – wenn er dann gerade mal wieder bei Sinnen ist – eine neue Verordnung erlässt, die ebenso missachtet wird wie alle vorigen.

Umsichtig setzte ich die Füße. Es ging schließlich nicht an, dass ich mir mein letztes gutes Paar Schuhe verdarb. Ein Herr von Rang kam mir entgegen und wedelte schon von Weitem mit seinem silbernen Stock. Ja, ja, ich weiß schon. Rasch sprang ich in einen Hauseingang, um ihm die Trittsteine zu lassen.

»*Gare! gare! gare!*« Ein unheilvoller Ruf, dem stets der Inhalt einer Nachtvase folgt. Noch etwas, das Frankreich auszeichnet vor allen Völkern: Nur Barbaren haben für die nächtlichen Bedürfnisse »Töpfe« oder »Eimer«, wir dagegen haben die *vase de nuit*. Der Inhalt ist in allen Fällen unerfreulich, und dank meiner Höflichkeit hatte ihn der hohe Herr abbekommen und nicht ich. In besserer Stimmung machte ich mich davon.

Mein Weg führte mich parallel zum Seineufer über die Place de Grève, einen Ort von düsterem Ruf, der heute aber so blank und aufgeräumt war wie ein beliebiger Tuchmarkt, vorbei am Turm der Kirche St. Jacques, die das Quartier beherrschte mit ihrem hohen, wuchtigen Glockenturm, aus steinernen Flötenrohren zusammengesetzt und mit Zierrat so überladen, dass er an ein groteskes Spielzeug erinnerte. Die verwinkelten Bürgerhäuser mit ihren Bögen und spitzwinkligen Dächern drängten sich so dicht wie die Menge bei einer Hinrichtung. Frauen standen in den Hauseingängen und schwatzten, warfen den Unrat hinaus auf bewährte Weise, spazierten zum Markt, Körbe am Arm, Kinder am Rockzipfel. Eines von ihnen schnitt eine Grimasse – ich streckte ihm die Zunge heraus und schielte.

Die Grande Rue St. Martin ist eine der gepflasterten Straßen. Es gibt sogar Rinnen für den Abfall, die aber bei jedem Regen verstopfen. Hier stehen die Häuser der Noblen und Wohlhabenden, die »Hôtels« und »Palais«. Mit sinkendem Mut betrat ich das Haus des Notars Armand de Béraude. Eine breite Treppe aus gelbem Sandstein führte nach oben zur Kanzlei. Die Tür zum Sekretariat stand angelehnt, und ich trat ein.

Vor mir öffnete sich ein weiter, holzgetäfelter Raum, rötliches Kirschholz, Teppiche auf dem Boden, die Wandbehänge stammten sicher aus flandrischen Manufakturen. Die Inhalte kannte ich auswendig: ländliche Szenen von blumenbekränzten Schäfern und glücklichen Schafen, grazilen Gänsemägden, einem Fuhrmann (wie ein Adliger gekleidet mit Wams und weißen Ärmeln) und seinem wohlgenährten Gaul. Eine Justitia, streng und vertrauenswürdig zugleich, breitete die Hände aus. War sie wirklich blind, oder sehe ich da das Tuch ein wenig verrutscht, die eine Hand ein wenig schwerer vom Geld? Nein, das muss meine schlimme Fantasie sein.

Schon oft war ich vor diesen Wandbehängen auf und ab geschritten, wenn es Monsieur de Béraude gefallen hatte, mich warten zu lassen. Mein Fall war für ihn nicht besonders interessant, und die Tochter von jemand, der nicht mehr da war, die Frau eines toten Kollegen war wohl im Augenblick des Ablebens dieser Bezugsperson zu einem Nichts geschrumpft. Der wertvolle Herkunftsstempel, die Signatur, ist abgefallen. Die Frau eines Toten ist selber tot. So ist das.

Glaubt mir, ich war nicht immer so bitter: Mein Name ist Christine de Pizan, nach meinem Vater Thomas von Pizan, dem Hofastrologen bei König Karl V., den sie »den Weisen« nannten. Ich hatte das Glück einer schönen und sorglosen Kindheit bei Hofe und auf den Gütern meines Vaters. Und ich hatte das noch viel größere Glück, dass er mich zusammen mit meinen beiden Brüdern erzog. Sehr zum Missfallen meiner Mutter, die gern gesehen hätte, dass ich mich mehr mit dem Weben und Sticken befasste, der »Beschäftigung mit Hanf«, wie sie es nannte. Dafür habe ich wenig Talent. Stattdessen lernte ich Latein, Griechisch und Hebräisch, Italienisch, etwas Deutsch und ein paar Brocken Englisch, die allerdings aus Mangel an Übung verfallen sind. Darüber hinaus lehrte mich mein Vater Algebra und Philosophie. Es waren im Vergleich zu seinem gewaltigen Wissen sicher nur Krümel, die ich auffing, aber immerhin.

Und dann begann unser Unglück: Erst starb der gute König, dann kam ein Kind auf den Thron. Es regierten seine vier Onkel Burgund, Anjou, Bourbon und der Herzog von Berry. Sie bereicherten sich rücksichtslos; es kam zu Aufständen und viel Blutvergießen. Ich erinnere mich noch an die Angst, die ich als Kind ausstand, als sich der brüllende Mob auf der Straße zusammenrottete, alle Waffen schwingend, deren er habhaft werden konnte: Äxte, Messer, Sensen, Bratspieße und einige Bogen, die man unter den Betten versteckt gehalten hatte. Wir standen oben am Fenster des Turms, die Türen unten vorsorglich verriegelt und mit Mobiliar von innen verbarrikadiert. Ich heulte, einer meiner Brüder machte aus dem Fenster eine provozierende Geste. Mein Vater zerrte ihn am Kragen zurück und versetzte ihm die erste Maulschelle seines Lebens. »Was fällt dir ein? Willst du ihre Wut auf uns lenken? Die zerreißen dich und uns in tausend Stücke, in der Stimmung, in der sie jetzt sind!«

»Aber das sind doch unsere Nachbarn! Die kennen uns!«

»Dummer Junge! Hör mir zu: Eine solche Menge ist wie ein böses Tier, es schäumt und beißt und kennt niemanden auf der Welt, weder einen König noch Freunde oder Nachbarn. Wer eine solche Meute sieht, der soll sich im nächstbesten Loch verkriechen und nicht noch die Blicke auf sich ziehen! Hast du das verstanden!«

Mein Bruder nickte überrascht, und ich hörte auf zu flennen.

Es ging gegen die Obrigkeit und gegen die Juden. Steuern wurden vorübergehend zurückgenommen, nur um später doppelt zu drücken – als das Volk sich ausgetobt hatte und die Kraft des Augenblicks verloren war. In all diesem Durcheinander erinnerte sich natürlich niemand mehr an Doktor Thomas de Pizan, dem Konkurrenten ohnehin nachsagten, den König durch sein Versagen umgebracht zu haben. Erst als es zu spät war, geruhte der junge König, ihn einmal mit zweihundert Goldfranken zu beschenken. Dann starb mein Vater.

In der Zwischenzeit hatte ich geheiratet. Etienne Castel war königlicher Sekretär. Wir lebten alle von seinem Einkommen und wohnten im Tour Barbeau an der Seine, einem Turm, den der alte König noch meinem Vater zum Geschenk gemacht hatte.

Etienne war ... freundlich, liebenswert, angenehm? Lauter Ersatzworte, lassen wir sie stehen. Wir wurden einander vorgestellt, und ich wurde gefragt, ob ich ihn heiraten wollte, nicht dazu gezwungen. Und ob ich wollte! Etienne war klug und von sanfter Natur, und sein Anblick gefiel mir. Mehr will ich nicht sagen. Er wurde mir genommen. Er starb auf einer Reise, fern von mir, und ich habe geschworen, niemals wieder einen anderen zu nehmen. Ich werde Witwe bleiben, weil er gegenwärtig sein wird, solange ich in Gedanken nicht von ihm lasse, und weil ich nicht glaube, dass man zweimal in einem Leben solches Glück haben kann. Ich werde ihm treu bleiben.

Und nun der Grund meines Hierseins. Ich stehe einem Haushalt von Frauen vor, meiner Mutter, meiner Tante Marie und meiner dreizehnjährigen Tochter Céline – und meinem Sohn Jean, elf Jahre alt und noch nicht ganz ein Mann. Dann sind da noch die Magd Héloise und gelegentlich Elias, ihr Mann – der nicht zählt, weil er als Söldner häufiger fort ist als anwesend. Meine beiden Brüder sind zurück nach Italien gegangen, um von den dortigen Besitzungen unseres Vaters zu leben. Ich sage nichts gegen sie. Ich vermisse sie sehr. Uns blieb nichts zum Leben, denn wenn man Witwe ist, wenden sich die Verhältnisse gegen einen. Es gibt durchaus Vermögen, aber wir kommen nicht heran. Drei Güter außerhalb von Paris besitzen wir – so steht es geschrieben –, doch die dort eingesetzten Vögte veruntreuen das Geld, davon bin ich überzeugt. Ihre Berichte strotzen von Ungeziefer, Missernten, faulen Bauern, Ausbrüchen von Pest und plündernden Briganten. Seit mein Mann tot ist, werfen die vormals reichen Güter nichts mehr ab, seltsam, nicht wahr? Es gibt Schuldner Etiennes, ja sogar meines Vaters, aber sie zahlen nicht. Und es steht …

»Witwe Castel!«, begrüßte mich mit Verspätung einer der sechs Gehilfen des Notars. Er stand an seinem Pult, seine Feder hielt in der Bewegung inne, und ihr Kratzen wurde unterbrochen. Er hob den Kopf. »Noch einen Augenblick. Der Herr Notar wird Euch gleich empfangen.« Einer der anderen kicherte näselnd. Jeder von ihnen wusste, dass mich der Herr Notar würde warten lassen, bis mir die Fußknöchel auf Melonengröße anschwollen, und dabei hoffen, dass ich von selber ginge. Aber so leicht würde ich es ihnen nicht machen. Ich bin die Tochter von Thomas de Pizan und die Witwe von Etienne Castel, dem königlichen Sekretär – doch ich bin mehr als die Tochter oder Frau von jemandem: Ich bin Christine de Pizan, eine Person von Mut und Verstand. Ich bin durchaus am Leben und lasse mich nicht ungestraft um das bringen, was mir gehört.

Nein, ich werde nicht gehen, und ich werde nicht nachgeben. So redete ich mir selber zu. Und nahm mein Studium der Wandbehänge wieder auf. Es fällt mir schwer, nicht zu klagen, wenn sich doch – wohin man schaut – alles zum Schlechteren wendet. Der König zum Beispiel: Gerade hatte er sich und das Land aus den Fängen der habgierigen Onkel befreit, hatte sie fein abgesetzt und an ihrer Stelle die alten Berater seines Vaters zurückgeholt, da hatte er plötzlich einen Anfall von geistiger Verwirrung, den ersten von vielen, die noch folgen sollten. In einem Wäldchen bei Le Mans trat hinter einem Baum ein mit Fellen bekleideter Köhler hervor und schrie etwas, und der König erschrak derart, dass er anfing, mit dem Schwert um sich zu schlagen. Und weil die Ritter selbstverständlich nicht mit Waffen auf ihren Herrn losgehen konnten, erschlug er vier von ihnen und verletzte viele mehr, ehe er überwältigt werden konnte. Nach ein paar Wochen schien er wieder gesund, doch ich habe Sorge, dass er nach seiner Mutter kommt, und dann werden in kürzester Zeit die Onkel wieder am Ruder sein.

Die schönen und kunstvollen Szenen an den Wänden der Schreibstube taten ihre Wirkung. Obwohl ich weiß, dass sie keineswegs der Wahrheit entsprechen, beruhigten sie mich doch jedes Mal. Zwei andere Klienten erschienen, ein Prälat in viel zu modischen Kleidern, mit Gold behängt und übermäßig spitzen Schuhen unter dem Talar. Danach trat eine Dame auf in rosenfarbenem Seidenkleid, durch dessen Mittelschlitz man eine gute Aussicht hatte auf das weiße, reich bestickte Unterkleid. Ihre Haare waren geflochten und zu Schnecken über den Ohren gerollt und der Hennin so hoch, dass sie nur gesenkten Hauptes den Raum betreten konnte. Beide rümpften die Nase beim Anblick meines abgetragenen Staats. Für sie war Armut wie ein schlechter Geruch, irgendwie peinlich. Sie schauten kurz hin und sofort wieder weg.

Für sie brachte man Schemel. Sie kannten sich wohl, denn sie nahmen beieinander Platz und tuschelten, ohne mich anzuschauen. Der ihnen am nächsten stehende Schreiber machte eine halblaute Bemerkung. »Witwe Castel«, schnappte ich auf und wieder das gehässig näselnde Lachen.

Sehr bald wurde die Dame eingelassen und gleich nach ihr der Pfaffe. Eine gehörige Zeit verging. Der Notar erschien in der Tür und verabschiedete sich von der einen wie dem anderen mit vielen Verbeugungen und dröhnenden Höflichkeiten. Beide rauschten an mir vorbei. Ich war wieder die Einzige, die auf die Aufmerksamkeit des Magisters wartete. Es war still im Skriptorium bis auf das Kratzen von sechs Federn und das gelegentliche hektische Schaben der Klinge, wenn einer sich verschrieben hatte. Man hörte die Schreiber konzentriert atmen und den Sand durch das Stundenglas rieseln.

Ich war zum Fenster gegangen und vergnügte mich damit, die Nachen auf der Seine zu zählen. Die Sonne rückte vor auf ihrer Bahn um die Erde. Ich wurde schläfrig und ließ den Mantel sinken, den ich wie eine Stola vor meine abgeschabte Kehrseite gehalten hatte. Wie freundlich von mir: Jetzt hatte ich dem durch die Nase lachenden Gehilfen wieder Grund zur Heiterkeit geboten. Endlich ließ der Notar mich bitten.

»Guten Tag, Monsieur de Béraude. Ich hoffe, das Leben und alle Heiligen sind gut zu Euch. Ihr habt es gewiss verdient«, sagte ich beim Eintreten. Der Notar stand nicht auf, um mich zu begrüßen, sondern wies nur knapp auf einen Sessel, der ihm gegenüber vor seinem Schreibtisch stand. Es wurde mir auch keine Erfrischung angeboten, obwohl er mich an die drei Stunden hatte warten lassen.

»Was für eine fantasievolle Begrüßung, Madame Castel. Ich danke Euch für Eure guten Wünsche. Und Ihr – doch hoffentlich keine Klagen?« (»Lass mich zufrieden, ich will nichts hören«, hieß das.)

»Aber nein, meine Kinder kleiden sich in Goldbrokat und spielen mit Perlen Tennis; wir leben von Rahm und Honig, es ist nur so, lieber Herr Notar, dass ich eine hässliche Eigenschaft habe: einen gewissen Hang zur Rechthaberei. Ich möchte, was von Rechts wegen mir gehört.«

Das fleischige Gesicht des Notars überzog sich mit einer leichten Röte.

»Das ausstehende Gehalt meines Mannes. Habt Ihr mir nicht vor … drei Jahren gesagt, es sei eine Kleinigkeit?«

»Nun, Witwe Castel, Ihr seid doch eine informierte und belesene Frau. Da wisst Ihr nur zu gut, wie sich die politischen Verhältnisse gewandelt haben. Was kann ich dafür, wenn der König nicht in der Lage ist, Dokumente zu unterzeichnen? Ihr müsst Geduld haben.« Der alte Fuchs hatte rein gar nichts unternommen seit meinem letzten Anlauf, hingegen eine

Menge Gebühren kassiert für angebliche Schriftstücke und Zeitaufwand. Immerhin machte er mir keine unzüchtigen Anträge wie der vorige Vertreter seiner Zunft: »Wenn Ihr doch nur etwas entgegenkommender wärt, dann könnte ich Euch sicher helfen …«

»Monsieur: Die Stellung meines Mannes und seine Ansprüche – das habt Ihr mir selbst gesagt – sind ja unbestritten. Und die Auszahlungsdokumente muss der König nicht selbst unterzeichnen. Es stünde ja alles still, wenn so eine Lappalie von ihm abhinge. Habt doch bitte die Güte und versucht es über den Schatzmeister. Und macht ihm bitte die Peinlichkeit meiner Lage bewusst. Es kann doch nicht angehen, dass man die Kinder und Witwe eines so verdienten Mannes im Elend verkommen lässt.«

Der Notar hantierte an der Goldkette auf seiner Brust und fuhr dann mit den Händen in den Papieren vor ihm auf dem Tisch herum.

»Ja sicher, Madame, ich will gern alle Wege versuchen. Aber was ist mit meinem Honorar?«

Aha, das ist es: Er will mehr für sich herausschlagen.

»Monsieur! Ich habe Euch bereits reichlich entlohnt und dafür bisher nicht das geringste Ergebnis gesehen!« Ich war unklugerweise aufgesprungen und zeigte meinen Ärger. Ach, warum kann ich mich nicht beherrschen!

»Madame: Mäßigt Euch bitte!«, sagte der alte Schuft mit ernster Miene. »Ich tue für Euch, was ich kann. Aber ich habe Auslagen bei Gericht. Ich muss die Personen, mit denen zu verhandeln ist … ähm … entschädigen. Ich musste Papiere erwerben, da Ihr ja leider keine vorweisen konntet …«

Ich ließ mich wieder auf den Schemel sinken. Jetzt hieß es Kröten schlucken.

»Verzeiht, Monsieur de Béraude, meine übergroßen Sorgen haben mich für einen Augenblick mein gutes Benehmen vergessen lassen.«

Er grinste und machte eine wegwischende Bewegung mit der beringten Hand. Von dem Erlös jedes dieser Ringe könnte meine Familie ein Jahr lang essen und sich kleiden. Ich hätte ihn erwürgen mögen. Stattdessen überwand ich mich zur Freundlichkeit um meiner Kinder willen und schmeichelte ihm: »Verehrter Magister Béraude. Diese Angelegenheit kann einem Großen der Rechtswissenschaften, der in Bologna studiert hat, doch keine Schwierigkeiten machen. Es ist nur eine Winzigkeit – bei Euren Verbindungen eine reine Formalität. Der Fall ist ganz klar. Und ich brauche das Geld! Ich bin zu Euch gekommen wegen Eures Rufes als Anwalt der Bedrängten.«

Er zuckte mit keiner Wimper.

»Gold, Madame!«

Ich hatte doch keins.

»Also gut, Béraude, wir machen Euren Lohn von Eurer Geschicklichkeit abhängig«, sagte ich durch zusammengebissene Zähne. »Ihr braucht nicht weiter zu drängen: Ich habe kein Geld und auch nichts mehr zu verkaufen. Ich biete Euch statt dessen ein Monatsgehalt meines Mannes, wenn Ihr mir das ganze ausstehende Geld beschafft. Zusätzlich zu der Summe, die Ihr bereits bekommen habt.«

Ein zufriedenes Lächeln erschien auf seinem Gesicht. Das Monatseinkommen eines königlichen Sekretärs ist keine Kleinigkeit, wenn es denn ausgezahlt wird. Mit überraschender Flinkheit stand der Notar auf, riss die Tür zum Vorraum auf und schrie: »Robert, zu mir!«

Man hörte es poltern, dann das Rascheln von zusammengerafften Blättern und eilige Schritte auf dem hölzernen Boden. Einer der Schreiber erschien, ein dünner, langer Kerl mit hüpfendem Adamsapfel, dessen Kopf wirkte, als sei er nur an einer Schnur befestigt – wie ein kahler Nestling.

»Robert – schreibe ...« Der Schreiber stellte sich an ein kleines Pult zur rechten Hand des Notars und verfasste nach Diktat einen Schuldschein.

»Wenn Madame so freundlich sein wollen, hier bitte.« Ich unterschrieb, was blieb mir übrig? Glatte Erpressung. Aber wenn es denn helfen würde, die Sache zu beschleunigen – sei's drum. Ich ging zur Tür und kämpfte damit, nicht allzu geprügelt dreinzuschauen. Würde war schließlich alles, was ich noch besaß.

»Madame Castel!«, rief mir der alte Fuchs hinterher. »Wollt Ihr bitte davon Abstand nehmen, mich hier aufzusuchen. Wenn sich etwas ergibt, werde ich einen Boten schicken.«

Ich lachte. Waren meine Besuche immerhin lästig? Dann würde ich sie öfter wiederholen. Vielleicht sollte ich meine Kinder mitbringen, oder besser noch: einen brüllenden Säugling ausleihen.

Im Treppenhaus streckte und reckte ich mich – jedoch ganz vorsichtig. Ich hörte Säume knacken. In meinem Beutel waren ein paar Weißpfennige. Mutter hatte mir einen kleinen Rindenkorb in die Hand gedrückt und mich beauftragt, zum Geflügelmarkt vor der Notre Dame zu gehen. Pont Notre Dame, eine von drei diesseitigen Brücken, flussabwärts die Pont au Changeurs, die Brücke der Geldwechsler und Wucherer, noch weiter unten, als letzter der drei alten Übergänge, nicht für die Öffentlichkeit, die Pont aux Meuniers, die Müllerbrücke, unter der sich dicht an dicht die Wasserräder drehten. Für Boote gab es dort nur zwei seitliche Durchlässe. Jede Elle Fluss wurde genutzt. Einige Häuserreihen flussabwärts gegenüber der Ile de la Cité hatten die Schlächter ihr Revier. Dort war die Seine von Tierblut gefärbt. Sich windende Bündel schwarzer Aale hingen an ausgeweideten Kadavern, die in der trägen Strömung trieben, und fraßen sich satt. Knochen schimmerten weiß vom Grund herauf.

Ich lehnte mich über die Brüstung zwischen zwei Brückenhäusern. Ja, es musste wohl Frühling sein. Aufgeregte Grüppchen von prächtigen Enterichen verfolgten unscheinbare Weibchen. Weiße Möwen vom Meer durchschnitten die Luft mit ihren scharfen Schreien. Gemächlich ruderte ein Schwanenpärchen in den Schatten der Pont Notre Dame. War es denn möglich, dass innerhalb der wenigen Stunden, die ich wartend beim Notar verbracht hatte, die Bäume bereits grüner geworden waren? Ja, wirklich, es kam mir so vor. Die Sonne schien so heiter, die Passanten freundlicher, die Kleider schöner und farbiger, und ich hatte ganz sicher den alten Fuchs mit der Aussicht auf Gewinn zu neuen Taten angestachelt. Alles würde gut werden.

Ile de la Cité, der älteste Teil von Paris. Ludwig der Heilige hatte sich hier ein schönes Schloss gebaut, doch als Schloss hatte es ausgedient. Ich kannte es gut von innen, war sozusagen Dauerbesucher: Inzwischen war es nämlich Justizpalast und Conciergerie. Die Könige haben es gemieden, nachdem sie feststellten, dass sie bei Volkserhebungen hier allzu sehr auf dem Präsentierteller saßen. Ich tauchte ein ins Gewühl vor der Kathedrale. Nach dem Warten in der muffigen Kanzlei erschien es mir wie ein Bad im Leben. Ich spürte, wie Körper an mich drängten und mich streiften mit ihrer Hitze, wie unterschiedlich sie rochen, mancher nach Duftöl, mancher nach Schweiß und mancher nach Knoblauch. Mochte die Kleidung doch durchaus andere Bestallungen in der Hierarchie des materiellen Glücks verraten, so trieb auf diesen Gesichtern gleichwohl die ganze Palette der Gefühle und menschlichen Zustände an mir vorbei. Alle diese Blicke, Berührungen und Düfte sagten mir, dass ich nicht allein, sondern Teil eines liebenden, weinenden, lachenden Ganzen war. Die Tatsache, dass andere ähnliche Sorgen hatten wie ich, ließen meine eigenen nicht ganz so gewaltig erscheinen.

Genüsslich ließ ich mich treiben. Krämer mit ihren Bauchläden boten gefärbte Lederbörsen, bunte Tücher, Bänder, Schleifen feil, Nützliches für den Haushalt: Messer, Hornlöffel in allen Größen, glänzende Suppenkellen, zierliche Zahnstocher (angeblich aus Silber). Sie stellten sich den Leuten in den Weg und schrien ihre Waren aus. Vor einem Tablett blieb ich stehen. Da gab es billigen Schmuck aus gefärbter Wolle und polierten Metallresten, glasierten Tonperlen und Glas, sehr gefällig hergestellt. Besonders ein Stück hatte meine Aufmerksamkeit erregt: ein smaragdgrünes Halsband, sechsfach geflochten mit einem Stück roten Glases in der Mitte. Es würde Céline gut stehen zu ihrem feinen, dunklen Haar.

Aber nein, nicht einmal das konnte ich jetzt kaufen. Mit Nachdruck schüttelte ich den Kopf und setzte meinen Weg fort, ohne dem Verkäufer auch nur ins Gesicht zu schauen. Er würde doch nur auf mich einreden, und wir konnten uns derlei Tand nicht leisten. Nein – entschieden … jein … Ich sah Célines schmales Gesicht vor mir, wie sie strahlen würde. Sie war schließlich dreizehn, und in dem Alter möchte man den jungen Männern gefallen. Ich drehte auf dem Absatz um und rappelte mit meinem Hintermann hart aneinander: »Entschuldigung, Monsieur!«

»So passt doch auf!«

Ich drängelte mich zurück, kämpfte gegen den Strom, bis ich die Stelle erreichte, wo der Schmuckkrämer gestanden hatte. Er war fort! Seinen Platz hatten schon zwei andere eingenommen, der eine bot Bürstenwaren feil, der andere Kaninchenfelle.

»Wo ist er hin, der mit dem billigen Schmuck – Schmuck aus Wolle und Glas, wo ist er?«

Sie schüttelten den Kopf. Ich rief und suchte aber so verzweifelt, es schien mir plötzlich, als ob mein Glück abhinge von diesem verflixten Halsband, dass mir schließlich jemand zurief über die Köpfe der Passanten: »Dort entlang, Madame! Zur Misère!«

Ich winkte zum Dank und schob mich mit erneuerter Energie durch die Menge, was mir nicht wenige Püffe und Tritte eintrug. Endlich öffnete sich die Gasse auf den Platz vor dem Justizpalast, und ich bekam wieder Luft. Ich schaute mich um. Und da sah ich gerade das Tablett mit den glitzernden Dingen im Torbogen verschwinden!

»Halt«, rief ich und rannte los. »Halt, du da mit dem Schmuck!« Gott sei Dank, sie hatte mich gehört. Sie drehte sich um und blieb stehen. Es war nämlich gar kein Händler, sondern eine junge Frau, nicht viel älter als meine Céline. Ein Mädchen mit einer störrischen schwarzen Mähne und Augen wie schwarzen Oliven, eine vom fahrenden Volk.

»Ich wusste, du kommst wiedärr«, begrüßte sie mich feixend, als ich herangeschnauft kam.

»Warum bist du dann nicht stehen geblieben? Fang nur nicht diesen Wahrsagerunsinn mit mir an«, warnte ich sie. »Ich habe kein Geld, das du mir entlocken könntest. Ich will nur einen Schmuck für meine Tochter – sie ist ein wenig jünger als du. Aber er darf nicht teuer sein.«

Flink hielt die Kleine einzelne Stücke ins Licht und ließ das

Glas aufblitzen. »Is nich teier und särrr scheen! Sonst wärst du mir ja nicht nachgerannt«, sagte sie selbstbewusst. Ich erstand das »scheene Schtick« für einen Weißpfennig und ließ es in meinem Beutel verschwinden. Mutter würde schimpfen, aber ich war froh.

Dann kämpfte ich mich ein zweites Mal durch die Rue de Triperies, die Eingeweidegasse, vorbei an den offenen Garküchen, bei denen man bis in die Küchen schauen und leider auch riechen kann. Der Geruch von altem, zu oft verwendetem Fett und saurem Wein schlug mir entgegen, und ich machte, dass ich weiterkam.

Auf dem Markt schlenderte ich an den Ständen vorbei. Gänse streckten ihre langen Hälse durch die weiten Öffnungen der Käfige aus Rohr und trompeteten misstönend. Lebende Hühner, büschelweise an den Beinen aufgehängt, protestierten matt gegen die Behandlung, Küken pfiffen leise und waren nur wegen ihrer Masse zu hören; gemästete Enten hockten träge, die Nickhaut halb über die Augen gezogen. Eier aller Größen und Farben gab es, Pyramiden von weißen Hühner- und braunen Enteneiern, Graskörbchen voller gescheckter Wachteleier, frisch aus dem Nest gestohlen neben bereits gestopften Braten und Singvogelpasteten – diese Angebote überstiegen den Inhalt meiner Börse. Mein Magen knurrte laut, und ich legte verlegen die Hand auf den Leib.

Mutter hatte mir aufgetragen, etwas Fleischabfall für Suppe zu besorgen. Ich suchte mir für meinen Angriff den hintersten, kleinsten und am wenigsten besuchten Stand. Da hockte eine missmutige Alte auf einem Schemel und hatte nur geringe und wenig ansprechende Ware vor sich in einem Korb. Ein paar schmutzige, von der Mauser arg gerupfte Hühner ließen ihre Hälse über den Rand hängen wie welke Blumen. »Da! Das ist alles, was die Lumpen mir gelassen haben«, schimpfte sie.

»Lumpen?«, fragte ich verstört. »Sind die Kompanien wieder unterwegs?« Seit vierzig Jahren hatte das Land stets die Wahl zwischen Krieg, unter dem nur begrenzte Gebiete zu leiden hatten, oder Frieden, währenddessen die arbeitslosen Kompanien das ganze Land gleichermaßen ausplünderten.

»Unsinn! Meine Söhne! Sie fressen wie die Fürsten, jeden Tag Fleisch, und lassen mich arbeiten gehen. Aber warte nur, bald krieg ich eine Schwiegertochter, die ich dann rumkommandieren kann, die für mich arbeitet, verstehst du?« Sie blinzelte mich schlau an.

»Du hast es ja gut vor, Mütterchen«, antwortete ich. »Wäre es nicht besser, freundlich zu sein zu einer Schwiegertochter und deine Söhne zur Arbeit anzuhalten?«

»Warum denn das?«

»Ich meine, Frauen müssten doch zusammenhalten. Warum junge Frauen schlecht behandeln, damit sie später böse alte Frauen werden?«

Sie kniff den ohnehin strichförmigen Mund zusammen. »Seit wann halten Frauen zusammen? Was ist das für ein neumodischer Unsinn? Junge Frauen gehorchen ihren Männern und ihren Schwiegermüttern. So war es immer schon. Erst eine alte Frau darf den Mund aufmachen, was hat man schließlich sonst im Alter?«

Mir lag noch so einiges auf der Zunge, ich ließ es aber gut sein. Christine, sagte ich mir, dies ist der falsche Platz für deine Bekehrungsversuche, kauf lieber etwas zu essen.

»Großmutter«, sagte ich, »verkauft mir etwas Gutes für die Suppe. Aber kein ganzes Huhn, das kann ich mir nicht leisten.«

»Ich nehme doch kein Huhn aus für dich!«

»Ein ausgenommenes und gerupftes Huhn würdest du aber besser verkaufen, da sähe man nicht, dass sie die Mauser hatten.« Ich bückte mich, hob den Flügel eines ausnehmend räudigen Exemplars hoch, ließ ihn wieder fallen – das Huhn leistete keine Gegenwehr – und wischte mir angeekelt die Hand am Rock ab. »Sie sehen wirklich nicht gut aus, deine Hühner. Bei einem nackten Vogel ist das gleich.«

Erst schimpfte sie eine Weile, dann handelten wir. Sie war zäh, aber ich war in Not, denn ich hatte schon das Halsband für Céline erstanden. Der Hunger förderte meine Beredsamkeit. Am Ende nahm sie mir ihre fünf Hühner aus und legte noch Beine, Köpfe, Hälse und Flügel obendrauf, für vier Pfennige. Mutter müsste stolz auf mich sein, Handeln ist mir eigentlich zuwider. Ich verstaute alles in meinem Rindenkörbchen. Die Alte bedachte mich mit einem letzten bösen Blick und machte sich daran, die Vögel von ihrem unansehnlichen Federkleid zu befreien. Sie sahen nackt wirklich viel ansprechender aus.

»Du solltest doch lieber nett zu deiner Schwiegertochter sein«, riet ich ihr zum Schluss, »falls du je eine bekommen solltest. Sie ist doch diejenige, die dir im Alter zur Seite steht und für dich sorgen soll.«

»Wenn sie's nicht tut, schlägt ihr mein Sohn die Zähne ein«, gab die Alte liebreizend zurück. Zwecklos!

Was für ein altes Ekel, dachte ich. Ihre *belle-fille* sollte ihr in die Suppe pinkeln! Auf dem Rückweg erstand ich noch einen Bund junger Pastinaken und ein paar verschrumpelte, süßlich riechende vorjährige Zwiebeln. Beim Gedanken an die Suppe lief mir das Wasser im Mund zusammen. Mir war nach einem Festessen. Und da war doch tatsächlich an der Brücke ein Honigverkäufer. Es mussten die ersten Waben der Saison sein – oder kam er aus dem Süden?

»Aus dem Süden, aus dem Süden, Gnädigste«, versicherte er. »Dort ist alles schon in voller Blüte. Das ist Thymianhonig aus dem Languedoc, Berghonig, kräftigend und aromatisch, der beste, den es gibt.«

Er wedelte mit einem Fächer aus Stroh. Die ersten Fliegen waren auch schon da. Begehrlich sah ich auf die gelb schimmernden, Seligkeit verheißenden, klebrigen Wabenstücke. Ich roch die göttliche Ambra, ich schmeckte es, herb-köstlich, ein wahres Frühlingsfest. Ich spürte schon seine süße Zähigkeit am Gaumen, diesen Duft, dieses Aroma nach blühenden Bergwiesen, die leichte Bitterkeit des Wachses …

»Wie viel?«, fragte ich. Irgendwie klang es, als setzte ich ihm ein Messer an die Kehle.

»Wie viel hast du denn noch im Beutel?« Er grinste siegessicher.

»Einen Weißpfennig und kein Kupferstück mehr.«

»Nun – normalerweise kostet eine Wabe zwei Silberstücke!«

»Da müsste sie schon in einem goldenen Pokal serviert werden! Straßenräuber! Schuft! Gieriges Subjekt!«

Er lachte. »Schon gut, schon gut. Ich sehe, der Appetit macht dich rasend und sehr attraktiv. Ich beuge mich. Du bekommst drei Waben für einen Pfennig.«

»Fünf!«

»Vier!«

»Her damit!«

Allerdings wie sie transportieren? Ich konnte den Honig schlecht zu den Hühnerinnereien geben.

»Hier, Schönste, ich schenke dir noch das Töpfchen aus gehärtetem Leder dazu. Empfiehl mich weiter und denk an mich, wenn du vom Honig naschst! Wo der herkommt, ist noch mehr!« Er grinste mich unverschämt an, nahm regelrecht Maß mit seinen Blicken und zwinkerte! Ja, hatte er den Witwenschleier nicht gesehen? Und mein Alter! Ich bin schon neunundzwanzig Jahre alt, ein uraltes Weib!

Etwas fassungslos gab ich ihm den Pfennig und ging davon wie eine Schlafwandlerin. Ich wusste tatsächlich nicht, ob ich mehr empört oder geschmeichelt sein sollte. Ob ich wirklich noch attraktiv war?

2

Es hätte ein guter Abend werden können, einer von den leisen, zurückhaltenden, wie ein höflicher alter Herr, der sich nicht aufdrängt und die Luft nicht mit Klagen und Schelten erfüllt – ein freundlicher alter Abend, der keine besonderen Freuden bereithält, außer der Abwesenheit von neuem Kummer und zusätzlichen Sorgen, ein Abend, an dem das Herz aufatmen kann und die Welt den Mund hält.

Als ich zu Hause ankam, nahm mir Mutter den Korb aus der Hand.

»Süßigkeiten!«, sagte sie streng, als sie den Honigtopf erblickte. »Christine, manchmal bist du wie ein Kind!« Sie schüttelte den Kopf, dabei wusste ich, dass sie das meiste davon vertilgen würde.

»Wir haben kein Salz mehr. Du müsstest noch«, sie inspizierte den Korb, »zwei Pfennige haben. Geh zu Berthe und kauf Salz.«

»Schick Héloise«, gab ich zurück.

»Héloise hat genug zu tun. Wir haben den ganzen Nachmittag Brot gebacken!«

»Jean hätte gehen können.«

»Jean lernt.«

»Céline!«

»Céline hat Näharbeit mehr als genug.«

Ich wäre, auch wenn ich das Geld noch gehabt hätte, nur äußerst ungern zu Berthe gegangen.

»Also gut. Ich gehe schon.«

Unser Turm war Teil der alten Stadtmauer von Philippe Auguste. In Notzeiten konnte er mittels einer schweren Eisenkette mit der Ile St. Louis verbunden werden, um den Fluss zu kontrollieren. Im Schatten der Mauer drängten sich Häuser, Werkstätten und Läden. Nebenan hatte ein Genueser Kaufmann im Obergeschoss seine Wohnung und unten sein Kontor.

Er handelte mit Gewürzen, Stoffen und mit allerhand hübschen Dingen für Haus und Eitelkeit, je nachdem, was seine Schiffe ihm von ihren Reisen brachten.

Die Tür stand offen. Ich nahm einen tiefen Atemzug, straffte meinen Rücken, reckte den Kopf und ging hinein. Berthe verhandelte mit einer wohlhabenden Bürgerin über ein Stück gelbes Tuch. Sie zog den Stoff rumpelnd vom Ballen und hielt ihn der Käuferin hin.

»Es würde Euch hervorragend stehen. Gelb lässt Euren Teint leuchten, es bringt Eure feine Haut recht gut zur Geltung. Und dann, wenn ich Euch raten darf«, sie zog eine kleinere Rolle aus dem Regal hinter sich, »ein grünes Brusttuch aus Lyonnaiser Taft, so zart wie eine Spinnwebe, verdeckt nichts! Und Ihr habt doch so eine schöne Büste!«

Die Zusammenstellung war fürchterlich, und die Dame würde in Gelb aussehen wie ausgespien. Ein feines Lächeln kam mir ganz von selbst auf die Lippen. Pfui!, schimpfte ich mich. Bist du etwa missgünstig? Ein kleines Stoßgebet um Vergebung murmelnd strich ich durch den Laden, berührte einen Teppich, hob einen schönen Wandteller hoch, während Berthe mich aus den Augenwinkeln beobachtete.

»Lass das stehen«, rief sie mir zu. »Du kannst es doch nicht bezahlen!« Und zu ihrer Kundin: »Ich weiß nicht, warum Leute alles in die Hände nehmen müssen, wenn sie doch kein Geld haben! Nachher wirft sie es noch herunter und kann es nicht mal ersetzen!«

Die Antwort der Kundin hörte ich nicht. Mir sauste das Blut in den Ohren vor Zorn. Wie konnte sie mich nur so blamieren! War ich eine Bettlerin? Eine Diebin? Berthe und ich kannten uns seit zwanzig Jahren! Ich setzte den Teller ab, als wäre er glühend heiß.

»Vorsicht! Der ist zerbrechlich!«, musste sie rufen. Berthe war klein, dürr und ungefähr so liebenswert wie sieben Jahre Pech. Sie hatte einen nicht zu bändigenden Mopp von schwarzem Haar auf ihrem Kopf, von dem ständig Strähnen aus der Haube rutschten, so dass sie eine Stunde nach dem Frisieren aussah wie die Medusa mit ihrem Schlangenhaupt.

Ihre Mundwinkel zeigten nach unten, und trotz des Wohllebens hatten sich rechts und links der Nase tiefe Furchen permanenter Übellaunigkeit eingegraben. Die einzige Freude ihres Daseins war ihr Sohn Aldo, an dem niemand sonst etwas Erfreuliches zu finden wusste: ein dicklicher Jüngling mit einem Hinterteil wie eine Kiste und einem Gesicht wie eine traurige Kuh. Er war schon sechzehn oder siebzehn Jahre alt, längst erwachsen. Dennoch spielte er im Geschäft nur eine untergeordnete Rolle.

Die feine Dame hatte ihre Entscheidung getroffen: Gelb und Grün. Hör nicht auf Berthe – du wirst aussehen wie Pickel auf Spinat, hätte ich sie gern gewarnt, doch hätte sie auf mich gehört?

»Aldo! Trag der Gnädigen den Stoff nach Hause, mein Schatz.«

Der Schatz erhob sich von dem Schemel im hinteren Teil des Ladens, wo er Datteln gegessen und in einem schön bebilderten Buch geblättert hatte. Schweigend ließ er sich die Ballen aufladen. Schweigend, mit einem Nicken und freundlichem Blick aus seinen feuchten, braunen Augen schlurfte er an mir vorbei.

Die Medusa wandte sich mir zu.

»Kein Kredit mehr!«

»Habe ich darum gebeten?«

»Du wirst gleich darum bitten.«

Wie unangenehm es ist, wenn solche Leute Recht haben! Ich hatte ja die zwei Pfennige für Honig und das Halsband ausgegeben. Daher ging ich zum Angriff über.

»Gib mir nur ein Säckchen Salz, Berthe, sei so gut.«

»Aha.« Sie hielt die Hand auf.

»Jetzt stell dich nicht so an. Wenn dein Mann da wäre, er würde es mir geben. Schließlich habe ich unsere letzten fünfhundert Goldstücke in sein Schiff investiert! Ich habe also sehr wohl Kredit bei euch!«

Berthe drehte mir den Rücken zu und gab vor, bunte Bänder zu sortieren.

»Kein Geld, kein Salz. Bettelpack! Es wird immer dreister. Ihr wohnt in einem herrschaftlichen Turm – verkauft den doch und zieht aufs Land, wo Leute wie ihr hingehören. Verdient gefälligst Geld, anstatt einfach weiterzuleben, als wären noch goldene Zeiten. Unverschämtheit so was! Nase hoch tragen, aber mit blanker Kehrseite!« So schimpfte sie vor sich hin, ohne mich anzusehen.

Ich hatte große Lust, ihr eins von ihren Ausstellungsstücken über den Schädel zu ziehen, aber dann hätte ich es ja ersetzen müssen.

Zu meinem Glück kam der »Genueser« herein, Massimo, der aus Genua stammte. So ungeheuer fettgefüllt waren seine Glieder, dass er beim Laufen die Beine umeinander herum bewegen musste, was seinem Gang etwas Schaukelndes verlieh. Aber er war großzügig und immer höflich, ganz gleich, ob man Pfeffer und Zimt oder nur getrocknete Saubohnen kaufte.

»Herr im Himmel, ich danke dir«, flüsterte ich. »Ich will auch nie wieder missgünstig sein.«

»Oh, guten Tag, Christine! Geht es dir gut?« Er strahlte mich an; ich weiß, dass er eine Schwäche für mich hat.

»Danke, alles in Ordnung, Monsieur Massimo. Wie gehen die Geschäfte?«

»Bestens, und …« Er beugte sich etwas zu mir herüber, so weit, wie es sein Gewicht erlaubte. Er schwitzte, das Gesicht glänzte speckig. »Ich habe Nachricht von *unserem* Schiff! Aus Catania, wo es angelegt, Wein und Weizen aufgenommen hat, den sie mit Vorteil in der Levante verkaufen werden. Sie wollten nach Zypern wegen dem Kupfer und nach Beirut, um Spezereien, Weihrauch, Purpurissimum und Lapislazuli aufzunehmen. Der Kapitän eines Schiffes, das sich auf der Rückreise nach Genua befand, hat einen Brief mitgebracht. Ich habe ihn eben erhalten!«

»Dann müsste *unser* Schiff …« Es machte mir Freude, dass er es als »unser« Schiff bezeichnete, obwohl meine Einlage von fünfhundert Talern doch relativ gering gewesen war. »… jetzt schon auf dem Heimweg sein! Vielleicht schon wieder in der Adria?«

»Unser Schiff! *Unser* Schiff«, schnaufte Berthe. »Ihr gehören gerade mal ein Fass Pökelfleisch und eine Handvoll Nägel.«

Massimo strahlte mich an: »Nimm es nicht krumm! Meine Berthe, die muss halt immer nörgeln. Sonst ist sie nicht froh.« Er tätschelte sie liebevoll.

»Mein Salz, bitte?«, erinnerte ich.

Berthe schaute giftig, während sie unter dem wohlwollenden Blick des fetten Massimo Salz in einen Sack füllte. Die runde Holzschippe machte ein feucht-kratzendes Geräusch, als Berthe sie heftig in die Tonne stieß. Im Beisein ihres Mannes wagte sie nicht, so mit mir umzuspringen, wie sie es tat, wenn wir allein waren. Ihre einzige kleine Rache war, dass sie mir klumpiges, graues Salinensalz gab statt feines weißes, die Blüte der bretonischen Salzgärten.

Ich nahm ihr den Sack aus der Hand.

»Danke, Nachbarin! Schreib es an, auf meinen Anteil am Schiff«, konnte ich mir nicht verkneifen zu sagen. »Wiedersehen, Berthe. *Bonne journée*, Massimo!«

Vielleicht hat sie ja Recht, dachte ich bei mir, während ich auf unseren Turm zuging. Mit einem Tritt vertrieb ich ein Schwein, das sich vorm Eingang suhlte. Es grunzte und ließ sich kaum stören, bewegte den Wanst nur ein winziges Stück beiseite. Wenn nur meine Seele ebenso gepanzert wäre wie diese Schweineschwarte!

Jemand von uns sollte arbeiten, Geld verdienen. Wir können nicht ewig so weitermachen: aufbrauchen, was man uns hinterlassen hat, und nach allen Seiten das Unheil nur in Schach halten. Jean ist noch zu jung. Und er wird auch lieber eine eigene Familie gründen, als Mutter, Schwester, Großmutter und Tante durchzufüttern. Es wäre eine zu schwere Last für ihn. Aber womit könnte ich Geld verdienen? Ich bin keine Händlerin und katastrophal im Umgang mit Geld. Ein Handwerk habe ich nicht gelernt – halt, doch, eines habe ich gelernt und kann es gut: Ich kann schreiben.

Meine Mutter empfing mich mit Klagen.

»Was?« Sie schaute in den Sack und nahm einen rosa-weißlichen Klumpen heraus, so groß wie ein Daumennagel. »Grobes Salz? Was hast du dir da wieder aufschwatzen lassen. Das ist für Vieh!«

»Es kann im Mörser zerkleinert werden und ist viel billiger als feines Salz. Du willst doch immer, dass ich sparsam bin, Mutter!«

Sie ließ den Sack fallen und stemmte die Arme in die Seiten.

»Ach was! Sparsam! Wärest du nicht so egoistisch und würdest wieder heiraten, dann könnten wir alle sorglos leben. Wenn schon nicht meinetwegen, dann tu es wenigstens für deine Kinder! Du bist jung. Dein Mann ist jetzt vier Jahre im Grab! Irgendwann ist es doch mal gut mit der Treue!«

Ich nahm den Sack auf und trug ihn wortlos in die Küche. Im dämmrigen Licht, das durch die hohen Fenster fiel, sah ich Héloise am Herd sitzen und Gemüse putzen. Aus dem Kessel über dem Feuer duftete es bereits nahrhaft nach Huhn, Kornbrei und Zwiebeln. Jean lümmelte am Tisch, einen Zinnbecher neben sich. Er war ein hübscher Bursche, kam ganz nach Etienne. Meine schönste Gänsefeder hatte er sich von meinem Pult genommen, piekste und quälte damit einen bedauernswerten Hirschkäfer, den er mit der Spitze der Feder zwang, im Kreis auf dem Tisch herumzuirren. Als Jean mich sah, stülpte er den Becher über sein Spielzeug. Fast hätte er dabei das Tier in zwei Teile getrennt. Unwillkürlich musste ich den Becher anschauen. Was dieses Tier empfinden mochte, im Dunkeln und gezwungen, immer im Kreis herumzulaufen?

»Was hast du gesagt, mein Schatz?«

»Maman, ich kann unmöglich länger diese Tunika tragen.«

»Warum? Was ist falsch an ihr? Sie passt doch. Sie ist noch gar nicht durchgetragen, fast wie neu!«

Hitzig hieb er mit der flachen Hand auf den Tisch. Er hat leider mein Temperament geerbt. Der Becher sprang hoch, fiel um, und der Käfer suchte eilig das Weite. An der Tischkante hielt er inne und ließ seine Fühler über dem Abgrund spielen. Ob so ein Tier sich etwas dachte? Hatte es die Wahl zu springen oder ein Gefangener zu bleiben? Mit einer entsetzlich beiläufigen Gebärde schnippte Jean ihn wieder in den Becher.

»Tuniken sind für Kinder! Erst heute haben sie mich beim Spielen nicht mitmachen lassen, weil sie gesagt haben, ich sei noch ein Kind!«

»Ich nehme an, es ging um Kartenspielen, und das habe ich dir ohnehin verboten.«

Sein blasses Gesicht überzog sich mit einer fleckigen Röte. »Ich ertrage das nicht mehr! Du machst mich zum Gespött der Domschule. Bald werde ich auf die Universität gehen! – Aber nicht in diesem absolut lächerlichen Kittel!« Er zog sich die Tunika über den Kopf und warf sie auf die Erde. So stand er in der Küche, mit seinem mageren, weißen Oberkörper. Ich bückte mich, hob das Hemd auf und warf es ihm zu.

»Jean! Benimm dich nicht wie ein Bauer, wenn du ein Magister werden willst! Bedecke dich!« Er schmollte. »Ich tue, was ich kann, aber du weißt genau, wie bedrängt unsere Lage ist – warte: Komm mal her!« Er zog sich widerwillig die Tunika über und kam zu mir in den Lichtstrahl des hohen Fensters. Jetzt sah ich erst sein blaues Auge und die blutigen Schrammen am Kinn.

»Was ist denn das? Was hast du getan?« Ich griff mir sein Kinn mit fester Hand und schaute mir den Schaden an.

»Ich habe mich geschlagen«, verkündete er stolz. Er war also in eine Rauferei mit anderen Jungen verwickelt gewesen. Soso. Das war das erste Mal. Er wurde tatsächlich erwachsen. Ich ließ sein Kinn los.

»Sie haben behauptet, mein Vater sei ein Niemand gewesen und Großvater habe den König umgebracht.«

»Was für ein kindischer, boshafter Unfug. Es hätte genügt, ihnen das zu antworten.«

Feurig: »Niemand beleidigt meine Familie!«

Mein armer Sohn. Er wusste nicht, wie ich tagtäglich beleidigt wurde und es sanftmütig ertrug – oder, ich will nicht lügen, wenigstens mit Fassung. Jean reichte mir schon bis über den Kopf; ich musste leicht zu ihm aufschauen.

»Ja, das müsste gehen. Du bist jetzt fast so groß, wie dein Vater war. Wir werden dir seine Kleider ändern. Dann hast du ein richtiges, feines Wams.«

Ein erneuter Wutanfall: »Vaters Kleider sind altmodisch!« Er setzte sich auf die Bank, drehte uns allen den Rücken zu und verschränkte die Arme. Nun brütete er! Ich musste lachen. Was für ein Theater! Das musste er von seinem Großvater haben, von Etienne jedenfalls nicht. Der blieb immer kühl, immer ruhig. Schlimmstenfalls sagte er stundenlang gar nichts, das war dann kaum zu ertragen und die schmerzlichste Strafe für mich. In meiner Familie dagegen benahmen sich alle wie große Tragöden. Jede kleinste Gelegenheit zum Streit wurde bis zur Neige ausgespielt, jedes Gefühl in seinen tiefsten Tiefen ergründet, herausgezerrt und zur Schau gestellt. Große Gesten, große Worte! Keine Gelegenheit wurde je vergeudet, Posen einzunehmen, so wie Spieler ihren Platz. Eine Misshelligkeit musste erst gefüttert und gemästet werden, bis sie zum Schicksalhaften anschwoll, und dann, wenn alle von Vorwürfen, Schreien und Tränen ermattet waren, folgten die allerherrlichsten Versöhnungen.

»Jean, wenn du wüsstest, wie du mich an deinen Großvater Pizan erinnerst!«

Er drehte sich um, unsicher, beschloss dann aber, es für etwas Gutes zu nehmen. Auch darin ähnelte er meinem Vater: Er suchte sich immer die bestmögliche Sicht der Dinge, während meine Mutter grundsätzlich pessimistisch war. Sie sagte, dann würde man nicht enttäuscht und manchmal angenehm überrascht. Sie zum Beispiel nahm jede Bemerkung sicherheitshalber erst einmal krumm. Korrigieren kann man sich dann immer noch.

»Jean, sei vernünftig. Ich kann dir keine neuen Kleider kaufen. Es steht völlig außer Frage. Wir werden dir Etiennes Wams wenden und kürzen. Seine Beinkleider müssten dir passen.«

»Ich will Zackenärmel und bunte Strümpfe *à la miparti*. Und ein Barett, wie es die Studenten tragen.«

»Dann sei nett zu deiner Schwester. Die kann am besten nähen von uns allen.«

»Céline! Würdest du? Du musst einfach! Ich kann mich doch nicht so blamieren.«

Céline stand da, selbst im geänderten Kleid, und nickte nur.

Mutter sah mich vorwurfsvoll an. Ja ja, es war alles nur meine Schuld, weil ich mich nicht verkaufen wollte. Ich war ein ungenutztes Kapital in den Augen meiner Familie.

»Wenn du heiraten würdest ...«

»Nicht schon wieder, Mutter!« Ich ergriff die Flucht. »Ich gehe in den Garten und schaue, ob ich etwas Löwenzahn finde, damit wir etwas Frisches zum Essen haben«, sagte ich und schnappte mir im Vorbeigehen den armen Käfer unter dem Zinnbecher. Zum Dank kniff er mich. Im Garten ließ ich ihn laufen. Eilig schwankte er davon und verschwand in einem Loch in der Mauer.

Statt, wie behauptet, Wildsalate zu sammeln, ließ ich mich mit einem kleinen Seufzer auf die Bank fallen, mit dem Rücken zum Haus. Tante Marie und Héloise hatten die Erde aufgehackt. Schnurgerade zogen sich die Furchen, eine neben der anderen vom Haus bis hinunter zum Flussufer, unterbrochen nur von einigen Reihen Birn- und Apfelbäumen. Wir würden Kohl haben und Rüben, Zwiebel, Erbsen, dicke Bohnen; Würz- und Heilkräuter, doch zu meinem Leidwesen keine Blumen. Mutter war nicht für Blumen.

Vereinzelt zeigten sich schon grüne Spitzen auf den Erdkämmen. Ohne den Garten hätten wir nicht überleben können. Blanka und Yolanthe, die beiden Katzen, bequemten sich, mir um die Beine zu streichen. Sie waren halbwild und taten, was und wann es ihnen passte. Doch zeigten sie mir ausnahmsweise Zärtlichkeit, dann fühlte ich mich getröstet und seltsam beruhigt durch ihre Anwesenheit. Céline kam heraus und setzte sich zu mir.

»Maman?«

»Ja, Liebes?«

»Es ärgert mich, dass Jean in die Domschule geht und ich dafür noch seine Sachen nähe. Ich mach's, aber es ärgert mich!«

Ich seufzte. »Ich weiß, Céline, und es ist gut von dir, dass du es dennoch tust.«

»Gibst du mir heute Abend noch Unterricht?«, fragte sie.

Die rotgetigerte Yolanthe machte plötzlich einen Satz und hatte auch gleich eine Maus erwischt. Gleich würde Blanka sie ihr abjagen, und sie würden mit dem armen kleinen Tier so lange spielen, bis es tot wäre. Grausam, doch so war ihre Natur.

»Wenn du möchtest. Hast du die Lateinvokabeln geübt, die ich dir aufgegeben habe?«

»Ja«, sagte meine brave Tochter. Céline ist so gefügig und dabei empfindsam, dass es mir Sorgen bereitet. Sie ist doch dreizehn und müsste längst den Jungen schöne Augen machen. Hat man schon je ein dreizehn Jahre altes Mädchen gesehen, das die Philosophie dem Posieren vorzieht? Und dann: Ich weiß nicht, wie ich sie verheiraten soll. Es gibt kaum Mitgift, abgesehen von jenen unglückseligen Landgütern, von denen ich nicht einmal weiß, ob sie nicht abgebrannt sind. Die Aussteuer ist zusammengesucht aus meinen Dingen und denen ihrer Großmutter.

Ich erinnerte mich an das kleine Geschenk und zog das Halsband aus meiner Gürteltasche.

»Da! Ich habe auf dem Markt etwas für dich gefunden.«

Sie griff danach und hielt es vor sich hin. Die schräg einfallenden Strahlen der Abendsonne machten aus dem Stückchen Glas ein Ding von Feuer und Geheimnis.

»Ein Halsband, wie wunderschön! Oh, danke, Maman!« Sie legte es sich um und präsentierte sich, ein wenig atemlos, ein wenig ängstlich. Jetzt kam gleich die Schicksalsfrage: »Bin ich hübsch?«

Ich lachte und zitierte Deschamps im Singsang:

Bin ich, bin ich, bin ich hübsch?
Ich würde sagen, es kommt mir so vor:
Ich sehe gut aus, habe ein süßes Gesicht
Und einen Mund wie eine rote Rose.
Sag mir, sag mir, sag mir, ob ich hübsch bin!

»Oh Maman!« Céline kicherte und gab mir einen Klaps auf den Arm.

»Du bist sehr hübsch! Du hast schönes, braunes Haar, glänzend wie das eines Marders. Du hast ein feines Gesicht, ganz wenige Sommersprossen nur, Augen wie ein Reh ...«

»Maman!«, rief sie. »Du machst dich lustig über mich!«

»Ganz und gar nicht. Du bist wirklich hübsch geworden, aber lass hören, ob in dem hübschen Köpfchen ein Verstand steckt. Du kennst das Gedicht von Monsieur Deschamps.« Es war sehr populär zur Zeit und man sang es in den Gassen, wo immer ein junges Mädchen sich zeigte. »Machen wir ein wenig Poesie-Analyse: Sag mir, was hat Monsieur Deschamps damit gemeint?«

Es ging stundenlang so weiter, ein Vers nach dem anderen, in dem eine Frau ihre Reize beschreibt, und als Refrain der äonenalte Seufzer aller Mädchen in Célines Alter: Bin ich, bin ich, bin ich hübsch?

»Das Gedicht macht sich lustig über die Rituale der Werbung«, sagte meine kluge, ernste Tochter. »Ein Mädchen darf nicht werben, es kann nur seine Schönheit einsetzen, um zu bekommen, was es will, und muss dabei bescheiden sein – oder wenigstens scheinen. Sie muss einen Jungen dazu bringen, ihr Komplimente zu machen, damit ihm klar wird, dass sie tatsächlich begehrenswert ist. Maman, was tun denn Mädchen, die nicht schön sind?«

»Tja, dann hilft es, reich zu sein oder einen Titel zu haben. Wie gut für dich, dass du hübsch bist.«

Sie kicherte.

»Maman, ist es denn wahr, was Jean sagt, dass Frauen nur web ... Wie hat er das gleich gesagt? Gott hat den Frauen nur dies gegeben: das Flennen, Schwätzen und das Weben.«

»Das hat er zu dir gesagt?« So ein kleiner Stinker! Ich hatte große Lust, ihn weiter in seiner Schuljungen-Tunika herumlaufen zu lassen! »Hör zu«, sagte ich zu meiner Tochter. »Ich werde dir ein paar Argumente an die Hand geben. Dann kannst du ihn mit seinen eigenen großen Sprüchen schlagen. Das stammt nicht einmal von ihm. Es war ein Römer, der dies gesagt hat, ein lateinisches Sprichwort, das er im Schulunterricht aufgeschnappt hat und dir nun an den Kopf wirft, aber von mir aus. Nehmen wir es ernst und sehen, was darauf zu sagen ist. Wer ist der Urheber von allen unseren Eigenschaften?«

»Gott.«

»Ganz genau. Also müssen wir schauen, wie Gott damit umgeht und was er sich dabei gedacht hat. Erstens die Tränen, angeblich ein verächtliches Zeugnis weiblicher Schwäche und

Einfalt. Warum hat dann Gott selbst sich davon rühren lassen, als Maria Magdalena und ihre Schwester Martha um ihren aussätzigen Bruder geweint haben – geflennt? Er ließ sich rühren und erweckte den Verstorbenen zum Leben. Und dafür gibt es viele andere Beweise, dass nämlich sehr viel Gnade und gute Dinge geschehen sind, um der Tränen von Frauen willen. Hast du das verstanden?«

Céline nickte begeistert. »Ich habe es nie so gesehen. Ich habe immer gedacht, dass nur die Schwachen weinen. Schwach sein ist blöd! Außerdem macht das Flennen eine dicke Nase.«

»Dass Frauen körperlich schwächer sind, hat Gott so gewollt. Was Gott gemacht hat, kann nicht schlecht sein. Er hat uns damit veranlasst, andere Eigenschaften zu entwickeln als der wehrhafte Mann. Und die Fähigkeit, Tränen zu vergießen, ist eine edle Eigenschaft. Jetzt zum Schwätzen. Ich nenne es lieber die Gabe der Rede, und auch die ist uns von Gott verliehen. Wäre die weibliche Rede etwas so Tadelnswertes gewesen, wie man heute behauptet, warum hätte dann Jesus ein so hohes Geheimnis wie seine Auferstehung zuerst von einer Frau verkünden lassen, nämlich von Magdalena, damit sie es weitersagt?«

Meine kluge Céline durchschaute rasch, wie die Dinge laufen würden. Ihre Augen glänzten vor Vergnügen. »Man könnte sagen, das war eine Ehre, aber ich höre Jean schon argumentieren: Jesus hätte sich der weiblichen Schwäche bedient, um die Neuigkeit schneller zu verbreiten, weil ihr Mundwerk nie stillsteht.«

»Dann fragst du ihn, ob er etwa Jesus verunglimpfen will, wenn er ihm unterstellt, etwas so Vollkommenes, das größte Wunder der Christenheit, mit Hilfe einer menschlichen Schwäche enthüllt zu haben. Wenn Gott gewollt hätte, dass jeder die gute Botschaft sofort gewusst hätte, glaubst du nicht, er hätte es anders einrichten können? Aber er hat Magdalena beauftragt, die hinterher so verunglimpft wurde vom eifersüchtigen Paulus.«

Céline lächelte zufrieden, da war aber noch ein Punkt: »Und das Weben? Der dritte Punkt?«

»Tja, das Weben, was soll daran wohl schlecht sein? Jedermann liebt einen schönen Stoff. Wenn nun diese ganzen tapferen und hochmögenden Männer ihre nackten Kehrseiten noch mit Tierfellen bedecken sollten? Wenn er dir mit dem Weben kommt, dann frag ihn einfach, ob er nicht lieber seine alten Kleider weiter tragen will, anstatt sich mit diesem verächtlichen Zeichen deiner weiblichen Schwäche öffentlich blicken zu lassen.«

»Oder ich schenke ihm einfach meinen Bettvorleger!«

»Essen!«, rief von der Türschwelle aus Tante Marie, von meiner Mutter vorgeschickt.

»Oh, ich habe Hunger«, rief ich. Wir standen auf, klopften unsere Röcke ab, fassten uns kichernd an der Hand und liefen ins Haus.

Nach dem Essen griff meine Mutter in das Vorratsregal, suchte lange zwischen den Töpfen und Krügen, zwischen den eingemachten Bohnen und dem gesalzenen Kohl, den Essigflaschen und den eingelegten Kräutern.

»Wo habe ich es denn nur ... hier!« Sie zog eine Pergamentrolle mit einem mir nur zu gut bekannten Siegel aus dem Regal. »Ich wollte es dir gleich geben, als du kamst vorhin. Aber irgendwie hatte ich es vergessen.« Das Essen lag mir sofort bleischwer im Magen.

Ich nahm es ihr aus der Hand und ging ins Studierzimmer, wo mehr Licht zum Lesen war. Doch das Licht war nur ein Vorwand, um die Botschaft unbeobachtet lesen zu können, zweifellos eine neue Widrigkeit!

Ich erbrach das Siegel der Conciergerie. »Ort, Datum, etc., etc. seit vier Jahren mit der Miete im Verzug ... Wenn Ihr nicht innerhalb ... sehen wir uns gezwungen ... den Tour Barbeau wieder in den Besitz Seiner Majestät zu überführen.« Mit anderen Worten: Wir hätten unser Haus zu räumen.

Einen Augenblick war mir ganz taub, abgesehen von dem plötzlichen Schmerz in der Magengegend. Noch eine Schwierigkeit. Wie sollte ich nur damit auch noch fertig werden? Ich knüllte das Pergament zusammen, warf es auf die Erde, und es brüllte aus mir heraus: »Was?! Wie können sie es wagen? Was ist das wieder für eine Teufelei? Maman!«

»Brauchst nicht so zu schreien.« Sie stand bereits hinter mir. Ich riss mich zusammen. Anschließend ist es mir immer peinlich, wenn ich laut geworden bin.

»Maman, sie behaupten, wir seien Miete schuldig für den Turm und Zins für das Land, das dazugehört! Seit wann hätten wir Miete zu zahlen? Es war doch ein Geschenk des Königs an Vater, oder nicht?«

Sie zuckte resigniert die Achseln. »Das hat er jedenfalls immer gesagt.«

»Ja, ich erinnere mich nur zu genau daran: Der Turm ist unser Eigen, hat er gesagt, und ich werde ihn eines Tages dir vermachen, Christine, weil ja deine Brüder die Ländereien bei Bologna bekommen. Du bist gut abgesichert – hat er gesagt! Wer ein Haus hat und dazu ein kleines Stück Land, um seine Rüben anzubauen, dem kann nicht viel geschehen – das hat er doch oft gesagt, war es nicht so?«

»Ja, das stimmt«, murmelte meine Mutter.

»Und wo sind die Papiere?«

»Ich weiß es nicht. Aber oben ist eine Truhe mit Pergamentrollen, in die habe ich noch nie hineingeguckt. Dein Vater hatte seine eigene Ordnung.«

»Dann werden wir da jetzt nachsehen. Wir brauchen die Schenkungsurkunde. Dann wird alles aufgeklärt! Das wäre ja noch schöner.« Ich stand auf und zog meine Mutter hinter mir her. Tante Marie und die Kinder drückten sich auf der Treppe herum, um herauszufinden, warum ich so geschrien hatte.

»Geht wieder in die Küche oder von mir aus ins Bett! Es ist nichts, ein Irrtum. Es wird sich alles aufklären.«

Wir gingen nach oben ins Studierzimmer meines Vaters, wo seit acht Jahren wenig berührt worden war. Meine Mutter wischte ab und zu Staub. Leintücher bedeckten seinen Sessel und die Liege, auf der er manchmal geschlafen hatte, wenn er seine Sternbeobachtungen erst morgens abgeschlossen hatte. Die Bücher hatte ich alle zu mir herunterschaffen lassen. Aber hier war das Herz seiner Arbeit, die Astrolabien und Sternkarten, das alchemistische Labor mit seinem Athanor, dem Alchemistenofen, und seltsam geformten Behältern, Flaschen und

Pulver, kindskopfgroße Kristalle und andere esoterische Gegenstände, mit feinem Staub überzogen trotz Mutters Bemühungen. In einer Ecke des Raums, weitab vom Fenster, stand eine silberbeschlagene Truhe. Ich klappte sie auf. Sie war randvoll mit Dokumenten.

»Das kannst du doch jetzt nicht alles durchsehen«, sagte Mutter müde.

»Gib mir bitte eine Öllampe, nein, besser zwei.«

»Schau bei Tageslicht nach. Das Lampenöl ist zu wertvoll, verschwende es nicht!«

»Ich kann nicht schlafen. Ich muss es wissen! Gott, was für ein Durcheinander!«

Mutter kannte meinen Starrsinn. Kopfschüttelnd holte sie mir zwei kleine mit Fischöl gefüllte Öllampen, die ich in dafür vorgesehene Wandöffnungen stellte. In ihrem blakenden, stinkenden Halblicht zog ich eine Rolle nach der anderen hervor und sortierte sie. Wissenschaftliche Abhandlungen, Gedichte, weitere Sternkarten, ein Briefwechsel mit einem italienischen Kollegen und schließlich ein Brief des jungen Königs. Das war wohl das Begleitschreiben zu jener letzten Geldanweisung, mit der Karl VI. sich »seines geliebten Chirurgen« erinnert hatte. Daraufhin war er offiziell rehabilitiert gewesen. Doch nun ließen seine Feinde ihre Bosheit an seiner schutzlosen Familie aus.

»Wie? Kein Wein mehr da?«, hörte ich den Genueser nebenan schreien.

»Warum hast du keinen besorgt? Dir obliegt doch der Haushalt! Was tust du eigentlich den ganzen Tag?« Berthe keifte etwas, dann hörte ich die Haustür schlagen. Der Genueser ging wieder einmal ins Wirtshaus.

Wo war nur diese Urkunde? Geduld, es war eine Schenkung und dafür musste es einen Beweis geben. Er musste irgendwo sein.

Oh, wie verfluche ich die unselige Sitte, dass Männer ihre Frauen nicht in ihre Geschäfte einweihen. Das werfe ich meinem Vater vor, und das ist auch das Einzige, das ich Etienne vorzuwerfen habe. Hätten sie uns nicht so im Ungewissen gelassen, dann wären wir jetzt nicht in Schwierigkeiten.

Wenigstens hatten wir die Unterlagen über die drei Güter an der Marne. Nicht dass es uns viel Nutzen gebracht hätte, aber eines Tages werde ich die untreuen Verwalter verklagen und hinauswerfen lassen. Ein Prozess nach dem anderen. Wenn ich dies alles schadlos überstehe, dann darf ich mich wohl eine erfahrene Juristin nennen.

Da: Ein Schuldschein über 185 Goldfranken, noch einer über eine kleinere Summe, sieh an! Ich tat sie beiseite, um sie mir bei Tageslicht näher anzuschauen. Auf dem Boden um mich herum wuchsen Hügel und Haufen von Papier: Karten, Gedichte und Briefe hierhin, Geldangelegenheiten dort, und ein Stapel für alchemistische Rezepte (offenbar hatte er eine Menge sehr alter gekauft, eines war hebräisch, mehrere in Griechisch, vielleicht waren sie verkäuflich?).

Ich las, die Lampen flackerten und warfen meinen Schatten an die gegenüberliegende Wand. Im Haus war es schon lange still. Ich fand Tabellen und Berechnungen über mir unbekannte Gegenstände, die hebräischen Bücher, die König Karl V. meinem Vater verehrt hatte, als er noch in Gnaden war, und einen großen Vorrat an gutem Pergament, fertig geschnittene Seiten. Ich trug diesen Schatz zum Tisch und legte ihn dort ab. Leere Seiten! Es kam mir vor, als habe mir mein Vater damit etwas sagen wollen, dass ich sie gerade heute gefunden hatte.

Ich fand viel Geschriebenes aller Art, aber keine Schenkungsurkunde. Vielleicht hatte er sie versteckt, aber wo? Es musste sie doch geben, Vater war in alltäglichen Dingen zwar unbekümmert gewesen, doch nicht, wenn es um die Sicherheit und das Wohl seiner Familie ging. Leider war er unordentlich. Papa! Wo hast du das dreimal verfluchte Papier nur hingetan?

Ich schaute hinter jede Karte an der Wand, hinter den Wandbehang, sogar in den Athanor, befühlte Stühle und Schemel, sah unter den Tisch, suchte nach geheimen Schubladen. Eine der Lampe sandte einen letzten fetten Rußfaden aus, bevor ihr Licht verlosch.

Die Augen brannten und mir tat der Rücken weh. Erschöpft setzte ich mich auf die Liege und starrte in den Raum. Irgendwann ging die zweite Lampe aus, und ich nehme an, ich bin schließlich einfach umgefallen, zur Seite auf das Feldbett.

Mutter weckte mich.

»Oh, nein«, murmelte ich und zog das Kissen über meinen Kopf. »Geh weg!«

»Wie redest du denn mit mir? Christine! Wach auf!«

Sie hatte mich aus dem allerschönsten Traum geweckt: Ich hatte einen Schatz gefunden hinter einem losen Ziegel in der Turmmauer. Erst sah ich einen Hirschkäfer, der mir Zeichen machte, ihm zu folgen (mit dem rechten Vorderfuß, glaube ich), dann stemmte er sein Geweih gegen einen der Ziegel. Der Ziegel trug die Worte: »Hier herausnehmen«, was schon recht albern war, eben ein Traum. Und als ich den Ziegel heraushob, stürzten mir Bäche von Juwelen entgegen und klangen wie tausend Silberglöckchen: Saphire, Rubine, Amethyste und Karfunkel. Es war so erleichternd und beglückend, und die Steine waren so schön leuchtend bunt …

»Ich habe etwas geträumt, ich komme gleich!«, sagte ich laut und einigermaßen deutlich. Meine Mutter verschwand brummend und ich setzte mich auf.

Mein Blick fiel auf einen Turm aus vergilbtem Elfenbein, der einer übergroßen Schachfigur ähnelte, knapp eine halbe Elle groß. Mein Vater hatte gern schöne Dinge gekauft. Als ich klein war, erinnere ich mich, war unsere Wohnung voll von Kunstgegenständen, Bildern, Teppichen, silbernen Leuchtern und hübschen mechanischen Spielereien. Dieses musste eines der letzten Stücke sein, den Augen der Büttel entgangen, weil es so unscheinbar war. Ich rieb mir die Augen. Langsam stand ich auf, nahm den Turm hoch, befühlte und schüttelte ihn, fand schließlich einen kleinen Mechanismus im Boden – und im Turm befand sich die Urkunde für den Turm! Es war so einfach, dass ich lachen musste vor Erleichterung. Mit einem langen Finger zupfte ich das vielfach gefaltete Pergament aus der Höhlung. Ich entfaltete es und strich es mit zittriger Hand glatt. Ja, es war die königliche Schenkungsurkunde! Gleich heute noch würde ich zur Conciergerie gehen und alles in Ordnung bringen.

»Ich hab's«, sagte ich triumphierend, als ich die Küche betrat. Drei Gesichter wandten sich mir zu. In meiner Hand hielt ich die kostbare Schriftrolle, die unser Recht beweisen würde. Niemand kann uns von hier vertreiben.

»Maria und Josef sei Dank!« Tante Marie bekreuzigte sich.

Ich hielt Mutter die Rolle hin, doch sie schob meine Hand weg. »Ich ... meine Augen werden immer schlechter. Wenn du sagst, es ist so, dann ist es so.«

Die Wahrheit ist, dass meine Mutter nicht gern liest, da sie es nie richtig gelernt hat.

»Ich will mich frisch machen und ein anderes Überkleid anziehen. Dann gehe ich und bringe die Sache in Ordnung.«

»Du bist ein gutes Kind«, sagte sie. »So tapfer und so streitbar – wie ein Mann! Was würde ich ohne dich tun?«

Also fand ich ein präsentables Kleid für mich, dunkelblau, die Farbe der Treue, wie fast alle meine Sachen, dazu die weiße Hörnerhaube, sehr gemäßigt, mit dem Brustschleier, den niemals abzulegen ich geschworen habe. Das Kleid hatte Flicken an den Ellenbogen und die Säume waren ausgefranst. Es war eben nicht zu ändern.

Jean war schon fort. Céline saß am Fenster und nähte das Wams für ihren Bruder. Ich hatte ein schlechtes Gewissen ihr gegenüber.

»Nun war gestern doch keine Zeit für dein Latein. Aber heute Abend frage ich dich ab.«

»Versprochen?«

»Versprochen.«

»Wozu soll deine Tochter drei Sprachen können, das frage ich mich«, grollte meine Mutter. »Sie muss ohnehin ins Kloster.« Erschrocken sah ich mich nach Céline um, aber sie hatte offenbar nichts gehört.

»Sei still, Maman, sei doch nicht so roh zu dem Mädchen. Vielleicht findet sich ein anderer Weg.«

»Illusionen, Tagträume! ›Vielleicht findet sich‹ – das habe ich zu oft von deinem Vater gehört.«

»Hat er dir nicht ein gutes Leben bereitet?«

»Ja! Eine Weile lang, aber dann … Er war wie die Grille, die im Sommer tanzt. Er hat sich nie Gedanken um den nächsten Tag gemacht. Und jetzt stehen wir alleine da.«

Sie war mir zur Tür gefolgt. Plötzlich hörten wir von nebenan aus dem Kaufmannsladen Geschrei und eine saftige Ohrfeige klatschen.

Aldo heulte und der Vater brüllte: »Du bist aber auch zu dämlich!« Aldo entgegnete etwas, das man nicht verstand. »Nein! Das kommt gar nicht in Frage, dass du dich mit deinen krummen Pfoten in meine Geschäfte mischst! Du würdest ja doch nur alles verderben.« Wieder eine Pause, in der der Filius wohl Einwände vorbrachte, und dann: »Du fährst nicht nach Lyon!«

Und Berthe keifte: »Lass meinen Aldo in Ruhe, du ungehobelter Rohling!« Und dann: »Komm her, mein lieber Goldjunge, komm, komm zu Maman!«

Mutter und ich schauten uns an.

»Der Genueser könnte tatsächlich etwas freundlicher zu seinem Sohn sein. Er muss ja doch eines Tages den Laden übernehmen.«

»Aber nicht so schnell«, sagte meine Mutter. »Den würde ich auch nicht ranlassen. Der ist doch so blöd, dass er Wasser im Sieb nach Hause trägt.«

Kopfschüttelnd ging ich meiner Wege.

3

»Aber nein! Wo denkst du hin, Mädchen«, sagte der Kerl doch tatsächlich zu mir. Wie gesagt, ich bin neunundzwanzig Jahre alt, und mein Witwenschleier ist wohl kaum zu übersehen.

»›Madame‹, bitte«, sagte ich fest und, wie ich fand, würdevoll.

Elf Gesichter waren mir zugewandt. Ich stand in einer Schreibwerkstatt an der Place Maubert, im Universitätsviertel, wo sich wegen des großen Bedarfs der Studenten an Lehrbüchern zahlreiche Skriptorien und noch mehr Buchläden befinden.

Ich hätte mich hier gar nicht beworben, wenn unsere Not nicht so groß gewesen wäre. Der Raum war klein und dunkel, acht Pulte standen dicht an dicht, Stehpulte – keine Sitzgelegenheit. Und die Luft war so dick wie Graupensuppe. Es gab nur eine Reihe von winzigen Oberlichtern, die längst nicht ausreichten, um die Atemluft von neun Erwachsenen und zwei Lehrlingen schnell genug zu erneuern. Acht Männer standen an den Pulten und hätten eilig kopiert, wenn sie nicht von Neugier und Spottlust übermannt gewesen wären. Ein Lehrling, das Tintenfass in der Hand, das zu füllen er geschickt worden war, grinste mich boshaft an und legte die Hand an seine ausgepolsterte Schamkapsel. Zwei der Lohnschreiber feixten.

»Madame also.« Der Inhaber der Schreibstube sprach es aus wie eine exquisite Beleidigung. »Ich habe genügend Schreiber, und wenn ich doch einmal einen zusätzlichen benötigte oder einer der Herren die Frechheit hätte, tot umzufallen, dann würde ich ganz gewiss kein Weib anstellen!«

»Warum nicht?«, fragte ich wohl zum hundertsten Mal. »Erklärt mir doch nur um Gottes willen, was dagegen spricht! Ich schreibe genauso gut, so sauber und so flink wie jeder von denen. Lasst es mich Euch beweisen!«

Ich machte einen Schritt auf die Pulte zu.

»Ich werde kein gutes Pergament von einem Weib verderben lassen! Und jetzt geht, bitte! Frauen machen nur Ärger!«

Der Lehrling grinste und hörte nicht auf, mir hinter dem Rücken seines Herrn obszöne Gesten zu machen.

»Eure Frau vielleicht, und dazu hat sie sicher allen Grund, die Ärmste«, erwiderte ich und machte mich davon. Auf dem Weg hinaus gelang es mir noch, dem unverschämten kleinen Lümmel einen Fuß in den Weg zu stellen, so dass er auf die Nase fiel mit Tintenfass und allem Drum und Dran. Es war sehr hässlich von mir.

Im nächsten Laden bot sich ein ähnliches Bild: Ich kam herein, und der Inhaber wieselte heran. Mit gesundem Instinkt erkannte er die Manuskriptrollen unter meinem Arm.

»Madame, was dürfen wir für Sie tun? Kopieren mit Beglaubigung, Briefe verfassen, Gedichte, Illuminationen … wir können alles!«

»Das kann ich alles selbst, und ich möchte mein Können in Eure Dienste stellen, lieber Meister«, sagte ich so freundlich, wie ich es nach all der Bettelei noch vermochte. »Ich schreibe sauber, schön und flink. Darf ich es Euch einmal vorführen?«

Er war zumindest in Versuchung.

Ich wandte mich halb ab und raunte ihm zu: »Ich schreibe auch billiger als diese«, mit einem Kopfnicken gegen die Herren. So klein war ich schon geworden! Aber ich begehrte doch so sehr einen Platz in diesem muffigen, düsteren Raum. Nichts wollte ich mehr auf der Welt, als an diesem leeren Pult dort stehen und Seite um Seite mit Tinte füllen, mit rhythmischen Strichen, Rundungen und Punkten, befriedigend entschiedene Balken zu setzen mit etwas Druck auf die Feder; Zeile für Zeile exakt vom Original abgeschrieben in derselben Schrift, derselben Zeilenlänge und derselben Betonung, gerettetes Wort, Tinte gewordene Verlässlichkeit. Ich war bereit, eine Sklavin der Buchstaben zu werden.

Es war ganz still im Raum. Die Schreiber musterten mich – eine Frau, Konkurrenz? Doch wohl kaum.

»Also schön. Dort an dem leeren Pult ist Pergament, Tinte und ein Gänsekiel. Wir werden ja sehen.« Er legte mir ein Buch vor, aus dem ich abschreiben sollte, und meinte mir schon mit der Sprache ein Hindernis zu schaffen. Ich lachte in mich hinein. Als ob ich es nicht kennen würde: Galen, der römische Medicus, eine besonders langweilige Abhandlung über Darmgase. Mein Auftraggeber beobachtete mich mit Argusaugen.

»Ihr versteht Latein?«

»Sicher, sonst dürfte ich mich ja kaum um eine solche Arbeit bewerben. Außerdem Italienisch, Griechisch, Hebräisch und ein wenig Englisch.«

Der Meister schaute ungläubig. Abschätzig wedelte er mit der rechten Hand. Aufschneiderisches Frauenzimmer. »Schreibt, schreibt!«

Ich schüttelte die Tinte: dickflüssig, aber gerade noch brauchbar. Die Gänsefeder war an der Spitze ausgefranst. Routiniert nahm ich mein Messerchen zur Hand, beschnitt den Kiel und spaltete die Spitze. Dann prüfte ich das Pergament auf Löcher und Fehler, die eventuell zu umschreiben wären.

»Dort wird die Tinte durchbluten«, sagte ich. Es war ein altes Blatt, schon mehrmals benutzt und wieder abgeschabt, so dass es dünn und rau geworden war.

Mit verschränkten Armen hatte mich der Meister beobachtet. Ungeduldig schüttelte er den Kopf.

»Ja, glaubst du denn, ich gebe einem Weib ein neues Pergament? Zeig erst mal, ob du deinen Prahlereien nachkommen kannst!«

Ich legte die bleibeschwerten Schnüre routiniert über die offenen Seiten, um sie am Platz zu halten, und begann. Wenn ich schreibe, dann ist all meine Unsicherheit wie weggeblasen. Es ist etwas, das ich gern tue, und ich muss mich nicht wirklich anstrengen dabei. Anstrengend sind nur die Dinge, die man ungern tut. So schrieb ich, meine Feder glitt flink über die Seite, obwohl ich – wegen des Zustands des Pergaments – nur wenig Tinte in die Feder aufnehmen konnte.

Trifft die Feder mit viel Tinte auf eine schwache Stelle der Oberfläche, dann saugt die Oberfläche die Tinte gleich heraus, und man hat einen dicken, hässlichen Fleck auf der Rückseite. Pergamente wie diese kann man nur einseitig beschreiben und –

wenn es dennoch gut aussehen soll – sehr vorsichtig. Doch mein Vater hatte mir all diese kleinen Finten beigebracht. Ich war mir, als die Seite fertig war, ganz sicher, eine gute Arbeit abgeliefert zu haben. So streute ich etwas Sand darüber und trat vom Pult zurück.

Die anderen Schreiber unterbrachen wieder ihre Arbeit und wären am liebsten alle herangekommen, um zu sehen, was dieses prahlerische Frauenzimmer wohl zu Wege gebracht hatte. So machten sie Hälse wie Fischreiher. Einer zwinkerte mir zu. Ich lächelte selbstbewusst zurück.

Der Herr des Etablissements trat heran und nahm die Seite an den Ecken hoch. Er ließ den Sand wieder in die Sandschale gleiten und blies über die Oberfläche.

»Hm!« Er machte eine Schau daraus, zur Tür zu gehen und meine Arbeitsprobe im Tageslicht zu betrachten.

»Hm, hm! Nicht übel, wie du diese kleinen Löcher umgangen hast, ohne dass die Zeile dadurch irgendwie schief aussieht. Hm! Du hast nicht gelogen.«

»Und? Wann darf ich hier anfangen?«

»Langsam! Ich muss erst meinen Kompagnon fragen. Von mir aus – warum nicht? Was haltet ihr denn Maulaffen feil? Bezahle ich euch etwa fürs Löcher-in-die-Luft-Glotzen?«, brüllte er seine Schreiber an, die eilfertig ihre Nasen in die Bücher versenkten.

»Warum nicht«, sagte der Meister. »Es wäre zwar ungewöhnlich, aber auch nicht ganz unerhört. Es ist aber nicht meine Entscheidung allein. Komm morgen früh wieder.«

»Vielen Dank!«, sagte ich glücklich und mit pochendem Herzen. Auf dem Nachhauseweg gelang es mir noch, ein paar von Vaters alten Manuskripten und eine Sternkarte zu versetzen. Er hatte uns nie gesagt, wie viel sie wert waren, und ich bin fast sicher, der Pfandleiher übervorteilte mich. Er war zu freundlich, und das machte mich misstrauisch.

Doch meinen eigenen Gedichtband wollte niemand haben.

Ich kopiere nämlich nicht nur, ich habe angefangen selbst zu schreiben, erst um mich von meinem Kummer abzulenken, dann weil ich Gefallen daran fand. Vor zwei Jahren habe ich an einem Dichterwettbewerb teilgenommen – Etienne war zwei Jahre tot – und ich hatte nicht erwartet, Erfolg zu haben. Meine Gedichte, ich habe sie zum »Livre de Cent Ballades« zusammengefasst, sind alle traurig. Sie handeln von schönen Dingen, die es nicht mehr gibt, von Einsamkeit und Sehnsucht, von meinem Liebsten, der mir so fehlt.

Einsam bin ich und einsam will ich auch sein,
einsam hat mich mein süßer Freund zurückgelassen,
einsam bin ich, ohne Gefährten, ohne Geleit,
einsam bin ich, des Geliebten beraubt. *

Es waren nur erste Fingerübungen, doch sie haben den Preisrichtern gefallen. Ich bekam eine Urkunde und eine Silberkette dafür.

»Oh, vielen Dank. Das ist sicher recht anmutig, aber unverkäuflich«, sagten mir die lizenzierten Buchhändler. »Und außerdem ohne Bilder.«

Ich hatte mich schon an farbigen Initialen versucht, doch kann ich nicht gut zeichnen, und ehe ich Schafe male, die wie wollige Schweine aussehen, und schielende Schäfer mit Tonnenfiguren, lasse ich die Illuminationen lieber weg. Allenfalls mache ich die Initialen farbig.

»Warum sind sie unverkäuflich?«, fragte ich. (Warum, warum, warum? Die Frage meines Lebens!) »Ich sehe, Ihr habt doch andere Gedichtbände im Angebot.«

»Das sind aber Gedichte von berühmten Personen.«

»Aha. Und wie sind sie wohl berühmt geworden, wenn niemand ihre ersten Gedichte gelesen hat? Ich habe immerhin den Pariser Dichterwettbewerb gewonnen. Hier ist die Siegerkette!«

Der Händler warf nur einen flüchtigen Blick auf die Pracht. »Ja ja, sehr nett. Ich gratuliere Euch, Madame de Pozzin. Aber wisst Ihr denn überhaupt, wie viele solche Wettbewerbe es gibt und aus wie wenigen Preisträgern berühmte Leute werden? Nein, das hat keinen Wert. Kommt wieder, wenn Euer Name geläufiger ist.«

Ein anderer sagte mir sehr reizend und verbindlich, nachdem er einige Verse gelesen hatte: »Wirklich hübsch, tatsächlich: Ihr habt Talent. Dennoch würde Euer Büchlein in meinem Laden nur Staub fangen.«

»Keine Bilder.«

»Richtig. Das muss nun einmal sein. Beschäftigt einen Buchmaler.«

»Dafür habe ich kein Geld.«

Er hob die Hände. »Dann kann ich Euch leider nicht helfen.«

Ich nahm all meinen Mut zusammen und ging zu einem Verleger. Das waren solche, die zwischen reichen Sammlern und den Schreib- und Malerwerkstätten vermittelten. So einer müsste doch die besten Verbindungen zu potenziellen Käufern haben, dachte ich. Der Mann hatte seinen Laden auf der Grande Rue St. Germain. Drei geziegelte Stufen führten hinab in ein aufgeräumtes kleines Souterrain. An den drei Wänden jenseits der Tür waren auf langen Tischen Bücher in verschiedenen Stadien der Fertigung ausgestellt. Ich sah Pergamentbögen, in Lagen geheftet, Buchblöcke, Buchdeckel aus geschnitztem Holz, andere mit feinstem Vellum bezogen, mit Messingbuckeln, mit Schließen verschiedenster Qualitäten von einfachen Lederbändern zu solchen mit Schlössern und Silberschmiedewerk, ja selbst Schließen mit Juwelen waren dort zur Schau gestellt. Da lagen nebeneinander viele einzelne Blätter mit Schriftproben, fett und gerundet, steil und geizig aneinander gedrängt, gerade oder kursiv, Buchstaben mit breitem Federkopf geschrieben, so dass sie schwer und selbstbewusst auf dem Grund hockten, als wollten sie sagen: Schau her, ich habe dir etwas Wichtiges mitzuteilen! Andere krabbelten geradezu über das Pergament wie von Insektenbeinen geschrieben, ganz so, als ob sie nur unwillig und auf Umwegen ihre Geheimnisse preisgäben. Neben den Schriftproben gab es vielerlei Muster für Initialen, Randbemalungen und Illuminationen.

Der Verleger stand mit einem Kunden an seinem Pult, wo die beiden augenscheinlich ein fertiges Werk betrachteten. Der Kunde befühlte die Seiten und mäkelte herum, um den Preis zu drücken. Ich betrachtete die ausgestellten Muster und wartete geduldig, bis sich die beiden handelseinig wurden. Endlich ging der Kunde, das in Stoff gehüllte Buch unter dem Arm. Der Verleger wandte sich mir zu.

»Madame? Verzeiht, dass ich Euch warten ließ!« Er war in ein langes Gewand aus feinem, rehbraunem Samt gekleidet und trug eine ebensolche Kappe, unter der silbergraues Haar bis zur Schulter hing. »Aber kenne ich Euch nicht?«, sagte er und blinzelte mir kurzsichtig ins Gesicht. Mein Vater war ein guter Kunde bei ihm gewesen, oft zum Ärger meiner Mutter, die das Geld, welches er hier zu lassen pflegte, lieber für den Haushalt gehabt hätte.

»Aber natürlich! Die Tochter des guten Meister Tommaso! Das ist also die kleine Christine! Eine schöne Frau ist daraus geworden. Einen Gedichtband geschrieben? Sehr schön, weiter so! Ach, ich würde Euch so gerne helfen, so gern, glaubt mir, schon um Eures Vaters willen, aber ...«

»Ich weiß: Unbekannt und ohne Bilder.« Ich durfte ihm immerhin ein Bändchen dalassen, und er versprach, es geeigneten Kunden zu zeigen. Doch danach hörte ich nichts mehr von ihm. Und nun hatte ich also meine Träume darauf beschränkt, die Schriften glücklicherer Autoren zu kopieren, als ich selbst einer bin. Sei's drum: Lieber ein satter Kopist sein als ein hungriger Dichter.

Am nächsten Tag kam ich wieder auf die Rive Gauche: Über die Petit Pont, die Grande Rue St. Jacques, die von bunt gekleideten Studenten wimmelte, St. Germain ebenso. Die meisten der jungen Leute taten wichtig, rempelten Bürger an, stahlen aus den Auslagen und gafften nach den Frauen. Mir schien, etliche waren schon so früh am Morgen, oder immer noch, betrunken. So ein lümmelhaftes Benehmen würde ich Jean nicht durchgehen lassen!

Als ich zu der Schreibwerkstatt kam, in der ich gestern meine kleine Vorführung gegeben hatte, empfing mich der Besitzer mit langem Gesicht.

»Guten Morgen, meine Liebe. Wie traurig, wie traurig, dass ich dir eine schlechte Nachricht geben muss. Mein Kompagnon war nicht einverstanden.«

Ich hatte das Gefühl, unter meinen Füßen täte sich ein tiefes, schwarzes Loch auf. Ich war mir so sicher gewesen, es gut gemacht zu haben.

»Aber gestern …«, stotterte ich.

»Ja, und ich stehe zu dem, was ich sage. Aber ich sagte auch, die Entscheidung liegt nicht allein bei mir.«

»Aber warum?«

»Mein Mitinhaber will keine Frau im Laden, weil er meint, das lenke die anderen Arbeiter ab.«

Was immer ich vorbrachte, ich war schon gescheitert.

Er gab mir noch einen Rat: »Geh in die Rue de Bordelle – es ist dort nicht so schlimm, wie es klingt. Dort gibt es einen Schreibladen, in dem bereits eine Frau arbeitet. Da hättest du sicher bessere Aussichten.«

»Danke, Monsieur.« Ich verabschiedete mich rasch, um die Tränen der Enttäuschung zu verbergen.

Bei der angegebenen Adresse hätten sie mich sogar genommen, doch die Plätze waren alle besetzt. Ich solle in ein paar Wochen noch einmal nachfragen. Die rothaarige Schreiberin in der Ecke winkte mir freundlich: Nicht aufgeben! Sie wusste wohl um meine Schwierigkeit.

Manchmal ist es besser, seine Ziele nicht zu verbissen zu verfolgen. Ich brach meine Suche ab und ging zum Turm zurück.

»Marie, Céline! Wir gehen Kleider kaufen!«

Der Jubel wurde von meiner Mutter unterbrochen: »Christine! Bist du übergeschnappt? Wovon willst du das bezahlen?«

»Ich habe ein paar Schriften aus Vaters Truhe versetzt. Griechische und lateinische Abhandlungen, die uns wenig nützen, Mutter. Und eine seiner Sternkarten.«

»Seine Karte! Wie konntest du!«

»Mutter, du hast sie nie angeschaut. Sie lagen seit acht Jahren und länger dort. Im Übrigen habe ich aufgepasst, nichts wirklich Wertvolles herzugeben. Und schau uns doch an. Eine schöne Sammlung von Vogelscheuchen geben wir ab, geflickt, zerrissen, unterfüttert, fadenscheinig, gekürzt und angesetzt! Wir werden alle ein paar bessere Sachen bekommen, auch Héloise!«

Die Magd, die mir den Rat gegeben hatte, grinste mich vom Herd her an.

»Und das soll für uns alle reichen? Das bisschen, was du eingenommen hast? Vergiss nicht, wir haben Schulden!«

»Die Schulden kann ich ohnehin nicht zahlen. Wenn ich von jedem Sou, der mir in die Finger kommt, zuerst Schulden abzahle, dann gehen wir bald alle barfuß! Wir gehen zum Katzenplatz.«

»Zum Katzenplatz!« Mutter war empört. »Niemals, solange dein Vater gelebt hat, habe ich einen Faden auf dem Leib gehabt, der nicht neu und eigens für mich gefertigt war! Und jetzt soll ich getragene Sachen anziehen?«

»Besser getragene als zerschlissene. Mutter, ich weiß, dass ich für euch nicht so sorgen kann, wie Vater und Etienne es konnten. Ich kann dir aber versichern: Es liegt nicht an mir!« Und damit rannte ich aus dem Haus.

»Wenn du heiraten würdest, dann würde es uns allen besser gehen. Aber du willst ja lieber deine Familie an den Bettelstab bringen und … und herzzerreißende Gedichte über deinen entschwundenen Ehemann schreiben, du …« So klang es hinter uns her.

»Gestorben, nicht entschwunden«, sagte ich durch zusammengebissene Zähne.

»Lass sie doch reden! Es wird sich schon was finden«, sagte Tante Marie, die mich eingeholt hatte. Und an der Lebensphilosophie konnte man erkennen, dass sie Vaters Schwester war.

»Wartet!« Céline rannte hinter uns her, froh, dem Haus entkommen zu sein für ein paar Stunden.

»Tante Marie, ich muss dir etwas erzählen. Und du, Céline, behältst es schön für dich!« Wir tauchten unter einem tief hängenden Wirtshausschild durch. »Wenn ich nicht mit jemandem darüber spreche, dann stürze ich mich noch in die Seine!«

»Ach, nun mach mal nicht solche Sprüche! Du würdest eher jemand anderen in die Seine werfen. Was ist denn passiert?«

Tante Marie, klein und robust, ist eine unverheiratete Schwester meines Vaters. Mutter hat ihr immer übel genommen, dass sie nicht ins Kloster gegangen ist. Sie ist mein ganzes

Leben lang immer da gewesen. Früher war sie einfach »Tante Marie« gewesen, eine lustige, ausgleichende Präsenz in unserem stürmischen Haushalt. Zu ihr ging ich mit meinen kindlichen Kümmernissen. Sie vermittelte, wenn ich eine kleine Untat begangen hatte, oder war meine Komplizin. Als ich älter war, machte Mutter mir Andeutungen über einen Skandal. Marie hatte sich unpassend verliebt, in einen nahen Verwandten, und er sich in sie. Sie wollten zusammen durchbrennen, wurden aber daran gehindert. Marie wollte danach keinen anderen heiraten und widersetzte sich erfolgreich allen Versuchen der Familie, sich ihrer zu entledigen, bis sie schließlich zu alt war.

»Der Mann, den sie liebte, blieb er ihr auch treu?«, fragte ich Mutter.

»Wo denkst du hin. Er hat bald darauf eine andere genommen. Männer sind unfähig, allein zu bleiben«, antwortete Mutter.

Danach sah ich Marie mit anderen Augen und suchte in ihrem verblühten Gesicht das junge Mädchen, das sie gewesen war. Sie hatte sich einen Panzer aus Grobheiten und Gleichgültigkeit zugelegt, doch blieb sie weiterhin meine Verbündete. Bei ihr konnte ich mich aussprechen, selbst wenn sie gegen Mutter keine große Hilfe war.

Wir bogen in die gepflasterte Hauptstraße ein, auf der sich besser laufen lässt, weil es Abfallrinnen gibt und zwei Spuren für Fahrzeuge. Ochsenfuhrwerke, Reiter und bepackte Maultiere drängten sich aneinander vorbei. Straßenverkäufer riefen Holzkohle, Pasteten und Wasser aus, ein königlicher Ausrufer schrie: »Wein! Wein! Der neue Wein des Königs ist da! Wein! Wein!«

Tante Marie schnaufte ärgerlich: »Aha. Für uns bedeutet das dann mal wieder Ebbe!«

Wenn der Wein des Königs auf den Markt kam, dann mussten die Wirtsstuben so lange schließen, bis er verkauft war. Niemand durfte dem König Konkurrenz machen. Ärgerlicherweise war der Wein des Königs auch besonders teuer, weshalb Marie trockenen Zeiten entgegensah. Wie gern hätte ich ihr ein ganzes Fass vom besten gekauft.

»Tante Marie, ich habe alles versucht. Ich wollte arbeiten gehen, das tun, was ich wirklich gut kann: schreiben, kopieren. Ich will ja, aber sie lassen mich einfach nicht!«

Céline hakte sich bei mir ein, nachdem sie einen kleinen Sprung über einen toten Hund gemacht hatte. »Du willst arbeiten, für Geld? Ja, geht denn das?«

»Warum denn nicht?«, sagte ich mit Nachdruck. »Es gibt so viele Schreibwerkstätten auf der anderen Seite der Seine. Die Universität braucht Tonnen von Büchern, und die nichtsnutzigen Studenten nutzen sie schneller ab, als Nachschub gefertigt werden kann. Es ist genug Arbeit da! Aber lassen sie mich? Nein! Ich war in jedem verfluchten Skriptorium auf dem linken Ufer. Aber nichts! In der einen Werkstatt wird niemand gebraucht, und für die meisten ist es überhaupt undenkbar, eine Frau einzustellen. Einer hat mich sogar demonstrieren lassen, und ich habe es sicher nicht schlechter gemacht als seine Gesellen da, und trotzdem habe ich die Stelle nicht bekommen. Sie lassen den Platz lieber leer, als ihn einer Frau zu geben!«

»Ja, das war sicher sehr enttäuschend für dich, mein Kind«, sagte Tante Marie. »Schau, das Wirtshaus ist noch offen! Ob der den Rufer nicht gehört hat?« Sie blickte mich erwartungsvoll an, hatte doch selbst keinen Pfennig eigenes Geld.

Auch mir war nach einer Stärkung. »Gibt's noch Wein?«, rief ich, als wir die Schänke betraten. »Zwei mit, eins ohne!« Eilig brachte der Wirt zwei Becher verwässerten und für Marie den unverdünnten Wein.

»Trinkt rasch! Ich habe nichts gehört«, sagte er und steckte die Kupferstücke ein.

Tante Marie griff nach dem Becher und trank die Hälfte in einem Zug. Dabei schloss sie die Augen. Die Wimpern flatterten leicht, bläuliche Augenringe im weißen Gesicht, die Haut so fein gefältelt wie ein Klatschmohnblatt. Sie ließ einen langen, zufriedenen Seufzer hören.

»Viel brauche ich nicht, nur meinen Wein! Ich danke dir, Christine, meine Lebensretterin. Deine Mutter hat mich wieder knapp gehalten heute Morgen. Was ich eben sagen wollte: Vielleicht fängst du zu weit oben an.«

»Wie meinst du das?«

»Nicht, dass du das Schreiberhandwerk nicht beherrschen würdest. Aber die Zeiten sind nun einmal schwierig, und da wäre es besser, wenn du dir nicht gleich vornehmen würdest, fest eingestellt zu werden. Wenn du vielleicht nicht so versessen darauf wärst, ganze Bücher zu kopieren …«

Ich schaute sie gespannt an. Tante Marie ist eine Meisterin im Ausweichen. Aber wohin konnte ich denn noch ausweichen? Ich hatte doch alles versucht.

»Wenn du dich dazu bereitfinden könntest«, Marie trank genüsslich die zweite Portion, »dich auf einen Markt zu stellen mit einem … hm … vielleicht einer hochkant aufgestellten Kiste, dann könntest du dort deine Dienste als Schreiberin anbieten. Das machen viele so.«

»Briefe schreiben für diejenigen, die es selbst nicht können!« Daran hatte ich nicht gedacht, dabei sah ich sie jeden Tag auf den Plätzen und in den Arkaden: »fliegende« Schreiber, die keine eigene Werkstatt hatten. Sie standen dort mit tragbaren Pulten aus leichtem Holz oder schrieben auf Kisten, auf Brettern, die sie über einen Sägebock legten, und sie sahen meistens beschäftigt aus.

»Tante Marie, du bist ein Engel!«

Sie knuffte mich grob. »Mach keine solchen Sprüche!«

Wir gingen weiter und malten uns alles aus.

»Du bist eine Meisterin im Schreiben von Liebesgedichten, Maman! Sie werden dich überrennen, wenn sich erst einmal herumspricht, wie gut du bist!«, meinte Céline.

»Schon möglich«, sagte Tante Marie, »aber viel gibt es dafür nicht! Das sind alles arme Leute. Die Wohlhabenden, die lassen woanders schreiben!«

»Es ist ein Anfang! Der Rest …«

»… wird sich schon finden«, vollendete meine Tante gelassen den Satz.

Der Katzenplatz tat sich vor uns auf, nur ein paar Schritte vom Hospital entfernt, so dass man sich denken konnte, woher ein Teil der Waren stammte. Tische und Buden standen dicht an dicht, nur einige Gassen waren frei gelassen worden. Das

Gedränge war so stark, dass man gezwungen war, in derselben Richtung zu gehen, in der alle gingen – wie in einem Plötzenschwarm.

»Wenn wir uns verlieren«, sagte ich den anderen, »dann treffen wir uns hier am Brunnen.«

Die unbarmherzige Frühsommersonne entlockte den Lumpen allerlei Dünste nach ungewaschenen Leibern und Duftölen – die Mischung von Schweiß, Staub und Veilchen war wohl das ganz eigene Parfüm des Katzenplatzes.

Oh, Wechsel des Glücks! Vor wenigen Jahren noch in feinste Stoffe gekleidet, die Frau eines königlichen Sekretärs, und hier stand ich auf dem Lumpenmarkt, in der Hoffnung, einen Fang zu machen. Vielleicht würde ich ja meine eigenen, damals abgelegten Kleider wiederfinden! Wer je mit Dame Fortuna Geschäfte machen will, sollte bedenken, dass es auf ihrem Rad nicht nur aufwärts geht. Aber, hielt ich mir vor, du darfst nicht jammern. Es ist ganz normal, dass es mal gut und mal schlecht läuft. Das geschieht jedem, na, wenigstens den meisten.

Seltsam getröstet stürzte ich mich in den Menschenstrom, Céline und Marie folgten mir, so gut es ging.

»Da schau, Maman, das schöne Kleid, das da am Pfosten hängt.« Es war aus violetter Seide, an Brust und Taille modisch eng geschnitten, die Ärmel weit und ausgezackt, und ohne sichtbare Gebrauchsspuren. Nur am Dekolleté und an den Säumen waren hellere Streifen zu sehen. Da hatte man die Bänder abgetrennt, um sie gesondert zu verkaufen.

»O ja! Leider zu schön für uns! Héloise hat mich schon gewarnt, Céline: Wo die Kleider hängend ausgestellt, sauber und geplättet sind, da ist es teuer. Weiter hinten, auf den Tischen, da kann man auch Schönes finden. Nur ist es billiger, weil die Verkäufer zu faul sind, die Sachen herzurichten und entsprechend aufzubewahren.«

Der Strom trug uns weiter, die bunten Haufen schienen immer weniger attraktive Waren zu enthalten. Wer etwas wollte, der boxte sich nach draußen an die entsprechende Bude heran, während die anderen weiterdrängten. Marie hielt ein Stück hoch, ich schüttelte den Kopf, und sie ließ es wieder fallen.

»Wir nehmen nichts Durchgesessenes oder Geflicktes. Davon haben wir selber genug!«

Es schien auch genug Leute zu geben, die ihre Sachen nicht auftrugen, sondern nach Lust und Laune Neues machen ließen, sobald die Mode bei Hofe sich änderte oder sie sich an etwas satt gesehen hatten.

»Verzeiht!« Ich bohrte meinem Vordermann den Zeigefinger in den Rücken, so dass er beiseite sprang, und zerrte Céline hinter mir her. Da hatte ich im grellen Stoffgewirr etwas Grünes gesehen, doch als ich es anhob, war es nur ein leichtes Unterkleid – dennoch, Céline liebte Grün.

»Schau, gefällt es dir? Lass mal sehen, würde es dir passen?« Ich hielt es ihr an.

Tante Marie schnalzte bewundernd. »Wie hübsch.« Sie drehte sich zur Verkäuferin um und begann zu handeln. Es sei zerrissen. Wo denn? Hier! Aber es sei doch ohnehin ein Unterkleid, und die Säume seien noch gut! Es rieche furchtbar, man wisse ja nicht, ob der Geruch je herauszubekommen sei.

Céline, nicht auf den Kopf gefallen, mäkelte: »Aber ich wollte doch so gern etwas Blaues!« Wir wühlten ziellos auf dem Tisch herum. Dabei fand ich noch ein passendes Überkleid aus florentinischem Satin, der neu hundert Sou die Elle gekostet hätte. Auf die hellen Streifen, wo die Bänder fehlten, könnte man Stickerei setzen. Das war ganz und gar kein brauchbarer Alltagsaufzug, Mutter würde zetern. Und jetzt machte mir die Sache gerade Spaß.

Zwar unerfahren im Herunterhandeln und generell zu gut erzogen, waren wir doch zu dritt ein gutes Gespann. Wir erstanden beide Stücke und noch einen Umhang für mich zu einem guten Preis. Und so ging es weiter. Wir zerrten zerknüllte Kleidungsstücke aus Haufen von Wolle, Filz, Seide, Barchent, Samt und Leinwand, schüttelten sie aus, hielten sie hoch und ließen sie wieder fallen. Marie und ich entwickelten ein Spiel, das hieß »böse Tante«: Tante Marie war angewidert, drängelte zum Gehen, gerade als der Handel abgeschlossen erschien, und das veranlasste den Verkäufer fast sicher, mit dem Preis herunterzugehen.

»Schau, das Kleid ist zu kurz. Zu wenig Stoff ist zu wenig Stoff. Komm, mein Kind! Da ist nichts mehr zu machen.«

»Dann setzen wir ein andersfarbiges Stück an und ein buntes Band über die Naht.«

»Ach nein, sieh nur: es ist schludrig gefärbt worden, die Tönung ist ganz ungleichmäßig.«

»Also gut, also gut, meine Damen: Daran verdiene ich zwar nichts mehr, aber ich geb es euch für zwanzig Sou!«

»Gemacht!«

»Hier, das Kleid ist schön, aber es hat einen schlimmen Fleck auf dem Rücken.«

»Dann machen wir eine Weste dazu, die darf Maman eben nicht ausziehen.«

»Da ist ein brauner Rock für Héloise und ein wollenes Tuch. Sie friert immer so am Abend.«

»Ein Kleid für Mutter!«

»Ein Mantel!«

»Eine Haube!«

»Ein Stück ganz neuer Barchent, das würde gerade für ein Hemd reichen.«

»Denk an die Näharbeit, Céline! Das musst du alles fast allein schaffen!«

»Macht nichts, Maman.«

»Ich helfe dir«, sagte Marie mit leuchtenden Augen. »Das wird ein Spaß! Du lässt mich eben die grobe Arbeit machen, das Auftrennen und Zurechtschneiden. Die feine Näharbeit beherrschst du besser.«

Es gab unappetitliche Teile darunter, zu schmutzig, um gerettet zu werden. Wer so was wohl noch anziehen mochte? Und dann zog ich ein Wams heraus, hellblauer Samt, weite Ärmel, sogar Silberstickereien; etwas zu groß für meinen Jean – und erstarrte. Auf dem Rücken hatte die Jacke einen unverwechselbaren Schlitz und einen großen, verkrusteten Blutfleck.

»Wie kannst du so etwas nur anbieten!«, warf ich dem Händler vor. Der zuckte die Achseln, nahm das Ding und zeigte es mir von vorn.

»Na, was willst du? Es ist doch ein feines Wams für einen jungen Herrn. Man wäscht es kalt, man flickt es, und schon hat man ein Kleidungsstück, das man sich sonst nie leisten könnte. Dem vorigen Besitzer ist das egal«, lachte er. Ich drehte mich nach Céline um. Die schüttelte den Kopf.

Marie war weniger feinfühlig: »Aber das macht doch wirklich nichts. Blut lässt sich gut auswaschen! Und Jean würde das sicher abenteuerlich finden.« Aber ich konnte mich doch nicht dazu entschließen. Es wäre mir wie ein schlechtes Omen vorgekommen.

Gerade als wir drohten, unter der Last zusammenzubrechen, fühlte ich an meinem Gürtel eine schlangenhafte Bewegung. Ich schoss herum und kriegte eben noch eine Hand zu fassen, eine kleine Hand, sehnig und knochig, die in einen ebenso dünnen Arm überging. Der Ausgangspunkt dieses Armes, so rechnete ich mir aus, während ich ihn daran hinderte, sich mir zu entwinden, musste etwa auf meiner Hüfthöhe sein. Ich hielt das Handgelenk zwingenartig fest, drehte mich um und sah hinunter. Marie war hinter den kleinen Dieb getreten und legte ihre Hände auf seine Schultern. Es war ein schmutziger kleiner Junge, vielleicht so alt wie mein Jean, aber hungriger. Unter einem dunklen Wust von Haaren blickte er mich wütend und ängstlich an.

»Scheiße!«, sagte er vernehmlich. »Haste mich erwischt.« Er leugnete nicht, dass er meine Börse hatte abschneiden wollen. Es war ja auch ganz offensichtlich: Sein Messer lag vor uns auf dem hartgetretenen Boden.

»Weitergehen! Steht nicht im Weg herum, wenn ihr nichts kauft! Weitergehen!«, riefen diejenigen, die von uns aufgehalten wurden.

»Wirst du mir jetzt die Hand abschneiden lassen?«, fragte der Junge ernst. Er hielt das für eine reale Möglichkeit.

»Nein. Obwohl du es verdient hättest, nach dem Gesetz. Du hättest mich verletzen können!«

»Ach Quatsch! Ich doch nicht, keine Sorge. Leute anstechen – das machen nur Anfänger.«

»Ich bin beruhigt, dass du kein Anfänger bist.«

»Du bist aber auch ziemlich gut!«

Ich musste wider Willen lachen. »Willst du dir ausnahmsweise etwas Geld *verdienen*?«

Seine Miene hellte sich beträchtlich auf.

»Klar! Ich mach alles, Madame!«

»Ein Pfennig, wenn du uns die Sachen nach Hause trägst.«

»Klar, schon erledigt.«

»Dann komm!«

Wir gingen zu dem Brunnen. Der Junge hob sein Messer auf, steckte es ungerührt wieder in seinen Gürtel und trottete uns hinterher.

Am Brunnen sortierten wir unseren Fang und verschnürten ihn in Bündel.

»Wie machen wir es, dass die Nachbarn nicht sehen, wie wir Lumpen nach Hause bringen?«, fragte Tante Marie. »Deine Mutter trifft der Schlag, wenn wir so nach Hause kommen!«

Der kleine Dieb hörte alles mit an.

»Gebt mir ein Kupferstück, und ich besorge was zum Tragen.« Marie schaute zweifelnd, aber ich gab es ihm. Er rannte davon.

»Na, von deinem Geld kannst du dich verabschieden, du Gute«, sagte Tante Marie. Doch der Bengel kam zurück und brachte zwei mittelgroße Kisten aus Spanholz, von der Art, in der Töpfer ihre Waren transportieren.

»Sehr gut«, lobte ich ihn. »Die Kisten sehen nach was aus und lassen sich sogar verschließen. Dann können die Nachbarn sich die Augen aus dem Kopf gaffen und werden doch nicht schlauer sein.«

Pierre, so hieß der Dieb, wickelte sich ein Tuch um den Kopf, mit dem er aussah wie ein kleiner Muselman, setzte geschickt beide Kisten darauf und wartete auf den Marschbefehl.

»Wohin geht es, Patronne?«

Als unsere kleine Karawane in die Rue du Rompecul einbog, machte sich der Stein in meinem Magen schlagartig wieder bemerkbar. Vor unserem Haus hatte sich eine kleine Menschenmenge versammelt, Gelächter erklang und die ärgerlichen

Rufe meiner Mutter. Gut. So war wenigstens niemand zu Tode gekommen.

Der kleine Dieb drehte sich zu mir um, und ich wies wortlos und mit zusammengekniffenen Lippen auf das Zentrum der Erregung. Héloise drohte mit dem Besen auf die Nachbarn loszugehen.

Mutter schrie: »Geht weiter! Fort! Kümmert euch um eure eigenen Angelegenheiten. Habt ihr nichts zu tun?«

Berthe Schlangenhaupt stand natürlich in der vordersten Reihe der Gaffer.

»Wie's scheint, Nachbarin, sind unsere Angelegenheiten wohlgeordnet, was man von euch nicht sagen kann!« Und als sie mich erblickte: »Ah! Madame Königssekretärswittib! Wie wollt ihr wohl eure Schulden zahlen, wenn euch die Büttel schon die Stühle unterm Hintern wegziehen?«

Mutter brach in Tränen aus und floh ins Haus.

»Schämt ihr euch nicht, euch an unserem Unglück zu weiden? Das ist kein Volksfest, liebe Nachbarn. Lasst uns doch in Ruhe, wenn ihr schon nicht helfen wollt.«

Die meisten wandten sich beschämt zum Gehen, nur Berthe hatte noch nicht genug. Flink hatte sie dem kleinen Dieb eine der Kisten vom Kopf genommen. Sie fiel zur Erde und öffnete sich. Berthe schaute hin und kreischte los. Sie zerrte eins der zerknitterten und schmutzigen Kleidungsstücke heraus und hielt es hoch in die Luft, wo es jeder sehen konnte: »Wusste ich's doch! Sie haben Lumpen gekauft! Lumpen! Schaut euch das an!« Und sie hielt sich den braunen Rock an, tänzelte damit von einem zum anderen Nachbarn: »Gestatten: Hochwohlgeboren! Gestatten: Zu-fein-für-diese-Welt!«

Alles lachte. Ich hätte sie auf der Stelle vergiften mögen, Jesus, vergib mir!

Berthe warf Céline die Beute wieder zu. »Es ist eine Schande, dass Leute wie du hier wohnen dürfen«, sagte sie an mich gewandt. »Es wird nicht lange dauern, und man ist vor euch nicht mehr sicher! Kredit kriegst du auch nicht mehr. Nicht ein einziges Körnchen Salz gebe ich heraus, da kannst du meinem Mann noch so schöne Augen machen!«

Ich würdigte sie keiner Antwort und trieb meine kleine Herde vor mir ins Haus. Pierre setzte still seine Kisten ab und schien mit den Schatten zu verschmelzen.

»Sie haben uns bestohlen«, rief Mutter anklagend. »Wärst du im Haus gewesen, wie sich das für eine Frau gehört, dann wäre das nicht passiert.«

Ich verkniff mir zu bemerken, dass ich für Bekleidung der Familie gesorgt hatte. Der Besuch auf dem Lumpenmarkt war ohnehin nicht opportun gewesen.

»Wer, Mutter? Was ist denn geschehen?«

»Die Büttel! Sie haben alles weggeschleppt: das Zinngeschirr – Célines Aussteuer! –, die elf hebräischen Bücher, die der König deinem Vater geschenkt hat! Alles haben sie mitgenommen!«

»Und da nennt man mich einen Dieb«, murmelte Pierre neben mir.

»Sie haben gesagt, die Miete für den Turm wird jetzt gepfändet. Hast du das Dokument nicht vorgezeigt?«

»Doch, Mutter, das habe ich. Der Präsident der Rechnungskammer hat höchstpersönlich die Schenkungsurkunde entgegengenommen.«

»Warum lässt er dann pfänden?«

»Nun, es muss ein Versehen sein. Ein untergeordneter Beamter, der von meiner Eingabe nichts wusste. Ich gehe sofort los, um das in Ordnung zu bringen!«

Ich schaute in den Himmel: Es war noch nicht zu spät, jemanden aufzutreiben.

»Hast du dir über die mitgenommenen Gegenstände Quittungen geben lassen, Mutter?«

»Quittungen? Nein. Ich hatte anderes zu tun! Ich musste ja ganz allein das Haus verteidigen. Oh, wenn doch wenigstens Elias da gewesen wäre!«

Derzeit befand er sich wohl mit seiner Kompanie im unruhigen Flandern.

»Mutter: Du musst dir Quittungen geben lassen, wenn so etwas geschieht! Dazu sind sie verpflichtet! Na, lass nur, ich gehe gleich und schaue, was zu retten ist.«

Ohne Quittungen und Belege gab es kein Recht, das hatte ich schon erfahren, als ich die Papiere meines Vaters und meines Mannes wieder und wieder durchsucht hatte, um uns vor Betrügern zu retten.

»Wie soll ich denn das wissen? Davon hast du mir nie etwas gesagt!«

»Schon gut! Es war kein Vorwurf!« Mutter sah elend und ziemlich verstört aus. Ihre Haube hing schief auf dem Kopf, und dünne graue Haarsträhnen sahen darunter hervor.

»Setz dich hier auf den Stuhl, Mutter. Beruhige dich erst einmal. Es wird sich sicher alles aufklären lassen.« Sie setzte sich kurz hin, nur um gleich darauf wieder aufzuspringen und aus der Küche zu laufen.

»Mutter, hör auf. Das Aufräumen können Héloise und ich später erledigen«, rief ich hinter ihr her.

»Lass sie doch«, brummte Marie. »Sie findet ja doch keine Ruhe, bis alles wieder seine Ordnung hat.« Seufzend erhob sie sich und ging hinter Mutter her, um ihr zu helfen.

»Junge! Pierre, komm her!« Ich händigte ihm seinen Silberpfennig aus und nahm ein Stück Brot vom Tisch. »Da. Möchtest du Milch?«

»Milch!« Er rümpfte die sommersprossige Nase, trank aber einen Becher Milch unter dem missbilligenden Blick der Magd Héloise.

Wir gingen zusammen hinaus und bis zur Hauptstraße, wo sich unsere Wege trennten.

»Madame, es scheint, du könntest meine Dienste öfter brauchen«, sagte er.

»Wie meinst du das?«

»Wenn man dir deine Sachen nicht wiedergibt, dann können ich und meine Kumpels sie dir einfach zurückklauen.«

Erstaunt sah ich zu ihm hinunter. »Danke für das Angebot, Pierre. Aber was, wenn sie dich erwischen? Dann hacken sie dir wirklich die Hand ab, und ich bin schuld! Nein, danke, aber das geht wirklich nicht.«

»Wie du meinst, Gräfin.« Er zog lautstark Rotz hoch. »Aber solltest du mich doch brauchen, so findest du mich jeden Nachmittag am Katzenplatz, und wenn ich dort nicht bin, dann frag beim Wirt Zum Fass.«

»Das werde ich tun. Viel Glück, Pierre!«

»Dir auch, Gräfin. Du brauchst es mehr als ich!« Schon war er verschwunden, wie vom Erdboden verschluckt. Ein erstaunlicher Junge: So wie er aussah, hätte man meinen sollen, meine Verhältnisse seien im Vergleich zu seinen fürstlich. Später erklärte er mir einmal: Weil er nichts besitze, könne es für ihn nur aufwärts gehen – bei mir sei das Gegenteil der Fall. Eine Frage des Standpunkts!

In der Conciergerie musste ich lange warten, ehe ich endlich einen untergeordneten Beamten zu fassen bekam.

»Keine Quittung?«, fragte er mehrmals ungläubig. »Nun ja, dann diktiert dem Schreiber draußen die Liste der mitgenommenen Gegenstände. Ich will sehen, was ich für Euch tun kann.« Er hielt die Hand auf, und ich ließ eines der eigens für solche Gelegenheiten zurückgehaltenen Goldstücke hineinfallen. Stirnrunzelnd schaute er es an. Ich nestelte ein zweites aus meiner Gürteltasche.

»Wir sind arg in Bedrängnis, es tut mir Leid, dass ich Eure wohlwollenden Bemühungen nicht besser honorieren kann! Wenn ich meine Dinge wiederhabe, dann werde ich gewiss an Euer Gnaden denken«, murmelte ich. »Vielen Dank für Eure Mühen!«

»Schon gut.« Er winkte ab. »Der Präsident hat die Schenkungsurkunde?«

»Ja«, sagte ich.

»Dann fürchtet nichts. Es wird …«

» … sich alles finden«, vollendete ich den Satz mit einem hysterischen Kichern. »Verzeihung! Ich bin durch all diese Aufregung und Sorgen ein wenig aus dem Gleichgewicht.«

Ich verabschiedete mich von dem Beamten in der Hoffnung, dass sein Pflichtbewusstsein seine Gier übersteigen würde.

Draußen diktierte ich noch dem Amtsschreiber meine Klageschrift. Ich hätte es auch sehr gut selber machen können, doch so war es offiziell. Auch der Schreiber erwartete einen Obolus. Ich kramte die letzten Silberstücke aus der Tasche und gab sie ihm demütigst. Ich wartete auf einen herablassenden Blick, eine beleidigende Bemerkung. Es kam nichts dergleichen. Ich schaute ihn an und fand ein freundliches Lächeln.

»Nein, nein, behaltet nur Euer Geld«, sagte er und drängte mir die Silberstücke wieder auf. »Ich werde hier gut bezahlt und kann doch sehen, dass Ihr es nötiger habt.«

Fassungslos schaute ich ihn an. »Danke, Ihr seid ungewöhnlich freundlich!«, murmelte ich und floh. Wenn mir Gutes widerfährt, wo ich mit schlechter Behandlung gerechnet habe, dann bringt mich das mehr aus der Façon als böse Worte.

»Viel Glück!«, rief er hinter mir her.

Es war schon dämmerig, als ich die Conciergerie verließ. Auf dem Gänsemarkt hatten die Buden und Stände längst geschlossen. Vor den Garküchen war großer Andrang und ich verspürte ein leises Hungerkneifen. Ich eilte über die Brücke, vorbei an den Brückenhäusern der Notre Dame. Hier wohnten etliche stadtbekannte Huren, aus den Fenstern drang Gelächter. Die ersten Öllampen wurden angezündet. Es ist nämlich Gesetz in Paris, dass jeder Haushalt bei Einbruch der Nacht ein Licht in die Fenster des Rez-de-Chaussée stellen muss. Die Provinzler nennen uns deshalb auch bewundernd »Stadt der Lichter«.

Ich musste aber den Blick zum Boden senken, denn die Öllampen und Talglichter geben nicht genug Helligkeit, dass man dem Unrat auf der Straße ausweichen könnte. Deshalb wohl sah ich die Gefahr nicht kommen.

Plötzlich tauchte ein Mann vor mir auf, groß und schwer gebaut, sein Gesicht konnte ich kaum erkennen.

»Auf ein Wort, Witwe Castel!«, rief er und fasste grob meinen Arm.

Ich zerrte und versuchte freizukommen. »Wer seid Ihr? Lasst mich sofort los, sonst schreie ich alles zusammen!«

Er ließ meinen Arm los. »Kein Grund zum Schreien, ich tue Euch nichts Böses.« Er blieb aber dicht vor mir stehen und drückte mich fast an die Hauswand. »Ich will Euch nur um einen Gefallen bitten, eine Kleinigkeit nur!«

»Was wollt Ihr?«

»Ihr habt einen Schuldschein eingereicht, den ich Eurem Gatten gab, vor fünf Jahren oder so. Nicht viel, und ich habe es längst bezahlt. Er hat nur, weil er krank war, vergessen, mir den Schuldschein herauszugeben.«

Ich erinnerte mich: »Dann seid Ihr Monsieur Fèves, und der Schuldschein lautet über 185 Goldstücke! Ganz und gar keine Kleinigkeit! Die Straße ist nicht der Ort, um über so etwas zu reden. Kommt bei Tage in mein Haus!«

Ich versuchte mich an ihm vorbeizudrücken, doch er schnitt mir mit ausgestrecktem Arm den Weg ab. Ich versuchte es nach der anderen Seite mit demselben Ergebnis.

»Monsieur, lasst mich gehen! Das gehört sich nicht!«

Er lachte bösartig. »Es gehört sich auch nicht, dass ich eine Summe zweimal zahlen soll. Das lasse ich mir nicht gefallen.«

Er wollte sich vor der Zahlung drücken! Mein Mann war Sekretär, Ordnung war sein Metier gewesen, und er hatte sich immer korrekt verhalten. Im Übrigen war er in der Zeit kurz vor seinem Tod gar nicht in der Stadt gewesen. Der Fisch stank also vom Kopf.

»Monsieur, es scheint, Ihr wollt eine arme Witwe betrügen und auch noch einschüchtern. Bildet Ihr Euch ein, ich würde Euch Euer Märchen glauben? Da liegt Ihr ganz falsch. Ihr schuldet mir Geld. Lasst mich sofort gehen, oder ich lasse pfänden!«

Das hätte ich lieber hier auf der Straße und in der Nacht nicht sagen sollen! Sein teigiges Gesicht wurde dunkel vor Zorn. Er packte mich mit beiden Händen an den Oberarmen und schüttelte mich, dass mir die Zähne im Kopf ratterten wie getrocknete Kerne in einem Kürbis.

»Du verfluchtes kleines Drecksflittchen! Damit kommst du bei mir nicht durch, ich bringe dich um, wenn du mir das Blatt nicht wiedergibst! Wehe, du gehst zum Richter! Das würde dir wahrhaftig Leid tun!«

Ich erblickte Passanten, zwei Herren, die auf der anderen Seite der Straße gingen, und schrie: »Hilfe! Hilfe! Helfen Sie, meine Herren! Ich werde überfallen!«

»Na, na!«, sagte einer von ihnen. »Und ich hielt das für wilde Koserei!«

Der Zweite lachte, doch dann zogen sie beide ihre Dolche und kamen auf uns zu.

Der Schuft sah nach seinen neuen Widersachern, und es gelang mir, mich loszumachen. Ratsch! Ich fasste mir im Laufen an die Schulter: Ein Ärmel war halb abgerissen. Das war zu viel. Schluchzend rannte ich und hielt dabei den Ärmel an die Schulter, rannte den ganzen Weg, ohne auf Unrat zu achten, trat auf weiche Gegenstände, bei deren Berührung ich vor Angst und Ekel aufschrie, und in Pfützen zweifelhafter Herkunft und kam keuchend am Tour Barbeau an.

Ich rannte hinein und verriegelte die Tür hinter mir.

»Jesus, Maria! Wie siehst du denn aus?«, schrie Tante Marie. »Du hast ja deine Haube verloren, und das Kleid ist zerrissen! Wer hat dich so zugerichtet?«

»Ein Gläubiger, der nicht zahlen will. Der soll mich kennen lernen! Was ist das nur für eine Welt, in der jedermann nur auf seinen Vorteil aus ist und Gesetze nichts gelten. In der die Schwachen mit Füßen getreten werden!« So stand ich mitten in der Küche und schimpfte mir den Schrecken von der Seele, während meine Kinder mich mit offenen Mündern anstarrten.

Meine Mutter stand wortlos auf und ging mit mir in die Salle d'eau. Héloise brachte Wasser, und beide halfen mir, die Fassung wiederzugewinnen und mich in einen ansehnlichen Zustand zu versetzen. Ich rechne es Mutter hoch an, dass sie sich der üblichen Tiraden enthielt.

Nicht ein Wort fiel zum Thema Heiraten.

Die Sache ging übrigens unentschieden aus: Ich übergab den Vorgang einem Richter, doch die Pfändung erbrachte wenig Brauchbares: etwas Bargeld, zwei silberne Leuchter und einen Wandteppich im Wert von 29 Franken, davon zwölf Franken Gerichtskosten wegen des »besonders hohen Aufwandes«.

4

Der Duft von sonnenwarmen Federn übertönte alle anderen Gerüche: ein wenig mehlig und scharf wie Buchweizen, ein wenig fettig wie gutes, helles Schmalz mit einem Anklang von Muskat und einem feinen Unterton von grünen Kräutern. Ich sog begierig diesen Vielklang von Aromen ein, der über dem gesamten Geflügelmarkt lag und sogar den beißend scharfen Geruch des Kots zurücktreten ließ. Ich achtete immer darauf, meinen Standort neben einem Verkäufer von lebendem Geflügel zu wählen. Sind sie tot, ist der ganze Zauber hin.

Zu meiner Linken wartete ein Schwan gelassen auf die Erfüllung seines Schicksals. Er hatte sich ruhig in seinem Käfig in einer Mulde aus Sägespänen niedergelassen. Jetzt rollte er den langen, grazilen Hals, drehte ihn, als wäre es nicht mehr als ein Seil aus Hanf, und putzte sich die Schwanzfedern. Ein Angestellter eines der großen Häuser würde ihn kaufen; für kleine Leute war der nicht bestimmt.

Er wandte seinen Kopf mir zu und sah mich an wie ein Philosoph. Was beklagst du dich, Weib, über dein schweres Leben, schien er sagen zu wollen. Ich hätte lieber ein schweres Leben, als gerupft und mit Blattgold bedeckt auf des Königs Tafel zu enden.

»Hast Recht, mein Freund, aber vergiss nicht, welche Freuden du anderen bereiten wirst«, flüsterte ich und steckte ihm ein Stück Weißbrot zu durch die Gitterstäbe. »Es gibt sogar ein sehr berühmtes Lied über dich!«

»Tatsächlich?« Seine Jettaugen funkelten interessiert.

Ich sang ihm aus den »Carmina Burana« vor, aber nur auf »lalala« und nichts vom »Ach ich Armer, schwarz verbrannt!«. Die Melodie gefiel ihm.

»Das singt ein Schwan?«

»Ja«, sagte ich, »und er ist dabei der Mittelpunkt einer Gesellschaft. Alle bewundern ihn und hören ihm zu.«

»So? Dann wird es vielleicht doch nicht so unerfreulich, wie ich dachte.«

»Ich wünsche dir das Beste«, sagte ich höflich. »Und«, sagte ich. »Wenn du gestattest, hätte ich sehr gern eine deiner rahmweißen Schwungfedern als Andenken. Ich würde damit ein Gedicht schreiben.«

»Ich werde es in Betracht ziehen.« Er sah mich noch einmal an, und da keine weiteren Brotbrocken folgten, vergrub er den Kopf unter einem Flügel, um zu schlafen.

Auf seinem Käfig obenauf stand eine Taubenvoliere, doch mit den Tauben mochte ich mich nicht abgeben: Sie haben einen geringen Verstand, und der ist nur mit törichten Liebesworten gefüllt. Mit solchen Dingen habe ich ein für alle Mal abgeschlossen.

Schrilles Trompeten kam von der anderen Seite der Cour Notre Dame: Eine Gans war verkauft worden und protestierte gegen den Wechsel. Gänse wurden jetzt im Sommer nur selten verkauft. Man mästet sie nämlich bis zu Sankt Martin.

Es gibt alles auf dem Geflügelmarkt von Paris. Tauben, Hühner, Kapaunen (das sind die fetten, kastrierten Hähnchen, die man bei Hofe so liebt), orientierungslose Enten außerhalb ihres Elements. Es gibt Wachteln, Fasane, auch mal einen Auerhahn und kleine Singvögel, von denen man zwei Dutzend braucht, um eine Pastete zu bereiten.

Es war ein Gurren und Quaken, Krähen, Zirpen, Fiepen und Pfeifen, dazu die Ausrufer und die Händler, die ihre Ware anpriesen: »Fette Kapaunen, zwei für ein Silberstück! Herbei, herbei, meine Damen, so nett und harmlos kriegt ihr nie wieder einen Mann!«

»Amselpastete, Amseln mit Morcheln gefüllt!«

»Lebercreme! Gänselebercreme mit roten Beeren! Heute Morgen frisch zubereitet!«

»Schmalz, Schmalz, gutes, weiches gelbes Fett, leicht verdaulich und gesund! Das beste Aufbaumittel für Schwangere und Kranke!«

»Lebende Fasanen, Wachteln, Perlhuhn, hierher, meine Damen!«

»Hühnchen, billige Hühnchen! Schmackhaft und zart! Nur mit Korn gefüttert!«

»Dann sind sie ganz bestimmt nicht billig«, sagte die Händlerin neben mir eifersüchtig. »Meine haben sich an Würmern und Käfern satt gefressen! Das ist billig und dazu viel natürlicher!«

»Gewiss!«

»Hast du meine Eingabe schon fertig?«, fragte sie mich.

»Ich schreibe sie zum Schluss. Dann liegt sie nicht irgendwo herum und wird schmutzig. Keine Sorge: Sie wird rechtzeitig fertig.«

Ich hatte mich gemäß dem Rat von Tante Marie als ambulante Schreiberin installiert. Am ersten Tag hatte ich es vor dem Justizpalast versucht, wo schon etliche Schreiber standen.

»Das darfst du nicht«, sagte mir einer, als ich mich daranmachte, meinen Schemel und eine der Spankisten aufzubauen. Ich sah zu ihm hoch: ein langer, dürrer Mensch mit einem essigsauren Gesicht, einer langen Nase mit tiefen Falten rechts und links davon, die sich bis zum Kinn herunterzogen.

»Was soll das heißen?«, fragte ich ihn, während ich weiter seelenruhig Tintenfass, einen kleinen Vorrat an liniertem Pergament und Federn sortierte.

»Frauen dürfen nicht öffentlich Schreiberdienste anbieten«, behauptete er, aber ich hatte mich erkundigt.

»Von wegen! Es ist durchaus gestattet. Ich kann es, und ich werde es.«

Beleidigt zog er sich hinter sein Pult zurück, ein leichtes schönes Pult, eigens zu diesem Zweck gefertigt, und beobachtete mit giftigem Blick, wie ein junger Herr doch tatsächlich schnurstracks auf mich zukam.

Mein erster Kunde! Ich lächelte ihn so aufmunternd wie möglich an.

»Was kann ich für Euch tun, lieber Herr?«

Er kann nicht viel älter als fünfzehn Jahre gewesen sein, auffällig gekleidet in modisch kurzem Rock mit weiten Ärmeln. Verschiedenfarbige Seidenstrümpfe, an den Knien schmutzig, Weinflecke auf der Vorderseite des Wamses, ja – und ein sehr übertriebener Schambeutel, gelb und violett gestreift mit Seidenbändern daran (ich musste plötzlich intensiv meine Blätter umschichten), überlange Haare, von einem roten Band gehalten, Kurzschwert an der Seite – ein Student.

»Ich, äh … hm.« Er errötete.

Aha! Eine Liebesaffaire. Und richtig, er sah sich um, beugte sich zu mir herunter und raunte: »Es ist eine Sache von Leben und Tod!«

»Liebe.«

»Jawohl! Woher wisst Ihr das bereits?«

»Junger Mann, sie ist mir auch schon begegnet, die Dame Amour, und ich habe keineswegs vergessen, wie außerordentlich dringlich solche Angelegenheiten sind. Und wie schmerzhaft. Vertraut mir: Ich bin absolut verschwiegen.«

Er entspannte sich ein wenig.

»Nun?«

»Ich … hm.«

Er brauchte wirklich Hilfe!

»Ihr seid verliebt und sie nimmt Euch nicht wahr. Ich soll Euch einen Liebesbrief schreiben, der ihr Herz rührt und sie Euch in die Arme treibt.«

Seine Augen leuchteten auf: »Könnt Ihr das?« Er warf den anderen Schreibern einen Blick zu. »Die da können es bestimmt nicht. Die wissen bloß trockene juristische Dokumente aufzusetzen. Von Gefühlen haben die keinen Schimmer – viel zu alt!«

Ich machte ein so ernstes Gesicht wie ein Medicus. »Sicher. Ihr seid an die richtige Adresse gekommen, junger Herr! Ich schreibe außerdem Balladen; es wird uns schon gelingen, gemeinsam den richtigen Ton für Eure Dame zu finden.«

Er sah mich eindringlich an.

»Schreiben kann ich eigentlich selber, aber so etwas nicht! Ich studiere Arithmetik und mechanische Konstrukte. Doch eine Frau ist leider kein mechanisches Konstrukt. Wie soll ich mich ihr nähern? Ach, ich habe hundert Seiten beschmiert und alle fortgeworfen! Ihr müsst mir helfen. Bitte, Ihr müsst! Wenn sie mich nicht erhört, dann bringe ich mich um!«

»Na, na!« Jetzt war es Zeit für den mütterlichen Blick. »Wenn Ihr mit erhören meint, was ich denke, das Ihr meint, dann zählt lieber nicht auf mich. Zu so etwas gebe ich meine Kunst nicht her.«

»Oh, oh-oh, nein!« Er wedelte mit beiden Händen im Bestreben, mich zu überzeugen. »Nein! Es ist nur: Man sagt das eben so. Nein! Ich, ich würde niemals etwas tun, um ... äh ... hm, ihr zu schaden oder sie irgendwie zu kränken, nein!«

»Wie ist sie?«

»Sie ist die Schönste, die Süßeste, die Herrlichste ...« Und so weiter. Und wenn sie auch eine Nase hätte wie eine Landgurke, schielte, Beine krumm wie ein Fass besäße und noch zu allem Unglück dümmer wäre als ein Regenwurm, so wäre sie doch die Allervorzüglichste in seinen Augen. Es war tatsächlich Liebe. Wie zynisch ich doch bin. Das muss an meinem hohen Alter liegen.

»Gut. Nun zum Geschäftlichen: Ich bekomme genauso viel wie jeder von diesen da. Dichten kostet extra. Und ich erhalte meinen Lohn im Voraus.« Bei einem Studenten weiß man nie! Doch er war einverstanden und zahlte mir drei Sou auf die Hand.

Wir besprachen die Sache. Er sagte mir alles, was ich wissen musste: Wie hatten sie sich kennen gelernt, was waren ihre Vorzüge (abgesehen davon, dass sie die Schönste, die Süßeste usw. war), was tat sie, welches waren ihre Vorlieben, war sie stolz und kühl, war sie feurig, kompliziert oder von einfacher und freundlicher Natur?

Und nachdem ich alles wusste, komponierte ich ihm einen Brief in wohlgesetzten Worten und mit vielen Komplimenten und Andeutungen, die sie sicher neugierig machen würden. Ich wäre es geworden. Und zu allem waren es tatsächlich seine Gedanken, soweit ich sie ihm entlocken konnte. Ich brachte sie nur in eine verständliche Form.

»Das klingt, ja ... äh ... hm!« Er war zufrieden.

»Wenn ich Euch raten darf: Falls das Treffen zustande kommt, dann seid ganz natürlich. Ihr könnt ruhig zugeben, dass Ihr die Verse nicht selbst geschrieben habt, aber erzählt von Euren Mühen. Bringt sie zum Lachen.«

»Sie soll nicht über mich lachen.«

»Nicht über Euch, sondern *mit* Euch. Glaubt mir, wenn sie Eure Aufrichtigkeit nicht honoriert, dann ist sie nicht die Richtige!«

Er sah mich zweifelnd an, während er das Briefchen zusammenfaltete auf ein Format, das sich mühelos von Hand zu Hand schmuggeln ließ. Wir versiegelten den Brief mit rotem Wachs, in das er seinen Siegelring drückte.

»Viel Glück, junger Mann.«

Ich fühlte mich wie Methusalems Großmutter.

Er war noch nicht lange fort, da erschienen zwei Polizeidiener, gefolgt von dem essiggesichtigen Schreiber.

»Da, das ist die Metze!«

Der eine, offenbar der Höhergestellte, machte Anstalten, mich am Arm zu packen und von meinem Schemel zu zerren.

»Was gibt es, meine Herren? Habe ich etwas falsch gemacht?«, fragte ich freundlich und beherrscht.

Die anderen Schreiber am Platz steckten die Köpfe zusammen; einige lachten und wiesen mit Fingern auf mich.

»Sie sagen, du gehst hier der Kuppelei nach, unter dem Vorwand, Liebesbriefe zu verfassen.«

»Das ist nicht wahr. Ich gehe hier der Schreiberei nach unter dem Vorwand, alle möglichen Briefe zu schreiben. Ich kann ebenso gut schreiben wie jeder von denen dort. Und das ist alles, was ich verkaufe: meine Feder. Das ist doch nicht verboten.«

Der Büttel musterte mich genau und sagte zu dem Schreiber: »Sie ist sittsam gekleidet und trägt sogar einen Witwenschleier.«

»Alles eine List. Außerdem weiß man ja, wie verworfen Witwen sind!«

Jetzt sprang ich auf. »Das ist infam! Womit habe ich diese Beleidigung verdient? Es ist nicht meine Schuld, dass mein Mann starb und ich jetzt meine Familie aus eigener Kraft unterhalten muss!«

Der Büttel legte mir beruhigend eine Hand auf die Schulter. »Bitte nimm wieder Platz und gib mir eine Schreibprobe – und Ihr, Monsieur, mäßigt Euch! Falsche Anschuldigungen sind ebenfalls strafbar!«

Der Essigmann erblasste noch mehr, falls das bei seiner fahlen Hautfarbe möglich war.

»Schreib Folgendes: Ich – dein Name – versichere hiermit, meinen Unterhalt nur mit dem Schreiben und auf keine andere, unerlaubte Weise zu verdienen.«

Ich schrieb es sauber und flink hin, in Französisch und gleich – pure Angeberei – noch mal in Griechisch und in Latein.

Der Büttel nahm das Blatt, bevor es trocken war, zeigte es seinem Kompagnon, dem hässlichen Schreiber, und sagte: »Damit ist die Sache ja wohl geklärt.«

»Es gibt durchaus raffinierte Huren, die schreiben können. Das besagt gar nichts.«

Der Büttel wurde ärgerlich und packte den Schreiber vorn an seinem Mantel. »So, jetzt reicht es aber!« Und er sprach so laut, dass es der ganze Platz mithören konnte: »Ihr versucht, Konkurrenz loszuwerden und dafür mit Hilfe von Verleumdungen die Staatsgewalt einzuspannen. Ich hätte nicht übel Lust, jedem von Euch ein Goldstück Strafe abzunehmen! Gebt jetzt Ruhe, sonst könnt Ihr Euch selber einen neuen Standort suchen!«

Er stieß den Essigmann von sich, der sich rasch und klugerweise schweigend an sein Pult begab.

»Vielen Dank. Ich freue mich, dass es noch Anstand gibt. Wie ist dein Name?«

»Grégoire, zu Diensten. Für jetzt werden sie wohl Ruhe geben. Wenn wieder etwas sein sollte, dann zögere nicht, mich rufen zu lassen. Ich finde es sehr tapfer, wie du dich durchschlägst, *bonne chance*!«

Ich hatte gewonnen, doch wollte ich der neidischen Konkurrenz keine Gelegenheit zu weiteren Attacken geben. Ich gab mich geschlagen, könnte man sagen, obgleich ich Recht bekommen hatte. Doch manchmal ist es besser, Schwierigkeiten zu vermeiden, vor allem, wenn man bereits genug davon am Halse hat.

Unter dem hämischen Grinsen der Herren nahm ich mein Kistchen und den Hocker und ging hinüber zum Geflügelmarkt. Und hier saß ich nun schon eine Woche und verdiente jeden Tag eigenes Geld. Es war sehr aufregend.

Inzwischen hatte ich meinen festen Platz zwischen dem Besitzer des traurigen Schwans und einer Pastetenbäckerin. Dem Geflügelbauern half ich abends bei der Abrechnung; der Pastetenbäckerin hatte ich eine Steuererklärung geschrieben. Dafür hielten die zwei mir morgens den Platz frei, und von der Bäckerin bekam ich mittags eine zerbrochene Pastete gratis.

Mein Mobiliar konnte ich über Nacht getrost dort lassen, an einen der Stände gekettet.

Jeden Morgen, zu Arbeitsbeginn, legte ich ein dunkelblaues Stück Samt auf die Kiste und drapierte darauf mein Tintenfass, eine Garnitur Federkiele, sauber gespitzt, mein Messerchen und eine bleibeschwerte rote Seidenschnur. Natürlich musste mich gleich an meinem zweiten Tag Berthe entdecken, meine liebenswürdige Nachbarin, mit Aldo im Gefolge, der ihr die Einkäufe hinterhertrug, offenbar alles, wozu der arme Junge imstande war.

»So, hier verbringst du also deine Tage!« Sie blickte mit verächtlicher Miene auf meine Utensilien herab und griff nach einem Pergament. Ich gab ihr einen Klaps auf die Hand. »Du bietest Bauern und Gesinde deine Dienste an?«

Wie das nur wieder klang!

»Ich bin eine selbstständige Geschäftsfrau und verdiene mein Brot, Berthe. Ich weiß nicht, was daran verächtlich sein soll.«

»Geld verdienen – pah! Was lässt sich hier schon verdienen? Wahrscheinlich bezahlen sie dich in Naturalien, und das schlecht! Wenn du je mehr als ein paar Kupferstücke in der Tasche hast, könntest du ja mal deine Rechnung bei uns begleichen.« Und segelte davon in einem neuen Kleid, ganz nach der Mode, einen verschüchterten und hoch beladenen Aldo auf ihren Fersen. Der Junge wandte sich zu mir um und lächelte entschuldigend.

»Was war denn das für ein Ekel?«, fragte die Pastetenbäckerin.

Ich seufzte. »Diese Heimsuchung ist meine Nachbarin. Ich nehme an, Gott hat sie mir zur Übung in Langmut geschickt.«

»Der arme Kerl, der die zur Frau hat«, sagte der Geflügelhändler zu meiner Rechten. »Was für ein Drachen!«

Berthe erzählte überall bei den Nachbarn herum, dass ich für Geld auf dem Markt hockte. Mutter war das immens peinlich. Doch die Nachbarn zeigten keine Anzeichen eines veränderten Verhaltens mir gegenüber. Einer gab mir sogar einen Auftrag. Berthe blieb die einzige unangenehme Begegnung. Über mangelnde Arbeit konnte ich mich nicht beklagen.

Und schon kam wieder jemand auf mich zu, eine Händlerin vom anderen Ende, eine von den Bäuerinnen, die ihre Erzeugnisse in die Stadt brachten, um sie mit Gewinn zu verkaufen: klein und rund, braunhaarig und rotgesichtig, in einen langen graubraunen Wollrock gekleidet, ein heller Kittel mit einem Gürtel, an dem eine lederne Börse befestigt war, ein farbloses Kopftuch. Wenn sie hier Überschuss zu verkaufen und noch dazu lederne Schuhe an den Füßen hatte – kalkulierte ich rasch –, dann gehörte sie zu den wenigen wohlhabenden Bauern. Wahrscheinlich besaß ihr Mann sogar einen eigenen Pflug, was den satten vom hungrigen Bauern unterscheidet.

Sie hatte mich seit Stunden beobachtet: »Ist es wahr, dass du auch Anwaltssachen machen kannst?«

Ich sah zu ihr hoch. »Ja, ich kann juristische Dokumente aufsetzen. Ich bin kein Anwalt oder Notar, aber ich kann Eingaben, Klagen oder Verteidigungen schreiben.«

»Gut, gut. Ich kann dir aber kein bares Geld geben. Ich biete dir ein Huhn für einen Brief und eine Gans an Sankt Martin, wenn du Erfolg hast.«

Das klang interessant.

»Worum geht es?«

Sie knautschte ihren Rocksaum und wischte immer wieder ihre Finger daran ab. Ihre Augen schimmerten feucht. Sie schluckte.

»Schreib eine Klage für mich, ja? Mein Mann und ich, wir sitzen in der Patsche!« Sie zog die zweite Kiste an mein Tischchen heran, die ich als Sitzgelegenheit für Klienten bereithielt. Mein Arbeitsplatz wurde immer luxuriöser.

»Wir bauen Getreide und Gemüse an, nicht weit vor der Stadt. Und ich züchte noch etwas Geflügel dazu, das wir verkaufen. Uns geht's ganz gut, hab ich gedacht. Haushaltssteuer, den Zehnten für den Gutsherrn, den Kirchzehnten, die Pacht – haben wir alles bezahlt, wir haben brav alle Fronarbeiten erledigt, uns vor nichts gedrückt, doch weil wir es geschafft haben, darüber hinaus zu was zu kommen, ist der Vogt unseres Herrn gierig geworden und hat weiteres Geld von uns verlangt. Wir sind aber nicht verpflichtet, an den Vogt etwas zu zahlen, also hat es mein Mann verweigert.«

»Das war euer Recht.«

»Ja. Allerdings. Aber nun hat der Vogt den Pflug beschlagnahmt, und das jetzt im Frühjahr! Wenn wir den Pflug nicht haben, wie sollen wir dann die große Fläche bearbeiten, die wir gepachtet haben? Und wenn wir nicht säen und nicht ernten, dann nimmt man uns alles weg!« Sie weinte offen. »Was können wir nur tun? Gibt es keine Gerechtigkeit?«

Von solchen Vögten hatte man schon oft gehört. Sie waren eine Geißel unseres Landes. Und bei all den Abgaben und Fronarbeiten, die ein Bauer zu leisten hatte, musste er schon tüchtig sein, um es zu was zu bringen.

Leider verstanden die Gutsherren oft nicht den Unterschied zwischen einem armen Bauern und einem erfolgreichen.

»Eine Klage vor Gericht wird euch nichts nützen. Das dauert viel zu lange. Inzwischen seid ihr euer Land los. Außerdem gehört ihr nach dem Gesetz eurem Grundherrn.«

»Ich weiß«, seufzte sie. »Dann einen Bittbrief. Kannst du mir einen Brief an unseren Herrn schreiben?«

»Das will ich gern tun. Aber es kann sein, dass er nicht interessiert ist und alles seinem Vogt überlässt. Vielleicht sollten wir noch eine Kopie machen und sie an den Lehnsherrn deines Herrn schicken. Es hat ja keinen Sinn, wenn durch Gier und Starrsinn eine gute Nutzung des Grundes verhindert wird. Dein Herr und der Herr deines Herrn verlieren beide Geld, wenn man euch am Arbeiten hindert.«

»Ja, ja, schreib auch unbedingt hinein, was das für ein widerlicher Schuft ist, dieser Vogt, Rupert heißt er, der erpresserische, betrügerische Kerl, ich wünsche ihm Blähungen und Faulsucht! Und schreib recht deutlich, wie wir darüber denken …«

»Lieber nicht ganz so deutlich, Gevatterin«, sagte ich. »Wir Schwachen müssen fein demütig und stille sein, um etwas zu erhalten. Es geht nur so, dass man dem Starken vorhält, welchen Vorteil er davon hat, uns gut zu behandeln.«

Sie schneuzte sich in ihren Rock. »Verdammich! Lieber würde ich den Kerl mit einer Mistgabel direkt zum Teufel befördern, wo er hingehört. Aber wenn du meinst, du hast schließlich studiert.«

Ich schrieb ihr die zwei Briefe für den Preis von einem fetten Huhn, das war kein schlechter Verdienst. Und ich gab mir redlichste Mühe, die Sache in untertänigen und vernünftigen Worten darzulegen.

Dann drillte ich die Bäuerin noch in Diplomatie: »Wenn du Antwort bekommst und etwa eine Vorladung, dann denke daran: Euer Glück hängt davon ab, dass du ruhig und ehrerbietig sprichst. Atme langsam ein und wieder aus, wenn du merkst, dass du wütend wirst. Erst dann sprich! Ich habe geschrieben, dass du demütigst um Gerechtigkeit bittest und dass ihr euch nichts sehnlicher wünscht, als Gott und eurem Herrn zu dienen.«

»Die Gurgel würd ich ihm abschneiden.«

»Ja ja, aber das behältst du für dich, kapiert? Und es kann nicht schaden, den Brief an deinen Gutsherrn von einem halben Dutzend Kapaunen begleiten zu lassen, artig dekoriert in einem Körbchen mit Blumen und frischem Laub.«

»Wieso?«

»Weil er eher einen schönen Korb mit Kapaunen anschaut als einen trockenen Brief. Ein ebensolches Gebinde musst du an den Herrn deines Herrn schicken.«

»Was? Das auch noch!«

Ich schaute sie nur sanft an. »Unbedingt! Vielleicht sollte lieber dein Mann hingehen, wenn der weniger hitzig ist als du.«

»Der ist noch schlimmer.« Sie musste selbst lachen, nahm die Briefe, rollte sie zusammen und steckte sie sich ins Mieder. Später brachte sie mir das versprochene Huhn und einen Beutel Zwiebeln dazu.

»Dank dir. Ich werd deinen Rat beherzigen, so gut ich kann, helf mir Gott!«

»Sag mir, wie es gelaufen ist!«

Ich schrieb an diesem Tag noch drei Eingaben an verschiedene Pariser Gerichte, die ich alle besser kannte, als mir lieb war, und vier Liebesbriefe. Einer von ihnen war an einen Büttel namens Grégoire gerichtet.

Da schau her, dachte ich. »Sieht er so und so aus«, fragte ich das Mädchen. »Ja, woher weißt du?« »Ich hatte mit ihm zu tun, er scheint ein guter und gerechter Mann zu sein.« Diese Bemerkung freute sie. Und da mir beide sympathisch waren und gut zueinander zu passen schienen, legte ich mich ordentlich ins Zeug. Sie hatte ihn etwas länger nicht gesehen und fürchtete nun, eine andere sei im Spiel und er hätte seine Pläne sie betreffend vergessen. Statt eines langen Briefes schlug ich ihr nur ein ganz kurzes Gedicht vor:

Mir scheint, hundert Jahre ist's schon her,
Seit mein Liebster von mir ging,
Und doch sind erst vierzehn Tage vergangen.
Mir scheint, hundert Jahre ist's schon her:
So lang wird mir die Zeit. *

Ich malte die Initialen rot und noch ein paar kunstvolle Schnörkel dazu, ein paar Vögel in einem imaginären Himmel und unten einen Zweig mit Blättern, um eine hässliche Falte im Pergament zu verdecken. Eine kleine Gruppe von Gaffern stand um uns herum und machte Vorschläge zur Verschönerung.

Schließlich unterschrieb ich für sie. »Wie heißt du?«

»Jeanne.« Sie betrachtete die wenigen Zeilen in meiner besten Schönschrift. »Und das genügt?«

»Ich denke schon«, sagte ich. »Eine Frau sollte sich nicht zu sehr anpreisen. Es zeigt deine Gefühle auf eine schlichte Art, ohne zu irgend etwas zu verpflichten oder aufzufordern.« Für ein Kupferstück verkaufte ich ihr ein hellgrünes Band, um die Rolle zusammenzuhalten: die Farbe der jungen Liebe. Vom Ergebnis sollte ich bald hören.

Die Geschäfte gingen gut. Es kamen fast nur Frauen zu mir. Die aber waren froh, mit ihren Sorgen nicht zu einem Mann gehen zu müssen, der sie womöglich von oben herab behandelt hätte. Ihre Liebesgeheimnisse vertrauten sie mir gern an, und es kamen auch immer wieder juristische Probleme, in denen ich ja leidvolle Übung hatte: Erbschaftsangelegenheiten, Streit um die Mitgift, Schulden. Bald wäre das Pergament, das ich in Vaters Truhe gefunden hatte, aufgebraucht. Ich würde mich um Nachschub kümmern müssen.

Es war Zeit, nach Hause zu gehen. Ich verkorkte das Tintenfass säuberlich und schlug meine Federn in ein weiches Tuch ein. Das alles packte ich in eine Tasche, zusammen mit dem unbeschriebenen Pergament. Ich half meinem Nachbarn beim Zählen der Einnahmen und Beiseitelegen der Marktabgabe. Die Pastetenbäckerin steckte mir zwei weitere Bruchstücke zu.

»Für deine Kinder. Ich glaube, ich verkaufe mehr, seitdem du hier bist. Du ziehst Neugierige an.«

»Gute Nacht«, sagte ich leise zu dem Schwan, der wieder nicht verkauft worden war.

»Sing mir noch mal das Lied vor«, verlangte er. »Wann komme ich denn nun endlich vor die große Gesellschaft? Warum kauft mich niemand?«

»Sorge dich nicht, einen so schönen und stolzen Vogel wird sicher jemand haben wollen. Es ist nur so, die meisten Leute können sich dich nicht leisten.«

»Bin ich viel wert?«, fragte er.

»Immens viel«, versicherte ich ihm, woraufhin er zum hundertsten Mal begann, seine Federn zu glätten.

Als ich heimkam, standen drei prachtvolle Pferde vor dem Turm angebunden. Der fette Massimo war gerade dabei, seine Auslagen hineinzuräumen. Er grüßte mich sehr freundlich und zwinkerte mir zu.

»Darf man schon gratulieren?«, fragte er.

Ich ahnte nichts Gutes. Mutter, in der besten Garnitur und mit angeregter Gesichtsfarbe, kam aus der Tür geschossen und zerrte mich hinein. »Red nicht mit den Leuten. Die müssen gar nichts wissen!«

»Ich hab gar nicht …«

»Dein Kleid ist beschmutzt und das Haar schaut unter der Haube vor. Das hast du davon, dass du auf der Straße dein Geld verdienst wie das gewöhnlichste Frauenzimmer! Geh rasch hinauf, zieh dir was Hübsches an und mach dich ein wenig zurecht! Wir haben einen Gast!«

»Was für einen Gast? Wovon sprichst du?«

Aus der Küche drangen fremde Männerstimmen.

»Rasch! Du willst ihn doch nicht warten lassen! Halt, zeig deine Hände her! Dass du mir nicht mit Tintenfingern bei Tisch erscheinst. Er hält dich noch für übermäßig gebildet.«

»Ich *bin* gebildet.«

»Das wird er noch früh genug merken. Marie, hilf ihr!«

Tante Marie kam aus der Küche. Ich drückte Mutter das Huhn und die Pasteten in die Hände und stieg verwirrt die Treppe hoch.

»Was ist das für ein Gast, warum ist Mutter so aufgeregt?«, fragte ich.

»Bitte reg dich nicht auf, Christine, ich glaube, deine Mutter hat einen Heiratskandidaten aufgetrieben.«

»Für Céline?«

»Nein! Für dich, Dummerchen!«

Ich wollte auf der Stelle wieder hinunterstürmen.

»Wie oft habe ich Mutter gesagt, das kommt überhaupt nicht in Frage! Ich heirate nicht wieder! Schau, ich habe heute acht Sou und sechzehn Silberstücke verdient!«

»Sehr gut. Wirklich, du machst dich. Aber jetzt bitte sei so gut und steh den Abend durch mit Contenance und gutem Willen. Zur Hochzeit kannst du ja nein sagen. Aber nun ist er einmal da und er kann doch nichts dafür. Sei wenigstens einen Abend lang nett zu dem Mann.«

Auf dem großen Bett, in dem Marie, Céline und ich schlafen, lag bereits ein Kleid ausgebreitet, eines, das wir auf dem Lumpenmarkt erstanden hatten, gewaschen, geflickt und geplättet, hellblauer Satin mit einem gelben Unterkleid. Es sah doch sehr ansehnlich aus. Mir war es ganz gleich. Ich wusch mir rasch Gesicht und Hände mit dem bereitstehenden Lavendelwasser, ließ mir von Tante Marie die Haare bürsten.

Während wir am Fenster standen, schallte es von nebenan zu uns hoch: »Du Idiot! Was hast du da schon wieder angestellt.« Es klatschte.

Berthe schrie: »Lass den armen Jungen in Ruhe, du fettes Ungeheuer! Mein Aldolino!«

»Gestern hab ich ihm gesagt, er soll das Korn hochstellen, wo die Mäuse nicht rankommen – und nun schau dir das an!«

»Na und? Hättest du's doch raufgestellt! Ein bisschen Bewegung würde dir gut tun!«

Marie und ich zogen uns betreten vom Fenster zurück. Ich wünschte oft, wir würden nicht so dicht an dicht mit anderen wohnen und alle ihre Lebensregungen zwangsweise mitbekommen.

Tante Marie empfand das anders, sie flocht mir die Haare in Zöpfe und lauschte dabei: »Halt still! Ich glaube, sie lässt ihn nicht mehr ran«, flüsterte sie kichernd. »Gestern Nacht war er in Schmuselaune, und sie hat ihn weggeschubst und gesagt: Du bist mir zu fett.«

»Da hat sie Recht.« Uh! Allein die Vorstellung!

Meine Zöpfe wurden aufgerollt und festgesteckt. Eine Haube durfte ich nicht tragen. Alles ließ ich mir gefallen. Doch als ich das Wangenrot sah, war meine Geduld am Ende.

»Nein! Leg das weg, Marie. Ich dulde nicht, dass ich angemalt werde. Ich stehe nicht zum Verkauf!«

Sie kicherte ein wenig. »Du hast ja Recht, aber die Gnädigste hat es befohlen.«

»Auf keinen Fall.«

Marie schob mich in den Speisesaal im ersten Stock. Es war ein düsterer, halbrunder Raum, ehemals mit schönen Teppichen ausgehängt, nun einigermaßen kahl. Ein gewaltiger Nussbaumtisch stand darin und schön geschnitzte Stühle. Da die Teppiche von den Wänden gestohlen waren, hatte wohl

Céline Blumengirlanden geflochten und das Mauerwerk damit geschmückt.

Wein stand auf dem Tisch, ein leibhaftiger Hasenbraten, geflochtenes Brot, eingelegte Früchte, Fische in Gelee, gesalzene Nüsse und Oliven in Öl. Was mochte meine Mutter dafür verkauft haben?

Von unserem Besucher sah ich zunächst nur die Stiefel. Sie lagen auf dem geschmückten und gedeckten Tisch, bitte sehr. Die dazugehörigen Beine endeten im Sessel meines Vaters. Als ich den Raum betrat, prallte ich zurück.

»Marie, um Gottes willen! Das ist ja ein verfluchter Engländer!«

Der Mann war rothaarig und trug einen Bart.

»Pst! Nein, er ist Franzose wie du und ich. Geh schon.«

Ich nahm einen erneuten Anlauf.

»Monsieur.« Ich knickste.

Er nahm immerhin die Füße vom Tisch, bemühte sich aber nicht aufzustehen. Ich konnte auch so sehen, dass er sehr groß und von massigem Körperbau war. Seine Art, sich zu bewegen, ließ ahnen, dass er sich auf seine Kraft verlassen konnte. Das mag von Vorteil sein, wenn im Oberstübchen nichts los ist.

»So! Das ist sie also. Ganz hübsch, sieht gesund aus«, kam anstelle einer Begrüßung. Mir stieg eine gewisse Röte ins Gesicht, auch ohne Rouge, aber sie hatte mit Schüchternheit wenig zu tun. (Möchtet Ihr auch noch meine Zähne sehen?)

»Ich bin beglückt, dass Euch gefällt, was Ihr seht.« Doch meine Ironie war ganz verschenkt.

»Seid beruhigt, Jungfer. Ich bin zufrieden. Es ist alles so, wie Eure Mutter versprochen hat.«

Meine Augen fanden die meiner Mutter: Ich bringe dich um, war meine Botschaft. Mutter lächelte, sich keiner Schuld bewusst. Ich will doch nur dein Bestes, Kind …

»Mein Kind, der Chevalier de Grossetête«, stellte meine Mutter vor.

Der Besucher nickte dazu und fuhr in seiner Einschätzung der Ware fort: »Ihr seid zweiundzwanzig Jahre alt, hat Eure Mutter geschworen.« Mutter!

»Sie weiß das sicher besser als ich. Wenn Ihr erlaubt …«

Ich setzte mich ihm gegenüber auf den für mich vorgesehenen Platz. Man sollte es nicht meinen, aber Denken macht ebenso Hunger wie körperliche Arbeit.

»Das sieht ja alles lecker aus, Mutter. Ich habe großen Appetit!« Und ich langte ohne Umstände zu. Mutter zischte mich leise an.

»Ich schätze es, wenn Frauen herzhaft essen«, dröhnte unser Gast und machte sich gleichfalls über die Schüsseln her, wobei er unterschiedslos Fisch und Früchte, Brot, Pastete und Braten zu einem Berg häufte. »Frauen sind zum Gebären gemacht. Das kostet Kraft, wie ich immer wieder an meinen Pferden sehe! Sind diese zwei Eure einzigen Kinder, Jungfer Christine?«

»Nein, ich hatte noch zwei. Die sind gestorben.«

»Nun ja, die Schwachen werden von der Natur aussortiert, nicht wahr!«

»Die Dummen leider nicht«, entfuhr mir. Marie musste etwas heruntergefallen sein, denn ihr Kopf verschwand unter dem Tisch. Meine Gebärfähigkeit war nun wohl ausreichend besprochen.

»Was willst du einmal werden, Söhnchen?«, sprach er Jean an.

Jean richtete sich kerzengrade auf und konnte neben diesem Riesen doch nicht verhindern, dass er wie ein Kind aussah: »Ich werde Notar.« Seine Stimme schlug um – ausgerechnet jetzt. »Ich werde in Kürze die Sorbonne besuchen und später vielleicht die juristische Fakultät in Bologna.«

»Ach was! Das ist doch nichts«, befand unser Gast, während ihm kleine Stückchen Aal aus dem Mund flogen. »Federfuchserei! Wortdrechselei! Das ist was für Schwächlinge. Ich werde dich im Schwertkampf unterrichten.«

Sah ich da so etwas wie Interesse in Jeans Augen aufkeimen? Männer!

Mit Céline sprach er nicht, er kniff sie nur wohlwollend in die Wange, da sie das Pech hatte, neben ihm zu sitzen. Sie sah mich an und formte mit den Lippen ein Wort, das ich hier nicht weiter ausführen möchte. Man konnte sie kaum tadeln.

»Erzählt doch, *je vous en prie*, von Euren siegreichen Schlachten«, bat ich geziert. Ich begann mich zu amüsieren.

Ach je, und nun erfuhren wir vom normannischen Feldzug, vom Sieg von Bayeux, Cherbourg, Evreux, von Orten in Flandern und der Bretagne, wo die »Ritter des Königs« siegreich gewesen waren, wir hörten von blutigen Schlachten und wie man Bewohner von Städten gestraft hatte, die es gewagt hatten, sich den (vorher siegreichen) Engländern auszuliefern. Brand und Mord und Mord und Brand waren, wovon er zu reden verstand; das Reiten, das Schwitzen und Bluten in männlicher Begleitung schien seine ganze Seligkeit. Er war viel herumgekommen, dieser Chevalier de Grossetête. Im Languedoc war er wieder dabei, wo die Einwohner von Montpellier gedemütigt wurden, Artois, Picardie – der Mann hatte sich sogar zwischendrin lange genug in seiner eigenen Burg aufgehalten, um Kinder zu zeugen und zwei Ehefrauen zu verschleißen. Und immer wieder die Kämpfe gegen England, die – wie er es nannte – heroischen Invasionen dieses finsteren Landes des Antichrist.

»Monsieur«, warf ich ein, da seine Rede mich ermüdet hatte, nur zum Spiel, damit mir die Augendeckel nicht herunterklappten, »klärt mich auf: Ist es nicht so, dass bei den Kämpfen in Geldern die meisten Männer im Schlamm ertrunken sind und so wenig Beute gemacht wurde, dass die großen Herren anschließend neue Steuern erhoben, um ihre Verluste zu decken?«

»Warum nicht?«, fuhr er auf. Meine Mutter machte mir hektische Zeichen: Halt den Mund, Christine, verärgere ihn nicht!

Marie aß hingebungsvoll und schaute dabei keinen an.

»Warum sollen die Bürger nicht dafür bezahlen, dass sie beschützt werden?«

»Soweit ich weiß, haben sie immer bezahlt, doch niemand hielt Buckingham auf, als er plündernd und brennend durch französisches Kernland zog. Und wo blieb die teure französische Flotte vor Brügge?«

Er knurrte: »Auch die Tapfersten können einmal verlieren vor der frechen Übermacht! Dennoch konnte man Heldentaten erleben über das Menschliche hinaus! Bei der Flotte war ich nicht. Ich kämpfte an Land. Das hättet Ihr erleben müssen: Die Pferde schäumten und brachen unter uns zusammen, doch wir mähten den Feind mit unseren Schwertern …«

»Verzeiht, Monsieur, Eure Erzählung fasziniert mich. Deshalb eine Frage: Ich bin ja nur ein unwissendes Weib, aber ich habe gelesen, dass die französischen Ritter seit der schmählichen Gefangennahme Johanns des Guten gegen die englische Armee meistens verloren haben, weil unsere Kampfesweise altmodisch sei.«

»Was soll das heißen?«, unterbrach er gereizt seinen Redefluss.

»Die französischen Ritter kämpfen schwer gepanzert auf ebenso schweren und gepanzerten Schlachtrössern, so wie sie es seit Jahrhunderten getan haben, während die Engländer sie mit Armbrust und Langbogen einfach von den Pferden hinunterschießen. Den Rest erledigen dann ihre leichteren und flinken Fußtruppen.«

»Feiglinge«, wütete er.

»Aber doch offenbar Feiglinge, die überleben.«

Er nahm einen Zug aus dem Weinbecher, weitaus nicht den ersten, und schaute mich aus blutunterlaufenen Augen an.

»Woher habt Ihr Kenntnis von solchen Dingen, Jungfer Christine?«

»Ich habe Berichte gelesen. Abhandlungen über Kriegskunst.«

Es entstand eine erholsame Gesprächspause, während das Hirn oder was sich beim Chevalier dafür ausgab, ein heftiges Rädermahlen veranstaltete.

»Ich habe auch ein Gedicht gelesen von Monsieur Eustache Deschamps …«

»Wer?«

»Einer unserer größten Poeten und Gelehrten, der Hofdichter des Königs.«

»Ah so – der.«

Er war immer noch durch den Akt des Denkens blockiert, und ich nutzte die Gelegenheit, um sozusagen zum Gnadenstoß anzusetzen:

Ihr seid herausgeputzt wie junge Hähne,
Wenn Ihr in Frankreich seid, brüstet
Ihr Euch mit Euren Heldentaten …
Wenn Ihr den Ruhm in der Schlacht erkämpfen wollt,
Dann nehmt Euch ein Herz und keine neuen Kleider …

»Das schrieb Deschamps nach der letzten Schlacht. Nach seiner Theorie verlieren wir unsere Kriege, weil man zu viel Ressourcen und Kraft darauf verschwendet, Juwelen, feine Kleider, bequeme Betten und Teppiche zu transportieren. Vier Packwagen pro Ritter! War es nicht so, dass der Compte de Carvour sogar einen Ofen mitschleppen ließ, um kleine Kuchen zu backen? Haben die Römer so ihr Weltreich begründet?«

Oh, etwas in seinem Hirn rastete ein. Jetzt war er zu einem Schluss gelangt: »Ihr lest Abhandlungen, Jungfer Christine? Über den Krieg?«

»Über den Krieg, über Staatskunst, über Mathematik und Philosophie …«

Mutter war erstarrt, welche Katastrophe: Ich hatte mich soeben selbst unvermittelbar gemacht.

»Daran sieht man, wie übel es ist, ein Haus voller Frauen sich selbst zu überlassen. Frauen müssen beschäftigt werden, sonst kommen sie auf dumme und sündige Gedanken. Sie sollen Kinder gebären und aufziehen und die zahlreichen Pflichten des Haushalts erfüllen, Vorratshaltung, Nähen, Sticken und was sonst noch an niederen Verrichtungen den Weibern zukommt! Jungfer Christine, ich sag's Euch offen: Ich halte nichts vom Lesen. In meinem Haus kommt das nicht vor! Für Männer nicht und für Frauen erst recht nicht. Es verwirrt die Moral und schwächt den Verstand.«

»Schwächt …? Wie das?«

»Das will ich Euch gern erklären. Zum Beispiel wird mein Verstand gestärkt, wenn ich gezwungen bin, mir Dinge zu merken, statt alles aufzuschreiben. Was den Inhalt des Geschriebenen betrifft, so ist er meistens unnütz und frivol. Ich erlaube meinen Frauen das Lesen nicht. Bildung bei Weibern ist ganz und gar wider die Natur! Es macht sie aufsässig, und dann ist man gezwungen, sie zu prügeln, obwohl man das gar nicht will. Aber – wie gesagt: Es ist auch für Männer schlecht. Sind wir nicht …«

Er erhob seine Stimme zu einem oft geübten, predigenden Singsang. Céline beobachtete ihn, wie man einen Skorpion an der Wand betrachtet. Jean hatte sich abgewandt und bohrte demonstrativ in der Nase. Marie stopfte sich ungerührt mit den ungewohnt guten Sachen voll, und Mutter saß versteinert da.

»Sind wir Menschlein nicht aus dem Paradies verjagt worden, weil wir gegen Gottes Gebot die Früchte vom Baum der Erkenntnis aßen? Ich sage Euch: Diese Früchte waren Bücher!«

Bücher soll man lesen und nicht essen, dachte ich.

»Bücher sind Satanswerk! Vollkommene Ignoranz ist der einzig anzustrebende Zustand eines Christenmenschen!«

»Dann, Monsieur, gehört Ihr wahrlich zu den Seligen.«

Jean rollte das Ergebnis seiner Bemühungen zwischen Daumen und Zeigefinger.

Der Chevalier nickte mir freundlich zu für das ihm gezollte Kompliment.

»Wisset, dass Gott mich beauftragt hat, diese Sünde vom Erdboden zu vertilgen. Es ist eine gewaltige Aufgabe für einen Mann, aber ich habe in jeder Stadt, in jedem Kloster, in jeder Burg, die wir genommen haben, Scheiterhaufen aus den teuflischen Büchern gemacht. Ich habe Bibliotheken verbrannt, wenn es sein musste, mitsamt ihren Hütern darin, Tausende Rollen und Co…co…dingsda habe ich vernichtet und Kopierwerkstätten gleich dazu. Das, Mesdames, ist meine Aufgabe auf dieser Welt!«

»Es heißt Codices. Ihr seid wahnsinnig«, war alles, was ich noch herausbrachte.

Mutter erwachte aus ihrer Starre und klatschte in die Hände: »Héloise, der Pudding!«

Ich brachte ein schwächliches Lachen heraus. »Verehrter Ritter, ich sage es ebenso freiheraus, an eine Verbindung zwischen uns ist nicht zu denken, selbst wenn ich meinem verstorbenen Liebsten nicht ewige Treue geschworen hätte. Bitte fühlt Euch nicht gekränkt: Wir sind zu verschieden. Ihr braucht eine andere Art von Frau. Ich bitte Euch dennoch, die Gastlichkeit unserer Tafel weiter zu genießen. Bitte bleibt zum Dessert.«

Er stierte mich wütend an, sprang auf – Vaters guter Stuhl fiel um – und lief hinaus.

»Auf! Hier bleiben wir nicht länger!« Er scheuchte seine Männer aus Héloises gemütlicher Küche.

Draußen hörten wir die ganze Bagage auf ihre Pferde steigen und davonpreschen. Die Schweine in der Gasse quiekten ärgerlich.

Ich sah Mutter an. Sie hob entschuldigend die Schultern: »Nun gut, ich habe mich geirrt.«

Céline und Marie, dann auch ich brachen in Gelächter aus, und mit gutem Appetit fielen wir über den Brotpudding her.

5

An diesem Morgen war der Fluss grau und wirkte so schwer wie geschmolzenes Blei. Undurchsichtig die Oberfläche, schob er sich träge dahin. Der Wind, obwohl kräftig, konnte nur winzige Kräusel darauf prägen. In meiner Kindheit war einmal die Seine über die Ufer getreten, hatte Vieh und Wagen mitgerissen, Türen eingedrückt, Häuser und Wasserräder zerstört.

»Wohnen Riesen im Wasser?«, hatte ich meinen Vater gefragt.

»Riesen? Nein, wie kommst du darauf?«

»Wer hat denn alles so kaputtgemacht?«

»Das Wasser.«

Ich betrachtete das harmlose Nass in meinem Becher.

»Wie kann Wasser so was tun?«

»Ah! Eine gute Frage, Christine! Komm!« Er hatte mich an die Hand genommen und war mit mir zum Fluss gegangen, einem Fluss, der inzwischen wieder heiter und friedlich strömte, als sei nichts geschehen.

Wir gingen über die Wiese und zum Wasser hinunter, wo er sich mit mir an die Böschung hockte. »Steck deine Hand ins Wasser und bewege sie. Und dann sag mir: Ist Luft dicker oder das Wasser?«

»Das Wasser – es ist dick wie Suppe.«

»Wie eine dünne Suppe. Wenn jetzt der Wind bläst, dann … ?«

» … dann falle ich um«, sagte ich, da ich mich noch sehr gut an einen solchen Vorfall erinnerte.

»Richtig. Er schubst dich, obwohl er doch nur aus Luft besteht. Aber wenn die Luft sich schnell genug bewegt, dann hat sie viel Kraft. Hier siehst du nun, dass auch das Wasser sich bewegt, nicht wahr? Und da ist es wie mit dem Wind: Bewegung und Masse wirken zusammen und erzeugen eine bestimmte Kraft. Und weil das Wasser von Natur aus dicker ist als Luft, kann es, wenn es in Bewegung kommt, noch mehr Schaden anrichten als der Wind. Wasser ist sehr gefährlich. Ich werde es dir zeigen.«

Er ließ mich am Rand des Wassers ein Haus aus Stöckchen bauen. Wieselgeschwind sammelte ich Stöckchen und Rinden, steckte Eckpfeiler in den nassen Sand, baute Wände aus Rinde, einen Dachstuhl und deckte das Dach mit Gras.

»Dein Haus hat weder Ein- noch Ausgang«, sagte mein Vater. »Aber das macht nichts. Jetzt spielen wir Wind! Puste dagegen, so stark du kannst.«

Ich blies und pustete, bis ich rot im Gesicht war, aber nur die Grasbüschel vom Dach flogen davon.

Nun nahm mein Vater seinen Hut ab (Mutter schimpfte ihn hinterher dafür aus), füllte ihn mit Wasser und goss es mit einem heftigen Schwall gegen mein Haus. Es brach zusammen und ich heulte.

»Heul nicht! Sag mir, was du gesehen hast!«

Vaters Metier war die Medizin, und zwar sowohl althergebrachte Kräutermedizin und Alchemie als auch das Studium der Gestirne und ihres Einflusses auf menschliches Schicksal und Gesundheit. Wie alle Astrologen suchte er die Bedeutungen hinter den Dingen, die großen Zusammenhänge und die Erscheinungsformen der Dinge in der jenseitigen Welt. Das hinderte ihn aber nicht daran, es in Dingen der praktischen Erfahrung mit dem englischen Doktor Ockham zu halten. »Nicht alles kann man durch bloßes Sitzen und Nachdenken erfassen«, lautete Vaters Devise. »Geh hin und schau nach, wenn du etwas wissen willst.« Im Gegensatz zu seinen Kollegen vertat er seine Zeit nicht damit, im Studierzimmer die symbolischen Verbindungen an den Haaren zu ziehen oder mit Allegorien zu tändeln. So sah er in den Sternen keine gottgleichen Charaktere, sondern verbrachte viele Nächte auf dem Dach, um ihre Bahn zu bestimmen und später mit gewissen Vorkommnissen zusammen auf seinen Karten einzutragen.

»Nicht alles ist richtig, weil es geschrieben steht, Christine. Schau genau hin. Benutze deinen Verstand.« Daran musste ich denken, als ich an diesem Morgen aus dem Fenster sah. Es war

Anfang Juli, aber ungewöhnlich kühl. Ob es regnen würde? Dann würde ich einen Arbeitstag verlieren, und das wäre mir nicht recht. Ich entschied mich dafür, das Risiko einzugehen, und packte die Pergamentblätter in eine gefettete Ledermappe. Mutter lag noch im Bett und befand, dass sie heute ein wenig schwach sei.

In der Küche fand ich Héloise. Sie hatte den ganzen Küchentisch mit Beschlag belegt und walkte Teig auf der bemehlten Platte.

»Was machst du uns Gutes, Héloise?«

»Teigtaschen, mit Kräutern und Käse gefüllt.«

»Wenn es nur schon Abend wäre!«

Wir essen immer noch mehr italienisch als französisch, obwohl ich hier geboren bin. Die französische Küche ist uns zu schwer: Zu viel Fleisch und zu viel Brot.

Ich trank einen Becher Most zum Frühstück und steckte mir getrocknete Pflaumen und ein paar Nüsse ein, die ich unterwegs essen wollte. Gerade wandte ich mich zum Gehen, da stürmte Céline herein, dicht gefolgt von Jean.

»Jean hat mir das Lateinbuch weggenommen!«, beklagte sich Céline.

»Ich brauche es für die Domschule!«

»Du nimmst es doch gar nicht mit! Du kannst es abends zurückbekommen! In der Zwischenzeit kann ich es haben!«

»Und abends rückst du es dann nicht heraus!«

»Es ist meins!«

»Ist es nicht!«

»Ist es doch!«

Céline hatte Jean das umstrittene Objekt aus den Händen gerissen, und er verfolgte sie um den Küchentisch herum. Héloise schnappte sich einen Kochlöffel und verteilte unterschiedslos Hiebe.

»Raus aus meiner Küche!«

Meine Sprösslinge kicherten und trieben es nur umso toller.

»Halt«, schrie ich, »alle beide! Her zu mir!«

Sie kamen. Céline versteckte triumphierend das Buch hinter ihrem Rücken.

»Sie will mich nur ärgern«, schrie Jean mit sich überschlagender Stimme. »Wozu braucht sie Bücher? Sie ist ein Mädchen!«

»Jean«, sagte ich streng. »So etwas will ich von dir nicht hören! Du weißt genau, wie ich darüber denke!«

Céline grinste.

»Und du wirst ihm das Buch sofort geben, wenn er aus der Schule kommt! Du hast den ganzen Vormittag Zeit zum Lernen.«

»Ja, wenn Großmutter mich lässt. Aber sie findet immer was anderes für mich zu tun.«

»Ich werde mit ihr reden. Ich will nicht, dass ihr wegen eines Buchs streitet! Findet einen Weg, es euch gerecht zu teilen! Sonst nehme ich es euch beiden weg, es gehört nämlich keinem von euch, sondern mir.«

Das sollte reichen. Doch hörte ich, wie Jean im Hinausgehen leise zu seiner Schwester sagte: »Und du kommst sowieso ins Kloster.«

»Jean!« Er drehte sich trotzig zu mir um.

»Woher hast du das?«

»Von Großmama.«

»Céline kann tun, was sie will. Sie kann heiraten, wenn sie möchte, und sie kann auch in ein Kloster, wenn ihr das besser gefällt. Ich sollte dich in ein Kloster stecken, das würde dir gut tun!«

Kinder!

Jean und ich gingen zusammen aus dem Haus, weil wir einen gemeinsamen Weg hatten, an der Seine entlang, in deren trübem, gewalttätigem Wasser allerlei Treibgut auf der Reise war. Heute eine tote Kuh, auf der eine Krähe mitreiste, während sie Stücke aus ihrem aufgetriebenen Bauch hackte (Picknick auf dem Boot); ein zerbeulter Kessel, Knäuel abgerissener Pflanzen, grüne Inseln im Strom; zerbrochene und ausgefranste Bretter, ein geflochtener Stuhl, ein Stück Fischernetz an einer Schweineblase. Der Wind fegte uns ungemütlich unter die Kleidung.

»Es ist viel zu kalt heute auf der Cour Notre Dame, Mutter«, meinte Jean ritterlich. »Nicht dass du dich erkältest! Bestimmt tut dir nachher der Rücken weh! Willst du nicht lieber zu Hause bleiben? Wenn ich erst mal fertig studiert habe, dann sollst du nur noch im Sessel sitzen und lesen und Süßigkeiten essen.«

Ich fuhr ihm durch die Haare. Es kostete ihn sichtliche Anstrengung, es zu ertragen, ohne den Kopf wegzuziehen. Ich lachte. Öffentlich küssen durfte ich ihn schon lange nicht mehr.

»Du bist doch ein lieber Kerl, wenn du willst. Wärest du nur genauso nett zu deiner Schwester. Gib dir doch ein wenig Mühe, mir zuliebe! Sie hat es schwerer als du, den ganzen Tag unter Großmutters Fuchtel ...«

Ein lang gezogenes Brummen: »Hmm, ja, ich versuch's!«

»Danke! Du bist doch mein kleiner Magister! Das lässt sich alles mit Logik lösen.«

Als wir an der Brücke Notre Dame ankamen, nahmen wir weiter unten, an der Müllerbrücke, einen großen Menschenauflauf wahr. Neugierig gingen wir hin und drängten uns durch die Menge, um zu sehen, was die Aufregung verursachte. Und wie ich gleich darauf wünschte, ich hätte es nicht getan!

Zweimal mannshohe Wasserräder drehten sich unter der gesamten Brücke, bis auf die schmalen Durchlässe für Boote. Die großen Schaufeln ächzten und die Achsen knarrten. Überall troff geräuschvoll das Wasser herunter. Nur das mittlere Rad drehte sich merkwürdig langsam, wie gegen einen Widerstand.

»Ein Ertrunkener«, flüsterte neben mir Jean.

Und wirklich. Aus dem schwarzen Wasser tauchte ein Leichnam auf, der sich im Rad gefangen hatte. Er steckte mit einem Bein zwischen den hölzernen Schaufeln fest. Das Gesicht lag auf dem Rad. Man konnte ihn nicht erkennen. Es musste ein korpulenter Mann gewesen sein, es war erstaunlich, dass das Rad sich überhaupt noch drehte. Die Leiche wurde nach oben gezogen: aus dem nassen schwarzen Haar tropfte das Wasser. Die Kleidung hing in Fetzen hinab, und an der unnatürlichen Stellung von Armen und Beinen konnte man erkennen, dass sämtliche Knochen gebrochen waren. Wahrscheinlich hatte er schon die ganze Nacht dort gehangen, ehe man ihn morgens entdeckte.

Unsere entsetzten Blicke hingen an dem zerschlagenen Körper, wie er den Zenit des Rades erreichte, über den höchsten Punkt gezogen wurde. Ein Arm wurde aufgerichtet und fiel wieder schwer und schlaff hinunter, als ob der Leichnam den Gaffern winkte, bevor er wieder ins Wasser eintauchte, ein makabres Karussell, ein Bild direkt aus der Hölle: das Rad des Schicksals, wie es sich dreht und dreht und uns nicht gestattet abzuspringen, auszusteigen aus dem ewigen, unglückseligen Kreislauf – nicht einmal im Tod. Schon wird man wieder geboren, nur um hinabgerissen zu werden in den düsteren Abgrund! Ich schloss die Augen.

»Um Gottes willen, so haltet doch das Mühlrad an«, rief jemand aus der Menge.

Boote umkreisten die Unglücksstelle wie ein Rudel Hunde. Sie stocherten mit langen Stangen und versuchten, den Leichnam aus den Schaufeln zu befreien, während sich der Müller oben aus seinem Mühlhaus lehnte und keifte: »Passt doch auf! Passt auf! Macht mir nicht mein Rad kaputt!«

Eine Stange brach, und der Mann, der sie gehalten hatte, fiel ins Wasser. Die Menge schrie auf – er bekam jedoch ein Ruder zu fassen und kletterte wohlbehalten wieder ins Boot.

Endlich gelang es zwei Männern, den Leichnam zu befreien. Sie machten sich nicht die Mühe, ihn an Bord zu hieven. Einer ruderte zum jenseitigen Ufer, der andere fasste den Toten am Kragen und zog ihn auf diese Weise hinter dem Nachen her.

Drüben warteten schon die Sergeanten.

Ich hatte genug gesehen, mehr, als mir lieb war. »Komm.« Ich zog meinen widerstrebenden Sohn mit mir fort.

»Habt ihr gesehen, wer es war?«

»Keine Ahnung, sein Gesicht war ja nicht zu erkennen.«

»Wahrscheinlich besoffen von der Brücke gefallen«, unterhielten sich hinter uns die Leute.

»Brrr! Was für ein Anblick! Der arme Mann«, sagte ich.

»Vielleicht war er ja schon tot, als er hineingefallen ist. Jemand hat ihm einen Dolch in den Rücken gestoßen und – platsch!«, bemerkte Jean mitfühlend.

»Jean!«

»Na, was willst du, Mutter: Solche Dinge passieren jeden Tag. Wahrscheinlich ist er ausgeraubt und ermordet worden. Er hatte gute Kleidung an.«

Da hatte er Recht, doch ich mochte nicht darüber nachdenken und schämte mich bereits dafür, dass ich so lange dabeigestanden und gegafft hatte.

Wir gingen über die dicht bebaute Wechslerbrücke, von der aus man dankenswerterweise weiter nichts von den Ereignissen zu sehen bekam, dann durch die Taubenstraße. Vor der Kathedrale Notre Dame trennten wir uns.

»Lerne gut! Und schwatz nicht über das, was du gesehen hast«, mahnte ich Jean, wohl wissend, dass er bei seinen Mitschülern heute der Held sein würde.

Ich ging rasch in die Kathedrale, um mich vom Schrecken und Abscheu des Morgens zu erholen. Beim Eintritt in die große Kirche ließ ich die Welt draußen hinter mir. Die Doppelreihe hoher Säulen umgab mich und zog meinen Blick nach oben zu den schimmernden Fensterrosen, dem Schönsten, was Menschen zu machen verstehen. Gewöhnlich von sanftem Madonnenblau und kaiserlichem Rot färbte der dunkle Himmel das Licht der Fenster heute düster violett. Ich ließ meine Augen über den ganzen Kosmos schweifen: die Tierkreiszeichen, die Darstellungen von Ackerbauarbeiten im Jahreslauf, die Richter, Könige und Patriarchen, die Allegorien des Lasters ... nein, keine Laster heute. Und ich suchte nicht nach dem Antichrist, ich hatte ihn schon gesehen.

Es roch nach behauenem Stein und süßem Harz, nach Rauch und Wachskerzen. Körperlose Stimmen wisperten. Warum suchen wir Menschen so eifrig den Anblick des Entsetzens? Wenn etwas Gutes geschieht, dann lächeln wir und gehen weiter. Aber vollzieht sich eine Gewalttat vor unseren Augen, eine Hinrichtung, etwas Dämonisches, dann stehen wir und gaffen. Ist es, um uns selbst an die Gefahr zu erinnern, verspüren wir eine heimliche Lust am Tod? So wie Soldaten angeblich nach der Schlacht, noch blutüberströmt, amourös werden, weil sie das wiedergewonnene Leben feiern? Ist uns das Leben umso köstlicher im Angesicht des Todes? Ich kaufte eine kleine Kerze für den Unglücklichen, auch um ihn aus meiner Seele zu vertreiben. Doch so rasch ließ er sich nicht ausweisen. Da war etwas Vertrautes an ihm.

Weihwasser trocknete kühl auf meiner Stirn, als ich hinaus auf den Markt trat, um meinen Platz einzunehmen.

»Ein Unglück soll geschehen sein, an der Müllerbrücke. Hast du etwas mitbekommen? Du kommst doch von dort«, fragte die Pastetenbäckerin.

»Angeblich hat man einen erschlagen und hinterher noch ersäuft – und die Fische haben ihn schon halb gefressen«, trug der Geflügelhändler bei. »Oh, ich hasse Aale. Niemals kommt mir eins von diesen aasfressenden, schwarzen Biestern auf meinen Tisch!«

»Ich weiß nichts. Ich habe nur gesehen, dass man einen Ertrunkenen herausgezogen hat«, sagte ich, und weil ich so offenbar unwillig war, darüber zu schwatzen, ließen meine Nachbarn mich in Frieden.

Mein Freund, der Schwan, war fort. Am Himmel trieben eilige graue Wolkenfetzen, und von Norden her kamen immer mehr heran. Ich hatte gerade zwei Briefe geschrieben, als es zu tröpfeln begann. Der eine war der Brief eines jungen Adligen an seinen Vater, in dem er ihn bat, mehr Geld zu schicken, und die abenteuerlichsten Ausflüchte erfand, warum ihm das schon großzügig bemessene Taschengeld ausgegangen war. Diebe hätten ihn beraubt, er habe eine teure Arztrechnung für seinen treuen Leibdiener beglichen, und außerdem habe ein Priester ihn überredet, eine beträchtliche Spende zu leisten für das Seelenheil seines verehrten Herrn Vaters.

Ich verkniff mir das Lachen und schrieb alles treulich auf. Ich sah ja die Strümpfe mit Seidenquasten und eine Weste mit aufgestickten Schafen, von denen jedes ein silbernes Glöckchen trug. Wenn dieser Vater einen Rest von Verstand hätte, dann würde er den Brief verbrennen und jede weitere Zahlung verweigern. Bei ihm verdoppelte ich meinen Tarif. Narren lernen nur durch Leiden, sagte ich mir. Und ich half ihm beim Lernen.

Der zweite Brief war für eine Frau, eine nett aussehende, saubere, biedere Person in graublauem Serge (für zwanzig Sous die Elle), mit einem Silberkreuz am Hals, ihr einziger Schmuck. Sie musste etwas jünger sein als ich. Die Taille und der Bauch waren vom Kinderkriegen ein wenig aus der Form geraten, aber das Gesicht war durchaus angenehm. Drei Jungen verschiedenen Alters begleiteten sie, und ein blondlockiges kleines Mädchen versteckte sich vor mir unter ihrem Umhang.

»Mein Ehemann ist fahrender Krämer …«

Herrje, dachte ich bei mir, ich habe noch nie von einem fahrenden Krämer gehört, der nicht den Mädchen die Köpfe verdreht mit seinen Ringlein, bunten Bändern und glänzenden Schnallen. Und so sieht also die andere Hälfte der Geschichte aus, die der Daheimgebliebenen.

»Er war immer gut zu uns, aber jetzt fürchte ich, er hat unterwegs ein Liebchen. Er bleibt immer länger fort und bringt immer weniger Geld mit. Ich möchte ihm etwas schreiben, das ihn dazu bewegt, nach Hause zu kommen und sich wieder mir zuzuwenden.«

Was könnte einen Mann, der sich verliebt hat, dazu bringen, diese neue Liebe aufzugeben und seine Verantwortung für seine Familie zu erkennen?

»Bitte! Alle sagen, du bist klug. Weißt du nicht Worte, die ihn überzeugen? Ich will ihm ja keine Vorwürfe machen. Er soll nur zurückkommen.«

Ich tat mein Bestes, zusammen schrieben wir Worte, die einen Stein erweichen müssten, und ich riet ihr, etwas von seinen Kindern dazuzulegen: ein von seiner kleinen Tochter besticktes Tuch oder etwas Geschnitztes von seinem Sohn.

Vielleicht hat es geholfen, vielleicht nicht. Wenn ein Mann etwas haben will, so erfindet er alle möglichen Argumente und Lügen, um seine Handlungsweise vor sich selbst zu rechtfertigen.

Ich verhandelte gerade mit einem dritten Kunden, da fielen die ersten Tropfen aus einem niedrigen Himmel. Schnell packte ich die wertvollen Pergamentblätter ein, die Schreibfedern und verstöpselte sorgfältig das Tintenfass.

»Das ist kein Wetter für mich. Ich komme morgen wieder«, sagte ich meinen Nachbarn zur Rechten und zur Linken, die mit grimmigen Gesichtern in Wind und Nieselschauer ausharrten. Ihre Ware ist auch nicht so verderblich wie meine.

Um die Zeit zu nutzen, ging ich in den Justizpalast, wo ich einen gewissen Beamten aufsuchen wollte. Es ging immer noch um den Barbeau-Turm.

»Guten Tag, Grégoire«, grüßte ich einen der Büttel, die im Eingang herumlungerten.

»Ah, guten Tag, Schreiberin«, sagte Grégoire. »Da hast du mir ja einen feinen Brief verfasst.«

»Nichts, was dein Mädchen nicht genau so selbst empfindet. Ich tue nie etwas dazu. Ich helfe nur, die richtigen Worte zu finden.«

»Das ist dir gelungen. Sie hätte sich übrigens gar keine Sorgen zu machen brauchen. Es war nur der Dienst, der mich von ihr fern gehalten hat. Nach diesem Briefchen allerdings – was blieb mir da anderes übrig –, da habe ich bei ihrem Vater um ihre Hand angehalten. Du kommst doch zur Hochzeit, du bist schließlich schuld daran.«

»Gern! Sagt mir Bescheid, wenn es so weit ist«, antwortete ich und ging rasch hinein, weil es zwischen den Torbögen so zugig war.

Der Beamte ließ mich lange warten, wohl zwei Stunden saß ich im Vorraum auf einer Steinbank. Immer wieder tauchte vor meinem inneren Auge das Bild auf von dem infernalischen Rad und dem Leichnam darauf. Wer mochte das nur gewesen sein? Was war dem Unglücklichen zugestoßen? Ich betrachtete die Bilder auf den Wandteppichen. Der Sündenfall war darauf zu sehen, Himmel und Hölle, passend für den Justizpalast. Was, wenn wir nach dem Tod nicht in den Himmel kämen, was, wenn es wirklich immer weiterginge! Furchtbare Vorstellung. Ich schüttelte den Kopf und schaute aus dem Fenster, um das Bild loszuwerden. Endlich ließ mich der Beamte rufen.

»Der Barbeau-Turm, soso.«

Es war ein ziemlich junger Beamter der Finanzverwaltung. Er hatte ein angenehmes Gesicht und schien verständnisvoll.

»Habt Ihr die Zeugen?«

Ich war aufgefordert worden, Zeugen für die Schenkung zu finden.

»Nein, Euer Ehren. Es ist leider sehr schwierig nach so langer Zeit: Der königliche Beamte, der damals das Dokument ausgestellt hat, ist verstorben. Einer der Zeugen ebenfalls, sowie der König selbst. Ein anderer Zeuge, ein Freund meines Vaters, lebt in Italien. Meine Brüder versuchen, ihn für mich ausfindig zu machen, aber das kann lange dauern ... Ich verstehe auch nicht, warum das alles sein muss. Ich habe doch die Schenkungsurkunde persönlich vorgelegt.«

»Ach ja?« Er schien ehrlich überrascht. »Merkwürdig! Mein Vorgesetzter hat mir nichts davon gesagt. Habt Ihr eine Kopie?«

Ich erschrak. »Eine Kopie? Warum sollte ich eine Kopie machen lassen, wenn ich die Urkunde dem Präsidenten des Rechnungshofes selbst in die Hand gebe?«

Er zog die Stirn kraus. »Aber Madame, man gibt nie ein so wichtiges Dokument aus den Händen, ohne eine Kopie zu behalten!«

»Aber der Präsident vom Rechnungshof ...« Ja, woher sollte ich denn solche Dinge wissen? Niemand hat mich in Verwaltung und Juristerei eingewiesen. Papa!, beklagte ich mich insgeheim, weniger über Massen und Geschwindigkeit, weniger Poesie – mehr praktisches Wissen wäre mir nützlich gewesen!

Der junge Beamte sah mich mitleidig an. »Nun beunruhigt Euch nicht zu sehr. Wenn Ihr die Urkunde tatsächlich seiner Exzellenz gegeben habt, dann wird sie ja wohl auftauchen. Er hat nur so viel zu tun, so viele Dokumente auf seinem Tisch. Ich werde mich höchstpersönlich darum kümmern. Inzwischen hoffe ich, dass Eure Brüder den Zeugen auftreiben. Das wäre schon sehr wichtig.«

Er stand auf, ging um seinen Tisch herum und hielt mir die Hand entgegen. Ich dachte, er wolle mir aufhelfen, und ergriff sie. Ich stand auf, doch die ausgestreckte Hand blieb offen.

Aha, so sympathisch war er dann doch nicht. Ich griff in meine Tasche, holte ein Goldstück heraus und wärmte ihm die Handfläche damit. Die Hand schloss sich. Blitzschnell. Er lächelte. Ich ging hinaus, ohne irgendetwas erreicht zu haben.

Vater hat mir beigebracht, dass Zorn ein schlechter Ratgeber ist. Dennoch war ich unsagbar wütend. Dem alten Schuft Béraude hatte ich meinen Fall endgültig entzogen. Ich klagte oder verteidigte mich inzwischen selbst vor vier Pariser Gerichten gleichzeitig. Daneben war ich gezwungen, ohne Unterlass Dokumente und Zeugen zu suchen für Dinge, die ganz eindeutig mein waren. Ich war gezwungen, meine Zeit zu vertun, indem ich Widersprüche und Eingaben meiner Gegner und deren käuflicher Beamten studierte, alle logen oder hielten mich hin. Ich verabscheute diesen Papierkrieg!

Hätten sie ihr Spiel wohl mit einem Mann getrieben? Jemand hat behauptet, die weibliche Intelligenz reiche zum Studium der Gesetze nicht aus. Vielleicht ist das so: der Eifer, mit dem man versucht, mich zu betrügen, spricht dafür. Aber ich kann ein Dutzend Beispiele nennen von großen antiken Herrscherinnen, die umsichtiger und klüger regiert haben als jeder Mann. Und meine Intelligenz muss reichen, bis Jean erwachsen ist, sonst geht diese Familie unter.

Finster blickend und vor mich hin murmelnd war ich über die Brücke und am Ufer entlang gestürmt bis zu unserem Haus.

Die Nachbarn standen in Grüppchen auf der Straße herum und steckten die Köpfe zusammen. Mein Magen krampfte sich zusammen. Was war nun schon wieder geschehen? Doch die meisten, das erkannte ich beim Näherkommen, standen nicht vor unserer Tür, sondern bei Berthe.

In unserem Haus war es ganz still. Von Berthe nebenan hörte ich lautes Jammergeschrei.

Tante Marie empfing mich an der Tür.

»Der Genueser ist ertrunken«, sagte sie. »Sie haben es ihr vor einer halben Stunde gesagt.«

Bleich vor Schreck ging ich in unser Haus. »Womöglich habe ich ihn heute Morgen gesehen, aber nicht erkannt. Ich meine, da war einer, der hing im Mühlrad, aber man konnte nicht erkennen ... Jean war auch dabei ... mein Gott!«

»Ich frage mich nur, warum sie den Leichnam nicht gebracht haben«, überlegte Tante Marie. »Das tun sie doch sonst immer.«

»Vielleicht aus Rücksicht auf die Angehörigen. Er sah sicher … nicht … mehr sehr ansehnlich aus.«

Marie gab ein Schnauben von sich: »Rücksicht? Seit wann nehmen *die* Rücksicht?« Mit »die« meinte sie die königliche Verwaltung, Büttel, Adel, alles oberhalb von uns. Nun ja, es würde schon seinen Gang nehmen. Natürlich taten mir der dicke Massimo und seine Familie Leid, doch ich hatte selbst drückende Sorgen.

Auf dem Weg nach Haus hatte ich für mich einen Entschluss gefasst. So unangenehm mir diese Erkenntnis war: Ich als Frau konnte allein nichts ausrichten. Wir brauchten ganz dringend Fürsprecher. Bei mehreren adligen Herren, die früher die Dienste meines Vaters gern angenommen hatten, ja, für die es ein Privileg war, mit ihm gesehen zu werden, bei allen diesen war ich abgeblitzt. Die Tochter eines Verstorbenen. Wie uninteressant! Daraufhin hatte ich stolz versucht, die Angelegenheiten in die eigene Hand zu nehmen, mit wenig Erfolg. Also würde ich mich jetzt an die höchste Stelle wenden: an den König selbst. Es hieß ja, er habe sich vom Ball der Brennenden erholt. Seine Anfälle dauerten immer nur kurze Zeit. Zwischendurch traf er genügend Entscheidungen, um seine Onkel zu ärgern und ihre schlimmsten Pläne zu vereiteln.

»Ich will nicht gestört werden«, sagte ich Marie und meiner Mutter in so bestimmtem Ton, dass sie mich ausnahmsweise einmal in Ruhe ließen.

»Oh, là là«, schnalzte Marie.

Ich ging ins Studierzimmer und schrieb eine wohlgesetzte Bittschrift an den König. Nein, ich muss ehrlich zugeben, dass ich vier oder fünf Versionen schrieb, die alle zu aufgebracht oder zu bitter klangen. Die hohen Herren lieben Elend nur, wenn es gereimt und graziös daherkommt. Ich schrieb die Entwürfe auf altes Pergament und tilgte, was misslungen war, mit Messer und Bimsstein. Erst die fünfte Fassung gelang. Ich rollte und versiegelte sie.

Am Abend ging ich hinüber zu Berthe. Sie saß im Laden auf einem Sack gefärbter Wolle. Die schwarzen Haare hingen glanzlos und zerwühlt herunter, die Hände lagen reglos im Schoß. Sie sah aus wie eine gebrochene Frau. Aldo stand wie ein Gespenst an die hintere Wand gedrückt.

»Berthe, es tut mir so Leid! Kann ich irgendetwas für dich tun?«

Kaum hatte ich das herausgebracht, da war die alte Berthe wieder da. Giftig ging sie auf mich los, stieß mich an den Schultern aus ihrem Haus. »Du! Was willst du hier? Willst du dich an meinem Elend weiden? Glaubst du, ich kapier das nicht? Ich habe dich gedemütigt, und jetzt rächst du dich! Bist auch keine Heilige, du nicht! Und jetzt verschwinde und lass mich in Ruh! Raus! Dein Mitleid kannst du behalten!«

Die ganze Zeit über hatte sie mich vor sich hergeschubst und meine leisen Proteste niedergebrüllt. Ekel bleibt Ekel, auch wenn es Ekel schlecht geht.

»Wie du willst, Berthe.«

Ich drehte mich um und wollte ins Haus gehen, da kam Aldo hinter mir her. Er berührte mich am Arm, eine seltsam schlaffe Berührung, wie die tote Hand seines Vaters. Ich schauderte. Er zog seine Hand hastig zurück.

»Entschuldige, Nachbarin. Mutter ist nicht ganz bei sich. Ich danke dir für dein Mitgefühl und weiß es zu schätzen. Keiner von den anderen«, er zeigte auf die tratschenden Nachbarn, »keiner war da.«

Und wenn ich den Empfang geahnt hätte, wäre ich auch nicht gekommen. Ich nickte ihm zu. »Schon gut, Aldo. Es tut mir aufrichtig Leid um deinen Vater. Er war ein guter Mensch. Ich schicke nachher Héloise mit Suppe zu euch rüber. Sieh zu, dass sie was isst.«

»Danke.«

6

Das »Unternehmen St. Pôl«, wie ich es getauft hatte, war von Anfang bis Ende ein einziges Missgeschick, ja, eine Groteske. Geschäftig eilte ich Tag für Tag zum Königspalast zwischen den zwei Mauern und versuchte, dem König oder seinem Hofmeister den Weg zu verstellen, um meine Bittschrift loszuwerden.

St. Pôl war ein schönes Palais aus hellgrauem Kalk, das durch die reichen Spitzbögen über Portalen und Fenstern, das Maßwerk und die zierlichen Türmchen, die jeden Strebepfeiler krönten, wirkte wie ein eleganter Garten aus Stein. Steinmetzhandwerk höchster Vollendung hatte Kreuzblumen und Krabben und kreisförmige Ornamente unter den Bögen wachsen lassen, so zart und mit solch lebendigem Schwung, dass man hätte glauben können, es sei Pflanzengewirr und kein harter Fels.

Innen war der Palast verwinkelt und beherbergte weitaus mehr Räume und Kammern, als man von außen für möglich gehalten hätte. Ich war einige Male mit meinen Eltern hier gewesen, als wir noch zu den höfischen Festen geladen wurden, und später mit Etienne.

Die ersten Silberstücke aus meinem eifersüchtig gehüteten Hort wurde ich am Hauptportal los, bei den Soldaten, die dort Wache standen, die nächsten an einen Kammerdiener, der mich zu jemandem brachte, der jemanden kannte, der wusste, welchen Weg der König heute nehmen würde. Ich jagte durch das große Haus wie in einem dieser bedrückenden Träume, in denen man jemanden sucht und immer nur von ferne sieht, wie er gerade um eine Ecke verschwindet.

»Ich gebe dir einen ganzen Taler«, versprach ich einer Zofe. »Du bekommst ihn, wenn du mich zum König geführt hast.« Ich kam mir sehr schlau vor. Sie lächelte verschmitzt und winkte mir. Wieder ging es treppauf und treppab, durch Gänge mit herrlichen Wandteppichen, an vergoldeten Türen vorbei, hinter denen Gelächter erscholl. Der Gang mündete in einen Saal, dessen Wände mit grüner Seide bespannt waren und dessen Decke ein prachtvolles Gemälde schmückte. Am Fenster, mit dem Rücken zu mir, stand ein schlanker Mann in goldgewirkten Strümpfen mit einem Wams aus rotem Goldbrokat. Die Zofe stieß mich an und hielt die Hand auf. Ich legte meinen letzten Taler hinein. Doch als ich mich dem Mann näherte und mich räusperte, um auf mich aufmerksam zu machen, da drehte er sich um und war keineswegs der König, sondern irgendein Junker, ein Bittsteller wie ich. Die Zofe kicherte und verschwand.

Im selben Augenblick hörten wir Pferde vor dem Haus und sahen aus dem Fenster des dritten Stocks, wie der König unten aufstieg und mit seinem Staat davonritt.

Mit dem Hofmeister erging es mir ähnlich.

Einmal bekam ich den Herzog von Orléans zu fassen, doch er war nicht interessiert. Mit einem Kopfrucken befahl er mir, meine Schrift seinem Hofschreiber zu übergeben. Ich gehorchte, doch hatte ich wenig Hoffnung, dass mein Schreiben den König je erreichen würde. Ich hatte kein Geld mehr, nichts, um mir den Weg zu ebnen, und war am Ende meiner Hoffnungen angelangt.

So empört war ich und enttäuscht, so bitter, dass ich mich auf den Stufen des Palastes aufbaute und – gleich, wer zuhörte – eine Brandrede hielt:

»Ach! Wo finden Witwen Trost, die man um ihr Hab und Gut gebracht hat? Denn in Frankreich, wo einstmals die Vertriebenen und Ratsuchenden freundlich aufgenommen wurden, da gewährt man ihnen heute keinen Beistand mehr! Die Edelleute zeigen nicht das geringste Mitleid. Dasselbe gilt für die Gelehrten jeglichen Ranges! Jeder kümmert sich nur um sich selbst, um seinen Ruhm und seinen Besitz und denkt nicht daran, dass wir alle zusammengehören und dass der Kopf stirbt, wenn er den Körper vernachlässigt! Seht, wie die Fürsten nur nach Kräften sich selbst bereichern, wie sie ihre Ämter benutzen, um ihre eigenen Interessen zu vertreten. Die Menschen niederen Ranges folgen ihrem Beispiel: Jeder betrügt und belügt jeden. Wo soll das hinführen? Helft den Schwachen! Schenkt mir Glauben! Sehe ich niemanden, der Mitleid hätte? Die Ohren der Fürsten sind taub für unsere Klagen!«

So schimpfte ich eine Weile, um mir Luft zu machen. Die älteren Leute aus dem Palast gingen kopfschüttelnd an mir vorbei, bemüht, mich nicht anzusehen. Ein paar junge Adlige und deren Freundinnen blieben stehen und lachten mich aus. Ein silberhaariger Herr in teuren, aber schlichten Gewändern klatschte, doch nicht aus Spott. Er kam auf mich zu und sprach mich an: »Ist das nicht die kleine Christine, die Tochter meines Freundes Thomas von Pizzano?«

»Ja, ich bin Christine de Pizan«, sagte ich überrascht. »Und Ihr seid … ?«

»Kein Wunder, dass du mich nicht erkennst. Du warst noch ganz klein, als du bei mir abgegeben wurdest, wenn dein Vater im Louvre zu tun hatte. Du nanntest es ›das goldene Land‹.«

Jetzt erinnerte ich mich: »Gilles Malet!«

Das goldene Land, das war die königliche Bibliothek für mich, damals. Ich wurde häufig in die Obhut des Bibliothekars gegeben. Gilles Malet war damals erst Geselle und hatte auf mich aufzupassen. Das war nicht schwer, denn er musste mir nur ein oder zwei der bunt bebilderten Bücher vorlegen, und ich hockte Stunden mucksmäuschenstill davor und erfand meine eigenen Geschichten zu den Illuminationen, da ich doch noch nicht zu lesen verstand. Die königlichen Bücher enthielten besonders viel Goldmalerei und Goldschriften, daher meine Bezeichnung ›das goldene Land‹.

»Gilles Malet«, rief ich noch mal voller Freude und Sehnsucht, denn der Name hatte in mir Erinnerungen an glückliche Zeiten wachgerufen.

»Das höre ich gern, wenn jemand meinen Namen in diesem Ton sagt. Es kommt heute nicht mehr so häufig vor, leider. Möchtest du mit mir kommen? Ich fahre in die Bibliothek«, schlug der alte Mann vor. »Es wäre wohl gut, wenn du hier einige Zeit nicht auftauchen würdest. Jemand könnte auf die Idee kommen, dass du Seine Majestät beleidigt hast.«

Ein zweirädriger offener Wagen war vorgefahren, gezogen von einem kleinen, dickbäuchigen Pferd. Mit etwas Mühe passten wir zu zweit auf den Wagensitz.

»Meine Beine sind leider zu schwach geworden. Sie tragen mich nicht mehr so weite Wege dieser Tage«, sagte Gilles, während er die Zügel ergriff, schnalzte und sich das dicke Pferd in Gang setzte.

Wir fuhren durch die Straßen des Quartier St. Pôl, durch die Porte St. Martin zum Louvre, der alten Festung am Fluss. Es ging langsam voran. Zu dieser Tageszeit waren viele Fuhrwerke und Reiter unterwegs. Für mich war es eine merkwürdige Perspektive, das Treiben vom Sitz eines schönen Wagens aus zu sehen. Es war ein wenig, als gehöre man nicht dazu, als sähe man ein Schauspiel: Frauen, die mit Körben am Arm und Bündeln auf dem Kopf am leicht erhöhten Straßenrand liefen, Kinder, die zwischen den Fußgängern Fangen spielten. Dort lud ein Tischler eine Truhe ab, der Glasermeister nahm Maß für eine neue Butzenscheibe. Ein Wasserverkäufer balancierte zwei hölzerne Eimer auf einem Tragegestell: »Wasser! Süßes, frisches Wasser! Kühles Wasser!« Meistens holten sie ihr Wasser direkt aus der Seine, und das Seinewasser war alles andere als süß und frisch.

Jedes Mal, wenn ich den Louvre sah, war ich aufs Neue überrascht von dem tiefen Eindruck, den er vermittelte. Zugegeben, im Vergleich mit St. Pôl wirkte er gedrungen, wenig elegant. Doch hatte das Schloss Philippe II. Augustes etwas außerordentlich Majestätisches. König Karl V., der Vater des derzeitigen Königs, wollte darin nicht mehr wohnen, nachdem man dort vor seinen Augen zwei seiner Marschälle ermordet hatte. Verständlich.

Wir kletterten aus dem Wägelchen. Monsieur Malet wurde von allen ehrerbietig gegrüßt und so auch ich. Das war mir lange nicht geschehen. Man musste nur in der richtigen Begleitung sein. Während der ganzen Fahrt hatten wir leichthin geplaudert, Erinnerungen ausgetauscht an die glücklichen Zeiten unter Karl V., und ich hatte mich höflich bemüht, ein fröhliches Gesicht zu machen.

Nun, als Gilles Malet mir gewürzten Wein einschenkte und Honigbrot hatte bringen lassen, fragte er mich: »Christine, willst du mir nicht sagen, wie es dir wirklich geht? Ich kann doch sehen, dass du einen großen Stein mit dir herumschleppst.«

Und da brach ich in Tränen aus. Ich erzählte ihm alles: wie schwer es nach Etiennes Tod für uns geworden war, wie der Hof uns schnitt und man uns mit Prozessen und Hindernissen aller Art das Leben schwer machte.

»Wäre ich ein Mann, dann würden sie nicht so mit mir umspringen! Ich denke manchmal, die Weiber seien ein Irrtum der Natur! Wir sind so schwach und bringen allein nichts zu Stande. Manchmal verachte ich mich selbst und mit mir das gesamte weibliche Geschlecht.«

»Das wäre fatal, Christine, im Gegenteil: Man muss doch die Frauen bewundern, was sie alles trotz ihrer körperlichen Schwäche zu Wege bringen. Und wenn man dann noch Frauen wie dich sieht, die ihr Köpfchen sehr wohl zu gebrauchen wissen, dann kann man nur höchsten Respekt empfinden.«

Das brachte mich noch mehr zum Weinen, denn der gute Gilles war ein altmodischer Mann, und von dem, was er sagte, konnte ich in unseren Zeiten wenig erblicken.

Mit einiger Mühe gewann ich die Fassung zurück. Ich schnaubte mir die Nase, nahm einen Schluck von dem Wein und sagte: »Monsieur Malet ...«

»... eben war ich noch Gilles, dein alter Freund. Lass uns doch dabei bleiben.«

»Gut. Gilles – es tut mir Leid, ich wollte dir nicht die Ohren volljammern. Ich bin auch dabei, für meine Familie ein anderes Auskommen zu finden. Ich arbeite als Schreiberin, weißt du.«

»Wo?«

»Auf dem Geflügelmarkt. Es läuft ganz gut, ich habe zu tun und bringe etwas Geld nach Hause.«

Er winkte ab. »Ach, aber doch nicht viel! Auf dem Geflügelmarkt, da verdienst du doch nur Pfennige.«

»Es ist leider die einzige Möglichkeit. In den Schreibstuben haben sie mich überall abgelehnt. Entweder sie brauchten niemanden, oder sie wollten keine Frau.«

»Hm.« Er überlegte und zog mich dann zu seinem eigenen Pult, auf dem alles Nötige bereitstand. »Hier! Kopier mir eine halbe Seite aus diesem Buch da.«

Ich wollte es in die Hand nehmen, um mir eine Stelle zu suchen, meine Hände schwebten über dem Buch, da entfuhr Gilles ein kleiner Warnlaut: »Ah!«

Ich musste lachen. »Wie früher, Gilles? Fingerkontrolle?« Ich streckte meine einigermaßen sauberen Hände aus, die Handflächen nach oben.

Er lächelte. »Entschuldige, Christine. Eine alte Angewohnheit. Leider kann ich das mit den königlichen Rangen nicht machen. Ach, es ist furchtbar anzusehen, wie die manchmal mit meinen Büchern umgehen. Zum Verrücktwerden! Gott sei Dank gewährt mir der König eine sehr großzügige Börse für Kopien und Reparaturen. Na, dann fang mal an!«

Er setzte ein Stundenglas auf das Pult und drehte es um, so dass der Sand zu rieseln begann. Ich machte mich schweigend an die Arbeit und achtete sorgfältig darauf, ebenso schön wie rasch zu schreiben. Es ist eine Frage des Abwägens. Manche Kunden wollen es überaus zierlich und sorgfältig, für andere muss es nur schnell gehen und billig sein.

Gilles Malet sah mir ab und zu über die Schulter und brummte zustimmend. Als ich die Feder niederlegte und Sand auf das Blatt streute, war etwa ein Drittel einer Stunde vergangen. Gilles nahm die Seite hoch und betrachtete sie zufrieden.

»Du schreibst gut! Ja, ich denke, ich kann es verantworten, dir Aufträge zu geben, wenn du interessiert bist.«

»Ich soll hier arbeiten?«

»Hier, wenn du willst, oder auch bei dir zu Hause. Ich werde dir Bücher mitgeben, Bücher, deren Schrift verblasst oder deren Seiten abgenutzt oder beschädigt sind. Bücher, von denen der König Kopien zu verschenken wünscht.«

»Ich würde gern zu Hause arbeiten«, sagte ich, »dann kann ich für die Kinder da sein, wenn sie mich brauchen. Ich war zu oft weg in letzter Zeit.«

Gilles nahm einen arg zerfledderten Kodex von seinem Tisch.

»Gut, dann … nun, nimm zuerst dieses. Wie schnell schreibst du? Ich schätze dreißig Zeilen pro Stunde, das macht etwa zweihundert Zeilen am Tag?«

Ich kalkulierte rasch. Daheim, in meiner vertrauten Umgebung, konnte ich sogar schneller schreiben, ohne etwas an Qualität einzubüßen.

»Ungefähr, ja. Ich könnte dieses Buch in einer Woche fertig stellen.«

»Gut. Aber du musst Platz lassen für gemalte Initialen und immer dort, wo Bilder hingehören. Du brauchst die Seiten nicht zu binden. Das geschieht erst, wenn die Buchmaler fertig sind. Wenn du deinen Teil der Arbeit beendet hast, gibst du sie mir zurück oder lässt sie mir durch Boten bringen. Und wenn mir gefällt, was ich sehe, bekommst du neue Aufträge.« Er tätschelte mir die Hand. »Aber daran zweifle ich nicht.«

»Was bekomme ich denn für die Arbeit?«, wagte ich zu fragen.

»Ich kann dir zehn bis dreißig Goldtaler zahlen, je nach Umfang und Schwierigkeit. Bist du damit einverstanden?«

Oh, und ob ich das war. Das waren ungeheure Summen für mich, da ich bisher den ganzen Tag auf dem Markt verbracht hatte für eine Handvoll Sous!

»Sehr einverstanden, danke, Gilles. Du ahnst gar nicht, wie sehr du mir hilfst.«

»Ach was!« Er wehrte den Dank ab, freute sich aber sichtlich darüber. »Jetzt müssen wir über das Material reden, Christine! Hör zu: Ich will nicht, dass du deine Tinten mit Kupfervitriol anrührst, wie man das früher gemacht hat. Wir haben inzwischen festgestellt, dass es das Pergament zerstört, es ist eine ätzende Säure, die auch in Verdünnung wirkt. Du kannst es hier ganz deutlich sehen …« Er zeigte mir Stellen in dem Buch, das ich kopieren sollte, wo das Pergament wie angefressen aussah und manche Os und As einfach herausgefallen waren.

»Und du musst genau darauf achten, welche Sorte und Qualität von Pergament du nimmst, ob das Original aus Kalb-, Ziegen- oder Schafshaut ist oder aus etwas ganz anderem. Für die

Bücher dieser Bibliothek will ich nur beste Qualität, von guter Farbe und ohne Löcher oder Schabemarken. Das Material kannst du extra berechnen.«

Er schrieb mir die Adresse eines Gerbers am unteren Seineufer auf.

»Geh zu Meister Bernhard. Er macht die besten Häute von ganz Paris. Er schneidet sie dir auch zu, aber das schmälert natürlich deinen Verdienst.«

»Das kann ich selbst. Papa hat es mir beigebracht.« Aber ich rechnete mir schon aus, dass ich es mir bei der Bezahlung, wenn sie regelmäßig käme, auch leisten könnte, die Seiten fertig geschnitten zu bestellen und dafür mehr zu schreiben.

»So, meine Liebe, dann machen wir jetzt einen Vertrag, wie es sich gehört.«

Wir schwatzten danach noch eine ganze Weile. Er hatte mit all den hohen Herren zu tun, sogar mit dem König selbst, und wusste vieles über sie, das kaum nach außen drang.

»Hast du noch eine Kopie von der Bittschrift?«, fragte er mich zum Schluss. Ich hatte eine. »Dieser Tage habe ich nur noch selten mit dem König selbst zu tun, also mach dir keine großen Hoffnungen. Aber ich will sehen, was ich tun kann. Versprochen!« Ich umarmte ihn herzlich und musste fast wieder flennen.

Als ich ihn verließ, dämmerte es schon, aber das fiel mir nicht auf. Mir war so leicht und beschwingt zu Mute, meine Augen folgten den Schwalben über den Hausdächern, und ich fühlte mich wie eine von ihnen. Ich würde richtiges Geld verdienen. Vielleicht könnte ich noch jemanden anstellen, und wir würden besser und billiger schreiben als die Werkstätten auf dem linken Ufer. Ich könnte sogar eine eigene Werkstatt eröffnen, warum nicht? Ich war am rechten Ufer, nahe bei den Palästen und den Häusern der feinen Gesellschaft! Ich sah es schon vor mir: Kopierwerkstatt de Pizan, Lieferantin der königlichen Bibliothek!

Mit solchen erfreulichen Gedanken im Kopf ging ich rasch die gepflasterten Hauptstraßen entlang. Vergessen war der Vorfall mit dem gewalttätigen Gläubiger.

Wie schön Paris in der Dämmerung aussah: In jedem Fenster verbreiteten Öllämpchen ihren warmen Schein. Menschen saßen vor ihren Häusern und ließen den Tag mit einem Becher Wein ausklingen.

Als ich von der Place de Grève in die Seitenstraßen abbog, war es fast dunkel. Die Ketten waren nicht gespannt. Der König war in der Stadt, wenn er sich mir auch nicht gezeigt hatte. In Paris werden nachts Ketten über die Straßen gespannt. Man hindert damit Diebesgesindel und feindliche Truppen, sich nach Belieben zu bewegen. Doch nach dem letzten Volksaufstand hat sich der König von den Parisern ausbedungen, dass die Straßen frei bleiben, solange er in der Stadt weilt. Er misstraut seinem Volk (zu Recht) und wünscht sich den Fluchtweg offen.

So hüpfte ich ungehindert von einem Trittstein zum nächsten und sang vor mich hin, weshalb ich wohl auch das Unglück nicht kommen hörte. Wieder mal, wie so oft, hatte Christine den Kopf in den Wolken.

Erst im letzten Moment hörte ich hinter mir ein Pferd schnauben und auf die Hinterbeine gehen, als es von seinem Reiter hart gezügelt wurde. Hatte er mich fast umgeritten? Ich wollte mich umschauen und fühlte mich auch schon um die Taille gepackt, in die Luft gehoben von starken Armen und wie ein Sack vor dem Reiter bäuchlings über den Sattel geworfen.

Die Luft wurde so plötzlich aus meinen Lungen und meinem Zwerchfell gepresst, dass ich nicht in der Lage war zu schreien. Und dann ging es auch schon in wilder Jagd durch irgendwelche Straßen. Ich wand mich und versuchte, den Reiter mit Fäusten zu traktieren. Der Sattelknauf drückte schmerzhaft in meinen Magen. Das Pferd schien einen harten Gang zu haben: Bei jedem Schritt wurde ich hochgeworfen, mir wurde übel. Ich verlor die Honigkuchen und den guten Wein von Gilles Malet. Meine Haube fiel hinunter. Sie blieb im Straßendreck hinter mir zurück wie eine tote Taube.

Endlich gelang es mir zu schreien. Ich hatte den Eindruck, dass da Leute waren, doch sie lachten und nahmen es für einen Scherz. Ich sah nur ein Stück struppiges Pferdefell und das Knie des Reiters. Hatte sich womöglich heute Vormittag vor dem Hôtel St. Pôl einer der Edelleute von meiner Rede beleidigt gefühlt? Ich biss den Entführer ins Bein. Ein Schlag traf meinen Kopf, und dann verlor ich das Bewusstsein.

Als ich wieder zu mir kam, lag ich auf einem Bett, einem fremden Bett, wie ich gleich feststellte. Es war eine rohe hölzerne Bettstatt mit Strohsäcken darauf, breit genug für zwei Personen. Tierfelle lagen auf den Säcken, aneinander genähte Ziegenhäute und ein großes, weich gegerbtes Hirschfell, das wohl die Überdecke darstellen sollte. Außer einer Truhe für Kleidungsstücke war weiter nichts in dem Raum. Der Boden war mit Stroh bestreut. Es roch alt und moderig. Mutter hätte so eine Schlamperei nie erlaubt.

Der Raum hatte keine Außenfenster, aber einen Kamin, eine klassische Kemenate, der Frauenwohnraum, wahrscheinlich im Innersten einer Burg. Ich betrachtete die massiven Mauern aus Feldstein, nur durch ein paar schmale Durchlässe fiel Licht hinein. Ein wenig abgestandene Luft wehte durch die Ritzen. Es roch nach Rauch und schalem Bier. Mein Magen tat infernalisch weh, meine ganze Vorderseite musste aus blauen Flecken bestehen. Ich setzte mich auf, wobei mir erneut übel wurde. Vor dem Bett stand ein Krug Wasser. Als ich daraus getrunken hatte, fühlte ich mich etwas besser.

Da fiel mir das Buch ein. Wenn ich es nur nicht verloren hatte! Ich hatte es in einer Umhängetasche getragen. Da lag sie, auf dem Boden im Stroh. Allen Heiligen sei Dank! Ich hob sie auf, holte das Buch heraus und streichelte es.

Die schwere Eichentür öffnete sich, eine Magd lugte zu mir herein. Die Tür schloss sich gleich wieder. Jetzt würde sie wohl zu ihrem Herrn gehen und berichten, dass ich wach sei. Das Buch versteckte ich im Stroh.

Schwere Stiefel stampften eine Treppe hoch. Demnach lag mein Raum oberhalb des großen Saals. Mein Raum konnte nicht anders als auf dem Weg mitten durch die Burg verlassen werden. Metall klirrte, ein Kettenhemd, ein Schwert?

Die Tür öffnete sich wieder, und mein Gastgeber trat ein, gefolgt von einem Franziskanermönch, der die Kapuze dicht über die Augen gezogen hatte. Den Gastgeber kannte ich nur zu gut: Es war der Chevalier de Grossetête.

»Eine Gegeneinladung? Wie überaus freundlich von Euch. Schade, dass Ihr meinen Transport nicht angenehmer gestaltet habt. Ich werde heute kaum dinieren können.«

Er sah mich finster an. »Werde nicht unverschämt, Weib! Du bist jetzt in meinem Haus und wirst dich meinen Regeln unterwerfen!« Er schnippte mit den Fingern, worauf die Magd von vorhin hereinkam und so nah zu mir trat, dass ich sie betrachten konnte. Er zog sie an den Haaren und drehte ihr Gesicht. Sie hatte tiefe Peitschennarben auf beiden Seiten und über dem Nasenrücken. Er stieß sie weg und sie schlurfte hinaus, gebeugt wie ein geprügeltes Tier.

»Was wollt Ihr von mir?«

»Was ich das letzte Mal auch wollte. Dass die Umstände unangenehmer sind, ist deine eigene Schuld. Du wirst mich heiraten.«

»Jetzt gleich?«

»Ja, der Mönch hier wird uns trauen.«

»Ich will nicht.«

Wütend hob er die Hand gegen mich, aber der Mönch fiel ihm in den Arm und flüsterte ihm ins Ohr.

»Also gut. Ich lasse dir diese Nacht, um dich auszuruhen. Aber komm zur Vernunft, das rate ich dir. Ich bin kein geduldiger Mann!«

Sie gingen hinaus.

Am Morgen kam als Erste die Magd mit den Narben hinein. Ich fragte mich, ob all seine Diener so aussahen oder ob er sie eigens ausgesucht hatte, um mich einzuschüchtern. Noch war ich längst nicht eingeschüchtert genug. Ich dachte an den Auftrag von Gilles Malet. Und fühlte eine Menge Kampfeslust – dieses Glück sollte er mir nicht verderben!

»Es ist gut!«, sagte ich ungeduldig zu der Magd, die mir das Haar bürsten wollte. »Ich muss nicht schön sein. Ich werde das Vieh nicht heiraten!« Sie lächelte dünn. Offenbar erwartete auch sie, dass ich meine Meinung änderte. »Ihr sollt das anziehen.« Sie wies auf ein mitgebrachtes Kleid, ein schönes Kleid.

Unter anderen Umständen hätte ich mich darüber gefreut: feinster blauer Satin aus Lucca, dazu ein Unterkleid mit einem breiten silberbestickten Saum. Ich hatte aber nicht vor, es anzuziehen.

»Hat er dich so misshandelt?«

Sie schüttelte den Kopf. Ich wusste Bescheid.

Der Herr des Hauses erschien mit metallenem Getöse, wie ein bejahrter Drache.

»Warum trägst du das Kleid nicht, Mädchen?«

Ich sah unter diesen Umständen keinen Anlass zu Höflichkeiten: »Weil ich dich weder heirate noch Geschenke von einem wie dir annehme, Ritter Garstig. Und merk dir eins: Ich bin schon lange kein Mädchen mehr. Ich bin Witwe und Mutter, wie du sehr wohl weißt. Also zeig mir den gebührenden Respekt.«

Die Magd zuckte zusammen. Grossetête zeigte seine gelben Zähne in Nachahmung eines Lächelns. Hinter ihm senkte der braune Mönch seinen Kopf. Hörte ich da ein leises Schnaufen, fast ein Lachen? Unmöglich!

»Gut, von mir aus. Respekt, wenn du ihn verdienst. Aber du wirst mich heiraten.«

Ich täuschte kühle Gelassenheit vor.

»Warum du mich willst, kann ich nicht verstehen. Wir sind Habenichtse, ich brächte nichts in die Ehe als fünf hungrige Mäuler, davon eine mitgiftbedürftige Tochter.«

»Oh, da bin ich anders informiert: Sind da nicht drei Güter an der Marne und der Tour Barbeau mitsamt Land?«

»Dessen Besitz mir von der Krone bestritten wird. Und die Güter bringen nichts ein, nicht einen Sou.«

»Weil ein Weib sich darum nicht zu kümmern weiß. Ein Haus, ein Schoß voller Kinder, das ist alles, was eine Frau meistern kann. Ich weiß über deine Verhältnisse Bescheid. Gehören die Güter erst mir, dann reite ich mit meinen Männern hin, köpfe die untreuen Verwalter, setze meine Leute ein, und dann wirst du sehen, wie schnell sich da etwas herausholen lässt! Den Turm nehme ich als Stadthaus, *mir* wird ihn die Krone nicht verweigern!«

Was die Güter betraf, da hatte er leider Recht, und es fiel mir im Augenblick schwer, Gott dafür zu loben, dass er die Frauen den Männern körperlich unterlegen gemacht hat, und hätte er uns noch so viel Ausgleich dafür gegeben. Es läuft am Ende ja doch darauf hinaus: Die Schwachen können nur so lange in Frieden leben, wie die Starken sich zurückhalten. Wir leben also von deren Verzicht. Eine bittere Erkenntnis.

Derweil hatte der Ritter weiter seine Pläne für unsere Zukunft dargelegt. Einiges hatte ich wohl nicht mitbekommen. Da fragte ich: »Du hast doch sicher selber Kinder?«

»Ja!«, sagte er stolz, ging zur Tür und klatschte in die Hände. Die Brut hatte also schon im Saal unten gewartet, um ihrer neuen Mutter vorgestellt zu werden.

Sie kamen herein: Eins, zwei, drei vier, fünf ... Der Raum wurde eng, und ich begann, nach Luft zu schnappen ... sechs, sieben, acht, neun – lieber Gott, lass das nicht wahr sein! Es war ein Albtraum: zehn, elf, zwölf Rotschöpfe kamen da hereinspaziert in jedem denkbaren Alter. Die Vaterschaft war unverkennbar: Die Jungen hatten seine vierschrötige Figur, die älteren schon roten Flaum am Kinn. Die zwei Mädchen blickten mich aus kalten, farblosen Augen an.

Irgendwie kam mir der Gedanke, dass ich nun einen Haufen klobiger rothaariger Säuglinge zu produzieren hätte, und alle würden bereits mit Bart geboren. Darüber musste ich so lachen und wurde regelrecht hysterisch dabei. Die stickige Luft muss dazu beigetragen haben: Der Chevalier gab mir eine Ohrfeige, ich fiel aufs Bett und verlor wieder das Bewusstsein.

Sie müssen daraufhin die Kemenate verlassen haben. Ein schlechter erster Eindruck von einer neuen Mutter. Doch ich gedachte die Rolle ja nicht zu spielen. Als ich wieder zu mir kam, war ich allein. Der Wasserkrug am Boden war frisch gefüllt. Ein Stück Brot und Käse lagen darauf. Ich wusch mir das Gesicht, nahm einen Schluck Wasser und spülte mir den Mund. So weit, so gut: Noch hatte keine Hochzeit stattgefunden. Man würde mich suchen. Mutter könnte vielleicht auf die Idee kommen, wer mich entführt hatte. Und der Wohnsitz von Grossetête wäre auf der Kommandantur bekannt ...

Schritte kamen die Treppe hoch. Diesmal war ich klüger und stellte mich ohnmächtig. Die Tür ging auf und wieder zu. Die Schritte entfernten sich.

Ich holte das Buch aus seinem Versteck. Zu meiner Freude war es ein Exemplar von »Das Leben des Alexander«, ein reich bebildertes Buch über die abenteuerlichen Eroberungszüge Alexanders des Großen. Da waren Bilder von Olifanten, an die ich mich aus meiner Kindheit erinnerte, Menschen mit Wildschweinköpfen, geflügelten Pferden, Seejungfrauen, Drachen, Riesenfischen und eine Darstellung, wie Alexander sich in einer gläsernen Tonne unter Wasser begab, um das Meeresleben zu beobachten. Das würde ich zu gern auch einmal tun. Vielleicht geht es dort zivilisierter zu. Zumindest mutet einem niemand zu, eine Horde analphabetischer rothaariger Affen zu bemuttern, mit denen man nicht das Geringste zu schaffen hat.

Ich machte es mir auf einem Strohsack bequem und aß beim Lesen Brot und Käse. Das Brot war klumpig, innen halb gar und außen verbrannt, aber ich fühlte mich sehr hungrig und aß jeden Krümel auf. Mein Leib war blau und grün, wie ich es mir gedacht hatte, die Rippen gequetscht, aber der Magen behielt brav alles bei sich.

Hörte ich Schritte, so versteckte ich das Buch und stellte mich tot. Das ging den ganzen Tag gut. Gegen Abend kam der Chevalier hereingestampft. Er beugte sich über mich, rüttelte mich und posaunte mir ins Ohr: »So! Gegessen hast du also! Hör schon auf, dich zu verstellen! Ich weiß, dass du wach bist!«

Ich öffnete erst ein Auge, dann beide, blinzelte und sagte: »Ich habe mich nicht verstellt. Ich bin geschwächt durch die Behandlung, der du mich ausgesetzt hast. Schrei mir nicht so ins Ohr, wenn du die Ware nicht noch weiter beschädigen willst.«

»Bist du jetzt gewillt, mich zu heiraten?«

»Auf keinen Fall, da ich diese Horde von Wilden gesehen habe.«

Er lachte, was ihn fast sympathisch scheinen ließ. Aber ich hatte noch nicht die brennenden Bibliotheken vergessen.

»Da, trink einen Schluck Wein mit mir – auf den Schreck. Sie sind gute Kinder. Ich sorge schon dafür, dass sie gehorchen und dir keinen Kummer machen.« Wie, das konnte ich mir denken.

Er setzte sich auf das Bett, das sich unter seinem Gewicht bis zum Boden senkte. Ich rutschte rasch auf die andere Seite und richtete mich auf. Grossetête hatte einen Krug mitgebracht und zwei Zinnbecher, in die er roten Wein goss.

»Komm, Jungfer Christine, sei freundlich. Trink mit mir!«

Ich ergriff den Becher zögernd, nahm einen Schluck und spie ihn in hohem Bogen ins Stroh. »Entschuldigung! Aber das ist …«

»Mein bester Wein!«

»Tut mir Leid, aber du solltest deine Diener anweisen, die Fässer zu reinigen, in denen er gelagert wird. Ich wette, da sind schleimige Ablagerungen von Jahren drin, und in diesem speziellen Fass befindet sich mindestens eine ertrunkene Ratte.«

Er kostete noch mal den Wein, schlürfte: »Tatsächlich – jetzt, wo du es sagst! Und du glaubst, das liegt an den Fässern, und nicht am Wein?«

»Mit Sicherheit, der Wein könnte recht ordentlich sein. Aber er muss beim Umgießen gefiltert werden. Und die gereinigten Fässer mit Schwefel ausgeräuchert. Und wenn wir gerade dabei sind: Dieses Stroh könnte auch einmal gewechselt werden. Bei mir zu Hause wechseln wir es jede Woche und mischen es mit getrockneten Duftkräutern: Waldmeister oder Lavendel. Und beim Bereiten des Brotteigs könnten die Gefäße sauberer sein. Er ist kaum aufgegangen. Der Ofen war zu heiß …«

»Da siehst du es: Dieses Haus braucht dringend eine Herrin. Das sind Dinge, in denen ein Mann sich nicht auskennt. Das Personal tanzt mir auf der Nase herum.«

»Ja, ja, das ist richtig, aber warum ausgerechnet mich? Du findest doch ganz bestimmt eine Jüngere und eine, die willig ist! Was mein Alter betrifft, hat meine Mutter gelogen: ich bin fast dreißig …«

»Ich habe aber nun mal mein Auge auf dich geworfen.« Er schob eigensinnig das Kinn vor.

Ich kicherte, weil ich mir das wörtlich vorstellte. Nein, das ging nicht an. Wie konnte ich ihn nur von seinem Vorhaben abbringen?

»Mein lieber Grossetête: Ich glaube immer noch, du überschätzt meine Verhältnisse, oder Mutter hat dir Lügen erzählt, um dir die Ehe erstrebenswert erscheinen zu lassen. Wozu brauchst du überhaupt so dringend Geld?«

Er schaute ärgerlich, rieb eine alte Narbe auf seiner rechten Hand.

»Ich habe auf dem letzten Feldzug gegen den Herzog von Montfort viele Leute verloren und Kriegsgerät. Und schlimmer noch: wir kamen ohne Beute zurück. Nun, da ein Frieden mit England vor der Tür steht, da redet alles von einem neuen Kreuzzug. Und da will ich unbedingt dabei sein.«

»Und zweifellos viele Bücher verbrennen, besonders die der Ungläubigen.«

»Ganz besonders die, von dort kommt ja der ganze heidnische Hokuspokus, das Zahlenjonglieren, das Worteverdrehen ... und die Sternenanbeterei und die ganze gottlose Hexenkunst.«

Ich wünschte wirklich, man würde sich mit den Muselmanen verständigen, denn unter ihnen sind die größten Gelehrten. Wie können sie gottlos sein, da sie doch wie wir an einen Gott glauben? Sie übersetzen die Schriften der Alten für uns und machen der Welt so große Schätze der Weisheit zugänglich. Ihre Kunst soll erstaunlich sein, hat mein Vater gesagt, und ihre Kultur und Hygiene weiter entwickelt als unsere.

»Welche Ehre liegt darin, Dinge zerstören, anstatt sie erst einmal genauer zu betrachten, daraus zu lernen?«

»Die Ehre, rein zu bleiben. Kein Christenmensch sollte sich mit dem Lesen teuflischer Worte besudeln! Man darf der Schlange keine Zeit lassen, ihre Verführungskunst zu entfalten, sondern sollte ihr gleich den Kopf abschlagen.«

»Kopf ab, Kopf ab! Das ist wohl alles, was du verstehst. Was kann so schön daran sein, mordend und brennend durch die Lande zu ziehen? Warum kann nicht jeder zu Hause bleiben und ehrlich sein Brot verdienen?«

Ich hatte ihn verärgert: »Davon versteht ein Weib nichts. Es ist unsere Christenpflicht, Jerusalem aus der Hand der Ungläubigen zu befreien.«

»Wenn nicht Jerusalem, dann die Bretagne von Montfort, und wenn nicht dieser Kampf, dann wirst du Ludwig von Orléans nach Italien folgen! Immer wird es irgendeinen vermeintlichen Anlass geben. Doch ist es nicht so, dass diese Feldzüge nur dazu dienen, sich die Taschen vollzustopfen?«

»Soll ich etwa Rüben anbauen? Ein Ritter braucht den Krieg. Wozu wäre er sonst gut auf Erden?«

»Um die Schwachen zu verteidigen?«

Wütend stand er auf. »Spitzfindigkeiten, Jungfer Christine! Spitzfindigkeiten und Weibergewäsch. Das kommt von deinem Bücherlesen! Keine Diskussionen mehr! Du wirst mich heiraten, und zwar morgen früh. Ich hatte gehofft, dass du es freiwillig tun würdest. Aber es geht auch anders. Du weißt sehr wohl, wie das Gesetz ist. Die Frau braucht nicht zu antworten bei der Zeremonie. Ich antworte für dich. Dann wird die Ehe vollzogen, und du gehörst mir ebenso wie mein Pferd oder mein Stuhl. Ich werde dir das Disputieren und Lesen abgewöhnen. Mit vierzehn Kindern und einem Braten im Ofen wirst du dazu keine Zeit finden. Verlass dich darauf!«

Er stand vor dem Bett und scharrte mit einer Schuhspitze im Stroh herum. Ich hielt den Atem an. Gleich würde er das Buch finden! Er bückte sich, und ich versetzte ihm einen kleinen Stoß.

»Du drohst mir tatsächlich Gewalt an? Mir, der Tochter des königlichen Medicus und Astrologen? Hinaus mit dir! Ich werde dich niemals heiraten und will dich nicht mehr sehen!« Das war streng genommen Unsinn, aber ich wollte ihn ablenken, und etwas Besseres war mir in der Eile nicht eingefallen.

Er sah drohend auf mich herab, als überlege er, den Vollzug der Ehe vorzuziehen. Ich sah ihm gerade und ohne Wimpernschlag in die Augen, wie man es bei einem bösen Hund empfiehlt. Er starrte lange zurück, schlug schließlich die Augen nieder und wandte sich zur Tür, wo der verfluchte Mönch gelauert hatte.

»Nun gut, Madame. Da dir weder mein Wein mundet noch mein Brot, sollst du keines von beiden haben. Auch kein Wasser: Ein totes Tier war im Brunnen. Sobald du dich fügst, sollst du alles bekommen, was du begehrst, nicht vorher!«

Der Mönch grinste höhnisch. Grossetête ging. Die Tür flog krachend ins Schloss.

Ich atmete auf – zu früh. Die Tür ging wieder auf, und er kam direkt auf mein Bett zu. Ich kauerte mich vor Schreck an die äußerste Kante. Er bückte sich, tastete im fauligen Stroh und zog das Buch hervor.

»Wusste ich es doch!«

7

Eine Nacht verging. Ich trank nur wenig von dem Wasser in dem Krug, den mein Gefängniswärter übersehen hatte. So war ich morgens, als er zu mir hereinsah, noch voller Stolz und Widerstand.

»Geh zum Teufel«, war alles, was ich ihm sagte. Das Kleid lag zerknüllt in einer Ecke.

Die Tür flog krachend ins Schloss. Der Schlüssel drehte sich knirschend. Ich benutzte die *vase de nuit*, in diesem Fall einen hölzernen Eimer.

Mittags war das Wasser am Ende. Ich begann mich zu langweilen: Nichts zu tun, kein Buch! Ob dieser klumpfüßige rothaarige Schweinskopf es gleich ins Feuer geworfen hatte? Vielleicht nicht, es war zu warm und die Kamine kalt. Ins Küchenfeuer? Lieber Gott, lass es nicht so sein! Ich werde einmal auf Knien durch die gesamte Notre Dame rutschen und dreißig Ave-Maria aufsagen, wenn du machst, dass er das Buch verschont! Was wird Gilles sagen, wenn es verloren ist? Ich dachte an die wunderbaren, reichen Bilder, und Tränen liefen mir an der Nase herunter.

Jemand schaute nach mir.

»Der Satan soll euch alle holen«, schrie ich. »Ich verfluche dieses ganze Haus!«

Am Abend hatte ich brennenden Durst, doch war ich wild entschlossen, Widerstand zu leisten, wenn nötig zu sterben, ehe ich dieses dumpfe Tier heiraten würde.

»Niemals!«, krächzte ich, als der Chevalier am Abend kam. Einen schönen Anblick musste ich wohl bieten: rot verschwollene Kaninchenaugen, eine dicke Nase, das Haar in Unordnung, das Kleid zerrissen, schmutzig war ich. Wer wollte so etwas ehelichen? Es war der reine, unvernünftige Mannestrotz, der ihn dazu trieb: Ich sollte nachgeben, um jeden Preis. Jedes Mal stand wie ein Schatten der braune Mönch hinter ihm. Ich machte ihm das Teufelszeichen mit zwei gespreizten Fingern: Weiche, Satansknecht, falscher Priester!

Sie waren fort und mit ihnen das Licht. Mäuse raschelten im Stroh. Meine Fantasie spielte mir Streiche: Ich fühlte den Flügelschlag einer Fledermaus, hörte Spinnen ihre Fäden von der Decke herablassen. Ganz im Dunkeln saß ich da, von Angst und Durst gequält, und mich überkam völlige Mutlosigkeit.

Warum sträubte ich mich so? Meine Familie würde es voraussichtlich besser haben in dieser Burg. Wir hätten zu essen und wären beschützt. Niemand würde mich je wieder so kränken und beleidigen. Sicher würde ein Mann der Waffen zu verteidigen wissen, was mein – unser, nein: seins war.

Wofür kämpfte ich eigentlich: für einen Schemel und eine Kiste auf dem Gänsemarkt, wo ich im Auftrag der Dienstmädchen Liebesbriefe schrieb? Was für eine große Errungenschaft: Ich durfte kopieren, fremder Autoren Werke wieder und wieder abschreiben, Wort für Wort, Federstrich für Federstrich. Dafür also quälte ich mich, schlug mich mit Gerichten herum, litt den Spott der Nachbarn und versuchte unsere Armut vor ihnen zu verheimlichen?

Niemand wollte meine Gedichte kaufen. Wahrscheinlich waren sie schlecht. Wie viele weibliche Buchautoren gab es denn? Es hatte wohl seine Richtigkeit, dass es so wenige gelehrte Frauen gab. Christine! Was hast du dir da nur eingebildet? All diese Schwierigkeiten, Rückschläge. So musste es sein, durch Brei zu laufen, Brei zu atmen. Die Bewegungen wurden immer langsamer, das Atmen zu schwer.

Bei jeder neuen Katastrophe wurde meine Gegenwehr schwächer. Ich gab mich auf. Morgen früh, falls ich dann noch am Leben war, würde ich mich dem Vieh unterwerfen, seine zwölf wasseräugigen, halslosen kleinen Rohlinge versorgen und sehen, dass meine Kinder dabei nicht untergingen. Mutter wäre zufrieden. Sie würde Burgherrin spielen und alle herumkommandieren. Vielleicht käme der Chevalier auf einem seiner Feldzüge um, jedenfalls wäre er nicht oft daheim. Ich konnte nicht lachen. Meine Kehle war zu trocken. Ich schlief ein.

Ein fremder Atem streifte mein Gesicht. Mit einem Schlag war ich hellwach und schlug die Augen auf. Über mich gebeugt sah ich im flackernden Licht einer kleinen Öllampe ein bleiches Oval – das Gesicht des Mönchs.

Nun war wohl der Tiefpunkt meiner Existenz gekommen, tiefer kann eine Frau nicht fallen: Der Mönch war gekommen, mir Gewalt anzutun! Der Himmel sollte Feuer und Schwefel herabregnen lassen! Sie sollten ihm den Rücken verbrennen, die grünen, schmerbäuchigen, peitschenschwänzigen Monster aus der Hölle, die ich in Notre Dame gesehen hatte, sollten ihn an langen Spießen rösten und dabei die Haare ausreißen!

Er legte mir eine Hand auf den Mund. Dafür schlug ich meine Fingernägel in seine Unterarme und trat zu, so fest ich nur vermochte.

Sein Mund verzog sich im Schmerz, aber schweigend. Ich sah ebenmäßige gipsfarbene Zähne.

»Aie! Madonna! Sei leise, und ich lasse dich los! Ich tue dir nichts zu Leide!«, zischte er.

Ich zog meine Krallen ein für den Augenblick. Was wollte er dann von mir?

Ein Wasserkrug wurde mir entgegengehalten. Ich riss den Krug an mich, schaute den Mönch an, war das eine List? Enthielt das Wasser ein Betäubungsmittel, das mich gefügig machen sollte? Es war mir gleichgültig, und ich trank gierig.

»Trink in kleinen Schlucken, sonst wird dir schlecht«, flüsterte der Schatten auf meinem Bettrand.

»Wie lange bist du schon hier und glotzt mich an?«, zischte ich.

Er antwortete nicht gleich, sondern sah mich weiter forschend an.

»Was willst du? Bist du so ein verfaultes, unmoralisches Schwein von einem verkommenen Mönch, dass du dir Lust von mir erhoffst? Eher sterbe ich!«

Er bekreuzigte sich heftig: »Eher sterbe *ich*, als dass ich mich durch die Lasterhöhle des weiblichen Körpers geradewegs in die Hölle ziehen lasse. Der Rausch der Sinne stinkt schon nach dem Schwefel der Hölle! Nur keine Sorge, Weib! Ich werde dich nicht anrühren!«

»Sehr gut! Dann sind wir uns ja einig«, fauchte ich zurück, verschränkte die Arme vor der Brust und blieb auf meinem Bett sitzen. Dann ging mir erst die ganze Frechheit der Bemerkung auf.

»Was hast du gesagt? Lasterhöhle? Was fällt dir ein? Redest du so vom Körper einer Mutter, und von dem deiner eigenen, die dich geboren hat? Vom Körper der heiligen Mutter Gottes Maria, die den Herrn Jesus in die Welt gebracht hat?«

Er hatte das Öllämpchen, das er mit sich gebracht, auf den Boden gestellt, so dass es sein Gesicht von unten her beleuchtete, was ihm einen fanatischen, dämonischen Anstrich gab. Wütend flüsterte er auf mich ein, und das Irrlicht der Flamme huschte dabei über sein Gesicht. Die Augen konnte ich nicht erkennen, sie lagen im Schatten.

»Sch! Still, Weib! Wie kannst du es wagen, dich mit jener zu vergleichen und in einem Satz zu nennen. Es ist wahr: Wenn die perverse weibliche Natur sich durch Gottes Gnade in Heiligkeit verwandelt, dann wird sie zum Gefäß höchster Anmut. Doch meine Mutter war ein gewöhnliches, ein sündiges Weib, so wie du eines bist. Du wärest doch nicht hier, hättest du dich dem Ritter nicht wohlfeil angeboten! Was hoffst du nun durch deinen unziemlichen Widerstand zu erreichen?«

Vor Empörung konnte ich erst kaum sprechen: »Ich ... angeboten ... wohlfeil! Bist du wahnsinnig, elender Pharisäer, du mit deiner schmutzigen Fantasie? Meine Mutter glaubte, ich könne nicht ohne einen Ehemann sein. Sie wollte mir helfen und meinte zu vermitteln. Aber nicht mit einem Wort, nicht mit einem Blick habe ich ihn ermutigt, im Gegenteil: Ich habe diesem ... diesem Vieh ... in unzweideutigen Worten gesagt, dass ich ihn nicht will. Ganz klar und deutlich: Nein! Seit wann ist ein Nein ein Ja? Seit wann wünscht sich eine Frau, niedergeschlagen und entführt, gefangen gehalten und bedroht zu werden und zu verdursten? Ist nicht vielmehr das unziemlich?«

Ungeduldig wedelte er mit seiner Hand vor meinem Gesicht herum. Ich schlug sie ihm herunter.

»Ach was, weibliche Schliche! Du tust das alles doch nur, um seine Begierde anzuheizen. Dein Widerstand ist gespielt. Noch so eine weibliche Verirrung! Gib endlich nach, damit man seine Ruhe hat. Du bist durchschaut. Heirate ihn und Schluss. In Wahrheit willst du es doch. Frauen sind launische Geschöpfe. Wer versteht schon, was sie wollen?«

»Launische Geschöpfe? Was weißt du schon, du gotteslästerlicher Minorit! Statt wie ein anständiger Mönch in der Klause zu bleiben und zu beten, zigeunerst du durch die Lande und isst den Menschen ihr Brot weg. Oder bietest deine Dienste dem Meistbietenden. Du bist es doch, der sich wohlfeil verschachert. Und schlimmer noch: Du bist sogar bereit, das heilige Sakrament der Ehe mit dieser, dieser ... Groteske zu verhöhnen, nur damit du es hier recht bequem hast. Ich sage niemals Ja dazu. Eins ist sicher: Wenn du diese Sache segnest, versündigst du dich!«

»Pssst! Nicht so laut.« Er hielt mir wieder die Hand auf den Mund. Ich biss zu.

»Aie! Du Satansweib! Warum willst du nicht heiraten?«

»Weil ich schon verheiratet war. Mein Mann ist tot, und ich habe geschworen, ihm treu zu sein, bis ich ihn im Himmel wiedertreffe durch Gottes große Gnade. Amen!«

Das gab ihm zu denken, aber er versuchte es noch mal, etwas ruhiger und freundlicher: »Ein schöner Vorsatz, in der Tat. Aber es ist doch nicht nötig, auf den Schutz eines Ehemannes zu verzichten. Gott will gar nicht, dass du allein bleibst. Er hat ausdrücklich erlaubt, dass Verwitwete wieder heiraten. Denke doch: dann bist du versorgt.«

»Ausdrücklich, so, so. Du scheinst ja einen guten Kontakt zu Gott zu haben. Nun, ich bin auch so versorgt. Der Herr hat mich in seiner Gnade mit Verstand versehen und hat es gewollt, dass mir Bildung zuteil wurde. Ich verdiene meinen Unterhalt, indem ich Bücher kopiere. Und da soll ich einen tumben Ochsen ehelichen, der hauptberuflich Bücher verbrennt? Das wäre nun wirklich das Allerletzte!«

Eine Pause entstand, in der er mich aus diesen dunklen Augenhöhlen betrachtete.

»Und? Was siehst du?«, fuhr ich ihn giftig an. »Eine Schlange? Die große Hure Babylon?«

»Ich sehe«, sagte er in erstauntem Ton, »offenbar eine gelehrte Frau. Langsam!«

Er wollte mir den Wasserkrug fortnehmen, aber ich riss ihn an mich.

Eigensinnig trank ich weiter, bis ich den Krug geleert hatte. Nach einer kleinen Weile schien er zu einem Entschluss gekommen zu sein.

»Kannst du dich erheben?«, fragte er mich.

Langsam richtete ich mich auf. Mir wurde ein wenig übel.

»Was hast du vor?«

»Jetzt rette ich dich.«

»Ach – und wie?«

»Wir gehen sehr leise und vorsichtig hinaus. Der Ritter schläft in seinem eigenen Schlafgemach – mit zwei Mägden.« Ich war empört. »Du hast ihn so gereizt, dass er sich anderweitig ... nun ja. Er wird tief schlafen nach dem Exzess. In der Halle ruhen seine Männer.«

»Keine Wachen vor meinem Zimmer?«

»Das hielt er nicht für nötig bei einem schwachen Weib.« Ich muss wohl wütend geschnauft haben, denn er lachte leise. »Es ist manchmal von Vorteil, unterschätzt zu werden. Folge mir!«

Ich ließ mich von der Bettstatt gleiten. Im Gehen nahm ich das Kleid vom Fußboden auf, rollte es fest zusammen und klemmte es mir unter den rechten Arm. Der Mönch verdrehte die Augen und zischte mich wieder an: »Närrisches, eitles Weib! So lass doch den Tand!«

»Kommt nicht in Frage! Es ist nagelneu. Er schuldet mir etwas!«

Schritt für Schritt schlichen wir uns langsam die Treppe hinunter. Zum Glück war es eine Steintreppe, keine knarrenden Stufen. Ein Luftzug brachte das Lämpchen zum Flackern. Wir waren auf der untersten Stufe angekommen. Im ungewissen Schein ahnte ich eine hohe Halle mit Fahnen und Wimpeln, die beidseitig eines ungeheuren Kamins an den Wänden hingen, einen ebenso ungeheuren Tisch und ein paar kleinere für das Gesinde. Über uns war ein Rippengewölbe zu ahnen und hölzerne Querbalken, auf denen einige verirrte Tauben ihre Köpfe in die eigenen Federn steckten. Durch die hohen Fenster auf einer Seite der Halle fiel Mondlicht herein. Der Mönch blies das Lämpchen aus.

Schnarchen und Schmatzen verriet die Schläfer beiderseits des Kamins. Da lagen dunkle Körper auf Strohsäcken, mindestens ein Dutzend.

Mein Befreier ergriff meine Hand und zog mich hinter sich her. Wir hatten etwa den halben Raum durchquert, als ich in einem Streifen fahlweißen Lichts das Buch entdeckte! Es lag auf dem Kaminrost, achtlos hingeworfen, offen, mit dem Gesicht nach unten, die Seiten grausam geknickt; zur Vernichtung bereit. Ich riss mich los.

»Nein! Bist du närrisch?« Mein Begleiter versuchte mich am Kleid zu fassen und zurückzuhalten, aber ich riss mich los und ging vorsichtig zum Kamin, glitt zwischen den Schläfern hindurch, raffte meine Röcke, um ja keinen der Kerle mit dem Saum zu berühren.

Ein Lächeln kam ganz von allein auf mein Gesicht. Da, gleich hab ich dich! Ich ging in die Knie – eine Kniescheibe knackte. Es kam mir furchtbar laut vor. Ich streckte meine Hand aus und ergriff das Buch mit der Linken!

Ich richtete mich auf, wollte mich umdrehen und den Rückweg antreten, als sich plötzlich einer der Schläfer auf den Rücken drehte. Sein Arm fiel von seinem Brustkorb herunter, und eine schlaffe Hand landete auf meinem Fuß. Ich gefror in der Bewegung.

Mein Begleiter winkte heftig. Ich gestikulierte und wies auf das Hindernis. Er rang die Hände, doch da blieb nichts übrig, als zu warten. Während ich wartete, mit Herzhämmern, während der Puls in meinen Ohren rauschte, betrachtete ich den Raum näher und die Banner, krude genähte Stofffetzen, ein angreifender Eber, eine Burg dahinter, ein Motto in fetten schwarzen Buchstaben: »Ich werde gewinnen!« Wie einfallslos! Niemand gewinnt immer.

Mein rechter Fuß begann einzuschlafen und kribbelte höllisch, der Rücken tat mir weh in dieser unnatürlichen Stellung. Der Mönch durchlebte, schien es, einen lautlosen Veitstanz. Es machte mir ein merkwürdiges Vergnügen, ihn so in Angst zu sehen. Schließlich bückte ich mich noch einmal und kitzelte den Schlafenden mit meinem Ärmelknoten an der Nase, sehr sanft und vorsichtig, wie eine kleine Fliege. Sss, machte ich, sss. Schlaftrunken hob er den Arm, um die Fliege zu vertreiben, und ich hüpfte davon.

Wir kamen heil und unentdeckt durch den Rest des Gebäudes. An der Tür lagen zwei Hunde, doch sie kannten den falschen Priester, den verfluchten, und leckten ihm freundlich die Hand.

Draußen zerrte er mich über den Hof und durch das offene Tor. Voilà, des Ritters Selbstvertrauen war wirklich immens, wenn er alles ohne Wachen und die Tore nachts offen ließ. Wahrscheinlich war sein Ruf so grausam in der Gegend, dass Kleingesindel sich von ihm fern hielt. Und Briganten – er war ja selbst einer.

»Dort in dem Buchsbaumgebüsch habe ich ein Pferd versteckt, schon heute Nachmittag«, wagte jetzt der Mönch halblaut zu sagen. »Mehr konnte ich nicht tun, ohne aufzufallen.«

»Wenn du gleich vorgehabt hast, mich zu retten, warum musstest du mich erst mit Fragen quälen und beleidigen?«, zischte ich.

»Ich musste erst ganz sicher sein, ob du es wert warst, befreit zu werden. Immerhin bin ich jetzt deinetwegen eine bequeme Stellung los«, gab er gleichmütig zurück.

Er trug eine Gürteltasche und eine prall gefüllte Umhängetasche so groß wie ein Ziegenbalg. Also gedachte er mit mir zu kommen, was gut war, denn ich hatte nicht die geringste Vorstellung davon, wo wir uns befanden.

»Wir sind in Bellefort, eine Stunde Ritt von Paris«, sagte er, als ob er meine Gedanken lesen könnte. Nun, es war das, was sich vermutlich jeder in meiner Lage gefragt hätte. Jetzt war ich frei, ganz schön, aber wo zum Teufel war ich und wie sollte ich nach Hause kommen? Bellefort, nie gehört.

Ich folgte ihm hinter einen Felsblock und einen rundlichen Busch von bitter duftendem Buchs, und da stand tatsächlich ein Pferd angebunden, keines von den Schlachtrössern – dafür hätte uns der Chevalier erschlagen –, sondern ein Arbeitspferd mit klobigen Hufen und einem breiten Hinterteil.

»Vielleicht auch zwei Stunden«, murmelte der Mönch beim Anblick des Kleppers.

»Ein guter Dieb bist du jedenfalls nicht«, sagte ich. »Hier, steck das Buch für mich ein und pass auf, dass es keinen weiteren Schaden nimmt, sei so gut.«

Er stieg mit einer fließenden und mühelosen Bewegung in den Sattel und hob mich vor sich. Als der Klepper schließlich antrabte, da war er doch gar nicht so schlecht, hatte einen weichen Gang und Ausdauer, wie sich zeigte. Ich sah nicht zurück.

»Du warst bereit, mich für Geld mit einem Entführer und Verbrecher zu trauen! Du wolltest Gottes Segen missbrauchen. Warum hast du deine Meinung geändert?«, fragte ich, immer noch verärgert.

»Ich wusste ja nicht, dass es nicht freiwillig war. Ich dachte, du zierst dich nur ein wenig. Der Ritter sagte mir, dass du mutwillig seist und eine feste Hand benötigst«, verteidigte er sich. »Aber ich habe dich beobachtet und verstanden, dass du vielleicht doch anders bist, als er dich mir beschrieben hat.«

Von meinem Kleinmut in der dunklen Zelle sagte ich nichts. »Wie kommst du darauf, dass eine Frau nicht weiß, was sie will?« Du solltest dich lieber bedanken bei deinem Retter, statt mit ihm zu zanken, dachte ich mir im Stillen, aber ich konnte mich doch nicht zurückhalten.

»Ach, Weiber sind launisch und meinen nicht immer, was sie sagen.«

»Aha. Und woher hast du diese Wahrheit, Klosterbruder? Kommt das aus dem gleichen Weisheitsschatz, der vorschreibt, dass Frauen täglich Prügel brauchen?«

»Das habe ich nicht gesagt, und das denke ich auch nicht. Hätte ich dich sonst befreit?«

Etwas stach mich, ich konnte einfach nicht freundlich sein.

»Und was hat dich überhaupt veranlasst, für das Vieh zu arbeiten? Er hat dich doch wohl nicht seine Kinder unterrichten lassen? Er ist nämlich ganz gegen Bildung eingestellt.«

»Das habe ich dann auch entdeckt, ja. Er wollte nur, dass seine Jungen so viel lesen und schreiben können, um bei Geschäften nicht übers Ohr gehauen zu werden. Mit den beiden Mädchen hatte ich nichts zu tun. Er drohte mir Prügel an, wenn er mich in der Nähe seiner Töchter erwische, als ob mich diese beiden Stockfische in Versuchung führen könnten. Ich bin bei ihm geblieben, weil ich eine Stellung wollte, aber ich hätte mir sowieso bald was anderes gesucht.«

»So, so.«

Wir schwiegen ein Weile. Die Landschaft zog vorbei: dunkler, stiller Wald, mondbeschienener Fluss, vorbei, vorbei, vorbei – der gleichmäßige Hufschlag und die überstandene Aufregung machten mich schläfrig. Ich döste in seinen Armen. Er fühlte sich gut an unter der Kutte, ein fester junger Körper, kräftige Arme, ich ließ mich mehr und mehr gegen ihn sinken. Solche Gedanken hätte ich wohl nicht gehabt, wäre ich nicht so erschöpft gewesen. Die Augen fielen mir zu.

Als er mich zum zweiten Mal in dieser Nacht weckte, ganz sanft, mit seinem angenehm warmen Bariton, da war es, um mich nach dem Weg zu fragen.

»Wach auf, wir sind in Paris.«

»Wie? Sie haben uns in die Stadt gelassen?«

»Ich habe die Wachen überzeugt, dass ein einzelner Mönch mit einer Jungfer in Not wohl kaum eine Gefahr sein kann. Aber jetzt weiß ich nicht, wo du wohnst und wie wir dahin kommen.«

Und ich hatte alles verschlafen! »Wo sind wir?«

Das Pferd lief in einem müden Trott. Der Hufschlag hallte auf dem Steinpflaster und wurde von den Wänden der stillen Häuser zurückgeworfen. Die meisten Öllampen waren ausgebrannt, es musste kurz vor Morgengrauen sein.

»Grande Rue St. Honoré, hat eine der Wachen mir gesagt.«

»Die Burg liegt also seineabwärts. Gut, du nimmst weiter diese Straße, immer weiter, durch die halbe Stadt, bis du auf die alte Mauer von Philippe Auguste triffst, dann erkläre ich dir, wie es weitergeht.«

Mir wurde auf einmal peinlich bewusst, wie ich mich an ihn gelehnt hatte, sein Arm um meine Taille, und ich versuchte Halt und Würde am Sattelknauf zu finden.

Wenn er es bemerkte, dann äußerte er sich jedenfalls nicht.

Als wir beim Barbeau-Turm ankamen, krähten die Hähne im Garten. Der Himmel zeigte ein Schauspiel zur Feier meiner Heimkehr: Hoch oben war er schon hell und von einem harten, klaren Coelinblau; der Horizont brannte stroh- und rosenfarben. Schaumflocken von Violett und Weiß trieben darüber und lösten sich auf.

Er ließ sich vom Pferd gleiten und half mir beim Absteigen. Ich ging zur Eingangstür und schlug mit der Faust dagegen. Nicht lange, und die Tür wurde geöffnet. Ein Mann von Mitte Vierzig öffnete, salzgraues Haar vom Schlaf gesträubt, nur in Beinkleidern; der Oberkörper hart und muskulös, doch leicht gebeugt und mit vielen tiefen Narben übersät.

»Elias! Du hier?«, rief ich erfreut.

»Wo warst du nur, Christine? Wir haben die ganze Stadt nach dir abgesucht. Deine Mutter ist ganz krank vor Sorge!« Elias, der Mann von Héloise. Er wird langsam zu alt für seinen Beruf, dachte ich flüchtig.

»Man hat mich entführt, stell dir vor, Elias! Einer der Heiratskandidaten, die Mutter ständig ins Haus schleppt! Vielleicht hört sie jetzt endlich auf damit! Lass uns nur erst ankommen. Ich erzähle alles später.«

»Ich ziehe mir rasch etwas über, Christine. Dann wollen sicher alle hören, was geschehen ist. Héloise! Das Haus! Aufstehen! Christine ist zurückgekommen!«

»Wir sollten zuerst das Pferd versorgen«, sagte ich. Ich nahm die Zügel und führte das Tier durch eine Seitenpforte in unseren Garten. Der Mönch war mir gefolgt, nahm ihm den Sattel ab und rieb das feuchte Fell mit Stroh. Ich holte einen Eimer Wasser und ließ Héloise in der Küche einen warmen Kornbrei bereiten. Das Tier war müde. Zufrieden senkte es seinen Kopf in den Trog.

Ich nahm einen tiefen Schluck aus der Schöpfkelle. Unser eigenes, gutes Brunnenwasser.

Céline und Jean kamen zu uns herausgerannt. »Maman! Du bist wieder da!«

Jean warf mir einen strengen Blick zu: »Wo warst du?«, als ob ich mich herumgetrieben hätte.

Mutter erschien, in langem Hemd und Nachthaube – eine herrliche Gelegenheit für ein tränenreiches Drama, oh!, der leuchtende Himmel dazu. Sie umarmte mich und weinte: »Oh, mein Kind! Ich habe dich schon ermordet gesehen! Ermordet! Wenn ich auch dich verloren hätte! Christine, meine kleine Christine …«, obwohl ich doch einen Kopf größer bin als sie.

»Na, Rumtreiberin«, meinte Marie und gab mir einen ihrer herzlichen Püffe. So standen sie alle in ihrer Nachtkleidung um mich herum, aufgeregt, mit offenem Haar, weinend, mich abwechselnd schüttelnd und herzend.

»Mir geht es so weit gut«, sagte ich. »Ich bin nur etwas müde. Und ich habe unsäglich Hunger! Ich habe seit … oh, ich weiß nicht, wann … keinen Krümel gegessen!«

Der Mönch hatte sich in den Schatten der Gartenmauer zurückgezogen vor diesem Ausbruch familiärer Gefühle. Fast hätte ich seine Anwesenheit vergessen.

»Verzeih, Bruder. Ich habe dich vernachlässigt. Da, seht, diesem guten Mönch verdanke ich meine Rettung. Er hat mich aus meinem Kerker befreit und ein Pferd gestohlen, um mich fortzubringen.«

Mutter beäugte den Mann misstrauisch: Was war das für ein frommer Mann, der Pferde stahl und Jungfrauen in Not befreite?

Die ganze Truppe zog in die Küche, wo ich nicht sprach, ehe ich einen halben Laib Brot und dazu drei Ziegenkäse verzehrt hatte. Bruder Thomas, so nannte er sich, nahm Brot und Käse und einen Krug Wein von Héloise und setzte sich auf einen Schemel an den Herd.

Meine Familie saß um mich herum und verfolgte jeden Schluck, jeden Krumen Brot und jedes Wort. Als ich meine

Geschichte erzählt hatte, da machten sie ihrer Empörung und der ausgestandenen Angst Luft.

»Ich werde ihn zur Rechenschaft ziehen, diesen Ritter von Grossetête«, grollte Elias.

»Ich komme mit«, verkündete Jean.

»Ihr zwei bleibt schön da«, antwortete ich, jetzt wieder ruhig und ganz ich selbst.

»Aber das kannst du ihm doch nicht durchgehen lassen!«

Mir genügte es, entkommen zu sein.

»Jean und Elias, gegen den Ritter kommt ihr zwei nicht an. Auch du nicht, Elias. Er ist jünger und viel größer als du. Lassen wir es dabei bewenden. Es ist mir schließlich nichts Ernstliches geschehen.«

»Nichts?«

»Nichts außer ein paar blauen Flecken und einem verletzten Stolz. Das Pferd und das Kleid behalte ich als Schadensersatz.«

»Er kam aber doch aus einer guten, alten Familie«, sagte Mutter, als ob das eine Garantie für Wohlverhalten wäre.

Der Mönch hatte im Garten reichlich Gebrauch vom Brunnenwasser gemacht und saß jetzt still in der Ecke. Die Kapuze hatte er abgenommen, so dass man sehen konnte, was für ein schöner junger Mann er war. Er war groß und schlank und hatte ein Gesicht, das mich an einen marmornen Engel erinnerte, den ich einmal im königlichen Park gesehen hatte: dunkle Augen, eine gerade Nase, leicht aufgeworfene Lippen und ein kräftiges, aber nicht zu starkes Kinn. Dunkle Locken kräuselten sich feucht bis auf die Schultern; getrocknet mochten sie kastanienbraun sein. Er trug keine Tonsur – und er war jünger, als ich angenommen hatte. Er konnte höchstens Anfang Zwanzig sein, vielleicht auch neunzehn.

»Und wie kann ich mich bei meinem Retter bedanken? Du hast durch mich deine Stellung verloren«, fragte ich ihn.

Er lächelte melancholisch. »Ihr könnt nicht zufällig einen Hauslehrer gebrauchen?«

Célines Augen leuchteten auf. Doch ich musste sie enttäuschen.

»Wie du an der Einrichtung und unserer Kleidung zweifellos erkannt hast, sind wir zu arm, um uns einen Hauslehrer leisten zu können.«

Céline schmollte.

»Ich darf ohnehin keine Bezahlung nehmen. Franziskaner sind gehalten, sich ihre Kost und Logis mit Arbeit zu verdienen. Almosen nehmen wir nur in äußerster Not, und wir häufen auch keine Güter an.«

Nun dann ... aber nein, es war einfach nicht möglich. Noch einen Esser mehr, wie sollte das gehen? Ich sah Mutter an, die das Gleiche dachte wie ich. Sie hob die Schultern.

»Ich möchte nicht undankbar sein, und du kannst gern einige Tage hier bleiben. Du kannst auch das Pferd haben. Aber siehst du: Wir leben alle von meinen geringen Einkünften, und das wird nicht reichen.«

Er hob den Kopf. »So ist es tatsächlich wahr, dass du für Lohn arbeitest?«

Hast du nicht geglaubt, Herr Mönch, dass ein launisches und hohlköpfiges Weib tatsächlich imstande ist, eine Familie zu ernähren? Wusste er nicht, wie viele Frauen das taten jeden Tag: Weberinnen, Näherinnen, Fischerinnen, Bäuerinnen, Hebammen, Händlerinnen ...

»Was genau tust du, wenn ich fragen darf?«

Ich reckte mich stolz. Er glaubte anscheinend, die Arbeiten, von denen ich schon gesprochen hatte, seien nur Gedichte und Liebesbriefchen gewesen.

»Ich schreibe Briefe und Dokumente auf dem Marktplatz, und in Zukunft werde ich Bücher für die königliche Bibliothek kopieren!« Meine Familie schaute überrascht. »Ja, das konnte ich euch noch gar nicht erzählen, weil mich dieser Raubritter praktisch direkt vom Louvre weggeschnappt hat! Stellt euch vor, ich habe Gilles Malet getroffen, den Bibliothekar des Königs – erinnerst du dich, Mutter?«

Sie nickte. Gilles Malet war einer aus Vaters »Horde« gewesen, wie sie sie nannte, ein Freundeskreis von gelehrten Männern, die es liebten, sich bei einem von ihnen daheim zu treffen, sich bewirten zu lassen und unter dem Genuss von Wein immer lauter und bis tief in die Nacht zu diskutieren. »Um des Diskutierens willen«, wie Mutter sagte, »alles Unsinn, lauter gefräßige Saufbolde!«

»Und er hat mir auch schon den ersten Auftrag gegeben! Ich werde dieses Buch … gibst du es mir bitte, Bruder Thomas?« Der Mönch griff in seine Tasche, holte meinen Schatz heraus und stand auf, um ihn mir zu bringen. »Schaut alle her: Dieses herrliche Buch soll ich kopieren, und wenn ich es gut mache, werde ich danach regelmäßig Aufträge erhalten!«

Meine Familie jubelte. Marie griff nach dem Buch und zeigte meinen Kindern die Bilder. Sie waren artig ausgeführt, wenn auch ein wenig flach.

»Wer soll die Illuminationen machen?«, fragte der Mönch über meine Schulter.

»Ich jedenfalls nicht. Einfache Dinge kann ich machen, Blumen und Ranken, aber für solchen Schmuck reicht mein Können nicht. Ich werde die Räume für die Bilder frei lassen müssen, und Malet gibt den Auftrag weiter.«

»Dann kannst du meine Dienste vielleicht doch brauchen«, sagte der Mönch. »Ich habe im Kloster die Buchmalerei erlernt.«

Ich kalkulierte blitzschnell. Wenn das stimmte und wenn es brauchbar war, was er gelernt hatte, dann müsste Gilles meine Kopien nicht noch woanders hingeben zum Malen. Das wäre sicher attraktiv für ihn. Besser noch: ich könnte meine eigenen Gedichte illuminieren lassen. Dann wären sie vielleicht verkäuflicher.

»Wir werden sehen. Erst muss ich ein paar Stunden Ruhe haben.« Ich fühlte mich wie trunken vom Schlafmangel und den Nachwirkungen der Angst. »Und du musst auch erschöpft sein. Wo willst du schlafen, Bruder, solange du bei uns bist – in der Küche bei Héloise und Elias oder im Turm, im alten Studierzimmer meines Vaters?«

»Wenn es nichts ausmacht, würde ich gern im Turm schlafen«, entgegnete der Mönch. »Ich bin es gewohnt, nachts ein paar Stunden für mich zu sein.« Héloise warf ihm einen dankbaren Blick zu. Sie hatte ihren Elias so selten für sich.

Ich schlief bis in den späten Nachmittag. Dieser Tag war verloren, sagte ich mir, während ich auf dem Rand des Feldbetts saß und mich reckte. Besser, ich ließe Gilles Malet eine Nachricht zukommen und die Verzögerung erklären, damit er mich nicht für unzuverlässig hielt.

»Jean!«

Mein Sohn erschien in der Tür mit einem gelangweilten Gesichtsausdruck.

»Jean, würdest du so freundlich sein und für mich eine Nachricht zum Louvre bringen?«

»Ach, Maman, ich muss noch so viel lesen für die Schule!«

»Du kannst das Pferd nehmen, dann bist du schnell genug wieder hier. Und ich gehe mit dir deine Aufgaben durch, wenn du willst.«

Was die Sache entschied, war wohl das Pferd. Ich schrieb schnell eine Notiz an Gilles Malet und berichtete, dass ich einen Maler gefunden habe, mit dem wir es versuchen könnten. Wenn er brauchbar war, musste Gilles zwar länger auf die Bücher warten, aber er sparte die Mühe, sie zu einem der Klöster zu tragen oder in eine der teuren Malschulen der Stadt. Außerdem versprach ich mir bessere Ergebnisse, wenn Schreiber und Maler eng zusammenarbeiten würden, und ich hätte Kontrolle über das Ergebnis.

Mein Sohn unterzog sich der Mühe, den roten Gaul zu bürsten und zu striegeln, bis er glänzte. Zufrieden ritt er davon, kerzengerade im Sattel, nicht mehr zum Fußvolk gehörig, sondern wie der feine Herr, der er einmal zu sein gedachte.

Den Mönch fand ich in der Küche, wo er Bohnensuppe aß, mit gutem Appetit, und die Schüssel mit Brot auswischte. Er säuberte seinen Löffel mit Wasser und ließ ihn in seiner Gürteltasche verschwinden. Yolanthe rieb ihren Kopf an seinen Beinen unter dem bodenlangen braunen Habit. Er versuchte der haarigen Zärtlichkeit auszuweichen, was das Tier nur noch ekstatischer machte. Ich hob sie hoch und trug sie hinaus.

»Bist du satt? Ausgeruht? Dann komm mit!« Er folgte mir über die Wendeltreppe, von der alle Räume des Hauses abgingen, in den ersten Stock.

»Hier arbeite ich. Es war das Arbeitszimmer meines Mannes, ich habe es für meine Zwecke umgestaltet. Aber es ist genug Platz für zwei. Da, setzen wir uns! Hast du Arbeitsproben?«

Aus seiner ledernen Umhängetasche zog er ein schmales Bändchen und gab es mir.

Ich schlug es auf – und konnte kaum glauben, was ich da erblickte: Es war das Musterbuch eines meisterhaften Miniaturenmalers. Ich sah ein Schloss mit einem Garten und einer Gruppe schöner Menschen im Vordergrund, den heiligen Georg mit seinem schuppigen und Feuer speienden Drachen, eine Madonna mit Lilie in der Hand, einen Wagen mit Lenker und zwei edlen Pferden davor, Engel, Porträts, Farbtabellen, eine Reihe von Initialen mit den verschiedensten Verzierungen – alles zierlich und doch ganz wirklichkeitsgetreu ausgeführt in leuchtenden Farben. Je mehr ich schaute, desto mehr entdeckte ich: erstaunliche Details, die Krone der Himmelsmutter so kostbar wie die allerfeinste Goldschmiedearbeit, zart und lebendig die Veilchen und Lilien, die Rosen und Narzissen, dunkel glänzende Akanthusblätter mit gelblichen Adern und gebogenen Spitzen wie grüne Umarmungen, mit silbernen Schellen besetztes Zaumzeug und die Schweife der Pferde gestriegelt und geflochten. Und wie schwer und samtig gefältelt die Gewänder! Die Figuren waren wie mitten in der Gebärde erstarrt, Bewegung zu Eis, das Leben im vollen Lauf angehalten, so dass man erahnte, was vorher dort geschehen war und was folgen würde, die ganze Geschichte. Und hinter den Figuren eine Welt: Felsen, Wiesen, einzeln stehende Bäume und dicht belaubte Wälder, ein kleiner Fluss, der sich dahinschlängelte und in dem silbrige Fische aufglänzten, säuberlich aufgetürmte Strohmieten, und ganz weit hinten die verschatteten Umrisse einer Stadt mit zahlreichen Dächern und anmutigen Türmen. Das alles in einem beglückenden Gleichklang von harmonischen Proportionen und Licht. Ich mochte davon kaum lassen, kam mir vor wie ein hungriger Bettler an einer reichlich gedeckten Tafel.

Ich schaute zu ihm hoch.

»Das ist ... das kann ich nie bezahlen! Du bist viel zu gut für mich. Du solltest für den Herzog von Berry arbeiten.«

»Oh, nein, dafür bin ich sicher nicht gut genug«, wehrte er ab. »Es spielt ohnehin keine Rolle, ob ich für einen Fürsten male oder für eine Schreiberin, da ich ohnehin kein Geld annehme. Das habe ich doch schon gesagt.«

Ich blätterte in dem Musterbuch und konnte mein Glück kaum fassen. Ach, wenn ich es erst in Ruhe mit Hilfe meines Lesesteins betrachten würde! Ungläubig schüttelte ich den Kopf.

»Also dann, wenn du tatsächlich lieber hier bleibst, statt bei einem Herzog im Luxus zu leben?«

»Luxus! Luxus ist ein Mäntelchen, unter dem die Hölle ihre Hässlichkeit verbirgt«, sagte er streng. »Hat Jesus vielleicht in einem Palast gewohnt? Nein, ich möchte lieber hier bleiben, wenn es dir recht ist.«

Ich persönlich hätte nichts gegen ein wenig Luxus einzuwenden gehabt.

»Ich bin mehr als einverstanden. Dann lass uns versuchen, ob wir miteinander arbeiten können. Aber sollte es dir doch nicht zusagen, dann mache ich dich jederzeit mit Gilles Malet bekannt, der sicher einen besseren Platz für dich weiß.«

»Gern würde ich den Bibliothekar kennen lernen, doch auf eine andere Stelle lege ich keinen Wert. Ich arbeite zu Gottes Ehre und weil mir die Malerei Freude macht. Mein tägliches Brot und ein Dach über dem Kopf sind genug. Sonst will ich nichts.«

Lieber Gott, ich danke dir. Verzeih bitte, dass ich kleinmütig war und gejammert habe. Du siehst und planst viel weiter als ich mit meinem unvollkommenen Menschensinn, und jetzt ist es so gut gekommen! Das war jede Stunde Kerker und Angst und Durst wert und dreimal so viele blaue Flecken! Obwohl ich dem Mönch immer noch ein wenig böse war, weil er meiner Angst und Demütigung so lange zugeschaut hatte. Doch er war in seiner Denkweise über Frauen nicht fehlgeleiteter als die meisten anderen Männer und hatte sich am Ende richtig entschieden. So rang ich mich zu einer Anerkennung durch.

»Ich habe mich noch nicht richtig für meine Befreiung bedankt. Danke!«

»Das habe ich gern getan«, sagte er, und da war ein Lachen, ein Funkeln in seinen Augen.

»Gut, Thomas: Arbeiten kannst du hier mit mir. Da ist ein zweites Pult oder hättest du lieber einen Tisch?«

»Beides. Ein Pult, um zu entwerfen, und dann einen Tisch zur Ausführung, sonst verlaufen die nassen Farben.«

Gemeinsam rückten wir die Möbel an eines der beiden Fenster, so dass er genug Licht zum Arbeiten hätte. Und während er aus der unergründlichen Tasche sein Arbeitsgerät hervorkramte und auf Tisch und Pult anordnete – kleine Leinensäckchen und Tiegel, Glasfläschchen und zierliche Schminktöpfchen aus glasiertem Ton, Kupfermörser, Federn und Messer –, sagte ich: »Ich würde dich gern etwas Persönliches fragen.«

»Frag nur«, sagte er. »Ich werde so wahrheitsgemäß antworten, wie ich kann.«

»Wie kam es, dass du Mönch geworden bist, und wie hast du das Buchmalen so gut gelernt?«

»Das will ich dir sagen.« Er nestelte eines der Leinensäckchen auf und sah stirnrunzelnd hinein. »Ich habe kaum noch Goldocker und kein Verdigris und ganz wenig Azur ... Ich komme aus Italien, aus der Nähe von Mailand. Mein Vater war dort Grundbesitzer, er hatte mehrere Hektar Olivenbäume und baute etwas Weizen an und Wein nebenher, aber ich war der dritte Sohn, und es war von Anfang an klar, dass es für mich nichts zu erben gab. Ich hätte nur die Wahl gehabt, meines ältesten Bruders Diener zu sein oder eben ins Kloster zu gehen. Mit acht Jahren haben sie mich im Kloster abgeliefert, einem Franziskanerkloster ganz nahe unserem Hof.«

Ich hätte es niemals fertig gebracht, Céline in diesem Alter fortzugeben, dachte ich. Ich hatte in dieser Angelegenheit mehrere Auseinandersetzungen mit Mutter gehabt. Je länger du wartest, desto schwieriger wird es für dich und für sie, hatte sie mich ermahnt. Aber ich wollte nichts davon hören. Etienne war mir gerade erst genommen worden, und ich konnte es nicht ertragen, noch einen Menschen zu verlieren. Es war sicher egoistisch von mir und mir war das Herz schwer deswegen: Je länger meine Tochter in dieser Welt lebte, desto schmerzhafter würde der Abschied für sie werden, darin hatte Mutter ganz Recht. Meist zog ich es vor, mich zu belügen und mir vorzustellen, dass sich doch irgendwie eine günstige Heirat für sie bieten würde.

Bruder Thomas wühlte am Boden seiner Tasche herum und holte ein paar dünne, gerundete Tonscherben heraus. Seine Fingerspitzen waren rötlich gefärbt.

»Zum Glück nur rote Erde aus Siena, das ist nicht teuer, aber das Pigment hat sich in der ganzen Tasche verteilt! Mein zweites Unterkleid wird schmutzig sein.«

»Gib es Héloise. Sie wird es gern für dich waschen. War deine Mutter nicht traurig, als du ins Kloster kamst? So nah und doch unerreichbar für sie!«

»Ach, ich konnte sie ja besuchen, nach meiner Novizenzeit. Franziskaner ziehen sich nicht hinter Mauern zurück. Trotzdem erinnere ich mich ganz genau an den Tag, als sie mich fortbrachten, mein Vater und meine Brüder. Mutter hatte wohl die ganze Nacht lang geweint. Die Tage vorher konnte sie mich nicht genug mit Leckereien vollstopfen. Sie kochte alle meine Lieblingsgerichte, und Vater knurrte: ›Du machst es dem Jungen nur noch schwerer.‹ Mutter umarmte mich und wollte mich nicht loslassen. ›Mein Kind, mein Kind‹, rief sie die ganze Zeit. Mir war das etwas peinlich, obwohl ich meine Mutter wirklich vermisste, als ich erst einmal fort war. Meinen ältesten Bruder habe ich nicht vermisst. Er kniff und puffte mich auf dem ganzen Weg und sang: ›Den sind wir lo-os! Den sind wir lo-os!‹«, bis mein Vater ihm eine Maulschelle gab.

»So ein kleiner Mistkerl!«

Thomas lachte. »O ja! Er war ein missgünstiger kleiner Bursche und jederzeit auf sein Vorrecht bedacht. Es fällt mir schwer, seiner mit Nächstenliebe und Nachsicht zu gedenken. Wie auch immer. Er ist weit weg und darf sich mit den Olivenbäumen plagen. Das ist auch kein Honigschlecken. Ich schlotterte vor Angst, als sie mich zum Kloster brachten, aber dann war es gar nicht so übel. Gleich zu Anfang teilten sie mir einen älteren Novizen zu, der hatte sich um mich zu kümmern. Er wurde mir ein guter und verständnisvoller Freund. Leider ist er nach einiger Zeit an einem Fieber gestorben. Ohne ihn …« Er unterbrach sich und sprach nicht weiter von diesem Freund.

»Die Franziskaner waren freundlich zu den Novizen und nicht allzu streng. Und dort wurde auch entdeckt, dass ich Talent zum Malen habe. Einer der Brüder sah eines Tages, wie ich mit einem Stückchen Holzkohle Tiere an eine Mauer zeichnete. Erst hielt er mir eine Standpauke, dann nahm er mich mit ins Skriptorium und gab mir Tinte und altes Pergament.«

»Aber wie konnten dich die Mönche denn ausbilden?«

»Oh, die besten Maler sitzen in den Klöstern! Dort werden Bibeln hergestellt und Gesangbücher, Texte über das Leben der Heiligen, alles zu Gottes Ehren. Und weil es zu Gottes Ehren ist, ist nur das Beste gut genug. Wir hatten mehrere Maler in dem Kloster, und sogar der Tyrann von Mailand gab Aufträge zu uns. Ich habe alles, was ich kann, von den Klosterbrüdern gelernt. Ich bekam eine Chance, die ich im Leben draußen wohl nie erhalten hätte.«

Céline stand in der Tür und hörte atemlos zu.

»Ja, Céline?«

»Wirst du bleiben?«, fragte sie ihn ganz direkt. »Wirst du mich unterrichten?«

»Solange es deiner Mutter recht ist. Aber du darfst niemandem, wirklich niemandem erzählen, dass ich dich unterrichte. Das darf ich nicht. Da würde ich die größten Schwierigkeiten bekommen!«

»Warum?« Ich war genauso überrascht wie Céline.

»Die Universität von Paris hat beim König durchgesetzt, dass Franziskaner und Dominikaner innerhalb der Mauern von Paris keine lehrende Tätigkeit ausüben dürfen.«

»Dass die Sorbonne ihren Strauß mit der Kirche ausficht, das weiß ich. Sie wollten ja sogar die Päpste durch einen Rat der Weisen – aus ihrer Mitte, versteht sich – ersetzen. Doch was können sie gegen die Armutsorden einzuwenden haben?«, warf ich ein.

»Es ist ein alter Streit: Ein Abt aus dem vorigen Jahrhundert, Joachim von Fiore, hat vorhergesagt, dass sich ein neuer Geist

Christi auf Erden manifestieren werde, und zwar genau zu der Zeit, als tatsächlich der Franziskanerorden gegründet wurde. Da unser Orden die verderbten Sitten innerhalb der Kirche zu reformieren antrat, dachten also viele meiner Brüder, dass sie damit gemeint seien. Die Doctores der Sorbonne aber waren inzwischen eifersüchtig geworden, weil viele von uns, wie Thomas von Aquin und Bonaventura, in Paris lehrten und großen Einfluss bekamen. Aus Neid und um uns herabzusetzen, erklärten die Doctores Joachim für einen Ketzer und alle, die seiner Lehre anhingen, ebenfalls. Ihr wisst ja sicher, dass Dominikaner und Franziskaner an vielen Fürstenhöfen als Lehrer wohlgelitten sind. Ich bin bereit, ganz im Stillen deine Tochter zu lehren, schon weil mich interessiert zu sehen, was ein weibliches Gehirn zu begreifen im Stande ist. Du, Céline, musst mir aber versprechen, nicht damit zu prahlen. Zu keinem Menschen ein Wort, sonst muss ich sofort abreisen.«

»Aber ja, ich verspreche es!« Wir hörten sie die Treppe hinunterpoltern und ihren Ruf: »Er bleibt! Mémé, er bleibt!« Nun wusste auch Mutter Bescheid. Ich müßte Jean noch einschärfen, dass Bruder Thomas offiziell einzig zum Malen hier war, damit er es nicht in der Domschule verlauten ließ.

»Wie meinst du das: was ein weibliches Gehirn zu begreifen im Stande ist?«

»Nun.« Er nahm ein angefangenes Blatt von meinem Pult, vorsichtig an den Ecken, so wie es sich gehört, und studierte es demonstrativ. Dann nickte er anerkennend.

»Es ist doch wahr, Ausnahmen bestätigen die Regel, dass man nicht allzu viele weibliche Philosophen, Mathematiker, Dichter oder Advokaten kennt.«

Ich nahm an, er provoziere mich, weil er meinen schwachen Punkt erkannt hatte. Einer Diskussion über mein Lieblingsthema gehe ich nie aus dem Weg.

»Auf keinen Fall liegt es an mangelnder Intelligenz. Es hat mehrere Frauen gegeben, die Philosophinnen waren und wesentlich kompliziertere und wichtigere Wissenschaften erlernt haben. Wenn es üblich wäre, die kleinen Mädchen eine Schule besuchen und sie im Anschluss daran die Wissenschaften erlernen zu lassen, genau wie die Söhne, dann würden sie ebenso gut lernen. Und wenn nun Männer Frauen Bildung vorenthalten, weil sie vorgeben, dass sie ihnen schadet, dann steht fest: Männer, die nicht besonders klug sind, verbreiten dies, weil es ihnen missfiele, wenn Frauen ihnen an Wissen überlegen wären. Mit anderen Worten, mein lieber Gast, dass du wenige weibliche Gelehrte kennst, liegt daran, dass Frauen sich nicht mit gewissen Dingen beschäftigen dürfen, sondern sich mit manuellen Tätigkeiten begnügen müssen. Nichts aber erhöht vernunftbegabte Wesen so sehr wie das Denken.«

Der Mönch grinste amüsiert.

»Vielleicht. Wir werden sehen. Auf jeden Fall bin ich in einen interessanten Haushalt geraten.«

Was das nun wieder hieß! Ich drehte mich auf dem Absatz um und überließ ihn dem Auspacken.

In der Küche empfing mich meine Mutter: »Was hast du dir nur dabei gedacht? Nicht genug, dass du auf dem Pferd vor ihm sitzend nach Hause reitest, als wärst du sein Liebchen ...«

»Mutter! Sollte ich hinterherlaufen von Bellefort bis hier?«

Sie ließ nichts gelten. »Ach was! Und jetzt soll dieser Lumpenmönch auch noch bei uns wohnen! Das ist doch unmöglich! Was werden die Nachbarn sagen – der Hahn im Hühnerstall.«

»Ach, Mutter, die Nachbarn, die Nachbarn! Er ist schließlich nicht der einzige Mann im Haus. Da ist Jean ...«

»Ein Kind!«

»Und Elias! Wer könnte dabei Schlechtes denken?«

»Du wirst es ja erleben!«

»Wie geht es Berthe und Aldo?«, fragte ich, um abzulenken.

»Wie es eben geht unter den Umständen, nehme ich an. Vor zwei Tagen haben sie Massimos Leichnam nach Hause gebracht. Er wurde noch am selben Tag auf dem Friedhof der Unschuldigen Kinder beerdigt.«

»Berthe hat sich erstaunlich schnell erholt von dem Schlag, muss man sagen«, mischte Tante Marie sich ein.

»Psst, schäm dich! Wie kannst du das sagen?«

»Wenn es doch wahr ist? Alle sagen das, die ganze Straße. Sie sitzt im Laden und keift, als ob nichts gewesen wäre.«

8

Mutter hatte natürlich Recht. Es dauerte nicht lange, da sangen abends schon die kleinen Jungen in der Gasse vor dem Haus: »Die Witwe und der Mönch, die Witwe und der Mönch …«

Oh, ein beliebtes Thema. Mein berühmter Kollege Boccaccio hatte darauf herumgeritten und damit seinen Ruhm begründet, als hätten Witwen und überhaupt alle Frauen nichts anderes im Kopf, als sich zu vergnügen, mit allen Männern, vorzugsweise solchen, die für sie verboten waren. Bruder Thomas und ich taten beide so, als hörten wir die Verse nicht.

Mutter und Marie waren zum Markt gegangen. Céline saß in Vaters Studierzimmer und las mit Feuereifer eine lateinische Übersetzung von Aristoteles' »Metaphysica«, die der Mönch ihr aus Vaters Bestand herausgesucht hatte.

»Es wird dir besser gefallen als dein Lateinlehrbuch. Hinterher schreibst du mir dann eine Zusammenfassung über die Ursachen des Seins. Auf Latein.«

Céline strahlte ihn an und verschwand, das Buch an ihre Brust gedrückt. Hätte ich das von ihr verlangt, sie wäre in lauten Protest ausgebrochen.

»Geht das nicht ein wenig über ihre Möglichkeiten?«

Er sah mich überrascht an: »Wie kann es ihre Möglichkeiten übersteigen, über die Anfänge nachzudenken? Gerade du sagst doch, dass der weibliche Verstand gefordert werden will, um zu wachsen.«

Ich bin leider eine misstrauische Natur geworden: Überforderte er sie absichtlich, um dann rasch sagen zu können, sie habe eben nicht die erforderlichen Fähigkeiten?

»Ja, sicher, aber in Latein ist sie schwach. Ich versuche seit Jahren es ihr beizubringen. Sonst ist sie wirklich sehr begabt …«

»Wenn sie der Stoff interessiert, dann wird sie die Worte dazu schon lernen.«

Wir standen im Arbeitszimmer. Jetzt, da wir allein waren, kehrte diese merkwürdige Scheu zurück. Beide begannen wir gleichzeitig Sätze und brachen sie ab, um dem anderen den Vortritt zu lassen. Und dann schwiegen wir beide.

»Also gut, ich muss schleunigst anfangen, das Alexander-Buch abzuschreiben. Dazu muss ich zuerst Doppelseiten in der richtigen Größe zuschneiden, sie falzen und Löcher für die Bindung stechen. Bis ich dir die ersten Seiten zum Bemalen geben kann, wird es zwei Tage dauern. Was willst du inzwischen tun?«, fragte ich ihn. Die wenigen alchemistischen Geräte meines Vaters waren bei verschiedenen Pfändungen verschwunden, und im Athanor nisteten Mäuse.

»Wenn ich die Küche benutzen dürfte, dann könnte ich einige von den Farben ersetzen, die verbraucht sind oder auf der Flucht verdorben wurden.«

»Von mir aus gern. Ich hatte ohnehin vor, frische Tinte herzustellen. Und ich würde gern etwas über die Herstellung von Farben lernen. Bisher habe ich meinen bescheidenen Vorrat fertig gekauft.«

Wir gingen die Wendeltreppe nach unten, mit Beuteln beladen. Tiegel und Flaschen schlugen klirrend und klappernd bei jedem Schritt gegeneinander.

Héloise, einen Berg grüner Schoten auf dem Schoß, pellte flink und ohne hinzuschauen junge Erbsen. Elias saß neben ihr und hielt mit seinen großen Händen die Schüssel für sie, ein friedlicher, aber seltsamer Anblick. Er, der sonst Schwert und Streitaxt führte, war sich nicht zu schade, daheim seiner Frau zur Hand zu gehen. Er sagte, dass es ihn beruhige.

Zwei Nachbarinnen standen dabei und schwatzten. Als wir herauskamen, verstummte das Gespräch. Neugierige Blicke musterten Bruder Thomas von oben bis unten.

»Da ist er. Das ist der Mönch!«, hörte ich halblaut.

»Gott mit euch!«, sagte er freundlich. Sie nickten und tuschelten.

»Ich wette, die wissen auf das Gramm genau, was du wiegst, Alter, Augenfarbe und den Zustand deiner Zähne«, flüsterte ich. Er lachte leise.

»Héloise«, fragte ich, »hast du etwas Dringendes in der Küche zu tun? Ich muss heute Tinte kochen, und Bruder Thomas braucht frische Farben für seine Arbeit.«

»Oh nein«, rief sie. »Nicht dieses stinkige Zeug!«

»Ich werde mich bemühen, keine allzu große Unordnung zu machen.«

Sie schnalzte mit der Zunge und ruckte dabei das Kinn.

»Das sagst du jedes Mal.«

Wir gingen hinein und breiteten unsere Vorräte aus. Unsere Küche ist sehr groß und geformt wie ein Tortenstück. An der Schmalseite nahe der Treppe befand sich eine gewaltige Feuerstelle, über der nicht nur gekocht, sondern durch die im Winter das ganze Haus beheizt wurde. Man konnte einen Kessel an einem Schwenkarm mitten über das Feuer hängen oder an die Seite schieben, wo die Gerichte warm gehalten wurden. Dazu kamen rechts und links an den Seiten, eingelassen in den Boden der Feuerstelle, zwei Vertiefungen mit je einem Eisengitter darüber, die *potagers*, kleine Garstellen, in die man glühende Holzkohle füllen konnte. So hatten wir also einige geeignete Plätze, um unsere Tinten und Farben zuzubereiten.

»Ich brauche den großen Wasserkessel. Kommst du mit den beiden *potagers* zurecht?« Ich holte einen Hanfsack aus der Speisekammer und schüttete einen Berg schwärzlicher Rindenstücke, Zweiglein und lange, glänzende Dornen auf den Küchentisch.

»Woraus machst du deine Tinte?«, fragte Thomas.

»Aus Weißdornrinde mit recht vielen Dornen daran. Und du?«

»Ich habe immer Eichengallen genommen, aber die dürften hier schwer zu finden sein. Dornentinte geht sehr gut. Für die Vorzeichnungen nehme ich Sepiatinte, die ist schwächer und verblasst. Dann sieht man sie hinterher nicht.«

»Was musst du noch herstellen?«

»Oh, Sepiatinte habe ich noch, und wenn ich deine Rindenmischung benutzen darf, dann könnte ich mich ganz auf die Farben konzentrieren. Ich brauche zum Beispiel dringend Verdigris.«

Ich wies auf eine Reihe von Töpfen und Pfannen, Kupfer und Eisen, die Héloise teils auf einem Brett an der Wand aufgereiht, teils mit Haken an der Decke befestigt hatte, neben langen Gabeln, Schaumlöffeln, Rührlöffeln und Bratspießen. Héloise liebte Disziplin in ihrer Küche. Alle Gegenstände hatten ihren Platz und wehe, wenn irgendwo ein Fleck, ein Dreck oder sonst eine Imperfektion zu sehen war. Die Geräte glänzten, sie waren mit Sand geschrubbt und eingeölt. Am Fenster, neben ihren Kräutertöpfen, bewahrte sie die Mörser auf, eine ganze Reihe davon, kleine Apothekenmörser aus Kupfer, zwei aus Holz, und mehrere Größen aus Stein, einer in Marmor für feine Pulver und zwei aus Kalkstein, schwere klobige Dinger. Diese waren für Nüsse, Korn und Samen bestimmt. Wir würden alle verwenden. Héloise fürchtete sich zu Recht vor einem meiner »Tintentage«.

Ich nahm einen großen Kessel vom Haken, fachte die Glut im Kamin an, schüttete Holzkohle auf für ein heißes, aber in seiner Wirkung begrenztes Feuer und setzte Wasser an. Während es sich erwärmte, zerbrach ich Rindenstücke.

Thomas zermalmte in unserem größten steinernen Mörser einige Stücke Kupfer mit einem runden Stein. Es schien mir verdorben zu sein, denn es war wellig, wie von Blasen und Pocken bedeckt, spröde und grünlich verfärbt. Er hatte die weiten Ärmel seiner Kutte hochgekrempelt, und ich sah darunter muskulöse Arme – nicht gerade, was ich mir unter einem Mönch und Bücherwurm vorgestellt hatte. Rasch wandte ich den Blick ab. Er lächelte.

»Im Kloster malt und studiert man nicht nur«, sagte er. »Jeder Bruder ist gehalten, auch an der Gemeinschaftsarbeit teilzunehmen: Arbeit auf dem Feld, im Viehstall, am Haus und in der Schreinerei. Eine einseitige Beschäftigung macht krumme Glieder und verdirbt die Augen.«

»So.« Ich schüttete die Rindenstücke in das inzwischen kochende Wasser. Nun mussten sie etwa zwei Stunden lang einkochen. Unter dem Herd bewahrte ich ein langes Stück Roheisen auf für gerade diese Zwecke. Ich legte es in die Mitte der Glut.

Während das Wasser heiß wurde, sah ich Bruder Thomas zu. Er zerstieß das Metall mit großer Energie zu Flitter und Pulver. Rum, pum, pum – der Stößel fiel mit rhythmischem Pochen.

»Sag, du hast mir gestern erzählt, wie du ins Kloster kamst und dass man dort freundlich zu dir war, wie man dein Talent gefördert hat. Warum bist du hier in Frankreich, wenn es dort so gut war?«

Er hielt einen winzigen Augenblick inne, der Mahlstein schwebte in der Luft, um anschließend mit vergrößerter Wucht niederzugehen.

»Mea culpa.« Er sah mich nicht an. »Etwas Furchtbares ist geschehen. Ich habe einen dummen und folgenreichen Fehler gemacht. Nein, ich muss es schon sagen, wie es ist. Ich habe mich Anordnungen widersetzt, und deshalb ist das Unglück geschehen: Aus Neugier habe ich nachts in der Bibliothek gelesen, was verboten war, und schlimmer noch: Ich habe eine Kerze mit Wachstropfen auf das Pult geklebt. Dann bin ich beim Lesen eingeschlafen, die Kerze ist umgefallen und hat das Buch verbrannt! Es war ein überaus kostbares Manuskript, ein Original, möglicherweise unersetzbar, durch meine Schuld verdorben.«

»Was war es denn?«

»Das achtunddreißigste Buch von Plinius' ›Naturgeschichte‹.«

»Das achtunddreißigste?« Ich war sehr überrascht. »Willst du mich auf den Arm nehmen? Jedermann weiß doch: Es gibt nur siebenunddreißig!«

»Es gibt noch eines, aber das ist nicht allgemein bekannt. Es wäre auch besser, darüber nicht offen zu sprechen.«

»So, warum denn nur?«

»Weil ... weil es so selten ist, dass gierige Buchsammler alles daransetzen würden, um es in ihren Besitz zu bringen.«

Die Antwort stellte mich nicht zufrieden, denn Bücher dieser Art gibt es immer wieder, und sie landen unweigerlich bei den Mächtigsten und Reichen. Für andere Leute gibt es dann immer noch Kopien, also warum nicht Kopien herstellen und das Original verkaufen? Aber er fuhr bereits fort:

»Der Bruder Bibliothekar hat Briefe in alle Welt geschickt, um herauszufinden, ob überhaupt irgendwo ein zweites Exemplar existiert. Und zu meinem großen Glück war das der Fall. Es soll so ein Manuskript in der königlichen Bibliothek hier in Paris geben. Mein Abt hat mir zur Strafe aufgetragen, zu Fuß hierher zu wandern und es zu kopieren oder zu kaufen, wenn das möglich ist.«

»Warst du schon dort?«

»Nein.«

»Dann kann ich dir helfen. Ich kann dich mit Monsieur Malet bekannt machen, dem Bibliothekar des Königs. Er ist sehr entgegenkommend. Wenn es möglich ist, wird er dir sicher helfen. Ich sollte dich wohl doch bezahlen, falls das Manuskript käuflich ist. In jedem Fall wird es eine Weile dauern, bis du dein Gelübde erfüllen kannst.«

»Das macht nichts. Ich habe es nicht eilig.«

»War das die einzige Strafe, die dir der Abt auferlegt hat?«

»Als ob das nicht genügte! Glaubst du, es war so leicht, den ganzen Weg hierher zu laufen? Im Winter über die Alpen! Die Kälte hat mir Finger und Zehen blau verbrannt. Die Unterkünfte waren erbärmlich und die wenigen Menschen dort oben wortkarg und wenig freundlich. Einmal war ich zwei volle Wochen mit einem Einsiedler in seiner Grotte eingeschlossen. Er war zottig und schmutzig und stank. Zu essen gab es nur Wurzeln und halbverbrannte Fetzen aus einem Bärenkadaver. Ein anderes Mal, kannst du dir das vorstellen, da verbrachte ich Stunden in einer Baumkrone. Ein Rudel Wölfe hatte mich gestellt. Sie saßen unten um meinen Baum herum, eine verkrüppelte Kiefer, und sahen mit ihren gelben Augen zu mir herauf!«

»Wie bist du ihnen entkommen?«

»Der Herr in seiner Gnade schickte einen Hirsch vorbei, und sie entschlossen sich, den Hirsch zu verfolgen und mich in Ruhe zu lassen.«

Er betrachtete das Ergebnis seiner Anstrengungen in dem Mörser und fand es noch nicht gut genug.

»Im Frühling kam ich in die Provence, als die Mandelbäume blühten. Es ist ein herbes und schönes Land, heißkalt, wie die alten Römer sagten – Blüten und schroffe Felsen dicht nebeneinander. In Avignon blieb ich nur kurz. Bettelmönche sind dort nicht gern gesehen, und mich widert die Eitelkeit der Prälaten an.«

»Die Spaltung der Kirche ist ein Unglück für die Christenheit. Du weißt ja, dass unser König zu vermitteln sucht.«

»Dabei hat sein Vater die Spaltung erst richtig zementiert.«

Das mochte ich nicht hören. Ich verehrte Karl den Weisen und konnte in seiner Regierung keinen Fehler wahrnehmen.

»Nur durch die Unterstützung der französischen Krone konnte Papst Klemens überhaupt in Avignon Fuß fassen. Sonst wäre das Schisma längst beendet.«

Empört drehte ich mich zu ihm um, den Rührlöffel in der Hand. »Wie? Hätte er etwa den irrsinnigen, groben Urban unterstützen sollen?«

Thomas seufzte. »Es ist wahr, dass Urban auch keine gute Wahl gewesen ist, doch er soll ganz klug und friedlich gewesen sein, bis er die Tiara auf dem Kopf spürte.«

»So etwas nennt man zu Kopfe steigen. Es ist bei den Mächtigen leider häufig zu beobachten. Und bist du dann noch den ganzen Weg von der Provence bis hierher gelaufen?«

»Zum Glück nicht! Ich fand einen Rhôneschiffer, der so freundlich war, mich bis Lyon mitzunehmen, und dafür nichts verlangte. Er glaubte, ich brächte seinem Schiff Segen.«

»Wie ist es in Lyon?«

»Es ist eine ebenso große und betriebsame Stadt wie Paris, doch weniger prächtig, eine Stadt der Händler und Fuhrleute. Zwei Flüsse bilden dort eine Halbinsel, und an allen vier Ufern siehst du schöne große Handelshäuser mit Seilwinden, die aus den Obergeschossen ragen, und hölzerne Stege, die ins Wasser reichen, einer am anderen. Boote treffen ein und legen ab: wendige Segelschiffe, Ruderer, bauchige Koggen, umschwirrt von kleinen Booten, die die Waren löschen und Proviant an Bord bringen. Ich lernte dort einige Anhänger des Petrus Waldes kennen, die so genannten Waldenser, und blieb einige Zeit bei ihnen, um mit ihnen ihre Irrlehre zu diskutieren. Es gab gewisse Übereinstimmungen, zum Beispiel, dass auch sie Armut geschworen haben und ihren Überschuss verteilen. In anderen Dingen fand ich sie anmaßend.«

Ich rührte die Dornen im köchelnden Wasser um. Langsam begannen sie dunkle Fäden zu ziehen. Das Wasser verfärbte sich braun.

»Zum Beispiel?«

»Wie frei sie die Bibel auslegen, das finde ich nicht recht. Und wie sie Bibeln übersetzen, als ob jedermann damit umgehen könne. Und dann lassen sie ihre Weiber predigen!«

»Ach? Die römische Kirche verbietet es, ich weiß, aber warum eigentlich?«

Er fuhr mit dem Zeigefinger in den Mörser. Grünlichblauer Staub blieb an der Fingerspitze zurück.

»Es steht in der Bibel, dass die Frauen in der Gemeinde schweigen sollen«, antwortete er mir.

»Das hat Paulus gesagt, nirgends sonst wird das erwähnt! Hat nicht Maria Magdalena von Jesus selbst den Auftrag erhalten, seine Auferstehung zu verkündigen? Und gibt es nicht immer wieder Frauen, die einen göttlichen Ruf erhalten haben, so die heilige Birgitta, der selbst ein Papst sich beugen musste?«

»Frauen, die in besonderer Weise von Gott hervorgehoben wurden, Ausnahmen ...«

»Warum müssen Frauen Wunder tun oder einen allerhöchsten Auftrag vorzeigen, um die Predigt am Sonntag halten zu dürfen? Was wäre, wenn die Prediger die gleiche Rechtfertigung vorzeigen müssten?«

Bruder Thomas brummte und hatte offensichtlich keine Lust, sich schon wieder auf einen Streit mit mir einzulassen.

»Es gibt schon noch mehr solche Hinweise in der Heiligen Schrift, und es ist nun einmal gute Sitte, dass Frauen sich mehr im Hintergrund halten. Das war es auch nicht, was mich so an den Lyoner Waldensern gestört hat, eher eine gefährliche Disziplinlosigkeit, dass jeder meinte, sich den Glauben einfach so zurechtbiegen zu können. Das halte ich für falsch. Aber ich konnte sie nicht überzeugen und sie nicht mich. So zog ich weiter.«

»Wie lange hat deine Reise gedauert?«

»Zwei Jahre.«

Er hatte sich wahrlich Zeit gelassen.

»Und nun, was musst du noch tun, außer das Buch finden und kopieren?«

»Ich soll die Sainte Chapelle aufsuchen, in der die Heilige Dornenkrone aufbewahrt wird, und mich vor dem Reliquiar auf den Boden werfen. Ich muss dort einen Tag und eine Nacht verbringen, fasten und beten.«

»Das hast du auch noch nicht getan?«

»Wie denn, ich war ja bis jetzt nicht bis Paris gelangt.«

»Du kannst es morgen tun, ich zeige dir, wo die Sainte Chapelle ist.«

»Es kann nun auch noch ein paar Tage warten. Ich will lieber malen. Das hat mir sehr gefehlt!«

»Was soll das geben?« Ich hielt meine Nase über den Mörser und fuhr zurück. Es roch stumpf, gleichzeitig scharf und irgendwie faulig.

»Das ist gebrannter Kupfer. Ich brauche ihn, um grüne Farbe herzustellen, Verdigris – du hast nicht zufällig Alaunsalz im Haus?«

Er war nicht sehr gut organisiert – oder vielleicht sind Mönche daran gewöhnt, dass der liebe Gott immer alles irgendwie erscheinen lässt.

»Nein. Aber du kannst nach nebenan gehen. Der Genueser hat … bei Berthe, meine ich, im Laden, da bekommst du sicher welchen. Brauchst du Geld?« Berthe würde einem Fremden nichts auf Kredit geben, auch keinem frommen Mann.

»Danke, ich habe noch genug.« Er verschwand.

In der Zwischenzeit zerstieß ich gebranntes Bleiweiß für Initialen. Die Herstellung machte einige Mühe, aber es ergab ein kräftigeres Rot als Kermes, und für Zinnober fehlte mir das Kapital. Héloise kam herein. »Oh, *mon Dieu*! Es stinkt! Ach, musste er gerade diese Schüssel für die grausliche Brühe verwenden? Ich mache sonst Gebäck darin!«

»Héloise, du wirst es schon ertragen müssen, wenn du in Zukunft noch Mehl für Gebäck haben willst. Das ist unser Lebensunterhalt.«

»Kannst du nicht wieder auf den Marktplatz gehen«, fragte sie vorwurfsvoll, »statt hier eine solche Pampelei zu veranstalten? Meine schönen Töpfe! Meine guten Pfannen! Alles ruiniert! Und da: Ihr habt einen schwarzen Fleck auf den Tisch gemacht!«

Die Arme! »Héloise, du hast eigentlich Recht. Wir sollten versuchen, den Athanor wieder in Gang zu setzen, und ich werde ein paar neue Töpfe für dich kaufen. Dann können wir für unsere Alchemie die alten nehmen. In solchen Mengen ist die Fabrikation da oben ohnehin besser aufgehoben.«

Héloise zeigte sich etwas besänftigt von der Aussicht auf neue Töpfe. Sie nahm mich beiseite.

»Schau dir das an, Christine! Ich habe heute früh die Untersachen deines Mönches gewaschen. Reine Seide! Man sollte es nicht glauben: Unterkleider aus Seide für einen Bettelmönch. Ist das nicht seltsam?«

»Psst, Héloise. Das geht uns nichts an. Tratsch es nicht bei den Nachbarn herum, die würden sonst was hineingeheimnissen. Vielleicht verträgt er kein härenes Hemd, das soll vorkommen.«

Héloise verschwand kopfschüttelnd und vor sich hin brummend, nicht ohne mir eine kupferne Pfanne entrissen zu haben (»Oh nein! Die nicht! Das ist meine beste Karamelpfanne! Die wird mir nicht mit Tinten und Giften verdorben!«).

Ich setzte einen zweiten Tiegel an den Rand der glühenden Asche, um das Rot zu binden. Der Rindenbrei begann langsam einzukochen. Nun war es Zeit, glühendes Eisen in die Brühe zu tauchen, um die Lösung dunkler zu färben. Es zischte und dampfte, ich rührte mit dem Eisen ein wenig in der dickflüssigen Brühe herum und legte es wieder in die Mitte des Holzkohlenfeuers. Diese Prozedur musste einige Male wiederholt werden, um dunkle und lichtechte Tinte zu erhalten. Ich wischte mir mit einem Zipfel meiner Schürze den Schweiß von der Stirn.

Thomas kam mit dem Alaunsalz zurück.

»Hast du unsere reizende Nachbarin kennen gelernt?«

»Nein, da war nur ein junger Mann.«

»Aldo! Ein Wunder, dass er wusste, was du haben wolltest und wo es war.«

»Im Gegenteil: Er schien mir ganz genau Bescheid zu wissen. Ein flinker und geschickter Bursche.«

Na nu? Das klang ja gar nicht nach dem Aldo, den ich kannte.

»Also gut. Ich habe nicht mehr viel zu tun, muss nur ab und zu mein Atramentum mit Eisen versetzen. Kann ich dir zur Hand gehen?«

»Wenn du so freundlich wärst, das Gummiwasser herzustellen? Hier, du musst nur den Kirschgummi«, er schüttete aus einem Leinenbeutel goldbraune Brocken von Kirschbaumharz auf den Tisch, »zum Einweichen in ein Gefäß mit warmem Wasser legen.«

»Ich weiß schon: den Gummi lösen, dann Alaun dazu und kurz vor der Verwendung frisches Eiklar. Ich brauche auch noch davon. Wir machen am besten gleich eine größere Menge.«

Mit knappen, zielstrebigen Gesten vermischte Bruder Thomas seinen Grünspan mit Alaun, füllte Wasser dazu und setzte den Topf an den Rand der Glut. Ich goss meine Tinte mit Rotwein auf und tauchte noch einmal das Eisen ein. Der Ton gefiel mir: ein bräunliches Lackschwarz.

»Ich hoffe, Héloise nimmt es uns nicht übel: Das Zeug muss sechs Tage erhitzt werden.«

»Vorher kannst du nicht grün malen?«

»Ich habe noch Reste, die werden bis dahin reichen. Aber ich fürchte, ich muss neuen Fischleim machen. Es sei denn …«

»Ich habe keinen. Für Schreibtinten komme ich gut mit Gummiwasser zurecht.«

»Erfreulich finde ich die Herstellung auch nicht, aber es ist für einige Farben das allerbeste Bindemittel. Wir können ja zuerst das Folium saphiricum herstellen. Das hat mir als jungem Mönch immer gut gefallen. Warte einen Moment …« Er zerkleinerte eine Handvoll schwärzlicher, lanzettförmiger Blätter und vermischte sie mit ein wenig Holzasche.

»Nun schau her: Folium wechselt die Farbe, je nachdem, wie viel Urin man dazugibt. Jetzt …« Er goss etwas von der gelben Flüssigkeit aus einer kleinen Flasche dazu. »Jetzt ist es rotbraun. Ein wenig mehr, und es färbt sich purpurn … Noch ein paar Tropfen, und es ist blau, *ecco*!«

Céline stand plötzlich in der Küche mit leuchtenden Augen: »Oh! Das ist interessant! Mémé wird verrückt, wenn sie das sieht! Darf ich helfen?« Céline wurde eingesetzt, um mehr von dem Blau herzustellen.

»Warum wechselt es die Farbe, wenn es doch dieselben Zutaten sind?«, wollte Céline wissen.

»Kluges Kind. Es hat damit zu tun, dass Urin eine Säure ist. Der Säuregrad verändert die Farbe. Wir wissen zwar, was unter bestimmten Voraussetzungen geschieht, aber selten, warum. So weiß man von vielen Stoffen, mit welchen anderen sie reagieren: Säuren, Basen, Mineralien, Metalle und pflanzliche Stoffe. Das ist das Verdienst der Alchemisten. Und ich bin sicher, eines Tages wird man die Ursachen entschlüsseln. Bisher sind wir auf die Beobachtungen unserer Vorgänger und auf peinlich genaue Aufzeichnungen angewiesen.«

Noch ein Hanfbeutel aus den Tiefen von Thomas' Umhängetasche: Getrocknete Hausenblasen fielen raschelnd auf den Küchentisch, Blasen von einem Riesenfisch, dem Kaspischen Stör. In trockenem Zustand rochen sie kaum.

»Kann ich diesen Topf haben?«

Ich schaute hinein. Es war ein Rest Kornbrei vom gestrigen Abendessen darin, den ich in eine irdene Schüssel umfüllte. Dann ging ich in den Garten, um Brunnenwasser zu holen.

»Und du, *patronne*? Was ist deine Geschichte, wenn du sie mir erzählen magst?«

Ich machte eine sehr kurze Geschichte daraus.

»Es ist kein besonders aufregendes Leben. Ich habe immer hier gelebt, in dieser Stadt, in diesem Haus.«

»Mutter erlebt ihre Abenteuer in Büchern«, erklärte Céline.

»Und warum auch nicht?«, sagte ich. »Wenn man ein Buch liest, dann hat man das ganze Vergnügen eines Abenteuers, man sieht fremde Landschaften, riecht exotische Düfte und schmeckt das Essen am Gaumen, aber man kann nicht vom Pferd fallen oder von einem Ungeheuer verschlungen werden.

Und wenn dort böse Menschen vorkommen, dann kann man sicher sein, dass sie am Ende ihre gerechte Strafe kriegen. Zeigst du Céline dein Musterbuch, Bruder Thomas?«

»Gern. Céline, es ist in meiner Umhängetasche, in der Seitentasche.«

»Aber Finger waschen vorher«, ermahnte ich.

Céline schnappte sich das Buch und zog sich damit zum Fenster zurück. Ab und zu vernahm man von ihr spitze kleine Entzückensschreie.

»Du hast mir gesagt, dass du deinem Mann treu bleiben willst. Aber wäre es nicht doch besser, wenn du wieder heiraten würdest? Es kann nicht recht sein für eine noch so junge Frau, allein zu bleiben und Männerarbeit zu tun«, sagte mein Gast.

Ich hatte ihm ja schon erklärt, wie ich es bisher immer getan hatte, dass ich meinem Mann ewige Treue geschworen hatte. Das war doch seinem Schwur nicht so unähnlich, dachte ich.

Aber ich spürte, dass er mir immer noch nicht glaubte. Das trieb mich dazu, ungeduldig auszurufen: »Warum um alles in der Welt kann sich niemand vorstellen, dass es für eine Frau auch noch etwas anderes geben kann als Heirat, Kinder kriegen und im Haus zu schuften, ohne Ruhm oder öffentliche Anerkennung – bis zum Tod? Vielleicht möchte ich einfach frei sein, niemandem gehören?«

Er sah überrascht aus. »Ich dachte, die Sicherheit der Ehe sei das, was alle Frauen wollen?«

»Nein. Nicht alle. Nur leider haben wir kaum eine andere Wahl.« Ich beschäftigte mich intensiv mit den sich lösenden Harzbrocken. Warum war ich nur wieder so heftig geworden?

»Ich verstehe ja auch nicht gerade viel von Frauen«, sagte Thomas beschwichtigend.

Als Mutter die Küche betrat, stieß sie einen spitzen Schrei aus.

Fast alle verfügbaren Gefäße waren in Gebrauch. Am Feuer brodelten verdächtige Flüssigkeiten, schwarz, dunkelgrün und blau, schleimig, breiig, gallertartig. Die Fischblasen waren im Zustand der Auflösung, und ihr wiedererweckter Gestank mischte sich mit dem ätzenden von Verdigris, dem säuerlichen von Urin, der Schärfe des Harzes, staubig-mineralischen Noten darunter, mit kochendem Wein und Essig. Der Esstisch, auf dem Thomas seine sämtlichen Vorräte zur Bestandsaufnahme ausgebreitet hatte, war übersät von zerdrückten Blättern, Ockerstaub, gelb, rot und violett, von Dornen, Gesteinsbrocken und giftigen Pulvern.

Thomas und ich schauten uns gegenseitig an und mussten lachen: Kohle im Gesicht und an den Händen, Flecken von Funkenbrand und Flüssigkeiten auf den Schürzen, die Héloise uns wortlos zugeworfen hatte.

»Mutter, reg dich nicht auf. Wir sind gleich fertig, nur noch filtern und ein wenig aufräumen.«

Sie stand da und musterte uns finster.

»Ich hoffe, das kommt nicht noch einmal vor!« Tante Marie, hinter ihr, hielt sich die Hand vor den Mund. Ihre Augen glänzten amüsiert.

»Es wird wieder vorkommen, Mutter, denn hier siehst du unseren zukünftigen Lebensunterhalt.«

»Dann gehe ich ins Kloster!« Wütend stürmte sie hinaus.

Bis zum Abend hatten wir die meisten Farben gefiltert und sauber in ihre Behältnisse gefüllt. Die eingekochte Tinte würde in einem Pergamentbeutel weiter trocknen, um bei Bedarf mit Wein wieder angefeuchtet zu werden.

Während die Flüssigkeiten einkochten, hatte ich Pergament für das Buch zugeschnitten, und Thomas hatte mit Sepiatinte Porträts von allen im Haus gezeichnet. Ich schaute ihm über die Schulter, als er Céline malte, und war überrascht, wie seine Feder über das Pergamentstückchen flog. Ein kurzer Blick nach dem Objekt, und mit einigen knappen Strichen, Bögen und Punkten, einer Schraffur, einem Schatten war die Person auf das Pergament gebannt, so dass man sie sofort erkennen konnte: die äußere Form ebenso wie den Charakter, die Manierismen in winzigen Strichen ökonomisch eingefangen, real und doch ein winziges bisschen versüßt, um die Wahrheiten verträglicher zu machen.

In Jean sah man schon die Andeutung des Mannes, der er einmal werden würde, das Grüblerische, das zu großen Gedanken führen könnte, wenn er doch diesen Hang zum Pedantischen, Nörglerischen ablegen würde.

Was Bruder Thomas bei Céline sah und zu Papier brachte, war ein weiches, rundliches Junges, das jeden Augenblick davonspringen würde, spielen und die gestellte Aufgabe vergessen; die Züge kindlich, hübsch, aber auch mit dreizehn noch ungeformt. Ihre großen dunklen Augen machten mir Angst. Sie war so neugierig, so offen. Wie würde ich sie vor der Welt schützen können, die mich so verletzt hatte?

Sogar Mutter ließ sich dazu herab, für ein solches Schnellporträt Modell zu sitzen, obwohl sie dabei zappelte und redete. Sie konnte niemals still sitzen. Ich stand dabei und sah meine Mutter durch die Augen des Malers: die hohen Wangenknochen, die feine, leicht gebogene Nase und die Linien, die sich zwischen Nasenflügeln und Mund eingegraben hatten, die nach unten weisenden Mundwinkel, die eine immer währende Unzufriedenheit sichtbar machten. Unzufriedenheit war die Kraft, die sie antrieb, so wie Wasser eine Mühle zum Klappern bringt.

Mutter hatte immer einen Grund zur Unzufriedenheit gefunden, auch als Vater noch lebte. Damals waren es die tausend Irritationen seiner Anwesenheit gewesen, seiner Unordnung und seiner Verschwendungssucht, der Flecken auf seiner Kleidung, seine Beredtheit, wenn Gäste bei uns waren, im Gegensatz zu seinem Schweigen, wenn sie miteinander allein waren. Nun waren es seine Abwesenheit und das Chaos, das er uns hinterlassen hatte, und ganz besonders ich irritierte sie. Sieh, dieses feine und doch willensstarke Kinn: Sie hatte sich in fast allen Dingen durchgesetzt, nichts wich im Haus auch nur ein Iota von ihren Wünschen ab. Sie hatte in allem den langen Atem, bei dem selbst der stärkste Gegner irgendwann aufgab: Meine Brüder und ich und auch Vater in gewisser Weise waren ihre Schöpfungen, geformt wie ein Fels durch lang andauernde Einwirkung von winzigen Wassertropfen.

Es ging scheinbar um Weniges, wie man sich zu kleiden, wie man zu stehen und zu gehen hatte: steh gerade!, schau nicht so! Wie die Stühle an den Tisch gerückt zu werden hatten, wie das Gemüse geschnitten gehörte, Dekorationen an der Wand, die ganz genau so und nicht anders zu sein hatten. Jedes Mal gab man nach, denn es war ja eine Kleinigkeit. Die Summe und das Ergebnis dieser Kleinigkeiten wurde mir jetzt erst bewusst. Wer meint, Frauen seien schwach, der musste nur dieses Porträt meiner Mutter sehen, um zu begreifen, wie stark Frauen sein können auf ihre von Gott gegebene Weise.

»Von dir möchte ich lieber eine richtige, farbige Miniatur anfertigen«, sagte Thomas. »Dafür brauche ich mehr Ruhe.«

»So sehe ich aus?« Héloise hielt ein kleines gezeichnetes Porträt von sich in der Hand und war mit Thomas' Anwesenheit versöhnt. »Und das darf ich behalten?«

»Natürlich, dazu war es ja gedacht. Wenn ich einen Vorschlag machen darf: Du schenkst dein Bild Elias und umgekehrt. Weil ihr doch so oft getrennt seid. Dann habt ihr beide etwas voneinander, was der Erinnerung auf die Sprünge hilft.«

»Eine sehr gute Idee. Du hast uns eine solche Freude gemacht! Wer hätte das gedacht, dass ich einmal gemalt werde! Ich, eine einfache Magd! Da, schau nur, Elias. Das bin ich!«

Elias aber hörte sie kaum. Der alte Söldner hatte eine Tuschzeichnung von sich selbst in der Hand, sitzend, aber in kriegerischer Pose, sein Schwert auf den Knien liegend. Da war genug Pathos, um einen König zufrieden zu stellen. Er zeigte es mir, er zeigte es allen, lief in der ganzen Nachbarschaft herum und zeigte sein Bild vor. »Das wird mich überdauern. Du hast mir Unsterblichkeit geschenkt, Mönch«, sagte er.

Thomas lächelte fein. »Ich würde mir nie anmaßen, dem Schöpfer gleichzukommen.«

»Doch«, beharrte Elias, »es ist ein winziges Stück Unsterblichkeit. Gott hat dir die Fähigkeit dazu gegeben. Ich zerstöre Dinge, du verleihst ihnen Dauer.«

Wir kehrten an den Herd zurück.

»Du hast sie alle außerordentlich glücklich gemacht.«

»Wenn es dazu nicht mehr bedarf ...«

»Schau, die Tinte ist ausgezeichnet gelungen«, sagte ich nach einer weiteren Probe mit dem Lappen und einer Schreibprobe auf Pergament. »Das mag ich an Dornentinte: Sie glänzt so schön – und kostet nichts.«

In den nächsten Tagen machten wir uns mit Eifer an die Arbeit, doch Thomas übertraf mich bei Weitem an Fleiß. Wenn ich bei schwindendem Licht die Feder aus der Hand fallen ließ und mir die schmerzende Hand massierte, den Rücken reckte, so dass er vernehmlich knackte, und mir über die müden Augen fuhr, dann begann er mit dem Unterricht für Céline. Und sie enttäuschte mich nicht. Sogar der gestrenge Kirchenmann musste zugeben, dass sie begabt und mehr als willig war.

»Sie macht so gute Fortschritte, wie man nur hoffen kann«, berichtete er mir. »Alles Wissen, das ich ihr vorlege, trinkt sie gierig auf. Es ist erstaunlich für ein Mädchen. Ich meine: ein solch klarer Verstand ist jede Mühe wert. Es macht mir tatsächlich Freude, sie zu unterrichten.«

Und wenn er mit dem Unterricht fertig war, dann bat er um eine Öllampe, um in meinen Schriften zu lesen. Sollte er nur. Ich hatte mir nichts vorzuwerfen. Céline wisperte, als wir endlich zusammen in unserem breiten Bett lagen und Marie neben uns betrunken schnarchte: »Ich bin ja so froh, dass Thomas bei uns ist. Ich hoffe, er kann immer, immer hier bleiben. Nicht, dass du mich wenig gelehrt hättest.« Sie schmiegte sich an mich und drückte entschuldigend meinen Arm. »Aber ...«

»Sicher, Kätzchen, er weiß viel mehr als ich. Das macht mir nichts aus. Profitiere davon, solange es geht. Was interessiert dich denn am meisten?«

»Philosophie, Literatur, Naturwissenschaften ... nur Mathematik kann ich nicht leiden.«

»Dann sage ich Thomas, dass er sie weglassen soll.«

»Nein, lass nur. Ich will wenigstens versuchen, es zu verstehen. Man sollte von allem zumindest eine Grundvorstellung haben, finde ich.«

Céline, Céline, was sollte nur aus ihr werden? Hatte ich meiner Tochter wirklich einen Gefallen getan, oder hatte ich ihr von einer Speise zu kosten gegeben, die sie nun immer begehren würde, ohne je satt zu werden? Wäre es nicht doch besser, wenn sie ignorant und zufrieden geblieben wäre? Zu spät. Sie würde lernen, sich nach mehr sehnen und sich mit denselben Schwierigkeiten herumschlagen wie ich.

9

Bruder Thomas stellte mich vor ein Problem. Sollte ich die Blätter so anordnen, dass bei aufgeschlagenem Buch die Haarseite in der Buchmitte oder vielmehr die Fleischseite obenauf zu liegen kam? Es sei die wichtigste Seite, die meist mit den größten Bildern bemalt sei, sagte er. Darauf hatte ich noch nie geachtet, aber es war – nach seiner Meinung – eine immens wichtige Entscheidung.

Er ließ es mich mit den Fingerspitzen erfühlen, und jetzt fiel es mir auf: Die Haarseiten der Häute, noch so sauber gebeizt und noch so gewissenhaft mit Bimsstein geglättet, blieben ein klein wenig rau. Die Fleischseite dagegen, die dem Fett- und Muskelgewebe direkt angehaftet hatte, war vollkommen glatt und neigte bei entsprechender Vorbehandlung zu einer gewissen Speckigkeit. Zudem, belehrte mich Bruder Thomas, ergäben die beiden Seiten eines Pergaments im Licht eine deutlich unterschiedliche Wirkung: Die Oberfläche der Fleischseite war heller und warf das Licht zurück wie lackiert. Die dunklere Haarseite dagegen zeigte tausende winziger Pünktchen, Ansätze von Stoppeln, die Wurzeln der Haare, die man in der Kalkbrühe entfernt hatte – es war ein durchaus attraktives Muster. So gewann der Beschreibstoff ein Eigenleben, statt nur Träger zu sein.

In England, so sagte er mir, sei es üblich, die Haarseiten nach oben anzuordnen, ja sogar noch etwas mehr vom Haar selbst auf der Fläche zu belassen, so dass sie noch einen Anflug ihrer vorigen Funktion besaßen – sie müssen immer alles anders machen, diese Engländer! Auf dem Kontinent schätzt man die glatte Oberfläche höher ein.

»Du könntest auch vor dem Heften der Lagen die Haar- und Fleischseiten alternieren. Dann lägen im fertigen Buch jeweils gleichartige Oberflächen aneinander.«

Mir schwirrte der Kopf. Auf all das hatte ich noch nie geachtet, nur auf Texte und die Qualität der Illuminationen.

»Warum ist das denn so wichtig?«, fragte ich.

»Es ist eine Frage der Ästhetik. Buchkäufer von Rang wissen das zu schätzen. Bei deiner Alexander-Sage musstest du nur der Vorlage folgen, also: die Fleischseite nach oben, Ziegenhaut, gelblich. Doch welches Pergament willst du für deine Gedichte nehmen, die etwas sehr Zartes und Eigenes sind, und in welcher Weise willst du sie binden?«

»Muss ich das jetzt schon entscheiden? Sieh her, bei den bisherigen Exemplaren habe ich nicht mehr als vier Doppelseiten ineinander gelegt und dann neu begonnen, so dass die Päckchen beim Zusammennähen nicht zu dick ausfallen und sich biegen wie eine allzu pralle Börse.«

»Eine elegante Lösung, was die Bindung betrifft, auch erhältst du auf diese Weise viele fortlaufende Doppelseiten, aber ich sehe, dass glatte und raue Flächen unregelmäßig wechseln. Du hast kein System. Das musst du natürlich vorher überlegen, denn wenn die Seiten einmal beschrieben sind, liegt ja alles Weitere fest.«

»Irgendwie mag ich die raue Haarseite, aber was die Qualität der Häute betrifft, muss ich sie erst sehen. Und außerdem wird das mein Geldbeutel für mich entscheiden. Lass uns zu Meister Bernhard reiten und Häute kaufen.«

Ich ging zu Berthe hinüber, um ihren Esel auszuleihen. Ein weiteres Mal wollte ich nicht vor Bruder Thomas auf einem Pferd gesehen werden.

Aldo, der nach Lyon aufgebrochen war, hatte mich insgeheim gebeten, in seiner Abwesenheit nach seiner Mutter zu sehen. »Du bist doch die Einzige von den Nachbarn, die keine allzu unfreundlichen Gefühle gegen meine arme Mutter hegt, Christine«, sagte er. Ich verkniff mir zu sagen, dass seine Mutter die unfreundlichen Gefühle selbst verschuldet hatte. Auch von Hass hätte ich reden können, denn es gab kaum einen in der Nachbarschaft, den Berthe nicht mit Worten gekränkt oder um Geld betrogen hätte. Niemand hätte bei ihr gekauft, aber Massimo war so herzlich gewesen, wie sie gemein war, und den Sohn bemitleidete jeder. Außerdem war der Laden so nahe.

»Gut, wenn du mich bittest, dann werde ich nach ihr sehen und würde sie trösten, wenn sie es zuließe.«

»Ach, sei ihr nur nicht allzu böse. Sie tut oft grimmig, aber sie meint es nicht so.«

Ich schaute überrascht: Er war wohl der einzige Mensch auf Erden, der so etwas glauben konnte. Doch ich tat meine Christenpflicht.

»Glaube nur nicht, dass du jetzt etwas billiger bekommst, bloß weil Aldo dir was vorgejammert hat«, sagte Berthe, sich treu.

»Ach, Berthe. Wer redet denn davon? Brauchst du etwas? Können wir irgendwas für dich tun? Soll Marie sich nachher zu dir setzen, damit du nicht allein bist?«

»Bleib mir weg mit deiner trunksüchtigen alten Jungfer von einer Tante.«

Berthe war und blieb bösartig wie ein Straßenköter. Sollte sie doch zur Hölle fahren!

»Wie du willst. Dann zum Geschäftlichen. Ich möchte für einen Tag deinen Esel leihen.«

»Du kennst ja den Preis. Zaumzeug kostet extra.«

Ich zahlte ihr unverschämte drei Kupferstücke in die ausgestreckte Hand. Sie wies mit einem Kopfrucken auf die Stalltür und machte sich nicht die Mühe aufzustehen. Mein Geld verschwand in ihrer Schürze.

So verließen wir unsere Gasse, Thomas auf dem roten Pferd und ich im Seitsitz auf dem Eselchen hinterher. »Die Witwe und der Mönch, die Witwe und der Mönch ...«, sangen die Gören hinter uns her und kreischten vor Vergnügen, wenn Thomas Grimassen schnitt und drohend die Hand erhob.

»Dich amüsiert das auch noch!«, warf ich ihm vor. Die Tatsache, dass ich mir auf meinem Eselchen den Hals verrenken musste, wenn wir uns unterhielten, machte mich noch übellauniger.

»Du darfst das nicht ernst nehmen, Christine, es sind doch nur Kinder, die wissen gar nicht, was sie da aufgeschnappt haben«, sagte er weise von oben herab, und ich, wie ein kleiner Kläffer: »Das muss ich schon ernst nehmen. Schließlich muss ich mit den Leuten weiterleben. Warum, das möchte ich doch mal wissen, sind die Menschen immer bereit, von einer Frau das Schlechteste anzunehmen?«

»Nun, das trifft natürlich nicht für alle zu«, begann Thomas vorsichtig, »aber die Frauen tragen doch schwer an der Sünde ihrer Urmutter Eva.«

»Was hat das mit der vermeintlichen und generellen Sündhaftigkeit der Frau zu tun?«, fragte ich scharf. Ich wusste es natürlich, wollte es aber von ihm hören.

»Durch ihre Verfehlung wurden die Menschen aus dem Paradies vertrieben, wo Fortpflanzung nicht nötig war. Nun aber wurde mit dem Geschlechtsverkehr die Wollust verbunden, so dass auf jedes Kind, das mit Wollust gezeugt ist, noch im Mutterleib die Erbsünde übertragen wird.«

Ich reckte mich auf meinem Eselchen und spähte zu ihm auf, wie er da zu Pferde saß in seiner braunen Kutte, ein Bild würdevoller männlicher und kirchlicher Autorität.

»Sag mir doch, Bruder, wie ist es möglich, dass die Ehe ein heiliges Sakrament ist und Gott den Menschen die Fortpflanzung auch befohlen hat – aber zugleich soll die geschlechtliche Vereinigung Sünde sein, auch in der Ehe? Das verstehe ich nicht.«

»Gott und die Natur haben mit der Vereinigung die Lust verbunden, damit die Menschen sich fortpflanzen. Augustinus hat ausgeführt, das Ziel müsse aber die Fortpflanzung sein und nicht Vergnügen! Die Wollust ist sündig und zu meiden.«

Wie bedauerlich, dachte ich, die ich mit meinem Ehemann vergnügliche Stunden im Bett verbracht hatte.

»Warum wird die Wollust aber allein den Frauen angelastet? Sie ist doch keineswegs auf Frauen beschränkt. Mir scheint vielmehr, dass die Männer davon viel stärker und häufiger geplagt werden, denn ich habe oft gesehen, wie Männer Frauen bedrängten, aber nie umgekehrt.«

Er richtete sich hoch im Sattel auf. Seine Stimme nahm einen Predigerton an, eindringlich, zornig.

»Oh, das sieht nur so aus! Frauen haben ihre ganz eigenen Waffen, und die sind ihnen vom Teufel verliehen! Weiber sind schwach nicht nur vom Körper, sondern auch in ihrer geistigen und moralischen Verfassung. Sie erliegen der Versuchung leichter als Männer, wie schon durch den ersten Sündenfall bewiesen wurde! Oh, es gibt schlechte Weiber, die alles darauf anlegen, gute Männer vom Pfad der Erlösung abzubringen! Schönheit bei Weibern ist trügerisch! Sie maskiert Falschheit und einen verderbten Körper!«

Das rote Pferd nutzte die Unaufmerksamkeit des Reiters und blieb mitten auf der Straße stehen. Mein Eselchen tat es ihm nach und begann Kohlblätter aus dem Korb einer Straßenhändlerin zu zupfen.

Die Umstehenden begannen zu lachen und mit Fingern auf uns zu zeigen.

»Woher weiß der denn so genau über Weiber Bescheid?«, rief einer, und die Gemüsehändlerin spornte mich an: »Gib dem eingebildeten Tugendbold was auf die Kapuze, Mamsell! Das kannst du dir doch nicht bieten lassen!«

Bruder Thomas trieb mit den Hacken sein Reittier an. Eine leichte Röte überzog seine Wangenknochen.

»Verzeih, Christine. Ich habe mich hinreißen lassen. Das gilt natürlich nicht für alle Frauen. Ja, es gibt wunderbare, höchst edle Frauen, sogar von Gott ausgezeichnete wie die heilige Klara, die von meinem Orden hoch verehrt wird.« Er beugte sich etwas zu mir herab und hob rechthaberisch den Zeigefinger. »Doch die Erbsünde wurde vom Weib in die Welt gebracht, das steht nun einmal fest.«

Ich lächelte und gab Gelassenheit vor, obwohl mich dieses Thema jedes Mal in Rage brachte, wenn ich irgendwo davon hörte. »Ich bin natürlich kein schriftgelehrter Priester, und vielleicht habe ich etwas falsch verstanden: Aber Evas Verfehlung hatte doch gar nichts mit geschlechtlichem Handeln zu tun, im Gegenteil, sie strebte nach Erkenntnis.«

»Was Gott verboten hatte! Damit stürzte sie die Menschheit ins Verderben.«

Dagegen war nichts zu sagen, doch nun holte ich mein stärkstes Argument hervor und sandte ein kurzes Dankgebet an die unfehlbare Jungfrau Maria!

»Ist es aber nicht so, dass Gott durch eine Frau das Menschengeschlecht retten ließ, so dass es eine höhere Stufe der Existenz erreichte, als es vor dem Sündenfall hatte? So wurden die Menschen von demselben Geschöpf zu Fall gebracht und errettet.«

Bruder Thomas kaute eine Weile daran, ehe er unwirsch sagte: »Das ist richtig.«

»Es scheint, als ob Gott Eva verziehen habe, aber die Männer nicht. Das muss damit zu tun haben, dass sie aus der Unterjochung des Weibes Vorteil ziehen – das gilt natürlich nicht für alle Männer. Es gibt auch gute und edle, wie ich selbst erfahren durfte.«

Thomas schwieg.

»Traurig ist es aber doch«, setzte ich nach, auf die von vielen Kirchenleuten hochgelobte jungfräuliche Ehe anspielend, »dass die besten Männer und Frauen ihre guten Anlagen nicht weitergeben, während die Schlimmsten sich freigebig vermehren. Was soll da nur aus der Menschheit werden?«

Thomas schwieg.

Wir kamen zum Louvre und gingen dort in die Bibliothek.

Ich sog begierig den Geruch ein, diesen Geruch von süßem Papyrus, altem Leder und Tinten, von dieser unfassbaren Menge von aufgeschriebenen Geschichten und Entdeckungen, von Landkarten und Bildern unter der bunt bemalten Gewölbedecke. Für andere riecht es hier nach Staub, Anstrengung und Langeweile. Für mich ist es der Duft der Welt.

»Ist Gilles Malet da?«, fragte ich einen bleichen jungen Mann, der Codices und Rollen in die Regale sortierte.

»Im nächsten Raum, griechische Abteilung!«

Wir traten über die Schwelle in ein kleines, stickiges Zimmer. Jemand raschelte und rumorte in der dunkelsten Ecke. In den Schatten zwischen zwei Regalen voller Rollen kniete Monsieur Malet am Boden und suchte etwas im untersten Teil.

»Wenn diese Rangen doch nur die Dinge dorthin zurücklegten, wohin sie gehören! Oder wenigstens mir gäben, damit ich sie selbst wieder einordnen kann … klebrige kleine Monster, respektvergessene, kulturlose Tagediebe, ob nun königlich oder nicht ... da! Mit Spucke die Seiten umblättern! Mit Fingern auf den Bildern herumfahren, bis sie verschwunden sind – die Bilder, leider nicht die Finger! Mausefallen möchte man in die Regale stellen«, schimpfte er vor sich hin, dann sah er uns, lachte verlegen, stand auf und klopfte sich die Knie ab.

»Christine! Bruder ...« Er kam aus dem Gang und blies das Öllämpchen aus.

»Ich habe deine Nachricht erhalten. So! Es ist also fertig.« Er griff gespannt nach den Büchern, dem Original und der Kopie, und lief damit so eilig zu einem nahen Pult wie ein Krebs, der einen Krumen in Sicherheit bringt.

»Sehr gut! Ja, genau so! Fabelhaft!« Und endlich: »Gut gemacht, Christine! Und diese Illuminationen: von höchster Qualität. Mit der fertig ausgeführten Malerei kann ich dir fünfunddreißig Goldstücke zahlen. Ihr seid der Buchmaler, von dem Christine mir geschrieben hat?«, wandte er sich an Bruder Thomas. »Erstaunlich! Höchst wunderbar! Für wen habt Ihr gemalt?«

»Für ein Kloster in der Nähe von Mailand. Wir bekamen allerdings Aufträge von überall her.«

»Das will ich meinen! Fabelhaft. Wenn Ihr eine hohe Stellung sucht ...«

»Danke. Im Augenblick bin ich ganz zufrieden«, sagte Thomas und wollte schon gehen.

»Halt!«, rief ich. »Du hast doch dieses Buch gesucht, den achtunddreißigsten Band von Plinius' ›Naturgeschichte‹, nicht wahr?«

Merkwürdig. Es kam mir fast vor, als ob er es gar nicht haben wollte. Da waren wir in der größten Bibliothek des Königreiches, und er hatte es nur eilig, wieder wegzukommen. Und Gilles Malet stand einen Augenblick ganz still und sah Thomas an.

Dann zog er ihn am Ärmel zwischen zwei Buchregale, wo die beiden miteinander zu wispern begannen. Kurzzeitig wurden sie lauter und schienen zu streiten. Ich ging näher an sie heran und hörte Gilles Malet: »Ihr als Mann der Kirche ... kann ich kaum glauben ... sollte nicht ...«

Thomas antwortete erregt: »Aber ich muss doch ... Auftrag ... liegt nicht in meiner Hand.«

»In jedem Fall kann ich Euch leider nicht helfen«, sagte Gilles Malet. Die beiden kamen wieder aus ihrem Versteck hervor. »Es ist bereits vor längerer Zeit gestohlen worden oder an einen falschen Platz gestellt – was dasselbe ist, vor zwei oder drei Monaten, wie ich bereits gesagt habe. Ich wüsste auch nicht, wo es zu suchen wäre, es sei denn, Ihr wollt alle Buchhändler der Stadt abklappern. Allerdings«, seine Stimme nahm ein fast boshaftes Timbre an, »würde ich Euch in diesem Fall anraten, zuerst die niedersten und verrufenen Orte aufzusuchen. Ich bin jedenfalls nicht unfroh, dass es fort ist.«

Sein Gesicht verriet deutlich, was er von einem Mönch an solchen Orten hielt.

Als er sich wieder mir zuwandte, war sein Gesicht wie verwandelt – da war mein alter Freund und Gönner.

»Da ich nun weiß, was für eine ausgezeichnete Qualität du zu liefern im Stande bist, kann ich dir guten Gewissens neue Aufträge geben, wenn du willst. Und Ihr, Herr Mönch, sollt gern diese *guten* Bücher bemalen, anstatt hinter schlechten Werken herzujagen!«

Er gab mir diesmal drei Bücher, die er zu ersetzen wünschte: einen schönen Psalter, eines über Astrologie, und das dritte war ein Roman, »Der Roman der Rose«. Ich blätterte mit Interesse darin, während wir wieder ins Freie gingen. Von diesem Werk hatte ich schon gehört.

»Es ist außerordentlich populär, man reißt es mir aus den Händen«, hatte Gilles gesagt. »Davon brauche ich mindestens noch sechs Kopien.«

Ich würde es lesen, bevor ich daranging, es abzuschreiben, denn – so seltsam es klingt – während des Kopierens bekam ich kaum mit, was eigentlich in den Büchern stand. Ich nahm etwa einen Satz auf, wie man eine Hand voll Sand aufnimmt, um sie wieder auf das neue Papier rinnen zu lassen. Dabei konzentrierte ich mich nicht auf den Sinn, sondern auf die Form, auf die saubere Schrift, auf die Tintenmenge in der Feder und das angemessene Gewicht, mit dem der geschnittene Kiel zu belasten war, um die Buchstaben in der gewünschten Weise zu formen und gerade genug Tinte auf den Untergrund ausfließen zu lassen. Ich musste schnell schreiben, um mein Pensum zu schaffen. Im Allgemeinen schrieb ich zweihundert Zeilen pro Tag. Am Abend war ich so müde wie ein Feldarbeiter, und die Buchstaben tanzten mir vor Augen.

Ich beklagte mich aber nicht.

Es schien, dass unser Streit beigelegt oder doch wenigstens weggeschlossen war.

»Was hat es mit diesem Buch auf sich?«, fragte ich Bruder Thomas, während wir weiterritten, aus dem Stadttor hinaus und zu den Häuserreihen, die sich an der Seine und ins Land hineinzogen, als ob die Stadt Wurzeln und Triebe aussandte. »Monsieur Malet schien mir beinahe ungehalten, dass du danach gefragt hast.«

»Oh nein, er hat sich wohl mehr über den Diebstahl geärgert und dass er ihn zugeben musste. Es ist schließlich in seiner Verantwortung.«

»Er schien froh zu sein, dass es fort war, sagte er nicht so?«

»Das hat er sicher nur so gesagt. Den Bibliothekar kenne ich nicht, der eines seiner Bücher absichtlich verliert und es nicht bedauert. Diese Leute lieben ihre Bücher wie Kinder und würden nicht das Geringste davon freiwillig hergeben. Er war verärgert über seinen eigenen Fehler, das war alles.«

Wir ritten auf ein Areal am Fluss zu, an dem mehrere Gebäude ein zum Wasser hin offenes Rechteck bildeten.

»Du hast gesagt, ein weitgehend unbekannter achtunddreißigster Band von Plinius' ›Naturgeschichte‹«, sagte ich und ließ nicht locker. »Plinius' Naturgeschichten sind äußerst pedantische und langweilige Aufzählungen von allem, was dieser Feldherr gesehen und erfahren hat, das meiste aber aus zweiter Hand: Geografie, Tiere, Bäume, Ackerbau, Mineralien und Ringe, Gemmen, Pflanzen und Heilmittel. Worüber hat er denn geschrieben in diesem geheimen Band? Du musst es doch wissen, da du so eifrig darin gelesen hast, verbotenerweise! Geht es etwa um Magie?« Ich war doch misstrauisch geworden.

»Ich schwöre, es geht nicht um Magie. Nein, tatsächlich, es geht um Pflanzen. Ich habe es hauptsächlich wegen der schönen und überaus naturgetreuen Abbildungen studiert. Es ist eine Art ... hm ... Gartenbuch. Mehr kann ich dir nicht sagen.«

In der Zwischenzeit waren wir zum Anwesen des Meistergerbers gelangt. Im Hof und auf der Flussaue standen eine Reihe von hölzernen Bottichen, aus denen der scharfe, unangenehme Geruch von Kalkbrühe und Alaun zu uns herüberwehte. In zweien der Wannen standen Männer mit nackten Beinen, den Kittel hochgezogen, nur Schamtücher um die Lenden. Sie traten die eingeweichten Felle im Bottich wie Trauben. Andere waren damit beschäftigt, die gebeizten Häute, die auf Rahmen gezogen waren, mit Schabern zu enthaaren.

»Ich wage nicht zu denken, wie die Haut an ihren Füßen und Beinen aussehen mag!«

»Sie sind haarlos wie Säuglinge, zur Freude ihrer Liebchen«, sagte Thomas. Ich lachte und war momentan von der Frage des verschwundenen Buches abgelenkt.

Einer der Arbeiter spannte gerade eine Ziegenhaut auf. Immer wieder prüfte er die Spannung der Haut an verschiedenen Stellen und befeuchtete das Stück, damit es später nicht unregelmäßig wurde.

Meister Bernhard stand beim Brunnen, über einen kleinen Jungen gebeugt, und zeigte ihm den richtigen Gebrauch des Schabers. Er richtete sich auf und rieb sich den Rücken.

»Madame de Pizan! Gott zum Gruß auch Euch, ehrwürdiger Bruder.«

Wir stiegen ab.

»Was kann ich für Euch tun, Madame?«

»Wir brauchen eine ganze Menge Pergament und Vellum der besten Qualität und etwas weniger von der einfachsten Sorte für meine Notizen.« Ich zeigte ihm die drei Bücher, die ich von Gilles Malet erhalten hatte.

Er sah auf den ersten Blick, worum es sich handelte, und verzichtete auf das übliche Ans-Licht-Halten und Befingern. Wir gingen mit ihm in seinen Verkaufsraum, wo die verschiedenen

Qualitäten gestapelt und gepresst in Regalen lagerten und teils noch auf Rahmen gezogen ausgestellt wurden.

»Für dieses Exemplar, wenn Ihr es perfekt nachstellen wollt, braucht Ihr eine leicht fleckige, rosa-bräunliche Ziegenhaut. Aber keine Sorge: Sie ist trotzdem gut zu beschreiben.« Er schaute abschätzend auf das Buch. »Ein Dutzend Bögen dürften reichen.« Er zog passende Häute heraus und betrachtete sie von beiden Seiten. »Wie ist das dazwischengeraten – das Pergament hat Schabemarken!«

Hatte ein ungeschickter Lehrling den Schaber aus Versehen zu tief in die Haut fahren lassen, so dass man Narben sah, war das ganze Fell verdorben.

»Ich nehme es für den halben Preis!« Ich sah eine Möglichkeit, bei dem erforderlichen Format darum herumzuschneiden und nur wenig zu verlieren.

»Einverstanden. Hm, lasst uns weitersehen. Dieses hier ist aus Haut von jungem Kalb, eine sehr kostspielige Qualität, feinst gezogen und mit Bleiweiß aufgehellt.«

Er suchte einen Moment und fand eine Ware von vergleichbarer Güte. Bei der Nennung des Preises sog ich scharf die Luft durch die Zähne.

»Ich kann es Euch leider nicht billiger lassen, diese Ware muss ein ganzes Jahr in der Beize liegen, aber ich bin sicher, wenn Ihr es Monsieur Malet erklärt, wird er Euch gern die Auslagen ersetzen.«

Thomas prüfte die Häute und sagte zu mir: »Davon solltest du dir selbst einen Vorrat erlauben. Wenn du deine Gedichte an reiche Mäzene geben willst, das sind verwöhnte Leute. Da kannst du nur das allerbeste Material verwenden.«

Ich sah meine Börse schrumpfen. Wir hatten so lange knausern müssen. Es fiel mir schwer, etwas von den schönen Goldschäfchen herzugeben. Was, wenn meine lyrischen Versuche nichts Besonderes waren, wenn sie den Aufwand nicht wert waren und trotz köstlicher Aufmachung keine Abnehmer fanden?

Wir steckten die Köpfe über den Fellen zusammen. Oh, wie ich es genoss, endlich wieder etwas von Qualität kaufen zu können. Der Mönch war so bemüht zu meinen Gunsten, so sanft und freundlich, dass ich meine scharfen Worte von vorhin bereute. War es denn seine Schuld, dass manche Kirchenväter solchen folgenschweren Unsinn verbreitet hatten? Nicht alle Männer glaubten daran, und die meisten benahmen sich anständig genug, wenn man nicht zu viel erwartete.

»Du wirst Erfolg haben«, sagte Thomas gerade. »Ich weiß, eines Tages wird die Königin deine Bücher lesen.«

»Ach, ich danke dir, dass du meine Werke so freundlich beurteilst«, sagte ich leise. »Aber wie sollte ich das schaffen? Niemand interessiert sich für das, was eine Frau zu sagen hat, und der Name Pizan ist vergessen.« Ich hatte in diesem Punkt die Hoffnung fast aufgegeben.

Dennoch folgte ich Thomas' Rat.

»Also gut, Meister Bernhard: Ich nehme zwei Dutzend Häute vom Jungkalb, poliert und fertig zum Schneiden und Beschreiben. Und dann brauche ich noch von der guten, leicht gelblichen Ziegenhaut – vierzehn Stück. Dazu noch, wenn Ihr habt, ein paar billige, fehlerhafte Exemplare für Entwürfe.«

Auf Meister Bernhards Zeichen waren zwei kleine Mädchen erschienen, seine Töchter, und boten uns Erfrischungen an.

»Was haltet Ihr denn von Papier?«, fragte ich Meister Bernhard, während er die Häute zusammenrollte und in Tuch verpackte. »Ob es wohl eines Tages Pergament ersetzen wird? Es soll ja billiger sein.«

Es war ein neuartiger Beschreibstoff, der mehr und mehr von sich reden machte, leichter herzustellen, angeblich feiner und weicher als Pergament.

»Oh, Papier, na, das macht mir keine Sorgen«, lachte der Gerber. »Ich habe mir so eine Papiermühle angeschaut in Deutschland! Es ist aus Lumpen gemacht, könnt Ihr Euch das vorstellen? Die Lumpen werden zerrissen und zu einem Brei vermahlen, gepresst und getrocknet, und das ist dann das künstliche Pergament! Wer will schon Bücher aus Lumpen haben?«

Das konnte ich mir auch nicht gut vorstellen. Er fasste hinter sich in ein Regal und zog ein schmutziggraues Blatt hervor.

»Da, das ist Papier! Ich gebe es all meinen Kunden zum Anfassen, damit sie wissen, was sie an echtem Pergament haben! Nun?«

Ich befühlte das Blatt. Es war eigenartig biegsam, fast lappig. Dennoch: Möglich, dass es sich gut beschrieb. Sicher würde es die Tinte gut und ohne Verlaufen aufnehmen. Ich rieb eine Ecke zwischen den Fingern.

»Es franst aus, nicht wahr«, höhnte Meister Bernhard. »Die Ecken zerfasern wie Pappelsamen. Einmal gelesen, dann müsste man ein Buch wegwerfen. Für Briefchen kann man das Zeug vielleicht verwenden – für Bücher – niemals! Das sehe ich nicht als Konkurrenz an.«

Für den Heimweg hieß es doch wieder den Esel beladen. Ich setzte mich vor Thomas auf das Pferd. Ich musste an unsere Diskussion denken und fühlte mich wider Willen gehemmt mit seinem Arm, den er um mich gelegt hatte. Und wenn es doch so war, dass die Frauen als Verführerinnen geschaffen wurden, dass unsere größere Schönheit und unsere Schwäche uns nicht von Gott, sondern vom Teufel gegeben wurden? Unsinn, ermahnte ich mich. Ich verführe den Mönch ja nicht. Er gefällt mir, und warum auch nicht? Er ist ja keine Bürde für die Augen. Aber ich habe keine Absichten – du lieber Himmel!

Wir machten eine Pause am Ufer der Seine, kauften bei einem fliegenden Händler zwei Becher Wein und standen ganz friedlich beisammen. Ich ließ für den Augenblick all meine Sorgen, meine ehrgeizigen Vorhaben und Vorbehalte wie Schwalben fliegen, kniff die Augen zusammen und freute mich wie ein Kind an den Funken auf dem Wasser.

»Oh, gut, dass ihr da seid!« Céline kam auf uns zugerannt, sobald wir in unsere Gasse einbogen. »Maman! Sie haben Berthe abgeholt, sie soll angeblich Massimo umgebracht haben, und nun haben die Nachbarn sich so in Rage geredet, dass sie Berthe das Haus anstecken wollen, bloß Jean und Elias versuchen es ihm auszureden.«

»Um Himmels willen! Womöglich greift das Feuer noch auf unser Haus über«, sagte ich etwas herzlos. »Wo sind Jean und Elias?«

»Sie sitzen vor der Tür und diskutieren!«

Bruder Thomas saß ab und drückte wortlos Céline die Zügel in die Hand. Ich stieg von Berthes Eselchen.

»Hier, nimm die Tiere und führ sie in unseren Hof. Versuche nicht abzuladen, das sind Pergamente und viel zu schwer für dich.« Ich gab ihr die Zügel und rannte zu Berthes Haus. Davor hatte sich eine Menschenmenge versammelt. Ich hörte ihre Rufe und Beleidigungen als ein einziges Geräusch, ein drohendes Summen wie von einem aufgescheuchten Bienenschwarm. Die ersten Kotbatzen flogen.

»Geht weg! Macht den Eingang frei! Ihr habt hier nichts verloren!«

»Um Christi willen, Brüder, Schwestern, Frieden!«

Ein Stein traf Thomas am Mund. Er blutete.

Ich bahnte mir rücksichtslos den Weg, stellte mich neben ihn und reckte die Hände in die Luft.

»Nachbarn! Seid ihr alle verrückt geworden? Was fällt euch ein!«, schrie ich.

»Was willst du?«, kam es zurück. »Warum verteidigst du die Hexe? Zu dir war sie am gemeinsten von uns allen. Warum stellst du dich uns in den Weg, du und deine Leute?«

»Was wollt ihr tun? Das Haus anzünden, sie ausplündern? Was hat sie denn getan?«

»Hat ihren Alten umgebracht. Die Hexe!«

»Haben das die Büttel gesagt?«

»Ja, ja, sie sei eine Hexe, eine Mörderin! Sie hat ihn vergiftet und ins Wasser geschleppt, das Teufelsweib! Jetzt räuchern wir ihre Höhle aus, damit sie nicht wiederkommen kann! Lass uns vorbei!«

»Wir lassen euch nicht vorbei. Da müsst ihr selbst zu Mördern werden. Mörder! Diebe«, schrie ich sie an. »Wenn es stimmt, was ihr sagt, dann ist sie nur angeklagt. Sie ist weder verurteilt, noch ist ihre Schuld bewiesen!«

»Wird schon schuldig sein, die alte Vettel!«

»Schämt euch, schämt euch, schämt euch!«, rief ich und stampfte mit dem Fuß auf vor Zorn. »Ihr könnt sie nicht leiden, und jetzt benutzt ihr die Gelegenheit, um euch schadlos zu halten. Es ist euch ja gleich, ob sie schuldig ist oder nicht. Ihr *wollt*, dass sie es ist, weil ihr einen Hass auf sie habt.«

Das konnten sie nicht bestreiten, und einige hatten tatsächlich die Ehrlichkeit, beschämt auszusehen.

»Außerdem ist dies auch das Haus von Aldo, der gerade seinen Vater und jetzt vielleicht auch noch die Mutter verloren hat, ohne eigene Schuld. Was habt ihr gegen Aldo? Was hat *er* euch getan?«

Sie konnten Aldo gut leiden. Weitere Fäuste senkten sich. Ich hörte Steine auf den Boden fallen.

»Wir wollen aber nicht, dass eine Mörderin unter uns wohnt«, sagte eine Stickerin, Mutter von sechs Töchtern. Sie war gebeugt und halbblind von ihrer Arbeit. Berthe verkaufte ihre Arbeiten im Laden, hinkte aber immer mit ihrer Bezahlung hinterher oder drückte den Preis wegen angeblicher Fehler.

»Wenn sie schuldig ist, dann wird sie bestraft werden. Aber warum sollte sie ihren Mann umbringen? Ich kann euch aus eigener Erfahrung sagen, dass man als Witwe allerlei Widrigkeiten ausgesetzt ist. Sie war doch gut versorgt mit Massimo!«

»Ja! Allerdings!«, wurde gerufen.

»Hat er sich nicht viel von ihr bieten lassen?«

»Ha! Ja und ob! Der Trottel!« Gejohle, Pfiffe.

»Oder hat er sie je geschlagen?«

»Nein, nie!«

»Es wäre aber besser gewesen!«

Gelächter.

»Seht ihr, Nachbarn. Es gibt gar keinen Grund, warum sie ihren guten Mann hätte loswerden wollen. Und wenn ihr wollt, dann gehe ich morgen zum Châtelet und versuche, Näheres herauszubekommen. Dann berichte ich euch, ob es Beweise gibt oder nicht.«

Damit waren alle einverstanden, obwohl es ihnen sicher nicht recht gewesen wäre, Berthe unschuldig zu sehen.

Rasch verlief sich die Menge. Niemand blieb stehen und schwatzte. Ist es nicht immer so: Selbst die ruhigsten Bürger lassen sich im Zorn zu Dingen hinreißen, zu denen sie nüchtern niemals im Stande wären. Hinterher schämen sie sich und gehen still davon.

»Du hast sie richtig gepackt«, sagte Elias anerkennend. »Ich versteh mich leider nicht aufs Reden.«

»Wirst du wirklich wegen der alten Hexe morgen aufs Gericht gehen, Maman?«, fragte Jean.

»Natürlich. Das habe ich den Nachbarn doch gesagt. Im Übrigen hatte ich Aldo versprochen, auf seine Mutter aufzupassen. Es ist mir grässlich, dass sie nun abgeholt wurde, ausgerechnet, während ich fort war.«

»Du hättest nichts ändern können«, bemerkte Mutter ganz richtig, was mir das Gewissen dennoch nicht erleichterte. »Mach dich nicht verantwortlich für Dinge, die nicht deine Sache sind. Sieh lieber zu, wie du deine Familie ernährst, da du schon auf dieser absurden Idee bestehst. Wo warst du überhaupt den ganzen Tag? Hast dich mit diesem Mönch herumgetrieben!«

»Ich habe meine Familie ernährt«, lächelte ich und ließ zehn Goldstücke in ihre Hand gleiten.

Ich muss gestehen, ich war nicht unzufrieden damit, wie ich die Nachbarn beruhigt hatte, obwohl mir im Nachhinein die Knie zitterten. Und weil es noch einige Stunden hell bleiben würde, nahm ich mir das Buch vor, auf das ich mich gefreut hatte, den »Roman der Rose«. Ich überschlug den ersten Teil von Guillaume de Lorris, da ich ihn bereits kannte: Es war ein Höhepunkt der Minnelyrik und schildert einen Traum, in dem der Erzähler in einen Garten eindringt, um eine Rose zu umwerben. Dabei muss er mit Feinden wie Gefahr, Eifersucht und übler Nachrede fertig werden, kurz: Es war eine zarte, höfische Liebeswerbung, die durch Verzicht geadelt wird, oder geadelt worden wäre, hätte der ritterliche Lorris den Roman zu Ende schreiben können. Er war aber vorher gestorben.

Nun hatte also ein gewisser Jean de Meung, ein Professor unserer Pariser Universität, die kuriose Idee gehabt, das Werk wieder aufzunehmen und zu beenden.

Ich saß im Garten und aß einen Apfel, das Buch auf den Knien. Doch je mehr ich las, desto schneller begann ich zu blättern, desto ärgerlicher, ja entsetzter wurde ich. Das war ja ein widerwärtiges Machwerk, eine Verhöhnung nicht nur der Liebe, sondern aller Frauen. Das Liebeswerben wurde dargestellt als listige Verführungskunst, das Ziel nur die Befriedigung der männlichen Instinkte! Danach sollte die Frau weggeworfen und verlassen werden. Nun, das würde ich Thomas vorlegen! Da war nun ganz klar der Mann das Tier und der rücksichtslose Verführer. Es wurde sogar der menschliche Liebesakt mit den Tieren auf dem Felde verglichen.

Da sah man wieder, wie fürchterlich sich die Zeiten geändert hatten: Vor fünfzig Jahren noch, als der erste Teil geschrieben wurde, herrschte ritterliches Denken. Heute aber verachtete man die Frauen, man beschützte sie nicht, achtete und ehrte sie nicht, wie es einmal üblich war, sondern zog sie in den Schmutz.

Dieser Professor zog zum Beweis alle möglichen antiken Quellen heran, dabei fielen mir ebenso viele und mehr Beweise für das Gegenteil ein. Man muss nur seine angelesene Bildung paradieren lassen, um die Leser zu beeindrucken. Doch letztlich waren es alles nur alte Geschichten, für die es noch einmal so viele mit gegenteiligem Schluss gab. Und was für eine unflätige Sprache dieser Herr anführte – alles unter dem Deckmäntelchen der Genauigkeit!

Ich ging eine lange Weile auf dem Treidelpfad am Ufer der Seine spazieren, um mich zu beruhigen, denn es nützt nichts zu eifern. Da beschloss ich, gegen dieses Machwerk meine Stimme zu erheben, und das musste mit kühlem Kopf geschehen.

Später zog ich mich hinter mein Pult zurück und verfasste einen öffentlichen Brief an den »Gott der Liebe«. Ich gestaltete ein langes Gedicht wie eine Klage vor dem Liebesgott von vielen Frauen jedweden Alters und Standes, die ihn um Hilfe bitten und Forderungen stellen:

Jene zuvor genannten edlen Frauen
Beklagen sich bitterlich
Über Treulosigkeiten, Kritteleien, Verleumdungen,
Verrätereien, schwerste Beleidigungen,
Hinterhältigkeiten … *

Und dann zog ich vom Leder und führte alle Vorurteile und Verleumdungen gegen die Frauen an, die wir zum Überdruss gehört hatten, dass sie schwach seien, sittenlos und geil, von Natur aus dumm und was da sonst noch alles stand. Außerdem warf ich den Adligen vor, dass sie die Frauen nicht verteidigten, denn ich wusste ja, dass dieser Roman gerade in den hohen Häusern sehr eifrig gelesen wurde. Mein Gott der Liebe brandmarkte Jean de Meung, weil er hier unter anderem die potenziellen Verführer lehrte, mit arglosen Jungfrauen fertig zu werden.

»Spitzfindigkeiten und Bosheiten«, »Intrigen, Betrug, Eifersucht« seien der Lebensinhalt der Weiber. Die Spitzfindigkeiten wollte ich ihm gerne heimzahlen. Und eine Gelegenheit, den Brief zu verbreiten, sah ich auch. Mein Sohn Jean würde ihn ans Tor der Universität nageln. (Er tat es natürlich nicht. »Maman! Willst du, dass ich von der Schule fliege?« Ich war ihm so schon peinlich genug.)

»Willst du nicht zum Essen kommen?«, fragte meine Mutter. »Was schreibselst du denn da schon wieder?«

Ich sagte es ihr.

»Bist du ganz von Sinnen?«, war ihre vorhersehbare Reaktion. »Wie kannst du dich gegen eine Kapazität von der Sorbonne stellen, einen Mann, eine Berühmtheit? Du machst dich ja lächerlich, wenn sie dich nicht irgendwann ins Kloster sperren. Dein Vater ist an allem schuld! Hätte er dir nicht das Lesen und Schreiben und den anderen Firlefanz beigebracht, dann würdest du dich nicht in Schwierigkeiten bringen! Ich war immer dagegen. Und übrigens …« Sie drehte sich auf der Treppe halb zu mir um und hob einen langen Zeigefinger. »Ich bin auch dagegen, dass der Lumpenmönch Céline Flausen in den Kopf setzt! Sie sollte sich mehr mit Hanf beschäftigen!«

Ich kicherte, das mit dem »Hanf« hatte sie schon von mir gesagt. Sie meinte damit alle Arten von Flecht-, Näh- und Stickarbeiten, zu denen ich weder Lust noch Talent gehabt hatte. Céline beherrschte es immerhin.

»Sei nicht respektlos, Christine! Ich bin auch ohne Bücher ausgekommen. Und der Lumpenmönch verdreht Céline den

Kopf, ich warne dich! Hast du nicht gesehen, wie sie ihn anschaut?«

»Sie bewundert ihn für seine Klugheit. Ich bin ganz sicher, Mutter, dass er sich ihr gegenüber absolut tadellos beträgt.«

»Oh, Klugheit nennt man das jetzt?« Sie schnaubte spöttisch.

»Céline schwärmt eben ein wenig für ihn, wie es junge Mädchen tun. Aber ich mache mir da keine Sorgen.«

»Solltest du aber!«

»Ach, Mutter!«

Später kam Tante Marie vorbei.

»Hast du ein schlechtes Buch?«, fragte sie. Ihre Augen funkelten begierig.

»Zu schlecht zum Lesen.«

»Lass mich das ruhig selbst beurteilen!«

»Na gut, hier hast du's. Aber Céline darf es nicht in die Hände bekommen.«

»Ist schon recht. Christine?«

»Ja?«

»Hast du für mich ein bisschen Kleingeld?«

Seufzend gab ich ihr ein paar Sous. Ich wusste, wohin sie das Geld tragen würde. Aber sie war diskret, übertrieb nie. Mutter billigte ihr Laster nicht. Aber ich sah keinen Grund, ihr die kleine Freude zu versagen. Genuss ist eine lässliche Sünde, sagt die Bibel. Nur unbändiges Verlangen ist von Übel.

10

Was für ein Ort: Zur einen Seite walzten die Wasserräder der Mühlenbrücke, von der anderen drang das angstvolle Blöken von Schlachtvieh. Der Fuß stieß an Schlachtabfälle, Innereien. Das Kopfsteinpflaster glänzte dunkel und feucht. Ströme von Blut flossen durch die Rinne zur Seine hinunter oder standen und verdickten sich zu zähen, schwarzen Pfützen. Es roch nach Angst. Das größte Schlachthaus von Paris, drei Stockwerke hoch, lag am ehemaligen Grand Châtelet, heute ein Gefängnis. Das hätte sich Ludwig der Heilige nicht träumen lassen, dass sein Schlösschen an der Grand Pont einmal menschliches Schlachtvieh beherbergen würde. Und sein Park bestand nun aus Straßen mit schönen Namen wie »Abdeckergasse«, »Eingeweidestraße« und einem Platz namens »Tal des Elends«, an dem sich nachts die wilden Hunde trafen.

Es gab sogar ein Haus, genannt das »Schwarzschädel-Haus«, das Mütter gerne ihren Kindern zeigten: »Seht ihr, da wohnte ein Fleischer namens Tête Noir, der hat einige seiner Kunden zu Wurst verarbeitet. Er wurde ertappt und gevierteilt. Sein Geist aber muss hier bleiben bis zum Jüngsten Gericht. Nachts hört man ihn stöhnen! Wenn ihr nicht brav seid, dann lasse ich euch hier.«

Ein liebreizender Ort also, doch das machte nichts, im Gegenteil: Auf der Place Vallée de la Misère traf sich die halbe Welt zum Schwatzen, und ringsumher delektierte man sich an Gebratenem und Gesottenem aus den Garküchen. Wenn man Glück hatte, konnte man beobachten, wie ein Gefangener ins Châtelet gebracht wurde, und konnte ihn beschimpfen und mit Schlachtabfällen bewerfen, die doch so praktisch zur Hand waren.

Ich raffte mein Kleid und sprang über eine Blutpfütze. Es war heiß. Die Pfütze glänzte geronnen und spiegelte einen roten Himmel. Ein Schwarm grün schillernder Schmeißfliegen stieg auf und brummte, erbost über die Störung.

Am Tor des Châtelet hockten zwei Büttel auf den Trittsteinen und würfelten. Der eine schaute hoch.

»Christine!« Er sprang auf. »Was führt dich her? Es ist doch hoffentlich kein Verwandter bei uns zu Gast?«

»Nein, das nicht, Grégoire, aber meine Nachbarin wurde festgenommen. Sie soll ihren Mann ermordet haben, was ich nie und nimmer glaube. Ich wollte nach ihr sehen.«

Er verzog das Gesicht. »Weiß schon! Die schwarze Berthe. Die könnte noch den Teufel ärgern mit ihrem Mundwerk. Der Prévot war kurz davor, ihr die Schandmaske zu verordnen, nur damit sie still ist.«

Die Schandmaske war ein eiserner Gesichtskäfig mit einem Dorn, der die Zunge durchbohrte, damit die betreffende Person am Reden gehindert war.

»Ja, angenehm ist sie nicht, aber immerhin doch meine Nachbarin.«

»Du bist eine Heilige.«

Ich lachte. »Das sicher nicht. Sag, weißt du, wer Berthes Fall bearbeitet?«

Grégoire überlegte, schaute seinen Kompagnon fragend an.

»Truphémus«, sagte der.

»Da hat sie Glück. Er ist als mild bekannt.«

»Ob ich ein paar Worte mit ihm sprechen kann?«

»Oh, er ist recht zugänglich, ich denke wohl. Komm, ich bring dich zu ihm.«

Der Name weckte eine Erinnerung in mir, und wie sich herausstellte, war dieser Untersuchungsrichter Truphémus ein ehemaliger Kollege meines Mannes, ein fleischiger Klotz von einem Kerl, mit einer ewig geschwollenen, roten Nase ausgezeichnet. Er bat mich in sein Zimmer, bot mir einen Stuhl an und fragte: »Wie geht es Euch, Witwe Castel? Ich freue mich, Euch bei guter Gesundheit zu sehen.«

Die Frage nach meinem Wohlergehen beantwortete ich höflich und nicht wahrheitsgemäß.

»Und Euch geht es hoffentlich auch gut, Monsieur Truphémus? Mein Mann hat immer viel von Euch gehalten und gesagt, dass Ihr Karriere machen würdet.«

Er war geschmeichelt und bot mir Gebäck an. Ich kam auf den Grund meines Besuchs zu sprechen.

»Es wird behauptet, meine Nachbarin Berthe hätte ihren Mann vergiftet, und das kann ich mir nicht vorstellen. Er hat sie immer gut behandelt, und sie hing an ihm, trotz ihres bösen Mundwerks. Man könnte fast sagen, es war eine gute Ehe. Da war nicht mehr Zank als anderswo.«

»Da haben die Nachbarn aber ganz anderes ausgesagt.«

»Ach, die Frau ist nicht angenehm. Ihr solltet in Betracht ziehen, dass mancher sich jetzt an ihr rächen will. Doch sie hat, denke ich, kein größeres Verbrechen begangen, als unfreundlich und ohne Mitleid zu sein. Das rechtfertigt aber nicht, sie wegen etwas hinzurichten, das sie nicht getan hat.«

Er nickte. »Da ist etwas dran. Ihr seid sehr beredt, Madame.«

»Wie will man denn überhaupt festgestellt haben, dass der Genueser ermordet wurde? Ich habe damals zufällig den Leichnam gesehen, wie er im Mühlrad hing, und er schien mir doch ... hm ... sehr schwer beschädigt ...« Ich wünschte oft, ich könnte diese Erinnerung aus meinem Kopf löschen, so wie ich mit meinem Messer Fehler vom Pergament radiere.

»Nun gut«, antwortete Truphémus und steckte sich ein Nussgebäck in den Mund. Er kaute mit Appetit darauf herum, dass es nur so krachte, und goss Rotwein hinterher. »Man hätte denken können, er sei betrunken ins Wasser gestürzt und ersoffen. Doch gerade die Verletzungen haben uns etwas anderes gesagt.« Er unterbrach sich. »Wollt ihr das wirklich hören? Es ist eigentlich kein Stoff für Frauenohren ...«

Heilige Mutter Anna! Warum denken die Männer, dass Frauen, die Kinder geboren haben, schwach und empfindlich sind?

Ich lächelte ihn kaltblütig an. »Erzählt nur. Ich finde das sehr interessant.«

»Wie Ihr wünscht. Also, erstens: Ein Mensch, der im Wasser zu Tode gekommen ist, atmet in seinen letzten Sekunden Wasser ein und schluckt es auch, hat also Wasser in Lunge und Magen. Das war hier nicht der Fall. Man kann es feststellen, indem man kräftig auf die betroffenen Bereiche drückt, dann kommt Wasser heraus oder nicht.«

Ich atmete konzentriert und tief durch die Nase. Vielleicht sind wir doch empfindlich, ein kleines bisschen.

»Außerdem wäre da die so genannte Waschhautbildung an den weichen Innenseiten von Händen und Füßen, wie ihr sie bei Waschfrauen sehen könnt, die den ganzen Tag die Hände im Wasser haben. Die Haut ist aufgequollen und wellig.« Er bohrte mit dem Zeigefinger einen Nusskrümel aus den Zähnen, ehe er fortfuhr: »Das war sie bei dem Kaufmann nicht, sondern glatt wie ein Kinderpopo, wie bei allen Fetten.« Truphémus lächelte mich triumphierend an.

»Was sagt Euch das?«

»Nun, es sagt mir, dass er nicht lange im Wasser gelegen haben kann, bevor das Mühlrad ihn erfasste. Und jetzt die wirkliche Überraschung: Obwohl sein Körper furchtbar zerschlagen war und voller Schürfwunden, ja sogar Knochenbrüche, wies er keine Blutergüsse auf!«

Er senkte seine gelben Zähne in ein zweites Stück Nussgebäck.

»Nicht doch eins? Meine Frau macht sie. Sie sind ausgezeichnet.«

Ich schüttelte den Kopf. Mir hatte es gründlich den Appetit verschlagen.

»Danke. Er hätte also Blutergüsse haben müssen?«

»Ja, wenn er lebend, also möglicherweise aus eigener Kraft ins Wasser gelangt wäre, gesprungen, gefallen, in der Art. Er war aber schon eine ganze Weile tot, als er hineingelangte. Das Blut zirkulierte nicht mehr im Körper, und es bildeten sich daher keine Blutergüsse.«

»Und was hat das mit Berthe zu tun?«

»Keine Messerwunden, keine Schädelwunden, die ihm vor dem Tod zugefügt wurden: Er wurde nicht überfallen. Wir sind sicher, er wurde vergiftet und dann ins Wasser gezerrt, so dass ihn die Strömung in die Wasserräder tragen musste. Dort hoffte die Mörderin, dass alle Spuren vernichtet würden. Das sind sie aber keineswegs, im Gegenteil!«

Für einen Moment war es still im Zimmer. Ich überlegte fieberhaft. Von der Straße erklangen Hufe und Geblök einer Herde Rinder, die sich am Fluss hatten satt trinken dürfen nach dem langen Marsch in die Stadt, nur um nun zum Block geführt zu werden.

»Warum Berthe?«

»Sie ist die einzige Verdächtige, ein böses Weib, vielleicht sogar eine Hexe – jeder in der Nachbarschaft sagt, dass sie es war.«

»Außer mir.«

»Ja, und ich muss sagen, dass ich das sehr überraschend finde, ja bewundernswert. Aber dennoch: Der Händler scheint keine Feinde gehabt zu haben. Alle mochten ihn. Nur mit seinem Weib gab es andauernd Streit.«

»Sie ist zanksüchtig, das ist wahr, doch das bedeutet bei Berthe gar nichts. Habt Ihr das Gift schon gefunden?«

Er kratzte sich die rasierte Stirn. »Hm, nun ja, das ist ein schwacher Punkt. Ich bin sicher, dass es Gift war, wenn ein so kräftiger Mann im besten Alter so plötzlich stirbt. Ohne vorherige Anzeichen. Hm ... der Medicus konnte nichts nachweisen. Aber das macht nichts!«, verkündete er selbstsicher. »Wenn wir die Frau erst mal peinlich befragen, dann wird sie schon gestehen.«

»Ihr wollt sie foltern?«

»Da das Gottesurteil von der Kirche als Mittel der Prozessordnung verboten wurde – was bleibt uns anderes übrig? Nur erst mal Wasserfolter, erster und zweiter Grad. Ich bin kein Unmensch. Sie kann es ja selbst jederzeit beenden.«

Und wenn sie nichts zu gestehen hatte?

»Ich bitte Euch nur, Monsieur Truphémus, dass Ihr nichts Voreiliges tut. Ich werde mich umhören, mit Eurer Erlaubnis. Denn ich bin ganz und gar nicht von Berthes Schuld überzeugt.«

»Gut, gut, um Eures verstorbenen Gatten willen.« Truphémus stand auf und geleitete mich zur Tür. »Vielleicht reden die Leute vertrauensseliger mit Euch als mit meinen Bütteln. Besucht ruhig Eure Nachbarin. Vielleicht könnt Ihr sie zu einem Geständnis bewegen. Ich kann das peinliche Verhör auch noch ein paar Tage verschieben. Manchmal werden die Gefangenen allein schon durch diesen Ort weich.« Er lachte laut und fröhlich. Der Witz der Bemerkung entging mir.

Berthe war offenbar noch nicht lange genug an »diesem Ort«.

Sie kam sofort ans Gitter, als sie mich sah. In der grottenartigen Zelle hinter ihr waren noch mehrere andere Frauen. Zwei oder drei sahen wie Huren aus in bunten, tief ausgeschnittenen Kleidern; eine lag am Boden; sie stöhnte leise und hielt sich ihren aufgequollenen Bauch – offenbar Opfer der ersten Stufe der Wasserfolter, bei der dem Opfer neun Liter Wasser eingetrichtert wurden. Andere Zelleninsassen saßen apathisch im stinkenden Stroh oder schaukelten mit dem Oberkörper, ein erbarmenswerter Anblick. Nicht für Berthe.

»Ich weiß gar nicht, was ich hier soll! Es ist eine schreiende Gemeinheit! Schau sie dir doch an! Lumpenpack! Gesindel! Galgenvögel! Nutten! Ich habe nichts mit denen gemein.«

Die Huren zischten und lachten: »Behalt deine Maulfürze drin, wenn du die Nacht überleben willst.«

»Psst, Alte! Brauchst du deine Augen noch? Wenn nicht, ich kratze sie dir gern aus!«

Ich packte ihre Hand, um ihre Aufmerksamkeit zu erlangen.

»Berthe, wenn ich dir helfen soll, dann musst du mir alles sagen, was du weißt! Hatte Massimo Feinde?«

»Feinde, Massimo?« Ihre stechenden Augen wandten sich mir zu. »Der doch nicht! Der hat sich doch bei allen eingeschmeichelt! Hat Kredite gegeben, wo er es längst nicht mehr hätte tun dürfen! Ha! Der großzügige, liebe Massimo. Und wer durfte dann sehen, wie die Schulden eingetrieben wurden? Ich! Wer musste hart bleiben, damit sie uns nicht an den Bettelstab bringen? Ich. Wer hat den Laden wirklich geführt, wenn Massimo am liebsten die Sachen verschenkt hätte, damit ihn nur jeder mögen sollte? Die böse Berthe! Ich! Und mich haben sie dann gehasst dafür! Glaubst du, das hat mir Spaß gemacht? Glaubst du etwa, ich hätte nicht auch lieber die Großzügige gespielt?«

Ob sie das gekonnt hätte? Wohl kaum. Ich sah mich nach dem Wächter um, der zum Glück nicht zuzuhören schien.

»Psst, Berthe, rede doch nicht so. Das macht dich schuldig in ihren Augen. Du gibst dir gerade ein Motiv!«, flüsterte ich. »Es ist doch so, dass du deinen Massimo eigentlich sehr gern gehabt hast.«

Sofort spielte sie eine andere Melodie, die Hände an den Gitterstäben, rutschte sie langsam daran herab und kniete auf der Erde. Jetzt heulte sie: »Massimo, mein Massimo!«, nur um im nächsten Augenblick wieder zu zischen: »Sie hassen mich, alle hassen sie mich. Jemand von denen hat meinen Alten umgebracht, nur um es mir in die Schuhe schieben zu können! Berthe weg, Schulden weg – sehr geschickt!«

»Berthe, sei klug. Rede nicht so ein verrücktes Zeug. Bedenke doch, was das für einen Eindruck macht.«

»Ist mir egal, der verdammte Eindruck«, keifte sie. »Die werden mich alle noch kennen lernen! Wenn ich hier rauskomme, dann treibe ich alle Schulden ein, ohne Erbarmen! Sie sollen bezahlen dafür, dass sie mich angeschwärzt haben! Wirst sehen: Ich habe es in der Hand, die halbe Straße aus ihren Häusern vertreiben zu lassen! Böse Berthe? Ich werde ihnen eine böse Berthe geben, umschauen werden die sich!«

»Berthe!«

Dann wieder langte sie durch die Gitterstäbe und umklammerte mein Handgelenk wie eine Zange: »Christine! Christine! Du musst mir helfen. Du bist klug! Du kennst dich doch mit Gerichten aus. Bitte lass mich nicht im Stich. Bitte lass nicht zu, dass sie mich foltern. Ich halte das bestimmt nicht aus. Da gebe ich gleich alles zu, was sie hören wollen. Aber ich bin doch unschuldig! Hilf mir, Christine!«

»Ich tue, was ich kann. Ich war schon beim Richter und habe für dich ausgesagt, wie du deinen Mann doch eigentlich gemocht hast ...«

»Was soll das heißen? Gemocht? Ich habe ihn geliebt, geliebt, wie du nie geliebt hast, du kaltes Weibsstück. Lesen, Rechnen, nie mehr heiraten. Und dein Gerede von den Rechten der Frauen!«

Sie verstand es wirklich, sich Freunde zu machen.

»Berthe! Hör mir zu!«, sagte ich und entriss ihr mein Handgelenk. »Hör mir zu: Sie haben nichts gegen dich in der Hand, keinen Beweis. Es sind alles nur Vermutungen. Wenn es zum Äußersten kommt, dann musst du eben die Zähne zusammenbeißen und die Wasserprobe durchstehen! Dann lassen sie dich auf jeden Fall frei, hörst du, Berthe?«

Aber sie fing wieder an, mich zu beschimpfen und zu greinen vor Angst: »Folter! Nein! Nein! Ich kann das nicht! Du darfst mich nicht alleine lassen, Christine! Du Rabenaas! Freust dich doch, dass es mich erwischt, so kannst du dich an Aldo ranmachen! Kannst wieder umsonst einkaufen bei uns! Du, du ... du Flittchen!«

Und so fort. Ich muss sagen, dass ich sie weniger denn je mochte. Doch gerade deshalb war sie doch in dieser Lage: weil keiner sie leiden konnte. Ein schlechter Grund, um jemanden zu verurteilen. Und wäre wohl ein Mann in derselben Lage angeklagt worden? Darüber dachte ich nach, als ich die paar Stufen zurück ins Sonnenlicht stieg, hinausgelassen von einem Wächter, der kopfschüttelnd brummte: »Hoffentlich machen sie bald ein Ende mit der. Das ist ja nicht auszuhalten.«

Warum ist es häufig so, dass man ein böses Weib verachtet, einen bösen Mann dagegen fürchtet und bewundert? Sie sagen uns, dass Frauen von ihrer Natur her niederträchtig und schlecht sind. Was ist mit Karl dem Bösen von Navarra, der sein ganzes schlimmes Leben lang Giftmorde angeordnet hat, der Karl V. schon als Kind von seinem königlichen Vater entzweit hat und sogar noch vom Sterbebett aus intrigierte? Oder mit Ludwig von Orléans, dem Bruder des Königs, seinem Regenten? Man sagt, er sei ein Anhänger der schwarzen Magie, und doch ist er der mächtigste Mann im Reich.

Ich kaufte ein paar Süßwasserfische in der Rue Pierre à Poisson. Die eingesalzenen Heringe reizten mich sehr, aber Chasse Marée, der Meerwasserfisch, das ist für reiche Leute. Zurück zum Tour Barbeau auf Berthes Esel, den ich ohne Gewissensbisse für mich einsetzte, da ich doch nun sein Futter bezahlte, das war recht bequem. Zufrieden, dem Schlachtviertel zu entkommen, schnalzte ich und zog ihm die Gerte über das graue Hinterteil. Zuckelnd setzte er sich in Bewegung, und ich ritt ganz herrschaftlich über die Gossen und ihren stinkenden Inhalt dahin und wackelte vor Vergnügen mit den Zehen.

Bruder Thomas war über seinen Tisch gebeugt und malte zierliche Ranken, als ich nach Hause kam. Sein Kopf war tief über die Seite gebeugt, unbeweglich der ganze Körper bis auf die rechte Hand, die, einen winzigen Pinsel führend, minuziös kreisende und schlängelnde Bewegungen machte. Das halblange Haar hatte er mit einem Tuchstreifen zusammengebunden. Es war so still im Raum, dass ich meinte, das Ticken der Holzkäfer zu hören. Thomas hatte mein Eintreten nicht bemerkt. Ich wollte ihn nicht stören und schlich auf Zehenspitzen wieder nach unten. Mutter funkelte mich an und fragte nicht einmal nach Berthe. Ich war auch nicht in der Laune, darüber zu reden.

»Iss etwas, du siehst schlecht aus«, forderte Marie mich auf, es war ihr Allheilmittel. Zu meiner Überraschung hatte ich Appetit. Also nahmen wir alle einen kleinen, irregulären Imbiss im Garten unter dem Weinlaub: frisches helles Brot, das süß nach Milch und Hefe schmeckte, Brousse, ein frischer, weißer, leicht säuerlicher Ziegenkäse, und dazu silbrig beschlagene blaue Trauben, deren harte Schale unter den Zähnen platzte und ein Aroma nach Zucker und Muskat freigab. Eine leichte Brise wehte vom Fluss. Die saubere und ästhetische Atmosphäre tat mir gut. Den Gedanken an Berthe in ihrer schmutzigen Zelle schob ich energisch zur Seite.

Thomas schaute oben aus einem kleinen Fenster.

»Komm herunter, Mönch! Es ist noch Brot und Käse da«, rief ich.

»Ich bin nicht hungrig. Komm herauf, sieh, was ich entworfen habe«, gab Thomas zurück.

»Oh, ausgerechnet jetzt? Muss ich?«

»Ja, du musst«, sagte er, »ich habe eine kleine Überraschung.« Mutter kniff den Mund zu einem Strich zusammen, als ich aufstand und ins Haus ging.

Drinnen umfing mich eine angenehme Kühle. Durch den Treppenschacht fegte ein leichter Zug vom Keller bis unter das Dach. Die Stiegen rochen nach dem Bittermandelöl, mit dem Héloise sie regelmäßig polierte.

»Hast du nicht gesagt, du wolltest Valentina Visconti einen Band Schäfergedichte verehren?«

»Das hat Gilles Malet mir geraten, aber ich komme ohne eine Empfehlung nicht an sie heran. Der Bittbrief, den Malet weitergegeben hat, scheint den König nicht erreicht zu haben«, seufzte ich. »Es gab gar keine Reaktion, und der Herzog von Orléans wird von so vielen Bittstellern belagert, dass er mich übersehen wird wie das letzte Mal. Wer hilft mir? Ach, an wen kann ich mich nur wenden?« Ich ließ den Kopf hängen. Das Geld von Gilles Malet sicherte uns das tägliche Brot, doch meine Schulden wurden nicht geringer. Das Material war teuer, obwohl ich die Anschaffung von wertvollem Pergament nicht bereute. Ich war von klein auf gewohnt, Dinge von Qualität zu haben, und es schien mir ein Zeichen der Überwindung meiner Krise, es mir wieder leisten zu können.

Doch jetzt gerade kam mir alles wieder eng und riskant vor. Wieder war ein neuer Prozess gegen mich angestrengt worden. Immer neue angebliche Gläubiger tauchten auf, und der Turm gehörte immer noch nicht uns. Manchmal hätte ich am liebsten aufgegeben, mich aufgelöst und wäre als Wolke am Himmel davongetrieben, ohne Bewusstsein, ohne einen Kummer in der Welt. Es war alles so mühselig. Immer und immer wieder unternahm ich neue Anstrengungen, machte neue Ansätze, doch sie versandeten alle in mannigfaltigen Widerständen. Immer und immer wieder wurde ich bedrängt, meine Anstrengungen vereitelt. Die ewigen Geldsorgen würden mich noch auffressen.

Ich blieb mitten auf der Wendeltreppe stehen, um mich in den Griff zu bekommen. Selbstmitleid ist widerlich!, warf ich mir vor. Doch manchmal verließ mich eben der Mut. Das lag vermutlich daran, dass meine Träume zu hochfahrend waren.

Bruder Thomas stand oben in der Tür. Er hatte mich beobachtet.

»Ich werde dir den Zugang verschaffen«, sagte er.

»Du?« Ich hob den Kopf und sah ihn überrascht an. »Woher kennst du denn Valentina Visconti?«

»Ich kenne sie nicht ... direkt. Nur so von Weitem. Wir sind ja Landsleute. Und frag mich nicht wieder aus, sonst bereue ich, etwas gesagt zu haben.«

Ich verschloss meine Neugier in einem metallenen Kästchen, fürs Erste. Thomas hatte sich bereits einige Gedanken gemacht und Bildseiten sowie Motive entworfen.

»Sie sind wunderschön, Thomas, aber müsste ich für die Visconti nicht Purpur und viel Gold verwenden? Das kann ich mir nun wirklich nicht leisten.«

Purpur wurde aus dem Sekret einer kleinen Meeresschnecke gemacht. Man brauchte unendlich viel davon, um jenen kaiserlichen Ton zu erzeugen.

»Ach, Purpur und Gold hat sie ohnehin so viel, dass sie sich langweilt damit. Du musst deine Arbeit abheben. Ich würde statt eines mit Purpur gefärbten Einbands lieber ein tiefes Azurblau wählen. Es ist origineller und passt zu deinem Thema. Der Einband kann aus Samt sein, Stoffreste dieser Größe kosten dich nicht viel. Die Bilder müssen einen schönen, sanften Farbklang haben, und Gold brauchst du nur sehr wenig.«

»Aber die Buchstaben sollten fett und erhaben sein. Es darf nicht nach Geiz aussehen. Wie macht man das?«

Da ich selbst ein wenig Buchstabenmalerei beherrschte, war ich immer begierig, von Thomas zu lernen.

Er zeigte auf einen dick gewölbten Goldbuchstaben in seinem Musterbuch.

»Das scheint mir eine ganze Menge Gold zu sein«, sagte ich skeptisch.

»Im Gegenteil. Nur die oberste, sehr dünne Schicht ist Edelmetall. Zuerst trägst du eine Mischung aus Gips, Leim und gelber Farbe auf, Gesso genannt, so dass ein Körper entsteht. Darauf kommt eine Schicht roter Tusche, um die Leuchtkraft der Schlussschicht zu erhöhen, und dann erst drückt man ein wenig Muschelgold mit einem Hermelinpinsel darauf fest. So. Und wenn man das nicht will, also beispielsweise für große Flächen, da gibt es Goldersatztuschen. Der Unterschied ist für den Laien kaum zu erkennen.«

»Oh, Thomas! Das löst ja mein Problem«, freute ich mich. »Ich habe schon die ganze Zeit darüber nachgedacht, wie man das Büchlein attraktiv genug gestalten könnte für eine so verwöhnte Dame, ohne dass ich dafür das Haus verpfänden müsste.«

»Verkauf lieber Berthes Esel!«

»Thomas! So was sagt ein Mönch – du bist unmöglich! Und wenn sie freikommt?«

»Sagst du, das Vieh sei davongelaufen. Wie geht es ihr überhaupt?«

»Schlecht, wie zu erwarten war. Sie ist im Châtelet zusammen mit ein paar Huren und Folteropfern, riecht und hört den ganzen Tag lang das panische und angstvolle Blöken aus dem Schlachthaus nebenan. Ich würde da verrückt werden! Nachher muss ich es noch den Nachbarn sagen: Massimo ist wohl tatsächlich nicht von allein ins Wasser gefallen ...« Ich erzählte ihm, was ich gehört hatte, und dass es gegen Berthe eigentlich keinen Beweis gab.

»Wo genau er wohl ins Wasser gekommen ist?«, überlegte Thomas laut. »Lass uns ins Universitätsviertel gehen und Blattgold und Blaustein kaufen. Lazulith aus Albion oder besser noch echten persischen Lapislazuli. Auf dem Weg dahin könnten wir etwas ausprobieren.«

Er packte ein paar Sachen zusammen, nahm seine Umhängetasche von einem Haken und stapfte mit seinen langen Beinen vor mir her aus dem Haus, durch den Garten. Mutter und Marie saßen immer noch in der Laube und schauten uns neugierig nach. Ich hob die Achseln, denn was Thomas vorhatte, konnte ich auch noch nicht wissen. Ich folgte ihm zum Fluss. Auf der Höhe von Berthes Haus schlüpfte Thomas aus seinen Sandalen und schürzte sich die Mönchskutte unter den Gürtel. Ein paar lange und sehr wohlgeformte Beine kamen zum Vorschein. Ich fühlte einen Anflug von Röte auf den Wangen und sah fort, während Thomas ins Wasser watete.

»Die Strömung ist hier ziemlich stark«, rief er, als er bis an die Taille im Wasser stand. Er ließ ein großes Stück Holz schwimmen, das er am Ufer aufgelesen und mit einem Messer markiert hatte, und beobachtete die Richtung, die es nahm.

»Das landet an der Notre-Dame-Brücke!«, rief ein Fischer von seinem Boot.

»Immer?«

»Ja.«

»Warum?«

»Die Strömung ist hier so. Alles landet an der Notre Dame.«

»Nicht weiter? Könnte nicht ein schwerer Körper bis zur Mühlenbrücke treiben?«

»Von hier aus? Auf keinen Fall«, rief der Fischer. »Das ganze Treibgut holen sie an der Notre-Dame-Brücke heraus. Dort bleibt es zwischen dem rechten Ufer und dem ersten Brückenpfeiler hängen. Was da nicht bleibt, fängt sich vor der kleinen Bootsanlegestelle vom Schlachthaus. Aber ich wette, wenn ihr etwas verloren habt, dann findet ihr's an der Notre Dame.«

Thomas kam wieder herausgewatet und wrang den Saum seiner braunen Kutte aus.

»Dann lass uns nachschauen, ob er Recht hat.«

Wir winkten dem Fischer zu und liefen über den Treidelpfad zu den Seine-Brücken. Thomas' Kutte trocknete rasch bei dem heißen Wetter. Links lag die Ile de la Cité mit der Kathedrale darauf, rechts das Viertel St. Jacques mit seinem aberwitzigen Glockenturm. Und richtig, da unten am Brückenpfeiler klebte das Stück Holz .

»Ob nicht ein schwerer Körper wie der fette Massimo ganz anders getrieben wäre?«, fragte ich.

»Nein«, sagte Thomas. »Die Wege des Wassers sind ja immer dieselben. Ob etwas Schweres oder Leichtes darin treibt, ist gleich.«

Wir standen an der Brücke und spähten in die Dunkelheit ihrer massiven Pfeiler. Die Wellen, die gegen die Brücke schlugen, bekamen hier unten ein glucksendes Echo. Lichtringe verbreiteten sich über das dunkle Wasser und reflektierten an Wänden und Deckenbögen. Schatten von Fischen huschten unter der Oberfläche. Eine zerlumpte, schmutzige Gestalt löste sich vom Brückenfundament, und eine heisere, nörgelnde Stimme ertönte: »Haut ab hier! Das ist mein Platz!«

Thomas langte mit einem langen Arm in die Schatten und zog einen von schwartigen Narben übersäten Bettler hervor. Er hatte verfilzte graue Haare, ein alter Mann.

»Hab keine Angst, Väterchen! Niemand will dir was wegnehmen.«

Er blinzelte misstrauisch und grinste dann breit und zahnlos. »Aaaah! Soll ich euch beiden Turteltäubchen für ein Viertelstündchen den Platz überlassen? Kostet nur ein Kupferstück, und meine Lippen sind versiegelt! Es ist auch eine Decke da …«

Die Geilheit in seinen Augen, die Selbstverständlichkeit, mit der er unziemliche Begierden voraussetzte, widerte mich derart an, dass ein Schauder mich überlief. Die Witwe und der Mönch, Herr Boccaccio, ich hoffe, dafür schmorst du in einer Hölle, die nicht einmal du mit deiner Dichterfantasie dir auszudenken im Stande warst!

»Danke für das Angebot, Väterchen. Aber es ist nicht, wie du denkst. Wir wollen von dir nur eine Auskunft, und dafür kriegst du ebenfalls ein Kupferstück – nicht wahr, Christine?«

Widerwillig kramte ich in meiner Gürteltasche nach einem Kupferstück und gab es Thomas.

»Sag, Alter, vor ein paar Tagen ist hier eine Leiche entlanggetrieben …«

»Ist nichts Besonderes«, winkte der ab.

»Es war der Leichnam eines sehr fetten Mannes, reich gekleidet, ein Pfeffersack.«

»Wenn ich nichts gesehen hab, krieg ich dann trotzdem mein Geld?«, greinte der Bettler. »Ich kann doch nichts dafür, dass ich nichts gesehen habe!«

»Du bekommst das Geld auf jeden Fall. Sag uns bitte nur wahrheitsgemäß, was du gesehen hast. Ist ein solcher Leichnam hier angetrieben worden? Landet hier alles, was von da oben kommt?«

»Das meiste landet hier«, sagte der Bettler, und ich wünschte mir, er würde wieder in den Schatten verschwinden. Sein

Gesicht war ruiniert von Blattern und Messerstichen, ein Augenlid hing halb herab, was ihm ein tückisches Aussehen verlieh.

»Wenn euer Pfeffersack hier gelandet wäre, dann hätte ich heute seine Sachen an. Ich nehme mir von dem Treibgut und von den Leichen, was ich brauchen kann. Die haben schließlich nichts mehr davon. Ich bin kein Dieb! Aber er war nie hier.«

»Kann es sein«, fragte jetzt Thomas, »dass er von einer der Brücken gefallen ist? Er ist in die Wasserräder geraten …«

Der Bettler kratzte sich seinen kurz geschabten Bart. »In die Mühlen? Schade um die schönen Kleidungsstücke. Die waren bestimmt hinüber.«

»Wenn er von einer Brücke gefallen wäre, hättest du das gehört?«

»Wenn ich nüchtern gewesen wäre, sicher. Aber ich bin abends nur nüchtern, wenn ich einen schlechten Tag hatte. Und in letzter Zeit hatte ich Glück«, damit streckte er die Hand aus. Thomas legte das kleine Geldstück hinein. Der Bettler verschwand unter seiner Brücke.

»Armer Mensch«, sagte Thomas, als wir nach oben zum Straßenpflaster kletterten. »Wie übel muss das Leben ihm mitgespielt haben, dass er es hier beenden wird?«

Oben trat Plan Nummer zwei in Kraft.

»Es hätte mich auch gewundert«, sagte ich, während ich Thomas half, die mitgebrachten Fischblasen aufzupusten, »wenn eine so kleine Frau wie Berthe diesen schweren Mann in ihrem Haus vergiftet und dann die ganze Uferböschung bis ins Wasser schleppt und dort so weit in die Strömung hineinzieht, dass sie ihn fortträgt.«

Es gab nur wenige Lücken zwischen den Brückenhäusern. Von dort aus warf ich eine Fischblase ins Wasser. An der Mühlenbrücke stand Thomas und sah zu, wohin sie trieb. Von der Notre-Dame-Brücke aus erzielte ich keinen Treffer.

Wir versuchten es von der Wechslerbrücke. Passanten hielten an, gafften und lachten über unsere merkwürdige Tätigkeit.

»Was soll das geben?«, fragten sie. »Seid ihr kindisch geworden, dass ihr Schiffchen spielt?«

»Es ist ein wissenschaftliches Experiment«, sagte Thomas und erklärte es ihnen.

»Eine solche kleine, mit Luft gefüllte Blase ist doch nicht dasselbe wie ein ausgewachsener Mann«, warf klug einer der Geldwechsler ein.

»Es ist nicht wichtig, wie schwer ein Gegenstand ist, um die Strömung zu bestimmen«, sagte Thomas. »Wichtig ist nur, dass er an der Oberfläche bleibt. Und das war bei diesem Leichnam der Fall, weil er so fett war.«

Uns gingen langsam die Hausenblasen aus, da sahen wir, wie unser letztes Exemplar geradewegs auf das mittlere Wasserrad zutrieb, von ihm erfasst und hochgehoben wurde und auf der anderen Seite dieser beweglichen Mauer verschwand.

Wir wandten uns um und studierten die Häuser, die auf dieser Linie lagen. Es gab keine Lücke zwischen ihnen. Er musste aus einem dieser Häuser gestürzt sein.

»Wer wohnt dort?«, fragte ich den Geldwechsler.

»Das grüne da ist mein Haus. Daneben wohnt ein Kollege, ein anderer Geldwechsler, Panfilo. Er ist Italiener, aus dem Piemont, glaube ich. In dem dritten Haus, dem roten mit den bemalten Fensterläden ...« Er beugte sich zu uns und raunte: »Da wohnt ein stadtbekanntes Frauenzimmer, Ihr versteht?«

»Interessant«, sagte Thomas.

Der Mann missverstand ihn und grinste viel sagend. Thomas schaute ärgerlich. Ich gab vor, den Abtausch nicht bemerkt zu haben, und wir setzten unsere Befragungen fort. Aber dieser Panfilo kannte keinen Massimo, und die Dame war leider nicht zu Hause. Wir kauften Panfilo ein wenig Blattgold ab, das wirklich viel preiswerter war, als ich dachte.

Im Universitätsviertel auf dem linken Seineufer gab es wegen der vielen Kopier- und Buchmalerwerkstätten auch Läden für Pigmente und anderes Zubehör. In einer Auslage entdeckte ich eine Schnur mit Gewichten, von der Art, mit der wir die Seiten aufgeschlagen hielten. Meist waren Bleigewichte daran. Hier waren es zwei schwere Anhänger aus geschnittenem Beryll. Ich blieb davor stehen und nahm sie müßig in die Hand, hübsch, aber sicher zu teuer.

Wir kauften für Thomas Brunus und Bleiweiß sowie Mennige, das er für das Mischen einer Hautfarbe benötigte, für den Goldersatz erstanden wir die Galle einer Schildkröte, ein wenig teuren Safran, Auripigment und Bergkristall – ich war gespannt auf das Ergebnis. Beladen mit Säckchen und Behältnissen aller Art verließen wir das Geschäft. Nur Lapislazuli bekamen wir nicht.

Thomas war enttäuscht: »Natürlich können wir Kornblumenblätter nehmen, aber das Blau ist zu schwach. Ich werde ein wenig mischen müssen ...«

Auf der Straße pöbelte ein Universitätsangehöriger Thomas an: »Was suchst du hier, Bettelmönch? Weißt du nicht, dass deinesgleichen nicht willkommen ist in dieser Stadt? Das Lehren ist dir strengstens verboten! Wenn wir dich dabei erwischen, ziehen wir dir deine fromme Kutte über die Ohren und prügeln dich zum Tor hinaus.«

Ich mischte mich ein, zornig über diese Anmaßung, und sagte: »Damit Ihr's wisst: Der fromme Bruder lehrt nicht, sondern er malt, und darin hat ihm Gott ein so großes Talent verliehen, dass Ihr Euch noch wünschen werdet, ein von ihm illuminiertes Buch zu besitzen. Aber wahrscheinlich seid Ihr zu schäbig dafür und könnt ein solches Kunstwerk nicht bezahlen.«

Der Magister betrachtete mich giftig, würdigte mich aber keiner Antwort. Wir setzten unseren Weg fort.

Thomas lachte. »Vielen Dank, Christine, aber du solltest dir meinetwegen keinen Ärger zuziehen.«

»Mit denen habe ich ohnehin eine offene Rechnung«, sagte ich hitzig. »Und ich werde mir gleich mit dem höchsten Vergnügen noch mehr Ärger einhandeln.«

Und damit ging ich zu ihrem Haupthaus – die Collegien sind überall in diesem Viertel verteilt – und nagelte meine »Epistel an den Gott der Liebe« mitten an das Portal. Wir entfernten uns rasch. Die Studenten waren als gewalttätig bekannt. Bevor ich um die Ecke bog, sah ich noch, wie sich bereits ein Auflauf vor meinem Anschlag bildete. Sieh an, war ich bisher zu schüchtern gewesen? So musste man es also machen, wenn man Aufmerksamkeit wünschte!

Wir gingen über die Kleine Brücke und erreichten die Ile de la Cité. Ich machte einen kurzen Abstecher auf den Geflügelmarkt, um meine alten Freunde zu begrüßen. Bruder Thomas wollte sich nach Krähenfedern umschauen, die er für die feinen Striche in Miniaturen brauchte. Ich setzte mich zur Pastetenbäckerin, wir tranken geharzten Wein aus einem Bocksbeutel und tratschten über Berthe.

»Weißt du«, sagte der Geflügelhändler, »dass es nicht der einzige Giftmord ist, wenn es denn einer war. Und immer müssen sie die Schuldigen laufen lassen, jedenfalls wenn sie die Befragung durchstehen. Sie müssen sie laufen lassen, weil man nie etwas hat nachweisen können.«

»Dann war's vielleicht keiner von denen, auf die man sofort kommt.«

»Der Berthe trau ich alles zu, aber es nimmt mich doch wunder, was sie verwendet hat, dass man ihr nicht auf die Schliche kommt!«, sagte die Pastetenbäckerin. »Da, iss von den Amselküchlein, Christine, für dich sind sie umsonst! Die meisten Gifte kennt man ja. Nimm Arsen zum Beispiel, das macht gelbe Fingernägel, oder Bittermandel, die färbt den Körper eines Menschen hellrot, hab ich gehört. Kupfervitriol verätzt die Kehle. Und dann ist da dieses Zeug, das dem Opfer Mund und Zunge schwärzt, brrr!«

»Also ich glaube ja, das ist ein und derselbe Mörder und nicht deine schwarze Berthe«, verkündete eine Eierfrau, die hinzugetreten war. »Der geht in der Stadt herum und vergiftet aus Spaß mal hier einen, mal da einen. Das zieht sich ja durch alle Quartiere, egal, ob reich oder arm.«

»Wo waren denn bisher solche Fälle?«, fragte ich.

»Hm, warte mal. Der erste war in der Nähe vom Louvre ...«

»Einer war hier auf der Insel«, sagte die Pastetenbäckerin. »Daran erinnere ich mich genau, war keine drei Häuser von unserem entfernt! Und dann einer bei der Universität – und dann, ja, hat er das Ufer scheint's wieder gewechselt. Zuletzt war er am Tour Barbeau. Pass bloß auf, Christine.«

»Danke der Fürsorge, aber nach eurer Theorie ist die Gefahr ja vorbei, wenn er anschließend immer weiterzieht. Und warum sprecht ihr immerzu von ›ihm‹? Warum ist es ein Mann?«

»So gemein sind nur Kerle«, fanden die Marktfrauen. »Eine Frau bringt wohl mal einen um, weil sie einen Rochus hat, aber doch nicht wildfremde Leute!«

11

Drei Stunden hatten wir konzentriert gearbeitet. Nur das Kratzen unserer Schreibfedern war zu hören, gelegentliches Umrühren von Tinten oder Farbtuschen, das harte, trockene Umblättern von Pergament. Wie würde wohl dieses neue Ding, dieses Papier klingen, beim Umblättern? Würde es überhaupt einen Klang haben oder nur flüstern wie ein Gespenst? Ich legte Gänsefeder und Messer beiseite, streckte die Arme hoch und reckte mich. Meine Sehnen sprangen mit vernehmlichem Knacken in ihre natürliche Stellung zurück.

Unten im Haus hörte ich Jean und Céline streiten.

»Thomas?«

Er schaute hoch, die dunklen Locken fielen bis auf die Schulter, einige feuchte Strähnen klebten an seinem bloßen Hals, die Lippen waren leicht geöffnet in seiner Konzentration. Er kam von weit her und sah mich an wie nach einer Ohnmacht. Solange er daran arbeitete, lebte er in seinen Bildern. Ich ging zu ihm hinüber und blickte ihm über die Schulter: eine Landschaft mit Felsen, Bäumen und Blumen, ein Schäfer mit Schafen, und alles gruppierte sich um einen behauenen Marmorblock.

»Auf diesen Block schreiben wir den Titel in Gold, wie eingemeißelt: ›Dit de la Pastoure‹, die Erzählung der Schäferin.«

»Ich finde es sehr schön, aber ungewöhnlich. Die meisten Illuminationen, die ich kenne, sind viel mächtiger, ornamentaler. Die Schnörkel und Ausläufer der Buchstaben ziehen sich am Satzspiegel hinunter oder umrahmen sogar das ganze Schriftfeld. Es ist so glaubhaft, was du dargestellt hast. Und so schlicht. Mir gefällt es, wie du malst: Man kann sich in deine Bilder richtig hineinversetzen, als sei man selbst dort. Aber was ist mit den Drolerien, den fantastischen Gestalten, dem überbordenden, blattfüllenden Zierrat, mit den Ornamenten, die jedes freie Stück der Seite bedecken – wird das nicht erwartet?«

Er winkte verächtlich ab, legte die Feder aus der Hand. »Ach was, schon längst nicht mehr, nicht in Italien. Das ist veraltet. Das Bild hatte sich zuletzt viel zu weit vom Text entfernt, ja ein Eigenleben geführt, eigene Buchseiten belegt, gewuchert. Heute findet man wieder zum Sinn der Illumination zurück, nämlich den Inhalt zu illustrieren, so dass man die Worte begreifen kann. Die Bilder moderner Werke sind klein und halten sich am Text. In Frankreich sind die Leute zu faul zum Lesen und wollen lieber Bilder anschauen.«

»Deine Bilder schaut man auch sehr gern an, Thomas. Sie sind wunderschön.«

»Ich möchte natürlich auch gern, dass man meine Bilder bewundert. Von solcher Eitelkeit bin ich nicht frei. Aber es muss alles im richtigen Verhältnis stehen. Ihr Franzosen werdet euch schon noch an den modernen Stil gewöhnen. Im Übrigen ist dieses Buch für die Visconti, und die ist sehr stilbewusst, glaube mir.«

Er wies auf ein Detail.

»Der Stein hier, eine Überschrift auf einem Grabstein oder einer Marmortafel, das nennt man *al antico*, nach antiker Art, schlicht und klar. Du kannst ein Motto auch von Engeln tragen lassen, wenn es zum Thema passt.«

»Und so erinnert man sich an eine ferne Vergangenheit ...«

»Die um so viel aufgeschlossener war als die Gegenwart.« Seine Hand strich beinahe zärtlich über die Seite, eine schmale Hand mit langen, feinen Fingern.

Schritte polterten die Treppe hoch. Jean kam hereingestürmt. Er blieb wie angewurzelt auf der Schwelle stehen, als er uns so zusammen sah. Sein Gesichtsausdruck verfinsterte sich.

»Was ist, Jean?«

»Céline sollte mir neue Strümpfe nähen. Sie hat es nicht getan!«

Céline kam hinterher und gab ihrem jüngeren Bruder einen Schubs, so dass er ihr Platz machen musste.

»Jean hat versprochen, mit mir zum Jahrmarkt zu gehen, wenn ich ihm bunte Strümpfe mache! Er soll erst mal sein Versprechen halten.«

»Jean?«

»Ich will lieber mit Klassenkameraden aus der Domschule gehen und nicht mit einem blöden Mädchen.«

Bruder Thomas lächelte: »Ich würde gegenüber deiner Mutter nicht von blöden Mädchen sprechen, junger Mann!«

»Jean, ich dachte, ich hätte dir etwas Respekt beigebracht! Hast du es ihr versprochen?«

»Ja, schon ...«

»Dann gehst du mit ihr und nicht mit deinen Freunden. Und du, Céline, wirst ihm sofort die bunten Strümpfe nähen, dafür brauchst du nicht mehr als eine Stunde. Danach könnt ihr gehen. Was man verspricht, muss man halten, das gilt für euch alle beide!«

Jetzt schmollte Céline.

»Hier habt ihr beide ein paar Pfennige, davon dürft ihr euch kaufen, was ihr mögt«, fügte ich hinzu. Beide zogen einigermaßen besänftigt ab. Céline streckte Jean die Zunge heraus.

Der Mönch hatte amüsiert zugehört.

»Du lässt deiner Tochter große Freiheit, ja, ich denke fast, dass du sie glauben machst, Frauen seien den Männern gleichgestellt.« Er sagte es mit einem Lächeln, denn unsere Diskussionen wurden inzwischen ohne Schärfe ausgetragen.

»Sind sie es denn nicht?«, fragte ich harmlos.

»Es steht geschrieben: Die Frau sei dem Manne untertan. Und das ist, weil sie schwächer und von unterlegenem Material ist.«

»Wie kann man behaupten, dass Gott in seiner Allmacht irgendetwas schlecht oder nachlässig gemacht hat? Er hat die Frauen genauso gut gemacht wie die Männer.«

»Nein, hat er nicht! Er hat die Männer nach seinem Bilde gemacht und die Frauen nur fast nach seinem Bilde. Den Mann hat er zuerst gemacht! Deshalb ist die Frau schwächer und schlechter gelungen.«

»So sagt Augustinus«, konterte ich rasch. »Und er, wie viele andere, bezieht sich auf einen heidnischen Autor, nämlich Aristoteles. Der hat ja sogar behauptet, die Frau trage zur Zeugung gar nichts bei, sie sei nur ein Gefäß.«

»Das ist sie auch und warum nicht? Was ist verkehrt daran, in Demut seiner Bestimmung zu entsprechen?«

»So wie du, Thomas?« Er schaute verlegen. »Wenn es so wäre, wie Aristoteles ohne jeden vernünftigen Beweis eingeführt hat, warum hätte Gott – und so steht es in der Bibel – seine erste Frau dann Eva genannt, was Leben bedeutet?«

»Aber dennoch war der Mann der Erste und das Vorbild. Eva ist aus seiner Rippe gemacht.«

»Und ist sie dann nicht aus dem edelsten Material? Der Mann dagegen ist aus Lehm, wie der Name Adam bedeutet. Was ist nun edler: ein Klumpen Lehm oder ein Mann?«, fragte ich listig.

Thomas lächelte.

Ich entfernte mich und bemerkte im Gehen über die Schulter: »Und übrigens, Maler, hast du im Laufe der Zeit deine Kunst nicht verbessert? Übung macht den Meister. Warum sollte das beim Schöpfer anders gewesen sein?«

Er lachte laut heraus und warf einen Lappen nach mir.

Ich kehrte zurück an mein Pult und schrieb weiter. Thomas malte Schafe, Bleiweiß auf Verdigris mit Augen aus Dornentinte. Nach einiger Zeit nutzte ich die friedliche Stimmung und fasste Mut, etwas mir Wichtiges zu fragen.

»Thomas, ich würde gern etwas wissen.«

Er schaute von seinem Blatt auf. Die Pupillen zogen sich ganz leicht zusammen. Wachsamkeit kehrte ein.

»Du lebst in meinem Haus, mit meinen Kindern. Ich vertraue dir. Doch ich würde gerne deine wahre Geschichte kennen.«

Er machte eine unschuldige Miene. »Ich habe dir alles erzählt.«

»Nein, hast du nicht. Woher kennst du denn die Visconti, du, ein einfacher Mönch? Und noch eins: Wenn es deine Aufgabe war, dieses gewisse Buch zu suchen und wiederzubeschaffen, hast du es gar nicht eilig damit. In der Sainte Chapelle warst du auch nicht. Soweit ich weiß, warst du ohnehin selten in einer Kirche, Thomas. Was ist mit dir los?«

Er schaute gekränkt, doch ich blieb hart.

»Madonna! Warum können Frauen niemals Ruhe geben? Ich habe dir alles über mich erzählt, was du wissen musst, was dich und deinen Haushalt betrifft. Ich bin, was ich gesagt habe: ein einfacher Mönch auf Reisen.«

Ich schaute ihn unverwandt an. Das Schweigen wurde lang.

»Gut.« Er legte seine Krähenfeder zu dem kleinen Vorrat an fertig geschnittenen Federn und winzigen Pinseln aus Marderhaar. »Gut, ich erzähl es dir: Die Sache mit Valentina Visconti ist ganz einfach. Ihr Vater, wie du weißt, ist Gian Galeazzo, der Herrscher von Pavia. Dessen Bruder, ihr Onkel, ist Bernabò Visconti, der Fürst von Mailand, und ich kann dir sagen, dass ich mir oft gewünscht habe, nicht gerade unter seiner Herrschaft gelebt zu haben. Bernabò ist ein Ungeheuer, er presst seine Untertanen aus, ist grausam über alle Maßen und unberechenbar. Seine beste Eigenschaft ist, dass er die Künste fördert, wenn auch sein Motiv hauptsächlich Prachtliebe ist. Er hat einen exzellenten Geschmack. Da er nun von meiner Kunst erfahren hatte, ließ er mich einige Male in seinen Palast holen und dort Miniaturporträts anfertigen, so auch eines von der Principessa Valentina. Sie hat geruht, von mir Notiz zu nehmen, und daher kenne ich sie ein wenig. Es wird genügen, wenn ich ihr ein Bild schicke und ihr verspreche, dass du für sie ein ganzes Buch voll davon hast, das du ihr schenken willst. Siehst du: ganz einfach.«

»Ich danke dir sehr für deine Fürsprache, Thomas, aber du hast noch nicht alle Fragen beantwortet. Was hat es mit dem anderen Buch auf sich, dasjenige, das du angeblich suchen und zurück in dein Kloster bringen solltest? Warum bist du so wenig interessiert, diesen Teil deines Schwurs oder deiner Strafe hinter dich zu bringen?«

Erst grollte er, suchte schweigend und trotzig nach einem Ausweg vor mir. Er beugte sich über seine Zeichnung und brachte mit einer Krähenfeder winzige Verzierungen an. Er biss die Zähne zusammen, unter dem mir zugewandten Auge sah ich einen winzigen Muskel zucken. Aber ich blieb an meinem Platz stehen und sah ihn unverwandt an. Endlich richtete er sich auf und warf die kleine Feder wütend auf den Boden. Er ballte die Fäuste.

»Ach, Christine, warum kannst du mich nicht in Ruhe lassen, du mit deinen dauernden Fragen und Zweifeln, mit deiner endlosen Gier nach immer neuen Wahrheiten und Entdeckungen? Warum kannst du nichts unaufgedeckt lassen?«

Ich sah ihn an.

»Und wie«, rief er, »solltest du mich noch mögen, wie mir vertrauen, wenn ich dir von meiner Schande erzähle? Also gut, du willst es hören: Ich habe nicht gelogen, was das Kloster betrifft und meine Schuld. Doch dann, bevor ich aufbrach, gab es in Mailand einen Hungeraufstand. Die Ärmsten der Armen bauten Barrikaden in den Straßen und plünderten die Bäcker. Zu Anfang wollten sie nur Brot, wer könnte ihnen das verdenken? Dann, wie es mit Menschen oft geschieht, wenn sie in die Enge getrieben und aufgehetzt werden, schlossen sich Bürger dem Aufstand an, denen Bernabò mit seinen Steuern die Früchte ihrer Arbeit stahl. Und zum Schluss kamen auch noch die Bauern aus dem Umland dazu. Bernabò ließ seine Soldaten ausrücken, die schnell mit den paar Dreschflegeln fertig wurden. Doch damit nicht genug, hatten sie den Befehl, die Familie jedes Bauern, der sich beteiligt hatte, von ihren Höfen zu vertreiben.«

Thomas schaute aus dem Fenster. In der furchtbaren Erinnerung lief ihm eine einzelne Träne über die Wange. Nichts ist so Mitleid erregend wie ein weinender Mann. Ich weiß, wie albern das ist. Es liegt nur an der zugrunde liegenden Annahme, dass sie es seltener tun als wir und es deshalb notgedrungen schwerwiegender sein muss. Man könnte ja auch annehmen, dass die Schwere der Gefühle gleich ist und dass die Frauen mehr fühlen, weil sie öfter weinen.

Wie dem auch sei, diese eine Träne rührte mich sehr, und ich hätte ihn davon entbunden, sich weiter zu offenbaren, doch nun bestand er darauf: »Unser Abt ordnete an, alle Flüchtlinge, soweit möglich, in unserem Kloster aufzunehmen, so wie Jesus es getan hätte. Bernabò bekam es heraus und ließ das Kloster niederbrennen. Die Mönche, meine Brüder, stellten sich den Soldaten in den Weg, nur mit Bibeln und Kreuzen bewaffnet. Sie haben sie alle erschlagen. Und statt dass ich zusammen mit ihnen den Weg der Märtyrer gegangen wäre, habe ich überlebt. Und weißt du auch, wie?«

Er kicherte unfroh.

»Ich habe mich in den steinernen Sarg eines Bischofs verkrochen, der mit seinem ganzen Staat darin lag. Ich habe mich unter das Skelett gelegt und seine prächtigen Kleider über mich gezogen. Der Deckel stand ein wenig offen, so dass ich Luft bekam, aber auch meine Brüder sterben hörte.«

Er stockte, und es war lange still.

»Du siehst also«, fuhr er endlich fort, »dass meine Aufgabe einigermaßen hinfällig ist. Seither bin ich herumgezogen, habe mich hier und dort um Kost und Logis bemüht, so wie dort, wo du mich gefunden hast. Ich gehe selten in die Kirche, weil ich mich meiner Feigheit schäme. Was sollte ich Gott sagen? Ich fürchte ihn.«

Tränen liefen über mein Gesicht. Ich schwor mir, den Armen niemals wieder mit Fragen zu quälen.

»Jetzt tut es mir Leid, dass ich dich gefragt habe, weil es dich verletzt, darüber zu sprechen.«

»Dafür ist es zu spät. Jetzt ist es ans Licht gezerrt, was ich vor dir verbergen wollte, vor mir selbst verborgen habe. Wie musst du jetzt nur von mir denken! Willst du immer noch, dass ich bleibe und mit deinen Kindern unter einem Dach wohne, ich, ein so erbärmlicher Feigling?«

»Aber nein, Thomas! Du darfst dich nicht mit solchen Worten bestrafen! Ich denke nicht im Mindesten schlecht von dir. Du hast doch nur getan, was die meisten von uns getan hätten, und deine Scham ehrt dich.«

»Ich hätte mich stellen müssen.«

»Dein Tod hätte deine Brüder nicht geschützt. Und ist es nicht Sünde, sein Leben wegzuwerfen? Die Bibel verbietet es. Ich meine, du könntest jederzeit wieder in einem anderen Kloster Aufnahme finden. Man wird dir wohl eine Buße auferlegen, aber sie werden dir ganz sicher vergeben. So lange, bis du dazu bereit bist, kannst du gerne in meinem Haus bleiben.«

Bleib! Ich habe dich gern um mich, hätte ich am liebsten gesagt, doch Furcht und Anstand hielten mich zurück. Du bist schön wie eines deiner Bilder, Thomas, ich kann dich nicht genug betrachten, deine Stimme hören, deine Hände sehen, wie sie Kohlestift und Pinsel über das Pergament fliegen und Wunderwerke entstehen lassen, diese schlanken, langen Finger! In deinem Blick fühle ich mich wieder jung. Du bringst mich zum Lachen, was ich ganz und gar verlernt hatte, bevor du in mein Haus kamst. An dir ist nichts falsch in meinen Augen.

Ich redete mir ein, dass da keine unkeusche Begierde war. Er rührte mich nur, auf eine unschuldige Weise. Immer neue und seltsamere Geschichten mutete er mir zu. Ich glaubte nichts davon und wusste doch ganz genau: Er hat nie etwas Schlechtes getan in seinem Leben. Und hätte er etwas Schlechtes getan, so müsste es fortan für gut gelten.

Er nickte, hob die Feder wieder auf.

»Vielleicht solltest du trotz allem deinen Schwur gegenüber deinem Abt erfüllen und nach dem Buch suchen?«, sagte ich statt dessen. War es nicht meine Pflicht, ihn daran zu erinnern, ihn auf der Suche nach seinem Seelenheil zu unterstützen? Dachte ich in letzter Zeit an meinen geliebten Ehemann, dann konnte ich mich kaum noch an sein Gesicht erinnern. Und das erfüllte mich mit Schrecken. Umso eifriger mahnte ich den abtrünnigen Mönch.

»Ja, vielleicht sollte ich das tun«, sagte er ruhig, ein wenig nebenbei.

»Und in die Sainte Chapelle gehen und um Verzeihung bitten, ja das solltest du wirklich! Was ist, wenn dir plötzlich etwas zustößt und du hast deinen Frieden nicht gemacht?«

»Eines Tages …«

»Bald, Thomas, bald!«

Er nickte ganz sacht und fuhr darin fort, winzig kleine Schafe zu einer wolkigen Masse zusammenzufügen. Ich konzentrierte mich auf meine Aufgabe und schaffte eine befriedigende Anzahl von Seiten, bis ich vor dem Haus einen Lärm hörte. Aufgrund der schlechten Erfahrungen der letzten Zeit legte ich sofort Feder und Messer aus der Hand, zog die Schürze aus und rannte die Treppe hinunter auf die Straße.

Die enge Gasse war mit Menschen und hoch beladenen Eseln verstopft.

»Aldo!« Ich erblickte ihn, wie er von seinem Reittier stieg, winkte und drängte mich zu ihm durch.

»Ach, Aldo, es tut mir so Leid! Man hat deine Mutter verhaftet.«

»Ich habe es schon gehört«, sagte er ohne Zeichen großen Schreckens. »He! Du da! Sei vorsichtig mit diesem Ballen. Wenn du ihn beschädigst, ziehe ich es dir von deinem Lohn ab!«

Diesen Ton kannte ich von Aldo gar nicht. Träger schleppten Sack um Sack herein, Stoffballen, verheißungsvolle Kisten, eine beschlagene Truhe.

Sicher versuchte er nur, seinen Schmerz mannhaft zu verbergen. Er musste doch erschüttert sein.

»Es tut mir so Leid! Ich war auch noch aus, als es passiert ist, und dabei hatte ich versprochen, auf sie aufzupassen.«

Er sah mich mit seinen feuchten Rinderaugen an. »Ich danke dir für deine Anteilnahme, Nachbarin, aber du konntest ja nicht gut neben ihr sitzen bleiben. Und wie hättest du auch die Büttel von ihrer Arbeit abhalten können?«

Er war bei diesen Worten in sein Kontor gegangen – sein Kontor! Ja, es war wirklich *sein* Kontor. Welch ein Wechsel hatte da stattgefunden! Wo war der schüchterne, linkische Sohn, dem man nicht zutraute, getrocknete Datteln von Hasenköteln zu unterscheiden? Er lief sogar aufrechter und schlurfte nicht mehr.

»Ich bin froh, dass du es uns nicht ankreidest.«

»Nein! Nicht die schweren Krüge in das Holzregal, das fällt doch alles um, *cretino*!«, schrie Aldo. Das Vokabular seines Vaters hatte er sich auch angeeignet.

Zu mir sagte er, während er wieselgeschwind Abkürzungen und Zahlen auf einer Wachstafel notierte: »Ich weiß auch schon, dass Elias und Bruder Thomas nachts in unserem Laden geschlafen haben, um ihn vor ... Dieben zu schützen.« Er beschuldigte nicht die Nachbarn. Kluger Junge, er wollte schließlich weiterhin hier leben.

»Aldo! Deine Mutter ist im Châtelet, und sie braucht deine Hilfe! Der Untersuchungsbeamte heißt Truphémus. Sie soll deinen Vater vergiftet haben, aber das glaube ich nicht von ihr, und sie haben keinen Beweis. Wenn du ihm sagst, dass es eine gute Ehe war, trotz gelegentlichen Streits, dann muss er sie laufen lassen.«

»Ist gut, ich gehe zu ihm.«

»Am besten sofort, Aldo!«

»Heute schaffe ich es nicht. Du siehst doch, was ich zu tun habe.«

Jetzt war ich doch überrascht. War ihm der Ernst der Lage denn nicht klar?

»Aldo, sie ist deine Mutter! Sie braucht dich! Wenn du nicht schnell hingehst, dann wird sie gefoltert, und wer weiß, ob sie das überlebt!«

»Ich gehe gleich morgen.«

Gleichgültig notierte er weiter den Wareneingang: 5 Ballen Rohseide, blau, 5 Ballen ägyptisches Leinen, 10 Säcke getrocknete Datteln, 30 Schnüre getrocknete Feigen, ein Sack Alaun, 20 Säcke Salz, ein Fässchen Muskatnüsse, 30 Kupferarmbänder mit farbigen Steinen, 50 Amphoren Olivenöl, soundsoviel Pfeffer, Zimt, Nelken, Edelsteine, feinste Töpferwaren, Perlen ... Mir gingen die Augen über.

»Wie steht es mit meinem Anteil, Aldo? Du findest in den Büchern deines Vaters, dass ich fünfhundert Goldstücke in die Ladung investiert hatte.«

Er wandte sich zu mir um und ließ die Tafel sinken.

»Ladung? Ach ja. Ich bedaure aufrichtig, aber es gibt keine Ladung. Das Schiff ist vor Beirut von Piraten gekapert und versenkt worden.«

Ich war erstarrt von diesem neuerlichen Schicksalsschlag.

»Wie? Verloren? Und was ist das alles hier?« Ich wies auf die sich türmenden Waren.

»Das? Das habe ich in Lyon von meinem eigenen Geld gekauft, von einem Kapitän, der mehr Glück hatte. Ich muss schließlich weitermachen, und dazu brauche ich selbstverständlich Ware«, sagte Aldo kühl. »Ich will dir aber die Schulden im Laden streichen, zum Zeichen meines Bedauerns über deinen Verlust.« Er deutete eine Verbeugung an und fuhr fort, seinen Besitz zu zählen.

Ich ballte die Fäuste. Einen Moment blieb ich stehen, mitten in diesem überquellenden Warenlager, sah zu, wie immer neue Dinge ausgepackt und ansprechend zur Schau gestellt wurden: honiggelbe Weihrauchstücke in einer gehämmerten Kupferschale, brauner Zucker im aufgekrempelten Hanfsack, dessen grobe Kristalle im Halblicht golden schimmerten, mit Email verzierte Trinkgefäße, Glas, Teppiche, Kissen, Gewürze ...

»Hat er uns betrogen, der kleine Schuft!«, schimpfte meine Mutter ein wenig später.

»Das muss nicht unbedingt so sein. Natürlich braucht er Waren, er hat schließlich einen Laden. Und wenn er schon in Lyon ist, warum sollte er sich dort nicht eindecken, schon um den Weg nicht umsonst gemacht zu haben?«

»Erhebe Klage gegen ihn!«, forderte sie.

»Noch eine, Mutter? Ich kann das weder bewältigen, noch habe ich die Mittel, einen weiteren Anwalt zu bezahlen. Ich werde immerhin an einen mir bekannten Makler schreiben. Er soll nachprüfen, ob Aldo wirklich ein Schiff verloren hat. Solange ich es nicht anders weiß, werde ich mich damit abfinden müssen.«

»Aber es ist doch merkwürdig«, ereiferte sich auch Marie, »wie der kleine Schlingel sich so plötzlich gewandelt hat. Eben noch wusste er nicht, wie man einen Fuß vor den anderen setzt, und siehe da, plötzlich ist er ein großer Handelsherr und scheucht die anderen herum wie sonst sein Vater. Nur dass der ehrlicher war und freundlicher.«

»Wir sollten nicht schlecht über ihn reden. Es ist durchaus möglich, dass er die Wahrheit gesagt hat. In jedem Fall, Mutter, bin ich mit meiner Weisheit und unserem Geld am Ende. Jetzt ist es genug. Ich habe beschlossen, die Güter Memorantes, Perthes und Etrelles zu verkaufen.«

»Oh nein, da war es immer so schön«, jammerte Céline, die ein paar Male mit ihrem Vater in Perthes gewesen war. Sie erinnerte sich an Sommer und heitere Tage auf dem Land.

»Nein! Wie kannst du«, protestierte Mutter. »Dein Vater hat sie für teures Geld gekauft, um unseren Unterhalt zu sichern.«

»Aber wie die Dinge liegen, werfen sie nichts ab, und ich muss der Krone noch Zinsen zahlen. Ich bin darüber auch nicht froh«, sagte ich. »Sie waren unser letztes Aktivvermögen. Danach werden wir unser Geld nur noch aufzehren, bis alles fort ist. Aber es ist die einzige Möglichkeit, unsere Schulden loszuwerden. Sicher reicht es noch für eine kleine Mitgift für Céline. Uns bleibt keine Wahl. Und ich bin genauso traurig darüber wie ihr.«

Mutter gab überraschend schnell nach: »Nun gut, Kind, tu, was du für richtig hältst. Da kommt es doch auch gerade recht, dass es mir gelungen ist, eine Einladung zu einem Fest zu erhalten. Eine Soiree im Hause der Marquise von Caseneuve. Das wird dich aufheitern.« Füge dich, und ich mache dir auch wegen des Verkaufs keine Schwierigkeiten, sagte ihr Blick. Das war also der Preis. Warum wohl war ihr dieser eine Gesellschaftsabend so wichtig?

»Christine, es würde dir schon gut tun, wenn du wieder am gesellschaftlichen Leben teilnähmst«, sagte Tante Marie. Mutter lächelte ihr huldvoll zu, wie immer, wenn Tante Marie sich wunschgemäß benahm.

Das Kleid des garstigen Ritters wurde aus einer Truhe geholt. Ich zog es an und stellte fest, dass es mir ein wenig zu weit war.

»Oh Maman, du siehst hübsch aus«, rief Céline. »Warte, ich stecke das ab, das kann ich dir rasch noch enger machen.«

»Und Jeans Strümpfe? Und der Jahrmarkt?«

»Morgen ist auch noch Jahrmarkt.«

Jean getraute sich nicht zu grollen. Maman hatte nun mal Vorrang.

Eine gute Stunde vor Sonnenuntergang wurde eine Eselssänfte geschickt, um uns zu holen, mit einem Begleiter zu Pferd. Thomas verabschiedete mich im Arbeitszimmer.

»Hoffentlich muss ich dich nicht wieder retten«, sagte er, ein vertrautes Lachen in den Augen.

»Ich denke doch nicht, wenn meine Mutter dabei ist. Bist du noch traurig? Ich wünschte, ich hätte nicht gefragt. Und glaube mir bitte, dass es meine hohe Meinung von dir nicht im Geringsten schmälern kann, was du mir erzählt hast.«

Ich legte meine Hand ganz leicht auf seine.

»Dann ist alles gut«, sagte er mit einigem Feuer. »Wenn ich auch meine Ehre ganz und meinen Glauben halb verloren habe, so ist es mir doch wichtig, dass wenigstens du mich mit freundlichen und nicht nur mitleidigen Augen ansehen kannst.« Ich wollte meine Hand rasch fortziehen, aber er hielt mich fest. »Ich habe einige schlechte Dinge getan in meinem Leben, doch für dich, Christine, will ich jetzt ein Heiliger werden.«

Er ist ein Kind, sagte ich mir, als ich ging. Doch als ich mich zu ihm umdrehte, um ihm einen guten Abend zu wünschen, sah ich den schönen, ernsten jungen Mann, der da saß, und mir pochte das Herz im Hals.

Rasch stieg ich die Treppe hinunter zu Mutter, die bereits in der Sänfte saß und ungeduldig wartete. Schaukelnd setzte sich die Sänfte in Bewegung.

»Was hattest du mit dem Lumpenmönch noch zu reden?«, fragte sie.

Meine Wangen brannten.

»Nichts. Nur ein paar Worte wegen der Lektion, die er Céline heute gibt. Und eh du fragst: Die Übung findet in Anwesenheit von Tante Marie statt.« Als ob das irgend etwas verhindert hätte. Marie würde sich innerhalb einer halben Stunde betrinken und einschlafen. Aber ich betrachtete Thomas irgendwie als mein und Céline noch als Kind. Ich kam gar nicht auf die Idee, zwischen den beiden könne etwas vor sich gehen.

Mutter trug schwarzen, violett unterfütterten Satin und ein silbernes, mit Flussperlen besetztes Kreuz. Wir hatten über die Jahre ein paar kleine Spielsachen behalten, sie und ich.

»Du siehst gut aus, Mutter«, sagte ich. Sie strahlte. Mutter vermisste die höfischen Feste. Seit dem Tod meines Vaters hatte man sie nicht mehr eingeladen.

Die Sänfte nahm ihren gemächlichen Weg zur Wechslerbrücke. Wir passierten das gewisse Haus, und ich lehnte mich hinaus, in der Hoffnung, die Inhaberin zu entdecken.

»Was ist? Was schaust du?«, fragte Mutter.

»Oh, nichts Besonderes. Es ist ein Haus, in dem Meister Massimo möglicherweise verkehrt hat. Ich wollte sehen, wer es bewohnt.«

»Ein Geldwechsler sicher, wer sollte sonst hier wohnen?«

»Du hast sicher Recht.«

Wir überquerten die Ile de la Cité auf der Rue St. Denis. Von dort ging es über die Pont St. Michel nach St. Germain. Das war kein gutes Zeichen. Die vornehmen Leute und der Hochadel wohnten auf der rechten Seite. Aber ich wollte Mutter die Freude nicht verderben. Es war ja nicht undenkbar, dass eine alte Familie einen Besitz am linken Ufer hätte, da es immerhin innerhalb der Mauer Philippe Auguste, der alten Stadtmauer aus der Zeit der ersten Könige, lag.

In einer ungepflasterten Gasse hinter dem Augustinerkloster hielt die Sänfte. Unser Begleiter stieg von seinem Pferd und half Mutter aus dem Kasten heraus. Wir standen vor einem dreistöckigen Haus, gebaut in einem Stil, der vor hundert Jahren modern gewesen sein mochte: dicke Mauern, schmale Fenster und dazu so viele Verzierungen, Erker und Turmspitzen, dass es aussah wie die Dekoration zu einem Ritterspiel. Das groteske Bauwerk war geschwärzt von der Zeit oder einem früheren Brand, bemerkenswert scheußliche Wasserspeier glotzten auf die Besucher herab.

»Wenn ich die Damen bitten darf.« Der Diener ging voraus in einen hohen Empfangsraum, der mit gekreuzten Schwertern, Lanzen, zerbeulten Schilden und Wimpeln ausgeschmückt war, auch ziemlich *démodé*! Heute wurden schöne Wandteppiche und zierliche Vasen bevorzugt.

Dort wurden wir von einer Art Hofmeister in Empfang genommen und in den Festsaal geführt. Eine Dame in grünem Brokat kam auf uns zu, von kostbaren Juwelen aller Art so behängt und besteckt, dass man sie für die Kraft bewundern musste, mit der sie sich dennoch aufrecht hielt.

»Die Marquise von Caseneuve!«

»Guten Tag, guten Tag, meine liebe Madame de Pizan. Wie geht es dem Gatten? Und das ist das Töchterchen? Entzückend, entzückend.« Sie war eine fade Frau im unsichtbaren Alter, eine Meisterin nichtssagender Floskeln mit einem schnell welkenden Lächeln. Es erreichte nicht einmal ihre Augen. Dass sowohl meine Mutter als auch ich Witwen waren, hatte sie vergessen oder sich nicht die Mühe gemacht in Erfahrung zu bringen.

»Ihr lebt immer noch im ehrwürdigen Tour Barbeau mit diesem wunderbaren Blick auf die Seine?«

Sie war niemals dort gewesen, soweit ich wusste.

»Ich schreibe Gedichte«, sagte ich unvermittelt, »und Abhandlungen über das Staatswesen.«

Das hätte eine Reaktion bringen sollen. Frauen in unserer Gesellschaft schreiben nicht über Politik. Mutter zischte mich an. Aber unsere Gastgeberin war entweder sehr modern im Gegensatz zu ihrem Haus oder ziemlich taub, denn das Einzige, was sie darauf sagte, war: »Entzückend, entzückend.«

Ich zog ein von Thomas bemaltes Bändchen meiner »Cent Ballades« aus meinem weiten Ärmel – ohne große Hoffnung, doch weil ich es mir vorgenommen hatte – und überreichte es ihr. Üblicherweise bekommt man ein Geschenk, wenn man als Dichter sein Werk überreicht, und natürlich hofft man, sich ins Gespräch zu bringen, um weitere Bestellungen zu erhalten, wenn es gefällt.

Thomas hatte sich wirklich Mühe mit den Illuminationen gemacht, sie waren im konservativen Stil gehalten mit wuchernden Bordüren, die Initialen Bühnen für allerhand Fabelwesen. Ein edles Geschenk. Sie schaute es flüchtig an – »schön, schön!« – und reichte es nach hinten weiter an ihren Hofmeister, der es an einen Lakaien gab, der es gänzlich verschwinden ließ. So ging eine Woche Arbeit dahin, ganz abgesehen von der Zeit, die ich für das Erfinden und Dichten gebraucht hatte. Vielleicht würde sie es morgen lesen. Die Marquise von Caseneuve machte nicht den Eindruck einer belesenen Frau, aber ich konnte mich ja täuschen. Sie schwebte weiter zum nächsten Gast.

»Ah, Monsieur de Quelconque, entzückend, entzückend!«

»Sie hat sich mehrmals von deinem Vater die Zukunft vorhersagen lassen. Er hatte in allen Punkten Recht, und sie war sehr beeindruckt.«

»Nur schade, dass er dem König zuletzt nur Märchen erzählte«, ließ sich eine höhnische Stimme neben uns vernehmen.

»Was hätte einem Sterbenden die Wahrheit genützt? Es war gnädiger, ihm eine positive Zukunft vor Augen zu halten. Man nennt das Mitgefühl«, konterte giftig meine Mutter. Sie hatte diesen albernen Vorwurf schon zu oft gehört.

Der Sprecher klatschte geziert und verbeugte sich. Wir gingen weiter.

Offenbar war ein Konzert geplant. Im nächsten Raum befand sich ein kleines Theater mit rotsamtenen Stuhlreihen, viel Mosaikgold und mit bemalter Seide, die an die Wände gespannt war, sehr luxuriös – nur dass die Seide fleckig und verschlissen war. Auf der winzigen Bühne führte ein dünnes Kind akrobatische Verrenkungen vor, während dahinter ein Mann (sein Vater?) mit Orangen jonglierte. Man reichte uns Gewürzwein. Ich schaute mich um, während ich vorsichtig daran nippte.

Wohl besser als jeder andere erkannte ich die Anzeichen von Armut. Die Anwesenden waren alle von Adel, aber von der untersten Stufe oder in Ungnade gefallen. Sie alle waren gut gekleidet, wenn man so will, doch aus der Mode. Die Roben rochen durchdringend nach Zedernholz, gegen die Motten. Wahrscheinlich lagen sie extra für solche Anlässe präpariert und eingeschlagen in Truhen, bis man sich wieder einmal zeigen konnte.

Man trug Juwelen, doch ich wette, sie waren allesamt versetzt und nur für das Ereignis ausgelöst. Und hier stand man nun, versilberte Trinkbecher in der Hand, und versuchte durch informiertes Geschwätz zu beweisen, dass man sehr wohl auf der Höhe war, bekannt war mit den jetzigen Inhabern von Pfründen und Stühlen. Sie agierten auf Basis der lächerlichen Annahme, dass Ruhm abfärbe. Und sie schienen sich hauptsächlich für Katastrophen zu interessieren.

»Habt Ihr gehört, meine Liebe: Der König hatte einen fürchterlichen Anfall! Er wusste nicht, wer er war. Die Königin beschimpfte er und schrie: Wer ist dieses Weib, das mich verfolgt! Stellt fest, was sie will, und entfernt sie! *Enlevez là*!«

Ich dachte traurig daran, wie sich der junge König damals in seine deutsche Braut verliebt hatte, obwohl sie steif und unelegant war und eine lange Nase hatte.

»Ja, denkt Euch: Die einzige Person, die er in diesem Zustand an sich heranlässt, ist Valentina Visconti.«

»Die würde ich auch an mich heranlassen, die ist ein leckeres Pastetchen.«

»Da hat der König bestimmt mal dran genascht.«

»Na, naschen würde ich da lieber nicht! Man sagt, sie habe dem König durch Hexerei den Verstand geraubt.«

»Nein, mit Gift hat sie ihn gefügig gemacht, deshalb frisst er ihr jetzt aus der Hand!«

Sie waren vom Unglück missgünstig und konnten nicht den Mund aufsperren, ohne dass eine Bosheit heraussprang. Jetzt war Ludwig von Orléans, der Bruder des Königs, an der Reihe: »Ihr Mann nascht aber auch ganz gern in der Gegend herum! Ich habe gehört, jetzt ist die Frau des Grafen von F. dran.«

»Und die Visconti ist einsam, arme Valentina!«

»Komm, ich will dich jemandem vorstellen.« Meine Mutter zupfte an meinem Ärmel. Brav wie ein Lamm folgte ich ihr, eingedenk ihres Nachgebens in Sachen des Verkaufs.

»Der? Mutter! Das ist nicht dein Ernst!«

Er sah uns schon entgegen, und deshalb war mir sofort klar, dass es sich auch hier um einen Verkauf handelte. Ich sollte wieder einmal verhandelt werden.

Ich machte auf dem Absatz kehrt. Mutter tippelte mit ihrer kleineren Schrittlänge neben mir her: »Wie benimmst du dich denn! Christine! Du kannst doch den Mann nicht so stehen lassen!«

»Mutter. Dieser Kerl ist siebzig, wenn er jung ist! Er geht mir nicht mal bis zur Schulter und sieht aus wie eine gealterte und bösartige Version des Kleinen Muck!«

Ein paar der Gäste hatten sich nach mir umgewandt. Sie tuschelten, und ich hörte Gelächter.

»Man lacht schon!«

»Das ist mir egal.«

»Du gibst zu viel auf Äußerlichkeiten, der Mann ist ein Baron und sehr gebildet! Er hat mir gesagt, wie sehr er sich darauf freut, mit dir gelehrte Gespräche zu führen. Hast du dich nicht beklagt, weil dein letzter Bewerber keine Bücher mochte?«

»Er ist viel zu alt!«

»Er hat Geschmack und Lebensart, er kann uns ein Leben bieten, wie es uns ansteht.«

»Du meinst: dir.«

»Sei nicht gehässig, Christine, ich will nur dein Bestes. Du bist nicht glücklich, das merke ich doch. Und denk auch an Jean und Céline, willst du ihnen die Gelegenheit verderben? Céline könnte einen Hauslehrer haben – einen *richtigen* Hauslehrer, nicht diesen Bettelbruder«, warf Mutter giftig ein. »Und Jean könnte zum Studium nach Bologna! Überleg es dir gut.«

Wir waren bis zum Fahnensaal gelangt. Ich blieb stehen.

»Mutter, ob der uns was bieten möchte, wage ich zu bezweifeln. Hast du dich umgeschaut? Das sind alles Habenichtse mit Titeln, die nichts wert sind, mit unerfüllbaren Ansprüchen und immensen Vorstellungen von der eigenen Wichtigkeit, Leute, die einfach nicht loslassen können. Wir sind auch Habenichtse, aber wir wissen wenigstens, wo wir hingehören.«

Mutter war wie ein Frettchen im Kaninchenbau: Sie hatte ihre Zähne gesetzt und ließ nicht locker.

»Ist ja schon gut. Du kannst ja nein sagen. Aber du solltest gegenüber deiner Gastgeberin wenigstens so höflich sein und dich einen Abend lang – nur einen Abend lang, ich bitte dich, Christine! – mit dem Mann unterhalten. Mehr verlange ich nicht.«

Ich schwankte. Unterhalten, warum nicht? Vielleicht war er tatsächlich gebildet und hatte mir Interessantes zu sagen? Das konnte man nie wissen. Armut und Bildung gehen zusammen wie Braten und Sauce, so wie Künstlertum und Armut ohnehin aus einem Material gemacht sind.

»Aristoteles war klein und hässlich«, sagte Mutter und entschied damit die Sache für sich. Ach, Aristoteles! Ich war ihm ja ein wenig gram, weil er den Krieg gegen die Weiblichkeit begonnen hatte, doch jedes Genie hatte seine Schwächen.

»Fein, Mutter. Lass uns den Abend mit Würde hinter uns bringen.«

Zurück ging es unter den mottenzerfressenen Wimpeln aus längst vergessenen Turnieren, durch den Festsaal, vorbei an dem Kind auf der Bühne, das inzwischen einen Knoten aus sich gemacht hatte. Da stand er immer noch und wartete. Mutter trieb mich ihm zu.

»Sieur de Lubrique, ich präsentiere Euch meine Tochter Christine. Christine: der Baron von Lubrique.«

Er verneigte sich, ich knickste.

»Ihr seid eine kampflustige Dame«, sagte er mir.

»Wie meinen?«

»Oh, Ihr habt für einen ganz hübschen Wirbel gesorgt im Universitätsviertel.« Er lachte das volle, befriedigte Lachen eines Genussmenschen, von tief innen heraus, nicht das oberflächliche Hüsteln und Kreischen der Schranzen um uns her.

»Mit dem Brief an den Gott der Liebe?«

»Was sonst! Den Rosenroman anzugreifen, alors! Da rüttelt Ihr an den Grundfesten der Gesellschaft!«

»Gleich die ganze Gesellschaft? Ich will doch nur, dass man aufhört, die Frau immer als Schuldige darzustellen. Die Frauen seien die Verführerinnen und dabei unstet und verschlagen. Man soll das mit Bildung verbrämte Lügen einstellen und wieder zur vorigen Ritterlichkeit zurückkehren.«

Er sah zu mir hoch, vergnügt grinsend.

»Und genau das heißt, an den Gesetzmäßigkeiten der Gesellschaft zu rütteln. Die Ritter gehören der Vergangenheit an, die Universität ist die Zukunft.«

»Ich sehe nicht, was die Magister davon abhalten sollte, sich sittsam zu betragen. Und erst die Kirche, warum ist sie uns so feindlich gesinnt? Sie hat doch mit der Universität nichts gemein, im Gegenteil.«

Der Baron streckte eine Hand aus, ohne hinzuschauen, und ließ sich einen neuen Becher Wein geben. Er schien unaufhörlich zu trinken oder sich einen Happen in den Mund zu schieben und verstand es dennoch, verständlich zu sprechen.

»In einem Punkt sind Universität und Kirche sich leider einig: dass sie die Frauen nicht in ihre Reihen lassen wollen, weil sie Ablenkung fürchten.«

»Wohl eher Konkurrenz«, rief ich ärgerlich.

Der Baron lachte wieder. »Ihr seid hitzig, das gefällt mir – obwohl es den meisten Männern missfallen würde. Sei's drum: Die Kirche, die unser Leben und Ableben regiert, betrachtet Frauen als ihre Konkurrenz, ja. Paulus hat gesagt, dass es ihm lieber wäre, wenn nicht geheiratet würde. Es zieht Konzentration und Inbrunst vom Glauben ab. Um also die Männer an sich zu binden, zeigen die Nachfolger des Paulus ihnen, dass Frauen schlecht sind, die Kirche dagegen rein und gut – versteht ihr? Und ihr seid eine Frau (unübersehbar!), und ihr argumentiert zu gut, um Euch einfach beiseite schieben zu lassen. Kompliment! Aber das ist sehr gefährlich für Euch.«

Ach, wie gefiel es mir, als gefährlich bezeichnet zu werden, da ich mich doch allzu lange als schwach und ausgeliefert erlebt hatte. Der Baron war tatsächlich ein intelligenter Mann. Und er hatte etwas von mir gelesen! Er schien auch der einzige in dieser Ansammlung von Verlierern, dem es materiell gut ging. Ich spürte es an einer gewissen Selbstverständlichkeit, die er ausstrahlte. Er mochte dem Kleinadel angehören, aber er litt jedenfalls keinen Mangel, hatte zur Missgunst keinen Anlass. Die Gesellschaft hier beobachtete er amüsiert und aus der Distanz. Warum mochte er sich dieser Meute nur anschließen? Ein paar junge Frauen warfen ihm einladende Blicke zu.

»Ich habe den Rosenroman gern gelesen – ich hoffe, Ihr nehmt mir das nicht übel, Madame. Immerhin …« Er zitierte, und seine Stimme senkte sich dabei zu einem wollüstigen Schnurren: »›Schiebe die Blütenblätter auseinander, verschütte etwas Samen in ihrer Mitte und erforsche den Kelch bis in seine innersten Tiefen‹, das ist doch poetisch und köstlich gesagt …«

Mir war die Röte in die Wangen gestiegen. »Ich finde das keineswegs poetisch. Die hübschen Worte sind nur ein Vorwand dieses Mannes, um die Frau zu beschämen. Es geht ihm doch um nichts anderes, als schnell zu seiner Befriedigung zu gelangen. Dazu ist ihm jedes Mittel recht. Wie egoistisch!«

Da war wieder dieses genießerhafte, tiefe Lachen.

»Haben denn Frauen keine Freude daran?«

»Sicher, zur richtigen Zeit und mit dem richtigen Mann. Aber Meung spricht ja davon, dass jede Frau für jeden Mann gemacht sei, und ich prophezeie, dass, wenn die Entwicklung so weitergeht, sie keinerlei Respekt mehr genießen wird, nachdem man sich vorher solche Mühe gegeben hat, ihre Keuschheit als wesentlichen Wert zu betonen.«

»Meinen Respekt habt Ihr gewiss, Madame Christine.« Er verneigte sich artig.

Wenn er nur nicht so alt gewesen wäre und wenn er nur nicht diese übermäßigen Tränensäcke gehabt hätte, die auf einen schlechten Lebenswandel schließen ließen. Wenn sein Mund mit dieser schlaffen, vollen Unterlippe nur nicht so gierig gewirkt hätte. Die flinken schwarzen Schweinsäuglein glitten über meine ganze Figur. Sein Lächeln war mir unangenehm. Er trank schnell, winkte einem Pagen und ließ sich den Becher erneut füllen, bevor das Konzert begann.

Mutter hatte mich im Stich gelassen. Auf der Bühne nahmen Musikanten Aufstellung. Der Hofmeister unserer Gastgeberin wünschte uns Vergnügen, während die Pagen im Zuschauerraum die Kerzen löschten. Ich schaute mich nach Mutter um. Sie saß weiter hinten und winkte.

Ich sah wieder nach vorn. Lubrique lehnte sich schwer gegen mich unter dem Vorwand, mit mir zu flüstern.

»Was für eine Musik mögt Ihr? Mögt Ihr gern sinnliche Musik?«

Weinatem traf mich. Ich schüttelte den Kopf, versuchte ihm auszuweichen. Er merkte das und setzte sich wieder aufrecht auf seinen Platz. Die Musikanten fingen an zu spielen, da führte er meine Hand an seinen Mund und begann an meinen Fingern zu saugen. Ich entzog sie ihm.

»Bitte nicht, Monsieur«, flüsterte ich, versuchte aber doch nicht unfreundlich zu wirken. Aber jetzt befühlte er meine Oberschenkel, dann verirrte sich seine Hand an mein Décolleté und schließlich – ich dachte, er wollte mir etwas zuflüstern – neigte er sich mir zu, und ich fühlte plötzlich eine nasse Schnecke in meinem Ohr.

Da wurde es mir zuviel. Ich versetzte dem Wüstling eine Ohrfeige, stand auf und drängte mich aus der Reihe zur Tür. Gelächter kam auf in den Reihen, die Musiker hörten irritiert auf zu spielen. Mutter kam hinter mir her.

»Was hast du da wieder angestellt?«, fragte sie mich, aber ich war zu wütend, um eine Antwort zu geben, und stürmte hinaus.

Natürlich gab es keine Sänfte und auch keine Begleitung zurück. Ich hatte mich zu ungebührlich betragen. Es war Neumond, stockdunkel bis auf die Funzeln in den Fenstern der Häuser, deren Schein bei Weitem nicht ausreichte, um dem Unrat auszuweichen. Ist das nicht der beste Beweis für das, was ich über den Rosenroman gesagt habe? Ein Mann tut etwas Unanständiges, und die Frau ist schuld daran, und sogar die Frauen glauben das. Der scheußliche Baron de Lubrique hat ganz Recht: Es ist nicht nur eine Frage dieses Romans, vielmehr ist der Roman ein Spiegel der Gesellschaft, und sein Erfolg in ebendieser Gesellschaft wirft ein Licht auf unsere Zeit. Ich werde ihn bekämpfen mit spitzer Feder und mir Mitstreiter suchen. Es gibt schließlich auch kluge und anständige Männer.

Mutter rannte schnaufend neben mir her, und ich verlangsamte mein Tempo.

»Was ist denn passiert? Du hast dich doch zuerst ganz angeregt mit ihm unterhalten.«

»Er hat die Ware in höchst ungehöriger und Ekel erregender Manier betatscht, das ist passiert.«

Mutter schwieg eine Weile. Wir mussten an jeder Ecke unter den Ketten durchtauchen. Der König war in Beauté sur Marne, das stolze Paris zog seine Straßensperren auf.

»Nun ja, man kann sich ja mal irren«, sagte sie schließlich kleinlaut. »Er war doch so ein gebildeter Herr. Ich dachte, das wäre für dich das Richtige. Er hätte dir bestimmt nicht die Bücher verboten wie dieser unsägliche Grossetête. Der Baron de Lubrique soll sehr wohlhabend sein.«

Deshalb hatten ihm wahrscheinlich die jungen Frauen Blicke zugeworfen. Er war dort nur auf der Jagd, hatte bereits eine andere im Arm und amüsierte sich über mich.

»Mutter, vielleicht könntest du allmählich deine Kuppelversuche einstellen! Du hast dich jedes Mal geirrt: Der eine war eitel, dämlich und herablassend, der nächste ein Haudrauf und Bücherverbrenner, wieder der nächste ein laszives, altes Wrack.«

»Christine!«

»Er ist genau das. Neuerdings werden die Dinge doch gern beim Namen genannt. Aber ich will nicht wiederverheiratet werden! Mit niemandem – habe ich mich klar ausgedrückt?«

Ich hätte mit meiner Mutter nicht so reden dürfen, aber ich war über die Maßen zornig. Sie war ohnehin durch nichts einzuschüchtern.

»Ich will doch nur dein Bestes! Bildest du dir ein, du könntest in dieser Welt ohne Mann etwas ausrichten? Du verlierst deine Prozesse, einen nach dem anderen. Aldo hat dich betrogen, was er mit Etienne nie gewagt hätte. Deine Kinder brauchen einen Vater. Sieh Jean an, der wird jeden Tag unverschämter, weil ihm die Disziplin durch einen Mann fehlt. Statt dass du an das Wohl deiner Familie denkst, vergeudest du Zeit und Geld in dem fruchtlosen Versuch, Schriftstellerin zu werden. Du bist eitel und rücksichtslos!«

Das hatte mich getroffen. Wir gingen schweigend weiter. Ich überlegte: Hatte sie Recht? Durfte ich denn nicht einen eigenen, einen neuen Weg versuchen? Musste ich mich an einen ungeliebten Mann verdingen? Und durfte ich meinen Treueschwur an Etienne brechen, so übereilt, wie er vielleicht war?

Mutter wurde nie müde, mich zu kritisieren. Müsste sie nicht auf meiner Seite sein, meine Schreibversuche fördern, warum nicht sogar loben, warum eigentlich nicht? Immer nannte sie meine Arbeit nur »Geschreibsel« und »Gekritzel«! Wenn ich etwas fertig hatte, hieß es: »Wer wird das lesen?«

Warum war sie zu mir nicht so loyal, wie sie zu Vater oder Etienne gewesen wäre? Weil ich nur eine Tochter war? Sie war ebenfalls nur eine Tochter gewesen.

Und warum nahm nicht auch sie einmal ein Buch in die Hand? Wer zum Teufel sollte all diese gestickten Leintücher verwenden?

Wir überquerten die Brücke St. Michel. Finster starrte ich ins Wasser.

Ich sah Mutter von der Seite an, immer so harsch, immer so unbeugsam. Sie weinte lautlos.

Und da begriff ich mit einem Schlag, warum sie mir nicht zustimmen konnte: Würde es nicht bedeuten, ihre eigene Existenz nachträglich in Frage zu stellen? Mutter konnte nur das Nötigste lesen und nur Einkaufszettel schreiben. Sie hatte diese Familie ohne Bücher, Philosophie, große Ideen versorgt, hatte alles zusammengehalten, sich allen untergeordnet. Wenn sie nun zugegeben hätte, dass ein ganz anderes Leben für Frauen möglich wäre, dann hätte sie bedauern müssen, was nicht zu ändern war. Dazu war sie zu stolz und zu eigensinnig.

»Mutter!«

Vor der Notre Dame nahm ich sie in die Arme.

»Verzeih, Mutter«, sagte ich. »Ich wollte dich nicht kränken. Ich bin dir dankbar für das, was du fortwährend für die Familie getan hast. Aber seit Etiennes Tod hat sich meine Welt verändert. Ich habe es mir nicht ausgesucht, das Schicksal und die Menschen haben an mir gearbeitet wie ein Fluss an einem Kiesel, den er mit sich reißt, den er schleift und poliert. Ich kann nicht sein wie du. Können wir nicht verschieden sein und uns dennoch mögen?«

Zuerst versteifte sie sich in meinen Armen, auch sie war verletzt. Nach einem langen Augenblick entspannte sie sich, klopfte mir beruhigend auf den Rücken, wie einem Säugling, der Schluckauf hat.

Sie schwieg, und ich ließ sie los. Zwischen uns konnte es nur einen Waffenstillstand geben. Wir gingen weiter.

Erst als wir kurz vor dem Tour Barbeau angelangt waren, sagte sie wieder etwas: »Ich habe alle deine Sachen gelesen.

Während du fort warst. Sie lagen ja offen herum. Ich habe nicht alles verstanden. Dass du über Staatskunst schreibst, scheint mir für eine Frau nicht angemessen. Aber die Gedichte haben mir gefallen.«

12

Wir hatten das Studierzimmer meines Vaters in Beschlag genommen und ein paar geflickte Töpfe gekauft. Der Athanor war in Stand gesetzt, ein turmförmiges, eisernes Trumm, in dessen Bauch sich eine gleichmäßige und milde Hitze erreichen ließ, was die Herstellung von Farben und Bindemitteln erleichterte. Héloise war froh, uns aus ihrer Küche fort zu haben.

Thomas zermörserte ein Stück erhitzten Lapislazulis zu Pulver. Ich fand das immer ein wenig schade, weil der Stein eine so erstaunliche Farbe hat, ein sanftes, tiefes Blau wie die Kuppe des Himmels an einem milden, klaren Abend nach Sonnenuntergang. Hierzulande sind Steine grau, rötlich oder braun, und als ich zum ersten Mal einen Lapislazuli sah, hielt ich ihn für angemalt. Ich habe sagen hören, dass man in Persien ganze Häuserwände mit gemahlenem Blaustein bemalt, in Azur und Gold, kann das aber kaum glauben, weil der Stein sehr teuer ist. Gewiss gibt es in Persien auch mehr arme Leute als reiche.

Wir hatten eine gute Weile nach dem Stein gesucht, und es war uns anfangs nicht gelungen, auch nur das geringste Stück aufzutreiben. Und nun plötzlich gab es ihn wieder zu kaufen bei den Färbern der Stadt. Ein Verdacht keimte in mir auf: Hatte nicht der Genueser in Beirut auf unserem Schiff Lapislazuli laden wollen?

»Gib mir das heiße Wachs, Christine, sei so gut.«

Gedankenversunken reichte ich ihm das erhitzte Bienenwachs zum Dekantieren des blauen Pulvers.

»Man darf es nicht zu fein zerstoßen, sonst bekommt man einen helleren Ton. Wir brauchen einen tiefen, satten Blauton wie im Mantel der Mutter Gottes.«

Ich bedauerte ein wenig, dass in diesem Prozess die glänzenden Flitter von Narrengold ausgeschieden würden, aber das musste sein. Der Glimmer verunreinigte das Blau und machte eine ungleichmäßig raue Oberfläche.

Wo kam plötzlich all der Lapis her, wenn nicht von unserem Schiff?

»Könnte Aldo seinen Vater aus dem Weg geräumt haben, glaubst du?«, fragte ich Thomas. Er goss die blaue Masse durch ein Haarsieb und prüfte anschließend ihre Konsistenz mit blauen Fingerspitzen.

»Ich habe mich das auch schon gefragt. Er wäre der Einzige, der einen Vorteil davon hätte.«

Wer stiehlt und eine Witwe betrügt, der mordet auch, dachte ich erbost.

Thomas verrührte den Pigmentbrei mit Eiklar und zog einen Probestrich.

»Ich glaube nicht, dass Aldo dazu fähig wäre«, meinte er. »Dazu ist er zu langsam. Er hat einfach nicht die Energie, die dazu gehört, das alles zu planen. Dass er eine Mordswut auf seinen Vater hatte, daran zweifle ich nicht. Aber irgendwie ... kommt es mir unwahrscheinlich vor ... Ein wenig dünn! Noch etwas Pulver, meinst du nicht?«

Die Farbpaste hatte auf der geweißten und polierten Seite des Kalbspergaments einen breiten Streifen hinterlassen, der rasch trocknete. Thomas blies sanft darauf. Das Blau war milchig, doch in der Mitte schwammen mehr Pigmentteilchen, während sich nach außen hin dünnere, weißliche Ränder bildeten.

»Ja, ja, es kann ruhig noch etwas kräftiger sein. Ich finde es aber so unbefriedigend, dass man die Wahrheit nicht erfahren kann.« Ich gestehe, es war nicht allein mein Gerechtigkeitssinn gegenüber Berthe.

»Die Wahrheit!« Thomas lachte. »Ein großes Wort, Christine. Welche Wahrheit? Aldo hat eine Wahrheit, Berthe hat ihre, und du und ich eine andere. Um zu überprüfen, ob eine Aussage richtig oder falsch ist, müsste man wissen, wie sie aus dem Blickwinkel anderer aussieht.«

»Wie kann das sein?«, fragte ich. »Etwas ist entweder geschehen, oder es ist nicht geschehen. Ganz einfach.«

»Schau dir diese Fläche an – perfekt! Gut genug für die verwöhnteste Kunstsammlerin.« Die neue Probe, breiter als die vorige, zeigte ein tiefes und gleichmäßiges Blau von opaker Tiefe, als ob der Farbfleck unter dem Pergament weiterginge, aus einem imaginären Ozean gespeist.

»Würdest du bitte zehn Teile Kirschgummi reiben? Das Rezept sagt zwar, man solle weißes Harz nehmen, aber ich denke, das bräunliche wird die Farbe intensivieren.«

Ich nahm ein Stück Harz und zog es vorsichtig über eine kupferne Küchenreibe, um mir nicht die Fingerkuppen zu verletzen.

»Was ist mit der Wahrheit?«, fragte ich.

»Sind wir Menschen denn überhaupt fähig, die Wahrheit zu begreifen? Sehen wir nicht immer nur Stückwerk? Und sind nicht unsere Sinne stets befangen, unser Blick begrenzt? Denk an den Unterschied, wenn jemand das Tun seines Mitmenschen mit Freundlichkeit oder unfreundlich betrachtet. Jetzt, da du etwas Schlechtes über diesen Aldo zu wissen glaubst, bist du nur allzu bereit, sein gesamtes Tun negativ zu beurteilen. Gib bitte ein paar Tropfen Weinessig dazu, danke. Das dicken wir jetzt etwas ein, dann kommen Auripigment und Safran dazu und pulverisierter Bergkristall. Damit glitzert die Oberfläche und gibt den metallischen Effekt.«

»Du produzierst gerade eine Lüge, oder?«

»Warum? Ich habe nicht gesagt, dass es sich um Aurum handelt, sondern um Auripigment. Das Auge des Betrachters erwartet Gold und sieht Gold. Ist es dann nicht für den Betrachter Gold?«

»Es ist eine Illusion.«

»Die für den Betrachter in diesem Augenblick Wahrheit ist. Es ist, wofür er es hält. Es ist das, als was wir es benennen, und es bedeutet alles, wofür das Gold steht: Sonne, Weisheit, das Göttliche, das Himmelreich.« Er lachte leise. »Nicht umsonst haben die Illusion, die Selbsttäuschung, und die Illumination, die Erleuchtung, denselben Wortstamm.«

»Das scheint mir doch spitzfindig zu sein. Gold ist Gold – und das da ist Auripigment, Safran und Schildkrötengalle. Und ich wüsste auch gern, wie viel Wahrheit in den Geschichten ist, die du mir über dich selbst erzählst.«

»Lebensgeschichten sind ein gutes Beispiel für irdische Wahrheiten: Jeder fügt seinen Lebensgeschichten, die aus unbestreitbaren Tatsachen bestehen, noch kleine Einfärbungen nach seinen eigenen Notwendigkeiten hinzu. Für ihn ist am Ende alles wahr und wird zu einem Teil seiner Persönlichkeit, und das ist dann eine – seine Wahrheit. Der Zuhörer dagegen vermengt das Gehörte mit seinen eigenen Erlebnissen, und wieder wird etwas anderes daraus.«

Er zerstieß einen kleinen, fünfwandigen Zapfen aus Bergkristall.

»Meine Bilder sind also Lügen, wenn du so willst. Da, ich male einen Baum. Aber es ist kein Baum: Er repräsentiert alle Bäume, aber keinen bestimmten, also ist es kein Baum. Aber er weckt in dir die Essenz von allen Bäumen, die Vorstellung von Schatten, von flatterhaftem Grün des Blätterdachs, von Vögeln im Gezweig, vielleicht sogar von Früchten. Der Baum ist Schutz, Nahrungsspender und als Lebensbaum Verbindung zum Himmel. Es führt dich nur in die Irre, dich ausschließlich an der so genannten Wirklichkeit zu orientieren, da es doch eigentlich nur Vorstellungen gibt.«

»Ja, ja mein Lieber! Ich weiß: Alle Dinge sind mehr, als sie scheinen, sie alle erstrecken sich vom Diesseits ins Jenseits, und es ist uns nicht gegeben, die Wahrheit ganz zu erfassen. Nur Gott allein besitzt die Wahrheit. Ich will aber keine letzten Wahrheiten, sondern eine sehr einfache: Wer hat Massimo, den Genueser, auf dem Gewissen? Auf deine persönliche Wahrheit, Thomas, komme ich noch zurück.«

»Auf dem Gewissen? Jetzt bist du wahrhaft anspruchsvoll«, spottete Thomas. »Vielleicht war es seine Mutter. Das ist gut möglich, wenn man die Dinge zu Ende denkt. Jemand tötet eine Person, weil diese Person eine unangenehme Eigenschaft hat, dic ihm wieder eine andere Person im Kindesalter beigebracht haben muss. Und was ist mit demjenigen, der die Waffe gefertigt hat oder ein Gift herstellt und verkauft? Wie schuldig ist derjenige, der ein Gift entdeckt und anderen davon erzählt? Vielleicht werden wir erfahren, welche Hand dem Genueser das tödliche Mittel verabreicht hat, aber wer daran schuld ist –

das ist eine sehr komplexe Frage. Ich habe es immer vorgezogen, die letzte Schuldfrage Gott zu überlassen.«

»Christine! Komm herunter«, rief Tante Marie vom unteren Treppenabsatz. »Hast du vergessen, dass wir zur Schneiderin müssen?«

Ja, ich hatte die Anprobe völlig vergessen. Thomas hatte Wort gehalten. Tatsächlich und nach all meinen Bemühungen völlig unerwartet hatte ich eine Einladung der Herzogin von Orléans, Valentina Visconti, erhalten.

»Gib Héloise heute Abend deine Kutte zum Waschen. Ach, wir sollten dir lieber eine neue machen lassen! Diese ist doch zu abgetragen. Du wirst mich doch sicher ins Hôtel d'Orléans begleiten?«

Thomas lehnte ab.

»Willst du nicht deine Landsfrau sehen, die deine Arbeit so bewundert?«

Seine Feder ließ gerade eben einen winzigen Berg erstehen, mit zwei Spitzen, einer höheren und einer tieferen, schroffen Felsen, unterhalb deren sanftere Hänge sich in ein Tal voller Bäume ergossen. Da ich den Entwurf gesehen hatte, wusste ich, dass im Vordergrund zwei Reiter aufeinander treffen würden, während im Mittelgrund ein Schäfer seine Schafherde bewachte, im braunen Umhang, mit Schlapphut und auf seinen Krummstock gestützt. Diese ganze Szenerie würde nicht höher sein als mein kleiner Finger.

»Nein, es sind in ihrer Gefolgschaft Leute, die ich nur ungern wieder sehen würde.«

Blanka saß im Türrahmen. Gleich würde sie hineingehen und sich im Stroh wälzen. Thomas verabscheute dieses Betragen und Katzen im Allgemeinen, doch je mehr er sie mied, desto eifriger stellten sie ihm nach.

Auf der Treppe begegnete mir Yolanthe, rotgestreift und gelbäugig, und natürlich auf dem Weg nach oben. Ich hörte einen Gegenstand unsanft auf dem Boden landen und einen zornigen Ausruf. Und während Bruder Thomas, von wollüstigen Katzen belagert, letzte Hand an das Buch legte, das Valentina Visconti als Geschenk bekommen sollte, und zu diesem Zweck schöne

Steine und Kristalle zerstörte, um sein Lügengold zusammenzubrauen, ging ich mit Marie zu einer erstklassigen Schneiderin. Die Visconti pflegte einen exquisiten Hof, und ich wollte dort nicht schäbig und fehl am Platz wirken. Das Kleid des Chevaliers Grossetête mochte für eine kleine Soiree geeignet sein, doch es war nach seinem etwas ländlichen Geschmack gefertigt. Ich mochte es nicht bei Hofe tragen.

Neue Kleider sind für Frauen – so hatte ich es dem jungen Mönch erklärt –, was Titel, Geld, ererbte Schwerter für Männer sind. Eitelkeit? Nein, vielmehr eine Krücke. Ein neues Kleid hilft dir über deine eigenen Zweifel hinweg. Ein neues Kleid erhebt dich, lässt dich aufrecht und stolz gehen, deine Augen leuchten. Jede Frau ist eine Königin in einem neuen Kleid. Es ist ein Zauber, leider wirkt er nur beim ersten Tragen. Dann braucht man wieder ein neues.

Die Schneiderin hatte ihr Atelier bei St. Merri zwischen der alten Mauer Philippe Auguste und der von Karl V. Es war ein relativ neues Viertel mit reichen, schönen Häusern, die dem Vernehmen nach eigene Latrinen besaßen. Die Straßen waren einigermaßen sauber und hatten funktionierende Abfallrinnen, die sogar von Zeit zu Zeit mit Wasser gespült wurden, zumindest dort, wo der König entlangkam. Dennoch ertönten auch hier die Rufe: »*Gare, gare, gare*!«

»Ich habe eine ganz trockene Kehle vom Laufen«, klagte die Tante. Ich kaufte ihr einen Becher Wein von einem Straßenhändler.

»Hast du etwas herausbekommen wegen Berthe?«, fragte sie, als wir weitergingen.

»Nichts Neues, ich hab mich ein paar Tage nicht darum kümmern können. Das letzte Mal, als ich da war, habe ich gewagt, eine Andeutung gegen Aldo zu machen!«

Tante Marie kicherte und hielt dabei eine Hand vor den Mund, so dass man ihre fauligen Vorderzähne nicht sah. »Oh, da hast du wohl was zu hören bekommen! He du, pass doch auf!«

Ein Esel hatte sie mit seiner Ladung gestreift. Der Treiber, ein kleiner Junge, zog den Kopf ein und machte, dass er weiterkam.

»Allerdings! Erst hat sie mich angeschrien, was mir einfalle, ob ich ihren Aldo etwa irgendwie beschuldigen wolle. Er sei ein guter Junge. Sie habe mich nicht gebeten, mich in ihre Angelegenheiten zu mischen. Sie hat mir ein paar ziemliche Frechheiten an den Kopf geworfen. Und ich trage ihr auch noch Wein und Kuchen hin!«

»Hab dir gleich gesagt, das ist eine Verschwendung von guten Sachen.«

»Sie will nicht sehen, dass Aldo sich reichlich merkwürdig benimmt! Ich habe ihm schon vor längerem gesagt, dass er für seine Mutter einen Anwalt bestellen soll. Hat er es getan? Nein, bis heute nicht. Ich habe ihm eindringlich beschrieben, wie seine Mutter da im Elend sitzt! Hat er sie besucht? Nicht ein einziges Mal. War er bei Truphémus, um für sie auszusagen?«

»Wer würde schon für die aussagen? Ein rabenschwarzes Aas, rabenschwarzes.« Marie hatte einen besonderen Zorn auf Berthe, weil sie sich von uns allen am übelsten missachtet fühlte als Hungerleiderin und arme Verwandte.

»Ja, aber ihr eigener Sohn, Marie, denk doch! Er rührt keinen Finger, um ihr zu helfen, und sie verteidigt ihn auch noch. ›Er hat keine Zeit herzukommen, er muss ja ganz allein den Laden am Laufen halten, der arme Junge‹, sagt sie. ›Nicht jeder hat so viel Zeit wie du.‹ Stell dir das vor! ›Ein Anwalt kostet Geld und verschlimmert alles nur, um recht ordentlich daran zu verdienen‹, sagt sie. ›Aldo tut recht daran, das Geld zusammenzuhalten.‹ Er kann in ihren Augen nichts falsch machen.«

Weitere Beschimpfungen waren gefolgt und ein Geschrei, dass der Wachthabende gedroht hatte, ihr die Zunge herauszureißen. Daraufhin hatte sie sich vor mir auf die Erde gekniet und wieder um Hilfe gefleht: »Christine! Christine! Ich bin kein angenehmer Charakter und niemand kann mich leiden. Ich weiß schon, was hinter meinem Rücken gesagt wird: Besen, Vettel, Miststück, Geizkragen, Ekel, Biest – und ich hab jedes böse Wort dreimal verdient. Glaubst du, ich wüsste das nicht? Du aber bist ein guter Mensch! Du bist die Einzige, auf die ich hoffen kann! Lass mich nicht im Stich, Christine!« Was soll man nur machen, wenn einer auf diese Art bettelt? Dieser Kerker war einfach entsetzlich.

Anschließend hatte ich die Kapelle St. Jacques besucht und mich zur Beruhigung in eine Bank vor der Mutter Gottes gesetzt.

Sie treibt mich noch zum Äußersten, hatte ich dem glatten, ruhigen Madonnengesicht gebeichtet.

Ich gehe mit dem festen Vorsatz der Ausgeglichenheit zu Berthe hin, und am Ende eines Gesprächs bin ich voller Ärger und Abscheu. Und dann bereue ich, sie so zu verabscheuen und fühle mich umso mehr verpflichtet, etwas für sie zu tun. Heilige Mutter Maria! Es ist sehr schwer, einer Person zu helfen, die so ein Ausbund an Unliebenswürdigkeit ist.

»Es ist wohlfeil und deshalb ohne himmlischen Wert, sich freundlich gegenüber guten Menschen zu verhalten«, hatte mich die Gottesmutter sanft gescholten. »Du sollst immer freundlich und wohltätig sein. Und wer hätte es wohl nötiger als ein Mensch, der hässlich an Körper und Seele ist? Gib, dann wird dir gegeben!«

»Darf ich dich was Persönliches fragen, Maria?«

»Ja, frag nur.«

»Haben sie zu deiner Zeit Frauen auch schon so schlecht behandelt wie heute?«

»Nein, eigentlich nicht.«

»Dann ist es doch auch verständlich, dass du sanft bist und ich heftig.«

»Verständlich ja, auch verzeihlich, obwohl der Herr ja Demut von uns fordert. Wenn du mich fragst, ich kann deinen Zorn verstehen. Dennoch wird dir Sanftmut bessere Dienste leisten. Deine besten Argumente findest du ja auch mit kühlem Kopf.«

Lächelte sie ein wenig mehr? Hatten sich ihre Mundwinkel um ein Winziges höher geschwungen?

»Wird es den Frauen einmal besser gehen?«, fragte ich, da sie nun einmal aufgelegt war, mit mir zu sprechen.

»Viel besser, aber das wirst du nicht erleben, Christine. Dir ist auferlegt, Samen in die Erde zu bringen. Ernten werden andere.«

Das fand ich nicht sehr zufrieden stellend. Ich betete um Demut, aber vergeblich. In meinen Schriften gebe ich mich klagend und sanftmütig.

Während wir durch die Straßen liefen, dachte ich an Xanthippe und all die anderen vermeintlich bösen Frauen. Warum wohl sind Frauen oft als scharf verschrien, wenn nicht, weil sie sich ständig verteidigen müssen? Dennoch – wenn ich Berthe sehe, dann muss es wohl im schönsten Obstkorb auch madige Früchte geben.

Tante Marie hielt mich ganz plötzlich am Ärmel fest.

»Hier! Träumst du schon wieder?«

Wir waren bei der Schneiderin angelangt. Mutter hatte sie aufgetan. Sie hatte wohl als Näherin bei der Schneiderin von der Visconti gearbeitet und sich dort einige Kniffe abgeschaut. Sie behauptete, sie könne ebenso schöne Kleider machen wie ihre Lehrherrin, aber da sie noch keinen Namen hatte, arbeitete sie für den halben Preis.

Wir klopften an die uns bezeichnete Tür in der Purpurgasse. Die Tür wurde von einem Mädchen geöffnet, das uns zur Meisterin führte.

»Eine fast unmögliche Aufgabe, in so kurzer Zeit ein Kleid zu erschaffen, das der Gelegenheit würdig ist! Aber wir haben es wahr gemacht.« Sie klatschte in die Hände, und zwei kleine Mädchen verschwanden in einem Nebenraum.

Diejenige, die uns geöffnet hatte, bot uns weißen Nougat von einem Silberteller und gekühlten Birnensaft.

»Nehmt Platz, bitte!«

Ich schaute mich um. Das kleine Atelier wurde offenbar nur mit Hilfe von Kindern betrieben. Wir saßen im vorderen Teil eines schlauchartigen Raums. Hinten entdeckte ich etliche Kinder, die nähten, zuschnitten, stickten, keines mehr als zehn Jahre alt. Sie würden nur den Bruchteil eines Erwachsenenlohnes bekommen.

Winzige Finken sangen in einem Käfig am Fenster.

»Ach, wie ich Euch beneide!«, sagte die Schneiderin. »Valentina Visconti ist die eleganteste Dame von Paris, wahrscheinlich von ganz Frankreich! Sie soll ja ein Vermögen für Kleider und schöne Dinge ausgeben, und das noch mit Geschmack! Nur der Herzog von Berry kann es ihr gleichtun!«

Sie nippte einen Schluck Birnensaft und streichelte ihre Katze. Dann neigte sie sich zu mir, wie um mir ein kostbares Geheimnis anzuvertrauen. »Es ist gut, dass Ihr zu mir gekommen seid. Wenn sie etwas nicht ausstehen kann, dann schlecht sitzende Kleidung! Nicht nur bei sich selbst – das würde sich kein Schneider erlauben –, nein, auch bei anderen, meine ich. Man hat nicht die geringste Chance, jemals wieder eingeladen zu werden, wenn man nicht perfekt angezogen ist. Sie soll ja auch so launisch sein und mit Gegenständen werfen …«

Mein Herz sank mir bei der Beschreibung in die Kniekehlen. Aber als die Kinder mein Kleid brachten, da schöpfte ich Hoffnung.

»*Voilà*, Madame de Pizan. Ist es nicht ein Gedicht? Probiert es an!«

Sie half mir, und ich betrachtete das Ergebnis in einem Spiegel. Ich sah eine schmale, blasse Frau mit hellblondem Haar, einem ernsten, ovalen Gesicht und graublauen Augen. Das Kleid war aus feinster dunkelblauer Seide mit einem breiten weißen Saum, dazu ein ebensolcher Mantel. Es gab eine neue Kopfbedeckung, eine Art hoher Kappe und anstelle der Hörner beim Hennin eine mit Werg gestopfte und mit Silber bestickte Rolle, aufgesteckt wie Zöpfe, einer maurischen Kopfbedeckung nicht unähnlich. Der Gürtel war aus Silberfäden geflochten und hatte an jedem Ende eine daumennagelgroße Perle.

Schon der Gedanke an die Kosten trieb mir den Schweiß auf die Stirn.

»Wenn Ihr nur nicht auf Blau bestanden hättet! Es macht Euch ein wenig fade. Ihr müsst unbedingt Wangenrot benutzen.«

Mir lag wenig daran, mich aufzuputzen, und ich hatte meine Gründe für das Blau.

Ich bezahlte die Schneiderin – es war teuer, aber weniger teuer, als ich berechnet hatte.

»Danke, Gnädigste. Viel Glück bei der Audienz! Und empfehlt mich bitte weiter. Wie man hört, seid Ihr ja sehr im Kommen.«

Sie wusste mehr als ich, scheint's. Etwas verwirrt verließ ich sie.

»Ich habe ein schlechtes Gewissen, dass ich für mich so ein Kleid machen lasse, und der Rest von uns läuft in …«

»Sag's nicht«, rief Marie. »Wir tragen sehr gute gebrauchte Sachen. Daran ist nichts Ehrenrühriges. Du vertrittst schließlich die ganze Familie Pizan! Ach, Christine! Du siehst so jung und hübsch aus in dem Kleid. Wenn du doch bloß wieder heiraten würdest.«

»Fang du nicht auch noch an!«

»Na, aber es ist doch nicht so, dass dein Herz versteinert wäre. Der Mönch gefällt dir doch ganz gut, oder nicht?«

»Der Mönch ist ein Mönch.«

Marie lachte schrill auf.

»Er ist ein Freund. Er arbeitet für mich.«

Sie gab mir einen Puff auf den Oberarm.

»Marie!«

»Oh, Kindchen, mach nur, was du willst. Mich geht es ja nichts an.«

»Sag bloß nichts zu Mutter. Die ist sowieso schon gegen Thomas eingestellt.«

»Wo werd ich denn!« Aber sie pfiff die Melodie von »Die Witwe und der Mönch« vor sich hin.

»Ich kaufe dir nie wieder was zu trinken.«

»Auweh!«

Daheim gab ich das Kleid meiner Mutter, um einen guten Platz dafür zu finden. Sie würde es zuoberst in eine Truhe legen, zusammen mit Lavendelsäckchen, um die Motten fern zu halten und dem Stoff einen frischen Duft zu verleihen.

»Thomas? Thomas – wo bist du?« Ich lief die Wendeltreppe hoch ins Arbeitszimmer. Thomas saß an seinem Tisch am Fenster.

»Und? Bekommst du es fertig? Wird alles so, wie wir geplant hatten?«

»Warte noch einen Augenblick. Ich muss nur noch eine letzte Initiale vergolden …« Er behauchte den erhöhten Buchstaben durch ein Röhrchen und trug das Gold mit dem Pinsel auf.

Dann legte er ein Stück dünne Seide darauf und rieb mit einem geschliffenen Achat darüber. »... fertig.«

Es gab es mir. Es war ein schmales Bändchen geworden, die hölzernen Deckel mit feinstem blauen Samt aus Lucca bezogen, Ecken und Buchrücken mit Silberfäden bestickt. Céline hatte das für mich getan. Sie hatte eine viel geschicktere Hand als ich. Fast ängstlich schlug ich das Buch auf. Thomas hatte mich noch nicht einen einzigen Blick hineinwerfen lassen.

»Es ist ... ich weiß nicht, was ich sagen soll. Himmlisch! Du hast dich selbst übertroffen!«

Alle Initialen waren Gold auf Blau, jede in ihrem eigenen Rahmen, angefüllt mit immer neuen und zierlichen Mustern, und zu jedem Gedicht hatte er eine Miniatur gemalt, jede davon ein Juwel.

»Ich finde sie alle wundervoll, wirklich«, sagte ich, als ich mich satt gesehen hatte. »Aber wird sie nicht mehr Bilder erwarten und größere, weniger schlichte Initialen?«

»Nein. Das glaube ich nicht. Hast du kein Vertrauen zu deinem Text?«

Ich musste über meine zitternden Hände lachen. »Ich möchte mich wohl ein wenig hinter deinen Bildern verstecken.«

»Es ist nicht nötig! Ich habe alles gelesen. Da sollst du noch mit roter Tinte die Widmung hinschreiben. Schreib: Ich, Christine ... widme dieses Büchlein der ungemein edelmütigen, hochherzigen, weisen und schönen ... und so fort, was immer dir an Schmeicheleien einfällt, die Schmeicheleien können gar nicht unverschämt genug sein. Du wirst bemerken, dass, je höher die Menschen im Leben stehen, sie den alltäglichen Tatsachen umso ferner rücken, insbesondere, wenn es ihre Person betrifft. Ja, fahre ruhig fort: der fabelhaften und ausgezeichneten Förderin der Schneiders- und Juwelierskunst, der hoch verehrten Herzogin Valentina Visconti ...«

»›Förderin der Schneiderskunst‹ werde ich bestimmt nicht hinschreiben!«, lachte ich. »Thomas, du bist unmöglich!«

Mutter sah sich unsere Gabe an. »Ich, Christine ... ?«, bemängelte sie laut. »Wie unbescheiden! Besonders für eine

Frau! Vielleicht macht man das heute so, aber ich kann das nicht billigen!«

Aber Marie und Thomas schnitten hinter dem Rücken meiner Mutter Grimassen, so dass ich lachen musste und sie mir die Freude nicht verdarb.

»Warum musst du dich hervortun wie ein Mann?«, schimpfte sie weiter.

»Weil es mir nicht genügt, in einem kleinen Winkel zu sitzen und zu beobachten, was andere tun. Ich will die *ganze* Welt!«

»Die ganze Welt, du Närrin! Du solltest lieber froh über einen stillen Winkel sein! Die Welt wird dich nur kränken.«

»Oh, Mutter! Nun hör schon auf zu brummen! Was kann mir denn geschehen in einem neuen Kleid und mit einem fürstlichen Geschenk in Händen? Und wenn ich damit reüssiere, dann wird es uns allen besser gehen.«

Kopfschüttelnd gab meine Mutter sich geschlagen.

Das Hôtel d'Orléans, das Stadthaus des Herzogs von Orléans und seiner Frau, Valentina Visconti! Schon in der Halle drehte ich mich im Kreis und konnte mich nicht satt sehen an all den herrlichen Sachen, den Wandteppichen, geschnitzten Bänken und Vasen aus getriebenem Silber und Email.

Man führte mich in die Räume der Herzogin, die mit Aragonleder ausgelegt und deren Wände mit zinnoberrotem Samt ausgeschlagen waren – Rot, die Farbe ihres Hauses –, und der Samt wiederum war mit goldenen Rosen und Armbrüsten bestickt.

Ein »ländliches« Fest war offenbar im Gange, denn es standen silberne Schalen mit Blumen und Gras auf der Erde. Der Tisch war mit grünem Seidentuch dekoriert, und einige arme, kleine Lämmchen wurden herumgereicht, um von den Damen geherzt zu werden, obwohl sie doch nach ihrer Mutter blökten. Eines der Lämmchen ließ etwas fallen und beschmutzte einer Dame das Kleid. Ich versteckte mein Lachen hinter dem Buch, meinem Schild.

Die Herzogin saß auf einem geschnitzten Lehnstuhl mit Seidenkissen. Und die sie umgebenden Leute waren so kostbar gekleidet und so elegant, dass ich für einen Augenblick nervös wurde. Der Page kündigte mich an: »*Principessa, per favore: la Signora Christina di Pizzano.*«

Sie schaute zu mir, und ich näherte mich mit feuchten Händen. Ich war schon so lange nicht mehr auf solchen Gelegenheiten gewesen. Valentina Visconti hieß mich freundlich willkommen.

»Christine! Bitte setzt Euch zu mir! Ich freue mich, dass Ihr gekommen seid. Natürlich habe ich von Eurem Vater, dem berühmten Magister Thomaso da Pizzano, gehört. Leider hatte ich nicht die Ehre, ihn kennen zu lernen. Erzählt: Was macht Ihr? Man sagte mir, dass Ihr eine beachtliche Dichterin seid?«

Das gab mir die Gelegenheit, mein kleines »Geschenk« zu überreichen. »Ich habe Euch ein paar von meinen Gedichtchen abgeschrieben. Nur Stümpereien, ich hoffe, sie werden Euch nicht zu sehr langweilen.«

Sie nahm das Buch, blätterte, freute sich an den schönen Illuminationen – und entdeckte den Titel: »Die Erzählung der Schäferin? Das ist ja köstlich! Wen von meinem Personal habt Ihr bestochen, um das Thema des Abends zu erfahren? Oh, wie klug und passend!«

»Ich habe niemanden bestochen. Es scheint sich zufällig so ergeben zu haben. Aber es ist wirklich nichts Besonderes.«

»Oh, das glaube ich aber nicht, nach allem, was Bruder Thomas mir geschrieben hat. Bitte, lest uns doch etwas daraus vor!«

Die anderen verlangten sofort auch lautstark nach einer Lesung, und so begann ich, erst leise und stockend, dann mit immer größerem Vergnügen, diesen hohen Herrschaften aus dem Leben von Schäfern und Landleuten vorzulesen!

Die Schafe im Stall versorgen,
Die Krippe mit Heu füllen,
*Die Muttertiere melken …**

Ich beschrieb die Liebesgeschichte zwischen einer Schäferin und einem fahrenden Ritter. Selbstverständlich ging sie traurig aus, wie es sich gehört. Die Gäste der Visconti waren alle sehr gerührt. Dazu sind gute Geschichten schließlich da, dass man einmal herzlich weinen kann, mit der glücklichen Gewissheit, dass es nur eine Geschichte war.

Man brachte die Lämmchen fort, und wir aßen »einfache Speisen« – so wie der Adel sich das Leben des Schäfers vorstellt: vergoldeten Lammbraten, übermäßig gewürzte Pasteten, Forellen in Aspik mit Kräutern und Mandeln gefüllt, Weißbrot und Ziegenkäse mit kandierten Früchten. Am Schluss wurde ein Kuchenschaf aufgetragen, auf einem Bett von smaragdgrünem Angelikakonfekt. Die Gäste waren geistreich, ohne bösartig zu sein. Männer wie Frauen waren ausnehmend freundlich zu mir und behandelten mich, als sei ich etwas Besonderes. Beim Essen gab es Musik, und Gaukler trugen Kunststücke vor. Seit dem Tod meines Vaters hatte ich mich nicht mehr so gut amüsiert. Ich wünschte mir nur insgeheim, ich könnte etwas von den ausgefallenen Gerichten mit nach Hause nehmen. Zu Hause aßen sie heute Abend sicher wieder Kornbrei mit Speck, wie gewöhnlich.

»Sag mir, wie bist du zu dem Maler gekommen? Ich kann mich an seine Bilder erinnern, doch leider kaum an ihn«, wandte sich die Principessa wieder an mich.

»Ich fand ihn sozusagen, oder er mich, bei einem Herrn, der sich schwer abweisen ließ. Da hat er mich gerettet.«

»Wie romantisch!«

»Ich hätte auf dieses Abenteuer gern verzichtet, Herzogin. Aber es hat mir einen herausragenden Maler beschert, der jetzt für mich arbeitet. Und das ist ein großes Glück!«

»Ich bin sicher, Eure Gedichte verdienen den Schmuck«, sagte sie rasch und gewandt. »Aber wo kommt er ursprünglich her? Ich bin ihm schon begegnet, da bin ich sicher.«

»Er kommt aus einem Kloster nahe Mailand, das …« Wie sollte ich es formulieren, Bernabò war immerhin ihr Onkel. »Es scheint, als ob Euer Onkel das Kloster habe niederbrennen lassen.«

»Wie? Bernabò ein Kloster niedergebrannt? Nicht, dass ich ihm keine Schlechtigkeit zutrauen würde, aber davon wüsste ich ganz sicher. Wir Italiener sind sehr gläubige Menschen und, was immer ein Herrscher für Ungerechtigkeiten verüben mag, so etwas würde bei uns niemand tun.«

Später am Abend, als ich mich verabschiedete, sagte sie noch: »Warte! Gleich fällt es mir ein. Bernabò, Bernabò ... hab ich den Mönch nicht an seinem Hof gesehen? Er hatte zumindest einen Franziskaner, einen jungen. Hm! Ich weiß es nicht mehr, ich kann mich täuschen. Fragt ihn danach!«

Das werde ich ganz sicher, dachte ich, und diesmal würde ich mich weder von Männertränen noch von philosophischem Geschwätz verwirren lassen. Es mag persönliche Wahrheiten und mystische Gedankenkathedralen geben, doch ein X ist immer ein X und kein U.

»Christine, ich schätze Eure Gesellschaft und Euren klaren Verstand«, sagte die Visconti gerade zu mir. »Am 30. Oktober heiratet Prinzessin Isabella den englischen König in Calais. Habt Ihr nicht Lust, mich als Hofdame zu begleiten? Ihr könntet auch einen Bericht über die Hochzeit verfassen. Ich hätte das gerne aus dem Blickwinkel einer Frau. Die Männer achten immer auf die uninteressantesten Dinge. Und Eustache ist leider zu gebrechlich. Er würde die anstrengende Reise nicht vertragen.«

Ohne zu zögern sagte ich zu. Ich hatte mich viel zu lange vergraben, hinter meinem Witwenschleier versteckt. Ich freute mich sehr über die Gelegenheit, bei einem so großen und bedeutenden Ereignis dabei zu sein.

Als ich die Herzogin verließ, gab mir ein Page an der Tür einen ziemlich schweren Beutel aus rotem Samt. Eine rote Sänfte mit dem Wappen der Visconti stand schon für mich bereit. Als ich darin saß und mich durch die sanft erleuchteten Straßen tragen ließ, schaute ich in den Beutel: Es waren zweihundert Goldstücke darin.

Céline erzählte mir Jahre später, was sich an dem Abend in unserem Turm zugetragen hatte: Ich ging, von Jean und Marie bejubelt, in meinem wunderschönen Kleid, Mutters Silberkreuz um den Hals. Mutter stand im Torbogen und lächelte huldvoll die gaffenden Nachbarn an. (Meine Tochter!)

Ich raffte den schneeweißen Saum, um ihn im Straßenschmutz nicht zu beflecken, und stieg in die Mietsänfte ein.

Thomas stand am offenen Fenster ganz still. Und Céline beobachtete ihn aus dem Schatten des Treppengewölbes. Thomas sah mir nach. Was er gefühlt haben mag, das kann ich erst jetzt richtig ermessen. Er hatte die Hände gefaltet und an seine Lippen geführt. Da stand er und schaute, wie meine Sänfte davongetragen wurde. Da die Straße ein gutes Stück weit schnurgerade verläuft, dauerte das seine Zeit, und Thomas beugte sich vor, um das letzte entschwindende Fleckchen noch zu erfassen. Dann schwang er die Hände heftig nach unten und stürmte zu seinem Zeichentisch. Er entkorkte sein Tintenfass, das mit der verblassenden Sepiatinte, und begann wie ein Wahnsinniger das Pergament zu maltraitieren.

Céline stahl sich hinter ihn und schaute, was er da zeichnete. Es war ein sehr realistisch gestalteter Ziegenbock, mit geschwollenem Gehänge und allem, was dazugehört, dem ein boshafter Affe im Nacken saß. Céline lachte. Thomas war so in sich versunken, dass er einen furchtbaren Schreck bekam. Mit einer plötzlichen Handbewegung warf er das Tintenfass auf die Erde und kniete dann fluchend, um den Schaden zu beseitigen.

»Zur Hölle, verfluchtes, teuflisches Tintenfass! *Maledetto, dannato, maledizione!* O ich widerwärtiger Schwächling! O du faulige, stinkende, wurmstichige Welt, die mich umgarnt und verführt! *Cretino*! Mazbalak! O *me miserum! Utinam ne libidine nefanda affectus essem! Carnem meam voluptatibus deditam et diabolum, qui me corrupit, devoveo.* O ich armseliger Mensch! Wäre ich doch nicht von der verfluchten Lust befallen worden! Ich verwünsche mein Fleisch, das den Begierden ausgeliefert ist, und den Teufel, der mich verdorben hat! *Skatofatsa! Figlio di putana!* Satanas, Beelzebub, Luzifer, Feuer und Schwefelpest! Tod, Tod und *putrificatio*!«

Und in der Art weiter (als gelehrter Mönch konnte er in sieben Sprachen fluchen), bis Céline mit ihrer kindlichen Stimme zu ihm sagte: »Du bist gar kein Mönch, stimmt's? Ich habe es gleich gewusst. Aber wenn du mich lieb hast, dann verrate ich nichts. Was willst du mit ihr? Sie ist doch viel zu alt.«

13

Die Zeit galoppierte mir davon und drehte mir eine Nase. So vieles wollte noch in Gang gebracht werden vor unserer Abreise.

»Ich will auch mit.« Céline schmollte. »Warum er?«

»Weil Maman männliche Begleitung braucht«, sagte Jean sehr ernsthaft. In seiner neuen Ausstattung, mit einem schönen Dolch am Gürtel, sah er fabelhaft erwachsen aus.

»Dann sollte sie sich woanders danach umschauen. Du bist nichts weiter als ein pickliger kleiner Junge«, gab Céline erbost zurück.

»Komm her zu mir.« Ich zog sie mit mir, und wir setzten uns in diesem Chaos von Reisetaschen und Truhen, Rollen von gesteppten Seidendecken, Kissen und Ballen auf das große Bett. Da waren Überkleider, Unterkleider, Mäntel, Tücher, Schleier, Hauben, Gürtel, Perlen und bunte Seidenbänder, Schuhe aus Seide, Schuhe aus feinstem Leder, Kämme und Gemmen, Puder, Duftöle und Lippenrot (das ich nicht verwenden würde, das mir aber Mutter hartnäckig aufgedrängt hatte, denn sie hoffte immer noch, ich würde mich wieder verheiraten, und was war besser geeignet, um einen neuen Ehemann zu finden, als eine solche Reise). Unter Mutters stirnrunzelndem Blick hatte ich auch mein Schreibzeug eingepackt – viel sorgfältiger als die Kleider: einen Tiegel mit getrockneter Tinte zum Anreiben mit Rotwein, Gänsefedern, lose Pergamentseiten und drei leere, gebundene Notizbücher für meine Aufzeichnungen.

»Du sollst dich amüsieren, den Hof der Prinzessin von Orléans schmücken und nicht die Augen mit Gekritzel verderben und dich mit deinen Tintenfingern lächerlich machen! Wie willst du da jemanden kennen lernen? Männer verabscheuen altkluge Frauen.«

Ich seufzte. »Mutter, die Prinzessin hat ausdrücklich angeordnet, dass ich einen Reisebericht verfasse.«

»Gewiss nur aus Höflichkeit, weil sie weiß, dass du dir in der Rolle einer Schriftstellerin gefällst.«

»Die Prinzessin ist gewiss nicht als so überaus höflich bekannt. Sie sagt im Allgemeinen, was sie will, und danach habe ich mich zu richten.«

Eine Woche vor der Abreise geschahen plötzlich Dinge, auf die ich lange gewartet hatte, und sie geschahen alle auf einmal, als ob sie sich verabredet hätten, wie die Straßenräuber hinter einer Ecke zu lauern und über mich herzufallen. Die Zeit ist keinesfalls ein geflügeltes Pferd, wie sie gern dargestellt wird. Meiner Erfahrung nach bewegt sie sich wie eine Raupe: Mal braucht sie elend lange, um ihren Hinterleib anzuheben, nachzuziehen und ihn im Bogen an den Vorderfuß heranzuziehen, und dann wieder schnellt dieser Vorderleib wie vom Katapult geschossen nach vorn. Das einzige Maß, das die Zeit kennt, ist unsere Ungeduld. Ich würde niemals rechtzeitig fertig werden.

»Jean, ich möchte, dass du zum Katzenplatz gehst und dort einen Jungen namens Pierre für mich findest. Ich brauche ihn so schnell wie möglich.«

»Wieso?«

»Geh einfach und hole ihn. Jetzt!«

»Kann das nicht der Mönch tun?« Botengänge waren neuerdings unter seiner Würde.

»Natürlich, wenn du inzwischen seine Arbeit übernimmst.«

Jean verschwand. Céline grinste zufrieden und kuschelte sich an mich.

»Schau, Céline. Ich kann nicht meine ganze Familie mit zur Hochzeit nehmen. Ich reise nicht auf eigene Einladung, sondern als Begleitung der Herzogin. Dich würde ich schon gerne mitnehmen, aber schau: Jean braucht diese Kontakte viel nötiger als du. Er muss doch einmal eine Anstellung finden.«

»Und ich nicht? Du kannst doch auch selbstständig Geld verdienen.«

»Céline, mein Kätzchen, ich tue dies gezwungenermaßen, und du weißt, wie schwierig es ist und um wie viele Dinge man uns gebracht hat. Es wäre besser, wenn du das, was du möchtest, aus dem Schutz einer Ehe heraus tätest. Natürlich wäre es gut, wenn Frauen diesen Schutz nicht bräuchten. Du weißt, wie sehr ich davon träume, doch dieser Tag ist, glaube ich, noch in weiter Ferne.« Sie schwieg, und ich hatte den Eindruck, dass sie etwas vor mir verbarg. »Céline? Ist irgendetwas? Möchtest du mir etwas sagen?«

»Nein. Nichts ... Doch ...«

Und sie nestelte etwas aus ihrem Gürtel hervor, eine kleine Börse, die sie aus Stoffresten gefertigt hatte, ein entzückendes Ding: ein Beutelchen, bestickt mit einem Bild der heiligen Klara, ich möchte fast sagen, nicht weniger kunstvoll als Thomas' Miniaturen.

»Ich habe es für Bruder Thomas gemacht«, sie schaute mich nicht an, sondern drehte das Beutelchen in den Händen, »um mich ... für den guten Unterricht zu bedanken. Meinst du, es ist schicklich, ihm das zu geben?«

Ich bewunderte ihre handwerkliche Geschicklichkeit. Niemals hätte ich so etwas zu Stande gebracht. Streng genommen war es ein weltlicher Besitz, aber doch kein solcher Luxus, dass er für einen Bettelmönch verboten war. Und es war doch ein Geschenk, in aller Unschuld gemacht.

»Ja, gib es ihm ruhig. Das ist ein schöner Gedanke! Es wird ihn sicher freuen.«

»Maman?«

»Ja, Liebes?«

»Nichts.«

»Sei nicht traurig, dass du nicht mitkommen kannst. Ich werde dir alles genau beschreiben. Und ich bringe dir etwas Schönes mit.« Ich stand auf und machte mich wieder ans Einpacken. »Immerhin hast du Bruder Thomas für dich, während wir fort sind!« Ich drehte ihr den Rücken zu, während ich dies sagte, sonst hätte ich gesehen, wie ihr eine plötzliche und sehr verdächtige Röte ins Gesicht stieg.

Einige Zeit später kam Jean mit Pierre an. Ich schaute eben aus dem Fenster. Mein Sohn ritt langsam auf dem roten Pferd, das sich bei uns allmählich fett gefressen hatte und dessen Fell wie Speck glänzte. Der kleine Lump lief zu Fuß und hüpfte unbekümmert über die Haufen von Unrat und stinkende Pfützen. Nicht nur hatte Jean den kleinen Pierre nicht hinter sich aufsitzen lassen, sondern hatte ihm offenbar befohlen, Abstand zu wahren, und wollte keinesfalls mit ihm zusammen gesehen werden. Wie konnte mein Sohn so überheblich sein? Ich hatte ihm das jedenfalls nicht beigebracht.

»Pierre!« Ich sprang die Treppe hinunter und nahm dabei zwei Stufen auf einmal.

Jean stieg ab und verschwand mit dem Gaul durch das Hoftor. Ein vorwurfsvoller Blick traf mich: »Maman! Ein Bettler!«

Ich beachtete meinen Filius nicht, sondern winkte Pierre freundlich herein.

»Komm in die Küche! Ich nehme an, du bist hungrig.«

Ebenso wie Jean wuchs der kleine Dieb schubweise und nicht mit allen Körperteilen zugleich. Seine Hosen waren viel zu kurz, ebenso der Kittel: magere Hand- und Fußgelenke schauten hervor. Kinn und Nase waren spitz, die Hautfarbe unter dem Schmutz kaum zu erkennen, aber er grinste mich an.

»Madame Christine! Was immer du haben willst, Pierre kann es beschaffen. Oder soll ich einen umlegen?«

Héloise betrachtete den Bengel misstrauisch, gab ihm aber eine Schüssel mit Brei und einer Scheibe Speck obendrauf und dazu ein Stück Brot.

Pierre zog aus einer Gürteltasche unter seinem Kittel einen Holzlöffel hervor. Gierig fiel er über das Essen her. Das war offensichtlich nicht seine gewohnte Nahrung. Wahrscheinlich ernährte er sich von Abfällen und den dünnen Suppen der Armenküchen.

»Iss langsamer, sonst wird dir noch schlecht!«

»Ja«, sagte er um einen Mund voll Brei herum, verlangsamte sein Tempo aber nicht. Während er aß, beobachtete er gewohnheitsgemäß und flink seine Umgebung.

»Pass auf, Junge: Wenn du willst, kann ich dir regelmäßige Arbeit geben, etwa zwei Male in der Woche. Interessiert?«

»Ich mach alles.«

Nach meinem Empfang bei der Visconti standen plötzlich die Buchhändler Schlange bei mir. Dieselben, die es früher abgelehnt hatten, meinen Gedichtband auch nur in Kommission zu nehmen, wollten jetzt alles, was ich je geschrieben hatte, die »Hundert Balladen«, die Abhandlungen über die Drei Tugenden, alle meine kleinen Schriften zu Vorgängen der Zeitgeschichte und insbesondere den Brief an den Gott der Liebe. Auch private Kunden bestellten bei mir. Wir kamen mit dem Kopieren kaum hinterher. Ich würde insbesondere während meiner Abwesenheit noch ein oder zwei Schreiber finden müssen. Thomas hatte neuerdings einen Lehrling, der uns empfohlen worden war. Thomas entwarf und zeichnete vor. Das Ausmalen übernahm dieser Junge, der dafür nichts bekam, außer dem Privileg, bei Thomas lernen zu dürfen. Beide waren zufrieden mit diesem Arrangement.

»Pierre, ich möchte, dass du die Bücher, die wir fertig stellen, an Händler und Kunden lieferst. Kannst du lesen?«

»Ein wenig.« Das hieß: nein. Ich hatte es auch nicht erwartet. Er fand sich auch ohne diese Fähigkeit zurecht.

»Du musst nicht nur liefern, sondern auch Geld kassieren. Kannst du dir merken, wenn man dir verschiedene Summen sagt, wer was zu zahlen hat?«

»Oh, ja! Ich kann gut mit Geld umgehen. Zahlen kann ich mir gut merken!«

Ich schaute zu Héloise und sah aus den Augenwinkeln, wie er ein Stück Brot vorn in seinem Hemd verschwinden ließ. »Kann ich noch Brot haben, Madame, bitte?« Héloise schnitt kopfschüttelnd noch eine Scheibe ab.

»Wo der das alles hinisst!«

»Du musst hier nichts für später verstecken«, sagte ich. »Iss ganz in Ruhe. Später, wenn du gehst, gibt Héloise dir noch ein großes Stück Brot für dein Abendessen. Und nun hör zu: Die Händler bekommen nur dann Nachschub, wenn sie die vorige, verkaufte Lieferung bezahlt haben. Keiner bekommt Rabatt, auch wenn sie es behaupten. Klar?«

»Klar. Und wenn sie nicht bezahlen, dann greif ich in die Kasse und weg!«

Ich lachte. »Auf keinen Fall! Wenn du für mich arbeitest, darfst du niemals stehlen oder sonst etwas Ungehöriges tun! Das musst du mir versprechen.«

»In Ordnung, ich schwöre es.« Er hielt mit geübtem Bettlerblick Héloise die Schüssel zum Nachfüllen hin. Diesmal gab es keinen Speck, dafür – nach kritischem Blick auf die dünnen Arme des Kleinen – eine Portion Öl, die sie obendrüber gab.

»Und du musst dich waschen.«

Er ließ die Schüssel sinken, unterbrach sogar das Essen.

»Waschen? Willst du mich umbringen! Jedermann weiß, dass das nicht gesund ist!«

»Es ist sogar sehr gesund, und es kommt nicht in Frage, dass du in diesem Zustand ein Buch auch nur anfasst, geschweige denn in meinem Namen irgendwo auslieferst!«

Héloise stand hinter dem Jungen. Sie hatte die Arme verschränkt und nickte zufrieden.

»Also, das sind die Regeln: Du kommst her, wäschst dich am Brunnen, und Héloise kontrolliert, ob du manierlich aussiehst. Du kriegst ordentliche Kleidung.«

»Dann kann ich nicht betteln! Und meine Kumpels, die lachen sich schief über mich. Da nimmt mich ja keiner mehr ernst!«

Ich überging den Einwand.

»Du kriegst einen halben Sou pro Arbeitstag und dazu eine warme Mahlzeit.«

»So viel ich essen kann?«

»So viel du essen kannst.«

»Muss ich mich jedes Mal waschen?«

Héloise und ich nickten sehr bestimmt.

»Erst waschen, dann essen.«

»Das ist hart.«

Er überlegte und gab mir dann eine knochige, kleine und sehr klebrige Hand.

»Abgemacht!«

»Gut. Du kannst gleich anfangen. Ich habe einen Stapel Bücher und eine Liste, aus der du ersehen kannst, wer was bekommt. Thomas liest dir die Liste vor, bis du auswendig weißt, was da steht. Sie sollen den Empfang per Unterschrift und Siegel bestätigen, hörst du?« Ich war schon zu oft betrogen worden.

»Ach, und noch eine Kleinigkeit.« Ich beugte mich vor und sprach so leise zu ihm, dass Héloise es nicht verstehen konnte: »Du sollst dich für mich nach einem gewissen Gegenstand umschauen. Ich suche ein Buch, das achtunddreißigste Buch von Plinius' ›Naturgeschichte‹. Kannst du dir das merken? Angeblich soll es irgendwo in Paris existieren. Aber sei vorsichtig, zeig nicht zu viel Interesse. Vielleicht ist es besser, du sagst ganz allgemein, dass du für deine Herrin nach einer schönen Ausgabe des römischen Feldherrn suchst. Ich habe das Gefühl, dass es mit diesem Band irgendetwas Merkwürdiges auf sich hat. Sprich darüber mit niemandem hier im Haus, bis ich wieder da bin.«

Er versprach es. Héloise gab ihm abgelegte Kleidung von Jean und ging mit ihm, um ihm den Brunnen zu zeigen.

Die Suche nach Kopisten war der nächste Artikel auf meiner Liste. Der beste Platz, um freie Schreiber zu finden, war der Geflügelmarkt. Meine alten Freunde begrüßten mich, und siehe da, wer meinen Platz zwischen ihnen eingenommen hatte: die rothaarige Schreiberin aus der Werkstatt am linken Ufer.

»Guten Tag, Kollegin«, begrüßte ich sie. »Was ist dir widerfahren? Bist du nicht mehr in der Werkstatt beschäftigt, wo ich dich damals gesehen habe?«

Sie saß auf einem leeren Bierfass an einem wurmstichigen Tischchen, das sie sich offenbar mitgebracht hatte, so wie ich damals, und wartete auf Kundschaft.

Sie hob mir ein blasses Gesicht entgegen, ein schmales Gesicht mit einer feinen Haut und violetten Augen.

»Ein guter Kunde wollte seinen Sohn unterbringen – und da war ich meine Stelle los. Viel Freude wird mein Meister an dem Wechsel kaum haben. Der Junge ist unerfahren, schreibt langsam und verdirbt viel. Aber so ist das eben: Wenn Platz geschaffen werden soll, fliegen die Frauen zuerst raus.«

Ich seufzte: »Oh ja! Ob sich das jemals ändern wird, das frage ich mich. Aber ich kann dir Arbeit geben, wenn du willst.« Ich erklärte ihr, was nötig war. Sie willigte gern ein, meine Sachen gegen einen vernünftigen Lohn abzuschreiben, solange mein Glück anhalten würde.

Es war ein schöner, warmer Septembertag. Eine safranfarbene Sonne gab ein mildes Licht, müde von den Anstrengungen des Sommers, aber so zufrieden wie ein Landmann, der nach harter Arbeit auf sein Feld schaut und es gut findet. Die Luft roch flussfeucht und nach reifem Obst.

Ich kaufte mir einen Becher Apfelmost und eine Pastete und setzte mich zu der Pastetenbäckerin.

»Stellt euch nur vor: Ich werde bei der Hochzeit in Calais dabei sein, im Gefolge der Herzogin von Orléans!«

»Oh, was du nicht sagst! Was wirst du anhaben?«

»Die Herzogin möchte ihre Damen alle in Grün sehen, mit einem roten Unterkleid. Sonst bliebe ich bei meinem gewohnten Blau.«

»Was wird man essen?«, wollte der Geflügelhändler wissen. Es war leicht zu sehen, dass er gerne aß.

»Ach, sie werden sich mit den teuersten Dingen voll stopfen«, antwortete die Schreiberin für mich. »Meerwasserfische in Wein gesotten, die mit Krebsfleisch gefüllt sind, gebratene Wachteln auf schwarzen Trauben, Berge von Pasteten, vergoldete Schwäne mit Zimtäpfeln, geröstetes Jungschwein mit Pfeffer und Anis und all solche Dinge. Es wird Wein und Honig aus den Brunnen von Calais fließen, und anschließend werden sie die Steuern erhöhen, um alles zu bezahlen.«

»Mancher wird sagen, dass der Preis angemessen sei, wenn man dafür die Engländer endlich vom Halse hätte«, warf die Pastetenbäckerin ein. »Man hat ja einige Zeit nichts von ihnen gehört, weißt du, warum, Christine?«

»Es scheint, als ob in diesem Krieg keiner wirklich überlegen war, und nun haben sie alle etwas Besseres zu tun gefunden. König Richard muss sich gegen seine eigenen Barone und Widersacher behaupten. Und es soll Bauernaufstände in Irland gegeben haben. Da braucht er seine Armeen daheim.«

Es war schon länger über diese Heirat verhandelt worden, und zu dieser Zeit herrschte bereits ein langer Waffenstillstand.

»Unsere Herren sind inzwischen mehr nach Italien orientiert. Der Bruder des Königs will auch einen Thron und träumt vom Königreich Adria, das ihm der Papst von Avignon versprochen hat, wenn er die römische Konkurrenz abserviert. Und wenn der Streit der Päpste erst mal entschieden ist, dann soll es einen neuen Kreuzzug geben.«

»Krieg! Immer müssen sie Krieg haben«, beschwerte sich die Bäckerin. »Unsereins wäre froh, wenn es einmal Frieden gäbe, damit die Wirtschaft sich erholen kann, aber nein!«

»Immerhin wäre es gut, wenn dieses unselige Geschäft mit den zwei Päpsten einmal erledigt wäre«, bemerkte der Geflügelhändler.

Das war ganz meine Meinung. Viele Menschen, es hieß: jeder Zehnte, sagte sich vom Glauben los aus Verdruss über das unwürdige Schauspiel.

»Ganz recht. Ich stelle mir immer vor, wie oben im Himmel ein Sessel steht für einen einzigen Mann, auf dem sich aber zweie drängeln, und keiner von beiden will sich erheben.« Sie lachten hämisch darüber und stellten sich vor, wie sich die Gottesstellvertreter mit den wohlgenährten Hinterteilen hin und her schieben würden, aber in Wirklichkeit verbarg sich hinter dem Spott eine tiefe Bedrücktheit. Was würde mit uns geschehen, wenn die Kirche so in Niedrigkeiten versank? Wer sollte uns führen, wie sollten wir gerettet werden?

»Sagt mir«, wechselte ich das traurige Thema. »Kennt jemand von euch das rote Haus auf der Wechslerbrücke, das dritte auf der linken Seite, wenn man vom Ufer her kommt?« Ich hatte soeben Berthe besucht und ihr einen Korb mit Lebensmitteln gebracht. Sie hatte mittlerweile die ersten beiden Befragungen hinter sich gebracht. Einmal hatten sie sechs und beim zweiten Mal neun Liter Wasser in sie hineingeschüttet, doch sie hatten aus ihr nicht herausgebracht, was sie hören wollten. Und ich konnte den Richter ohne neue Beweise nicht überzeugen. Mit der Besitzerin des roten Hauses war ich kein Stück vorangekommen.

Der Händler wedelte mit der Rechten. »Oh! Da wohnt eine Kurtisane, ziemlich teuer, wie man hört. Wählerisch bei ihren Kunden.«

»Zuletzt«, sagte die Schreiberin, »hatte sie einen wirklich reichen Kerl. Ich habe gehört, sie hatte nur noch den einen.«

Ich war plötzlich hellwach. »Einen fetten Genueser?«

»Du meinst den, der ersoffen ist? Keine Ahnung. Gibt's da einen Zusammenhang?«

»Ich weiß es nicht genau.« Ich erzählte ihnen von unserem Experiment.

»Du meinst, er ist aus einem der Häuser gefallen?«

»Ja, wir glauben, aus dem roten, aber ganz sicher sind wir nicht, und ich will erst mit der Bewohnerin reden, ehe ich damit zum Richter gehe.«

»Da kommst du zu spät«, sagte die Schreiberin. »Ich habe gehört, sie ist auf Reisen seit ... oh, nicht lange nach dem Tod des Genuesers. Das kann natürlich ein Zufall sein.«

»Was hat sie für einen Ruf?«

»Abgesehen davon, dass sie eine Hure ist, einen guten. Sie soll still und höflich sein. Sogar die Ehefrauen der Nachbarn haben sie gemocht, nachdem sie klar gemacht hat, dass sie sich mit Nachbarn nicht einlassen wird.«

»Klug von ihr.« Auch eine Sackgasse. Sie hätte keinen logischen Grund gehabt, einen Kunden zu ermorden, der sie offenbar ernährte.

»Der Einzige, der nur zu gewinnen gehabt hätte, ist Aldo!«, sagte ich zu Bruder Thomas, als ich wieder zu Hause war.

»Halt! Nicht so viel Farbe auf einmal auftragen«, ermahnte Thomas gerade seinen neuen Lehrling Philippe, einen schlaksigen Zwölfjährigen. »Schau, wir tragen die Farben in mehreren Schichten auf, sonst gibt es hässliche dicke Nasen, in denen die Pigmente zusammengelaufen sind. Zum einen gibt das Tiefe, zum anderen können wir nach und nach Schatten und Höhen einarbeiten mit helleren und dunkleren Beimischungen. Da, sieh den Faltenwurf, im Inneren der Falte dunkele ich mit etwas Lampenschwarz nach, die nächste Schicht Blau wird die verschiedenen Farben vereinheitlichen.«

»Ich wollte nur – ich dachte, weil wir es doch eilig haben«, sagte Philippe vorwurfsvoll.

»Wir wollen fleißig arbeiten, aber doch die notwendigen Prozesse und Vorgehensweisen beachten. Nun mach weiter. Du lernst rasch. Ich bin mit dir zufrieden.«

Erleichtert ging der Junge wieder an seine Arbeit. Er war nicht für einen Fehler gescholten worden, sondern hatte etwas gelernt.

Ich informierte Thomas über die Arrangements, die ich getroffen hatte, und kam mir dabei schon wie ein richtiger Dienstherr vor.

»Thomas«, sagte ich am Abend vor meiner Abreise ernsthaft zu ihm, »wir werden uns einige Zeit nicht sehen. Fortuna hat sich mir gegenüber so launisch verhalten, dass ich ihr nicht vertraue und nicht weiß, ob wir uns wiedersehen.«

Wir gingen, wie so oft, den Treidelpfad an der Seine entlang.

»Das liegt in Gottes Hand. Ich denke aber, dass du wohlbehalten wiederkommen wirst. Du reist ja nicht allein, sondern in einem großen, wohl bewachten Tross. Inzwischen werde ich mit Hilfe aller dieser Leute deine Bücher kopiert und ausgeliefert und auch noch die Bestellungen für Gilles Malet erledigt haben. Du kannst also beruhigt alles genießen.«

»Danke, Thomas, aber das meine ich nicht. Etwas anderes beschäftigt mich und macht mich ganz unruhig: Ich habe Valentina Visconti von dir erzählt und wie ihr Onkel Bernabò dein Kloster verwüstet hat. Und stell dir vor: Sie sagt, das könne nicht sein.«

Er winkte leichthin ab. »Was weiß sie schon? Seit wann befassen sich Prinzessinnen mit den schmutzigen und furchtbaren Dingen, die im Lande vor sich gehen? Sie sind doch nur an Kleidern und Zerstreuung interessiert.«

Er schaute auf das Wasser, bückte sich und ließ ein paar flache Steine über die Oberfläche hüpfen. Als er sich wieder aufrichtete, stand ich vor ihm, die Ellbogen in die Seiten gestemmt.

»Thomas«, sagte ich, »wie geschickt du auch darum herumredest: Ich glaube ihr. Du hingegen hast mir schon einige Märchen aufgetischt. Und weil ich bald abreise und vielleicht nie wiederkomme, solltest du mir nun endlich die Wahrheit über dich erzählen. Und zwar keine philosophische oder letzte Wahrheit, sondern einfach Tatsachen. Ich bin es sehr leid, dass du mir immer nur Bröckchen hinwirfst, von denen sich später einige als ungenießbar erweisen.«

Er blickte sehr betrübt drein. »Du vertraust mir nicht. Hast du mich nicht gut genug kennen gelernt durch mein Tun und unsere Zusammenarbeit?«

Ich antwortete nicht.

»Haben wir nicht über die Unzulänglichkeiten eines Begriffes wie Wahrheit diskutiert?«

Ich schwieg weiter hartnäckig.

»Nun gut«, sagte er, »nur um dich zufrieden zu stimmen. Um nichts in der Welt würde ich dich kränken, das weißt du, Christine!«

Er hatte meine Handgelenke ergriffen und zog meine Hände zu sich; sie ruhten in seinen warmen, kräftigen Händen mit den schlanken Fingern und berührten ganz fein mit den Spitzen der Finger seine Hüften. Ich war ein wenig verblüfft und unfähig, etwas zu tun. Da wurde ihm unsere Haltung bewusst, und er ließ rasch meine Hände los. »Komm, wir gehen ein Stück.«

Das Wasser schob sich träge dahin. Enten saßen auf der Böschung und putzten ihr Gefieder. Als wir näher kamen, quakten sie empört und sprangen dann doch im letzten Augenblick ins Wasser. Thomas hatte Feigen gepflückt und fütterte mich damit. Sie waren violettschwarz mit hellgrünen Stielen, innen glänzten gelb und bernsteinfarben die Fruchtfasern und Kerne; butterweich waren die Früchte und schmeckten nach Honig. Die winzigen Samen knackten zwischen meinen Zähnen. Mir war wohl bewusst, dass unser Verhalten am Rande des guten Anstands war, doch waren seine Gesten noch süßer als die Feigen. So ließ ich ihn.

»Mach mir aber keine Vorwürfe, wenn du meine Geschichte unwahrscheinlich findest! Ich habe dir zwei gegeben, die leicht zu glauben waren, auch wahr genug, und du hast sie verschmäht. Nun sieh zu, wie du mit dieser Wahrheit fertig wirst. Du wolltest sie hören: Ich bin der Bastardsohn eines hohen Herrn.«

Ich lachte los, legte mir aber erschrocken die Hand auf den Mund. Das war doch zu abgeschmackt! Doch Thomas machte eine durchaus ernste Miene. »Entschuldige.«

»Gern, liebste Christine, aber wenn du schon den ersten Satz anzweifelst, wie sollen wir da je zum Ende kommen?«

»Ich werde schweigen.«

»Und mir endlich Glauben schenken?«

»Das werde ich dir am Ende der Geschichte sagen.«

Er lächelte. Warum hatte ich bisher nie wahrgenommen, wie sich seine Mundwinkel nach oben bogen? Sein Mund erinnerte mich an Schmetterlingsflügel. Und da kam mir der Begriff »Leichtfertigkeit« als auch »Leichtigkeit« in den Sinn. Ein ernsthafter Charakter, denke ich, zeigt sich in schmalen Lippen, gerade wie der Strich mit einem Lineal. Volle Lippen verraten Sinnenfreudige, Gierschlünde und Verschwender. Und Lippen, die das reinste Symbol der Flatterhaftigkeit in sich tragen? Was kann man aus einem so geformten Mund erwarten?

»Iss noch eine Feige. So. Die Süße in deinem Mund wird dich geneigter machen, mir zu glauben. Ein hoch stehender italienischer Fürst verliebte sich in eine Hofdame seiner Frau. Und es scheint, dass die Zuneigung erwidert wurde und nicht nur pflichtschuldigst, wie es zwischen den Blumen eines solchen Hofes und dem Herrn üblich ist. Sie waren derart verliebt, dass die Affäre lange dauerte. Sie vergaßen auch die gebotene Diskretion, wurden beobachtet, wie sie Händchen haltend durch den Park liefen. Der Fürst suchte das Bett seiner Frau nicht mehr auf, wie er es wenigstens aus ehelicher Rücksichtnahme von Zeit zu Zeit hätte tun sollen. Er hatte nur Augen für seine neue Liebe. Er schickte ihr grüne Seidenkleider, ließ für sie Gedichte schreiben und überhäufte sie mit Juwelen. Sie wurde schwanger. Und zunehmend verzweifelter.«

Er aß selbst eine Feige, leckte sich mit der Zungenspitze ein wenig Saft aus einem Mundwinkel und fuhr fort: »Normalerweise ist dies der Augenblick, da die Herren sich ihr Vergnügen anderweitig suchen. Sie versteckte sich vor ihrem fürstlichen Liebhaber und trank Petersiliensaft in unvorstellbaren Mengen. Doch sie blieb schwanger, und Berna… der Herr bekam sie eines Tages zu fassen. ›Mein Dummchen‹, sagte er. ›Ich finde es schön, dass du mir ein Kind schenken wirst. Ich werde es meinen ehelichen Kindern gleichstellen.‹ Das machte meine

Mutter wohl ebenso hochmütig wie unvorsichtig. Abgelegte Mätressen kann man übergehen, Ehefrauen dagegen nicht. Sie zeigte sich offen in ihrer fortschreitenden Schwangerschaft, und ihr Liebhaber genoss weiterhin ihre Gegenwart. Doch als das skandalöse Kind kam und der Fürst seiner Frau verkündete, was er damit vorhatte, da wurde die Fürstin unsagbar zornig. Und ganz plötzlich war die Hofdame mitsamt dem Säugling – mir – verschwunden. Warte, ich will mir ein wenig im Fluss die Finger abspülen.«

Er kniete am Ufer nieder, wusch seine Hände und trocknete sie am Saum seiner Kutte. Ich stand in einigen Schritten Entfernung und schaute ihm zu. Sein nussbraunes Haar fiel nach vorn und gab ein Stück weißen Nacken frei. Thomas stand wieder auf, wandte sich um und lächelte mich an.

»Wo war ich? Ach ja: Die Hofdame verschwand von einem Tag auf den anderen. Um ihren Mann zu kränken und sich an ihrer früheren Begleiterin zu rächen, hatte die Fürstin meine Mutter entführen lassen. Als sie eines Nachts unterwegs war, um das Privé aufzusuchen, da warf man ihr einen Sack über den Kopf und schleppte sie im Unterkleid und barfuß aus dem Schloss. Zu meinem Unglück hatte sie mich auf dem Arm, also war ich mitgehangen.

Ehe sie wusste, wie ihr geschah, fand sie sich auf der Ladefläche eines Fuhrwerks wieder, auf einem Bündel Stroh. Zusammen mit anderen Unglücklichen wurden wir nach Marseille transportiert und dort als Sklaven verkauft. Es gibt genug gewissenlose Kapitäne, die solche Fracht übernehmen, denn die weißhäutigen Europäer erzielen gute Preise auf arabischen Sklavenmärkten.

Tatsächlich kamen wir auf ein Piratenschiff. Es war die Bedingung der rachsüchtigen Fürstin, dass die Geliebte ihres Mannes für nicht mehr und nicht weniger als eine Pinte reinstes persisches Rosenöl verkauft werden sollte. Es war der charakteristische Duft meiner Mutter gewesen, denke ich. Dieses Öl wollte die Principessa haben und sich damit im süßen Duft der Rache salben. Sollte der Fürst danach noch sein Ehebett aufsuchen, so würde sie ihm damit zu verstehen geben, was sie getan hatte und dass er seine Geliebte niemals wiedersehen würde. Ich habe gehört, dass er sich danach von Frauen abwandte, grausam und unberechenbar wurde. Meine Mutter wurde bald weiterverkauft. Ich weiß nicht, wo und an wen, noch was aus ihr geworden ist. Sie soll jung und sehr schön gewesen sein. Also hoffe ich, dass ihr Schicksal nicht allzu hart gewesen ist.«

Mönch!, dachte ich. Immer nimmst du an, dass es Frauen gleichgültig ist, wem sie sich hingeben, und dass es ihnen nichts ausmacht, sich gegen etwas zu essen und ein wenig Sicherheit benutzen zu lassen. Aber ich schwieg, wie ich es versprochen hatte.

»Den Piraten«, fuhr Thomas fort, »gefiel es aus irgendeinem Grunde, mich bei sich zu behalten, als eine Art Glücksbringer, so wie andere Leute Affen oder Vögel halten. Du kannst dir sicher denken, dass es eine raue Gesellschaft war, in der ich da aufwuchs. Ich gehörte zunächst dem Koch, der mich zu seinem Lehrling erziehen wollte. Doch auch die anderen Matrosen hatten ihre Pläne mit mir. Ich eignete mir ein wirklich hübsches und differenziertes Vokabular an. Mit vier kannte ich in sechs verschiedenen Sprachen, so wie sie an Bord vorkamen, die Worte für Messer, Axt, Spieß, Enterhaken, Schlinge, Kielholen, aufhängen, den Haien vorwerfen, die Kehle durchschneiden, pfählen, zur Sau machen, Fresse polieren, brennen, blenden, aufschlitzen und zum Teufel schicken. Wenn wir Gefangene machten, dann wurde ich zu ihnen geschickt, um ihnen fantasievoll darzulegen, was ihnen bevorstünde, wenn niemand für sie das Lösegeld bezahlte. Es beeindruckte sie besonders, wenn sie das von einem Kind hörten. Ich brachte es zu einer gewissen Beredsamkeit, glaube ich. Oben an der Luke hingen meine Schiffskameraden in Trauben und brachen bei meinen farbenprächtigen Beschreibungen in brüllendes Gelächter aus.«

»Hast du etwa auch zugesehen, wenn Menschen hingerichtet wurden?«

Thomas wandte den Kopf; sein Haar schimmerte wie Folium rubeum. Er lächelte mit größter Unschuld.

»Sicher. Es war meine Aufgabe, die Haie herbeizurufen. Die Haie waren meine Freunde. Es sind räuberische Riesenfische mit einem großen Appetit auf Menschenfleisch, kraftvolle, schnelle Tiere mit bleigrauen Körpern und Gesichtern wie aus der Apokalypse, mit ihren kleinen, kalten Augen und das Maul nach unten gebogen in einem Ausdruck satanischer Bosheit. Wenn sie fressen, verfallen sie in einen solchen Taumel, als ginge es nicht um das Sattwerden allein. Sie geraten in eine Raserei der Vernichtung, eine Blendung, ein wütendes Zerfetzen der lebendigen Schöpfung. Sie müssen wahrlich Tiere der Hölle sein, die zur Warnung für uns Sterbliche vor der Zeit auf die Erde gesandt wurden!«

»Und solche Bestien nanntest du Freunde?«, fragte ich entsetzt. Mein Mund war trocken und meine Knie weich von der entsetzlichen Beschreibung.

»Ja, ich brauchte solche Freunde, verstehst du nicht? Ich war klein und hilflos und jedem an Bord ausgeliefert, den es ankam, seine Launen an mir auszulassen. Von Gott wusste ich nichts. Deshalb suchte ich mir die stärksten und bösartigsten Wesen als meine Beschützer aus. Ich bildete mir damals ein, dass, wenn mein Dasein unerträglich würde, ich nur zu den Monstern ins Wasser springen müsste, damit sie mich beschützten und auf ihren Rücken forttragen würden. Zum Glück habe ich das nie ausprobiert.«

Ich schüttelte mich. Der Mönch erzählte ruhig weiter.

»Unser Schiff war eine durch Riemenkraft angetriebene Galeere, lang, schmal und niedrig gebaut. Sie war so schnell wie kein anderes Schiff und durchbohrte mit ihrem Rammsporn den Bauch der Koggen, der großen, schwerfälligen Handelsschiffe. Es gab nicht viel Platz. Ich schlief zuerst in der Kombüse. Aber es war eng und der Koch stank. Sobald ich alt genug war, schlief ich lieber an Deck und beobachtete nachts die Sterne. Manchmal sah ich Laternen, die am Meeresgrund angesteckt wurden. Wenn dies ganz nah am Schiff geschah, bekam ich Angst, weil ich dachte, es seien Meerjungfrauen, die mich holen wollten. Und doch spähte ich über die Reling in der Hoffnung, einen Blick auf Neptuns Schloss erhaschen zu können.

Es gab noch eine Art von großen Fischen, bläulich, mit lachenden Gesichtern. Die flogen durch die Luft wie Vögel und schauten mich dabei aufmerksam an. Mit denen unterhielt ich mich, wenn sonst niemand Zeit für mich hatte. Sie waren Engel, doch von denen erhoffte ich mir keine Hilfe.

Waren wir auf See unterwegs, dann herrschte eine große Disziplin. Jeder hatte seinen Platz. Legten wir aber in einem Hafen an, dann holten sie Frauen und Wein an Bord und feierten so lange, bis sie alle besinnungslos an Deck herumlagen. Auch für mich wurde ein Frauenzimmer engagiert, die sollte auf mich aufpassen. Nur blond durfte sie nicht sein. Das erinnerte mich an meine Mutter, und ich fing an zu plärren. Du siehst also: Soweit sie es vermochten, waren die Piraten verantwortungsvolle Väter – mehr jedenfalls, als mein leiblicher Vater je war.

Sie waren mir tatsächlich so gut, dass sie eines Tages unter sich beschlossen, dieses Leben sei nichts für mich und es sollte mir einmal besser gehen als ihnen. In Tunis gaben sie mich zu einem betagten Gelehrten, der eine Stütze für sein Alter suchte. Im Ausgleich für meine Dienste wollte er mich lehren, was mir nützlich war. Willst du das wirklich alles wissen?«

»Aber ja«, versicherte ich. »Ich will alles über dich wissen. Erzähl weiter. Ich verstehe nicht, warum du mir nicht von Anfang an die Wahrheit erzählt hast. Es ist eine furchtbare, aber auch überaus faszinierende Geschichte.«

»Hättest du mich aufgenommen, wenn du von meiner Kinderstube gewusst hättest? Ein Pirat in deinem Haus – vielleicht kein richtiger Pirat, aber ich habe schlimme Dinge getan und gesehen. Ich sah, wie der Rammsporn sich in die Seite einer fetten, friedlichen Kogge bohrte, hörte, wie die Planken barsten. Das ist ein schreckliches Geräusch, ein Bersten, Splittern und Stöhnen. Das Schiff stößt Todesschreie aus. Auf Deck beteten die Seeleute laut zu Gott, aber er half ihnen nicht. Die Piraten schwangen sich an Leinen hinüber, und das Morden begann. Gefangene wurden selten gemacht. Ich sagte ja schon: Es war zu wenig Platz auf der Galeere. Bei all dem Schlachten hing ich Knirps in den Wanten und feuerte meine Mannschaft an. Ich fand es lustig, wenn am Ende die Kogge angesteckt wurde und brennend versank. Leichen schwammen im Wasser, und meine

Freunde, die Haie, machten sich ein Fest. Das hätte ich gerne vor dir verborgen. Und – was denkst du nun von mir?«

Wusste er es immer noch nicht? »Aber da warst du doch ein Kind. Du konntest nichts dafür!«

»Nein? Ich frage mich das oft. Wenn wir von Gott erschaffen sind und er uns den Unterschied von Gut und Böse von Anbeginn an mit auf den Weg gegeben hat, so wie es in der Bibel steht, müssten wir dann nicht von Geburt an dazu in der Lage sein, zu unterscheiden und recht zu handeln?«

Ich dachte darüber nach. »Offenbar folgen wir eher dem Beispiel, das unsere Umgebung uns gibt. Und das kann wohl bei einem schwachen Kind noch das absolute Maß, das vorhanden sein mag, übertönen. Ein Kind macht Fehler aus Unwissenheit. Ein Erwachsener besitzt die Weisheit, das Richtige zu tun, wenn er will.«

»So sagst du. Ich denke anders darüber, aber ich hoffe, dass Gott mir eines Tages vergeben wird. Ich habe jedenfalls nicht nötig, mir noch mehr aufzuladen.«

»Wie erging es dir bei dem alten Heiden?«

Thomas lachte auf: »Der Muselman hätte *dich* eine Heidin genannt. Da hast du wieder zwei Wahrheiten, die beide gültig sind. Er glaubt ebenso sicher, die Wahrheit zu kennen, wie wir. Wer letzten Endes Recht hat, wird im Himmel entschieden. Aber darin denke ich anders als meine Mitbrüder. Mein neuer Herr also war meist freundlich, wenn ihn nicht gerade die Gicht plagte. Dann bekam ich Schläge, und er beschimpfte mich als ausländisches Hündlein, doch ging es ihm wieder besser, dann tat es ihm Leid, und er versprach, mich als seinen Sohn anzunehmen. Er war ein Alchemist und endlos damit befasst, das Verhalten bestimmter Stoffe unter Einwirkung von Säuren, Salzen, Hitze, Abkühlung und Fäulnisprozessen zu erforschen.«

»Suchte er nach dem Stein der Weisen?«

»Nein. Er war kein solcher Scharlatan. Er suchte nach Dingen, die dem Menschen nützlich sein können – und in allem nach Gott.«

»Nach Gott, ein Heide, ein Muselman?«

»Ich sage dir doch, er glaubt, er kenne den einzig wahren Gott. Er nennt ihn Allah. Bei seinen Experimenten suchte er einen echten Schöpfungsprozess zu Wege zu bringen, Materie in etwas vollkommen anderes zu überführen. Das war sein Traum. Damit hätte er sich Gott gleichgemacht. Aber er schaffte es nie. Gebrannter Kupfer, eingedampftes Quecksilber in einem Destillierapparat eingefangen, mit Salzen geätzt, mit Schwefel und Wasser zu Säure gelöst – es blieb doch immer weiter, was es war, Kupfer, Quecksilber und Schwefel in anderen Zuständen. Dafür erfand er ein Mittel gegen die Blattern und eine Kupferlegierung, die das Anlaufen mit Grünspan verhindert.

Am meisten aber faszinierte mich das, womit er sein tägliches Brot verdiente: Farben. Der alte Mann entwarf immer neue mineralische und pflanzliche Farbmischungen, erforschte, wie man ihnen Tiefe und Lichtbeständigkeit geben konnte, und verkaufte dann seine Erfindungen an die Keramikmanufaktur des Sultans. Er war es, der die Farben für die herrlichen Mosaike entwarf, die ganze Torbögen der Stadt schmücken, so dass sie in der Sonne weithin glänzen, Mosaike und Fliesen für den Palast des Sultans, für die Moschee, den überaus erhabenen Palast Allahs. Ganze Gebäude sind innen und außen mit leuchtenden, bunten Fliesen bedeckt. Den Muselmanen ist es nicht erlaubt, Menschenbildnisse anzufertigen, also geben sie ihrer Lust an Schmuck und Farbigkeit freien Lauf in geometrischen Mustern, in denen sich das Auge verlieren kann. Ein Stadttor von Tunis allein ist reicher geschmückt als alle Schlösser des französischen Königs.

Und die Lebensweise ist um so viel zivilisierter! Kannst du dir vorstellen, welche Achtung dort dem Gelehrten entgegengebracht wird? Hier müssen Künstler und Gelehrte um Aufmerksamkeit betteln, nur das Geld hat den Respekt der Menschen. Die Umgangsweise unter Arabern ist überaus verfeinert, sogar die Bettler auf der Straße besitzen Würde. Man wäscht sich mehrmals täglich und spült sich den Mund aus. Die Wohnhäuser werden mit Räucherwerk und Rosenwasser parfümiert. Sie sind kühl im heißesten Sommer, angenehm temperiert im Winter. Es gibt Latrinen mit Wasserspülung und Arbeiter, die die Straßen reinigen. Und die Stadt Tunis ist ein Meer von Weiß und Blau, das leuchtet in der grellen Sonne des Südens. Hier und dort siehst du die smaragdfarbenen Wedel hoher Palmen aufragen. Ihre Wipfel sind schwer von bernsteinfarbenen Früchten. Und eine Wüste aus goldenem Sand fasst alles ein. Hoch über den abgerundeten und drachenschuppigen Formen der Dächer und Dachterrassen, auf denen die Frauen abends sitzen und schwatzen und Tee trinken, da ragen die Minarette auf, die spindeligen, hohen Türme ihrer Gotteshäuser, von denen die Priester für die Gläubigen singen.«

Er schwieg eine Weile. Die Sonne über der Seine versank, und mir wurde kalt. »Lass uns langsam zurückschlendern.« Er folgte mir.

»Mir kommt es so vor, als ob du Heimweh nach dem Morgenland hättest. Bist du überhaupt ein richtiger Christ?«

»Ein richtiger Christ und Mönch dazu mit Gelöbnis und allem, was dazugehört. Dennoch, wenn ich Heimweh habe, so ist es Heimweh nach den weißen Mauern von Tunis. Dort war ich zum ersten Mal in meinem Leben zufrieden. Dort ist meine Seele zu Hause.«

»Warum bist du dann hier?«

Ein paar von den Rangen aus unserer Straßen spielten um uns herum Fangen.

Die Witwe und der Mönch!
Die Witwe und der Mönch!
Die treiben es im Stroh und sind dabei sehr froh,
die treiben's unter der Brück, wo sich die Witwe bückt …

»Ach, seid schon still! Ihr zeigt damit nur, wie dumm ihr seid, weil ihr gar nicht wisst, was ihr da redet.«

Einer der Jungen zeigte in Gesten, dass er es wohl wusste. Er rannte davon, aber Thomas erwischte ihn mit einem gezielten Steinwurf am Hinterteil.

»Das hast du davon, wenn du eine Dame beleidigst! Willst du mehr?« Die Gören machten, dass sie davonkamen.

»Ich bin hier, weil … der alte Mann starb. Seine leiblichen Söhne tauchten plötzlich auf, die sich nie um ihn gekümmert hatten. Sie teilten sich das Erbe und waren nicht begierig darauf, mich durchzufüttern, oder gar, mir etwas davon zu überlassen, so wie es der Alte verfügt hatte. Es gab außerhalb der Stadtmauern eine kleine Mission der Franziskaner. Die Söhne meines Dienstherrn brachten mich dorthin und erpressten die guten Brüder, mich zu kaufen, was sie auch taten. Sicher konnten sie die Summe schwer verschmerzen.

Es waren nur sechs Mönche dort, die unregelmäßig Geld, Bibeln und Vorräte aus der Heimat bekamen. Einer von ihnen, Bruder Severinus, nahm sich meiner an. Er hatte viel Mühe, einen Christenmenschen aus mir zu machen. Ich muss etwa neun Jahre gewesen sein, als ich dort abgeliefert wurde. Von unserem Glauben wusste ich nur, was der byzantinische Koch des Piratenschiffs mich gelehrt hatte. Ich betrachtete mich auch als Muselman, weniger wegen des Korans, den ich zu lesen gelernt hatte, als wegen des wunderbar farbigen Halbdunkels in der Moschee, wegen der Mosaike und weichen Teppiche, der Minarette und der rhythmischen Gebete: Allah ist mächtig, es gibt keinen Gott neben ihm. ›Teufelswerk! Teufelswerk!‹, rief Bruder Severinus. Nichts von alledem solle ich glauben – und er fing mit mir ganz von vorn an. Die Piratenmanieren hatte mir zum Glück der Alchemist schon abgewöhnt. Solche wie Bruder Severin, die in fremde Weltgegenden ziehen, um Menschen zu bekehren, die gar nicht bekehrt werden wollen, sind Widrigkeiten gewohnt und dafür auch ausgebildet. Doch ich fürchte, ich war Severinus' größte Herausforderung.

Ich bestand darauf, mich beim Beten auf die Erde und gen Mekka zu werfen. Der Bibelunterricht langweilte mich, weil die Bibel mir weniger Lebensweisheiten zu enthalten schien als der Koran, und natürlich hatte ich von dem Alchemisten gehört, dass Jesus nur ein Prophet und keineswegs Gottes Sohn sei. Ich war nicht demütig, ich argumentierte nur so zum Vergnügen. (Eine Schwäche, die ich leider nie abgelegt habe.) Wenn es mir passte, dann rannte ich fort und trieb mich in den Souks herum. Mir war ja bewusst, dass mich die Mönche immer wieder aufnehmen würden, ganz gleich, wie ich mich aufführte. Überhaupt schienen mir diese Mönche grob und unsauber. Sie aßen mit der linken Hand, mit der ein guter Muselman sich den Hintern wischt – verzeih, aber es ist nun mal so –, ihre Kleidung war entsetzlich kratzig, und Schönheit erlaubten sie nur zur Verherrlichung ihres Gottes. Ihr Alltag war grau und karg.«

»Was bewog dich dann doch, einer von ihnen zu werden?«

Er überlegte lange, bevor er mir eine Antwort darauf gab.

»Liebe, nehme ich an. Irgendwann, als ich Bruder Severinus wieder einmal über die Maßen provoziert hatte, gab er mir eine Ohrfeige. Dann ging er sehr abrupt in den Garten der Mission und ließ mich einfach sitzen. Er hatte mich nie zuvor geschlagen. Ich war sehr überrascht. Endlich stand ich auf und ging ihm hinterher. Dieser Garten, musst du dir vorstellen, bestand aus einem Brunnen unter Dattelpalmen und ein paar Beeten, aus denen die Mönche recht und schlecht das Gemüse für ihre täglichen Mahlzeiten gewannen. Bruder Severin kniete unter einer Dattelpalme, wie ein Moslem, nur dass er keinen Gebetsteppich besaß. Ich schlich mich an ihn heran – noch immer war ich voller Schabernack.

Und da bemerkte ich, dass er weinte. Er rief Gott um Vergebung an, dass er die Geduld mit mir verloren hatte. Und er machte sich Vorwürfe, mich damit endgültig verloren zu haben. Sie erschien mir nicht weiter bemerkenswert, diese eine Ohrfeige, und ich wusste, ich hatte sie überreichlich verdient. Was mich aber rührte: Er war der erste Mensch in meinem Leben – ausgenommen wahrscheinlich meine Mutter –, der mich nicht aufgeben wollte, um keinen Preis. Ich machte mich bemerkbar, ging zu ihm und entschuldigte mich bei ihm.

Danach machte meine Erziehung zum Christenmenschen Fortschritte. Und als Bruder Severin wegen seiner schlechten Gesundheit Tunis verließ, um sich nach Genua einzuschiffen, folgte ich ihm aus Freundschaft. Wir lebten in einem Kloster bei Mailand. In diesem Kloster lernte ich das Buchmaler-Handwerk. Es ist die einzige Arbeit, die ich wirklich tun möchte, weil sie mir erlaubt, mich mit Schönheit zu umgeben. Gottes Großmut hat es gewollt, dass ich zu dem, was ich so außerordentlich liebe, auch das Talent besitze. Das ist ein immer währendes Glück und eine große Gnade.

Nach einigen Jahren starb mein lieber Bruder Severinus an einer Krankheit, die er sich auf dem afrikanischen Kontinent zugezogen hatte. Danach hielt mich nichts mehr im Kloster, und ich bin unter dem Vorwand, die heilige Dornenkrone in Paris sehen zu wollen, lange ziellos herumgezogen. Nun bin ich doch hier. Es war mir so bestimmt. *Inch Allah*!«

Ein arabisches Wort? Konnte all dies wahr sein? Ich wollte ihn prüfen, denn ich glaubte ihm nicht viel mehr als bei den vorigen Malen: »Sag etwas auf Arabisch!«

Er überlegte, äußerte dann etwas in einer fremden Sprache, die ich noch nie gehört hatte; es klang ein wenig wie dunkles, flüssiges Metall.

»Ich übersetze es dir, es ist das Gedicht eines Hofpoeten von Harun Al Rachid. Er hieß Abu Nuwas und lebte vor sechshundert Jahren:

Es imitiert der Mond dein Licht,
und wer ihn sieht, sieht dein Gesicht.
Wenn er dich nachahmt, gibt sein Glanz
von deinem Glanze uns Bericht.
Der du mein Alles bist, sei mild,
und leiste auf den Zorn Verzicht!
Oh Mondengleiche, in Geduld
ertrag ich diese Liebe nicht!«

Schau an, ein Liebesgedicht fiel ihm gleich ein, wenigstens ein komisches. Doch er sah mich dabei auf eine Weise an, auf die ich nicht anders als mit Spott zu antworten wusste.

»Das ist sehr hübsch, Bruder Thomas. Du hast ein abenteuerliches Leben hinter dir. Vielleicht sollte ich über dich schreiben. Aber wo ist in dieser Geschichte das Buch abgeblieben?«

»Oh, das Buch ... Ich brachte es aus Tunis mit. Man hatte es dort übersetzt. Die Leute waren aber nicht allzu interessiert daran, weil es nur das Werk eines Barbaren war. Also gab man es mir gegen ein sehr geringes Entgelt.«

»Und dieses Buch hast du verbrannt?«

»Leider. Aber es war gar nicht wichtig.«

Ja, das merkte ich wohl, dass es ihm nicht so eilig war, sich danach umzuschauen. Deshalb sagte ich ihm auch nichts davon, dass ich Pierre, den kleinen Dieb, mit der Suche beauftragt hatte. Ich würde ja sehen, was er zutage fördern würde. Dann vielleicht würden die Mäanderungen dieses Mönchs einen Sinn ergeben.

Über der gemeinsamen Arbeit und den tausend Dingen, die es noch zu organisieren galt, war die Abreise doch herangerückt. Die Raupe richtete sich auf, um wieder einmal ein gutes Stück voranzuschnellen.

Mutter hatte den ganzen vorigen Tag damit verbracht, Héloise anzutreiben und Berge von Proviant für Jean und mich zuzubereiten: trockene Mandelkuchen, die lange haltbar waren, mit Speck oder Käse gefüllte kleine Brote, Trockenobst, dunkelrote, gewellte Streifen von Pökelfleisch, Holundersirup in Lederflaschen.

»Großmama! Wer soll denn das alles essen? Wir werden unterwegs doch von der Fürstin versorgt.«

»Ach was!«, entgegnete Mutter. »Auf die Fürsten soll man sich besser nicht verlassen. Du bist ein junger Mann, im Wachsen begriffen. Du musst viel essen!«

Dann kontrollierte sie das Gepäck. »Christine! Hast du auch an den warmen Mantel gedacht? Um diese Jahreszeit kann es abends schon empfindlich kühl sein! Héloise! Wo steckt sie denn nur schon wieder? Héloise! Sind genug Decken da? Nein! Nicht diese! Die dicken für den Winter. Hast du an die Wärmflaschen gedacht? Und hol noch von dem Starkwein aus dem Keller – das kann nie schaden!«

Das war Mutters Art, Zuneigung zu zeigen. Wenn man da war, kommandierte sie alle Welt herum. Ging man aber fort, so sorgte sie sich und überhäufte einen mit praktischen Gaben. Der barsche Ton schützte sie vor übermächtigen Gefühlen. Als Kind hatte ich darunter gelitten. Nun, da ich selber Kinder hatte, verstand ich die Zeichen zu lesen.

Lächelnd wandte ich mich an Bruder Thomas: »Schau nach Berthe, wenn ihr eigener Sohn es nicht tut«, bat ich ihn. »Und hab ein Auge auf Aldo, ich traue ihm nicht! Und wenn du Zeit hast: vielleicht kommt die Bewohnerin des Brückenhauses zurück.«

»Wird alles erledigt. Und deine Bücher werden bemalt, und es wird auf den kleinen Dieb Acht gegeben – er erinnert mich an jemanden, weißt du?« An einen gewissen kleinen Seeräuber zweifellos.

Er drückte mir ein kleines Päckchen in die Hand. »Für dich, Christine. Das darfst du erst öffnen, wenn ihr unterwegs seid.«

Ich dankte ihm überrascht und verstaute das in Tuch eingehüllte Bündel in meine Gürteltasche. Ich drückte und küsste sie alle – bis auf Thomas, das wäre wohl kaum passend gewesen, aber ich hielt seine beiden Hände vielleicht ein wenig zu lang.

Marie zog eine Grimasse und wischte sich die Wange mit dem Ärmel: »Schaut, dass ihr fortkommt! Umso eher seid ihr wieder da!«

Jean, stolz in seinem Hofstaat, half mir in den Sattel. Die Herzogin hatte für mich und Jean zwei schöne schwarze Pferde geschickt, einen Gepäckwagen und zwei Bedienstete, die den Wagen lenkten und unterwegs für uns sorgen würden. Vor der Stadt sollten wir uns mit dem gesamten Tross treffen. Ich musste einfach lächeln. So sollte das Leben immer sein!

Später auf der Landstraße holte ich das Päckchen hervor, das Bruder Thomas mir zum Abschied gegeben hatte. Es waren kleine Pergamentstücke, Reste, geschabt, mit Bimsstein geglättet und rechteckig zugeschnitten. Darauf war eine Reihe von Studien von mir zu sehen. Wann hatte er die nur angefertigt? Ich hatte gar nichts davon bemerkt. Ich – am Schreibpult, ich – nachdenklich den Kopf in der Hand, ich – lachend, bei Tisch, im Garten, im Profil ...

Jean hatte sein Pferd ganz nahe an meines gelenkt und schaute eifersüchtig auf die Zeichnungen.

»Der Mönch macht dir schöne Augen, Mutter«, sagte er vorwurfsvoll. »Und du ihm. Das schickt sich nicht.«

14

Flüche und Peitschenknallen erklangen ein gutes Stück vor uns. Mein Pferd tänzelte, warf den Kopf und schnaubte ungeduldig. Ich konnte nicht erkennen, was uns nun wieder aufhielt. Die ganze Kolonne stand. Wahrscheinlich war einer der hoch beladenen Karren, die Zelte, Proviant und alles für die Bequemlichkeit enthielten, im weichen Sand des Feldwegs stecken geblieben.

Wir waren etwa achthundert Edelleute und an die dreitausend Bedienstete, die von Paris aufgebrochen waren: Valentina Visconti, ihr Hof, ein Kontingent der Ritter von Orléans und die Königin mit ihrer Begleitung. Wer es irgend körperlich vermochte, der ritt zu Pferd. Die Älteren und Schwachen mussten mit Wagen vorlieb nehmen und wurden darin so grausam durchgeschüttelt, dass man nicht wusste, ob sie nicht doch, festgebunden auf einem Ross, besser dran gewesen wären.

Das Heer der Dienstboten lief zu Fuß hinterher. Es gab zahlreiche Karren, Wagen, Zugochsen, Pferde, Packesel, dazu an Viehzeug noch eine Menge Lämmer und Schweine, Hühner und Gänse, die zur Beköstigung der Hochwohlgeborenen mitgeführt wurden. Das Land, obwohl es hoher Oktober war, der Erntemonat, hätte uns nicht ernähren können. Ich war entsetzt, denn es war mir in unserem Haus mitten in Paris nie recht bewusst, wie das Land umher von Jahrzehnten des Kriegs und der Ausbeutung betroffen war.

Man sprach von den leidenden Bauern und meinte ein wenig Mitleid zu verspüren, pflichtschuldigst. Doch etwas ganz anderes war es, die geschwärzten Rippen eines Hauses zu sehen, das Land umher brach, von Gras und Disteln überwuchert. Da musste man sich unwillkürlich vorstellen, was mit den Bewohnern geschehen war, Familien, Kindern. Da fragte man sich, woher das Brot kam, und wem es fehlte, wenn man es aß.

Wir waren von der Hauptstadt bei gutem Wetter in festlicher Stimmung aufgebrochen. Alle Dörfer und Städte, durch die wir kamen, waren geschmückt, und die Bürger standen am Straßenrand, lehnten aus den Fenstern, ja, manche saßen sogar auf den Dachfirsten, um der kleinen Braut zuzujubeln.

Aber je weiter wir kamen, desto ärmlicher wurde das Land, viele Felder waren unbestellt, die Häuser verfallen, und die Herbergen waren schlecht.

An jedem Abend wurde eine Wagen- und Zeltstadt aufgebaut. Wie jede andere Stadt besaß auch sie vieltürmige, mit Wimpeln besteckte und geschmückte, prachtvolle und große Behausungen und geringere bis hinunter zu solchen, die nur aus drei Stöcken und einem Stück Leinwand bestanden, die simplen Dächer von Pferdeknechten und dergleichen. Die Köche schliefen auf den Mehlsäcken in den Proviantwagen, während ihre Helfer sich mit dem Erdboden unter denselben Wagen begnügen mussten. Viele der Dienstboten ruhten in Felle eingerollt an den Feuern: im Innenkreis die ältesten und stärksten, je weiter man nach außen kam, traf man auf jüngere und im Rang unterlegene.

Wir waren in der Mitte dieser Stadt in einem geräumigen Zelt untergebracht, das uns vom Haus Orléans überlassen worden war: ich und mein Sohn, dazu die Duchesse von Brantes, eine etwa fünfzigjährige Matrone aus dem Süden, und ihre Zofe, ein schüchternes, graues Ding von unbestimmbarem Alter. Natürlich brachte Jean es fertig, diese Zofe irgendwie dazu zu veranlassen, sein Bett für ihn zu richten und hinter ihm her zu räumen. Als ich ihm sagte, dass wir keinerlei Recht auf ihre Dienste hätten, zuckte er nur die Achseln, und sie sagte, es mache ihr nichts aus.

Abends wurden wir häufig gerufen, um unserer Herrin Gesellschaft zu leisten. Dann erfrischten wir uns mit kaltem Wasser, bürsteten unsere Haare, schüttelten unsere feinen Kleider aus und machten uns schön. An anderen Abenden, wenn unsere Anwesenheit nicht verlangt wurde, waren wir damit zufrieden, auf Kissen vor dem Zelt zu sitzen, die Beine ausgestreckt, und dem Treiben im Lager zuzuschauen.

Die Gräfin ließ sich vor dem Zubettgehen mit einem scharf riechenden Öl gegen ihre Rückenschmerzen massieren.

»Das stinkt! Müssen wir in einem Zelt mit der Alten schlafen?«, murrte Jean leise.

»Psst! Sei freundlich. Du wirst dich daran erinnern, wenn du selbst einmal alt bist und deine Glieder dir Schmerzen bereiten.« Natürlich konnte er sich das nicht vorstellen. Er war jung und unverletzbar.

Am nächsten Morgen fiel die ganze Stadt wie von Zauberhand in sich zusammen, Planen flatterten zu Boden, all die Strohsäcke, Decken, Kissen, Möbelstücke, Kochutensilien, Vorräte, Wimpel und Fahnen, all die Dinge, ohne die man offenbar unmöglich reisen konnte, verschwanden mit erstaunlicher Geschwindigkeit auf Maultierrücken, Karren und Wagen. Langsam erwärmte sich der Tag. Die Herrschaften, also wir, ritten voraus, und die Dienstboten mussten sehen, wie sie den ganzen staubigen Tross in Marsch setzten und uns rechtzeitig zum Mittag einholten. Nichts blieb zurück außer zertrampeltem Gras und Dung und ein paar verkohlten Feuerkreisen.

Wir ritten im Schlenderschritt, um uns dem Tempo der Wagen anzupassen, und hatten Muße, die Umgebung in Augenschein zu nehmen. Nicht alles, was ich sah, würde in meinem Bericht erscheinen, wie die zerlumpten Gestalten am Straßenrand, die ihre Hände ausstreckten.

»Überall strömten die Menschen zusammen, um den prächtigen Zug zu sehen«, würde ich schreiben.

Die Königin ließ mit kleinen Münzen und Naschwerk werfen, eine anmutige, aber hilflose Geste. Der König hatte anlässlich der bevorstehenden Hochzeit seiner Tochter die Weinsteuer von einem Viertel auf ein Achtel Silberpfennig gesenkt (was Tante Maries uneingeschränkten Beifall fand), die Salzsteuer von neun auf sechs Groschen vermindert und die Jahrmarktsteuer ganz abgeschafft. Das half mehr als Almosen und Zuckerwerk. Doch solche Steuersenkungen waren bisher immer wieder zurückgenommen oder durch Steuern mit anderen Namen ersetzt worden. Was dem Volk blieb, war am Ende immer das Loch in der Tasche. Gerade jetzt aber war es zum Jubeln aufgelegt.

In Amiens wurden wir sehr gut empfangen. Fahnenträger und Herolde ritten voraus. Die kleine Isabella saß auf ihrem weißen Pferdchen, ganz in Weiß und Gold gekleidet. An ihrem fetten Handgelenk baumelten Diamanten, ihre Haube starrte von Edelsteinen wie ein Dreikönigskuchen von kandierten Früchten. Huldvoll winkte und strahlte sie. Dies sollten die schönsten Tage ihres Lebens werden. Sie war sieben Jahre alt.

Der Herzog von Burgund stellte eine seiner Burgen zur Verfügung. Dort kamen die hohen Herrschaften und ihre engsten Freunde, Köche, Mundschenke, Zofen und Kammerdiener unter, wir anderen kampierten in der Zeltstadt unterhalb der Festungsmauern.

Müde ließ ich mich von meinem Reitpferd hinabgleiten. Jean stand schon bereit und half mir dabei. Dabei wandte er den Kopf nach einem vorübergehenden Freund und forderte ihn lachend zu einer Partie Federball auf. Ich rieb mir meinen strapazierten unteren Rücken.

»Gütiger Himmel, Jean, woher nimmst du nur diese Energie?«

Er grinste, freute sich über das verkappte Lob und führte die Pferde davon, zu einer Koppel aus Weidengeflecht, die bereits errichtet worden war. (Auch das Flechtwerk dafür wurde auf einem gesonderten Wagen mitgeführt.) Während die Zelte für uns aufgebaut wurden, schaute ich mich im Lager um. Jetzt im Herbst wurde es rasch dunkel und kühl. Ich fröstelte und zog aus unserem Gepäck eine Decke, die ich mir umlegte.

Die Lichter des Schlosses spiegelten sich im Graben. Von der Stadt unten sah ich die Lichter gelb und freundlich durch den abendlichen Dunst. Die ersten Feuer waren angezündet, und ich ging zu einem hin, um mir die Hände zu wärmen. Dort stand schon die Duchesse von Brantes.

»Wenn man doch nur selbst mit anfassen dürfte«, sagte sie. »Dieses Herumstehen nach dem langen Ritt, da kühlt man völlig aus. Aber leider, meine Liebe, sind wir es unserem Stand schuldig, Eisfüße und einen Schnupfen zu bekommen.«

Ich lachte. Sie war eine angenehme Zeltgenossin. Jean, der seine Wirkung auf ältere Damen wohl verstanden hatte, schmeichelte ihr. Und sie konnte ihm nichts verwehren, sei es einen Leckerbissen, eine hübsche Reitdecke oder die Vorstellung bei einem der interessanteren Begleiter der Königin.

»Jean, du sollst ihr nicht so schamlos um den Bart gehen, nur um Dinge zu bekommen!«, hatte ich ihn ermahnt.

»Wieso? Du hast gesagt, ich soll freundlich sein.«

Wenn ich ihn so beobachtete, dann war ich sicher: Er würde seinen Weg machen, wenn er nur die richtigen Verbindungen erhielte.

Ein Diener der Gräfin kam, um uns mitzuteilen, dass unser Zelt bezugsfertig sei. Er hatte sogar heißen Wein bereit, um uns aufzuwärmen. Dankbar nahm ich ihn entgegen und legte meine kalten Finger um den Zinnbecher. Gebückt betrat ich unser Zelt. Für die Umstände war es angenehm eingerichtet: drei dicke Strohsäcke für uns Frauen und Jean, Schemel, ein winziger Tisch. Die Zofe würde sich später ein oder zwei Schaffelle holen. Sie schlief nur deshalb im Zelt, weil die Gräfin sie nachts häufig benötigte. Ich kramte in meiner Tasche nach den Schreibutensilien.

»Macht es Euch etwas aus, wenn ich bis zum Essen das Tischchen mit Beschlag belege?« Nach dem Essen musste ich immer noch eine Runde Karten mit der Gräfin spielen.

»Nein, belegt nur munter fort. Ich habe heute ebenso wenige Leute, an die ich schreiben würde, wie gestern.« Die Gräfin hatte ihre Verwandtschaft zu großen Teilen verloren. Den verbliebenen Rest konnte sie nicht ausstehen.

Ich baute mein kleines Tintendöschen auf, löste den schwarzen Block mit etwas Rotwein an, kratzte und rührte, spitzte die Feder und führte mein Reisetagebuch fort.

Meine Lieben,
auch heute verlief die Reise angenehm und erfolgreich für die königliche Familie.

Wir schlossen kurz vor Amiens zum Gefolge des Königs auf. Er hält sich gut, obgleich wir alle zittern, was geschieht, wenn er zum unpassendsten Zeitpunkt wieder einen Anfall hätte. Er reitet nun mit dem Herzog von Orléans, seinem Bruder, voraus, der langsamere Zug mit den Frauen kommt nach.

Das Land hier ist immer noch vom Krieg verwüstet. Doch die Leute jubeln und winken und werfen körbeweise Blumen unter die Hufe unserer Pferde, besonders auf die kleine Prinzessin. Man setzt sehr große Hoffnung auf diese Hochzeit, gerade hier, wo man so sehr unter den Engländern gelitten hat.

Heute übernachten wir bei Amiens, im Zentrum der Picardie.

Das Land hier müsst ihr euch weit und grün vorstellen und flach, mit einem so niedrigen Himmel, als reite man zwischen zwei Seiten eines Buches hindurch. Es ist schön auf eine eigene, melancholische Art. Sie haben viele Wässer hier, Flüsschen und Kanäle, auf denen die Fischer in ihren Booten sitzen und mit Netzen Aal und Barsch und Zander in großer Menge herausholen. Auch werden die Wasserläufe fast mehr noch als die Straßen zum Transport von Menschen und Waren genutzt. Die Boote sind flach und werden mit langen Stangen bewegt, mit denen der Bootsführer im Schlamm herumstakt. Sie heißen bacôve, *Barken.*

Morgen, bevor wir weiterziehen, werden wir einen Gottesdienst in der Kathedrale zu Amiens hören, wo der Kopf von Johannes dem Täufer aufbewahrt wird. Vor dem Stadttor von Amiens geschah auch das Wunder des heiligen Martin, der seinen Mantel mit einem Bettler teilte.

Wir sind zu zahlreich, und ich werde sicher nicht in der Kathedrale selbst dabei sein, doch man wird es wohl machen wie in Senlis, wo für die draußen Gebliebenen mehrere Priester von hastig angefertigten hölzernen Gestellen predigten und den Segen gaben. Wenn es irgend möglich ist, Mutter, werde ich dir ein geweihtes Kreuz von dort mitbringen. Marie: Du bekommst einen

Schlauch Wein, ich nehme an, das wird deine Frömmigkeit mindestens ebenso mehren. Zu gern würde ich auch etwas von dem feinen, blauen Samt kaufen, für den Amiens berühmt ist. Wahrscheinlich bleibt aber keine Zeit dafür. Die Stadt und ihre Umgebung lebt vom Tuch: Leinen, Seide, Samt, meist mit Waid gefärbt.

Man ruft uns zum Essen. Draußen werden lange Tische und Bänke aufgebaut sein, wie jeden Abend. Jeder hat seinen festen Platz gefunden in der Reisegesellschaft. Man hat sich seine Tischpartner erwählt. Ich bleibe bei der Gräfin, die angenehm abgeklärt ist und mich vor unwillkommenen Aufmerksamkeiten abschirmt. Mir gegenüber sitzt ein lustiger sechzehnjähriger Junker, der sich sehr freundlich mit Jean beschäftigt. Und mein kleiner »Magister« erklärt ihm die Welt. Es ist doch rührend anzusehen, wie er sie entdeckt, die Welt, und wie ernsthaft und angeregt er darüber spricht.

Jetzt muss ich wirklich Schluss machen. Die gebratenen Hammel riechen verführerisch. Mein Magen macht aufdringliche Geräusche.

Ich schicke diesen Brief mit dem Kurier der Herzogin von Orléans zurück nach Paris, wo er euch ins Haus gebracht werden wird. Das ist ungemein freundlich von ihr. Ich beginne, die Visconti mit anderen Augen zu sehen.

Gott schütze euch!
Christine

Mein vorläufiger Reisebericht sagte wenig von den Sorgen, die wir hatten wegen der Gesundheit des Königs. Im letzten Herbst waren Tausende von französischen Kindern zum Mont St. Michel gezogen, um für seine Genesung zu beten, doch Gott hatte sie nicht erhört. So beobachteten seine Begleiter den König beständig und warfen ihm ängstliche Blicke zu. Das Verhältnis zur Königin, so erzählte man sich im Lager, war sehr abgekühlt. Sie fürchtete sich vor ihm und umgab sich jederzeit mit einem ganzen Schwarm ihrer Anhänger – »um sicher zu sein«, wie die Gräfin von Brantes mir zuraunte. Immerhin hatte unser König Verstand genug, seine Tochter zum Pfand für den Frieden zu geben.

»Es ist gut, dass wir Frieden haben werden«, sagte ich. »Doch was geschieht mit all den Soldaten? Sie können doch nichts anderes.«

Elias hatte mir das einmal auseinander gesetzt: Wir haben gelernt, die Waffe zu führen und zu marschieren. Das ist ein Beruf wie jeder andere. Die meisten von uns haben ja kein anderes Handwerk erlernt. Man kommt früh zu so einer Kompanie, noch bevor man's besser weiß. Erst putzt man die Stiefel, flickt Sättel, macht Feuer, trägt den Älteren ihre Sachen hinterher und wird von jedem in den Hintern getreten. Dann lernt man die Waffen und sucht sich aus, was einem am besten passt, wofür man Talent hat: Nahkampf mit Schwert oder Streitaxt, Lanze, Spieß, Armbrust. Auf den Pferden sitzen die Ritter, wir sind Fußvolk und müssen sehen, dass wir nicht niedergetrampelt werden. Wenn's brenzlig ist, wird man immer vorgeschickt. Das machst du viele Jahre lang, wenn du Glück hast, und dann fangen die alten Narben an wehzutun bei feuchtem Wetter. Das Kampieren auf der Erde fällt dir schwer. Die Knie sind beim Teufel und schmerzen höllisch, wenn du aufstehst oder in die Hocke gehst. Und dann heißt es plötzlich Frieden, verdammich! Und wir werden entlassen, wie sich das nennt. Wenn man dann keine Stelle als private Wache oder Begleiter von Warenzügen bekommt, dann macht man ein ganz schön dummes Gesicht, Christine! Geld gibt's keines, Beute, die man verkaufen könnte, auch nicht mehr. Die wenigsten von uns sind nicht bereit, sich vor einen Pflug zu spannen, selbst wenn man uns Land gäbe, was man nicht tut. Also zieht man auf eigene Faust umher und nimmt sich, was man braucht und was man schließlich für sein Recht hält. Hätte ich auch getan, wenn du mir keinen Platz an deinem Herd geboten hättest. Manche übertreiben es ein wenig.

»Sollen einer ehrlichen Arbeit nachgehen«, rief einer meiner Tischgenossen.

»Und wenn es keine gibt?«, warf ich ein. »Es hat ja niemand auf die Soldaten gewartet in der Zeit, in der die Kriege geführt werden mussten. Andere haben in dieser Zeit ihr Glück gemacht, und sie stehen nun ohne Einkommen da.«

»Sollen wir etwa von unseren Steuern ein stehendes Heer bezahlen?«

»Sind sowieso zumeist Halunken in diesen Kompanien. Ein anständiger Mensch macht so was doch nicht.« Der Einwurf kam von einem vornehmen Herrn, dessen Schmerbauch Wohlleben verriet und Bequemlichkeit.

»Ein anständiger Mensch lässt sich wohl gern von Soldaten beschützen«, sagte ich.

»Wenn's keine Soldaten gäbe, dann gäbe es auch keine Kriege«, schallte es mir entgegen.

»Ach, der Krieg gehört zum Menschen seit Kain und Abel«, mischte sich der fuchsgesichtige Junker ein. »Kriege gibt es immer. Die Kompanien werden jetzt einfach wieder engagiert und nach Italien geschickt. Sollen sie dem falschen Papst einheizen. Und dann geht's gegen die Ungläubigen: Tunis, die Türken und das Heilige Land. Für Kriegsleute gibt es doch immer was zu tun.«

Zwei Tage später gelangten wir nach Ardres, wo die Königskinder einander vorgestellt werden sollten, obwohl sie natürlich schon schmeichelhafte Miniaturen voneinander erhalten hatten. Prinzessin Isabella hatte ihre mit sich herumgetragen und sie jedem gezeigt mit großem Ernst: Das ist *mein* Mann. Sie sagte es mit solchem Besitzerstolz, dass ich um sie fürchtete.

Richard war dreiundzwanzig Jahre alt und hatte bereits eine Ehefrau beerdigt. Was würde Isabella empfinden, wenn sie zu Bett geschickt wurde und ihr »eigener« Mann mit seinen Mätressen feierte? Wenn ihre Erzieher klug waren, dann hatten sie die Prinzessin darauf vorbereitet, dass sie den König niemals für sich allein haben würde. Die Hochzeit sollte vollzogen werden, wenn sie das zwölfte Lebensjahr erreichte, nein: falls.

Richard stand in dem Ruf, hitzig und unbeherrscht zu sein, schnell beleidigt, grausam und rachsüchtig. Immerhin hatte er seine eigene Mutter verbannt und ihren Liebhaber aufhängen lassen, um an die Macht zu gelangen. England regierte er durch Günstlingswirtschaft; auch das sprach nicht für ihn. Doch Isabella ging für Frankreich, wie es die Aufgabe von weiblichen Königskindern war.

Ich schrieb an meine Familie:

Heute kamen wir an den Rand der flandrischen Ebene. Vor uns erstreckt sich ein blasses, immer gleich bleibendes Land. Im Westen steigt das Relief zu den sanften Hügeln des Artois. Zwischen hier und der Küste liegen Sümpfe, die fruchtbar zu machen man sich bemüht: Wir sahen Männer, Frauen und Kinder bis hin zu den sehr kleinen, die mit spitzen Geräten den Boden zu ihren Füßen aushoben. Ich hielt an und fragte, warum sie das täten. Sie sagten, ihr Herr habe es befohlen, damit das Wasser abfließe. Im Übrigen sei diese Erde, sie nannten sie »Torf«, gut, um Feuer damit zu machen, und wer keine Steine zum Bauen oder Holz dafür habe, der könne sich auch ein Haus aus Erdziegeln errichten. Wo sie mit dem Ausstich fertig sind, bilden sich schmale Kanäle, in denen ein braunes, säuerlich riechendes Wasser fließt.

Je weiter wir uns auf Calais zu bewegten, das am Meer liegen soll, desto grüner wurden die Hügel. Die Luft roch nach Salz und herben Pflanzen, die ich nicht kannte. Möwen kreischten in der Luft, als wir nach Ardres kamen, das einen Tagesritt von Calais entfernt ist. Hier sollte nun Isabella ihren Verlobten kennen lernen, noch nicht ganz auf englischem Boden.

Kurz vor der Stadt hielten wir an, um uns zu erfrischen. Unter den erstaunten Augen der Torfstecher stiegen die Damen und viele der Herren ab. Aus den Wagen stiegen und stolperten deren Insassen.

Silberbeschlagene Kleidertruhen, lederbezogene Schemel, Frisiertischchen, hohe Spiegel und Schminkutensilien wurden abgeladen und standen da fremd und beziehungslos auf der grünen Wiese. Man wechselte das Kleid oder das Wams, ließ sich frisieren, rieb sich Duftöl ins

Haar; gelegentlich wurden in letzter Minute Nähte ausgelassen, Risse geflickt. Diener rannten, Kammerzofen versuchten ihr Bestes mit Kamm und Nadel. Die Pferdeknechte bürsteten den Straßenstaub von den Kruppen, entflochten Zottelmähnen. Und dann, so plötzlich, wie wir hier hereingebrochen waren, war der ganze Spuk auch schon beendet. Während der ganzen Zeit waren wir von Einheimischen schweigend begafft worden. Ein alter Mann lehnte auf seinem Spaten, betrachtete uns und schüttelte den Kopf, murmelte etwas, dann drehte er sich einen Schritt weit herum, um einen anderen von uns aufs Korn zu nehmen. Er ging erst wieder an seine Arbeit, als wir fein gemacht und auf Hochglanz gebürstet weitergeritten waren.

Das Wetter war übrigens umgeschlagen, kalt und grau. Es nieselte ganz fein. Viele meiner Reisegenossen flüsterten untereinander und betrachteten das als schlechtes Omen für die bevorstehende Verbindung. Doch natürlich wurde alles ohne Rücksicht auf das Wetter durchgeführt.

Die Stadt Ardres war zu eng für uns alle. Nur ein Aufgebot an ausgesuchten Edlen begleitete die Prinzessin. Ich hatte das Glück, zu ihnen zu gehören.

König Richard und Prinzessin Isabella sollten sich im Stadthaus eines Adligen treffen. Und dort, in einer Halle, mit blauer Seide verhängt, unter den Bannern der Valois und denen des Hauses Plantagenet, über den mit Rosenblättern bestreuten Boden, gingen die beiden aufeinander zu. Isabella war begeistert, Richard höflich.

Er ist ein schmales Bürschchen, dieser Plantagenet, kaum zu glauben, dass er ein direkter Nachkomme von Richard Löwenherz sein soll: schmal, blond und blass. Sein Gesicht ist länglich ebenso wie die Nase, die Augenlider hängen ein wenig, als sei er schläfrig. Auf mich machte er einen eher lauernden Eindruck. Die Lippen sind dünn, der Mund klein, durchaus empfindsam zu nennen, ein wenig geschmäcklerisch verzogen vielleicht.

Er stotterte bei seinen ersten Worten. Augenblicklich überzog eine leichte Zornesröte seine Wangen, doch Isabella gewann ihn mit kindlichem Charme. Sie vergötterte ihn so ganz offensichtlich. Als sie ihre kleine Hand in seine legte und vertrauensvoll zu ihm aufsah, da lächelte auch er.

Und ich dachte, vielleicht könnten sie sich arrangieren, möglicherweise glücklich werden, wenn der junge Mann nicht von den Kronhuren verdorben würde.

Da siehst du es, Céline: Weibliche Schwäche bewirkt eben doch etwas Gutes und hat ihren Platz auf der Welt. Es war ihr Vertrauen, ihre Zartheit, die den Sieg davontrug – fürs Erste. Es ist die Aufgabe der Männer, Leidenschaft und Härte zu zeigen, und die der Frauen, den Tugenden Mitleid, Maß und Klugheit ihren gebührenden Platz zu verschaffen. Céline, du wirst dich jetzt erinnern an die Geschichten von den Amazonen und anderen kämpfenden Frauen, die ich dir vorgelesen habe. Das habe ich nur getan, um dir zu zeigen, dass Frauen erreichen können, was sie sich in den Kopf setzen, und mangelnde Kraft und Körpergröße gewiss durch Geschicklichkeit ausgleichen können. Es kommt aber meiner Meinung nach doch mehr auf Bildung an und ein gütiges Herz. Vielleicht hat Gott gewollt, dass einem mutwilligen Herrscher wie Richard ein vertrauensvolles Kind zur Seite gegeben wird. Er schütze die kleine Isabella.

Am nächsten Tag zog unser buntes Heer weiter nach Calais, wo am 30. Oktober die Hochzeit gefeiert werden sollte. Unsere Zahl war sicher auf sechstausend angeschwollen. Wieder waren wir in einem Lager vor der Stadt untergebracht, bis auf das Königspaar und seine engsten Begleiter und die Herzöge, die dabei waren: Berry und Burgund. Der Herzog von Burgund war besonders guter Laune, denn seine Besitzungen lagen ja den Engländern am nächsten. Er hatte heimlich mit ihnen verhandelt, als die Berater des Königs noch nicht an Frieden dachten, und hatte sich mit Ludwig von

Orléans in der Sache verbündet, und so war zunächst ein langer Waffenstillstand ausgehandelt worden. Man kann sich denken, dass die Engländer Onkel Burgund als ihren alten Freund begrüßten.

Dieses Lager wurde weniger provisorisch errichtet, da wir ja einige Tage bleiben sollten. Die Knechte luden alle Dinge ab, die wir mitgebracht hatten. Unser Zelt wurde innen recht bequem eingerichtet und mit Teppichen verschönert. Bürger von Calais kamen aus den Stadtmauern und brachten uns Kuchen, eingelegte Leckereien und Geschenke. Sie fragten uns, ob irgendetwas fehle, und gaben uns tatsächlich das Gefühl, mehr als willkommen zu sein.

Céline, ich muss Dir noch etwas schreiben: Calais hat sehr tapfer zu seinem König gehalten. Der Schwarze Prinz von England hat es zehn Jahre belagert, ehe sie nachgeben mussten. Und dann verlangte er, dass, um Brennen und Schleifen von der Stadt abzuwenden, sechs Bürger von Calais barfuß, im Büßerhemd mit Strick um den Hals, zu ihm herauskämen und ihm den Schlüssel der Stadt übergäben. So ist es geschehen, aber der Schwarze Prinz wollte sie dennoch hinrichten lassen. Da weinte seine Frau Philippine und bat ihn um Gnade für diese tapferen Feinde, und da sie gerade ein Kind trug, ließ sich dieser finstere und treulose Mann erweichen. Das beweist noch einmal, wovon wir gesprochen haben: Stärke bedarf der Ergänzung durch Schwäche, weil eines ohne das andere zur Grausamkeit und das andere ohne das eine zur Feigheit auswächst. Keines von beiden sollte die Oberhand gewinnen. Wenn die Männer sich durchsetzen und nicht auf Frauen hören, ist es von Übel. Und je mehr die Heilige Kirche und die Sorbonne die Frauen verleumden und zurücksetzen, desto schlimmer wird es mit der Welt gehen.

Bis das Lager fertig aufgebaut war, blieb uns noch Wartezeit. Ich fragte einen der freundlichen Bürger der Stadt, wo denn das Meer liege, von dem ich so viel gehört hätte. Von unseren Zelten aus sah man es nicht.

»Kommt!«, rief er und brachte uns hin.

Oh, Mutter! Marie! Wenn ihr das nur sehen könntet. Das Meer! Ich habe so oft darüber gelesen und mir doch nur einen besonders großen See vorgestellt. Aber es ist ganz anders. Zuerst kommt man in eine Art grünes Marschland, dann sind da Berge aus Sand, Dünen, mit Gras und niedrigem kriechenden Gestrüpp bewachsen. Dann hört man ein Brausen und Tosen, und wenn man den Blick hebt, dann ist da eine graue, aufgewühlte Weite mit weißen Schaumkronen, wo sich die Wellen brechen. Wellen, die ich mir nie hätte ausmalen können! Das Meer ist nicht so still wie ein See, auch nicht so wie ein See bei schlechtem Wetter mit kleineren Wellen, die gegeneinander laufen und sich kräuseln. Hier sind die Wellen turmhoch und kommen vom Ende der Welt mit großer Macht herangerollt, bis sie wieder zurückgeworfen werden. Sie nehmen Stücke vom Ufer mit und werfen Dinge vom Grund an Land. Das Wasser ist so gewaltig in seiner Natur, dass es durch Menschenhand nicht einzugrenzen, noch zu beherrschen wäre. Der Wind weht einem Salz ins Gesicht. Salz bleibt auf den Lippen und im Haar zurück. Jetzt erst kann ich die Anstrengungen und Gefahren recht schätzen, denen sich die Seeleute aussetzen, die auf dieser grauen Bestie reiten. Es ist gleichzeitig schön und macht das Herz schwer. Ich verspürte eine starke, unerklärliche Sehnsucht, wollte hinaus und hatte zugleich Angst davor.

Ich legte Jean die Hand auf die Schulter und sagte mit einem kleinen Lachen: »Würdest du dich auf ein Schiff trauen und da hinausfahren?«

»Ja!«, strahlte er. »Darf ich, Maman?« Die Jugend hat keine Fantasie.

Wir gingen am Strand entlang, auf dem festen, nassen Sand. Unser Begleiter aus Calais lachte und sprang in die ankommenden Wellen hinein. An einem Stück Treibholz fand er Muscheln, davon schnitt er ab und gab sie uns zu kosten.

»Roh?!«

»Ja, Madame, da sind sie am besten!«

Sie waren gelb, auf der Zunge weich wie Eidotter, und schmeckten überraschend zart.

Ihr Lieben, wie kann ich euch den Glanz nahebringen, den diese Hochzeit verstrahlt? Die Trauung selbst fand in der Sankt-Nikolaus-Kirche zu Calais statt. Später zog man hinaus auf das Feld, weil der Andrang die Stadt schier zum Bersten brachte. Jeder wollte das Brautpaar sehen.

Der Morgen des großen Tages brach an, und die Sonne, die sich so lange versteckt hatte, ging als Feuerball hinter dem Horizont auf. Thomas: Auripigment und Purpurea, einzelne, faserige Wolkenstreifen noch violett, stieg sie auf durch ein Indigo über Azur bis ins reinste Quianus, ein köstliches Eisblau ganz hoch oben, das die Augen tränen machte. So müsste man den Himmel malen, so wie er ist, nicht mit symbolhaftem, aber so begrenztem Gold. Ich weiß schon, was du sagen wirst, Mönch: Gold symbolisiert den ewigen Himmel, das Himmelreich, doch hat hier nicht Gott selbst die Farben geschaffen, um unser Herz zu rühren? Was könnte besser sein als das, was Gott gemacht hat?

Genug davon: Die Zweifler waren beruhigt und sprachen nun von einem guten Omen. Alles war in festlicher Stimmung und froh. Zwei Völker wetteiferten im Prunk. Man hatte schon vor unserer Ankunft Tribünen errichtet, eine für England, vollkommen verkleidet mit roter Seide, die mit weißen Hirschkühen bestickt war. Die französische Tribüne zeigte Blau und Lilien. Die Damen waren die reinsten Paradekissen für das Goldschmiedehandwerk. Es glühten geheimnisvoll die Karneole, leuchteten die Karfunkel, Onyx brachte die zarte Weiße der Haut hervor, dort machte Chrysopras dem Laub junger Bäume Konkurrenz und der Beryll dem Wasser klarer Bergquellen. Jaspis und Hyazinth wetteiferten mit Weltaugen, dem vielfarbigen Opal, mit milchigem Achat und goldenem Topas. Es kann im ganzen Reich kein Krümelchen Gold und kein Edelstein mehr übrig sein, roh oder geschliffen, der nicht für dieses Fest verarbeitet wurde. Die kleine Prinzessin war die Rührendste, der Herzog von Orléans der Schönste an der Seite meiner Herrin und der Herzog von Berry der Eleganteste. Man wusste nicht, wo man zuerst hinschauen sollte.

Der Erzbischof von Calais traute das Paar, und Richard benahm sich so liebevoll und nachsichtig mit seiner kindlichen Braut, dass ich wirklich das Beste hoffe. Es ist immer gut, Céline, in einer Ehe zuerst nach Harmonie zu trachten, selbst wenn man nicht das Glück hat, so wie es bei Deinem Vater und mir war, auch noch ineinander vernarrt zu sein.

Am Abend gab es Festessen in allen Hallen der Stadt. Marie, Du willst natürlich wieder im Einzelnen wissen, was denn nun an Leckereien auf die Tische kam. Soweit ich mich erinnere, waren das an meiner Tafel ein riesiger, bös blickender Seefisch, dem ein anderer, kleinerer Fisch aus dem Maul ragte, und dem wiederum ein Tier mit Schlangenarmen; aus diesem quollen eine Menge gebratener Muscheln hervor. Forelle mit Zimt habe ich gesehen, aber gemieden; Fasan kam in einer Sauce von Backpflaumen und Muskat an Runkelrübenschaum, gezuckertes Schneckenmus wurde in der vergoldeten Schale serviert; die englischen Köche bereiteten eine besonders barbarische Version von Lammbraten: blutig, mit Pfefferminzsauce, dazu ein Brot in der Gestalt der englischen Hirschkuh – in Originalgröße (ich nehme an, den Ofen für das Monstrum hat man extra bauen müssen, sechs Knechte wankten unter dem Gewicht der Brotkuh herein).

Man zerstörte das Kunstwerk alsbald und säbelte daraus die üblichen Brotscheiben, um sich den Braten daraufzulegen; überdies gab es geflochtene und gedrehte Weizenbrötchen, Pasteten mit süßer und saurer Füllung, Krebse mit Knoblauch, Teigtaschen mit Wildbret; und um die Genüsse in angenehmster Weise abzurunden, süße Nusspaste, zu Muschelgehäusen geformt, Honigkuchen, gesottene und gezuckerte Äpfel in Wein, kandierte Früchte – mir fällt längst nicht mehr alles ein.

Doch, natürlich: das Hauptgericht. Es gab gebratenes Jungschwein, das einen Zuckerpalast auf dem braunkrustigen Rücken trug und dessen Augen aus Rubinen mich bösartig anfunkelten – ich habe aber dennoch davon gegessen. Am Ende waren alle so voll, dass sie sich nicht erheben mochten, und deshalb blieb man beim Trunk sitzen, bis mancher von allein von dem Stuhl fiel und in die jeweiligen Betten getragen wurde.

Zum Anfang war die Unterhaltung höflich. Jedermann vermied, alte Wunden aufzureißen. So war es an meinem Tisch, und so soll es auch in den Wirtshäusern gewesen sein, wo die Knechte und die Gens d'Armes beieinander saßen. Später, unter dem Einfluss von einem Übermaß an Wein, fiel dort die eine oder andere Bemerkung, die übel aufgenommen wurde. Es gab aber nur wenige Schlägereien zwischen englischen und französischen Gästen.

Die nächsten Tage waren angefüllt mit Vergnügungen, jeden Tag zwei Turniere, Theaterspiele auf sechs verschiedenen Bühnen gleichzeitig, Narren und Jongleure überall im Publikum (Taschendiebe auch), Musik, Tanz, Bootsausflüge auf das Meer, für den, der wollte. Das Volk mischte sich aufgeputzt und neugierig unter den Adel, und es war alles so glanzvoll, wie man es sich nur wünschen konnte. Kleinere Garküchen standen überall auf dem Felde, als hätte man zu den Hauptmahlzeiten noch nicht genug genossen, und da sah ich auch die größten Fresssäcke, die nämlich, die am Abend zuvor ohnmächtig fortgetragen worden waren. In der Stadt sprudelte ein Brunnen, der brachte während der festlichen Tage aus einem Speier roten und aus dem anderen weißen Wein hervor.

Ludwig von Orléans, der Bruder des Königs, siegte häufig beim Lanzenstechen, und die Damen jubelten ihm zu. Er ist ein schöner, stattlicher Mann, doch dafür seltsam melancholisch. Etwas von des Königs Wahnsinn fließt auch in seinem Blut.

Der König hatte die Hochzeitszeremonie ganz anständig überstanden. Doch danach sah man ihn nicht mehr. Valen-

tina Visconti wurde gebeten, zu ihm zu kommen, ich war bei ihr. Unser armer König saß zusammengekauert auf seinem Bett und zitterte vor Angst, doch man konnte nicht herausbekommen, wovor. Valentina Visconti ging zu ihm, setzte sich auf den Bettrand wie eine Schwester. Er schien sie zu erkennen, denn er ergriff ihre Hand.

»Du bist da!«, sagte er. »Dann wird alles gut.«

Mit viel Geduld redete sie ihm seine Angst aus und führte ihn hinaus in die Sonne, damit er seine Freude an dem Fest haben sollte. Er ging mit ihr, betrachtete aber alles mit Erstaunen. Er hatte keine Beziehung dazu, war kein König in diesem Augenblick. Was er war, konnte niemand sagen. Die Leute wichen ihm aus. Dieser traurige Anblick verdarb mir ein wenig die festliche Stimmung. Wenn er so bleibt, dann wird unser Land wieder ein Raub der Vier Onkel.

Während der restlichen Festlichkeiten sah man ihn kaum. Einmal ritt er auf Falkenjagd. Es war einer seiner besseren Tage.

Aber um etwas Gutes zu erzählen: Thomas, wir haben mehrere Aufträge vom Herzog von Berry, der ein großer Mäzen und Sammler ist. Ich wurde ihm vorgestellt, auf seinen Wunsch, wie sich herausstellte, und er hatte alles gekauft, was von mir angeboten wurde, stell dir nur vor! Und nun will er mehr und hat mir eine wohl gefüllte Börse gegeben, damit wir ihm die Bücher seinen Ansprüchen gemäß fertigen können: Kein falsches Gold mehr, Thomas, kein Tricksen mit Auripigment und Schildkrötenurin. Wir dürfen verschwenden! Echtes Purpur und vom besten weißen Vellum, in Gold geprägte Einbände, Schnitzereien, Samt, was immer du dir ausdenken kannst, um meinen Worten einen prächtigen Rahmen zu geben. Das wird dir Freude machen, wenn du so recht in Pigmenten baden kannst. Ich habe hundert Goldstücke Vorschuss bekommen!

Und noch etwas, Mutter: Ich habe einen Käufer für unsere Güter. Es ist Philippe de Mézières.

Das würde Mutter nicht gefallen. Philippe de Mézières war ein Berater des alten Königs gewesen, wie auch des jungen. Als Karl V. starb, hatte besonders de Mézières meinem Vater die Schuld an seinem Tod gegeben. Ich erinnerte mich kaum an ihn, er sich dafür an mich. Gleich am Tage nach der Hochzeit hatte er mich bei meinem Zelt aufgesucht, ein grauhaariger, knorriger Mensch, wie ein alter Olivenbaum, ein Betbruder mit harten Gesichtszügen und stechenden Augen.

»Witwe Castel, auf ein Wort!«, hatte er mich angesprochen. »Ich hörte, Ihr wollt diese drei unbedeutenden Häuschen verkaufen.«

Ich lächelte ihn an: »Und Ihr seid ...«

»Philippe de Mézières!«, schnarrte er unwillig und deutete eine äußerst knappe Verbeugung an. »Nun? Wie steht es damit?«

»Es ist schon mehr dran als drei kleine Bauernkaten, wie Ihr wohl wisst, sonst würdet Ihr Euch nicht dafür interessieren.«

Er bot mir einen unverschämt niedrigen Preis dafür an und wollte am liebsten das Geschäft sofort abwickeln. Schreiber und königliche Rechtsverdreher liefen im Lager so viele herum wie Ameisen auf einem Kuchen.

»Das ist sicher ein großzügiges Angebot, und ich danke Euch«, sagte ich, um mir unangenehmes und unstatthaftes Feilschen zu ersparen, »aber ich arme Witwe bin zu unwissend, um ein so wichtiges Geschäft ohne Beistand abschließen zu können. Ich würde Euch ja vertrauen, aber ich habe die Angelegenheit bereits in die Hände von Herrn Alain de la Chance gegeben, den ich unmöglich übergehen kann. Ihr findet ihn in Paris, Rue St. Denis nahe den Hallen.«

Er knurrte wie ein böser Hund und ging ohne weiteren Gruß davon. Ich kannte solche Gestalten inzwischen zur Genüge: Sicher hatte er sich ausgerechnet, mich hier überrumpeln zu können, so dass ich ihm die drei wertvollen Güter für eine Hand voll Groschen abtreten würde. Aber so dumm bin ich nicht mehr, nachdem ich mich vier Jahre mit seinesgleichen habe herumschlagen müssen. Das Geld, das wir bekommen, muss schließlich eine ganze Weile reichen.

Er kaufte übrigens ein paar Wochen später – zu einem angemessenen Preis.

Und noch jemanden hatte ich kennen gelernt, doch davon wollte ich meiner Familie nicht in einem Brief erzählen: Es hatte sich ergeben, dass ich die Tischnachbarin eines englischen Grafen war, des Sir John Montague von Salisbury. Er war ein angenehmer, schlagfertiger Mensch, der Frankreich bereist hatte und irgendwie auf meine »Cent Ballades« gestoßen war. Er bat mich, sie in England übersetzen und verbreiten zu dürfen. Das schmeichelte mir natürlich ungemein.

»Was sagt Ihr, wird aus dem Waffenstillstand bald ein echter Friede? Wie ernst ist es England damit?«

»Ich will Euch nicht belügen: England in dem Sinne gibt es so wenig, wie es ein einiges Frankreich gibt. Es gibt verschiedene Strömungen und Interessen. Den Baronen kam der Krieg zupass: Er hielt unseren König und seine Armee beschäftigt. Und sie konnten ihre Börsen durch Kriegsbeute füllen. Manche denken tatsächlich, wir könnten uns Frankreich doch noch einverleiben. Ich persönlich halte den Krieg für Torheit, Madame: Der lange Kampf hat doch gezeigt, dass wir uns nur gegenseitig aufreiben, weil keiner wirklich stärker ist. Wir schieben uns auf dem Brett hin und her, ohne dass einer gewinnt, und vernachlässigen dabei unsere eigenen Geschäfte.«

»Denkt der König auch so?«

»Absolut! Und deshalb glaube und hoffe ich, dass wir einen langen Frieden vor uns haben.«

»Und du, junger Mann? Wie denkst du darüber?«, fragte er meinen Sohn Jean, den er schon eine Weile aufmerksam beobachtet hatte. Und Jean, der von diesem bedeutenden Mann angesprochen wurde, antwortete so ruhig und klug, dass ich stolz auf ihn war.

»Ich meine auch, Sieur, dass England und Frankreich weitaus mehr zu gewinnen hätten, wenn sie zusammenarbeiten würden. Unsere Völker haben sich ohnehin schon so oft vermischt, dass es mir als ein Bruderkrieg erscheint, wenn wir aufeinander losgehen.«

Salisbury lächelte.

»Dann hättest du sicher nichts dagegen, einem Bruder Calais zu überlassen.«

»Warum überlassen?«, konterte mein Jean. »Er wäre ja doch jederzeit willkommen – solange er mein Bruder ist.«

Der Graf von Salisbury lachte laut und schlug sich auf die Schenkel.

»Haha! Das ist gut! Du solltest Diplomat werden, mein Kleiner. Sag: Gefällt dir etwas an uns Engländern? Was weißt du von uns?«

»Ich habe ›Sir Gawain and The Green Knight‹ gelesen und ›Peter der Pflüger‹. Die englische Literatur, was ich davon bei uns in die Hände bekommen konnte, schien mir erfrischend volkstümlich und humorvoll. England erscheint mir mutiger zu Neuerungen, weniger abhängig von Konventionen, als wir es in Frankreich sind. Ich hatte auch Gelegenheit, Schriften von William von Ockham zu studieren und ein Flugblatt von Wycliff, das mich sehr beeindruckt hat. Ein wenig mehr von dieser fortschrittlichen Denkweise würde Frankreich gut anstehen.«

»Vorsicht, junger Mann! Wycliff ist rechtzeitig gestorben, um nicht hingerichtet zu werden, aber man hat sich noch die Mühe gemacht, seine Knochen aus der Erde zu scharren, um sie stellvertretend zu verbrennen und ihm so die Auferstehung zu verwehren.«

»Das mag wohl sein. Seine Gedanken kann man aber nicht verbrennen, und ich halte sie für gut«, antwortete Jean aufbrausend.

John Wycliff hatte die Suprematie des Papstes über die weltlichen Mächte abgestritten, die Enteignung der Kirche gefordert und englische Bibeln herstellen lassen. Anfangs hatte seine Lehre dem Hof wohl zugesagt, aber sie hatten ihn schließlich fallen lassen, als sie feststellten, dass er weiter gehen wollte, als es ihnen nützte.

»Lass uns lieber die englische Literatur diskutieren. Das ist sicherer. Wir haben da zum Beispiel einen interessanten jungen Dichter, von dem ich mir viel erhoffe: Geoffrey Chaucer heißt er.«

»Ich habe noch nie von ihm gehört, verzeiht mir bitte, Sieur! Leider bekomme ich nicht alle Bücher, die ich gern hätte! Habt Ihr zufällig etwas von ihm bei Euch, das Ihr bereit wärt, mir für einen oder zwei Tage zu leihen? Ach, wie gern würde ich Euer Land selbst kennen lernen!«

»Nun, in dem Fall …« Der Graf von Salisbury lächelte wieder und wandte sich an mich.

»… in dem Fall, liebste Frau von Pizan, da Euer Sohn eine gewisse Affinität zu England zeigt, dann will ich Euch einen Vorschlag machen: Ich habe einen Sohn in demselben Alter. Wenn Ihr mir Euren Jean anvertrauen wollt, dann würde ich ihn zusammen mit meinem Sohn erziehen lassen. Ich versichere Euch, dass ich die besten Erzieher engagiert habe. Er würde es gut haben.«

Ich war sehr überrascht, und es versetzte mir einen heißen Stich. Wie? So plötzlich? Ich sollte meinen Jean über dieses dunkle Meer schicken, weit weg von mir, ihn Jahre, vielleicht nie wiedersehen? Andererseits war dies eine großartige Chance für ihn.

»Ich verstehe, dass Ihr zögert, Madame. Eine Mutter trennt sich ungern von ihren Kindern, insbesondere von Söhnen. Aber bedenkt, wie gut es für unser beider Kinder sein würde: Mein Thomas lernt Französisch von ihm, und Ihr Jean lernt sehr gutes Englisch, was er beruflich bestimmt gut brauchen könnte.«

»Ich stimme Euch zu«, sagte ich knapp. Mein Herz schlug wild und schmerzhaft.

»Und außerdem könnten wir damit den Frieden zwischen unseren Völkern fördern. Sagt man nicht: Nur der, den man nicht kennt, ist ein Feind?«

Ich wollte ja, Jean zuliebe, aber eine unbestimmte Furcht ballte sich in meiner Magengegend zusammen. Immer schon hatte ich nach Möglichkeiten für meinen Sohn gesucht, nach Chancen, die ich ihm nicht bieten konnte. Und nun wehrte ich mich innerlich dagegen.

»Ich würde ihn auch an Waffen ausbilden, ihn zum Ritter erziehen.« Ebendas hatte mir besondere Sorge bereitet – und nun wurde es mir aus heiterem Himmel angeboten. Wie hätte ich nein sagen können?

»Ich will darüber schlafen und in Ruhe mit meinem Sohn reden, bevor ich etwas entscheide, aber ich danke Euch für dieses großzügige Angebot!«

Ich hätte es mir denken können, wie Jean sich entschied. Er war begeistert, es hielt ihn kaum auf seinem Stuhl. Was das betraf, da war er eben noch ganz Kind, voller Begeisterung und Veränderungsdrang.

»Ja, aber natürlich will ich, darf ich, Maman? Bitte!«

»Warte doch! Es ist ein großer Schritt. Überleg es dir gut. Wir sind ja noch ein paar Tage hier!«

»Da gibt es nichts zu überlegen!«

Es fehlte nicht viel, und Jean wäre auf der Stelle losgestürmt, hätte sich in das nächstbeste Boot geworfen und wäre davongerudert.

»Also ist es abgemacht, der junge Monsieur kommt mit mir! Thomas wird sich über einen Spielgefährten freuen. Und Leidensgefährten! Unsere Hauslehrer verlangen viel. Du wirst ordentlich büffeln müssen.«

»Das macht mir gar nichts, danke, Sieur!«, rief Jean.

Ich fühlte mich wie auf einem durchgegangenen Pferd, die Entscheidung war mir aus der Hand genommen. Die letzten Tage mit Jean! Ich verfolgte ihn wie eine unvernünftige Glucke, brachte ihm Kuchen, während er mit seinen jungen Freunden zusammensaß. Er aß ihn mir zuliebe und ließ sich von mir durch die Haare fahren, doch ich sah ihm an, dass es ihm peinlich war. Nachts stand ich ein paar Male auf, ging zu seinem Bett und betrachtete ihn bei Mondlicht. Er sah noch so kindlich aus, so weich. Ganz sicher überschätzte er seine Kräfte. Wie konnte ich ihn über das Meer schicken, weit, weit fort, zu Fremden, in das Land der gottverdammten Engländer? Wenn ich daran dachte, wie das Volk bei uns über Engländer dachte und sprach, welche Aufnahme würde umgekehrt er wohl finden? Wir machten eine Bootsfahrt zusammen. Mir war speiübel. Er saß mit dem Gesicht im Wind und erzählte aufgeregt von seinen Erwartungen und Plänen.

»Ich werde viel lernen, Maman, und Dinge sehen, die bei uns zu Hause kaum einer kennt. Vielleicht werde ich ein Berater des Königs, und wir werden reich. Dann geht es dir gut! Du brauchst nicht mehr für andere Leute Bücher zu kopieren. Und was immer du schreibst, das lasse ich in Gold fassen!«

Ich hörte ihn wie von Weitem. Eine dumme Nässe stand mir in den Augen.

»Du wirst es gut machen, das weiß ich«, sagte ich. Er schaute mich nicht an. Seine Augen klebten an den weißen Linien und den Schatten des gegenüberliegenden Ufers.

Und so fand ich mich widerstrebend am Hafen von Calais ein. Jean besaß nun nichts außer der Truhe mit Kleidung dort – gut, dass ich ihm vor der Reise so viel Neues hatte machen lassen. Würdevoll wie ein Storch stand er neben mir, kein Gehopse mehr, keine Streiche; er war jetzt ein Mann von Welt und folgte der Einladung eines englischen Lords. Das Ruderschiff näherte sich, um ihn zu holen. Ich wurde immer trauriger, meine Brust schien eingeschnürt, etwas drückte mir ganz fürchterlich auf den Brustkorb. Während ich auf das kleine Boot blickte und das wilde, graue Wasser, den Horizont, wo Wasser und Himmel in demselben Graublau aufeinander stießen (Malachitgrün mit etwas Lampenschwarz und Bleiweiß, dachte ich), da kam es mir unmöglich vor: Wie konnte ich das tun? Wie konnte ich meinen Sohn fortgehen lassen? Jetzt sah man schon deutlich die Gesichter der beiden Seeleute, wilde, narbige Gesichter mit Knollnasen und zotteligen Haaren. Nein, ich würde ihn wieder mitnehmen und bei mir behalten, in Sicherheit.

Man hörte die Ruder eintauchen und das schaumige Ausrollen der Wellen im Sand, das feine, kiesige Murmeln der Muschelschalen, die an den Strand geworfen wurden, um von der nächsten ablaufenden Welle wieder mitgenommen zu werden. All das: der Tanggeruch, das Graublau mit den wenigen hingeschmierten Wolken, die feuchte Luft an meiner Haut, Jeans warme Hand in meiner, die Ruderer in ihrem Boot, weiter draußen das englische Schiff noch kahl mit vertäuten Segeln, das blieb mir wie ein absolutes Bild, in dem alles festgehalten ist, nicht nur die Formen und Farben, sondern Geräusche, Gerüche und Gefühl.

Erbarmungslos stetig arbeiteten diese zwei ausländischen Barbaren sich heran, der Kiel des Bootes stieß auf den Strand mit einem Stoß und sandigem Zischen.

»*Hop in*!«, sagte einer von ihnen. Er lächelte und war sicher ein guter Kerl. Der andere sprang heraus, begrüßte mich mit »Madam!« und packte Jeans Kiste auf, als sei es nichts. Jean hatte sich verbeten, dass ich ihn küsste. Zum letzten Mal hatte ich das im Zelt tun dürfen, wo er es mit Duldermiene ertrug. Hier drückte er mir die Hand und sagte: »Gott schütze dich, Mutter!« Er drehte sich um, watete ins Wasser, die Schuhe in der Hand, und kletterte durchaus fachmännisch ins Boot. Sie legten ab. Jean winkte. Ich sollte ihn lange Zeit nicht mehr zu Gesicht bekommen.

15

»Wo ist Jean?«, fragte Mutter.

»Wo ist Thomas?«, fragte ich.

Ich war allein nach Paris zurückgekommen, nur von einem Diener der Herzogin begleitet, einem schweigsamen Menschen, der mich mit meinem Kummer und meinen Gedanken allein ließ. Wer hätte gedacht, dass diese Reise so ausginge?

»Seid nicht traurig! Ihr werdet ihn gewiss wiedersehen, und dann werdet Ihr stolz darauf sein, was für ein weltgewandter junger Mann er sein wird«, tröstete mich die Herzogin.

»Ja, ich weiß«, war meine Antwort, aber ich war so niedergeschlagen, dass ich kaum einen Bissen herunterbrachte.

»Oh, oh! Aber Ihr müsst essen, Kindchen. Da, nehmt von dem geräucherten Fasan. Das ist ganz leicht, das könnt Ihr schlucken.« Die Gräfin von Brantes hatte es übernommen, mich aufzupäppeln: »Es war richtig, dass Ihr dem zugestimmt habt, eine bessere Gelegenheit wird sich nie wieder ergeben. So wie die Dinge stehen, werden wir einen langen Frieden mit England haben. Es wird Handel zwischen unseren beiden Völkern geben, und dann braucht man junge Leute, die gut Englisch sprechen und das Land kennen.«

»Ihr habt ganz Recht.« Ich wusste es, doch was hilft die Vernunft gegen das dumme, rührselige, egoistische Herz einer Mutter, das schmerzt und sticht und vorwurfsvolle Bilder schafft? Jean, wie er im Meer treibt; Jean, misshandelt und einsam in einem fremden Land. Wir hatten so lange im Krieg mit diesen Leuten gelegen, und sie hatten so viele Grausamkeiten verübt, uns Schaden zugefügt, dass man bei uns seit fünfzig Jahren nie anders sprach als von einem »gottverdammten Engländer«. Es war der schlimmste Fluch, den man jemandem an den Kopf werfen konnte: Du benimmst dich wie ein gottverdammter Engländer! Es war das Synonym für alles Unheil, Krieg, Plünderungen, Vergewaltigung, Feuer, Tod und Ruin.

Und solch einem Mann hatte ich meinen ältesten Sohn gegeben, um ihn in jenes furchtbare Land mitzunehmen. Sei keine Kassandra!, sagte ich fest zu mir selbst. Es werden in jenem Land ebenso viele gute und schlechte Menschen wohnen wie bei uns. Und wenn der Graf von Salisbury ein typisches Beispiel für sein Volk sein sollte, dann kann ich nur die besten Hoffnungen hegen. Der grausame Buckingham ist entmachtet, Bolingbroke verbannt. Krieg ist eben Krieg und weckt in allen Völkern ihre dunkelste Seite. Niemand ist besser als sein Nächster. Der Frieden wird auch den Engländern Gelegenheit geben, die guten Seiten ihres Charakters zu entwickeln – gebe Gott, dass König Richard seinem Vorhaben treu bleibt. Ich glaubte an diesen Frieden. Deshalb und weil es solche Schritte brauchte, um den Frieden zu festigen, hatte ich Jean gehen lassen. Gott schütze ihn!

Dennoch war es eine trübe Heimreise für mich. Jedes Mal, wenn ich den leeren Sattel sah, fragte ich mich, wo Jean gerade sein mochte und ob es ihm gut ging. Er würde ganz sicher nicht so empfinden. Etwas Neues, Aufregendes lag vor ihm. Er würde wahrscheinlich am Schiffsbug stehen, die Nase im Wind, und würde Änderungen in jeder Minute herbeisehnen, statt sich vor ihnen zu fürchten. Das unterscheidet die Jugend vom Alter. Für mich war es eine Reise durch ein herbstliches Land mit grauen Morgennebeln und unangenehm feuchten Nächten, eine Reise, auf der ich den Sommer loszulassen lernte und meinen Sohn.

Als ich in unsere kleine Straße einritt, mit dem halb leeren Karren und dem Packesel, der fröhlich mit beinahe leerem Rücken hinterdrein trabte, da kamen die Nachbarn aus ihren Häusern. Sie bedrängten mich, fielen meinem Pferd in die Zügel: »Christine! Schaut, Christine ist zurück!«

»Wie war die Hochzeit? War sie großartig, ging alles gut?«

»Wie sah die kleine Prinzessin aus?«

»Was hatte sie an?«

»Stimmt es, dass der englische König Hörner hat?«

Ich gab ihnen ein paar Brocken und Eindrücke, damit sie mich durchließen zu meinem Haus, und versprach, an einem der nächsten Tage mehr zu erzählen.

»Der Teufel soll den Mönch holen, er ist verschwunden, kurz nach deiner Abreise und drei Kreuze darauf! Sage mir, wo du meinen Enkel gelassen hast«, forderte Mutter.

Ich erklärte es ihr, und sie überraschte mich einmal mehr. »Das heiße ich gut«, sagte sie. »Er wird mir fehlen, aber für ihn wird es nützlich sein, wenn dieser Graf so vertrauenswürdig ist, wie du sagst.«

»Ich denke schon, Mutter. Ich habe mich über ihn erkundigt. Er steht König Richard sehr nah und war bei den letzten Waffenstillstandsverhandlungen der Wortführer. Ich glaube nicht, dass ich mich in ihm täusche.«

Thomas war fort? Einfach fort? Ließen mich denn nun alle allein? Er hatte mir nicht einmal eine Nachricht hinterlassen, kein Adieu, kein Wort – und das nach den innigen Porträts, die er mir mitgegeben hatte. »Es ist nicht für immer. Er wird wiederkommen«, dachte ich mir. Aber ich war doch sehr enttäuscht. Mit niemandem hätte ich so gern über Jean gesprochen wie mit ihm. Er war mein Freund, der erste, den ich gefunden hatte nach Etienne. Ein guter Freund – so dachte ich –, doch ohne ihn war das Haus leer. Ich ging darin herum und fühlte mich wie in einer Wohnung voller Geister oder vielmehr, als sei ich selbst ein Geist, nur halb lebendig.

Ich war mehr als enttäuscht. Wenn ich an meinem Pult stand, um meine Reiseerfahrungen aufzuschreiben, dann erwartete ich, wenn ich nur die Augen vom Pergament heben würde, dass er dort stünde, am Fenster, auf seine Malerei konzentriert. Ich wusste genau, wie er von Zeit zu Zeit Feder oder Pinsel ablegen und sich aufrichten würde, wie er mit gerunzelter Stirn und schief gelegtem Kopf sein Werk betrachten, mit Daumen und Zeigefinger der Linken an seiner Unterlippe zupfen, dann etwas korrigieren würde und wie die kompromittierten Lichtstrahlen, die durch das grünliche Fensterglas fielen, seine Gestalt mit einer strichdünnen Aura umgaben. Aber ich blickte nicht auf, denn wenn ich es tat, dann war er nicht da.

Ich fiel zurück in mein altes Leben. Auf der Reise, da hatte ich mich ganz losgelöst. Eine leichte und fast wagemutige Stimmung hatte mich erfasst. Ich war Christine, die Begleiterin von Fürsten, eine Abenteurerin, ich hatte mich gefühlt wie einer jener weißen, freien Vögel, die im Sturm das Meer überqueren. Jetzt glitt ich unmerklich in meine alte Hülle: Christine, Tochter, Mutter, vernünftiger und gesetzter Haushaltsvorstand, bedenkenträgerisch und bürgerlich bis in die Zehen. Die Alltagschristine hätte Jean nicht fortgelassen.

Für Sorgen blieb mir keine Zeit. Vielerlei Dinge hatten sich in meiner Abwesenheit ereignet. Céline war seltsam bockig und verschlossen. Sie wechselte kaum ein Wort mit mir. Ich führte es auf ihr Alter zurück. Wenn der alte de Mézières unsere drei Güter kaufte, dann würde ich vielleicht etwas für sie tun können.

Ich nahm das Kopieren wieder auf, und nebenher schrieb ich einen Bericht von der Hochzeit der Königskinder.

Der kleine Pierre suchte mich in meinem Schreibzimmer auf. Ich hatte das Fenster geöffnet, Herbstsonne fiel in einem staubigen Strahl auf die Eichendielen. Pierre machte wenig Geräusch. Kaum dass man das Tappen seiner Füße auf der Steintreppe wahrnahm, seit ich ihm Lederschuhe gekauft hatte, an Stelle seiner Holzpantinen. Plötzlich trat er in den Lichtstreifen, und ich schrak zusammen: »Du verflixter kleiner Halunke! Klopf an, bevor du eintrittst! Du erschreckst mich immer so!«

Es war sein ganzer Stolz, dass ihm das gelang. Er grinste, sah etwas runder und gesünder aus, nach etlichen Wochen Mästung durch Héloise. Seine Nase wirkte weniger spitz. Gut so. Nur beim Anblick seiner Kleider versetzte es mir einen Stich: Es waren abgelegte Sachen meines Sohnes, natürlich.

»Was gibt's?«

»Patronne, ich habe nach dem Buch gesucht, so wie du's gesagt hast. Immer vorsichtig.«

»Und?«

»Ich hab's nicht. Das heißt: Ich hab es gefunden und doch wieder nicht.«

»Was soll das heißen? Wie kann man etwas haben und nicht haben?«

Er griff nach einem Blatt auf Thomas' verlassenem Arbeitstisch. Irgendwie wollte ich nicht, dass er es berührte, dass irgendjemand es berührte.

»Fass das nicht an!«

Die kleine Hand zuckte zurück. »Aber ich habe mir die Hände gewaschen! Ich muss mich jedes Mal waschen, sonst gibt mir Héloise nix zu futtern.« Sein Blick besagte, wie unnütz und grausam eine solche Behandlung war.

»Das Buch?«

»Es lässt sich nicht finden.«

»Wie das? Hat es Beine?«

»Wer weiß? Erst war es auf der Rue St. Honoré, nahe dem Louvre. Ein Buchhändler hatte es – aber es war verkauft, angeblich wusste er nicht mehr, an wen. Dann hab ich ein wenig herumgefragt, so wie ich sollte, und sie haben mich durch die halbe Stadt gejagt! Man hatte davon gehört, dass so ein Buch existierte, aber niemand hatte es mit eigenen Augen gesehen. Manchmal wurde ich auch mit Tritten verjagt, weil sie vermuteten, ich wolle stehlen! Als ob ich klauen würde, wenn ich in deinem Auftrag unterwegs bin! Ich arbeite für die ehrenwerte Christine de Pizan, sage ich immer, die Amazone der Feder! Die berühmte und geachtete Chromi ... Chromo ...«

»Chronistin.«

»...Dingsda der Herzogin von Orléans!«

Amazone der Feder, Gott, woher hatte er nur solche Ausdrücke?

»Und dann schickte mich einer von unseren Kunden ins Universitätsviertel. Mann! Da hatte ich vielleicht eine schwere Zeit. Diese Studenten, die regieren das Viertel, und wehe, wenn sie einen wie mich erwischen, klein, schmächtig, ein armes Straßenkind.«

Er ließ die Schultern hängen und nahm einen hungrigen und verlorenen Gesichtsausdruck an. Ich musste wider Willen lachen.

»Ich werde dich für deine ausgestandenen Ängste entlohnen. Das ist es doch, was du willst – obwohl du ja deinen Auftrag nicht erfüllt hast.«

»Verzeihung, aber was soll ich denn machen? Patronne, ich sage dir, mit diesem Buch hat es irgendwas auf sich! Das ist doch nicht normal, dass man ihm so hinterherjagt, und immer ist es gerade fort! Das letzte Mal übrigens auf der Rue St. Germain, da hätte man mich fast als Mörder verhaftet! Stell dir nur vor, Patronne: Ich komme da in den Laden rein – es ging ein paar Stufen runter in so einen engen Schlauch von Geschäft, staubig und voll gestopft mit Büchern und Rollen bis unter die Decke! –, und ich rufe noch: ›Hallo? Ist jemand da?‹, weil es so merkwürdig still war in dem Raum. Man hörte förmlich die Holzwürmer ticken. Dann sprang eine schwarze Katze aus einem Regal – Mistviech! – ich hab mich so erschrocken! Und da seh ich den Buchhändler, wie er vornübergebeugt über seinem Tisch liegt, und das Blut, das auf den Boden tropft. Da hab ich gleich den Rückzug angetreten. Ich glaub, er war noch warm!«

Ich bekreuzigte mich. »Und dann? Es hat dich doch niemand gesehen?«

»Na ja, ich hab Fersengeld gegeben, könnt Ihr Euch denken, aber das wirklich Komische war: Als ich da die Kurve kratze, in die nächste Seitengasse einbiege, da rennt schon einer vor mir her. Ich hab ihn nur von hinten gesehen, ein feister Typ in so fremdländischer Kleidung. Wie er so rennt und ich dicht hinter ihm, da verliert er seinen Turban, und sieh mal an: sein Schädel ist völlig blank! Und weißt du was?«

»Was denn?«

»Er hatte ein dickes Buch unter dem Arm.«

»Hast du ihn eingeholt?«

»Natürlich nicht, wo denkt Ihr hin! Ein Mörder auf der Flucht, dem stellt man sich nicht in den Weg! Außerdem hab ich mich ja gebückt und den Turban aufgehoben. Und da war er weg.«

Ich seufzte. Er hatte natürlich recht, sich nicht einzumischen, schließlich war er bei aller Gerissenheit doch noch ein Kind. Er nestelte in seiner Umhängetasche und gab mir ein reichlich zerdrücktes, aber prächtig mit Goldfäden und Edelsteinen besticktes Turbantuch. Überrascht wandte ich es in den Händen hin und her: Es war ein magentafarbenes längliches Stück aus reiner Seide. Bestimmt war es wertvoll, kein Kleidungsstück, das zu einem Gelegenheitsdieb, also einer Person niederer Herkunft passte. Seltsam und ungewöhnlich. Das einzige Mal, das ich erinnerte, so ein Stück gesehen zu haben, das war an einem maurischen Botschafter im Königspalast. Das war zu der Zeit, als ich noch ein Kind war und gelegentlich in den Königspalast mitgenommen wurde. Ich hatte den prächtigen schwarzen Mann fasziniert angestarrt, bis meine Mutter mich anzischte und es mir verbot. Einen Augenblick lang war das Ereignis mir so deutlich vor Augen, als sei es gestern gewesen, mit all seinen Düften und den Geräuschen, den Parfümölen der Höflinge, die sich mit dem Dünsten von Schweiß, Wein, Süßigkeiten und schlechten Zähnen mischten.

Was sollte ich nun mit diesem Ding anfangen?

»Das hättest du den Bütteln geben sollen«, sagte ich dem Jungen.

»Kannst du ja noch tun. Unsereins hält sich von denen fern.«

Vielleicht würde ich es diskret bei Truphémus abliefern, ja, ganz bestimmt. In den nächsten Tagen.

»Bist du später noch mal hingegangen?«, fragte ich hoffnungsvoll.

»Klar«, nickte er, »man will doch wissen, was im Viertel los ist. Die Büttel waren auch schon da. Er war nämlich erstochen worden, der Buchhändler. Ich musste sehr unauffällig und geschickt vorgehen, unter den Augen der Büttel herumzufragen, ohne dass sie auf mich aufmerksam wurden!«

»Hast du zufällig gehört, wer den Buchhändler umgebracht hat und warum? Ist er beraubt worden?«

»Nee. Es fehlte sonst nichts, haben sie gesagt, kein Sou aus seiner Ladenkasse. Niemand hatte etwas gesehen oder gehört.«

»Und woher willst du wissen, dass er dieses Buch gehabt hätte? Stand es auf der Liste?«

Die lizenzierten Buchhändler waren verpflichtet, ihren Bestand mitsamt den Preisen am Eingang ihrer Läden auszuhängen.

»I wo! Kein Stück! Aber ein Vogel hat es mir gepfiffen, dass es dort gewesen ist. Komisch, dass er es nicht zum Verkauf angeboten hat.«

Ich stopfte einstweilen das prächtige Tuch in das unterste Fach meines Schreibpults. Das Ganze gab mir zu denken. Ausgerechnet jetzt, da sich um dieses Buch, na, sagen wir lieber um ein Buch, so seltsame Dinge ereigneten, war Bruder Thomas spurlos verschwunden. Ein flüchtender Mann in fremdländischer Kleidung – definitiv orientalisch? Thomas hatte doch so einen Hang zum Maurischen. Aber er war alles andere als feist und auch nicht kahlköpfig, im Gegenteil – hatte er doch für einen Mönch eine geradezu unangemessene Lockenpracht. Und wo sollte ein Bettelmönch einen juwelenbesetzten Turban herhaben? Ob er irgendwie mit der Sache zu tun hatte? Nein, unmöglich! Oder doch?

Bruchstücke seiner Lügengeschichten schossen mir durch den Kopf: Ein Junge, der von Piraten aufgebracht, in der Obhut eines Alchemisten erzogen, aus seinem Kloster geflohen war, wäre so einer nicht zu vielem fähig? Nein! Nicht Thomas, ich kannte ihn doch – er war besonnen und gut. Er hatte seine Geheimnisse, nahm es mit der Wahrheit nicht genau, aber deshalb war er doch kein Dieb und Mörder. Es musste eine andere Erklärung für diese Vorgänge geben.

Ich gab dem kleinen Dieb ein Silberstück und einige Bücher, die er zum Binden bringen sollte. Thomas hatte die Illuminationen in meiner Abwesenheit fertiggestellt, dazu hatte ich schon auf Vorrat ein paar Berichte von der Hochzeit der Königskinder geschrieben, die würden jetzt gefragt sein.

Philippe, Thomas' Lehrling, kam hereingetrottet. Es hatte sich bis zu seinem Vater herumgesprochen, dass ich wieder da war. Er und Pierre begegneten sich in der Tür. Philippe warf ihm einen hochmütigen Blick zu, und Pierre zog ihm dafür die Kappe ins Gesicht. Philippes Hieb ging in die leere Luft. Pierre sprang kichernd die Treppe hinunter.

»Bruder Thomas hat mich fortgeschickt«, sagte der Junge, während er versuchte, seine beschädigte Würde wiederherzustellen. »Kommt er wieder? Gibt es Arbeit für mich?«

Was sollte ich nur mit ihm anfangen? Er konnte doch noch nicht selbstständig malen.

»Bruder Thomas kommt sicher bald wieder. Inzwischen ... kannst du einfache Initialen machen?« Ich musste meine Reiseberichte doch ein wenig verschönern lassen.

»Initialen kann ich. Auch einige Muster, Ranken und Tiere.«

»Kronen? Lilien, Hirsche? Vielleicht sogar Reiter und Pferde, Wagen?«

»Ich denke schon, ja, Madame.«

Ich erwartete mir nicht allzu viel davon, aber ich würde es mit ihm versuchen.

»Gut. Komm morgen wieder. Dann werde ich einige Texte geschrieben haben, die ein wenig ausgeschmückt werden müssen. Über die englische Hochzeit. Du kannst schon ein wenig über Motive nachdenken. Und mach mir zuerst Musterzeichnungen, die ich anschauen kann.«

»Ja, Madame!«

Er strahlte und stürzte eilig davon.

Ich besuchte Aldo. Er thronte in seinem Laden auf dem erhöhten Platz, den sonst seine Mutter eingenommen hatte, und wirkte recht zufrieden mit sich.

»Guten Tag, Nachbarin, wieder zurück unter uns einfachen Leuten? Ich habe gehört, Jean hat eine Stelle angenommen, bei einem gottverdammten *Anglais*. Gut so! Ich beneide ihn.«

Er lächelte freundlich und selbstbewusst – wie ausgetauscht. Gewandt und flink sprang er von seinem hohen Stuhl herunter. »Was kann ich für dich tun?«

»Héloise braucht einen Sack Weizenmehl, einmal gesiebtes genügt. Dann einen Scheffel feines Salz und getrockneten Fisch. Wie geht es deiner Mutter?«

Er zuckte die Achseln.

»Oh, sie hält sich gut. Man hat sie noch einmal befragt, danach musste sie einige Tage liegen. Aber sie ist wieder wohlauf.«

»Noch eine Folter? Hast du etwa keinen Rechtsbeistand für sie beauftragt?«

Aldo wuchtete den Mehlsack mit einer einzigen effizienten, fließenden Bewegung an die Tür, stellte das abgemessene Salz obendrauf und langte einige aufgezogene Fische vom Deckenbalken.

»Ach, diese Anwälte können doch nichts tun. Sie würden nur unser gutes Geld auffressen, und man hätte keinen Gewinn.«

»Gewinn? Aber man muss ihr doch einen Beistand geben, Aldo!«

»Was wäre das schon für ein Beistand? Hast du nicht selbst erzählt, wie viel Geld du den Juristen in den Rachen geworfen hast, und wie viele Prozesse und Klagen hast du dennoch verloren! Mutter schafft das schon.«

»Aldo! Sie wird gefoltert, sie schmachtet im Kerker. Wie kannst du so gleichgültig sein! Sie ist deine Mutter!«

»Mutter! Mutter!«, äffte er mich nach. »Und was soll das schon bedeuten? Dann ist sie eben meine Mutter, das habe ich mir nicht ausgesucht!«, schrie er plötzlich, das Gesicht dunkel vor Wut. »Ich hätte mir bestimmt eine ausgesucht, die gütiger ist, die man mag, die nicht alle Leute vergrätzt und wegbeißt mit ihrer Keiferei! Glaubst du, das war schön für mich, daneben zu sitzen und zu *der* zu gehören? Keiner kann sie leiden! Nachbarn haben sie denunziert, nicht wahr? Warum kommen sie jetzt alle zu mir und reden auf mich ein, als ob alles meine Schuld wäre? Deine *Mutter*, deine *Mutter*!

Immer musste sie alles bestimmen. Wie ein Kind behandelt sie mich oder schlimmer noch: wie einen dummen Angestellten, einen, der nichts kann außer Säcke zu schleppen. Aldo, bring das hierhin! Aldo, trag das dorthin! Nicht der Sohn eines Händlers war ich, sondern jedermanns Lastenesel! Nur mein Alter war schlimmer! Der hat mich geprügelt, blamiert und rumkommandiert. Nichts durfte ich allein tun. Ich war der Trottel, dem man nichts anvertraute. Der missratene Sohn für den einen – das Kleinkind für die andere.

Schau mich doch an: Ich bin zweiundzwanzig Jahre alt, Himmel! Wenn es nach Vater gegangen wäre, dann hätte ich mein Lebtag keine Gelegenheit erhalten, mich zu beweisen.

Immer hätte ich nur alten Vetteln die Einkäufe nach Hause getragen, Aldolein hier, Aldolein da, Trottel! Idiot! *Cretino!* Aldo, der Dummkopf. Eltern? Ich pfeife drauf. Sie fehlen mir nicht – alle beide nicht!«

Als ich die Sprache wieder fand, sagte ich: »Aldo! Ich wusste gar nicht, dass du so empfindest. Du schienst immer so – zufrieden.«

»Simpel meinst du, Nachbarin. Ich bin aber nicht simpel. Ich kann sehr wohl den Laden selbstständig führen, wenn man mich nur lässt. Und mir nicht dazwischenfährt, so dass ich durcheinander komme. Ich habe mich nur simpel gestellt, damit sie mich in Ruhe lassen. Und was Mutter betrifft, so tue ich doch nichts Schlimmes – ich vertraue auf die Gerechtigkeit des Königs. Wenn sie unschuldig ist, so wird sich das schon herausstellen. Wenn du dich für sie ins Zeug legen willst, dann ist das deine Sache. Aber erwarte von mir keine Dankbarkeit und von ihr schon gar nicht. Sie ist ein Aas und wird es bleiben. Ehrlich gesagt: Ich für meinen Teil bin froh, wenn sie bleibt, wo sie ist! So – und jetzt nimm dein Salz und die Fische. Nein, warte, ich trage dir den schweren Sack hinüber.«

Einige Tage später tauchte Thomas wieder auf.

»Der Mönch ist schwerer loszuwerden als Kopfläuse!«, kommentierte Mutter. Thomas lachte darüber.

Während er vor mir die Treppe hochstieg, die lederne Umhängetasche mit seinen geringen Besitztümern über der Schulter und ein dickes, zusammengerolltes Bündel unter dem anderen Arm, da empfand ich plötzlich Ärger. Wie konnte er so ohne eine Notiz einfach verschwinden, mir Kummer bereiten? War dies eine Herberge?

Im Arbeitszimmer, als wir allein waren, versuchte ich ihn zu überraschen: Aus dem Kasten zog ich ganz plötzlich das Turbantuch hervor.

»Da! Ich wusste gar nicht, dass du so schöne Dinge besitzt, Mönch!«

Er sah mich an, ohne mit der Wimper zu zucken.

»Das ist nicht meines. Wo hast du das her?«

»Gefunden. Ist es kein Erinnerungsstück an deine afrikanische Zeit?«

Er nahm es in die Hände, allen Anzeichen nach aufrichtig verwundert, und befühlte es.

»Nein, das gehört gewiss nicht mir. Ich hätte, wenn, ein echtes Tuch gehabt. Dies hier ist eine Nachahmung und keineswegs arabisch. Von welchem Gecken hast du das nur?«

Aber bei mir hatte sich zu vieles angestaut, und ich machte erst einmal meinem Ärger Luft.

»Erst gehst du einfach fort, ohne einem Menschen hier im Hause ein Wort zu sagen, und dann noch diese Geschichte mit dem Buch, das du angeblich suchst! Der Händler, der es zuletzt hatte, ist erstochen worden! Da hat der kleine Pierre dieses Tuch nämlich gefunden!«

»Ich hatte nichts damit zu schaffen!«, verteidigte sich Thomas.

»Nein, natürlich habe ich nicht wirklich gedacht, dass du es getan hast, aber ich wusste doch nicht, wo du warst und ob es nicht doch auf irgendeine Weise etwas mit dir zu tun hatte. Du hättest ebenso getötet werden können!«

Ich war im Zimmer auf und ab gegangen. Da stellte er sich mir in den Weg. Er hatte sein Bündel und die Tasche abgelegt und stand vor mir, so viel größer als ich. Sein Gesichtsausdruck war ernst, fast schmerzlich. Er ergriff mich, hielt mich an den Armen fest, zwang mich, ihn anzuschauen. Unsere Blicke verschränkten sich. Ich schwieg. Alle meine Worte, sonst so leicht verfügbar, hatten sich vor mir versteckt. Ich hätte so viel zu sagen gehabt. Alles. Nichts.

Es war, als wäre ich im hellwachen Zustand in einen Traum gefallen – oder aus einem tiefen Traum erwacht.

Wir standen dort wohl eine lange Zeit. Das Haus um uns und seine Bewohner versanken. Das Zimmer verschwand. Ich fühlte Freude und große Angst.

»Du hast dir Sorgen gemacht um mich, Christine?«, sagte er schließlich.

Ich nickte. Mein Mund war trocken. Und ich betete stumm. Sprich es nicht aus. Sag nichts! Was soll jetzt nur werden?

Nach einer langen Zeit ließ er mich los. Um uns begann das Zimmer Gestalt anzunehmen, die Geräusche kehrten zurück, ein kleines Tier schabte in der Zimmerdecke, Nachbarn schwatzten in der Gasse unten, ein Esel schrie, Héloise klapperte mit ihren Töpfen. Dies waren die Geräusche meines Lebens und ich ein Teil davon.

»Von einem Buchhändler weiß ich nichts«, sagte Thomas zu mir. »Ich war nicht in Paris. Warum nur hast du das verfluchte Ding suchen lassen?«

»Ich wollte dir einen Gefallen tun. Hast du nicht gesagt, dass du geschworen hast, es zu finden und zurückzubringen oder zu kopieren für dein Kloster?«

»Du glaubst mir nicht. Du wolltest das Buch finden, weil du mir misstraust. Frauen müssen immer mehr wissen, als gut für sie ist!« Thomas war unwirsch. Er nahm es mir übel, dass ich ihm hinterherspioniert hatte. Oder er nahm sich übel, was immer er mit der Sache zu tun hatte.

»Sag mir, was es mit diesem Buch auf sich hat«, forderte ich.

Er wandte sich zu mir um, und seine Augen, eben noch so zärtlich und warm, waren dunkel. »Bitte frag mich nicht! Bitte such nicht mehr danach! Bitte hab Vertrauen zu mir. Ich habe nichts Böses getan, und ich habe meine Gründe für mein Verhalten. Bitte vertrau mir, Christine, und forsche nicht weiter nach.«

Er war im Unreinen mit sich, und er wusste nicht, wie er sich verhalten sollte.

»Kann ich dir nicht helfen?«

»Nein.« Er bückte sich nach dem Bündel, es schien schwer zu sein, und schob ein paar Farbtöpfe, einzelne Blätter, Pinsel beiseite, um Platz zu schaffen. »Schau, das ist der Grund, warum ich fort war. Ich hatte alle Arbeiten beendet, die du für mich vorbereitet hattest, und hier weiter nichts zu tun.«

Céline erzählte mir Jahre später, wie es wirklich gewesen war: »Maman, du musst mir verzeihen. Ich habe gefastet und gebetet, und ich habe der Mutter Oberin alles gebeichtet. Gott hat mir verziehen. Aber ich wünsche mir so sehr, dass du mir verzeihst.«

»Céline, du kleiner Dummkopf – nein: Schwester Agnes muss ich dich ja jetzt nennen.« Wir saßen im Klostergarten, der Besuchern zugänglich war, grün und kühl, mit seinem Duft nach Medizinalkräutern und Rosen, ein wenig scharf, pfefferig und feinsüß, rein, wie unsere Gefühle gereinigt nach so langen Jahren. Ich konnte sie berühren, meine Tochter an diesem Ort, an dem es brennende Liebe nur gab für Gott und eine milde, geringere Liebe den irdischen Geschöpfen vorbehalten war – ein schwacher Abglanz des Himmels, wohltuend wie eine kühle Hand, leidenschaftslos.

»Ich bin dir nie gram gewesen. Ich hätte nur Sorge gehabt um dich. Du warst so jung. Und er ein Mönch! Es war ganz unmöglich für dich – und für mich.«

»Vielleicht haben wir nicht genug geliebt, Mutter. Héloise und Abaelard haben sogar Gott beiseite gestellt, so stark war ihre Liebe.« (Sie waren Mönch und Nonne, falls Ihr es nicht wisst – es ist so lange her – und sie hätten um ihrer Liebe willen beinahe das ewige Leben hergegeben.)

Sie sah blass, aber tatkräftig und selbstbewusst aus. Die rundlichen Kinderwangen waren geschmolzen vom Fasten und in Nächten, die sie kniend vor dem Altar verbracht hatte. Und an den Fingern hatte sie Tintenflecke! Céline war Bibliothekarin geworden in diesem Dominikanerinnenkloster mit der berühmten Bibliothek. Ich war so stolz auf sie.

»Es hat mir lange zu schaffen gemacht«, sagte sie gerade, »dass ich mich doch genauso verhalten habe wie all die schlechten Weiber, auf die die Männer sich berufen, wenn sie dafür halten, wie verdorben von Natur aus wir sind und wie wir doch nur Lasterhaftigkeit im Kopf haben. Zu denken, ich wollte einen Mönch verführen! Schrecklich! Allein schon die Absicht! Und was habe ich ihm zugesetzt!«

»Ich habe dir schon oft gesagt, dass es dir nicht um niedere Wollust ging. Das weiß ich von dir. Und wie oft muss ich dir noch sagen, dass die Lehre von der Korruptheit des Weibes verlogen und hinterhältig ist. Wie viele Beispiele aus der Geschichte und der Literatur, ja, sogar der Bibel, habe ich dir erzählt, aus denen klar hervorgeht, dass die Männer die Verführer sind von ihrer Natur, und wenn sie es nicht mit Schmeichelei erreichen, wie oft wenden sie Gewalt an! Müssen sich nicht Frauen sogar vor ihnen verstecken, um vor ihrer Lüsternheit sicher zu sein? Gut: Thomas war anders, Maria sei Dank! Doch deine einzige Sünde war Verliebtheit, du warst sehr jung, das Verlangen nach einem geliebten Menschen ist im Prinzip nicht von Übel. Aber Gott verlangt von uns, dass wir es beherrschen lernen.«

»Aber dass ich sogar versucht habe, ihn dir abspenstig zu machen! Ich war so entsetzlich eifersüchtig auf dich! Und als du dann fort warst mit Jean, da habe ich ihn geradezu gejagt, habe jede Gelegenheit genutzt, mich ihm in den Weg zu stellen, mein schönstes Kleid angezogen, Lippenrot benutzt – Großmutter war schockiert und wütend, als sie mich damit erwischte, aber sie hatte einen der Jungen aus unserer Straße in Verdacht, nie Bruder Thomas! Ich habe mich mit deinem Rosenwasser parfümiert, mein Mieder gelockert, mich über seinen Tisch gebeugt, wenn er malte, ihn provoziert, wenn er mich unterrichtete. Ich habe sogar gedroht, ihn bei der Sorbonne anzuzeigen, wenn er mich nicht küsst! O Maman! Ich war so schamlos, so bedingungslos in ihn verliebt, ich kann es kaum glauben.«

»Er war deine allererste Liebe.«

»Und er sah keine andere an als dich.«

»Bist du deshalb ins Kloster gegangen?«

Sie lachte, meine Tochter, Schwester Agnes, lachte. Ich war so froh, dass sie lachen konnte an diesem Ort, den ich mir so ernst vorgestellt hatte und der doch so heiter war. Alle Schwestern hier begegneten mir freundlich und schienen in Harmonie zu leben.

»Nein. Nicht deshalb. Es war alles so, wie ich dir gesagt habe. Ich habe mich in den Falschen verliebt, und ich denke, dass es gut so war. Sonst wäre ich nicht hier, wo ich so glücklich bin. Aber du, Mutter, kannst du mir verzeihen?«

»Da gibt es nichts zu verzeihen. Es tut mir nur Leid, dass ich so in meine Angelegenheiten verstrickt war, dass ich damals nichts davon begriffen habe. Ich hätte dich schützen müssen.«

»Mama, wenn du mir von Thomas gesprochen hättest, dann hätte ich dir wahrscheinlich die Augen ausgekratzt.«

Thomas war also vor Céline ausgerückt und vor den Sticheleien meiner Mutter, doch nichts hätte ihn davon abhalten können, zu mir zurückzukommen, und er hatte eine Überraschung für mich: »Ich war in Senlis im dortigen Franziskanerkloster. Ich hatte gehört, dass sie etwas herstellen, was du gut gebrauchen kannst. Also habe ich dort eine Bibel bemalt, und das habe ich dafür erhalten.«

Er knüpfte die Hanfschnur von dem Bündel auf, rollte die Tuchverpackung ab und breitete einen kleinen Stapel Häute vor mir aus, so fein und hell, wie ich noch nie welche gesehen hatte. Ich fuhr mit den Fingerspitzen über die glatte, kühle Oberfläche. Sie waren so dünn, dass man beim Beschreiben schon sehr Acht würde geben müssen, um kein Ausbluten der Tinte auf der Gegenseite zu riskieren.

»Was ist das? Kalb? Wie kann man es so fein machen?«

»Man kann es nicht, das macht die Natur. Es ist so genanntes Jungfernpergament, aus der Haut eines ungeborenen Kälbchens, der teuerste und luxuriöseste Beschreibstoff, den wir kennen.«

Als Mutter machte mich das ein wenig bestürzt, doch dann dachte ich mir, dass Kälber ja auch nach der Geburt bald geschlachtet werden, und dann schrieb ich ja auch auf ihrer Hülle. Vielleicht würde ich eines Tages Papier ausprobieren. »Das hast du für mich getan?«

»Ja, du wirst doch nun bald für die Königin schreiben. Da brauchst du etwas Angemessenes.«

Er glaubte tatsächlich an mich, mehr als ich selbst.

»Ich danke dir! Aber ich werde diese Kostbarkeit tatsächlich für niemand anderen verwenden als für die Königin. Sag, dann weißt du nichts von dem, was ich in meinen Briefen geschrieben habe?«

»Nichts!«

»Stell dir vor, der Herzog von Berry hat uns beauftragt: Er will, dass ich alle meine Werke für ihn noch einmal schreibe, schöner und reicher, als ich es mir bisher leisten konnte. Er stellt die höchsten Ansprüche an Ausführung und Originalität und hat uns Gold gegeben als Vorschuss. Du kannst alle Farben, Purpur, echtes Gold, Silber, alles kaufen, was du für die Illumination verwenden möchtest. Wir können schöne Buchdeckel bestellen, Silberschmiedearbeit in Auftrag geben. Die Knauserei ist Vergangenheit, Thomas!«

Wir tauschten alle Neuigkeiten aus, und ich musste ihm versprechen, die Sache mit dem rätselhaften Buch fallen zu lassen, was ich auch tat. Aber ich kreuzte die Finger auf dem Rücken. Ich hatte vor, ihn wenn möglich mit dem Gegenstand seiner Geschichten und Ausflüchte zu konfrontieren, wenn ich ihn erst in Händen hätte. Auf dem Weg nach Calais waren mir mindestens zwanzig Lücken in seiner angeblichen Lebensbeichte eingefallen. Die Wahrheit über ihn herauszufinden war mir zur Besessenheit geworden, und dieses flüchtige Buch schien mir der Schlüssel zu allem zu sein.

»Warst du in dem Brückenhaus? Ist die Dame wieder in Paris?«

»Das weiß ich nicht. Ich bin direkt hierher gekommen. Es wäre auch besser, wenn du dorthin gingest. Sie ist ein lasterhaftes Frauenzimmer, und da kann ich doch als Mönch nicht in ihr Haus eintreten!«

Ich lachte bitter. »Da wärst du nicht der erste Prälat in einem solchen Haus gewesen. Kardinäle und Bischöfe halten sich ganz offen Mätressen und fördern ihre Bastarde.«

»Ebendeshalb«, sagte Thomas streng. »Weil die Vertreter Gottes auf Erden einen so schlimmen Ruf haben, muss ich nicht noch weiter dazu beitragen, unsere Glaubwürdigkeit zu mindern.«

Und doch bringst du eine ehrenwerte Witwe in Gewissensnot mit deinen schönen Augen und diesem sündigen Mund, geliebter Mönch, dachte ich bei mir.

»Es ist schlimm genug ...«, setzte er an, überlegte es sich aber anders: »Mein Orden hat sich in der Beziehung viel weniger zu Schulden kommen lassen als andere. Ich habe die betreffende Dame übrigens einmal auf der Straße angesprochen vor meinem Weggang. Da habe ich mir genug Spott von den Umstehenden eingehandelt!«

»Wie hat sie reagiert?«

»Sie hat gesagt, sie kenne keinen Massimo und auch keinen dicken Genueser, und ich solle mich fortpacken, falls ich nicht eine fettere Börse besäße, als mein Habit vermuten lasse.«

»Dann werden wir sie gemeinsam besuchen, und diesmal wird sie uns nicht entwischen. Du kannst ja draußen warten.«

»Einverstanden. Was ihr Aussehen betrifft, mach dich auf eine Überraschung gefasst.«

Und was für eine Überraschung mich erwartete. Die Frau, die eben im Begriff war, die Tür des roten Hauses auf der Wechslerbrücke aufzuschließen, war Berthe wie aus dem Gesicht geschnitten, oder wenigstens der Berthe, wie sie hätte sein können, ohne die wütend aufgerissenen Gorgonenaugen und die aufgequollene, grobkörnige Haut, ohne das permanente Stirnrunzeln und die herabgezogenen Mundwinkel – Berthe gepflegt und geschmackvoll gekleidet in moosgrünem Satin und teurem Silberschmuck, zehn Jahre jünger, das schwarze Haar seidig glänzend. Es fiel offen auf ihre Schultern, und sie trug keine Haube, was allein schon ihren Beruf verriet.

»Guten Tag, ich heiße Christine de Pizan. Und ich bitte Euch um einen Augenblick deiner Zeit. Ihr könntet mir helfen, ein Rätsel aufzuklären.«

Sie lächelte und sagte mit sanfter Stimme – noch etwas, in dem sie Berthe nicht ähnlich war: »Gern, wenn es nur nicht Euren Ehemann betrifft. Über solche Dinge gebe ich nie Auskunft, das musst du verstehen. Das muss eine Frau mit ihrem Gefährten ausmachen. Ich bin daran nicht beteiligt.«

»Nicht beteiligt?«

»Ich bin nur ein Zeitvertreib, eine Ware, die ein Mann kauft. Warum Ehefrauen darum einen solchen Lärm schlagen, verstehe ich nicht. Ich nehme ihnen nichts und gebe etwas, das sie zu geben nicht willens sind. Letzten Endes wird er doch zu ihnen zurückkehren, ruhiger, zufriedener. Also warum mir Vorwürfe machen?«

»In dem Punkt bin ich keine Gefahr für Euch; wie Ihr seht, bin ich Witwe. Was ich fragen will, betrifft eine andere Frau.«

»Dann kommt herein.«

Thomas stand auf der anderen Seite der Brücke und beobachtete uns mit gerunzelter Stirn. Die Dirne bemerkte es und winkte ihm frech, wie einem guten Bekannten. Errötend wandte er sich ab.

Sie bat mich in ihr Haus, öffnete die bemalte Tür und führte mich eine enge Stiege hinauf in einen bequemen Wohnraum mit weichen Teppichen, Wandbehängen, deren Motive nun mir Röte ins Gesicht trieben, und tiefen, arabischen Sitzmöbeln voller Seidenkissen.

»Ich war ein braves Eheweib, aber glücklich und zufrieden darin. Ich glaube nicht, dass mein Mann oder ich irgendetwas vermisst haben.«

»Dann seid ihr sehr glücklich zu schätzen«, sagte sie. »Kann ich Euch etwas anbieten? Wein? Sirup von Rosen oder Minze? Klares Quellwasser mit Goldflitter darin?«

Ich bat um einen Minzsirup. Sie schenkte uns ein, in silberne Becher, auf deren Rand Cherubim tanzten. Ihr Geschäft schien gut zu gehen.

»Ja, mein Geschäft geht besser, als es gehen sollte, glaubt man den Beteuerungen der Priester, nach denen die Ehe ein von Gott bestimmter und gesegneter Hafen sei. Aber glaubt mir: Nicht den Priestern, sondern mir erzählen die Männer und manchmal auch die Frauen, was niemand wahrhaben will. Wie die Ehe oft ein grausamer, kalter Riegel ist vor dem Glück; was alles fehlt, weil man glaubt, es genüge, einander zu zähmen. Es genügt dem Menschen nicht, sich satt zu essen. Er will auch die Ambra schmecken, die ihm versprochen wurde, ist es nicht so?«

Ich wusste wohl, dass sie Recht hatte, doch konnte ich es ihr nicht zugeben.

»Es mag schon sein, dass viele Eheleute nicht glücklich sind«, sagte ich, »doch ist das nicht nur eigenes Verschulden. Rücksichtslos den Genuss zu suchen, wie man ihnen heute rät, und das, was Ihr Glück nennt, das ist doch die Ursache von allem Kummer. Gäbe der Ehemann mehr auf die Gefühle seiner

Frau, so würde er euresgleichen nicht suchen, und gäbe die Frau mehr auf seine Wünsche Acht, dann hätte er keine Ursache dazu.«

Sie lachte leise. Ich mochte sie gut leiden. »Richtig. Aber weil Menschen nicht so sind, wie sie sein sollten, gibt es Streit und Kummer – und solche wie mich.«

»Habt Ihr keine Angst um Euer Seelenheil?«, fragte ich atemlos. Hurerei auf Erden bedeutete ewiges Feuer, ewige Höllenqualen der Verdammnis, so hatte man mich gelehrt. War sie erst einmal im Jenseits, dann gab es keine Gnade und kein Entrinnen bis zum Jüngsten Tag – eine entsetzliche Vorstellung!

»Kaum«, sagte sie. »Ich bin manchmal unsicher, was mich erwartet. Was die Priester lehren, lehne ich ab. Sieh nur genau hin: Es steht nichts davon in der Bibel! Ich habe mir eine Übersetzung besorgt, eine Katharer-Bibel. Sogar eine wie ich macht sich doch Gedanken über das Jenseits. Doch da steht nichts davon, dass Frauen keinen Zugang zu Gott hätten, dass wir innerlich widerlich und schmutzig seien, dass man uns schlagen und in Fesseln halten müsse. Nichts davon hat Jesus gesagt. Und so glaube ich auch nicht ihr ganzes Gerüst, das doch nur ihren niederen Zwecken dient. Schaut nur, wie vom Mönch bis zum Papst die Geilheit herrscht. Kardinäle führen ihre Kurtisanen öffentlich vor und verdammen gleichzeitig alle anderen Frauen. Warum sollte ich ihre Lügen achten? Ich habe meine Wahl getroffen, und ich bin wohltätiger und großzügiger als mancher brave Bürger da draußen. Niemand hat je mein Haus verlassen, der sich nicht wohler und getröstet fühlte, kein Bettler ging von hier ohne eine Münze oder ein Stück Brot! Der Gott, an den ich glaube, liebt Frauen genauso wie Männer. Der Gott, an den ich glaube, misst nur mit einem Maß und nicht mit zwei verschiedenen.«

Sie schaute mich kampflustig an und ich spürte ihre inneren Zweifel. Sie hatte ihre Wahl getroffen und blieb trotzig dabei. Den Ausgang würde sie erst nach dem Tod erfahren.

»Ich werde eine Kerze für Euch aufstellen«, sagte ich, »auch wenn Ihr nicht an solche Dinge glauben wollt. Ich bin Euch wohl gesinnt, mehr, als Ihr ahnen könnt.«

Sie zupfte an ihrer Kleidung, ein wenig verlegen über den eigenen Ausbruch. Ich habe auf viele Leute die Wirkung, dass sie mir ohne Vorsatz viel von sich erzählen.

»Dann also – weshalb habt Ihr mich aufgesucht? Doch nicht, um das Glaubensbekenntnis einer Hure zu hören?«

»Nein«, sagte ich, »obwohl ich gestehen muss, dass ich es faszinierend fand, Euch zuzuhören. Ich bin nicht Eurer Meinung: Ich denke, dass die strengen Sitten zum Schutz der Frauen gemacht sind und man besser damit fährt, wenn man sich entsprechend beträgt. Was ich kritisiere an unserer Zeit, das ist ja gerade, dass das Wort Liebe missbraucht wird, um die Frauen der Lust des Mannes schneller und leichter verfügbar zu machen, ohne dass es ihn zu etwas verpflichtet. Wenn es nicht mehr um Liebe geht, die meiner Meinung nach auf Treue und Vertrauen baut, sondern nur noch um Befriedigung, dann denke ich, dass die Position der Frau geschwächt wird. Das Argument der Lust ist doch nur eine weitere Waffe gegen die Frauen, die den Männern körperlich unterlegen sind. Liebe ist keine Münze und ist doch das kostbarste Gut der Welt.«

»Das ist mir zu hoch«, antwortete sie. »Ich bekomme, was ich brauche, in der Münze, die mir gefällt. Mehr will ich nicht.«

Ich leerte meinen Sirup und stellte den Becher auf einen kleinen Tisch aus dunklem Nussholz, die Beine mit Schnitzwerk verziert, die Tischfläche bronzebeschlagen und emailliert, viel schöner und wertvoller als alles, was wir jetzt noch in unserem Hause hatten.

»Der Genueser Händler, Massimo, ich möchte gern erfahren, was ihm geschehen ist.«

Ihr Gesicht schloss sich wie eine massive Tür.

»Ich kenne keinen Genueser Händler, wie soll er geheißen haben? Massimo?«

»Ganz recht: Massimo. Mittelgroß, sehr beleibt, schwarze, ölige Haare, dunkle Augen. Ein freundlicher Mann. Großzügig. Wohlhabend. Er war mein Nachbar, und ich mochte ihn. Ich würde gern wissen, wie es kam, dass er sein Leben in den Mühlrädern beendet hat. Was ist passiert?«

Sie lehnte sich weit zurück in die Kissen und zeigte vermeintliche Unbekümmertheit. Die weiße, beringte Hand spielte müßig mit dem Becher. Ihr roter Mund war leicht vorgewölbt.

»Das kann ich nicht wissen. Ich habe ihn nie gesehen.«

»Seine Frau sitzt unschuldig im Gefängnis, nur weil sie den Ruf hat, ein böses Weib zu sein. Eine Frau zu sein und nicht demütig, wie man von ihr erwartet, seht Ihr: Das genügt schon für Folter und Tod.«

»Jetzt versucht Ihr, mich mit meinem Mitgefühl hereinzulegen. Warum sollte ich ihr helfen? Ich bin auch eine schwache Frau. Wenn man mich damit in Verbindung bringt, eine Hure, was wird wohl mit mir passieren? Dann geht sie in die Freiheit, und mich sperren sie ein! Und wann hätte wohl je eine Ehefrau etwas für eine Hure getan?! O nein!«

Sie wusste etwas, aber ich hätte nicht anders reagiert in ihrer Lage. Sie hatte vollkommen Recht: Hätte die Justiz erst eine Kurtisane in Händen, man würde ein Exempel an ihr statuieren, eine schöne Hinrichtung mit Volksfest zur sittlichen Ermahnung, wie ein schlechtes Leben endet.

»Es hat keinen Sinn zu leugnen: Ich weiß, dass er hier war. Nachbarn haben ihn oft genug gesehen. Und ich habe ein Experiment gemacht, um zu erfahren, wo der Körper ins Wasser gekommen sein muss, um genau in jenes Rad und kein anderes zu treiben. Die Strömung nimmt hier immer denselben Weg, wisst Ihr das?«

Ihre Haltung fiel zusammen wie ein Brot, das zu früh aus dem Ofen genommen wurde.

»Das wusste ich nicht! Das kann man feststellen?«

»Ganz leicht. Ich könnte mein Experiment jederzeit vor einem Richter wiederholen.« Ich erläuterte es ihr.

Ihre Augen waren weit aufgerissen, sie tat mir Leid. Doch ließ ich mir nichts anmerken und nahm einen Schluck von dem ausgezeichneten Minzesirup.

»O Gott! Bitte, wenn Euer Gefühl für Frauen in Not so ist, wie Ihr es eben angedeutet habt, dann, ich flehe Euch an: habt auch Mitleid mit mir! Ihr wisst, was mit mir geschieht, wenn Ihr mich anzeigt: Sie werden mich holen, und dann werden sich alle Wärter mit mir vergnügen, wieder und wieder! Sie werden erst aufhören damit, wenn die Folter mich so unansehnlich gemacht hat, dass niemand mich je mehr haben will. Tut mir das nicht an, Ihr seid doch auch eine Frau!«

Wie hätte ich sie dem ausliefern können?

»Ich war noch nicht bei der Justiz mit meinen Ergebnissen. Erst wollte ich hören, was Ihr dazu zu sagen habt. Deshalb sagt mir jetzt gleich: Habt Ihr den Genueser umgebracht? Sagt mir die Wahrheit. Danach werde ich entscheiden, was zu tun ist.«

Sie glitt von ihrem Sitz und kniete sich vor mir auf die Erde. Wenigstens versuchte sie nicht, sich die Haare zu zerwühlen, sie weinte nicht und unternahm keine Anstrengung, mich weiter unter Druck zu setzen.

»Steht bitte auf. Es ist nicht Recht, dass ein Mensch vor einem anderen Menschen kniet!«

»Ich schwöre bei Gott, bei meinem Gott, der Frauen so liebt wie jede andere Kreatur: Ich habe meinem Massimo nichts Böses getan!«

»Aber dennoch ist er tot und ich weiß, dass er nicht ertrunken ist.«

»Er starb hier, aber ich habe ihn nicht getötet. Er war ein guter, ein sanfter Mann. Er kam hierher seit ... oh, zwei oder drei Jahren. Er wollte nichts von mir. Ich sollte nur für ihn kochen, ihn bedienen, streicheln, ihm zuhören und Komplimente machen. Ein paar Mal habe ich versucht, ihn zu verführen, weil es mir vorkam, als ob ich mein Geld auf unrechtmäßige Weise verdiente. Aber er wollte das gar nicht. Vielleicht konnte er nichts mit einer Frau anfangen, weil er so dick war. Ihr wisst ja: *Bouc gras ne grimpe pas*, der fette Bock steigt nicht – so sagt man da, wo ich herkomme. Es war ein wenig so, als wolle er Ehepaar spielen, wie wir es als Kinder getan haben: Er ist der Mann, du bist die Frau, und der Rest spielt die Kinder – erinnert Ihr Euch? So war das. Er war ganz und gar glücklich, wenn er nur hier bei mir sitzen konnte, einen Becher guten Weins in der Hand. Er erzählte mir von seinen Erfolgen, und ich streichelte ihn und sagte mit sanfter Stimme, was für ein guter Geschäftsmann er sei, wie klug er sei. Er war es ja wirklich! Von ihm bekam ich die besten Hinweise, wie ich mein Geld Gewinn bringend anlegen konnte. Durch ihn hätte ich bald ausgesorgt gehabt! Ich hatte niemals so einen guten Kunden wie ihn.«

Das wette ich – dachte ich bei mir. Es fehlte nur noch, dass er sie Berthe genannt hätte!

»Wenn ihn jemand hätte umbringen wollen, dann doch wohl seine Frau! Was muss sie ihm angetan haben, um ihn in meine Arme zu treiben? Und was er mir alles geschenkt hat, Juwelen, Teppiche, Gewürze, Parfüm, da!« Sie hielt mir ein goldenes, rubinbesetztes Armband entgegen. »Nie hätte ich ihm ein Haar gekrümmt.«

»Das glaube ich aufs Wort. Und dann? Was ist passiert?«

»Ich weiß es nicht! Er war bei mir, wie immer. Er muss sich mit seiner Frau gestritten haben, denn als er ankam, war er sehr aufgebracht. Ich habe ihn umarmt und beruhigt und ihm etwas zu essen serviert – Lammfleisch mit Pilzen, aber es waren gute Pilze. Ich habe selbst davon gegessen! Danach haben wir weiter getrunken und uns unterhalten, gelacht. Nun – *er* hat ziemlich viel getrunken und wurde ganz lustig, und dann, plötzlich, ganz plötzlich, da griff er sich an die Brust, schnappte nach Luft. Ich habe ihm das Wams geöffnet und ihm Luft zugefächelt. Ich wusste doch nicht, was zu tun war! Und plötzlich war er tot!«

Sie, da sie sich nun einmal entschlossen hatte, mir alles zu sagen, stand auf und lief im Raum hin und her. Mit den Händen zerrte sie am Saum ihres Umhängetuchs.

»Da lag er auf der Erde, tot! Und was hätte ich wohl jetzt tun sollen? Die Büttel rufen? Ich? Unsereins meidet den Kontakt mit denen. Sie hätten mich doch sofort für alles verantwortlich gemacht. Es ist ja so einfach: Eine Hure mehr oder weniger, wen kümmert das schon! Und die anständigen Frauen, die freut es, unsereins am Pranger zu sehen! Man hätte mich im eisernen Käfig ersäuft! Was hätte ich tun sollen? Als ich mich einigermaßen gefangen hatte, überlegte ich, wie ich den Leichnam loswerden konnte. Ihn allein wegschleppen? Unmöglich. Jemanden zu Hilfe rufen – dann hätte ich mein

Leben lang einen Erpresser am Hals gehabt. Er musste durch das Fenster hinaus in den Fluss, das Fenster dort!«

Das Fenster, auf das sie zeigte, lag hoch für eine kleine Person wie sie, und es war schmal. Massimo konnte nur eben so hindurch gepasst haben.

»Er war so schwer! Ich zerrte an ihm, versuchte ihn mir auf den Rücken zu legen; ich kroch unter den Leichnam und versuchte mich dann aufzurichten mit ihm auf dem Rücken; zog bald an diesem Arm, bald an jenem Bein – er war zu schwer. Ich brachte ihn kaum vom Boden hoch, geschweige denn zur Fensteröffnung.«

Sie drehte sich um, ging zum Tisch und goss sich Wein aus einem Krug in den Becher, von dem sie einen tiefen Zug trank, bevor sie weitersprach.

»Endlich verfiel ich darauf, eine Diele aus dem Fußboden zu lösen und ihn darauf zu rollen. Dort befestigte ich den Körper mit Seidentüchern. Langsam, langsam, ich schwitzte wie ein Sänftenträger, gelang es mir, die Planke aufzurichten und mit der Vorderseite auf das Fensterbrett zu legen. Nun das andere Ende! Ich hob die Planke an und legte sie mir auf die Schulter, und dann versuchte ich, mich aufzurichten. Am Ende gelang es mir. Nun stand ich da, die Planke mit dem Leichnam ruhte halb in der Fensteröffnung, halb auf meiner Schulter.«

»Und nun wusstet Ihr nicht, wie Ihr Euch der Seidentücher entledigen solltet, mit denen die Leiche auf der Planke festgebunden war. Hättet Ihr das Brett mitsamt den Tüchern in den Fluss fallen lassen, gewiss hätte einer die Tücher erkannt.«

»Richtig! Ich weinte vor Wut und Verzweiflung. Meine Knie zitterten und waren kurz davor, den Dienst zu versagen. Zwei der Tücher konnte ich erreichen und löste sie, doch das dritte, das um seine Füße, blieb, wo es war. Endlich war ich derart erschöpft, dass ich, nur um die Sache zu beenden, das Brett ankippte und zusah, wie der arme Massimo erst langsam, dann schneller hinunterrutschte in die Dunkelheit. Ich wischte mir die Haarsträhnen aus dem Gesicht. Ein Ärmel war halb abgerissen, und ich entdeckte einen blutigen Kratzer an meinem rechten Arm. Doch als ich das Dielenbrett ins Zimmer zurückzog, musste ich vor Freude und Erleichterung lachen, denn da hing mein Tuch: Es hatte sich gelöst und war an einem Nagel hängen geblieben. So dachte ich, niemand könne mich mit dem Toten in Verbindung bringen. Warum nur habt Ihr das alles aufgestört?«

»Weil der arme Massimo vergiftet wurde.«

»Vergiftet?! Um Himmels willen: Das kann doch nicht sein! Er kam ganz munter hier an. Und ich schwöre: ich habe ihm kein Leid getan!«

»Ich glaube Euch«, sagte ich langsam. Truphémus musste sich darin getäuscht haben.

»Was werdet Ihr jetzt mit mir tun? Ich habe doch nichts Böses getan, ich hatte nur das Missgeschick, dass ein Kunde in meinem Haus gestorben ist. Wäre dies ein Kaufmannsladen, dann fände niemand etwas dabei. Aber weil dies ein Hurenhaus ist, wird man mir den Tod auf jeden Fall zur Last legen.«

»Ich möchte Euch nicht anzeigen. Es muss einen anderen Weg geben, Berthes Unschuld zu beweisen.«

»Und wenn sie gar nicht so unschuldig ist?«

»Wie hätte sie es denn bewerkstelligen sollen? Er war weit von seinem Haus, als er starb. Und sie hatte ebenso wenig Grund, ihn zu beseitigen, wie Ihr. Berthe? Unmöglich.« Ich stand auf. »Danke für das Zuckerwasser. Ich verspreche, dass ich Euren Namen so lange wie möglich aus dem Spiel lasse. Wenn es zum Äußersten kommt, dann will ich mich für Euch genauso einsetzen wie für meine Nachbarin. Sicher habt Ihr sogar Geld genug für einen richtigen Verteidiger?«

»Ich habe Euch schon gesagt: Bin ich einmal in einem Gefängnis, so ist mein Leben schon so gut wie vorbei oder zumindest verdorben. Es wäre mir lieber, Ihr würdet diese Angelegenheit diskret behandeln. Ich habe Euch vertraut, vergesst das nicht.«

»Nein, das werde ich nicht. Aber wollt Ihr denn den Tod der unschuldigen Ehefrau auf Euer Sündenkonto laden? Ich denke, es ist so schon lang genug. Überlegt es Euch! Wenn Ihr Euch doch entschließt, freiwillig auszusagen, dann schickt mir eine

Botschaft in den Tour Barbeau. Ich gehe mit Euch zu einem Untersuchungsrichter, den ich kenne, und helfe, wie ich kann.«

Ich ging hinaus auf die Wechslerbrücke, wo ich Thomas nicht gleich sah. Er stand, als ich ihn schließlich entdeckte, ein paar Häuser weiter am Brückengelände und schaute angestrengt ins Wasser.

»Haben sie dich wieder gehänselt?«, spottete ich.

Er knurrte nur wütend und stürmte mit ausgreifenden Schritten zum rechten Ufer.

16

»Hehe! Da habt Ihr ja schön ins Wespennest gestochen, Witwe Castel!«

Ich traf de Mézières anlässlich der Vertragsunterzeichnung in der Kanzlei eines der zahlreichen Anwälte, die ich beschäftigte – des Herrn de la Chance.

»Die Sorbonne ist in heller Aufregung, und ein so bedeutender Mann wie der Profos von Lille lässt sich dazu herab, Euch in Eure Grenzen zu weisen! Amüsant, meine Liebe, immerhin amüsant!«

»Ich finde ihn überheblich und habe entsprechend darauf reagiert!«, sagte ich mit Würde.

»He! Kein Zweifel, um damit für Eure Verslein zu werben. Und das ist Euch gelungen! Man spricht bei Hofe ohne Unterlass über Eure kleine *querelle.*«

»Es ging mir nicht um Eitelkeit oder sogar gemeinen Geschäftssinn, Monsieur. Sondern einzig um die Verteidigung der Frauen vor den bösartigen Anschuldigungen und Verleumdungen in dem unsäglichen Rosenroman des Doktor Meung.«

Jean de Montreuil, der Profos von Lille, hatte sich über meine Schrift wohl dermaßen aufgeregt, dass er mich tatsächlich einer offiziellen Antwort für würdig befunden hatte. Er schickte sie auch an den Magister Gonthier Col, einen von seiner eigenen Wichtigkeit aufgeblasenen Gockel, der seine Auszeichnungen trug wie derselbe seinen Kamm. Himmel, ohne ihre Titel wären diese Herren nackt!

Er hatte nun inzwischen auch – leider auf meine Anregung hin – jenes unflätige Werk verschlungen und verkündete kraft seiner Autorität, es enthalte viele schöne Worte und gefällige Verse, sei ohne jeden Zweifel ein Meisterwerk und so fort.

Ich nahm seine Lobeshymne nach aller Kunst auseinander. Die gefälligen Verse seien von extrem unflätiger Ausdrucksweise, schrieb ich und belegte es durch Zitate. In den bemerkenswerten Ideen erkenne ich nur Zügellosigkeit. Und wenn alle Frauen so verdorben seien, warum empfehle der Roman dann, sich ihnen zu nähern?

Magister Gonthier Col schrieb daraufhin, ich sei wohl von Torheit überkommen und hätte mich auf typisch weibliche Art maßlos erregt. Er befahl mir, meine Aussagen zu korrigieren und mein Fehlverhalten öffentlich zu bekennen. Andernfalls drohte er mir eine »heilsame Strafe« an.

Nun, ich erinnerte ihn daran, dass die kleine Spitze eines unbedeutenden Taschenmesserchens sehr wohl einen voll gestopften großen Sack aufschlitzen kann.

»Es kann Euch nicht ganz an Verstand fehlen, soweit Frauen einen haben«, schnarrte Philippe de Mézières. »Sonst wäre es Euch nicht gelungen, diese Herren so in Aufregung zu versetzen.«

»Habt Ihr denn den Rosenroman gelesen, um den es geht?«, fragte Herr de la Chance. Seine Augen glänzten erwartungsvoll.

»Ach was! Romane! Ich habe keine Zeit für solche läppischen Ablenkungen. Kommen wir zum Geschäft.«

Wir unterzeichneten beide die Kaufurkunden. De Mézières schnippte mit den Fingern. »Da! Eine Anzahlung von fünfhundert Goldstücken. Den Rest erhaltet Ihr von einem Boten, sobald ich mein Eigentum in Augenschein genommen habe.«

Einer seiner Lakaien stürzte herbei und stellte ein Ledersäckchen mit Goldstücken vor mich auf den Tisch. Ich berührte es nicht, zählte die Münzen nicht und nahm davon auch keine weitere Notiz.

»So war es nicht ausgemacht. Die ganze Summe auf den Tisch, verehrter Herr, sonst bekommt Ihr die Schlüssel nicht«, sagte ich.

Er wollte erst aufbrausen, ließ dann aber doch sein meckerndes Lachen hören und schnippte noch einmal mit den Fingern. Sein Lakai zog einen unterschriebenen Wechsel aus dem Wams und übergab es Herrn de la Chance, der das Dokument prüfte und mir zunickte.

»Ich wünsche Euch mehr Glück mit den Gütern, als ich es gehabt habe«, sagte ich. »Wenn ich Euch raten darf, werft die derzeitigen Verwalter hinaus und setzt eigene Leute ein. Das Gesinde ist sicher so faul oder fleißig, wie man es ihnen durch Behandlung nahe legt und ermöglicht.«

Der Kollege und alte Feind meines Vaters nickte ungeduldig und wollte schon aufstehen, da fiel mir etwas ein: »Monsieur, kennt Ihr den Tour Barbeau?«

»Oh ja. Den hat der alte König Eurem Vater noch geschenkt, kurz vor seinem Tod, den Euer Vater verschuldet hat. Wohnt Ihr noch dort?«

Die gehässige Anspielung schluckte ich herunter. »Sieur, Ihr erinnert Euch also daran, dass der Turm meinem Vater zum Geschenk gemacht wurde?«

»Ja«, sagte de Mézières. »Allerdings. Ich war dagegen.«

»Dennoch: man will ihn mir auf ungerechte Art wegnehmen und mich und meine Mutter sowie meine beiden Kinder und eine weitere Verwandte auf die Straße werfen. Ich habe die Besitzurkunde dem Präsidenten des Rechnungshofes persönlich gegeben, und nun will er sie nie gesehen haben!«

»Das sähe ihm ähnlich. Er war immer schon gierig.«

»Ich weiß, Ihr hattet Euren Streit mit meinem Vater, doch Ihr habt doch wohl keinen Streit mit mir, einer hilflosen Witwe. Ich appelliere an Eure Ritterlichkeit und an Euer Gewissen: Helft mir und macht eine Aussage für mich!«

Er lächelte boshaft. Das wäre nun eine gute Gelegenheit, sich an der Familie seines Feindes zu rächen oder einen Preisnachlass auf die Güter zu fordern. Er wusste, ich würde ihm sehr entgegenkommen, wenn wir nur unser Heim behalten konnten.

»Witwe Castel. Macht Euch keine Gedanken wegen des Turms. Er wird das Dokument wieder finden. Gehabt Euch wohl – Kompliment an Eure Frau Mutter.«

Damit erhob er sich und ging. Dem Advokaten nickte er knapp zu. Seine Bediensteten eilten ihm nach.

Herr de la Chance gratulierte mir und bot mir an, das Gold von bewaffneten Angestellten zu mir nach Haus schaffen zu lassen. Den Wechsel würde er für mich einlösen. Das Angebot nahm ich gern an.

Ich selbst hatte noch einen Gang zu erledigen. Mir schien, das Glück sei an diesem Tag auf meiner Seite, und so wollte ich endlich etwas für Berthe tun.

Langsam ging ich durch die nassen Straßen, vorbei am weithin sichtbaren Turm der Kapelle St. Jacques und den dicht gedrängten Holzhäusern, die flussabwärts immer ärmlicher wurden. Ich nahm den Weg über die Notre-Dame-Brücke zum Palais Royal, nicht über die Wechslerbrücke, weil ich mich nicht durch den Anblick des roten Hauses beeinflussen lassen wollte.

Man ließ mich nur eine halbe Stunde warten, ehe Monsieur Truphémus mich empfing. Ich war eine Berühmtheit in Paris, nicht mehr die kleine Witwe in den abgetragenen Kleidern. Ist es nicht traurig und lächerlich? Statt jeden Menschen nach seinen Verdiensten und Bedürfnissen zu behandeln, scheint es eine immense Wichtigkeit zu haben, ob man »berühmt« ist. Dabei ist es gleichgültig, ob man für eine gute oder eine schlechte Tat berühmt ist oder einfach für ein drittes Bein. Dann aber öffnen sich alle Türen, man zeigt Respekt.

»Meine sehr geehrte, liebe Madame de Pizan!«, empfing mich der Richter. »Wie war die Hochzeit? Ich gratuliere zu Eurem schönen Erfolg! Ich habe sogar für meine Frau ein Exemplar Eurer Poesie gekauft. Würdet Ihr es für sie signieren, bitte?«

Er hielt mir die »Jeux à Vendre« hin.

»Gern. Was ist die Lieblingsblume Eurer Frau?«

»Veilchen.«

Ich entwarf aus dem Stegreif einen kleinen Vers über Veilchen und setzte ihn hinzu. Er war begeistert und triefte vor Dank.

»Was führt Euch zu mir? Doch nicht wieder dieses grässliche Weib?«

»Doch, genau diese. Monsieur Truphémus: Ihr seid ein Mann mit großem Gerechtigkeitssinn. Es muss Euch doch selbst schmerzen, dass Ihr eine Witwe und Mutter ohne Beweise gefangen haltet.«

»Da ist die Aussage der Nachbarn!«

»Üble Nachrede! Ich könnte sehr leicht nachweisen, dass diese Aussagen von Berthes Todfeinden stammen. Insofern wären sie ohne Belang, wenn es zu einer Verhandlung käme. Ihr habt sie befragt. Mehrfach. Hat sie gestanden?«

Er beugte sich über den Tisch und raunte: »Leider nein. Wäre sie eine Hexe, dann würde ich sagen, dass der Teufel ihr beisteht. Wie sie das aushalten kann, ist uns allen unverständlich. Empfindsam ist sie nicht.«

»Sie ist unschuldig. Ein Engel steht ihr bei. Seht: Ihre einzige Schuld ist ihr nicht gerade liebenswürdiges Wesen. Ihr habt nichts gegen sie in der Hand. Lasst sie doch endlich frei!«

»Das geht nicht.«

Ich entschloss mich schweren Herzens, von meinem Wissen Gebrauch zu machen.

»Würdet Ihr sie gehen lassen, wenn ich Euch beweisen könnte, dass der Händler Massimo nicht einmal in der Nähe seines Hauses war, als er gestorben ist?«

Er stand auf. Erregt rieb er seine knollige Nase.

»Nicht doch! Was redet Ihr da?«

»Ein gelehrter Mönch, den ich ganz gut kenne, ist auf die Idee gekommen, zu prüfen, von wo aus der Tote in den Fluss gefallen ist, um an der gewissen Stelle zu landen, wo er gefunden wurde.«

Ich erzählte meine Beweisführung zunächst unter Auslassung der genauen Position auf der Wechslerbrücke, aber das genügte ihm nicht.

»Hausenblasen? Unsinn! Ich kann doch keine Mörderin laufen lassen, weil ein Mönch Fischblasen hat schwimmen lassen, das ist ja grotesk! Bei aller Verehrung, Madame, für Eure schriftstellerische Fantasie.«

»Also gut.« Ich gab auch den Rest preis.

»Wie? Ihr habt mit dem Weib gesprochen, statt mir Bescheid zu sagen?« Er lief rasch zur Tür und schrie in den Gang hinaus. Zwei Büttel erschienen, und Truphémus befahl ihnen, sofort zur Wechslerbrücke zu laufen und die Frau zu ergreifen, die in dem roten Haus wohne.

»Madame! Warum seid Ihr damit nicht gleich zu mir gekommen?« Jetzt war er ärgerlich. Er schenkte sich einen Becher Wein ein, aus einem Krug, den er unter dem Tisch verborgen gehalten hatte. Verspätet bot er auch mir davon an.

»Gern. Ich bin doch ein klein wenig aufgeregt«, sagte ich. »Ich fühle mich nicht wohl bei der Sache. Die Dame ist zwar nicht ganz ehrbar, aber doch völlig unschuldig!«

»Das wird sich weisen.«

Was hatte ich da nur angerichtet! Und so verbrachte ich eine ungemütliche Zeit damit, vor dem Richter eine Frau zu verteidigen, die noch nicht einmal angeklagt oder im Gefängnis war. Die Wechslerbrücke war nicht weit. Man hörte bald die Büttel wieder zurückkommen, über die steinernen Bodenplatten der Arkade rennen und an die Tür pochen.

»Herein«, rief Truphémus.

Einer der Büttel trat ein. Er schwitzte trotz des Novemberwetters.

»Sie ist weg, Euer Ehren.«

»Wie?!«

»Das Haus war abgeschlossen, die Läden dicht. Wir haben die Tür aufgebrochen, Euer Ehren. Es ist alles ausgeräumt und weg. Die Nachbarn sagen, sie ist gestern Nacht ausgezogen. Hat all ihre Habe auf Ochsenkarren laden lassen und ist weg – niemand weiß, wohin.«

»Heilige Jungfrau, ich danke dir!«

Ich bekreuzigte mich voller Dankbarkeit.

Truphémus schickte die Männer wieder hinaus, wandte sich zu mir und prostete mir zu.

»Das habt Ihr ja geschickt eingefädelt, Madame de Pizan. Hm …«

Er nahm einen großen Schluck Wein und rieb seine Nase.

»Also gut«, sagte er nach einiger Zeit. »Ihr könnt sie haben.«

»Bitte?«

»Ich lasse diese Berthe frei. Eure Aussage steht gegen die der Nachbarn, die – wie Ihr ganz recht bemerkt habt – eigentlich nur üble Nachreden sind. Ihr dürft mit mir gelegentlich Fischblasen in die Seine werfen. Ich bringe meinen Sohn mit. Das wird ihn interessieren.«

Ich war ganz verstört.

»Ihr lasst Berthe frei?«

»Ja.«

»Wann?«

»Oh – Ihr könnt sie gleich mitnehmen. Viel Freude daran werdet Ihr haben! So ein garstiges Stück. Ich habe sie nur deshalb nicht öfter zum Verhör geholt, weil sie mir Kopfschmerzen verursachte, schlimmer als Katzenmusik. Thierry!«

Sein Sekretär, ein unauffälliger Mensch, der es immer fertig brachte, dass man seine Anwesenheit vergaß, rührte sich hinter seinem Pult.

»Schreib ein Entlassungspapier für die schwarze Berthe, die Frau des Genuesers, du weißt schon. Sie soll in die Obhut von Madame de Pizan übergeben werden.«

Mit dem gerollten Pergament im Gürtel ging ich wieder hinüber auf das rechte Ufer, ganz taub von meinem plötzlichen Erfolg. Als ich am Gefängnis hinter dem Schlachthaus ankam, waren meine Schuhe rosa gefärbt, weil der Regen das Blut aus dem Schlachthaus verdünnte und überall hintrug. Ein dürrer Hund zerrte Eingeweide über das Pflaster. Grégoire stand am Haupttor Wache, missmutig und mit tropfender Nase.

»Grüß dich, Grégoire! Wärst lieber im Warmen jetzt, zu Hause bei deiner Liebsten?«

»Das kann man wohl sagen. Guten Tag, Christine. Komm aus dem Regen heraus! Was willst du denn hier bei dem gottlosen Wetter?«

»Ich will Berthe holen. Hier ist das Dokument, dass ich sie mitnehmen darf.«

Er las es mit einiger Mühe. »Sankt Florian sei's gedankt. Die erste gute Nachricht heute. Gleich sollst du sie haben.«

Er ließ sich am Tor ablösen und brachte mich selbst hinunter, wo die elenden Gestalten auf feuchtem Stroh herumlungerten. Berthe war stark abgemagert, ihre Augen waren rot entzündet, die nackten Arme und Beine von Ratten und Flöhen zerbissen.

»Hast dir ja Zeit gelassen, du fabelhafte Verteidigerin!«, war ihre Antwort, als ich ihr sagte, dass sie nun frei war. Dann spuckte sie Blut.

»Sie kann unmöglich nach Hause laufen in dem Zustand«, sagte ich zu Grégoire. »Lass uns eine Sänfte rufen, bitte.«

Zu zweit hoben wir meine arme Nachbarin auf und schleppten sie aus dem Verlies und nach oben bis zum Tor, wo wir sie in eine Eselssänfte verluden. Sie stank nach Urin, Blut und Erbrochenem. Ich musste dem Besitzer der Sänfte den doppelten Lohn versprechen, weil Berthe so schmutzig war. Den ganzen Weg nach Haus schimpfte sie über ihren treulosen Sohn, über meine Säumigkeit, über die Nachbarn, die sie verleumdet hätten.

»Na, denen werde ich schon das Tanzen beibringen!« Sie hustete und spuckte einen rötlichen Schleimklumpen auf die Straße. »Warte nur, wenn ich die Schuldscheine raushole, die ich von allen habe. Das gibt ein Gejammer! Kein Mitleid! Keine Großzügigkeit mehr von Berthe, nein! Ich lasse die ganze Straße pfänden!«

Was für eine Großzügigkeit?, fragte ich mich.

Die Nachbarn beobachteten stumm Berthes Einzug in die Straße und tuschelten. Niemand war glücklich darüber. Aber muss man nicht der Gerechtigkeit den Vorzug geben? Als die Sänfte vor dem Laden hielt, kam Aldo herausgestürzt. Der Mund blieb ihm offen stehen. Noch nie habe ich ihn so entgeistert gesehen. Dann wechselte sein Gesichtsausdruck von Bestürzung zu reinster Freude: »Mutter!«

Er lief zur Sänfte hin. »Hast du sie endlich freibekommen? Danke, Christine! Komm, Mutter, lass dich ins Warme bringen und verwöhnen: ein Feuer, eine Suppe, ein heißer Gewürzwein, dann wird es dir gleich besser gehen. Oh, was bist du doch tapfer gewesen, mein armes Mütterlein!«

»Halt's Maul und hilf mir hier raus, du Nichtsnutz«, tönte es aus der Sänfte. Der treu sorgende Sohn hievte Berthe herunter und trug sie hinein. Mir blieb, die Sänfte zu bezahlen.

»Warum hast du mich niemals besucht?«, hörte ich Berthe schnarren.

»Aber das hätte ich nicht ausgehalten! Ich hätte diesen Anblick nicht ertragen, Mütterchen! Ich habe dem Gefängnisvorsteher viel Geld bezahlt, damit sie dich anständig beköstigen, und erst den Rechtsanwälten! Ach, was haben sie dir angetan!«

Ich ging in mein Haus.

»Na, dann sind ja alle wieder froh«, empfing mich Marie. »Vor allem die Nachbarn und die Kundschaft, die werden dich bewundern für deine edle Tat.« Mutter schüttelte den Kopf. Einzig Thomas lobte mich, als wir allein in unserer Schreibstube waren.

»Es war Recht, was du getan hast. Ich denke da an eine Geschichte, die Franz von Assisi erlebt hat: Bei der Ortschaft Gubbio gab es einen bösen Wolf, vor dem alle sich fürchteten. Der heilige Franz aber sagte: Er ist nur so böse, weil ihr ihn aus eurer Gemeinschaft ausschließt und ihn mit Steinen bewerft. Dann ging er hin und kniete vor der Bestie und sprach sanft mit ihr. Und sie legte sich nieder und leckte ihm die Hände.«

Berthe war aber weit entfernt davon, mir irgendwelche Freundlichkeit zu zeigen. Als ich ein paar Tage später in den Laden kam, saß sie wie früher auf dem erhöhten Stuhl vor dem Geldkasten und überwachte Aldo, der mit sanftester Miene packte und Hilfsarbeiten verrichtete. Berthe beherrschte Haus und Geschäft wie eh und je.

»Ach, Christine! Du kannst gleich mal eure Schulden bezahlen«, sagte sie mir als Willkommensgruß.

»Was für Schulden?«, wunderte ich mich. Ich hatte doch alle unsere Schulden, hier und anderswo, mit dem Geld von de Mézières bezahlt.

»Die für unseren Esel, den ihr in Gebrauch hattet, als ich verhindert und Aldo auf Reisen war. Das macht drei Sous am Tag, sagen wir: vier Goldschäfchen.«

Ich war empört. »Na hör mal: Wenn wir das Vieh nicht aufgenommen und verköstigt hätten, dann hättest du jetzt keinen Esel mehr. Er wäre verhungert oder gestohlen worden.«

»Und habt ihr ihn denn nicht arbeiten lassen?« Sie streckte die Hand aus. Ich drehte mich auf dem Absatz um und schwor mir, nie mehr in diesem Geschäft zu kaufen. Genug ist genug!

»Bist du nun zufrieden?«, fragte meine Mutter, als ich in die Küche kam. Sie, Héloise und Tante Marie waren dabei, Kohl für den Winter einzusalzen. Berge von grünen Köpfen lagen auf dem Steinboden, Haufen von geschnittenem Kohl lagen auf dem Tisch und verbreiteten einen scharfen grünen Geruch.

»Was meinst du damit?«, fragte ich trotzig zurück.

»Dass du dem schlechten Weib zu einem Sieg verholfen hast«, schimpfte Marie. »Jetzt haben wir sie wieder am Hals!«

»Wie kannst du das sagen«, rief ich. »Wenn sie doch unschuldig war!«

»Ach, Herzchen, für dich ist jede Frau von Natur aus ein Engel. Aber ich sehe, dass sie ein so bösartiges Weibsbild ist, wie je eines geboren wurde. Hättest du sie doch im Gefängnis vermodern lassen!«

»Das ist nicht Recht!«

»Hat sie's dir gedankt?«

»Das nicht«, musste ich zugeben. »Ich habe es auch nicht um ihren Dank getan, sondern um Gottes Gesetz willen.«

»Es steht aber nicht in den Zehn Geboten, dass man sich so ins Zeug legen muss. Da steht nur: Du sollst nicht töten. Du sollst nicht falsch Zeugnis reden. Das hat hier niemand getan. Du warst bei ihr im Laden? Was hat sie denn gesagt zu ihrer Retterin?«

Ich schwieg und biss in einen Apfel. »Aha!«, machte meine Mutter sehr beredt.

»Sie hat von mir verlangt, wir sollten Miete für den Esel bezahlen, für die Zeit, da wir ihn in unsere Obhut genommen hatten«, sagte ich schließlich.

Mutter, Marie und Héloise brachen in schallendes Gelächter aus.

»Das ist nicht zum Lachen«, rief ich. »Niemals wieder kaufen wir in diesem Geschäft!«

»Ach, und wo sonst?«, bemerkte meine Mutter und wischte sich die Tränen mit dem Rockzipfel aus den Augenwinkeln.

»Wo sollen wir also unser Mehl, Korn, Salz und Stockfisch kaufen, wenn nicht bei Berthe? Sollen wir eine halbe Stunde laufen und dabei die Säcke hinter uns herziehen?«

»Wir haben ein Pferd.«

»Ach ja, das Pferd, das im Hof steht und sich voll frisst, bis es platzt. Seit Jean nicht mehr da ist, hat es sich nicht bewegt. Es wird gewiss froh sein, wenn es Säcke tragen darf wie ein Maultier.«

»Dann kauft eben bei Berthe und hört euch ihre Unverschämtheiten an. Ich jedenfalls betrete ihren Kramladen nie wieder.«

»Vorher aber wirst du ihr den Gebrauch des Esels bezahlen!« Marie säbelte an einer Kohlhälfte herum. Ihre Mundwinkel zuckten.

»Selbstverständlich bezahle ich. Ich lasse mir doch nicht nachsagen, wir hätten uns fremdes Eigentum angeeignet.«

Die drei brachen wieder in Lachen aus. Ich verließ gemessenen Schritts die Küche, indem ich in Schlangenlinien um die Kohlköpfe herumlief.

Oben bei Thomas erging es mir nicht viel besser. Er hatte keinerlei Mitleid mit mir.

»Es war offenbar ein Fehler, dich in dieser Sache zu ermutigen. Der Wolf von Gubbio, eine Schlange, ein Tiger – jede Bestie, die doch immerhin von Gott erschaffen wurde, ist besser als ein böses Weib. Solche Weiber sind nicht von Gott, sondern vom Teufel erschaffen.« Auch er hatte einen Zusammenstoß mit ihr gehabt.

»Was? Bist du auch noch hier, du falscher Mönch?«, hatte sie gehöhnt, als sie wieder vor die Tür gehen konnte. »Hast du noch nicht erreicht, wozu du hergekommen bist?«

»Ich bin hier, um für mein täglich Brot und zu Gottes Ehre zu arbeiten«, hatte Thomas entgegnet, und sie hatte erwidert: »Ha! Gottes Ehre, meiner Treu! Ihr seid hinter den Röcken Eurer Herrin her, jeder weiß das. Bettelbrüder wie du verderben die Mädchen und die Sitten!«

Thomas malte mit Andacht einige Ungeheuer der Apokalypse aus: schmerbäuchige fliegende Geschöpfe mit scharfen, dolchartigen Rückenschuppen, gefleckte krötenartige Monster, die ihre Zungen in unanständigster Weise herausstreckten, Löwentiere mit Drachenköpfen; Riesenböcke mit Spießen auf den Häuptern; tanzende Skelette, Trolle mit glühenden Zangen in den Händen, scheußliche kleine Teufel, Hexen mit schwarzen Haaren, die sich schlängelnd und kringelnd über den ganzen Rand des Satzspiegels ergossen. Diese Hexe dort – sah sie nicht Berthe ähnlich?

»Ich bin zu dem Schluss gekommen«, sagte er, »dass wir Unrecht getan haben, diese Frau vor ihrer Strafe zu bewahren. Und es ist meine Schuld, weil ich dich in falsch verstandener Nächstenliebe noch ermutigt habe.« Liebevoll verpasste er seiner Hexe noch eine Warze.

»Wie?«, rief ich. »Du hast doch selbst bewiesen, dass sie unschuldig ist. Du hast mit deinen Experimenten nachgewiesen, dass der Mann weit von zu Hause gestorben ist. Willst du das leugnen?«

»Nein. Aber es wäre gut gewesen, wenn du noch einmal mit mir gesprochen hättest, bevor du zum Richter gestürmt bist. Wir haben zwar bewiesen, dass er nicht daheim gestorben ist. Das spricht sie aber keineswegs frei. Es gibt Gifte, die länger zur Entfaltung brauchen. Sie hätte ihm nur ein solches ins Abendessen zu mischen brauchen.«

»Wir wissen, dass das Abendessen misslungen war und er ohne Essen aus dem Haus gegangen ist.«

»Dann eben in den Wein. Sie brauchte ihn dann nur aus dem Hause zu treiben, um als unschuldig dazustehen. Und wir – du – bist darauf hereingefallen.«

»Ach was! Fantasien! Das kannst du nicht wissen. Das denkst du dir nur aus, weil man dir einen Hass auf Frauen eingetrichtert hat!«

»Aber ist es denn nicht so, dass Frauen – anwesende ausgenommen – durch ihre gottgewollte Schwäche zu Hinterlist neigen?«

Diesen Rückfall in übelste kirchliche Frauenverleumdung würdigte ich keiner Antwort. Ich drehte mich um und ging hinaus. Céline kam mir auf der Treppe entgegen.

»Gehst du zum Unterricht zu Thomas? Was lernst du denn gerade?«, fragte ich. Meine Tochter antwortete kurz angebunden: »Ich gehe nicht mehr zu dem verfluchten Bogomilen. Ich kann die Bücher genauso gut selbst lesen.«

»Aber ... Céline!« Sie war schon weitergegangen, hinauf in unseren Schlafraum, wo sie sich jetzt Tag für Tag lange einschloss. Ich würde mit meiner Tochter ein ernsthaftes Gespräch führen müssen – aber nicht gerade jetzt.

Im Garten traf ich auf Blanka, die mich anknurrte, weil sie gerade eine Maus gefangen hatte, und Yolantha, die ebenfalls nicht in zärtlicher Stimmung war und mir ihr haariges Hinterteil zuwandte.

Da offenbar in meinem Haushalt alle, aber auch alle gegen mich waren, sattelte ich das rote Pferd und beschloss, den guten Gilles Malet zu besuchen. Wir hatten für ihn gerade eine Kopie von Ovids »Liebeskunst« fertig bekommen, die ich bei ihm abliefern wollte.

Das Pferd war wirklich fett und faul geworden, seit Jean nicht mehr darauf geritten war. Mutter und Marie trauten sich nicht auf so ein hohes Tier hinauf, und Céline war es verboten worden, allein auszureiten. Dem Tier passte es nun gar nicht, dass es für sein Futter arbeiten sollte. Es war so an seine gemütliche Ecke im Hof und eine immer volle Krippe gewöhnt. Als es den Sattel spürte, blies es den Leib mächtig mit Luft auf, um mich dann später, wenn der Gurt locker wurde, abwerfen zu können. Aber ich war nicht in der Stimmung für Spiele. Ich zog ihm einen Hieb mit der Gerte über, worauf es empört die Luft fahren ließ, man kann sich denken, auf welche Weise.

Endlich saß ich oben und lenkte das Tier zum Tor hinaus.

Die Nachbarn winkten mir zu. Manche liefen ein Stück neben mir her und fragten mich aus.

»Wie hast du denn die schwarze Berthe freigekriegt?«

»Stimmt es, dass sie ein Lösegeld bezahlt hat?«

»Die ist bestimmt nicht unschuldig – die nicht!«

»Hättest du sie doch im Loch gelassen. Jetzt will sie mich pfänden lassen, und meine Kinder haben kein Dach über dem Kopf!«

»So ein hundsgemeines Weib, warum hast du ihr nur aus der Patsche geholfen?«

Ich gab der Bedürftigen etwas Geld und ermahnte die anderen: »Jeder von uns könnte selbst einmal in so eine Lage geraten, zu Unrecht angezeigt und verdächtigt zu werden! Dann wäre wohl jeder froh, wenn ihm geholfen würde, ganz gleich, wie er sich vorher verhalten hat. Justitia ist blind oder sollte es wenigstens sein.«

Ich zog fröstelnd meinen neuen, warmen Mantel um mich. Zärtlich strich ich mit der rechten Hand über den Pelzbesatz. Vor einem halben Jahr hätte ich von so etwas nicht zu träumen gewagt. Unsere Schulden waren abbezahlt, wir hatten alle neue, gute Kleider. Ich plante sogar, ein paar hübsche Kleinigkeiten für das Haus zu kaufen, als Ersatz für diejenigen, die uns gepfändet und gestohlen worden waren. Und dann bliebe immer noch eine kleine Aussteuer für Céline und Geld für Jeans Installation in seinem zukünftigen Gewerbe.

In angenehme Gedanken versunken, ließ ich mich tragen. Das dicke Pferd blieb alle paar Schritte stehen, und ich musste es mit der Gerte ermuntern. Vor dem Louvre stieg ich ab. Ich war inzwischen dort bekannt, so dass gleich ein Diener herbeieilte, um mir herabzuhelfen und mein Tier zu versorgen.

Gilles Malet saß an einem Tisch, der mit Büchertürmen bedeckt war. Er verschwand fast dahinter. Beim Eintreten sah ich nur seinen weiß behaarten Kopf eulenhaft auf und ab rucken, wenn er die Stapel nach einem Titel absuchte. Er trug die Titel in eine Liste ein. Einer seiner Laufjungen, diejenigen, die den ganzen Tag unter seiner Anleitung die hohen Leitern erklimmen und Bücher holen oder wegstellen müssen, stellte sich neben ihn und räusperte sich.

Ich schnupperte die Bücherluft. Mein Ärger und alle Sorgen fielen von mir ab.

Der Junge räusperte sich wieder.

»Was? Was ist denn nun schon wieder«, schnappte Gilles den Armen an. Dann erkannte er mich. Er lächelte plötzlich: »Christine! Wie schön, dass du kommst! Ich habe so gerne Besuch. Hol Gewürzwein und Zuckerzeug!«, befahl er einem seiner Laufjungen. »Und nasche nicht die Hälfte vom Tablett herunter«, rief er ihm nach. »Man soll dir ein eigenes Stück Kuchen geben. Sie sind immer hungrig, diese Jungen«, sagte er zu mir. »Aber du als Mutter weißt das wohl. Hast du etwas von deinem Jean gehört?«

»Einen einzigen Brief haben wir seither bekommen. Darin redet er mich an mit ›hoch verehrte Frau Mutter‹, ganz förmlich, und schreibt nur unbedeutende Dinge: dass er gut angekommen und wie er untergebracht sei. Es scheint, der Graf von Salisbury lebt ziemlich luxuriös und ist großzügig mit seinem Geld. Jean schreibt, dass er sich mit dem anderen jungen Mann, dem Sohn des Grafen, gut verstehe und dass er auf einer Fuchsjagd gewesen und nicht vom Pferd gefallen sei. Dies schien ihm ein berichtenswerter Punkt.«

»Nun, das war es sicher für ihn und eine gute Leistung dazu! Ich bin einmal auf so einer Jagd durch Gelände mitgeritten, und ich sage dir, das ist eine wilde Angelegenheit! Aber keine Sorge, Christine: Es klingt, als hätte er es sehr gut getroffen.«

»Zweifellos«, antwortete ich. Doch ich sorgte mich, es war nicht zu ändern. Ich holte aus meiner Umhängetasche das Buch, wickelte es aus seinem Leintuch und übergab es Gilles.

»Eine gute Arbeit«, lobte er. »Hast du es gelesen? Ich meine, richtig gelesen, nicht nur hastig überflogen, durch den Ausschnitt der Maske gesehen, wie es beim Abschreiben gemacht wird?«

»Ja«, sagte ich, »schon um Argumente dagegen zu haben, denn ich war vom Inhalt nicht begeistert. Ovid war für seinen Kunstverstand und seine große Klugheit bekannt, nur leider auch für seine Lüsternheit. Dafür büßte er am Ende seine Güter und seine Gesundheit ein. Und wegen eines Umstands, den er selber durch sein Fehlverhalten herbeigeführt hatte, verunglimpfte er dann die Frauen.«

Gilles lachte. »Oh, oh! Christine! Ich werde nicht mit dir argumentieren, da ziehe ich doch den Kürzeren. Mich hat das Büchlein amüsiert, doch ich gelobe in Zukunft auf Falschheiten mehr zu achten. Aber es ist doch nun mal so, dass die

Geschlechter miteinander streiten und konkurrieren. Es gibt genauso viel Ungerechtes, was Frauen über Männer sagen.«

»Sicher«, entgegnete ich. »Über ungerechte Frauen habe ich gerade heute etwas erfahren. Dennoch ist es eine Frage von Macht und Gelegenheit, was man ungestraft behaupten kann. Und da sind die Frauen unterlegen. Im Übrigen sehe ich auch gar nicht ein, warum es überhaupt einen Kampf der Geschlechter geben muss. Ich bin der Meinung, dass beide Teile am besten profitieren, wenn sie in Harmonie leben und einander ergänzen.«

»Das meine ich auch«, sagte Gilles. Der Junge brachte eine Platte mit Süßigkeiten und stellte dampfende Becher vor uns hin. Ich wärmte meine kalten Hände am heißen Zinn.

»Aber«, fuhr ich kampflustig fort. »Gott hat die Männer stärker gemacht, damit sie die Frauen unterstützen. Da sie das nicht tun und uns überhaupt so vieles schuldig bleiben, ist es wie mit schlecht bezahlten Dienern, von denen ihr Herr auch schlechtere Leistung bekommt. Ja, ich sehe es kommen, wenn es so weitergeht, werden sich die Frauen ganz von den Männern trennen. Dann wäre es vorbei mit der Harmonie der Schöpfung.«

Gilles schüttelte den Kopf: »Frauen, die ohne Männer leben? Was redest du da? Dass du dich auch immer so ereifern und über das Ziel hinausschießen musst, liebe Christine!«

»Warte es nur ab.« Ich nahm ein Stück von dem vorzüglichen Früchtekuchen und trank einen Schluck Wein. Ich wollte noch über etwas anderes mit Gilles reden, über das ich mit niemandem in meinem Haus hätte sprechen können.

»Lassen wir das. Gilles, ich brauche deinen Rat.« Und ich erzählte ihm alles über Berthe und was Thomas angedeutet hatte, all die seltsamen Dinge, die in letzter Zeit in meiner Umgebung vorgegangen waren.

»Siehst du einen Zusammenhang zwischen der Geschichte deines Mönchs und den Vorgängen in deiner Nachbarschaft?«

»Nein, nicht so recht – und doch! Ist es nicht eigenartig, wie so Verschiedenes in meinem Haus zusammenzutreffen scheint? Der geheimnisvolle Mönch mit seiner Geschichte über ein

Buch, das er bis hierher verfolgt haben will unter großen Entbehrungen – und plötzlich interessiert er sich gar nicht mehr dafür?«

Die Fäden meiner Gedanken verwirrten sich. Es waren da einige Dinge, die nicht zusammenpassen wollten. Ein höchst unbefriedigender Zustand.

»Und dann diese furchtbare Geschichte mit meiner Nachbarin«, fing ich wieder an. »Der Untersuchungsrichter behauptete steif und fest, es sei Gift im Spiel gewesen. Und dann: Da war ja nicht nur der bedauernswerte Massimo. Drei Menschen in Paris sind durch Gift gestorben – allein im letzten Monat, und das sind bloß die, von denen man weiß! Wie viele sind es, von denen man nichts erfahren hat? Aber es kann ja nicht jedes Mal Berthe gewesen sein. Und warum sollte Gift nur von Frauen verwandt werden?«

»Sagen wir, es ist die Waffe der körperlich Schwachen, die im direkten Kampf keine Chance hätten.«

»Mag sein, aber es gibt auch schwache und feige Männer! Und ich kenne Frauen, die durchaus einen Dolch zu führen in der Lage wären oder die mit einem Nudelholz zuschlagen können.«

Gilles kicherte. Doch dann wurde er wieder ernst.

»Lass uns doch ein paar unwahrscheinliche Spuren verfolgen, nur so zum Spiel, wenn dir schon die wahrscheinlichen nicht zusagen. Es war also keine der verdächtigten Ehefrauen oder Kebsweiber.«

»Wie meinst du?«

»Nun, nehmen wir einmal an, dass sich tatsächlich die Merkwürdigkeiten gerade um dein Haus herum akkumuliert haben. So etwas gibt es manchmal: Als ob ein bestimmter Mensch wie ein Berg in der seelischen Landschaft herumsteht und sich alle Wolken um ihn herum fangen.«

Ich verstand nicht gleich. »Was hat sich denn an Merkwürdigkeiten ... ach, du meinst ... nein, das kann nicht sein! Massimo ist gestorben, bevor Bruder Thomas erschien.«

»Aber seit wann hört man von dieser Häufung von Giftanschlägen in Paris?«

»Hm, ungefähr seitdem er aufgetaucht ist, das ist wahr. Dennoch: Er kann nichts damit zu tun haben!«

»Immerhin sind diese fahrenden Brüder doch verdächtig. Sie lösen sich aus der Gemeinschaft ihrer Klöster und geben vor, in absoluter Armut und von ihrer Hände Arbeit leben zu wollen. Sie sagen, Jesus habe es so gewollt. Aber wie kann man wissen, ob es echte Mönche sind oder nur Spitzbuben, die sich in die Häuser einschleichen und Gott-weiß-was veranstalten! Eine braune Kutte kann schließlich jeder Lump anziehen.«

»So etwas glaube ich nicht von ihm. Er geht jeden Sonntag zu den Zölestinern in unserer Straße, beichtet und meditiert. Das könnte er doch kaum wagen, wäre er ein falscher Mönch. Außerdem rät mir mein Gefühl, ihm zu vertrauen.«

Gilles nahm einen Zug aus seinem Becher und strich sich über den Bart.

»Zu denselben Zölestinern geht auch der Herzog von Orléans, der schon viele seiner Gegner hat beseitigen lassen. Aber nein, etwas Übles traue ich deinem Bruder Thomas nicht zu. Er erschien mir als ein angenehmer und gebildeter Mensch. – Dennoch! Irgend etwas ist mit ihm, es quälte ihn etwas. Ich bin sicher, er hat dir nicht alles erzählt, was er weiß, und auch nicht alles von sich.«

»Wenn ich nur dieses Buch in die Hand bekäme! Hattest du nicht eine Auseinandersetzung mit Bruder Thomas deswegen? Kannst du mir sagen, um was es da ging?«

Gilles Malet überlegte angestrengt, legte die Stirn in Falten, fuhr sich mit der Hand durch das Haar. »Siehst du, das ist das Alter. Als der Mönch danach fragte, da wusste ich es noch, aber jetzt ... Ich erinnere mich, dass ich das Buch nicht mochte, es für gefährlich hielt ... hm! Plinius ... Plinius ... eine von seinen Naturgeschichten, ein Buch über Heilpflanzen, fabelhaft illustriert, und dennoch gefiel es mir nicht. Nein. Ich kann es mir nicht mehr in Erinnerung rufen, was genau damit war. Ich weiß nur, dass der Herzog von Orléans danach verlangte, und da war es nicht auffindbar. Er war furchtbar erbost darüber!«

»Ich lasse es suchen.«

»Ach! Tu das lieber nicht. Warum müssen Frauen nur immer so furchtbar neugierig sein. Halte dich fern von solchen Werken. Es ist nun einmal verschwunden, und das sollte es ruhig auch bleiben. Es bringt nur Unheil, ich sage es dir.«

Gilles Malet beschwor mich, meine Suche aufzugeben, und gab gleichzeitig vor, sich nicht an den Inhalt zu erinnern. Ich fügte diese Merkwürdigkeit meiner Liste an. Pierre würde ich nun ein Silberstück bieten, wenn er seinen Aufenthaltsort fände. Ein Silberstück würde seinen Forschergeist sicher beflügeln. Ich war mehr und mehr sicher, dass sich dieses Werk in Paris befand und darin die Lösung aller meiner Rätsel.

17

»Christine!« Meine Mutter stand unten an der Treppe und rief mich. Ich legte meine Feder weg und ging hinunter. Gedankenverloren massierte ich den Daumen meiner rechten Hand. Ich hatte drei oder vier Stunden lang kopiert, ohne eine Pause.

»Aldo ist gekommen. Er hat uns etwas mitzuteilen«, sagte meine Mutter.

Aldo saß im guten Zimmer, jenem Speisesaal mit dem Nussbaumtisch, in dem es inzwischen auch wieder Schmuck an den Wänden und einen Teppich gab. Er saß stocksteif auf einem Lehnstuhl und drehte einen Brief in seinen ungeschickten Händen.

Als er mich sah, sprang er auf.

»Guten Tag, Nachbarin Christine.« Er druckste herum.

»Aldo. Es besteht kein Grund, dass du dich unwohl in diesem Haus fühlen solltest.«

»Nach allem, wie meine Mutter sich für ihre Rettung bedankt hat ...«

»Ich rechne es dir nicht an.«

»Und ich habe da auch so einiges gesagt.«

»Man sagt so manches im Zorn. Ich habe es schon vergessen.«

Er nickte erleichtert. »Gut. Dann also: Ich bin gekommen, um euch einen Brief vorzulesen, den mir ein Geschäftsfreund aus Calais geschrieben hat. Der Inhalt geht euch an, denke ich, leider keine sehr guten Nachrichten.«

Mutter und ich setzten uns und wappneten uns innerlich. Marie stand an der Tür mit aufgerissenen Augen und gefalteten Händen.

»Der König von England«, las Aldo laut, »der die Tochter des Königs von Frankreich zur Frau hat, ist abgesetzt und ins Gefängnis geworfen worden. Zum neuen König wurde der Herzog von Lancaster erwählt. Es heißt, dass es zwischen Engländern und Franzosen wieder Krieg geben wird.« Aldo ließ das Blatt sinken. »Das ist alles, was euch betrifft. Es tut mir Leid.«

»Jean!« Marie hatte einen Schrei ausgestoßen und hielt beide Hände vor den Mund. Meine Mutter gab sich resolut.

»Ich danke dir, Aldo, dass du es uns gleich mitgeteilt hast. Es heißt ja noch nicht, dass unserem Jean etwas zugestoßen ist.«

Aldo ging schleppenden Schritts hinaus, Überbringer der schlechten Nachricht.

»Da! Wie konntest du? Wie konntest du unseren kleinen Jean in die Hände eines Barbaren geben? Du bist daran schuld, wenn ihm ein Leid geschieht«, fiel meine Mutter über mich her, kaum dass der Nachbar gegangen war. Dass ihr meine Entscheidung einmal gefallen hatte, war längst vergessen. Mir fiel auch keine Rechtfertigung ein.

Bei Valentina Visconti erfuhr ich mehr: Der neue König, Heinrich IV. genannt, war kein anderer als jener Bolingbroke, ein Cousin des Königs, der mit einer Armee aus der Verbannung zurückgekehrt war und Richard II. abgesetzt hatte. Nun saß Richard im Tower zu London eingekerkert. Sein Parteigänger, der Graf von Salisbury, war tot. Die kleine Königin, Isabella von Frankreich, wurde als Geisel gehalten. Von Jean wusste natürlich niemand etwas. Er war ja nur eine sehr unwichtige Nebenfigur.

Ich wandte mich an Ludwig, den Herzog von Orléans. Der lächelte melancholisch, so wie er es immer tat, und versprach, nach ihm fragen zu lassen. Ich glaube nicht, dass er es getan hat. Zu viele Bittsteller hingen an seinen Rockschößen und verstopften ihm die Ohren.

Der Winter verging in großer Sorge. Thomas war mir ein großer Trost. Immer schien er zuversichtlich.

»Gib ihn nicht auf. Ich glaube nicht, dass Gott ihn nach England geschickt hat, nur um ihn da verderben zu lassen. Bete und glaube, dass alles gut wird.«

Ein anderes Frühjahr kam, ebenso überfallartig wie das vorige: mit schlammigen Straßen und Gestank, erstickender Wärme und den frischen Lanzen junger Halme und Blätter.

Ich stand im Garten und schnitt vertrocknete Zweige aus meinen Rosen, als Marie Besuch ankündigte. Unmittelbar hinter ihr tauchten zwei fremde Herren auf, sehr kostbar gekleidet, mit dem Wappen der Lancaster auf die Brust gestickt. Vor Schreck griff ich in einen Rosendorn. Ich saugte an meinem verletzten Finger, als die Herolde näher kamen.

Ich machte einen Hofknicks. »Guten Tag, meine Herren, was führt Euch zu mir?«, sagte ich noch mit dem Finger im Mund. Sie verstanden mich nicht. Ich nahm den blutenden Finger aus dem Mund und versuchte es mit meinem ungelenken Englisch.

»*Greetings, dear Sirs.*«

»Ihr seid Christine de Pizan, die Dichterin?«, fragte mich einer von ihnen. Er hatte ein fleischiges, jungenhaftes Gesicht und eine Unmenge Sommersprossen.

»Ja, die bin ich. Habt Ihr Nachrichten von meinem Sohn Jean Castel, der beim Grafen von Salisbury war?«

Der andere Herold, ein hübscher Blondschopf, griff in seinen Gürtel und überreichte mir ein mäßig sauberes Stück Spitze, offenbar eines dieser englischen Nasentücher. Er bedeutete mir, ich solle es mir um den Finger wickeln. Gut, aber davon würde es nicht sauberer werden.

»Eurem Sohn geht es ausgezeichnet, *Madam*, seid unbesorgt. Er lebt jetzt am Hofe unseres sehr gnädigen Königs.« Er meinte zweifellos den, der sich die Krone angeeignet hatte. »Für Euren Sohn ist aufs beste gesorgt. Mein König hat von Eurer Dichtkunst gehört und wie Ihr mit wohlgesetzten Worten den Frauen Lob sprecht. Er lässt fragen, ob Ihr nicht die Zierde seines Hofes werden möchtet. Ihr könnt auf hohe Ehren und ein großzügiges Einkommen rechnen.« Er warf einen Blick auf das Haus, den Garten und meine einfache Witwenkleidung. »Mehr als es Euch hier zuteil wird«, fügte er hinzu.

Als ob ich einem Thronräuber vertrauen könnte! Aber wäre es nicht schön, endlich wirklich Anerkennung zu bekommen, keine Geldsorgen zu haben, in Ehren gehalten zu werden, statt sich ständig mit Gaunern und Halsabschneidern herumzuschlagen? Ich könnte Geld nach Paris schicken und meine Familie unterhalten. Und ich könnte bei Jean sein, ihm beistehen und nach dem Rechten sehen. Doch wie weit konnte man einem Engländer vertrauen, der seinen Cousin, den rechtmäßigen König, im Gefängnis verschmachten ließ, der ein minderjähriges Mädchen als Geisel genommen hatte, wie weit konnte man überhaupt Engländern vertrauen? Und wenn es wieder Krieg gab? Trotz der Hochzeit war es nie zu einem Friedensvertrag gekommen.

Dann wiederum konnte ich Bolingbroke doch nicht durch eine Ablehnung verärgern!

»Meine sehr verehrten Herrn«, sagte ich mit gebotener Höflichkeit und Vorsicht. »Gern würde ich das großzügige Angebot Eures Königs annehmen. Ich fühle mich außerordentlich geehrt. Doch ich kann hier nicht so schnell fort. Ich habe meine alte Mutter, eine Tochter und eine weitere Verwandte, für die ich anstelle meines verstorbenen Mannes sorgen muss. Sie sind ganz von mir abhängig. Ich muss in diesem Fall erst eine Menge regeln, seht Ihr? Bitte sagt Eurem Herrn, er möchte meinem Sohn, der noch sehr jung ist, zuerst Urlaub geben. Schickt ihn zu mir zurück. Und dann, wenn alles hier geregelt ist, werden wir mit Freuden kommen.«

Zur Bekräftigung wollte ich ihnen einige meiner schönsten Handschriften für ihren Herrn mitgeben. Ich bat sie, in der Laube Platz zu nehmen und einen Augenblick zu warten. Céline, die etwas Englisch konnte, brachte den Herolden kühlen Apfelcidre und Essigzwiebelchen zur Erfrischung und unterhielt sich mit ihnen. Ich lief hinauf zu Thomas.

»Hast du das gehört? Ich soll nach England, aber ich gehe nicht. Sie sollen mir Jean zurückschicken!«, brachte ich atemlos hervor, während ich in einer Truhe nach Büchern suchte, die würdig waren, dem englischen Thronräuber geschenkt zu werden.

»Ich habe alles durch das Fenster mit angehört«, sagte Thomas. »Du hast dich sehr diplomatisch verhalten. Das hätte kein Dominikaner besser machen können. Da, nimm dieses, die Illumination ist mir besonders gut gelungen. Und das über die Staatskunst – es wird ihn interessieren. Den neuen Gedichtband würde ich mitgeben, das Buch vom Frieden.«

»Und das über König Karl V.?«

»Lieber nicht, er war ja ein Feind Englands – andererseits sieht er daran, wie gut du über Könige zu schreiben weißt. So begehrt er vielleicht, dass du ein ähnliches Buch über ihn schreibst, und um dich an seinen Hof zu locken, wird er deiner Bitte entsprechen, zuerst deinen Sohn nach Hause zu schicken.«

Und so wurde das »Buch von den Taten und guten Sitten des weisen Königs Charles V.« ausgerechnet nach England geschickt. Nun, jeder Narr würde erkennen, dass es sehr geschmeichelt war. Ich habe es ebenso sehr geschrieben, um den König zu ehren, als um seinen Nachfolgern vorzustellen, wie eine gute Regierung auszusehen hat. Ich schlug die Bücher in blaue Seide ein und band sie mit einer silbernen Kordel zusammen. Das Päckchen überreichte ich eigenhändig dem blonden Herold.

»Hier, seid so gut, gebt diese unwürdigen Sächelchen Eurem Herrn und König. Sagt ihm, ich bin außerordentlich geschmeichelt von seinem Angebot, und ich danke Euch, Ihr beiden edlen Herren, dass Ihr Euch die Mühe gemacht habt, in mein unbedeutendes Haus zu kommen. Wie lange seid Ihr noch in Paris?«

»Noch drei Tage, edle Dame. Eure Geschenke wollen wir gern übergeben, und ich bin sicher, dass unser gnädiger Herr sich darüber freuen wird.«

Wir verabschiedeten uns mit nicht geringem höfischem Aufwand. Am Tor drehte sich der Sommersprossige noch einmal zu mir um und rief: »*If you want to write a letter to your son, just send it to us in the Paläi dä Törnelle!*«

Das war doch wirklich sehr aufmerksam von ihm, ein netter Junge! Ich schrieb den Brief in vorsichtigen Worten, so dass nur Jean zwischen den Zeilen lesen sollte, und versiegelte ihn nicht, da ich wusste, dass man ihn ohnehin öffnen würde, bevor mein Jean ihn in die Hände bekam.

»Da siehst du es!«, sagte ich zu meiner Mutter. »Es wird alles gut. Man kennt mich nun auch in England. Hätte ich nichts geschrieben und veröffentlicht, dann könnte ich jetzt nichts für Jean tun. So aber kann ich es.«

»Hättest du nichts geschrieben und nichts veröffentlicht, dann wärst du jetzt verheiratet und weder Jean noch du in einer solchen Lage«, gab meine Mutter zurück. Heilige Maria Magdalena! Der Tag, an dem meine Mutter sich milde zeigt, ist der Tag, an dem ich Angst um sie haben werde, weil ich dann weiß, dass sie alt wird.

Gott sei gedankt, dass ich diesmal Recht hatte: Der englische König hatte ein Einsehen, oder meine Schmeichelei hatte gewirkt, wahrscheinlicher ist es aber, dass ein Jean Castel zu unwichtig war, um als Geisel von Wert für ihn zu sein. Wenige Wochen nach meinem Gespräch mit den Herolden stand Jean plötzlich bei Mutter und Héloise in der Küche. Mutter schrie auf, als sähe sie ein Gespenst, und fiel in Ohnmacht. Céline kam herbeigerannt und kümmerte sich um Mutter. Héloise, immer praktisch, sah sofort das dringendste Problem: Jean war entsetzlich ausgehungert. Man hatte ihn in England auf ein Schiff gesetzt und ihm die Passage bezahlt, aber auch nicht mehr. In Calais angekommen, ohne einen Sou in der Tasche und ohne Gepäck, hatte er sich klugerweise an einen Kaufmann gewandt, der eine Woche später einen Warentransport nach Paris schicken wollte. Jean hatte ihm so lange als Schreiber und auf der Reise dann als allgemeiner Laufbursche gedient. Er hatte vom Kopfende des Zuges bis zum hinteren Ende zu laufen und zurück, um Befehle zu überbringen. Abends baute er die Zelte mit auf, morgens riss er sie wieder ab. Er half den Köchen bei der Zubereitung der Mahlzeiten und wusch das Essgeschirr. Dafür bekam er von den Resten zu essen und einen Schlafplatz zwischen den Zugtieren, wo es einigermaßen warm war. Die Treiber machten sich einen Spaß daraus, den Studenten laufen zu lassen.

»He! Doktorchen!«, schrien sie. »Lauf einmal zum dritten Wagen von vorn und frag, warum seine Ochsen so furzen!«

»Doktorchen, he! Ich hab da hinten im Gras meine Mütze verloren, lauf doch schnell hin und hol sie mir!«

In dieser Weise kam mein Sohn nach Paris zurück, wo er noch durch die halbe Stadt marschieren musste, ehe er endlich daheim angelangt war. Seine Sohlen waren dünn wie Pergament und hatten Löcher. Er lief eigentlich nur noch auf seinen Socken, und er war mager wie ein Stecken. Hungrig stopfte er alles in sich hinein, was Héloise ihm vorsetzte. Wir Weiber fielen allesamt heulend über ihn her und drückten und küssten ihn. Das war ihm zu viel. Er schüttelte uns ungeduldig ab und verlangte mehr zu essen, wie ein echter Kerl.

»Schling nicht so«, rief Mutter, als sie wieder bei sich war. »Du wirst dich noch übergeben.«

Er schlang und er soff wie ein halb verhungertes Tier. Später begann er ein wenig zu erzählen.

»Wir wussten, dass man Richard gefangen genommen hatte und wo. Salisbury und andere Getreue trafen sich in Windsor und versuchten einen Handstreich, um die Krone zurückzugewinnen. Wie ich hörte, wurden sie verraten. Die Pfeffersäcke und die Wucherer haben sich auf die Seite Bolingbrokes geschlagen.«

Keine Frage, sie hatten am meisten unter dem unsteten und prunksüchtigen Richard zu leiden gehabt. Jean griff in eine Schale mit Nüssen und knackte eine nach der anderen, indem er mit dem massiven Silbergriff seines Dolches daraufhämmerte. Er unterbrach oft seine Erzählung, um sich irgendetwas in den Mund zu stecken. Er hatte wohl schlimme Zeiten erlebt und konnte im Augenblick nicht aufhören, zu essen.

»Ich weiß nicht, was dann geschah. Thomas und mir war befohlen worden, auf dem Salisbury'schen Landsitz zu bleiben. Wir seien noch zu jung zum Kämpfen.« Seine Miene verriet, was er davon gehalten hatte. »An einem Abend schließlich kamen einige Ritter des neuen Königs und erklärten den Bediensteten meines Herrn, der Besitz sei beschlagnahmt. Da wir schon mit etwas Derartigem gerechnet hatten, waren Fenster und Türen mit Möbeln und Brettern verbarrikadiert. Es gab einen kurzen Kampf. Viele wurden getötet. Einem alten Leibdiener wurde der Kopf abgeschlagen, direkt vor meiner Nase!«

Kaltblütig nahm er einen Schluck verwässerten Wein.

»Einem wurde von einer Axt, die durch die Tür drang, hinter der er sich versteckte, der ganze Brustkorb aufgeschlitzt.

Am Ende stürmten sie das Haus, brachten die meisten Dienstboten um und nahmen Thomas und mich gefangen. Als sie uns wegschleppten, sahen wir noch, wie Leute aus dem Dorf das Haus plünderten. Kaum war ihr Herr abgesetzt, hatten sie es sehr eilig, seinen Besitz zu stehlen und das Anwesen niederzubrennen! Dabei war er bestimmt ein guter Herr. Nie habe ich ihn im Zorn zu seinen Untergebenen sprechen hören, nie war er ungerecht. So sind die Leute: Vorher Verbeugungen und Kratzfüße und dann ...«

Du hast nun gelernt, was von Verbeugungen und Kratzfüßen zu halten ist, mein Sohn, dachte ich, eine wichtige Lektion.

»*Anyway,* Thomas sagte unseren Entführern, wer ich sei, und da brachten sie mich nach London, wo ich der kleinen Königin Gesellschaft leisten sollte. Was aus meinem Freund geworden ist, habe ich nie erfahren. Isabella ist mächtig unglücklich, Maman! Sie hat die ganze Zeit geheult und nur gesagt, man möchte sie von da wegholen. Der neue König will sie mit seinem Sohn verheiraten, aber den mag sie nicht. Sie ist zu jung, um zu verstehen, was davon abhängt. Bolingbroke ist härter, als Richard es war. Ich fürchte, es wird wieder zum Krieg kommen, schlimmer als je zuvor.«

Von all den schlimmen Ereignissen, die er gesehen hatte, berichtete er mit flacher, unbeteiligter Stimme. Nur am ersten Abend im Bett weinte er, und auch nur dies eine Mal. Ich hielt seine Hand und versprach, seine Schwäche nicht zu verraten.

Es war nichts Kindliches mehr an ihm. Jean war unwiderruflich und grausam schnell erwachsen geworden. Was sollte ich nun mit ihm anfangen? Er war zu alt für die Domschule. Thomas lehnte er als Lehrer ab.

»Der ist immer noch da?«, war alles, was er sagte.

Ich bemühte mich um einen Platz an der Sorbonne für ihn, doch das hatte ich mir und ihm mit meinem Streit verdorben. Also würde es eine Stellung bei einem Rechtsanwalt oder als Sekretär bei einem hohen Herrn sein müssen. Ich würde Truphémus fragen und Gilles Malet, der sie alle kannte, und vielleicht – wenn auch ohne große Hoffnung – den Herzog von

Orléans. Was kostete es schließlich, Hunderte von Bewerbungen und Bittbriefen zu schreiben?

In der Zwischenzeit amüsierte sich mein Sohn damit, fein gemacht auf dem roten Klepper herumzustolzieren und den Söhnen aus anderen Häusern von England vorzuschwärmen. Wenn er nicht ausritt, so »unterrichtete« er die anderen Jungen im *jeu de paume*. Sie zogen unten am Fluss ein Seil über die Wiese und bastelten sich Schläger aus Weidenruten, womit sie auf Lumpenbälle eindroschen. Angeblich gab es feste Regeln. Ich sah bloß blutige Nasen.

»Was kochst du denn heute wieder zusammen?«, fragte er Héloise. »Das Fleisch gestern war zu durch und das Gemüse zu stark gesalzen. Kannst du keinen Yorkshirepudding machen?«

Oder er fand Tadel an unserer Kleidung: »Nein, diese langen Ärmel, das ist ja abgestanden, Maman! Die englische Kleidung ist moderner, würdevoller. Hier ist alles so überladen.«

An Büchern war er nicht mehr interessiert. Er schien entschlossen zu sein, das Leben eines Lords zu führen. Es wurde wirklich Zeit, dass ich eine Beschäftigung für ihn fand.

Jean de Montreuil ließ wieder von sich hören, der Profos von Lille und Verteidiger jenes Machwerks, des Rosenromans. Er demonstrierte, dass es unter seiner Würde sei, das Wort an eine Frau zu richten, und nannte mich in seinen Schriften »diese Frau, die sich Christine nennt und fortwährend ihre Schriftstücke an die Öffentlichkeit bringt«. Nun, Christine ist mein Name, und ich nenne mich nicht nur so aus Spaßvergnügen. An die Öffentlichkeit ging er ja auch und sah zu, dass mich seine Erläuterungen erreichten. Gonthier Col und die Professorenschaft versammelten sich um ihn. Da sie meinen Jean abgelehnt hatten, hatte ich nun auch keinen Grund, sie zu schonen.

Meine Argumente konnte ich durch das Buch belegen, das sie nicht anzugreifen wagten: die Bibel. Zudem führte ich die hervorragendsten Frauen der Antike als Beispiele an. Darauf hatten sie nicht wirklich etwas zu erwidern und fuhren nur fort, mich zu beleidigen.

Übrigens hatte ich einen Verteidiger: Jean Gerson, einen herausragenden Theologen und Kanzler der Universität, der sich gegen seine Professoren und gegen das Machwerk stellte, mir sozusagen zur Seite sprang. Oh! Hätte er nicht unter dem Schutz des Königs gestanden, so hätte er nichts zu lachen gehabt. Er stammt aus sehr einfachen Verhältnissen, und allein dafür verachten ihn seine Kollegen. Eines war noch zu tun, um meinen Haushalt wieder in Ordnung zu bringen.

»Céline«, sagte ich. »Komm, geh ein Stück mit mir spazieren. Ich möchte mit dir reden.«

Sie folgte mir schweigend.

»Céline, sag, was hast du?«, fragte ich sie, als wir auf dem Pfad unter Weiden entlanggingen. »Den ganzen Winter hast du kaum ein Wort an mich gerichtet. Habe ich etwas getan, um dich zu kränken?«

»Ich wundere mich, dass du es bemerkt hast«, sagte sie bitter.

»Ich habe es bemerkt, und ich habe auch einige Male das Gespräch gesucht, aber du hast es immer abgelehnt.«

Sie riss einen jungen Zweig von einem Baum und beschäftigte sich damit, ihm ein Blatt nach dem anderen abzureißen. Ich hielt sie an den Schultern fest und zwang sie, mich anzuschauen.

»Was ist?«

»Was ist? Was ist«, rief sie heftig. »Ich weiß nicht, was aus mir werden soll, das ist! Um Jean wird ein großes Theater gemacht. Er durfte zur Schule gehen, er ist ja auch ein Junge. Ich sitze nur herum, schäle Erbsen mit Marie und denke, dass ich wie sie werde eines Tages. Und dir ist es egal! Du bemühst dich nur um eine gute Stelle für Jean«, brach es mit Bitterkeit aus ihr hervor.

»Aber Céline, du glaubst doch nicht etwa, dass ich dich weniger lieb habe, weil du ein Mädchen bist. Gerade von mir solltest du das nicht glauben!«

»Ja«, sagte sie, »für andere Frauen setzt du dich ein, für die böse Berthe oder für irgendwelche Frauen, die du gar nicht kennst. Aber was ist mit mir?«

Ich ließ die Arme entsetzt sinken, hatte ich sie so vernachlässigt? Wir gingen weiter.

»Ich habe oft darüber nachgedacht, was ich für dich erreichen kann«, sagte ich. »Aber du weißt ja: Bis vor kurzem hatten wir nicht einmal Geld für eine Aussteuer. Das ist jetzt anders. Ich wollte es dir schon seit Wochen sagen: Ich habe eine hübsche Summe für dich zurückgelegt aus dem Verkauf der Häuser. Du kannst jetzt heiraten. Wenn du einen jungen Mann im Sinn hast, dann sag es mir. Oder willst du es mir überlassen, einen Passenden für dich zu finden?«

»Ich habe schon einen gefunden«, antwortete sie. »Jesus.«

Ich schaute sie entgeistert an.

»Ist das dein Ernst? Soll das heißen, dass du ins Kloster willst?«

»Ja, Maman!« Und sie fing an zu weinen. Ich legte meinen Arm um sie.

»Aber Liebling, wein doch nicht. Du musst doch auf nichts verzichten, Familie, einen Ehemann und Kinder. Ich kann dir aus eigener Erfahrung sagen, dass der Ehestand nicht unbedingt zu fürchten ist. Ich würde dich nie gegen deinen Willen verheiraten. Die Liebe …«

Aber Céline schüttelte nur den Kopf: »Es gibt für mich nur eine Liebe, Maman.«

»Und das ist nicht nur so eine Laune, weil du Angst hast? Ist es wirklich, wirklich dein Wunsch?«

»Ja.«

»Dann will ich dir nicht im Wege stehen.«

»Und ich dachte, du würdest es mir verbieten.«

»Warum sollte ich es dir verbieten?«

»Weil du so verächtlich davon geredet hast, wie Frauen immer im Gefängnis seien, entweder in der Ehe oder hinter Klostermauern. Aber genau da will ich hin. Ich habe es mir gut überlegt: Hier draußen darf ich niemals tun, was ich möchte. Es gibt Klöster mit großen Bibliotheken, Klöster, in denen Frauen studieren. Stattdessen dachte ich, ich müsste irgendeinen dieser dummen Jungen heiraten und seine Kinder austragen, eines nach dem anderen.«

»Mir hat die Ehe nicht geschadet, Céline, und ich wäre dankbar gewesen, wenn sie länger gedauert hätte. Aber ich weiß zu gut, dass es Liebe in der Ehe selten gibt. Es ist ein großes Wunder. Ich würde dir ganz sicher einen Guten suchen, einen wie deinen Vater, der dir Freundschaft und Achtung entgegenbringt!«

»Ich will nicht heiraten. Ich will studieren. Rede es mir bitte nicht aus. Einmal habe ich gedacht, dass ich verliebt wäre, aber es war nur eine kleine Dummheit, eine vorübergehende Trunkenheit.«

»Wer war es denn?«, fragte ich neugierig, aber sie schüttelte nur den Kopf.

»Lass gut sein, Maman, es war nichts. Und jetzt weiß ich genau, was ich wirklich möchte: Frieden und Bildung in einem guten Kloster.«

So verlor ich meine Tochter an die Kirche. Ich fand für sie einen Platz in einem Dominikanerinnenkloster in Poissy, das für seine Gelehrsamkeit berühmt war. Ihre Mitgift bekam das Kloster. Es würde dafür sorgen, dass sie unter den Schwestern Ansehen und gute Behandlung genoss.

»Während du Novizin bist, kannst du es dir jederzeit anders überlegen«, sagte ich ihr zum Abschied.

»Ich glaube nicht, dass ich meine Meinung ändern werde«, sagte sie.

18

Ein schläfriges, wollüstiges Halbdunkel herrschte in dem Laden. Man betrat ihn von den Arkaden der Place de Grève aus, um dann gleich einige steinerne Stufen hinunterzusteigen und in zwei ineinander übergehende Gewölbe zu gelangen. Der Boden war mit hellen Steinquadern ausgelegt, leicht schüsselförmig und speckig ausgetreten und geschliffen von vielen Füßen. Die Wände hatte man bis zum Beginn der Deckenrippen hinauf mit Ochsenblut gestrichen. Die zwei dicken Säulen, die eine Trennlinie zwischen beiden Gewölben bildeten, glommen in Lapislazuli und Gold.

Regale füllten die Seitenwände. Auf dem Fußboden standen geflochtene Weidenkörbe, aus denen feine Düfte aufstiegen: nach Lavendelblüten, Kamille, Minze, Eisenhut, Geißblatt, Anis und Rosen. Ich sah sogar eine Mischung getrockneter Wiesenblumen zum Bestreuen der Fußböden und einen Korb mit leuchtenden Ringelblumen, die wenig Duft haben, aber eine reine Haut machen. Sie leuchteten dunkelgelb wie Eidotter.

Am hinteren Ende wurde die Wand von einem Teppich geschmückt, der das Urteil des Paris zeigte.

Unentschlossen strich ich an den Regalen entlang, schaute mir die Tiegel und Flaschen an, geschickt arrangiert; winzige Amphoren aus Ton mit Pergament und Lederriemen verschlossen; Flaschen aus feuergehärtetem Leder, zierliche Vasen aus emailliertem Messing und beglastem Silber, Flaschen und Schminktöpfchen aus grünem und blauem Glas, in denen winzige Luftblasen eingeschlossen waren – in der Bewegung eingefrorenes Element.

Da gab es Duftöle und Essenzen, manche hier zu neuartigen Klängen gemischt; manch vertrauter Geruch aus sommerlichen Gärten und Wiesen, manche aus weiter Ferne importiert: Essenz von Jasmin und Kardamom, um das Herz leicht zu machen, Rosenöl, um die Sinne zu beleben, Muskatenkraut für die seelische Ruhe und für das Gleichgewicht der Säfte im Körper, Eisenhut, Rosen und Dill, um böse Geister zu vertreiben und Zauber abzuwehren, Pfingstrosenblätter und Fenchelsamen gegen schlechten Atem, Lavendel zur Erfrischung der Luft und gegen den Lungenwurm.

Und hier standen aufgereiht die kleinen Leinensäckchen in ansprechenden Farben, mit bunten Bändern als Verschluss. Darin befanden sich wohl diverse Pulver, um ergrauendes Haar jugendlich zu färben, andere, um die Haut zu baden, sie weiß und angeblich makellos zu machen. Dazu waren schöne Spiegel im Angebot, geschnitzte Kämme und Haarspangen aus Elfenbein, Horn und Silber, gefärbte Seifen, Krüge mit Eselsmilch, Lavaerde und parfümiertes Talkumpuder. Die bemalten Tiegel enthielten Lippenrot. Ich nahm eines aus dem Regal und öffnete den Verschluss, um amüsiert und ein wenig ratlos die Paste zu betrachten. Vor mehr als vier Jahren hatte ich mich solcher Dinge zuletzt bedient.

Es war das Geschäft eines gewissen Parfümeurs an der Place de Grève, ein Geschäft, in dem, wie man mir sagte, viele Damen vom Hofe bestellten oder in das sie sogar selbst gingen, um sich an den hübschen und ungewöhnlichen Dekorationen zu erfreuen. Mein Besuch dagegen war einem Hinweis von Pierre zu verdanken.

Der Kleine war endlich zu mir gekommen. Ich hörte, wie Héloise ihn unten abfing und laut mit ihm schimpfte. Es dauerte eine Weile, ehe der äußere Zustand des kleinen Schmutzfinks Héloises Zustimmung fand. Ich verkniff mir ein Lachen, als ich ihn eilig die Treppe heraufpatschen hörte, zwei Stufen auf einmal nehmend, die Schuhe unter dem Arm.

»Madame Christine! Patronne!« Er stand in der Türfüllung zum Arbeitszimmer, warf misstrauische Blicke zu Thomas hinüber, der am Fenster stand und nicht einmal bemerkt hatte, dass jemand gekommen war. Wenn Thomas malte, dann war er völlig versunken in seine Arbeit. Er hörte nichts und niemanden um sich her, und ich musste ihn sehr vorsichtig und oft mehrmals ansprechen, ehe er davon Notiz nahm.

Ich schaute von dem Pergament auf, das ich gerade linierte, eine Arbeit, die ich nur allzu gern unterbrach.

»Was ist, Schlingel? Komm doch herein.«

Aber er blieb wie angewurzelt stehen, wo er war, und zischte mich an, indem er mit den Zeigefingern beider Hände den Umriss eines Buches in die Luft malte.

»Komm, Pierre. Bruder Thomas weiß Bescheid. Er kann alles hören, was du zu sagen hast.« Philippe hingegen schickte ich hinaus: »Philippe, geh in die Küche und setz einen Kessel Dornentinte an. Du weißt ja, wie das geht. Komm erst wieder, wenn ich dich rufe.«

Philippe ging nur ungern und sah Pierre neugierig von der Seite an. Der würdigte den anderen Jungen keines Blickes.

Widerwillig trat der kleine Dieb in unser Schreibzimmer, und jetzt sah auch Thomas hoch. Er arbeitete an einer Miniatur, die mich darstellte, in meinem blauen Kleid und schneeweißer, doppelt gehörnter Haube, wie ich an meinem Pult stand und Jean unterrichtete, Jeans Kleidung war in Rot gehalten, als Gegengewicht zu meinem Tiefblau. Nur leider ließ sich Jean derzeit nichts beibringen, sondern zog es vor, sich mit nichtsnutzigen Freunden herumzutreiben. Aber wie immer malte Thomas alles mit großer Genauigkeit und schönen, klaren Farben.

Pierre sah betreten, ja erschrocken aus und hatte einen blutigen Kratzer im Gesicht, der sich über die rechte Wange bis zum Hals zog.

»Was hast du angestellt?«, knurrte Thomas den Jungen an.

»Ist schon gut, Pierre. Was ist geschehen?«

Pierre wand sich: »Ich glaube, ich habe etwas Dummes gemacht.«

»Das wäre nichts Neues«, versetzte Thomas, während er mehrere Leinenbeutel öffnete, Fläschchen entkorkte und aus gemahlenen Kornblumenblättern, Grünspan, Zinnober, etwas Bleiweiß, Gummiwasser und Pergamentleim ein stumpfes Braun für die Möbel auf dem Bild anmischte.

»Nun, was ist? Rück schon heraus damit!«, forderte ich.

»Ich ... hm ... also ... ich habe das Buch. Ich hatte es fast ... Ich habe versucht, es zu klauen«, endete er etwas kläglich.

Thomas rührte ärgerlich in seiner Mixtur. »Dummkopf! Und jetzt weiß der Besitzer Bescheid! Wärst du doch zu uns gekommen!«

»Thomas!« Ich war überrascht, auf welche Weise er das aufnahm. »Pierre! Ich habe dir nicht gesagt, dass du es stehlen sollst. Du sollst nicht stehlen – eines der Zehn Gebote! Schäm dich! Gleich gehst du in die Kapelle St. Denis und beichtest!«

»Ich habe ja nichts gestohlen. Er hat mich vorher erwischt.«

»Von vorn bitte!«

»Also, ich habe immer so ein bisschen rumgefragt nach dem Buch, und nachdem es bei dem Buchhändler weggekommen war, nach den Kunden des Buchhändlers. Einer meiner Kumpel hatte ihn gesehen, und zwar in der Nacht bevor man den Buchhändler kaltgemacht hat. Er war an der Hintertür von einer Garküche. Da geben sie manchmal die Reste raus.«

»Der Kunde des Buchhändlers hat sich Reste geben lassen?«

»Nein, nein! Mein Kumpel war bei der Garküche, und die ist gegenüber von dem Laden, und da hat er diesen Kerl gesehen! Den Parfümeur von der Place de Grève. Hat der einen schlechten Ruf! Wenn man einen Rivalen loswerden will oder einen Ehemann, dann braucht man bloß zu dem zu gehen. Der verkauft einem dann ein Wässerchen. Es heißt, manchem verhilft er zu einem Rendezvous mit Amor und manchem mit dem Sensenmann.«

Von solchen Dingen hatte ich noch nie gehört.

»Wie? Und so einer soll Bücher stehlen? Das klingt merkwürdig. Thomas?«

Thomas blickte finster. »Ich habe dir ja gesagt, es ist kein gutes Buch. Es ist eine Abhandlung über medizinische Pflanzen. Und da gibt es sehr wohl solche, die in geringen Mengen helfen, doch nimmt man nur ein weniges mehr davon, dann bringen sie den Tod. Ein gefährliches Buch in den falschen Händen.«

Soso. Ein Gartenbuch, sagtest du nicht so, Mönch?

»Und du hast versucht, es zu stehlen – von diesem Parfümeur«, wandte ich mich wieder an den kleinen Pierre.

»Ja, Patronne. Es hätte wohl kaum was genützt, höflich danach zu fragen bei so einem Kerl. Na ja, ich bin also nachts in den Laden eingestiegen, durch die Latrine.«

Ich schüttelte mich.

»Ich hatte eine kleine Öllampe mit und habe ein wenig gesucht. Und ich habe es auch gefunden. Gerade war ich dabei, es in Wachstuch einzuwickeln …«

»Das war ja immerhin rücksichtsvoll von dir«, bemerkte Bruder Thomas.

»… da stand plötzlich der Besitzer vor mir! Ich schwöre, er kam aus dem Nichts! Eben noch war der Laden leer, und plötzlich steht er vor mir. Er muss ein Hexer sein! Liebes Christuskind, ich hab gedacht, mir bleibt das Herz stehen. Und dann bin ich um mein Leben gerannt. Wie der mich angesehen hat! Seine Augen haben geglüht wie Kohlen! Hörner hat er gehabt, und ich schwöre, er hat so komisch gehinkt! Wenn der mich zu fassen gekriegt hätte, der hätte mich ganz sicher geschlachtet und mein Blut für eine schwarze Messe verwendet oder aus meiner Haut Beutel gemacht für seine Zauberkräuter!«

»Und dann bist du wieder durch die Latrine auf die Straße geflutscht und hast das Buch wo gelassen?«

»Es ist noch im Laden«, sagte Pierre kleinlaut. »Es ist mir aus der Hand gefallen, wie er da so plötzlich vor mir stand.«

»Sei nicht traurig«, tröstete ich den Kleinen. »Ich hätte es auch fallen lassen in dieser Situation. In jedem Fall hast du herausgefunden, wo das Buch ist. Das ist schon eine Belohnung wert.« Ich gab ihm, was ich versprochen hatte, aus meiner Gürteltasche. »Da! Jetzt musst du aber versprechen, dass du dich von der Place de Grève fern hältst. Am besten, du vergisst das Ganze und überlässt es uns. Du darfst auf keinen Fall darüber schwatzen, hörst du?«

»Jawohl, Patronne«, sagte er, erleichtert, dass die Sache für ihn gut ausgegangen war. Er hatte auch wenig Lust, das Abenteuer zu wiederholen. In der Küche bei Kornsuppe und Speck würde er seine überstandenen Ängste rasch vergessen.

Auf der Schwelle drehte er sich noch einmal zu uns um: »Pass bloß auf, Patronne! Das ist ein Teufel, dieser Kerl. Der bringt dich um wie 'ne Wanze und denkt sich nichts dabei. Soll ich nicht doch lieber alle meine Kumpel zusammenrufen?«

»Auf keinen Fall. Geh etwas essen, Pierre, und sorge dich nicht weiter.«

»Seine Augen glühten wie Kohlen.« Ich lachte ein wenig über die blühende Fantasie des Kleinen. »Und nun?«, fragte ich Thomas.

Ungerührt tupfte er etwas von der braunen Farbe auf einen Fetzen Vellum und hielt es prüfend ans Licht. »Und was?«

»Willst du es nicht haben? Es scheint doch das Buch zu sein, wegen dem du die lange Reise von Italien bis Paris gemacht hast, oder war es nicht so? Und selbst wenn es dich nun doch nicht mehr so brennend interessiert, sollten wir nicht dafür sorgen, dass ein – wie du sagst – gefährliches Werk nicht in den falschen Händen bleibt?«

»Wenn es wahr wäre, was der Kleine da gehört hat. Vielleicht ist es auch nur üble Nachrede, dieselbe schlimme Sünde, die deine Nachbarin so in Verruf gebracht hat. Nur weil *man* sagt, dass es so sei, muss der Parfümeur noch kein Verbrecher sein.«

»Aber Pierre ...«

»Pierre ist in sein Geschäft eingebrochen und er hat ihn ertappt. Da hätte wohl jeder böse dreingeschaut. Das Ganze noch unerwartet im Schein einer Öllampe, also ein Gesicht von unten angeleuchtet, das muss natürlicherweise erschreckend aussehen.«

»Dann willst du also nichts unternehmen.«

»Vielleicht gehe ich eines Tages zu ihm und frage ihn höflich, ob er mich das Buch einmal sehen lässt.« Er machte sich daran, einen hohen geschnitzten Stuhl zu malen, in dem ich sitzen sollte.

»Solltest du es nicht in deinen Besitz und nach Italien zurückbringen?«

»Wenn es das gesuchte ist, könnte ich es kopieren.«

Aber Thomas ließ alle Tage verstreichen und sprach nicht mehr davon. Ich hielt es nicht mehr aus. Und so fand ich mich hier in diesem Gewölbe wieder. Es war schon ziemlich spät am

Abend. Die Luft war träge, klebrig und warm. Ein Gewitter zog sich um die Stadt zusammen. In der Ferne hörte man es grollen. Blitze erleuchteten taubengraue Wolken. Ich hatte schon gezögert, überhaupt aus dem Haus zu gehen, doch ich liebte diese Stimmung vor einem Unwetter, den langsamen Aufbau eines Dramas am Himmel.

Der Parfümeur hatte seine Lehrlinge fortgeschickt, wie ich es gehofft hatte, und bediente am anderen Ende des Raums eine letzte Kundin. Ab und zu warf er mir freundliche, aufmunternde Blicke zu oder bedeutete mir mit einer knappen Geste, dass er gleich Zeit für mich haben würde.

Ich drehte ein Glasfläschchen mit goldenem Stopfen in den Fingern. Vielleicht sollte ich einfach etwas kaufen und dann schnell wieder gehen. Was ging es mich schließlich an?

Die Kundin beendete ihren Kauf. Sie lächelte und grüßte, als sie an mir vorüberging, eine Dame, die ich im Gefolge der Visconti gesehen hatte. Ich grüßte zurück.

Dann war ich mit ihm allein. Der Parfümeur kam auf mich zu, ein vierschrötiger kleiner Mensch, vollkommen kahl, Specknacken und ein leicht gerötetes Gesicht. Freundlich wirkte er, ziemlich servil und keineswegs bedrohlich. Als er vor mir stand, war er nicht viel größer als ich.

»Ah! Was für eine Schönheit«, schmeichelte er mir. »Und wollt Ihr noch weitere Herzen brechen, indem Ihr Euch nicht nur auf Eure natürliche Anmut verlasst, sondern noch ein wenig nachhelft? Die armen jungen Männer! Edle Dame, ich habe hier ein wundersames Kraut. Wenn Ihr Euer bleiches, blondes Haar mit einem Absud davon spült, dann wird es so golden und licht, dass die Engel neidisch werden! Oder begehrt Ihr einen verführerischen Duft? Jasmin? Sekret vom Moschushirsch mit Rosenöl vermischt, um einen Liebhaber anzuziehen?«

Aus einem Gefühl heraus hatte ich heute auf den Witwenschleier verzichtet. Nur deshalb sprach er so mit mir, dachte ich.

»Lippenrot? Gestoßene Perlen in einer Salbe aus Schafsfett, um Eure Haut zum Schimmern zu bringen?«

Ich schüttelte verschämt den Kopf und senkte den Blick und überlegte krampfhaft, was ich kaufen könnte. Doch er missverstand mich.

»Oh? Ich verstehe.« Er senkte die Stimme, leitete mich sanft am Arm in den hinteren Teil des Ladens. »Ihr seid wegen eines meiner Spezialrezepte hier. Wer hat mich Euch empfohlen?«

»Der Herzog von Orléans«, entfuhr es mir unerwartet. Wie war ich nur darauf gekommen?

Es musste die richtige Antwort gewesen sein, denn der Parfümeur lächelte schmallippig. Und sein bislang joviales Betragen bekam plötzlich eine boshafte Note. Er ließ meinen Arm los.

»So ist das also«, lachte er leise. »Nun, ein guter Kunde, der schöne Herzog! Mein bester Kunde. Er hat in seiner Stellung natürlich reichlich lästige Zeitgenossen am Hals, Rivalen, Feinde, Beuteltreter jeder Art. Aber was schwatze ich da! Ich bin sonst die Diskretion selbst, schöne Dame, vertraut mir. Euer Geheimnis ist bei mir gut aufgehoben. Meine Dienste sind allerdings nicht ganz billig.«

Mir war ganz heiß und kalt geworden bei der Rede, aber ich hielt stand und klopfte auf meine Gürteltasche, die prall voller Münzen war.

»Ein angenehmes Geräusch! Aber Ihr seid allzu schüchtern. Wen möchtet Ihr denn aus Eurem Gesichtskreis entfernen? Ehemann, Schwiegermutter ... nein? Lasst mich raten: einen ehemaligen Liebhaber, der Euch erpresst und zu verraten droht?«

Ich nickte. Er tätschelte meine Schulter. Nur mit Mühe konnte ich mich davon abhalten, schroff zurückzuweichen. Es war doch erstaunlich, in wie kurzer Zeit mein anfangs guter Eindruck von dem Mann in vollkommenen Abscheu umgeschlagen war. Warum bemerkte ich erst jetzt, dass er in nachgeäffte orientalische Gewänder gehüllt war, die nur allzu gut zu jenem Turbantuch gepasst hätten? Ich bekam es mit der Angst zu tun und wäre gern gegangen, doch meine Füße schienen am Boden festzukleben.

»Brüstet er sich gar mit seiner Eroberung?«

Ich nickte erneut. Er lachte leise.

»Eine Schande«, schwadronierte er, »dass ein Mann, der in den Genuss Eures Körpers gekommen ist, nun darüber redet und angibt. Wie undankbar! Wie strafenswert. Ihr seid völlig im Recht, und ich werde Euch helfen.«

Sein lüsterner Blick verriet, dass er selbst gern in diesen besagten Genuss gekommen wäre. Ich zitterte, doch er nahm es für ein Anzeichen von Zorn gegen den imaginären Liebhaber.

»Gut! Gut! Dann lasst uns nach etwas Passendem für ihn suchen. Es gibt nichts Befriedigenderes als einen passenden Tod: Ertrinken für den Säufer, tödliche Blähungen für den Fresssack, eine schwarze und geschwollene Zunge für den Lügner, und in diesem Fall ...«

Er bückte sich und suchte etwas in einem Fach unter dem Tisch. Als er sich wieder aufrichtete, hatte er ein Buch in der Hand, in schwarzes Saffianleder gebunden, mit silberner Schrift. Ich hatte keine Zeit, den Einband zu betrachten oder den Titel zu erkennen, denn er legte es auf die Tischplatte und schlug es auf, um darin herumzublättern.

»Wenn es sich um eine Rivalin handelte, wisst Ihr, da gibt es ein bewährtes Rezept: Man mischt ein gewisses Gift mit Lippenrot und lässt es ihr zukommen. Wenn sie sich die Lippen damit bestreicht, dann dauert es etwa eine halbe Stunde, bis es wirkt. Sie stirbt dann in kürzester Zeit unter Krämpfen, mit Schaum vor dem Mund. Küsst sie jemand, stirbt er mit ihr. Es gibt da zahlreiche Kombinationsmöglichkeiten. Und niemand wird Euch damit in Verbindung bringen. In Eurem Falle wäre es natürlich auch hübsch, wenn man den Angeber mit geschwollener Zunge fände, zur Strafe für seine Indiskretion – aber das hatten wir schon. Ich lege Wert auf Abwechslung. Soll der Tod etwa auf dem Weg über sein männliches Glied eintreten, etwas überaus Schmerzhaftes vielleicht?«

Ich schüttelte den Kopf vor Ekel über sein offensichtliches Vergnügen.

»Nun, meine schweigsame Schönheit, wir werden etwas finden. Dieser Band, den ich kürzlich erworben habe, hat mir und meinen Kunden gute Dienste geleistet.« Er blätterte weiter in dem satanischen Buch.

»Auch das habe ich schon erfolgreich eingesetzt, ganz hier in der Nähe übrigens: Ihr gebt dem Mann, dessen Ihr Euch entledigen wollt, recht viel Wein zu trinken, dem Ihr ein Pulver zugesetzt habt. Dann müsst Ihr ihn drängen zu gehen. Wenn er ein bis zwei Stunden später blau anläuft und vom Stuhl fällt, seid Ihr nicht einmal in der Nähe gewesen – die Unschuld selbst.«

Der Zusammenhang fiel mir ein, und ich schaute ihn entsetzt an.

»Aber Ihr seid ein Mörder ...«

Er erkannte nun meinen Ekel und meinen Widerwillen. Ehe ich noch mehr sagen oder mich umdrehen und gehen konnte, schnappten seine Hände um meine Handgelenke fest wie Schmiedezangen. Seine Augen verkleinerten sich zu Schlitzen.

»Mörder? Was für ein dummes Wort. Ich ziehe ›Helfer‹ vor oder ›Befreier‹. Aber Ihr wollt gar keines meiner Rezepte kaufen! Das war nur ein Vorwand, um hier herumzuspionieren, nicht wahr?«, zischte er. »Jetzt fällt mir auch ein, wer Ihr seid: die Witwe Castel, die im ganzen Viertel herumgeschnüffelt hat wegen der schwarzen Berthe, nicht wahr?«

»Ja«, sagte ich. »Christine de Pizan ist mein Name, und ich denke, ich habe soeben herausgefunden, woran der arme Massimo gestorben ist.«

»Geläutertes und konzentriertes Opium, gewonnen aus der Mohnblüte. Wenn das Opfer gern und unmäßig trinkt, eine einfache Sache. Man verabreicht ihm das Mittel vor einem Trinkgelage. In Verbindung mit dem Wein hört er plötzlich auf zu atmen – und schon ist es zu Ende. Man hätte nichts Unnatürliches vermutet, hätte die ängstliche Hure nicht die Leiche ins Wasser geworfen.«

»Dafür flicht man Euch auf das Rad und überlässt Euch den Krähen«, sagte ich mit mehr Überzeugung, als ich tatsächlich empfand, denn im Augenblick sah es ja eher so aus, als ob mein eigenes Ableben bevorstünde.

Er lachte. »Ich glaube nicht, Witwe Castel. Vielmehr werde ich eine meiner neuesten Kreationen an Euch ausprobieren: Ich habe da ein Parfüm von großem Liebreiz. Leider macht es wahnsinnig. Ja, das gefällt mir: Plärrt Ihr nicht ständig ungehörige Dinge über die Gleichwertigkeit von Weibern? Schreibt Bücher? Mischt Euch ungefragt in alles ein? Lehnt Heiratsanträge ab in Eurem Alter? Sind das nicht die ersten Anzeichen von Wahnsinn? Hier, meine Liebe ...«, er ließ ein Handgelenk los und suchte mit der anderen unter dem Tisch herum, fand eine dunkelgrüne Phiole.

Nur hatte er jetzt das Problem, den Stopfen herauszuziehen, ohne sich selbst mit dem Inhalt zu benetzen. Ich machte es ihm nicht leicht. Ich zerrte und rüttelte, ich stieß gegen den Tisch. Da ließ er mich urplötzlich los, so dass ich rücklings auf den Boden fiel. Wie ein Wiesel rannte er um den Tisch herum und stand über mir. Er entkorkte die Phiole.

»Adieu, Schnüfflerin«, sagte er.

Die Öffnung der Phiole senkte sich.

Da schlug eine Hand sie von mir fort. Das Fläschchen entglitt dem Parfümeur und zerschellte an einer der lapisblauen Säulen. Ein süßer und zugleich widerlicher Geruch verbreitete sich, eine Mischung aus Fresienblüten und verdorbenem Fleisch.

Thomas rang mit dem Parfümeur. Ich stand auf und beobachtete die beiden verzweifelt, suchte nach einer Möglichkeit, dem Mönch zu helfen. Man hörte von ihnen keinen Laut außer heftigem Atmen und dem Rascheln und Knirschen von Stoff. Ein Tischchen mit Waren fiel klirrend um. Körbe ergossen ihren kostbaren Inhalt auf den Fußboden.

Ich schnappte mir einen schweren Tonkrug und wartete auf eine Gelegenheit, ihn diesem Teufel über den Schädel zu ziehen. Doch es kam nicht dazu. Plötzlich versuchte er, Thomas mit der Rechten ins Gesicht zu schlagen. Dieser bekam die rechte Hand zu fassen und drückte sie zu einer Faust zusammen. Der Parfümeur schrie auf, ein schwächlicher hoher und dünner Schrei, und sackte auf den Fliesen zusammen. Dort zuckte er noch ein paar Male und erschlaffte. Thomas betrachtete ihn voller Abscheu.

»Was für eine widerliche Kreatur«, sagte er, öffnete die im Tod zusammengeballte Hand, und da sah ich, dass der Parfümeur einen Giftring getragen hatte. Der Schmuckstein, ein Onyx, war beiseite geschoben und darunter eine Höhlung zum Vorschein gekommen. Doch statt Thomas damit zu vergiften, hatte er im Kampf sein eigenes Rezept zu schmecken bekommen. Dort, wo der Giftdorn in die Handfläche eingedrungen war, da war sie dunkelviolett verfärbt.

Etwas roch angebrannt. Ich sah mich um und entdeckte, dass bei dem Kampf ein Öllämpchen in einen der Körbe gefallen war. Die getrockneten Kräuter glimmten. Schon wuchsen kleine Flammen hoch.

»Feuer, Thomas, dort!«

Ich schaute mich nach Wasser um, aber ich konnte nur Öle und Essenzen entdecken, die um so heftiger brennen würden. Thomas versuchte den Brandherd mit einem Tuch zu ersticken. Das Tuch fing ebenfalls Feuer. Er warf den Korb um und wollte die Flammen zertreten, doch die Funken griffen über die Streu auf dem Boden in den nächsten Korb über.

Von der Straße her hörten wir es rufen: »Feuer! Beim Parfümeur brennt es!«

Thomas ergriff meinen Arm und zog mich mit sich. »Wir sollten hier besser nicht gesehen werden!«

»Aber das Feuer!«

»Ist schon entdeckt, und andere werden es löschen, wenn Gott will.«

Das Buch vom Tisch ließ er unter seinem Habit verschwinden, zog mich zu dem Wandteppich und hob ihn an einem Ende hoch, wo eine Öffnung in der Wand sichtbar wurde. Da also war er so plötzlich hergekommen.

»Ich habe mir schon gedacht, dass so ein Subjekt sich unbeobachtet von der Öffentlichkeit bewegen möchte. Und nach dem, was Pierre erzählt hat, habe ich mich umgeschaut und bin auf diesen Gang hier gestoßen.«

Er zog mich ein paar Treppenstufen hinunter, kalt und feucht in vollkommener Dunkelheit. Hinter uns schloss sich der Durchgang zum Geschäft. Stein mahlte auf Stein, ein Schloss rastete ein – Stille. Wir tasteten uns auf einem Weg vorwärts, der wahrscheinlich unter den Häusern hindurchführte, und gelangten endlich in einer heruntergekommenen, engen Seitenstraße wieder ans Licht. Schmale, fensterlose Hütten lehnten sich aneinander. Risse zogen sich durch uraltes Mauerwerk, halbverfaulte Türen hingen in den Angeln. Der Unrat türmte sich in der schlammigen Gasse. Niemand sah uns, und wenn, so hätte hier keiner von uns Notiz genommen.

Auf Umwegen gelangten wir wieder zur Place de Grève. Aus dem Laden schlugen Flammen. Wir reihten uns ein in die Eimerketten zur Seine. Die Menschen hatten keine Zeit zum Spekulieren.

»Das ist die Strafe für Stolz und Eitelkeit«, hörte ich einen Alten murren. Die anderen waren damit beschäftigt, sich schwitzend und in rasender Eile Wassereimer und Krüge, sämtliche Arten von Gefäßen, deren man habhaft werden konnte, zu reichen und weiterzugeben. Ab und zu gab es Explosionen aus dem Keller, dann schlugen die Flammen höher.

»Wo ist der Patron?«, fragte eine Stimme.

Niemand hatte ihn gesehen. Das Haus war nicht zu retten. Bald brannten der erste und der zweite Stock, dann schlugen die Flammen aus dem Dach. Ein Blitz tauchte die Szene in grelles, weißes Licht. Das Unwetter kam näher.

»Gütiger Himmel, schicke Regen!«

Viele von uns beteten jetzt laut. Männer der Stadtwache rissen mit Seilen und Hellebarden den Dachstuhl ein, um ein Übergreifen auf die Nachbarhäuser zu verhindern. Ein Feuer wie dieses hatte schon oft ganze Viertel in Asche gelegt.

Dann fielen die ersten dicken Tropfen. Jemand begann, Gott ein Loblied zu singen, und alle fielen mit ein. Wir sangen und reichten die Wassergefäße weiter, während Donner und das Krachen der Blitze uns begleiteten. Endlich fiel ein gleichmäßiger und großzügiger Regen, und die Flammen verlöschten.

Spät in der Nacht kehrten Thomas und ich heim, erschöpft und rußverschmiert. Héloise, Céline, Jean und Tante Marie standen auf der Straße und schwatzten aufgeregt mit den Nachbarn. Die ganze Gegend roch nach Blumen und Asche. Céline kam auf uns zu.

»So wart ihr doch dabei«, rief sie. »Großmutter war auf dem Platz, hat euch aber nicht gesehen. Hat man den Besitzer gefunden?«

»Er ist in seinem Laden verbrannt«, sagte Thomas mit rauer Stimme.

»Was ist passiert? Hat er einen Anfall gehabt und das Licht mit sich gerissen? Ist er überfallen worden?«, wollte Marie wissen, die uns in die Küche gefolgt war. Héloise goss uns warmes Wasser in eine Schüssel, und wir reinigten Gesicht und Hände mit feuchten Tüchern und Seifenkraut.

»Gütiger Himmel! Wenn das Feuer sich ausgebreitet hätte! Darauf muss ich noch einen Schluck trinken!«

»Wasser!«, krächzte ich. Héloise brachte uns einen Krug verwässerten Weins und zwei Zinnbecher ins Arbeitszimmer. Meine Kehle schmerzte vom Rauch. Ich trank zu hastig und musste husten. Thomas holte das Buch hervor und warf es auf den Tisch.

»Ist es das, welches du gesucht hast?«

»Ja«, sagte er. »Das ist es.«

Der Titel war in Silberschrift aufgetragen – Silber mit Quecksilber und Honig zerrieben, Eiweiß und Leim aus Kalbshaut zum Binden, dachte ich unwillkürlich und wischte mit dem Ärmel über das angelaufene Metall. Silber läuft leichter an als Gold und Zinn, aber sein Glanz ist durch keine Mischung nachzuahmen. Eine Merkwürdigkeit war der schwarze Einband, Violett und Rußschwarz mit Essig und Fett fixiert; ich hatte noch nie einen solchen gesehen, verstand aber seine Bedeutung, als ich den Titel las: »Der Garten Asraels – über die Gifte«.

»Hast du mir nicht gesagt, es sei ein Buch über Heilpflanzen?«

»Pflanzen, die ziemlich endgültig und von allem heilen«, erwiderte Thomas trotzig. »Ein Buch, das besser nicht geschrieben worden wäre. Doch nun ist es einmal in der Welt.«

Ich schlug das Buch auf. Es war ganz in der Manier von Plinius' »Naturalis Historia« geschrieben, eine lange Aufzählung von allen Dingen, die dieser Autor selten selbst erfahren, meist woanders gehört oder abgeschrieben hatte. Alle seine Bücher waren auf diese Weise zusammengetragen, nicht originell, aber nützlich: über Steine, Tiere, Geographie, Astronomie, Biologie, Pharmazie, Medizin und Kunst. Dieses gehörte tatsächlich zu der Reihe über Heilpflanzen, nur dass es ausschließlich solche behandelte, die töten konnten. In typisch Plinius'scher Pedanterie beschrieb das Werk alles, was es über pflanzliche oder mineralische Gifte zu berichten gab, von Wahrscheinlichem und Sagenhaftem, von Rezepturen und Kombinationen bis hin zum kleinsten Symptom, das ein Mensch nach der Einnahme des jeweiligen Mittels erleiden würde, eine gewisse Färbung der Haut und der Fingernägel, das Zutagetreten von Körpersäften, den Verfall der inneren Organe, doch nur selten Gegenmittel – eine Buchhaltung des Todes.

»Glaubst du, dass der Text wirklich von Plinius stammt?«, fragte ich. Die Machart war seine, aber das Thema schien mir doch abwegig. Dieser Autor war ein ehrenhafter Mann gewesen, und in den anderen Büchern hatte er sich immer verächtlich über alles geäußert, das er nach seinen Maßstäben nicht billigen konnte.

»Es ist wohl eher das Werk von einem, der sich hinter dem großen Namen versteckt hat, fürchte ich. Sieh dir nur die Bilder an!«, sagte Thomas.

So widerwärtig der Textinhalt sein mochte, so verführerisch waren die Illuminationen. Seite um Seite war bedeckt mit Bildern von Pflanzen und ihren Bestandteilen: rübenartigen, fadig verzweigten oder menschenähnlichen, knolligen, rundlichen oder spindeligen, bräunlichen Wurzeln; lanzett-, herz- und schwertförmigen, ovalen, dunkelgrünen, lichtgrünen, rötlichen, gefiederten, gezackten und gerippten Blättern; von buckligen, haarigen, genarbten und pockigen Knollen; zarten, fleischigen, winzigen, auch prächtig riesenhaften Blüten; von Früchten, die als winzig dunkle Kirschen schwarzrot von Rispen glänzten und so appetitlich zum Verzehr einluden, von wilden Äpfelchen und Bohnen, von im Gras versteckten Beeren in seltsamen Färbungen, neapelgelb oder auch coelinblau; schwärzliche Samenkörner, Nüsse. Ich sah schwarze und lohfarbene Pilze mit Schuppen wie Meeresschaum und Spitzenkrägelchen und vieles mehr. Durch alle diese Gewächse wanden sich leuchtend bunte Schlangen; gelb gefleckte Salamander zischten, giftige Kröten glotzten aus güldenen Augen, glänzende Käfer breiteten ihre Flügelpanzer aus, vielgliedrige Skorpione bogen anmutig den Stachel; Spinnen und stechende Insekten waren im Grün halb verborgen; und alles schien so wirklich, dass meine Hand vor der Seite zurückzuckte. Es gab Szenen aus dem Giftmischer- und Alchemistenhandwerk und von fremdländischen Ärzten mit spitzen Hüten; es gab Abbildungen von Grabmälern, vom Tod in Gestalt eines Furcht erregenden schwarzen Engels, der ein Kind forttrug in seinen harten Armen; von Knochenmännern beim Tanz, und schließlich vom Tod auf dem Thron der Welt, wie er uns winkt, als gütiger Souverän. Diese Bilder waren allesamt meisterhaft und von solch bestechender Wirkung, von edelsteinhafter Farbigkeit, dass ich den Blick kaum abwenden konnte. Ich hatte noch nie ein Buch, noch niemals Bilder von solcher Qualität gesehen.

Thomas küsste das Holzkreuz, das er an einer Kette um den Hals trug.

»Es ist teuflisch, der Herr erlöse mich von dieser Versuchung!«, rief er heftig.

Ich war entsetzt: »Thomas! Du willst es gar nicht mit nach Italien nehmen. Du willst es vernichten«, beschuldigte ich ihn. Ich riss das Buch an mich, um es vor ihm zu schützen. »Es ist ein Kunstwerk! Einzigartig! Du darfst es nicht zerstören!«

»Siehst du«, sagte Thomas traurig. »Es hat dich auch verführt. So wie es einmal mich verführt hat.«

»Was redest du da? Ja, es handelt wohl von Giften und kann natürlich missbraucht werden, aber vieles davon sind sicher Heilpflanzen, wenn sie richtig angewendet werden. Hatten nicht die großen griechischen Ärzte ein einziges Wort für Medizin und Gift?«

»Täusch dich nicht selbst, Christine: Hier geht es nicht um Heilpflanzen oder schöne Bilder, gar um Wissenschaft. Hier geht es einzig um den Tod. Es sind höllische Anweisungen zu entsetzlichen Verbrechen.«

»In den richtigen Händen gibt es aber auch Hinweise, wie man solche Verbrechen erkennen kann, sogar Gegengifte.«

»Diese Dinge haben die Tendenz, in die falschen Hände zu geraten. Sieh, was es allein hier in Paris schon angerichtet hat: vier Morde, und das sind nur die, von denen wir wissen. Wie viele hat man nicht entdeckt und für natürliche Todesfälle ausgegeben? Und wer weiß, wie oft Ludwig von Orléans davon schon Gebrauch gemacht hat? Es ist ein widerliches Werk und sollte verbrannt werden.«

»Schlimm ist doch nicht der Gegenstand, sondern was man damit anfängt. Diese Dinge existieren nun einmal auf der Welt, und da ist es doch gut, wenn man Hilfsmittel bei der Hand hat«, verteidigte ich das Werk und suchte nach Argumenten, es zu behalten.

Thomas war unruhig im Raum auf und ab geschritten. Jetzt blieb er stehen und hieb mit der Faust auf einen der Tische, so dass ein Tintenfass hochsprang.

»Du willst also den Zweck dieses Buches, seine abgrundtiefe Bosheit, die Perversität seiner Existenz leugnen! Das ist Satans schlimmste Seite, die du hier siehst: eine schillernde Frucht, die einen üblen Gestank abgibt! Oh, Satan ist nicht immer äußerlich zu erkennen, abschreckend, garstig, finster und ekelhaft! Nein, er kann auch in der allereinnehmendsten Gestalt auftreten: reich, gefällig, elegant, verführerisch. Das ist es ja, Christine! Schau nur genau hin: Da ist der Bocksfuß, der unter dem schönen Gewand hervorschaut!«

Ich sah keinen Bocksfuß und presste das Buch beharrlich an mich. »Wenn dieses Buch und die darin beschriebenen Pflanzen teuflisch sind, warum erlaubt Gott dann ihre Existenz auf Erden?«

»Gott hat alles gemacht, auch Gefahren und giftige Dinge, damit wir uns daran erinnern, dass wir aus eigener Schuld aus dem Paradies vertrieben wurden. Und Er befiehlt uns, nicht daran zu rühren. Aber der böse Feind – auch ihn hat Gott zugelassen, um uns zu prüfen –, der führt uns in Versuchung, solche Dinge zu unserem Vorteil einzusetzen. Wir sollten die Versuchung meiden und dafür sorgen, dass andere ihr nicht ausgesetzt werden. Aber sei ganz beruhigt. Auch ich vermag es nicht zu vernichten. Ich darf es nicht.«

Nun wird er bald fortgehen, dachte ich traurig.

»Ich muss es zurückbringen. Aber ich will nicht«, sagte Thomas. »Noch nicht!« Und ich war froh.

Er nahm mir das herrliche Ding aus den widerstrebenden Händen, schlug es in ein Tuch ein und verstaute es in seiner Umhängetasche.

»Weißt du, was mich gewaltig ärgert«, sagte ich nach einer Weile. »So wie es aussieht, hat nun Berthe doch ihren Mann vergiftet. Sie wusste ja, dass er zu seiner Mätresse gehen würde und dass er dort gewöhnlich trank. So brauchte sie ihm das Gift nur in den Wein zu geben und dann einen Streit vom Zaun zu brechen. Anschließend musste sie nur darauf warten, dass er im Haus der anderen Frau zusammenbrechen würde. Sehr geschickt. Und ich habe dafür gesorgt, dass sie davongekommen ist!«

»Ich habe alles darüber gehört. Da war ich schon hinter dem Teppich verborgen. Aber ich finde nicht, dass du dir etwas hast zuschulden kommen lassen. Du nimmst eben immer das Beste von Frauen an, auch wenn sie es längst nicht alle verdienen. Mach dir dafür nur keine Vorwürfe. Ihre Strafe wird sie schon noch von Gott bekommen.«

19

Ich saß mit Héloise im Schatten vor dem Eingang. Sie flickte an ein paar Kleidungsstücken. Ich war nach unten gekommen, weil ich nach Stunden ununterbrochenen Schreibens einen Krampf bekommen hatte. Jetzt saß ich auf einem Schemel und ließ die Schultern kreisen. Hier war es angenehm kühl. Im Sommer war das Schreibzimmer unerträglich heiß und die Küche ein Inferno. Die schwarze Berthe hatte sich ungefragt zu uns gesellt, da sie auf eine Sänfte wartete, um – wie sie uns wissen ließ – über eine Lieferung flandrischen Wollstoffs zu verhandeln, für ihre *besseren* Kunden, unter die wir offensichtlich immer noch nicht fielen.

Sei du nur still, dachte ich zornig. Was ich jetzt von dir weiß! Ich weiß, wie du es gemacht hast, und ich kann es auch beweisen. Ich habe das Buch, und zusammen mit meiner Aussage bringt dich das zum Henker. Ich war mir allerdings noch nicht sicher, ob ich sie anzeigen wollte. Der Gedanke war mir zuwider. Doch dass sie einfach davonkommen sollte, ging mir ebenso gegen den Strich. Von Gottes Strafe war weit und breit nichts zu erblicken. Sie pfändete und erpresste die armen Leute in unserem Viertel und saß bequem auf ihrem Geldsack. Man hätte meinen sollen, dass sie sich ein paar schöne Dinge für sich selber leisten würde, doch nein: Selbst dazu war Berthe zu geizig.

»Männer!«, sagte sie gerade verächtlich. »Man kann sehr gut ohne sie auskommen. Mein Aldo ist natürlich ein Goldschatz, aber der Rest …«

»So? Hat dein Ehemann nicht gut für dich gesorgt?«

Sie zupfte ungeduldig an ihrem grundsoliden, aber preiswerten Rock herum.

»Ah, pah! Der! Hat unser Geld ins Hurenhaus getragen! Die ganze Stadt weiß es jetzt, und alle lachen hinter meinem Rücken. Aber selbst das hätte ich vergeben können, wenn er nicht meinen Aldo so schlecht behandelt hätte.«

Sie brach ab. Aldo war aus dem Laden in die Gasse getreten, um frische Luft zu schöpfen. Berthe scheuchte ihn mit einer Handbewegung wieder hinein.

»Halt hier keine Maulaffen feil. Im Laden ist genug zu tun! Hast du das Mehl gesiebt, wie ich dir gesagt habe? Wehe, ich finde einen einzigen Wurm darin!«

Aldos Mund wurde zum Strich, und der junge Mann verschwand wieder.

Berthe schaute ihm mit einer gewissen Zärtlichkeit nach. »Er ist ja so fleißig und folgsam, mein Aldolein.«

Héloise und ich warfen uns Blicke zu. Sie reichte mir ein paar fertig gestopfte Strümpfe, und ich rollte sie zusammen. Die zerrissenen Dinge lagen im Knäuel auf der Bank, ein Korb füllte sich mit sauberen, geflickten.

»Vermisst du deinen Elias?«, fragte ich Héloise. Elias begleitete eine Karawane von Kaufleuten nach Venedig. »Nein. Eigentlich nicht so sehr«, antwortete sie.

»Hast du ihn denn nicht gern? Ich hatte den Eindruck, dass ihr euch gut versteht, wenn er da ist.«

»Ja, wenn er da ist«, gab sie zurück, gelassen, und neigte sich über den Stoff, um einen Faden abzubeißen. »Aber er ist öfter fort als da, und wenn er dann bei mir ist, dann kommt er mir wie ein Fremder vor. Und sobald ich mich an ihn gewöhnt habe, zieht er wieder ab. Von den zwanzig Jahren, die wir verheiratet sind, hat er vielleicht insgesamt zwei Jahre bei mir verbracht. Außerdem habe ich so oft Ängste um ihn ausgestanden, dass ich wohl gefühlstaub geworden bin. Ich hab ihn gern, wenn er da ist, aber ohne ihn habe ich auch mein Leben.«

»Wenn er eine Stellung in der Stadt hätte?«

»Ich hab ihn früher oft gebeten, sich hier eine Stellung zu suchen, aber er wollte nicht. Er hat zu heißes Blut, verstehst du? Er kann nicht bleiben. Und da hab ich mich eben ohne ihn eingerichtet. Jetzt ist es zu spät, etwas zu ändern.«

Berthe stieg in die Sänfte ein, auf die sie gewartet hatte.

»Es gibt ja Leute, die verlieben sich in die unmöglichsten Kerle, Landsknechte, Mönche und derlei«, schoss sie in unsere Richtung. Wir beachteten sie nicht.

»Glaubst du, dass Männer ohne Frauen auskommen können – abgesehen von der einen Sache, versteht sich?«

Héloise lachte. »Wer erzählt denn nur so einen Unsinn?«

»Thomas von Aquin«, antwortete ich.

»So? Nie gehört.«

»Er war ein großer Kirchengelehrter.«

Héloise war unbeeindruckt. »Ja dann … Aber man braucht kein Gelehrter zu sein, um zu erkennen, wie es wirklich ist: Nimm meinen Elias. Kommt er aus dem Feld zurück, wo er nur unter Männern war, dann ist er schmutzig und stinkt. Seine Kleider sind in einem erbärmlichen Zustand. Eher lässt er die Welt seinen nackten Hintern sehen, als dass er mal etwas flickt. Er hat dann seit Monaten nichts Rechtes gegessen. Seine Sprache ist völlig verwildert, und er benimmt sich wie ein Schwein. Und wie mit ihm ist es mit allen. Lässt man sie allein in ihrer Männerwirtschaft, dann fallen sie sofort auf den Stand von Wilden zurück.«

»Und was ist mit Mönchen?«, sagte ich. Ich wusste ja, dass Héloise Thomas mochte.

»Ach ja, Mönche. Der eine oder andere ist schon recht. Aber sie werden doch absonderlich. Und sie liegen der Gesellschaft auf der Tasche, ohne etwas Nützliches zu tun.«

Héloise war mit dem nächsten Stück fertig und nahm ein anderes aus dem Korb. Es sah so einfach aus bei ihr. Sie fuhr mit der Hand in einen Strumpf und suchte nach Löchern und Rissen.

»Ich wünschte wirklich, Jean würde für sein Ballspiel nicht immer die besten Hemden und Strümpfe tragen! Hat er denn nichts Besseres zu tun, als sich auszustaffieren und vor seinen Freunden den Engländer zu spielen?«

»Leider nicht«, sagte ich. »Es ist schwer in diesen Zeiten, einen guten Platz für ihn zu finden, und das, obwohl er im Ausland war. Aber sag, Héloise, dieser Thomas von Aquin hat auch gesagt, dass Frauen rein gar nichts ohne einen Mann tun können. Was hältst du denn davon?«

Sie gab ein verächtliches Schnauben von sich, während sie unter den Fäden nach dem passenden Farbton suchte.

»Der hat im Kloster zu viel Wein genossen, dieser Thomas von Aquin. Frauen kommen viel besser ohne Männer zurecht. Sieht man das nicht an unserem Haushalt? Wir kleiden uns anständig, essen gesund, vergessen nie das gute Benehmen. Und du verdienst sogar eigenes Geld! Man kann sagen, dass wir hier sehr gut ohne sie auskommen.«

Ich empfand es anders, aber sagte es nicht. Etienne fehlte mir. Ich hatte es so gut getroffen mit ihm. Was ich vermisste, war dieses Einssein, diese tiefe Geborgenheit, niemals allein zu sein, und zwar nicht körperlich, sondern auch in der Seele.

»Da ist einer, mit dem könnte es wieder so sein«, flüsterte ein Teufelchen mir zu, eines, das neuerdings oft auf meiner Schulter saß, ganz nah bei meinem linken Ohr.

So etwas kann man nicht wiederholen, gab ich resolut zurück, aber das Teufelchen kicherte: »Wie kannst du das wissen?«

Ich hatte mich genug ausgeruht und ging zurück ins Schreibzimmer, um weiter an meinem Vorhaben zu arbeiten. Die von mir provozierte *querelle* über den unseligen Rosenroman hatte einen neuen Höhepunkt erreicht. Jean Gerson, mein Verteidiger, hatte seine eigene Abhandlung zum Thema veröffentlicht. Er hatte auch einige Predigten von der Kanzel gehalten, in denen es ihm allerdings mehr um sexuelles Fehlverhalten ging als um die grundsätzlichen Bösartigkeiten gegen das ganze weibliche Geschlecht. Er war eben auch ein Kirchenmann. Was sollte man da erhoffen? Immerhin soll er von der Kanzel gerufen haben: »Ins Feuer, gute Leute, ins Feuer!«, womit er den dummen Roman gemeint hat.

Wie zu erwarten, griffen mich die Magistri erneut und mit allen Mitteln an, da sie Gerson nicht antasten konnten. Die aberwitzigsten Klagen wurden gegen mich vorgebracht: eine Klage wegen Verleumdung und übler Nachrede, eine Klage wegen Amtsanmaßung – sie hatten irgendeine Frau aufgetrieben, die aussagte, ich hätte sie mit einem juristischen Ratschlag geschädigt. Monsieur Truphémus unterrichtete mich davon.

Ein wertvolles Buch aus der königlichen Bibliothek wurde gestohlen und tauchte bei einem Buchhändler wieder auf, der behauptete, ich hätte es ihm verkauft. Gilles Malet ließ das Buch konfiszieren und lachte darüber.

Nein, ich ließ mich nicht zermürben, auch wenn der Hof mich schon wieder vergessen hatte. Von der Visconti keine Einladung, kein Wort seit Wochen. Ob mein Bericht über die Hochzeit ihr missfallen hatte? Aber ich hatte sie doch zum Lachen gebracht unterwegs, und während der Feierlichkeiten hatte ich sogar ganz nah bei ihr gesessen. Seit ich zurück war, lebte ich wieder genau wie vorher. War ich zu heftig gewesen? Zu skandalös? Hatte sie mich fallen lassen, den Herren von der Sorbonne zuliebe?

»Schau, alle diese bösen Briefe!«, sagte ich zu Thomas eines Nachmittags. »Jeder Student kühlt sein Mütchen an mir. Ich bin des ewigen Streits so überdrüssig.«

»Dann hättest du ihn nicht beginnen sollen«, antwortete er, aber er lächelte mir dabei zu. »Nun, vielleicht solltest du ihn sogar weitertreiben. Schließlich bist du doch im Recht, oder nicht?«

»Das schon!«

»Ich finde den ganzen Wechsel auch amüsant. Warum fasst du nicht alles zusammen und schickst das Ganze an die Königin? Bitte sie, im Streit der Rose die Schiedsrichterin zu sein!«

Sofort war ich wieder Feuer und Flamme. »Ja, Thomas. Das tun wir. Du sollst mir dazu Bilder malen, Miniaturen, wie nur du sie zu machen verstehst: male Sarah, Rebekka, Esther und Judith, all die tadellosen Frauen aus der Bibel, Königinnen, Dichterinnen und Erfinderinnen der Antike wie Sappho und Minerva!«

»Und natürlich unsere gegenwärtige Königin als höchste unter all diesen würdigen Frauen!«, warf Thomas schlau ein. Ich lachte, wieder froh und zuversichtlich.

Thomas übertraf sich selbst. Wir banden den »Streit der Rose« ins feinste aller Pergamente, jenes Jungfernpergament aus Senlis. Ich schrieb mit der Feder meines unglücklichen Freundes, des Schwans, in Goldtinte auf Purpur.

Monsieur Deschamps, der Hofdichter, war so freundlich und übernahm es, meine Akte der Königin zu übergeben. Ich hatte die Erfahrung gemacht, dass solche Dinge untergingen, wenn man sie Hofmeistern oder anderen Angestellten überließ.

»An die vortrefflichste, erhabenste und sehr gefürchtete Fürstin, Madame Isabeau von Bayern, durch Gottes Gnaden Königin von Frankreich …«

Endlich wandte sich das Glück mir wieder zu: Ich musste nicht lange warten. Der Rosenstreit war offenbar ein modisches Thema geworden, so dass wir hörten, der Herzog von Orléans richte ein Rosenfest für die Königin aus. Zehntausend Rosenblüten wurden auf den Feldern und in den Gärten vor der Stadt für diesen Tag gezogen, ganze Armeen von blühenden Rosenbüschen wurden in Kübel umgesiedelt, um das Palais St. Pôl zu schmücken und mit ihrem Duft zu erfüllen.

Deschamps warnte mich: »Es wäre besser, du ließest dir ein Kleid für den Anlass nähen.«

»Aber ich habe gar keine Einladung bekommen«, sagte ich überrascht.

»Du wirst eine bekommen! Verlass dich drauf. Du hast das Ganze doch ausgeheckt.«

Also ging es wieder zu der Schneiderin von St. Merri. Marie und Céline begleiteten mich. Es war eine der letzten Gelegenheiten, dass ich meine Tochter so unbefangen bei mir haben konnte. Anfang Juli würde sie ins Kloster gehen, nach Poissy.

»Möchtest du nicht auch ein schönes Kleid haben?«, neckte ich sie. »Du kannst alles haben, was du möchtest. Nun haben wir ja endlich Geld für solche Dinge.«

»Nein, Mutter, das hätte doch keinen Sinn.«

»Nur einmal noch kannst du doch deinen Spaß haben.«

Sie lächelte schon wie eine Nonne: nachsichtig. »Es ist mir nicht mehr wichtig. Du kannst mich nicht mit einem Stück Seide oder einer funkelnden Kette von dem zurückhalten, was ich mir vorgenommen habe. Glaube mir, so wie die Dinge liegen in Frankreich und in der Welt, ist es für mich die einzige Möglichkeit.«

»Nun rede nicht so heilig daher«, murrte Marie. »Es wird dir schon noch Leid tun.«

Sie knuffte Céline. Die lachte und wich ihr aus. Unterwegs kauften wir Süßigkeiten bei einem Straßenhändler, naschten und schwatzten. Es war fast wie in alten Zeiten.

Die blasse, blonde Schneiderin empfing uns außerordentlich zuvorkommend.

»Guten Tag, meine Damen, guten Tag, liebe Madame de Pizan. Ich kann Euch nicht genug danken für Eure Empfehlungen. Ich habe jetzt so zahlreiche Kundinnen, dass ich diejenigen abweisen kann, die mir nicht gefallen. Wenn sie etwas Geschmackloses bestellen, dann weigere ich mich einfach. Ist das nicht herrlich?«

Sie war überglücklich, mir ein Kleid für das königliche Fest machen zu lassen, ein rosenrotes Kleid mit grünen Stickereien und den künstlichen Edelsteinen, auf die sich die Glasmacher von Paris besonders gut verstehen, und – weil ich es mir immer schon gewünscht hatte – einen Umhang aus feinster weißer Seide.

»Eine verrückte Ausgabe«, sagte ich, als wir wieder auf die Straße traten. »Was ist, wenn ich nun nicht eingeladen werde?«

»Dann schenkst du es mir«, sagte Marie. »Mit dem Kleid kriege ich in jeder Schänke Kredit.«

Mutter kam uns aufgeregt entgegen. »Ein Bote der Königin war hier und hat das für dich abgegeben!« Sie hielt triumphierend eine Schriftrolle über ihrem Kopf. Das Siegel war erbrochen.

»Dann weißt du ja Bescheid«, sagte ich.

»Eine Einladung zum Rosenfest! Wie aufregend! Es ist fast wie zu deines Vaters Zeiten.«

Der große Tag kam. Eine Sänfte holte mich ab. Gilles Malet und Eustache Deschamps erwarteten mich am Eingang und geleiteten mich hinein. Was für ein Gefühl, nicht verschüchtert und allein dort herumzustolpern, sondern von zwei stattlichen Herren rechts und links eingerahmt zu sein. Ich erinnerte mich in diesem Moment an einen anderen Tag im Palais St. Pôl, als ich mit dem Heer der Bittsteller dem König aufgelauert hatte oder, besser gesagt, versucht hatte, ihm aufzulauern, um Hilfe in meiner verzweifelten Lage zu finden. Man hatte ein grausames, spöttisches Spiel mit mir getrieben. Und nun wurde ich von einem der größten Dichter Frankreichs und dem königlichen Bibliothekar in allen Ehren hereingeführt. Menschen erhoben sich von ihren Stühlen und klatschten mir zu, die Stehenden verneigten sich. Man warf Rosen, bis mir die Tränen kamen.

Ich freute mich wohl, doch eine Spur Bitterkeit blieb und wird sich wohl nie ganz vertreiben lassen: Wo waren alle diese Leute, als ich so verzweifelt war, so hilfsbedürftig und schwach? Man jubelt doch immer nur denen zu, die es nicht mehr nötig haben, nährt die Satten, lobt selten die Leistung, sondern den Glanz. Warum jetzt? Ich war noch genau dieselbe wie vorher, hatte nichts geleistet, außer mit Widerspruch aufzufallen. Ich lächelte und winkte. Die Demütigungen konnte ich nicht vergessen. Als ich jünger war, lachte ich Fortuna unbefangen an und dachte, sie sei meine Freundin. Jetzt fürchtete ich sie.

»Freut Euch und nutzt Eure Stunde«, raunte Deschamps. »Mir jubeln sie nicht mehr gar so sehr zu. Man behauptet, jetzt da ich alt bin, hätte ich mein Feuer verloren. Sie sind undankbar und vergesslich.« Aber er lächelte selbstbewusst in die Menge.

Sie waren alle da, das ganze lustige, höfische Volk. Nur vermisste ich meine Herrin, Valentina Visconti.

»Wo ist sie? Ich sehe sie nicht«, fragte ich Deschamps.

»Die Visconti? Ihr wisst es nicht? Die Anhänger der Königin haben endlich erreicht, dass ihr Ehemann, Ludwig von Orléans, sie auf ein kleines Gut außerhalb von Paris verbannt hat, wo sie vor Langeweile sterben wird. Man konnte ihr nichts anhängen wegen des Königs, aber fort musste sie.«

»Wie konnte ihr Ehemann das zulassen?«

Deschamps verneigte sich gerade ausgiebig, und Malet flüsterte mir ins Ohr: »Man sagt, Ludwig von Orléans sei der Liebhaber der Königin.«

Tatsächlich standen sie am Kopf des Saals auf einem festlich geschmückten Podest, wie Mann und Frau. Der König war inzwischen nur noch selten bei Sinnen. Man hatte ihn in dem düsteren und überladenen Palais des Tournelles eingeschlossen, wo er in den Gängen und im Gartenlabyrinth seinen seltsamen Einfällen nachjagte. Die Königin weigerte sich, in seine Nähe zu kommen, und hatte ihm eine »kleine Königin« beigegeben, die Tochter eines Pferdehändlers, die ihr ähnlich sah.

Wir waren vor dem Podest angekommen. Ich verneigte mich. Isabeau von Bayern war von Anfang an beim Volk unbeliebt gewesen, zuerst, weil sie Geschenke nicht mit Grazie anzunehmen verstand und weil sie steif und unelegant war, zu bieder in ihrer deutschen Kleidung. Inzwischen hasste man sie wegen ihrer Liebhaber und Verschwendungssucht.

Jetzt sah ich ihr ins Gesicht und erblickte eine enttäuschte, einsame Frau. Sie hatte in der Fremde leben müssen, wo man sie nicht mochte. Und der Einzige, der sie liebte, wurde irrsinnig und erkannte sie nicht mehr.

Isabeau begrüßte mich herzlich und erwies mir die größten Ehren. Aus ihrem Gürtel zog sie das kleine purpurfarbene Buch über den Rosenstreit, das ich ihr geschickt hatte. Sie bat mich doch tatsächlich zu ihr nach oben zu steigen und daraus vorzulesen. Meine Kehle wurde augenblicklich trocken. Malet grinste und gab mir einen kleinen Schubs zur Treppe hin.

Ich stieg nach oben und stand eine Stufe unter der Königin. Zuerst las ich aus dem Brief an den Gott der Liebe.

»Lauter, lauter«, riefen die Leute. Ich errötete wie eine dumme Gans, holte tief Luft und gab meiner Stimme Volumen und ein Selbstvertrauen, das ich noch nicht fühlte. Meine Hände waren feucht.

Nach und nach wurde ich mutiger, begann sogar, mich selbst dabei zu amüsieren, las die dümmsten und gröbsten Stellen aus den Briefen meiner Gegner vor und von meinen Antworten die besten. Ich spürte, wie das Publikum mir folgte und lachte, wie die Damen empört und die Herren beschämt wurden, und endete mit meiner Botschaft an die Edelleute, die doch den Gemeinen Vorbild sein sollten:

Gemeine Leute nenne ich jene, die gemein handeln,
Niedrig ist für mich nicht der einfache Mann,
Sondern ein Mensch von niedriger Gesinnung.
Ein Mann adliger Abstammung verliert seinen Rang,
Wenn Adel zur Gemeinheit wird. *

Ich verwies damit auf den Verlust der Ritterlichkeit und was das für die Schwachen, namentlich die Frauen, bedeutete. Privileg hat Pflichten, dachte ich und sah es allzu oft missbraucht. Ich konnte es aber kaum glauben, als man mir nicht nur begeistert zuklatschte und zurief, sondern der Herzog von Orléans an der Seite der Königin aufsprang und verkündete: »Lasst uns hier und gleich den Rosenorden gründen! Alle ritterlichen Männer sollen schwören, die Ehre der Frauen zu verteidigen und den Unsitten zu wehren, die Frau Christine uns beschrieben hat!«

Ausgerechnet der Herzog von Orléans, der kein Bett ausließ, aus dem man ihn nicht mit Dolchstichen vertrieb! Kaum einer der anwesenden Herren war eine große Zierde für die Keuschheit, doch man musste nehmen, was einem geboten wurde, und so lobte ich den Herzog für seine Initiative. Und richtig: Innerhalb von Augenblicken brachten Diener alles Notwendige herbei: Tischchen zum Schreiben, vom besten Vellum, bereits geschnitten und liniert, Purpurtinte (Purpurissimum und weißes Harz mit Honig und Urin, analysierte ich unverbesserlich), dazu Siegelwachs, Seidenbänder und sogar ein Petschaft mit Rosenmotiv. Alle waren begeistert von der Idee. Niemand störte sich daran, dass die so passend vorgefundenen Sachen aus dem Besitz der verbannten Valentina Visconti stammten. Man verfasste mit meiner Hilfe ein Dokument:

Dem wahren Amor leiste ich Schwur und Versprechen,
Und jener Blume, die Rose heißt.
Ich gelobe, stets und in jeder Hinsicht,
Den guten Ruf von Frauen zu schützen
Und niemals eine Frau zu verleumden:
Deshalb trete ich dem Rosenorden bei. *

Kein anwesender Mann wagte es, sich auszuschließen. Es war ein Gedränge am Pult, jeder wollte unterschreiben, eine Flut von gutem Willen, als wäre in diesem Königreich niemals ein böses Wort gegen Frauen gefallen. Und die Königin ernannte mich feierlich zur Hüterin des Rosenordens.

Das war ja alles sehr schön und nett, und vielleicht würde es ein wenig helfen. Denn wenn so mächtige Personen sich wenigstens der Form nach dafür einsetzten, dann würde es den bösartigen Magistri vielleicht doch die Flügel etwas stutzen. Auch wenn zwischen Krone und Universität nicht gerade enge Freundschaft bestand, so mussten sie doch Acht geben, wen sie beleidigten.

Für diese reichen, sorglosen Leute war alles ein Spiel. Der Rest des Abends verlief wie alle solche Abende: Gelage, Schäferspiele, Haschen und wieder Schlemmen, dann Tanz für alle, die sich noch rühren konnten. Ich saß mit Malet und Deschamps in einer dunklen Ecke und versteckte mich hinter den beiden.

»Was schaust du so zweifelnd?«, meinte Gilles Malet. »Du müsstest doch sehr zufrieden mit dir sein.«

»Ich bin froh, dass der Herzog und die Königin sich der Sache angenommen haben. Ich habe längst keine Lust mehr, mit diesen aufgeblasenen Dummbeuteln zu streiten, und habe schon seit Wochen kein gutes Pergament mehr ihretwegen verschwendet.«

»Das ist alles nicht mehr meine Welt«, brummte der alte Deschamps hinter seinem Weinbecher hervor. »Zu meiner Zeit fand man die Unterschiede zwischen Männlein und Weiblein höchst vergnüglich, und niemand sah einen Anlass für den Wettstreit der Geschlechter, der jetzt auszubrechen droht. Warum muss eines besser sein als das andere? Ich sehe es noch kommen, dass die Menschheit ausstirbt, weil keiner nachgeben will und man so nicht zueinander kommt. Was ist dann mit der herrlichen Liebeslust, dem Beben, dem Begehren, der Sehnsucht und der Erfüllung, die ist wie ein Ertrinken in Seligkeit?«

Darauf sagten wir lange nichts.

Aber ich hatte diesen Krieg nicht begonnen.

Um meinen Triumph zu krönen, wurde mir in dieser Nacht eine Schlafkammer im Schloss angeboten. Der Herzog von Orléans brachte mich selbst hin, wie ein ganz gewöhnlicher Hausvater. Ich musste darüber lachen. Zum Abschied beugte er sich über mich. Ich sah in sein schönes, dunkles Gesicht und meinte, nun wolle er mich küssen. Er aber flüsterte: »Na na, liebe Christine! Wir wollen doch den Klatschmäulern keinen Anlass bieten«, ganz so, als hätte ich es gewollt, doch er fuhr laut fort: »Ihr habt es geschafft, Witwe Castel! Euer Ziel ist erreicht, nicht wahr? Ihr habt es tatsächlich fertig gebracht, in kürzester Zeit die Doctores von der Sorbonne zu verärgern und Euch zu Feinden zu machen – und die Königin stellt sich schützend vor Euch. Das war recht amüsant, weiter so!« Er lachte boshaft. »Übrigens: Ihr könnt morgen Euren Rotzlöffel von Sohn zu mir schicken. Er wird königlicher Sekretär.«

Ehe ich mich noch dafür bedanken konnte, war er schon fort. Ich hörte sein Gelächter im Gang, bevor ich die Tür zu meinem Zimmer schloss. *Mein* Zimmer! Es war winzig, enthielt ein vergoldetes Tischchen nebst Wasserkrug und Schüssel und ein Bett mit üppigen Vorhängen. Ich schnippte die Schuhe von meinen schmerzenden Füßen, zog das Kleid aus und benutzte die *vase de nuit*, worauf ich schon sehnsüchtig gewartet hatte. Das Unterkleid behielt ich an und schlüpfte zwischen kühle, schneeweiße Seidenlaken.

20

»Lass dir das bloß nicht zu Kopfe steigen«, sagte meine Mutter. »An einem Tag gefallen sie sich in Ritterlichkeit, am nächsten haben sie schon alles vergessen.«

»Ach Mutter, nun verdirb mir doch nicht die Freude!«

»Ich will dich nur vor Enttäuschungen schützen.« Und dann verblüffte sie mich, indem sie mir über die Wange strich.

Was meine Ziele betraf, so war mir durchaus bewusst, dass ich nur einen Etappensieg errungen hatte. Dennoch freute ich mich darüber. Die Nachricht hatte sich in der Stadt verbreitet. »Christine von den Rosen« hieß ich jetzt auf dem Gänsemarkt. Man schaute mir nach, wenn ich mit Héloise zum Einkaufen ging. Manche lobten mich offen für das, was ich getan hatte, andere sagten boshaft hinter meinem Rücken, ich sei verrückt. Und sie hatten alle von meinen Thesen und Forderungen gehört.

»Heißt das jetzt, ich darf meiner Alten keine Schelle mehr geben, wenn sie mir auf die Nerven fällt?«, fragte der Geflügelhändler.

»Es geht eher darum, dass niemand von vornherein behaupten soll, alle Frauen seien grundsätzlich schlecht. Über den Umgang mit schlechten Weibern wurde nichts gesagt. Aber jeder Mensch sollte angemessen behandelt werden, ob Mann oder Frau.«

»Das verstehe ich nicht. Darf ich sie nun schlagen oder nicht?«

»Ich meine, alter Freund, dass du mit ihr sicher besser auskommen wirst, wenn du sie gut und gerecht behandelst.«

Er brummte. »Und wenn sie mich schlecht behandelt?«

»Dann wirst du es wohl verdient haben«, warf die Pastetenbäckerin von der anderen Seite ein. Aber sie lachte dazu, denn wir wussten alle, dass der Geflügelhändler seiner Frau kein Haar krümmte. Er tat nur in der Öffentlichkeit so gefährlich.

»Ich wünschte, ich könnte deine Sachen lesen, Christine«, seufzte die Pastetenverkäuferin. »Hier, nimm einen Johannisbeerkuchen! Heute Morgen gebacken! Für dich gratis! Es wäre manchmal schön, wenn ich was darauf zu sagen wüsste, wenn Kerle mir dumm kommen. So ein Buch, stell ich mir vor, das müsste wie ein Schild sein, das man vor sich hält.«

Überrascht schaute ich sie an. Ein Schild! Ein Buch, in dem alle diese abgefeimten Argumente gegen die Frauen aufgeführt wären mit den dazu passenden Antworten und Gegenbeweisen. Das war gar keine schlechte Idee. Langsam biss ich in den süßen Beerenkuchen, um die zarte Kruste zwischen meinen Zähnen bröckeln und knistern zu spüren. Und dann berührten die warmen Beeren meine Zunge mit einem intensiven Stich von fruchtiger Säure, die mir den Speichel einschießen ließ. »Mmh!«, entfuhr es mir. Beerensaft rann über mein Kinn.

Ein Trupp älterer Studenten schlenderte über den Cour Notre Dame. Hochmütig rempelten sie all jene an, die ihnen nicht schnell genug aus dem Weg gingen.

Jetzt hatten sie mich entdeckt.

»Oje!«, sagte meine Freundin. Héloise wollte mich am Ärmel wegziehen. Aber ich hatte ebenso viel Recht, hier zu sein, wie diese Lümmel. Ich blieb stehen, wo ich war, betrachtete die Auslagen und tat, als ob die Studenten Luft seien. Die Magistri mussten eine ziemliche Mordswut auf mich haben. Sie waren schlechte Verlierer, und gegen ein Weib zu unterliegen, das lag ihnen schwer im Magen; man hatte mir da schon so einiges zugetragen.

»Ah! Die vorlaute Witwe Castel«, grüßte mich einer der jungen Männer.

Sie blieben ganz in meiner Nähe stehen und fingen in übertriebener Lautstärke an, sich zu unterhalten.

»Dieses schreibselnde Weib, meint Ihr, sie ist eine von jenen vertrockneten Jungfern, denen ein Mann im Bett fehlt?«, fragte der eine. »Dann müsste sie einem ja Leid tun.«

»Stellen wir uns doch zur Verfügung«, entgegnete ein anderer. »Sie ist zwar etwas angejahrt, aber was tut man nicht alles aus Güte.«

»Bemüht euch nicht«, sagte ein Dritter. »Sie ist in der Beziehung wohl bedient und hält sich einen geilen Klosterbruder, der's ihr besorgt.«

»Bei dem kann sie dann hinterher gleich beichten!« Und sie belachten ausgiebig ihre eigene Witzigkeit.

Ich war blass geworden. Héloise legte mir eine Hand auf die Schulter.

»Antworte ihnen nicht. Wer sich verteidigt, klagt sich an.«

»Jüngelchen! Kauft meine Pasteten«, rief meine Freundin. »Ihr müsst noch viel essen, ehe Eure Würstchen einer Frau Vergnügen bereiten!« Die Umstehenden brachen in Gelächter aus, und die Lümmel trollten sich.

»Du brauchst kein Buch, um dich zu wehren«, kicherte ich.

»Nun ja, mit solchen Pickelfratzen werde ich gerade noch fertig. Aber es wäre wichtig für alle Frauen, die lesen können, wenn man etwas hätte, woraus man Selbstvertrauen schöpfen könnte. Mit der Zeit glaubt man ja selbst, dass Frauen minderwertig sind, wenn man nichts anderes hört und liest – so ging es mir, bis ich dich getroffen habe. Da bedankt man sich noch für die Prügel und denkt, es hat seine Richtigkeit«, beharrte sie. »Schreib doch ein solches Buch! Es würde vielen helfen!«

»Ich werde darüber nachdenken«, versprach ich ihr.

Die Magistri konnten im Augenblick gegen mich nichts unternehmen. Es blieb einige Wochen verdächtig still. Und dann, an einem heißen Tag im Juli, da hatten sie endlich etwas gefunden, um mich zu treffen.

Im Arbeitszimmer stand die Luft, und ich hatte mir Lappen um die Handflächen und Gelenke gebunden, um das Papier nicht zu befeuchten. Thomas und Philippe standen am Fenster. Der Mönch hielt einige der Zeichnungen seines Lehrlings in das Sonnenlicht. Ich konnte meinen Blick nicht losreißen von seinem vergoldeten Profil. »Das Einzige, was dich an diesem Apfel interessiert hat, war die Frage, ob ich es merke, wenn du ihn isst. Du musst genauer beobachten, Junge«, erklärte Thomas.

»Aber ich wollte ihn gar nicht essen, ehrlich, Meister! Ich habe genau hingeschaut«, verteidigte sich Philippe. Thomas hatte mir insgeheim gesagt, der Junge sei hoch begabt, fähig, so gut wie er zu werden, sogar besser, wenn er nur seine Trägheit überwände. »Es ist ein Apfel.«

»Ist es *ein* Apfel oder ist es dieser eine Apfel?«

Ein grüner Apfel lag auf dem Tisch, rot gebändert mit einigen Wurmstichen und einem vertrockneten Blatt, das noch am Stiel festhing.

»Einer oder dieser, das ist doch egal. Ihr habt selbst gesagt, Meister, dass Ihr keinen individuellen Apfel darstellt auf Euren Miniaturen, sondern den Gedanken, den Apfel schlechthin, den generellen Apfel.«

»Sehr richtig. Doch worauf es ankommt, Philippe, das ist, einen Gegenstand so real wie möglich wiederzugeben. Ein Apfel steht im Bild kennzeichnend für einen Gedanken oder eine ganze Gedankenkette. Angenommen, du stellst den Sündenfall dar und nimmst den Apfel als Symbol der Versuchung: Dann muss er so echt sein, dass man hineinbeißen möchte. Die Versuchung muss sofort spürbar sein, zuerst Farbe und Duft, die dich verführen, dann die äußere Härte der Schale, das wollüstige Knacken, das Brechen der Schale, wenn du die Zähne hineinschlägst, dann die schwammig-feste Rauheit des weißen Fleisches, das Aufspritzen von Saft, die Säure auf der Zunge, die Süße am Gaumen, das alles musst du malen.«

Philippe lauschte mit offenem Mund. Wie kann man Duft und Süße malen?, schien er sich zu fragen.

»Und um das alles darzustellen, musst du zuvor genau hingesehen haben. Alle Nuancen dieses und anderer Äpfel müssen dir zur Verfügung stehen. Und diejenigen, die hinterher dein Bild anschauen, sehen und schmecken im Geiste dann die Äpfel, die sie selbst bereits gekostet haben. Willst du zum Beispiel ausdrücken, wie das irdische Schöne bereits seine eigene Zerstörung in sich trägt, dann malst du ein Wurmloch auf einem wunderbaren, appetitlichen Apfel oder einen Schorf, eine faulige Stelle, eine kleine nur. Denn wenn du den ganzen Apfel faulig darstellst, dann ist er ein Zeichen für den Tod. Und es ekelt den Betrachter. Das willst du aber nicht: Du willst eine appetitliche Frucht, die nur einen winzigen Fehler hat. Sie ist gleichzeitig Entzücken und eine Andeutung des Verfalls aller irdischen Dinge. Geh und male Äpfel, so lange, bis du sie alle kennst. Dann erst male *den* Apfel!«

Philippe nickte, ein wenig verzagt. Er sah hungrig aus. Thomas strubbelte ihm durch das mausbraune Haar.

»Von mir aus kannst du diesen Apfel aufessen und dir für deine Arbeit aus der Küche einen anderen holen. Es malt sich schlecht mit knurrendem Magen. Außerdem sollst du ja den Geschmack und den Duft auch kennen. Also iss mit Verstand und allen Sinnen! Gott hat dir eine Menge Talent gegeben, mein Junge! Ich setze großes Vertrauen in dich.«

Philippes Blick, den er Thomas schickte, grenzte an Heiligenverehrung. Dann widmete er sich dem Apfel in der Weise, wie er es schon die ganze Zeit über geplant hatte: Er biss herzhaft hinein und hüpfte dabei zur Treppe und die Stufen hinunter, um eine neue Frucht zum Abmalen zu besorgen.

Thomas strich sich die Haare aus den Augen. Ich lachte, schüttelte den Kopf und wandte mich meiner eigenen Arbeit zu.

Es war nichts zu hören außer dem Schaben des Grafits auf Papier, ein weiches Geräusch, verglichen mit Pergament. Ja, ich gestehe, wir sind für Skizzen und Notizen zu Papier übergelaufen, weil es so viel preiswerter ist. Es gefällt mir auch zunehmend, in dem Maße, in dem die Hersteller mit Farben und Fasern experimentieren. Doch meine Kundschaft besteht auf Pergament.

Ich lächelte in mich hinein, wischte mir die Hände und wollte mich gerade wieder an die Arbeit machen, als auf der Straße Geschrei entstand. Marie erschien im Türrahmen: »Rasch, Christine! Gut, dass du diesmal zu Hause bist. Die Büttel kommen. Sie wollen zu uns!«

Wir hatten mit solchen Besuchen schlechte Erfahrungen. Ohne nach Thomas zu schauen, legte ich meine Schreibfeder ab und rannte hinaus, die Treppe hinunter und zum Eingang.

Es war Grégoire mit drei weiteren Bütteln, hinter ihnen marschierten mehrere Magistri und – wie ein Schäfer hinter seiner

Herde, sehr wichtig und ernst – der Doktor Gonthier Col höchstpersönlich. Ich nahm Aufstellung in der Türöffnung. Mutter und Marie spürte ich hinter mir, schweigend und mit verschränkten Armen. Aus dem Augenwinkel sah ich Jean in der Küche verschwinden.

Die Nachbarn kamen aus ihren Häusern, um zu gaffen.

»Nun, Grégoire? Was gibt es denn?«, fragte ich den Vordersten der Gerichtsdiener. Die Herren von der Universität würdigte ich keines Blickes.

Grégoire war die Sache unangenehm. Er hatte sich auf das Kommando schicken lassen, sagte er mir später einmal, um das Schlimmste zu verhindern. Seine Liebste hatte ihm andernfalls freudlose Zeiten angekündigt.

»Ich … hm, ja, also …«, begann er. Gonthier Col drängte sich vor.

»Es ist uns kundgetan worden, dass Ihr in Eurem Hause einen Bettelmönch beherbergt, einen von diesen Franziskanern, und dass er unerlaubt als Hauslehrer arbeitet. Wir haben ihn schon einmal verwarnt: Innerhalb der Stadtmauern von Paris ist Franziskanern und Dominikanern die Ausübung einer Lehrtätigkeit nicht erlaubt!«

»Er wird gefangen genommen, geteert und gefedert und zum Tor hinausgetrieben in Schimpf und Schande!«, rief einer von Cols Begleitern.

»Gibt es dafür Beweise, oder handelt es sich mal wieder um Hörensagen?«, fragte ich giftig. Mir kam ein furchtbarer Verdacht, und ich drehte mich um. Da stand Jean an der Küchentür mit hängenden Schultern und roten Wangen.

»Hast du etwa getratscht?«, zischte ich.

»Aber ich habe es doch nur meinem besten Freund erzählt«, flüsterte er. »Und er hat mir geschworen, dass er es nicht weitersagt!«

»Mit dir bin ich noch nicht fertig, Bürschchen!« Ich drehte mich zu den Bütteln um und kreuzte die Finger auf dem Rücken.

»Verleumdungen! Ich schwöre hiermit – auf die Bibel, wenn Ihr wollt –, dass Bruder Thomas als Buchmaler für mich arbeitet und sonst nichts. Er malt für die Königin, für den Herzog von Orléans und den Herzog von Berry. Er hat wahrhaftig keine Zeit, meinen Kindern Flausen beizubringen.«

»Ihr lügt!«, rief Col. »Sie lügt so leicht wie alle Weiber! Der Bettelmönch unterrichtet ihre Tochter Céline und nicht nur das: Er treibt Unzucht mit Mutter *und* Tochter!«

»Jetzt ist es aber genug«, schrie Grégoire aufgebracht. »Hütet Eure Zunge, Doktor Col, sonst findet Ihr Euch am Schandpfahl wieder!« Nicht, dass so etwas möglich gewesen wäre. Universitätsangehörige waren leider so gut wie sakrosankt.

Aber Col wurde blass. »Tut endlich Eure Pflicht, Bursche! Hier ist der richterliche Befehl: Nehmt den Lumpen fest!«

Damit versuchte er, an uns vorbei ins Haus zu gelangen. Die Büttel drängten hinterher. Es gab ein kurzes Handgemenge, in dessen Verlauf Marie dem Doktor den Inhalt ihres Cidrebechers über den Kopf goss. Er ohrfeigte sie, und sie trat ihm dafür vor das Schienbein.

Doch wir hatten natürlich keine Chance: Bald strömten unsere Widersacher ins Haus. Ein paar besonders neugierige Nachbarn wollten gleich mit hinein, aber Mutter hielt sie mit dem Besen in Schach.

Die Magistri und die Büttel liefen in alle Räume und die Treppe hinauf. Möbel und Gegenstände fielen um. Warum müssen diese Kerle immer solche Unordnung machen, dachte ich ganz unangemessen, immer das größtmögliche Gedröhne. Im Schreibzimmer war Thomas nicht. Ich schob die Kerle hinaus.

»Raus hier! Ihr werdet mir nicht das gute Pergament und die Bücher beschmutzen! Ihr seht doch, dass er nicht hier ist. Raus, sag ich! Oder glaubt ihr etwa, er habe sich in einem Mauseloch versteckt?«

Es gelang mir, Magister Col ein Bein zu stellen, der neugierig auf mein Pult linste. Er ging in einer Woge von schwarzem Samt und mit einem würdelosen »Urf!« zu Boden.

»Da! Da läuft er!«, brüllte einer, der durch eine Schießscharte des Turms in den Garten geblickt hatte. Sie polterten die Wendeltreppe wieder hinab und ich hinterher. Thomas hatte sich im Keller versteckt und rannte jetzt wie ein Hase durch unseren Kohl. Einer der Büttel kriegte ihn zu fassen und drehte ihm den Arm auf den Rücken, ein Zweiter kam dazu – gleich wäre es geschehen, gleich hätten sie ihn. Was konnte ihm geschehen, wenn ich seine Unschuld beschwor? Welche Strafe konnte darauf stehen, ein Mädchen Philosophie zu lehren?

Plötzlich schoss etwas Kleines, wie ein mausbrauner Hund, den Männern zwischen die Beine. Es war der Lehrling Philippe, der um sich trat und biss und kratzte. Die Büttel in ihrer Überraschung ließen Thomas los. Der raffte seine Kutte, öffnete das Gartentürchen und rannte auf wohlgeformten, nackten Beinen das Seineufer hinunter. Wir folgten ihm alle, wobei Mutter, Marie, Philippe (mit blutender Nase) und ich unser Bestes taten, die Verfolgung zu vereiteln.

Thomas fand am Ufer einen Fischer vor, der gerade seinen Nachen ins Wasser schob, und schubste den erschrockenen Mann mit einem »Gott vergelt's!« beiseite, setzte sich ins Boot und ruderte wie ein Besessener in Richtung Notre Dame.

Gonthier Col warf vor Ärger seinen Doktorhut auf die Erde. »*Sotii!*«, beschimpfte er die Büttel. »Idioten! *Cretini!*« Und zu mir: »Das wird Euch noch Leid tun, Madame! Ihr habt einen Verbrecher beherbergt und ein Vergehen unterstützt, die Obrigkeit behindert …«

»Nun übertreibt nicht so, Doktor Gonthier! Ich habe nur versucht, zu helfen. Mit guten Absichten, doch leider ohne Erfolg. Sagt Ihr nicht selbst so oft, wie schwach und ungeschickt die Frauen sind?«

»Oh ja, Madame hat versucht, den Missetäter mit eigener Hand zu schnappen, nachdem sie erst einmal davon erfahren hatte, was in ihrem Hause hinter ihrem Rücken vor sich ging«, bestätigte Grégoire. Es war nur gut, dass er einen prächtigen Schnurrbart besaß, sonst hätte man gesehen, wie seine Mundwinkel lustig zuckten. »Ihr werdet uns doch sofort melden, wenn der Lump sich wieder blicken lässt?«

»Selbstverständlich«, sagte ich.

Sie zogen ab. Beim Hinausgehen gab der feine Monsieur Col dem kleinen Philippe einen Stoß vor die Brust, dass er hinfiel.

»Aus dem Weg, Nichtsnutz!«

Ich half Philippe auf und wischte ihm das Blut von der Nase. »Das hast du gut gemacht!«

Als sie fort waren, rief mich Héloise in die Küche. Sie stand, das war merkwürdig, vor dem Küchenherd am Kochfeuer und schwitzte.

»Was machst du denn da, Héloise? Geh doch vom Feuer fort, wenn dir heiß ist!«

»Sind sie weg?«

»Ja, sie sind alle weg.«

Héloise trat beiseite.

Da lag auf den glühenden Holzkohlen ein Buchrücken und das, was von den Seiten übrig geblieben war, gewellte und schwärende Reste, Löcher, Fetzen. Nur noch Gespenster der einst so schönen Bilder waren zu erkennen, hier und da ein Klecks Malchitgrün oder Zinnober, eine Linie Gold, die sich aufwellte, brach und ins Schwarze verlief.

Unwillkürlich streckte ich die Hand danach aus – und zog sie zurück. Da war nichts mehr zu retten. Fragend schaute ich unsere Magd an.

»Er kam hereingehetzt und warf es in die Glut! Ich musste schwören, vorher wollte er nicht fort, dass es verbrannt und nicht gefunden würde! Es sei ein schlechtes, schlimmes Buch und würde dir schaden, Christine! Habe ich etwas falsch gemacht?«

Ich sah auf die blättrige Asche hinab, der Titel war noch zu erkennen: schwarz auf schwarz. Es war mir so schmerzlich, ein Buch brennen zu sehen, ein so schönes Buch noch dazu, ein Jammer um die herrlichen Illuminationen!

»Nein, du hast nichts falsch gemacht. Es ist schon recht«, beruhigte ich Héloise.

Ich ging wieder hinauf ins Arbeitszimmer.

Ich hatte mich immer gefragt, wie es sein würde, wenn er ginge. Es musste ja so kommen. Aber so plötzlich! Damit hatte ich nicht gerechnet. Es kam mir vor Augen, wie Thomas durch den Kohl gehüpft war, und ich musste lachen. Dann weinte ich ein wenig.

Tage vergingen. Wir hatten keine Nachricht von ihm. Mutter fand es angemessen, ihn nicht mehr zu erwähnen. Ich besuchte eine Sitzung des Rosenordens und erhielt vierzehnhundert Taler vom Herzog von Berry. Gilles Malet war auch da.

»Gilles, mein Buchmaler ist mir leider abhanden gekommen.«

»Ich hörte davon.«

»Wir müssen nun wieder mit einer Werkstatt arbeiten.«

»Schade. Der Mann war außergewöhnlich. Aber es gibt noch mehr gute Maler. Schick mir die Manuskripte wieder mit Freilassungen, und ich gebe sie weiter.«

»Bruder Thomas hat einen Lehrling hinterlassen, den kleinen Philippe. Er ist erst zwölf, aber Thomas hat gesagt, er sei ein großes Talent. Wisst Ihr nicht einen Platz für ihn?«

»Ich werde herumfragen.«

Wir unterhielten uns über die Neuigkeiten aus der Welt: Jemand hatte eine mechanische Uhr erfunden, die Menschen zu einer vorher bestimmten Zeit aus dem Schlaf wecken konnte. Abnehmer seien besonders Mönche, da sie vor Anbruch der Helligkeit aufstehen mussten. Der Herzog von Burgund bereitete jetzt ernstlich seinen Kreuzzug gegen die Türken vor, die Ungarn bedrohten. Burgund, Berry und Orléans hatten Papst Benedikt zum Rücktritt aufgefordert und eine Delegation zu ihm geschickt, aber er hatte angeblich eine Brücke verbrannt, damit sie nicht zu ihm gelangen konnten, und wurde zur Strafe in seinem Palast eingesperrt. In Venedig war ein Riesengeschütz gegossen worden, mit dem man ganze Städte pulverisieren konnte. Mailands Tyrann, Bernabò Visconti, war auf Befehl seines Neffen vergiftet worden. Und dieser Neffe, Gian Galeazzo von Pavia, hatte Frankreich mit einem Krieg gedroht, falls sie seine Tochter, Valentina Visconti, weiter so schlecht behandelten.

»Es ist nicht recht, wie sie die arme Valentina behandelt haben. Aber wo kommen wir denn da hin«, sagte Gilles gelinde empört, »wenn um einer Frau willen Krieg geführt wird und Tausende leiden müssen?«

»Aber mein lieber Gilles«, beschwichtigte ich. »So etwas ist ja schon früher vorgekommen. Denk nur an die schöne Helena und den Fall von Troja. Aber sie hat diesen Krieg bestimmt nicht gewollt, sondern ihr Mann und ihr Schwiegervater, und für die war es auch nur ein Anlass, etwas zu tun, was sie ohnehin tun wollten.«

(Früher hätte ich an dieser Stelle angefügt, dass Frauen von Natur aus sanftmütig seien, aber da sang das Teufelchen an meinem Ohr höhnisch: ›Ber-the! Ber-the!‹, und ich ließ es bleiben.)

»Das ist richtig. Galeazzo wird Frankreich sicher nicht angreifen, er will damit nur deutlich machen, dass es ihm nicht passt, wenn Orléans sich ein Stück von Italien abschneiden will.«

Gilles fand eine Stelle für Philippe. Jean trat seine Position als königlicher Sekretär an und kam nur noch abends nach Hause. Ich konnte zusehen, wie er erwachsen wurde. Obwohl er müde war, wenn er seine Arbeit getan hatte, nahm er sich vor dem Schlafengehen Zeit, seine Schwester zu unterrichten. Er hatte ein schlechtes Gewissen.

»Ich wollte dem Mönch nichts Schlechtes tun«, sagte er mir. »Ich habe es wirklich nur einem Freund erzählt. Eigentlich habe ich es erzählt, weil dieser Freund sich abfällig über die Lernfähigkeit von Mädchen geäußert hat ... und da ist es mir irgendwie herausgerutscht. Ich konnte ja nicht wissen, dass dieser Affe damit gleich zum Magister läuft. Der ist nicht mehr mein Freund!«

Das war mein Jean! Er hatte also nur mit Célines Gelehrsamkeit angeben wollen. Ich verzieh ihm. Aber wo war Thomas? Ich suchte ihn mit den Augen, wenn ich durch die Straßen von Paris ging. Ich suchte ihn in den Kirchen und Kapellen. Jede braune Kutte, die ich sah, ließ mein Herz schneller pochen, doch dann waren immer fremde Gesichter darin, Gesichter, die mich unter dieser Kapuze der Heiligkeit heraus missbilligend anstarrten.

Sollte das wirklich alles gewesen sein? Kein Wort, kein Lebenszeichen, rein gar nichts? Manchmal war ich zornig auf ihn: Hatte er mich so schnell vergessen? Er musste doch wissen, dass ich mir Gedanken über sein Schicksal machte. Ich warf einen langen Blick auf seinen Arbeitstisch am Fenster, unangetastet, als sei er nur kurz hinausgegangen. Da lagen die geschnittenen Krähenfedern und die Pinsel, langsam trocknete die Tinte im Silberfässchen, eine angefangene Seite wurde säuberlich von Gewichten plan gehalten. Von Bildern war noch nichts zu sehen, nur eine grob vorgezeichnete Initiale, Linien und der Rahmen für eine Miniatur, die noch folgen sollte. Da war ein Heft, in dem er Rezepturen notiert hatte und die Erfahrungen damit. Unter dem Tisch, an die Wand gelehnt, lag seine lederne Umhängetasche, in der sich alles befand, was er auf der Welt besaß. Er war mit nichts als seinem Habit und einem Paar Sandalen fortgerannt.

Jesus hat auch nur ein einziges Paar Sandalen besessen, hörte ich ihn in meinem Geist sagen, mit diesem gewissen Lächeln in der Stimme.

Mutter kam ab und zu und brachte mir einen Becher Milch oder ein Stück frisch gebackenen Kuchen, ein Vorwand, um mir beim Schreiben zuzuschauen. Sie sagte kein Wort über den unaufgeräumten Tisch. »Nun musst du allein arbeiten. Das war ja zu erwarten.«

Dann eines Tages, kam Pierre hereingeschossen, mit wichtigem Gesicht.

Er schaute über seine Schulter wie ein Verschwörer, kam an mein Pult und raunte: »Du sollst heute Mittag in die Sainte Chapelle kommen, hat er gesagt.«

»Wer hat das gesagt?«

»Na, er! Der ...«, er wies mit dem Daumen auf Thomas' Tisch.

»Ach, der«, sagte ich lachend. »Danke, Pierre, das ist mir eine willkommene Botschaft. Hier hast du ein Silberstück.«

Er ließ es blitzartig verschwinden. »Soll ich mitkommen?«, fragte er.

»Zu was denn?«

»Zum Schmiere stehen!« Ich musste noch mehr lachen.

»Nein, danke, das wird nicht nötig sein. Aber danke für das Angebot!«

»Wie du willst, Patronne.« Er verschwand.

Mir war plötzlich so leicht. Ein Lied summend nahm ich das Rezeptbuch und warf es in die Tasche, wickelte die besten der Federn in ein Stück Seide, schraubte das Tintenfass zu und sah mich im Raum um. Was könnte ihm noch Freude machen? Eine Hand voll Goldstücke … ein Buch von mir: Das Buch von den drei Tugenden; ich hatte keinen Zweifel, dass es ein Abschied werden würde.

Besser, die Tasche nicht öffentlich zu tragen – ich legte sie auf den Grund eines Weidenkorbes und deckte ein Tuch darüber. Übermütig, voller Vorfreude sprang ich die Stufen hinunter. Ich kam mir mit meinem Weidenkorb vor wie die heilige Elisabeth mit Brot und Rosen.

Als ich auf die Ile de la Cité kam, leerten sich gerade die Marktbuden und die Straßen und füllten sich die Garküchen. Thomas hatte den Zeitpunkt gut gewählt. Aus der Hitze und dem grellen Licht der Straße kommend, war ich in der künstlichen Dämmerung der Kapelle zunächst wie erblindet. Ich blieb am Eingang stehen, bis sich meine Augen an die Veränderung gewöhnt hatten.

Ich habe immer gefunden, dass die Sainte Chapelle die schönste aller Kirchen und Kathedralen von Paris ist: außen grau und solide mit schönem, aber strengem Maßwerk, innen scheint sie sich gleichsam zu verwandeln von einem Koloss zu einer zarten Frau. Zierlich wirkt hier das Strebewerk. Nach oben hin, dem Himmel zu, sind beinahe nur noch Fenster, und das Bauwerk löst sich auf in flirrende Farben und Licht. Nie habe ich die Verheißung des Himmels mehr gespürt als an diesem Ort.

Ich war allein.

Stein wisperte. Ich löste den Blick von der Kuppel. Eine Gestalt verschwand im Beichtstuhl. Konnte es sein? Eine Hand winkte mir zu durch die schweren dunkelroten Vorhänge. Ich ging hinüber, betrat den Beichtstuhl von der anderen Seite und kniete mich vor das Gitter.

»Christine!«

»Thomas!«

Eine Hand legte sich gegen das Gitter. Ich legte meine dagegen und spürte die Wärme seiner Handfläche. Das Gitter war nur aus Weidenflechtwerk, so dünn, so dünn! Nach einem langen Augenblick zogen wir gleichzeitig die Hände zurück.

»Ich habe deine Tasche hier, mit allem, was dir gehört, und ein wenig Geld für den Weg«, wisperte ich. Meine Kehle war so furchtbar eng. »Du musst fort, nicht wahr?«

»Ja«, sagte er. »Für dich so sehr wie für mich. Aber vorher wollte ich dir noch meine Geschichte zu Ende erzählen. Du wolltest doch immer die Wahrheit wissen – so neugierig, wie nur ein Weib sein kann.«

Ich lachte ein wenig, unter Tränen.

»Erzähl, Lügner, spinn ein neues Garn.«

»Ich habe dir immer die Wahrheit gesagt, mehr oder weniger. Manchmal so, wie ich sie gern gehabt hätte, manchmal so, wie sie mir gerade einfiel, was soll ich sagen?«

»Erzähl, was du willst, Thomas. Ich werde dir alles glauben.«

Er schwieg eine Weile. Ich roch die Wachskerzen, die Talgkerzen, den Weihrauch und das alte Holz.

»Gut«, begann er. »Also dann: Ich habe dir schon gesagt, wie ich in das Kloster gekommen bin. Dieses Buch, ›Der Garten Asraels‹, ist mein Schicksal geworden und das des Klosters, obwohl es anfangs nur als ein geringes Ding erschien. Ich entdeckte es bei einem Kuriositätenhändler in Tunis. Es war eine lateinische Abschrift aus dem elften Jahrhundert, mit Illuminationen aus dieser Zeit. Es waren diese Bilder, die mich faszinierten. Der Händler überließ es mir sehr billig, weil Arabern die Darstellung von Menschen verboten ist, er es also keinem Landsmann anbieten konnte. Hätte es ein arabischer Gelehrter bei ihm entdeckt, so hätte er es möglicherweise ins Arabische übersetzt, denn man interessiert sich dort sehr für Medizin und Pharmakologie. Statt dessen erstand ich es für meinen Lehrer Severinus, dem ich mit den Bildern eine Freude machen wollte.

Severinus aber war entsetzt über den Inhalt. Doch so wie ich auch konnte er sich wegen der Illuminationen nicht davon trennen. Wir brachten es mit in das Kloster bei Mailand. Inzwischen war ich durch Übung und viele Fehler zu einem ganz ordentlichen Buchmaler geworden. Nein: Ich will keine falsche

Bescheidenheit vortäuschen. Ich wurde zu einem der besten Illuminatoren Norditaliens. Fürst Bernabò, der öfter in unserer Werkstatt arbeiten ließ, sah Bilder, die ich gemacht hatte, und verlangte, dass ich zu ihm kommen sollte. Ich nahm, um ihn zu beeindrucken, einige unserer schönsten Bücher mit, solche, an denen ich teilgehabt hatte, aber aus irgendeinem Grunde leider auch jenes Werk. Der Abt hieß es gut. Ihn verlangte nach Ruhm und Anerkennung für unser Kloster. Hätte ich das Kloster doch nie verlassen! Wollte Gott, sie hätten mir alle Finger gebrochen, statt mich dorthin zu schicken.«

Er machte eine lange Pause. Die Tür zum Kirchenvorplatz knarrte und fiel wieder zu.

»Haben sie dich schlecht behandelt?«, fragte ich.

»Im Gegenteil! Das war es ja. Der Fürst sah meine Fertigkeit und wollte mich ganz für sich haben. Um das zu erreichen, und wohl auch, weil er Freude an solchen Spielen hat, verwöhnte er mich über die Maßen. Immer wieder verzögerte er meine Rückkehr ins Kloster. Ich bekam einen eigenen Arbeitsraum und Zuarbeiter, so viele ich wollte. Ich bekam eigene Gemächer mit allem Luxus ausgestattet: Seidene Laken, ein eigenes Wasserzimmer, Parfüm, prächtige, schöne und sehr bequeme Kleidung. Ich begann die Mönche für ihre grobe Art und Lebensweise zu verachten, so wie ich es schon früher einmal getan hatte.

Elle für Elle korrumpierte er mich, und ich ließ es zu. Ich wurde eitel. Und schlimmer noch: Der Fürst schickte mir Frauen, und ich brach meinen Schwur Hunderte von Malen. Ich glaubte einen Abglanz des Himmels zu spüren in ihren Armen und wurde doch nur vom Menschen zum Tier. Wie konnte ich wissen, dass ihre Zärtlichkeit und Geschicklichkeit rein gewerblich war. Es waren Huren, Christine! Sie waren so schamlos. Und ich genoss jeden Augenblick.

Bis ich langsam die Härte in ihren Augen erkannte, die Gier, die Verachtung. Und selbst die Frauen am Hofe, die keine käuflichen Luder waren, sie waren hart und kalt wie die Edelsteine, mit denen sie sich behängen. Nach und nach erkannte ich auch die Natur meines Fürsten. Er ist ein fürchterlicher Mensch, ein

Teufel in Menschengestalt! Eines Tages dankte er mir beiläufig dafür, dass ich ihm jenes Buch gebracht hatte. Es sei ihm schon sehr nützlich gewesen. Und lachte mich für mein Entsetzen aus. Es war mir nun klar, dass er es behalten und anwenden würde in der schlimmsten möglichen Deutung.

Da fasste ich einen Entschluss. Ich dankte ihm für seine Großzügigkeit, doch ich müsse nun ins Kloster zurückkehren. Und ich bat ihn, das Buch kopieren zu dürfen, damit wir auch ein Exemplar hätten. Er erlaubte es gnädig.

Ich gab vor, in meinem Eifer bis tief in die Nacht an der Kopie zu arbeiten. Dann zündete ich es an und wartete, bis es verkohlt war. Kannst du dir vorstellen, wie es mich schmerzte, solche wunderbaren Bilder zusammenschrumpfen, schmoren, Blasen werfen und verkohlen zu sehen? Es dauert eine Ewigkeit, bis Pergament verbrannt ist, weißt du das? Die Bilder waren noch lange zu erkennen, bis sie Seite für Seite gebräunt, blasig geschwärzt und endlich aufgezehrt waren. Der Gestank verbreitete sich im Schloss, und die Nachtwache kam. Ich tat so, als sei ich am Pult eingeschlafen. Damit glaubte ich durchzukommen. Aber als Bernabò am nächsten Tag davon hörte, da tobte er.

In einem ersten, fürchterlichen Wutanfall hätte er mich fast eigenhändig aufgespießt. Er drohte mir, für mein Vergehen mein Kloster schleifen zu lassen. Es war im Hof seines Schlosses. Er hatte mich entkleiden und peitschen lassen. Doch das genügte ihm noch nicht. In seiner Wut riss er einem seiner Leute die Peitsche aus der Hand und wollte selbst zuschlagen. Da sah er ein Muttermal auf meiner Brust. Er ließ die Peitsche sinken und fragte mich ganz leise: »Wer war deine Mutter, Bursche?« Ich sagte, ich hätte sie nicht gekannt. Und dass sie von denselben Piraten verkauft worden wäre, die mich aufgezogen hätten.«

Damit waren meine Misshandlungen beendet. Bernabò ließ mich in ein tiefes Verlies werfen, und dort schien es, als wolle man mich ganz vergessen.« Thomas lachte bitter. »Ich habe die Wachen um Holzkohle gebeten und alle Wände verschönert. Ich habe kunstvolle Bilder in den Sand gemalt und mich jeden

Abend für meine Sünden gestraft, indem ich sie mit den Füßen ausradierte.«

»Aber er hat dich freigelassen.«

»Ich wusste die ganze Zeit über nicht, wie es meinen Brüdern ging, und hatte die fürchterlichsten Gewissensbisse. Eines Tages ließ er mich an einem Strick nach oben ziehen. Ich wurde gewaschen, in eine neue braune Kutte eingekleidet und zu ihm gebracht. ›Mönchlein!‹, sagte er, ›es scheint, du bist einer meiner Bastarde. Nicht dass mich das zu irgendetwas verpflichtet, aber ich will nicht, dass du unter meinem Dache stirbst. Deshalb habe ich nach einer Lösung gesucht und eine gefunden: Einer meiner Agenten hat vernommen, in Paris gäbe es noch ein Exemplar vom ›Garten Asraels‹. Ich schicke dich dorthin. Findest du das Buch und bringst es her, dann ist alles vergessen. Glaube aber nicht, du könntest dich drücken oder dich einfach davonmachen. In diesem Fall, Mönchlein, lasse ich tatsächlich dein Kloster niederbrennen und jeden einzelnen deiner Brüder an euren Olivenbäumen aufknüpfen.‹

Damit warf er mir einen Beutel Gold zu, um meine Reise zu finanzieren und um das Buch für ihn zu erwerben. Ich habe keine einzige seiner schmutzigen Münzen angerührt, sondern habe mir mein Brot und meine Reise verdient. Ich bewegte mich auf mein Reiseziel zu wie ein Feigling, der sich hinter jedem Baum versteckt und schaut, bevor er zwei Schritte weitergeht. Lange suchte ich überhaupt nicht nach dem Objekt, doch schließlich hatte es mich gefunden. Und nun, Christine, stand ich vor der Wahl, entweder einem Menschen wie Bernabò ein solches Werkzeug in die Hand zu geben – oder es nicht zu tun und damit den Tod meiner Brüder zu verursachen!«

Ich hörte ihn schwer aufatmen.

»Du hast gesehen, wofür ich mich entschieden habe. Oh Gott! Welche furchtbare Wahl hast du mir auferlegt! Ich habe meine Brüder und das ganze Kloster verurteilt!«

Ich starrte in das Halbdunkel, durch das Flechtwerk, versuchte sein Gesicht zu erfassen.

»Aber Thomas, weißt du denn noch nicht: Dein Vater – Bernabò ist tot.«

Er hob sein Gesicht. Ich sah durch das Gitter, wie das blasse Oval sich hob, die dunklen Locken zurückfielen, Umrisse und Schatten nur. Ich hätte sein Gesicht auch in gänzlicher Finsternis erkannt.

»Bernabò von Mailand – tot? Ist das sicher, ganz sicher?«

»Ja, es wurde neulich bei Hofe erzählt. Sein eigener Neffe hat ihn abgesetzt und im Kerker vergiften lassen.«

Ein Schluchzer war zu hören, ein einziger nur. Finger schlugen hastig das Kreuz.

»Ist das auch wirklich wahr?«

»Gilles Malet und Eustache Deschamps haben es erzählt, und beide sind für gewöhnlich gut informiert.«

Hinter dem Flechtwerk erklangen heftige Atemzüge wie von einem Ertrinkenden.

»Allen Heiligen sei Dank! Vergiftet? Welch ein passendes Ende! Bernabò ist tot!«

»Du kannst nach Hause ziehen, Thomas.«

»Ich will nicht fort von dir.« Ganz leise war das gesagt, ich hätte es fast nicht gehört.

In meinem Kopf führte eine andere Christine alle Argumente auf, die ihn zum Bleiben hätten veranlassen können: Auch ich will nicht, dass du fortgehst von mir. Warum werfen wir nicht unsere alten Leben hin und fangen zusammen ein neues an? Empfinden wir nicht dasselbe füreinander, du und ich? Etienne würde mir das Glück nicht missgönnen. Und es ist falsch, dass Männer und Frauen im Namen der Liebe zu Gott auf die irdische Liebe verzichten. Das hat Gott nie von uns verlangt. Nur ein eifersüchtiger Jünger hat es gewollt. Nicht Gott, Thomas! – Doch ich schwieg, während Thomas um Ruhe und Gelassenheit rang.

»Ich kann nach Hause ziehen. Und das werde ich auch tun. Ich wusste nur nicht, wohin – aber nach dieser erlösenden Botschaft ... Danke, Christine!«

Er stockte, schwieg wieder eine Weile. Das steinerne Wispern der Kathedrale wurde durchbrochen vom Flügelschlag einer Taube, die sich unter die Kuppel verirrt hatte. Sie flatterte von einem Sims zum anderen, alle zu schmal, um Halt zu finden, stellte ich mir vor, verwirrt, abgeschnitten von ihrem luftigen Element, auf der Suche, doch ohne einen klaren Begriff von ihrer Bestimmung – nur hinaus, ins Freie, fort von hier. Sie würde auch fortwollen, wenn man ihr täglich Futter und Wasser hinstellte. Es entsprach ihrer Natur, frei zu sein.

»Eines muss ich dir noch sagen, bevor wir uns trennen«, fuhr Thomas leise fort. »Ich bin es, der hier beichten muss, Christine! Ich weiß, dass du über jeden Tadel erhaben bist. Das sollst du aber wissen: Ich hatte, als wir uns zuerst begegneten, verächtliche Ansichten über Frauen. Woher sollte ich auch andere haben? Vielleicht nimmst du dies als Entschuldigung an. Als Kind kannte ich nur die Huren, die an Bord unseres Schiffes kamen, im Kloster dann gar keine Frauen, und was ich erlebt hatte, trug dazu bei, dass ich die Fehlurteile der Kirchenväter glaubte, die man mir zu lesen gab. Bei Bernabò hatte ich wieder Umgang mit Huren von der schlimmsten Art. Niemals habe ich eine Frau wie dich gekannt. Deshalb habe ich schlecht über das weibliche Geschlecht gedacht und gesprochen. Verzeih mir.«

»Schon längst verziehen«, flüsterte ich.

»Warte, verzeih mir nicht so leichthin, du weißt noch nicht alles. Ausgerechnet in dich habe ich mich verliebt. Auf dich war ich nicht vorbereitet! Es war nicht deine Schuld, nicht du hast mich verführt, sondern ich betrachtete dich zuerst mit Erstaunen, dann mit Interesse und schließlich mit Sehnsucht, Eifersucht, ja, mit unziemlichem Verlangen. Wie ein Süchtiger habe ich jede deiner Bewegungen beobachtet, nach Schwächen geforscht, um mich selbst vor dir zu retten, und mich gleichzeitig dafür verachtet. Ich wollte so gern, dass du strauchelst. Ja, ich bin in dein Haus gekommen, um den Beweis zu finden, dass du bist wie die, vor denen man mich gewarnt hatte. Verstehst du? Ich wollte, dass du schlecht bist. Es hätte für mich alles so einfach gemacht. Ich schäme mich so. Du hast mir vertraut, mir deine Freundschaft angeboten. Du hast keine Schwächen.«

Weinte er in der dämmerigen, unsicheren Zelle des Beichtstuhls, beschützt nur von einem staubigen Vorhang und von diesem halbverrotteten, spinnwebfeinen Flechtwerk, das ich mit einer Hand hätte eindrücken können? Konnte ich nun freimütig zugeben, dass auch ich durchaus unfreundschaftliche Gefühle für ihn hegte? Wenn ich das tat, würde ich nicht alle seine schönen Ansichten über die Tugenden der Frauen mit einem Schlag zerstören? Ich war versucht, meinen Sieg zu genießen und über meine Schwäche den Mantel des Schweigens zu breiten. Doch er weinte, und ich liebte ihn zu sehr.

»Thomas, weine nicht und gib dir nicht mehr Schuld als nötig. Sieh her: Ich bin leider nicht so makellos, wie du mich jetzt machen willst. Auch ich habe Gefühle für dich entwickelt, die weit über Freundschaft hinausgehen.« Und ich erinnerte mich an verschiedene Augenblicke der Nähe, köstlicher noch durch ihre Unmöglichkeit.

Graublaue Flügel wirbelten den Staub auf. Die Taube flatterte über unseren Köpfen und ließ sich auf dem Beichtstuhl nieder. Sie gurrte.

Thomas schwieg eine Weile. War er nun enttäuscht von mir?

»Ich danke dir für diese Worte. Daran werde ich immer denken. Aber nun muss ich gehen, so weit weg von dir wie möglich, du Kluge, du Vollkommene, du Schöne im Geist wie in der Hülle. Ich muss einen Ozean zwischen uns bringen und beten! Beten! Weißt du nicht, dass ich fünf Jahre meines Lebens vertan habe? Fünf Jahre Eidbrecher vor Gott, fünf Jahre Sünde! Was, wenn ich morgen sterbe? Kannst du nur irgendwie ermessen, was ich fühlte, jedes Mal, wenn ich eine Fegefeuerszene gemalt hatte? Ich habe solche Angst, panische Angst vor meinen eigenen Kreaturen. Ich wünsche es mir über alles, aber ich kann nicht bleiben, Christine, ich bin kein Abaelard!«

Die Füße der Taube kratzten auf dem Holz über unseren Köpfen, sie fand keine Ruhe, flatterte und hob ab, flog zum Altar. Die Priester würden wütend sein, wenn sie den Taubenmist auf ihrem Allerheiligsten fanden. Dennoch, sagt nicht die Bibel, dass Gott noch den Sperling auf dem Dach beschützte und als seine Kreatur betrachtete?

»Thomas, ich glaube nicht, dass du viel zu fürchten hast. Unsere Zuneigung kann nicht vom Teufel gewesen sein. Du wirst ganz sicher wieder aufgenommen werden. Und ich, ich bleibe meinem Mann treu bis in den Tod. Das habe ich geschworen. Ein wenig voreilig vielleicht, aber ich stehe zu meinem Wort.«

Ich holte seine Tasche aus dem Korb und legte sie vor den Beichtstuhl.

»Ich wünsche dir, dass du Vergebung findest«, sagte ich. »Fürchte nichts. Ich kann ohnehin nicht glauben, dass Gott Liebe verwerflich findet oder es nötig hat, eifersüchtig auf Sterbliche zu sein. Die Fähigkeit zu lieben ist das Beste, was er uns Menschen gegeben hat.«

»Und ich wünsche dir Erfolg. Das bist du mir schuldig. Ich habe mir solche Mühe gegeben, für dich die schönsten Illuminationen zu erfinden.«

»Du hast meine Welt illuminiert, Thomas«, antwortete ich.

Er drückte seine Handfläche noch einmal gegen das Gitter. Die harte Webkante des Vorhangs wurde beiseite geschoben und fiel mit dumpfem Klang wieder gegen das Holz. Dann war die Zelle mir gegenüber leer.

Nach einer Weile erhob ich mich und klopfte mir den Staub von den Knien. Ich richtete mich auf und ging hinaus ins Sonnenlicht. Die Taube folgte mir und entwich ins Freie. Während ich am Seineufer entlang nach Hause schlenderte, fiel mir der Wunsch meiner Freundin, der Pastetenbäckerin, ein.

Warum nicht eine Stadt bauen, dachte ich, eine Stadt nur für Frauen, mit Mauern darum aus guten Argumenten, in die sie sich vor den schäbigen Anfechtungen und Unredlichkeiten zurückziehen können? Es gibt so viele tapfere und kluge Frauen. Über die werde ich Geschichten schreiben. Diese Geschichten sollen die Häuser jener Stadt sein, und ich hatte auch schon die ersten Zeilen im Sinn:

*Lass uns, ohne noch mehr Zeit zu verlieren, hinaus aufs Feld der Literatur gehen: dort soll die Frauenstadt auf einem fetten und fruchtbaren Boden errichtet werden, dort, wo alle Früchte wachsen, sanfte Flüsse fließen und die Erde überreich ist an guten Dingen jeglicher Art.**

Nachwort

Die Fakten für Geschichtsinteressierte: Christine de Pizan wurde 1365 in Venedig geboren. Karl V. berief ihren Vater als Hofastrologen und Leibarzt nach Frankreich. Gegen den Wunsch ihrer Mutter wurde Christine von ihrem Vater unterrichtet, wie sie überhaupt ein angenehmes Leben führte, bis 1385 erst ihr Vater und dann 1389 ihr Ehemann Etienne Castel starben.

Von nun an stand Christine dem verbleibenden Hausstand vor – Mutter, drei Kindern und einer mittellosen Verwandten –, und es begannen schlimme Zeiten für sie, denn damals waren die Rechtssprechung unsicher und der Beamtenapparat korrupt. Sie wurde angegriffen, beraubt, übervorteilt und musste sich zeitweise an fünf verschiedenen Pariser Gerichten herumschlagen, wobei sie die Prozesse größtenteils selbst führte.

Daher rührte ihr besonderes Augenmerk für das traurige Schicksal von Witwen, die – ohne männlichen Beistand – vielen Unredlichkeiten ausgesetzt seien, wie sie immer wieder beklagte. Christine begann als Kopistin Geld zu verdienen, illustrierte und schrieb Gedichte sowie Abhandlungen über Themen der Zeit, auch solche, die für Frauen als unschicklich galten, wie zum Beispiel Politik.

Der damals höchst populäre »Roman der Rose« von Jean de Meung stellte in seiner vulgären Frauenverachtung einen fatalen Umschwung dar von der ritterlichen Minne zu einem neuen Umgang mit Liebe und Sexualität, der die Frau letztendlich zur Beute und zur Erholungsressource für den Krieger (in späteren Zeiten den arbeitenden Mann) herabwürdigte. Meung baute mit seinem Machwerk auf einem älteren Romanfragment auf, entstanden um 1245. Es handelte sich um einen Höhepunkt französischer Minneliteratur, die auf dem Element der Zärtlichkeit und dem Schutz der Schwachen beruhte. Die Läuterung des Liebenden durch den Frauendienst war wichtiger als die Erfüllung.

Meung dagegen schrieb die Anweisung einer Verführung. Die Erfüllung männlicher Wünsche allein um der momentanen Lust willen war das Ziel. Um dies zu rechtfertigen, stellte er seine Opfer, die Frauen, als von Natur aus dumm und betrügerisch dar. Die Epoche der Ritterlichkeit war zu Ende.

Christine erkannte diese Entwicklung und kämpfte mit den Mitteln und Argumenten ihrer Zeit dagegen an, konnte sogar gewisse Erfolge verbuchen. Sie war die Urheberin der *querelle des femmes*, des Streits der Frauen, der sich über drei Jahrhunderte zog.

Sie als erste Feministin zu bezeichnen, halte ich für überzeichnet, weil die Denkweisen damals noch weit davon entfernt waren. So bezweifelte sie nie die Rechtmäßigkeit der Unterordnung der Frau unter den Mann, wobei sie allerdings auf eine gute Behandlung drang. Die größte weibliche Tugend war für sie die Geduld.

Christine de Pizan ist eine der ersten »Bestsellerautorinnen« von der wir wissen, die erste Frau, der es gelang, vom Schreiben zu leben. Männliche Kritiker haben später auf schäbige Weise ihren Erfolg herabsetzen wollen und sie als eine Art »Vielschreiberin« bezeichnet. Heute kann man das belächeln, damals war es bitter ernst. Im Verlauf der *querelle* wurde Frauen sogar die Menschlichkeit abgesprochen.

Vieles von dem, was Christine de Pizan und nach ihr der moderne Feminismus gefordert haben, ist heute selbstverständlich – zum Glück. Andererseits halten sich einige von den allerdümmlichsten Vorurteilen gegen Frauen leider bis heute – sogar bei Frauen.

Ich habe mir bei der Figur einige Freiheiten genommen, weil sie mir in den wissenschaftlichen Abhandlungen, die ich gelesen hatte, unzugänglich, etwas verzagt und moralinsauer erschien. So kann sie nicht gewesen sein: Wer sich so heftig einmischt, dem hat es sicher nicht an Temperament gemangelt, und wer solche Zeiten durchsteht, der hat Humor und Lebensmut.

Die von mir beschriebenen historischen Ereignisse haben sich in einem viel längeren Zeitraum abgespielt, etwa 1394 bis 1404. Bruder Thomas gab es nicht, auch keine Berthe, aber fast alle anderen Figuren. Mehr können Sie in der hervorragenden Biographie »Christine de Pizan« von Régine Pernoud erfahren.

Es ist zwar lange her, aber ohne eine Christine de Pizan wäre vieles nicht oder erst verzögert passiert. Sie sollte nicht vergessen werden. Vive Christine!